U0524829

暨南社科高峰文库

日本平安朝怪异文学研究

司志武◎著

中国社会科学出版社

图书在版编目（CIP）数据

日本平安朝怪异文学研究 / 司志武著. -- 北京：中国社会科学出版社，2025.4. --（暨南社科高峰文库）. -- ISBN 978-7-5227-4105-5

Ⅰ. I313.06

中国国家版本馆 CIP 数据核字第 2024SJ7796 号

出 版 人	赵剑英
责任编辑	慈明亮
特约编辑	史慕鸿
责任校对	王　龙
责任印制	戴　宽

出　　版	中国社会科学出版社
社　　址	北京鼓楼西大街甲 158 号
邮　　编	100720
网　　址	http://www.csspw.cn
发 行 部	010-84083685
门 市 部	010-84029450
经　　销	新华书店及其他书店
印　　刷	北京明恒达印务有限公司
装　　订	廊坊市广阳区广增装订厂
版　　次	2025 年 4 月第 1 版
印　　次	2025 年 4 月第 1 次印刷
开　　本	710×1000　1/16
印　　张	23.5
插　　页	2
字　　数	349 千字
定　　价	129.00 元

凡购买中国社会科学出版社图书，如有质量问题请与本社营销中心联系调换
电话：010-84083683
版权所有　侵权必究

序

怪异是什么？怪异文学又是什么？或许有人看到这本书的题目便会皱起眉头。的确，《论语·述而》曰，"子不语怪力乱神"，"怪"即怪异，"神"即鬼神。圣人不言，古小说家却津津乐道，甚至出现了把"子不语"牵强地解释为"子示语"（唐代顾况《〈广异记〉序》）。不光小说家，史家之言也不乏怪异与鬼神。例如中国二十四史大多设有五行志，专门记载祯祥休咎、怪异妖孽。这种情况还普遍存在于东亚汉字文化圈内。

一直以来，治古典文学者大多聚焦本国文学文本进行细读深究，孜孜以求。而攻历史学者也是如此。然而在古代东亚"文（章）"的世界里，文（学）与史（学）二者本是同根，并无明显界分，如今却在现代学术语境里被严格区别。当然，人们不能因为现代学术专业细分的弊端而否定人类至今取得的伟大文明成就。可是，也不能因为古代文献记录"怪异"而把它们丢入贴有封建迷信、荒诞无稽标签的"伪知识垃圾桶"。为了探究人类社会"原始思维"和人类文明史，人们不得不把它们从某些阴暗的角落里捡起来，认真品味它们留给现代文明的一抹残照。

怪异与科学似乎一直处于对立面。19世纪人类积极向科学进军，掀起了对曾经被视为神圣和禁忌的鬼神的斗争。日本哲学家井上圆了就创立了这样一门奇怪的学问——"妖怪学"，不仅在他设立的哲学馆开坛演说，还连续撰写、刊发了《妖怪学讲义》等著述。当时的日本在"文明开化"的道路上高歌猛进，顺利完成第一次工业革命，与欧美列强齐头并进跨入第二次工业革命。但是其在思想领域依旧存在大量迷信和愚昧。井上圆了利用归纳法、演绎法对民间流传的妖怪作了详细分类,然后逐个分析其虚妄、荒谬之处,以期破除民众迷信。

颇为有趣的是,后来担任中华民国第一任教育总长、北京大学校长的蔡元培于1902年翻译了井上圆了的《妖怪学讲义》序章(中文版名称为《妖怪学讲义录总论》,由商务印书馆于1906年出版)。甚至章太炎也"染指"其中。① 作为当时中国新思想、新文化的领军人物居然也不能"免俗"。但事实上,蔡元培、章太炎等与井上圆了一样,都是为了开启民智,破除迷信,倡导科学和现代教育。作为封建迷信的象征和符号,怪异和妖怪被科学反复证伪,沦为被消灭的对象。

科学精神、理性主义和技术知识获得了前所未有的发展,无疑是人类社会伟大的进步。现代社会里面的迷信、怪异、神秘思想所控制的地盘越来越小,大有消失殆尽的趋势。然而,一个人若置身于黑暗洞穴或荒野绝境时,尤其还目击匪夷所思的现象时,还是会不由得恐惧起来。事实上,人们对某事物的恐惧源自与生俱来的心理防御机制,这也许就是人类"原始思维"之一。类似的恐惧心理自古至今并未因为怪异和妖怪被"扑灭"而消失。人们害怕灾害、疾病、社会动乱、战争以及其他各种意外变故,甚至把它们想象为天神地祇对自己的惩罚。这些"惩罚"不仅无法预料,难以防御,而且严重危害日常生活秩序甚至个体生命。而越是无法预防,人们越是希望通过各种方式,甚至借助神秘力量及早预知灾祸的降临。二十几年前开始的蔓延全球的玛雅末日预言,曾引发不小恐慌。这个预言最终在2012年12月22日世界各地顺利迎来曙光的那一刻被证明是虚惊一场。

类似的末日预言,包括对各种重大灾祸的预言自古以来不绝于书。中国古代天人感应思想把一切异常现象划分为祥瑞与怪异,分别作为预测福与祸的依据。祥瑞固然令人欣喜,但人们更为关心的当然还是怪异,凭借观测、判断此类现象(征兆)来警惕、预防灾祸。祥瑞、怪异甚至变成当

---

① 彭春凌:《章太炎与井上圆了——一种思想关联的发现》,《杭州师范大学学报》(社会科学版)2018年第2期。

时人们日常生活的一个内容——灾祸可以通过巫卜被人看见、感知。这种神秘思想以及佛教、道教等类似思想随着汉字文化在周边国家地区的传播而被广泛接受，日本也如此。

日本平安朝前期文人三善清行在地方任职时遭遇一场严重的瘟疫，看着民众和周围的亲友一个个倒下，其恐怖之情可想而知。当时有一个优婆塞来访，向三善清行描述疫鬼害人的情形。三善清行还记载父亲病重时，有一个巫婆来说看到赤身裸体的鬼手持棍棒正在击打其父（详见《善家秘记》之《巫觋见鬼有征验记》）。瘟疫的可怕固然在于能夺人性命，更可怕的是它于无形中迅速传播，导致日常生活和社会秩序的崩溃。巫觋的"揭秘"固然虚妄，但至少能够让当事人从不知所措到略有所知，甚至积极采取驱鬼辟疫的方术，包括沐浴、斋戒、燃烧香料或服食药物等。巫觋之言当然不能真正地解决问题，却让人能够多少"了解"瘟疫，纾解精神压力而不是纯粹地在不知所措的恐惧中坐以待毙。也就是说，怪异、灾祸等非常事件出现后，人们急切地希望了解原因和情况，哪怕相关信息只是虚构的，通过这些信息平复紧张、恐惧的心理——这种主动了解"异常"并接纳的心理活动恐怕也是一种心理防御机制。"异"是可疑及危险的，"常"则令人安心。人遇到"异常"时主动了解其原委的心理，可称为"导异为常"的思维模式。

为了更容易适应各种异常与变故，人们也会有意识地积累相关知识。这就是为何刘歆在《上山海经奏》特别强调"文学大儒"认为《山海经》"可以考祯祥变怪之物，见远国异人之谣（遥）俗"——可提供来自异域殊方的知识，增广智慧。因为人的好奇心与求知欲，对各种变化和异常保持敏感，广泛观察和体验甚至验证，从而产生了更为合理、准确的解释，进而形成科学知识。也就是说，科学源自人们对自然和社会各种异常现象——怪异的长期观察，这是人类理性思维的成果。研究怪异至少可以了解人类在探索自然，思考社会发展过程中的各种思想和尝试，其本身具有人类文化学、文学史、思想史尤其是科学思想史等多元价值。

正确的自然知识和社会知识是"常"，而它们源自人们对"异"的不断关注和思索。科学史研究者早已指出这样一个观点的错误性——人们一般把科学视为无懈可击的事实,而把宗教设想为无法证实的信念①。这个论断同样适用于科学与怪异。科学发展至今仍未能达到绝对正确。倘若有人坚持现有的科学知识绝对正确的话,那么科学将沦为迷信;怪异也不是单纯的迷信、神秘思想或宗教,它们有值得深思的合理性,彻底否定其价值本身就是毁灭了人们探索真理、科学的机会。可以说,科学与怪异就是一只共命鸟。怪异是危险的,不可预测的,是违反人们期待和破坏社会秩序的,但它又不断刺激人们提高警惕并积极认知它们,从中产生合理解释直至科学知识。

怪异虽然让人害怕、恐惧,但也一直被当作知识、经验或者纯粹的娱乐继续留在这个世间。明治维新时期,日本的大街小巷都有"见世物小屋",里面有各种稀奇古怪的表演和物品。中国改革开放之后也是如此。神秘大棚或者小黑屋曾遍布大小城市、乡镇集市,里面陈列着畸形人、双头动物等怪异之物,尤其是人头蛇身和花瓶姑娘最为诡异、可怕。利用人的好奇心和寻求恐惧刺激赚取钱财的"把戏"一直被不断开发。首先是"二战"前后美国电影产业成功地将其搬上了银屏。从早期的吸血鬼、僵尸、食人恶鬼题材到外星异种之类的科幻题材电影层出不穷,大行其道。日本以及中国香港等地的恐怖片后来居上,令观众心惊肉跳,毛发悚立。如今游乐场里面的鬼屋、商场里的密室逃脱以及口袋妖怪等风靡世界的电脑游戏、手机游戏里面也不乏这些吓人的"玩意儿"。怪异从大众民俗文化逐步发展为可供消费的、与科技高度融合的流行文化产业。

"怪异"何以能够被消费?该问题早已引起了学者们的关注。20世纪50年代,柳田国男推动妖怪学在日本民俗学领域再次成为热门。进入21世纪,国际日本文化交流中心(Nichibunken)以小松和彦为核心的研究团队不仅长期围绕妖怪、怪异开展民俗学研究,还建设了怪异妖怪传说数据库(怪異・妖怪伝承データベース,https://www.nichibun.ac.jp/You-

---

① [英]约翰·H.布鲁克:《科学与宗教》,苏贤贵译,复旦大学出版社2000年版,第6页。

序

kaiDB/）。在历史研究领域，2001 年东亚怪异学会（東アジア恠異学会，http：//kaiigakkai.jp/index.html）成立，在诸多领域取得丰硕成果。不过，关于"怪异"为何以及如何被消费的问题，仍有很多难题需要研究。

在搞清楚这个难题之前，不得不搞清楚"怪异"究竟是什么。"怪异"的历史过于悠久，本书选择了与中国志怪小说关系密切的平安朝怪异题材说话文学作为研究对象，综合比较文学、历史、文化、语言、心理等多学科方法尝试讨论何为怪异、为何怪异、如何怪异等问题，敬请方家批评、指正！

2023 年初春于日本东京六义园

凡　　例

一、本书系笔者在 2013 年 6 月提交的博士学位论文《东亚汉字文化圈视域中的日本平安朝怪异文学研究》基础上修改完成，凡引用文献、论著公开时间晚于此的皆为本书出版前增补。

二、因搜集日本原版研究资料、文献存在一定困难，本书使用的文献不追求版本新旧；某些相关研究也有可能未及参考，非有意回避。

三、本书引用的史料、文献的版本信息如下：

(1) 新日本古典文学大系本（岩波书店）；

(2) 日本古典文学大系本（岩波书店）；

(3) 日本文学全集本（小学馆）；

(4) 新订增补国史大系本（吉川弘文馆）；

(5) 群书类从本（经济杂志社、续群书类从完成会）；

(6) 大日本史料（东京大学出版会）；

(7) 大日本古记录（岩波书店）；

(8) 二十四史、新编诸子集成（中华书局），十三经注疏（北京大学出版社）；

(9) 大正新修大藏经（财团法人佛陀教育基金会）。

四、凡日文汉字均转换为汉语简体字。引文为变体汉文或日语的，均翻译为中文，并视情况附上原文。如：

卷十六第二十九《供奉长谷寺观音的穷汉得到金人的故事（仕長

谷観音貧男得金死人語）》也是一个非梦告却获得观音感应、帮助的故事。该篇写穷汉整天祈求观音帮助他脱离贫困，但是"连梦都没有做一个（夢ヲダニモ不見ザリケレバ）"，悲叹而回。

五、另外，依据本书的理解，给引文添加标点或分段，以便中国读者理解。重要之处施以下划线或加点突出。引用时需要省略部分内容时，以"（中略）"或"……"标示。

六、注解采取文中夹注与脚注结合的方式；原文已有的说明性文字与校勘记分别使用（）与［ ］标示；本书另行说明的，也使用（）标示。

目 录

第一章 从怪异到怪异文学 ……………………………………（1）
  第一节 怪异：东亚汉文圈的通用"信号" ……………………（1）
  第二节 物语与说话的"怪异性" ………………………………（9）
  第三节 中日"怪异"研究纵览 …………………………………（15）
  第四节 概念、文类与研究思路 ………………………………（22）

第二章 跨学科视野下的"怪异" ……………………………（32）
  第一节 语义学式的考察 ………………………………………（33）
  第二节 "怪异"认知及主客体 …………………………………（49）
  第三节 "怪异"认知的思想依据 ………………………………（54）
  第四节 平安朝政治文化与怪异 ………………………………（70）
  本章小结 …………………………………………………………（95）

第三章 平安朝文人与怪异文学 ……………………………（97）
  第一节 政治生活与汉文学 ……………………………………（98）
  第二节 平安朝文人与怪异 ……………………………………（114）
  本章小结 …………………………………………………………（150）

第四章 季叶之书
    ——怪异文学的作者群与编纂意识 ………………………（152）
  第一节 平安朝怪异文学钩沉 …………………………………（152）

第二节　末代与怪异文学编纂意识 …………………………（165）
　本章小结 ……………………………………………………（184）

第五章　口承与书承
　　　——怪异文学的源流与性质 ……………………………（186）
　第一节　历史叙述与传言 ……………………………………（186）
　第二节　讹言、谣言、妖言 …………………………………（192）
　第三节　中国正史五行志的影响 ……………………………（197）
　第四节　中日怪异记录的口承与书承 ………………………（203）
　本章小结 ……………………………………………………（209）

第六章　怪异文学中的梦故事 …………………………………（211）
　第一节　平安朝怪异文学的梦之源 …………………………（212）
　第二节　平安朝怪异文学中的梦故事 ………………………（222）
　第三节　叙梦模式及其叙事功能 ……………………………（245）
　第四节　怪异文学对梦的"虚实"化用 ……………………（254）
　本章小结 ……………………………………………………（265）

第七章　鬼神精怪故事及其"隐显"技巧 ……………………（266）
　第一节　平安朝鬼神观的中国溯源 …………………………（267）
　第二节　《日本灵异记》中的鬼神精怪 ……………………（271）
　第三节　"隐显"既是内容也是方法 ………………………（283）
　本章小结 ……………………………………………………（309）

第八章　东亚汉文圈内的汉字与诗文 …………………………（311）
　第一节　关于汉译佛典的神话 ………………………………（312）
　第二节　从诵经障碍到门额精灵 ……………………………（317）
　第三节　感动鬼神的诗与文 …………………………………（320）

目　录

本章小结 …………………………………………………（327）

全书结论 …………………………………………………（329）

参考文献 …………………………………………………（334）

后记 ………………………………………………………（359）

第一章　从怪异到怪异文学

第一节　怪异：东亚汉文圈的通用"信号"

"东亚汉字文化圈"亦称"东亚汉文文化圈"，进入21世纪以来引起了日本、中国文学研究者的关注①。该概念的理论意义在于打破本国中心主义的思维定式，倡导在曾经和至今仍使用汉字的东亚国家、地区内，多角度、深层次地比较、探究各国文学的共性与多样性。日本"国文学"研究尽管也包含"和汉比较"研究，但更多是关注中国对日本文学的影响，通过比较研究发现日本文学的特色与价值，在比较研究的理论深度与跨区域、跨文化的广度方面有待拓展②。笔者认为"汉字文化圈"不仅可以作为一种研究方法③，也可以是一种研究视角，还是极为重要的研究课题。

"汉字文化圈"内部存在志怪、传奇、说话、物语等众多叙事文学类型与概念，它们既有区别又存在关联，但在本国中心主义的固有文学观念

---

① 关于"汉字文化圈"和"汉文文化圈"的概念，金文京、小峰和明主张后者更为恰当。小峯和明：《東アジアにおける日本文学——研究の動向と展望》，《日语学习与研究》2009年第2期。金文京：《漢文文化圈の提唱》，载小峯和明编《漢文文化圈の説話世界》，竹林舍2010年版，第12—26頁。但是，笔者认为汉字及其派生出来的汉喃、日语假名、朝鲜文、西夏文等文字符号是东亚各国、各地区民族文化的载体。东亚国家正是通过汉字的共享才达到了文化的共享，使用"汉字文化圈"这一概念不仅符合历史，也具有现实意义。

② 小峯和明指出"和汉比较研究"缺乏多国文学双向或多向、多角度的互鉴视野。小峯和明编：《漢文文化圈の説話世界》，第2页。

③ 张伯伟：《作为方法的汉文化圈》，中华书局2011年版。

中甚至仅被视为史料而排除在文学范畴之外的文本比比皆是。因此，从跨文化、跨区域、跨学科的视角去发掘汉字文化圈内普遍存在的被"共享"的文艺学课题群，还原圈内文学、思想、文化交流的真实历史是非常必要的。

中日文化交流自汉魏到隋唐逐渐兴盛，是东亚汉字文化圈内部文化交流的重要组成部分。以汉字为载体的中国文化，或直接跨越东中国海，或经渤海国、朝鲜半岛穿过对马海峡传播到日本，形成了一条以汉文典籍为载体的文化传播路径——"书籍之路"（Book Road）①。日本文学正是通过积极吸收以汉字为载体的大陆文化而形成的。早期的日本文学存在用纯正汉文书写而成的汉文学和用汉字作为"和语（倭语）"注音符号写成的"和语"文学两大类②。随着万叶假名向平假名、片假名演进，和语文学逐渐超越汉文文学成为主流③。平安时代文学继承上至奈良时代草创期倾慕汉风的传统，得益于频繁的人员交流，更加深入地学习大陆文化。此时日本人的视野通过汉字文化进而扩大到汉字文化圈以外的印度和中亚等地，不得不说排除"东亚汉字文化圈"这一大"场域"，平安朝文学乃至整个日本文学、日本文化便无从谈起。

在这个场域中，中国作为文化的"信号源"向日本、朝鲜、渤海国、越南等国家与地区发送"信号"，当然这些国家地区在与中国交流过程中并非只是信号的接收方。在汉字文化圈内，既存在信号的"反馈"，也存

---

① 严绍璗在日本学者大庭修等人的相关研究基础上总结认为：以汉字为载体的中国文化对日本古代政治、经济、文化等多领域均产生了巨大而深远的影响。严绍璗：《汉籍在日本的流布研究》，江苏古籍出版社1992年版。王勇在1992年第一次提出"书籍之路"，并在1996年正式使用、阐发该概念，获得日本等国学者的认同。相对于物质文明交流的"丝绸之路"而言，"书籍之路"则揭示了中国文化海外流传的历史。[日]水口干记：《"书籍之路"概念再考——王勇说的批判性继承》，载王勇主编《东亚坐标中的书籍之路研究》，中国书籍出版社2013年版，第75—84页。

② "倭语"指古代日本语言，该用法见于室町时代一条兼良所著的《日本书纪纂疏》，后被江户时代的平田笃胤、荻生徂徕等人使用。本书结合相关研究称之为"和语"。吴哲男：《古代文学における思想の課題》，森話社2016年版，第159—161頁。

③ 日本文学草创期积极模仿、学习汉字文化和中国文学、思想、学术的历史早已被冈田正之、山岸德平、仓石武四郎、小岛宪之等先贤揭示。岡田正之：《日本漢文学史》（増訂版），吉川弘文館1954年版。山岸德平：《山岸徳平著作集》1（日本漢文学研究），有精堂1972年版。小島憲之：《上代日本文学と中国文学：出典論を中心とする比較文学の考察》（三冊），塙書房2016年版。

第一章 从怪异到怪异文学

在信号的"干涉""叠加""共振",所以这些信号极具与原信号相似之处,也可能产生"变频",带有显著的民族、区域特性。这或许才是汉字文化圈信号"场域"的真实情况。中、日、朝鲜、越南等国文学也在这个场域中形成、发展,时而独立发出信号,时而相互干涉或共振。

纵观中国、日本、朝鲜半岛、越南等国古代小说发展轨迹,不难发现其中存在一种通用信号——"怪异"。如在中国的《山海经》《搜神记》,朝鲜的《新罗殊异传》《三国史记》《三国遗事》,越南的《越甸幽灵录》《岭南摭怪》等早期叙事文学中,鬼神精怪跳梁跋扈,成为故事的主角。

当然,"怪异"并不仅限于文学作品里面的神魔鬼怪。纵览东亚汉文圈各国的历史叙述可知:"怪异"主要是指天文气象以及动植物的异常现象,地震、洪水、暴雨、干旱、虫害等自然灾害,战争、动乱、疫病等社会危机,还有鬼神精怪等超自然现象或异常事物,本书将它们视为"怪异"的所指,既包含这些异常现象、社会危机、超自然现象——本书所谓的"怪异事象"①,也包含因怪异事象而产生的情感、概念、思想等;同时,本书将与之相关所有词汇——诸如"祯祥休咎""祥瑞""咎征""妖祥""灾异""灾变""变怪""妖怪""物怪""精怪""灵异""神异"等统称为"怪异词族",将它们视为"怪异"的能指(详见第二章第一节、第三节、第四节论述)。

20世纪以前,汉字文化圈各国的历史叙述基本上沿袭《春秋》《汉书》以来的天人感应思想话语,把怪异与皇权统治联系在一起。天人感应思想是董仲舒、京房在战国时代邹衍的五德终始说基础之上提出的,他们把"天"视为至高无上的神秘存在,认为"天"主导皇权统治的兴替,完成了一套预测"天意"的占卜方法②。为了及时掌握来自"天"的信息——包

---

① "怪异事象"即怪异事件或现象,详见本书第二章。
② 董仲舒继承了春秋公羊传学说,公羊学重视灾异说。除此之外,董仲舒的天人感应思想还继承了战国邹衍的阴阳五行学说。黄国祯:《董仲舒〈春秋繁露〉与纬书〈春秋纬〉之关系研究》,花木兰文化出版社2009年版。Michael Loewe, *Dong Zhongshu, a "Confucian" Heritage and the Chunqiu Fanlu*, Leiden: Brill, 2011. 汉代天人感应思想与阴阳五行思想大行其道,对中国及周边国家、地区影响深远。例如日本学者平秀道在《龙谷大学学报》上发表的系列论文对此均有阐释。

括天命和谴告——皇权统治者严密注视自然界与人类社会中的各种怪异，通过占卜分析判断这些异常现象背后的"天意"，并由专门人员组织祭祀，史官负责记录①。

除了天人感应、阴阳五行思想外，魏晋以后形成的佛教护国思想也对历史叙述产生重要影响，这些思想试图用自身建构的神学思想阐释皇权统治的兴衰成败。对于封建王朝而言，这些神学思想与言说属于"公"（皇权、国家）的领域，以史传、诏敕、奏议文等形式流传。同时这些思想渗透到社会生活的各个层面，被运用于预测、阐释社会个体的际遇、荣辱。它们依托命理学说、占卜、符咒、祈祷、祭祀等形式存在，存在于"私"（私权、室家）领域。与之相关的记载与言说依靠志怪、杂史、诗文等形式流传。而这一类"私"领域的文本，特别是以记述个人或遭遇怪异灵奇之事为核心内容的文本，与虚构、阐释皇权统治的政治神话——"公"领域的叙事文本——都属于本书要考察的"怪异文学"。

那么，我们的研究对象——"怪异文学"究竟是什么呢？事实上，给任何一种文学类型（literary genre）下定义都可能顾此失彼。这是因为古人在写作时并不存在我们现代人总结归纳出的某一种文学概念或文学类型。而今人为了便于深入研究某一类文学作品，首先会毫不犹豫地指出其基本特性。至于分类标准、方法则千差万别。例如韦勒克在阐述"文学类型"时，就反对用社会学的方法搞出政治小说、基督教会小说、海洋小说等"五花八门的类型"，强调应依据文学文本的外在形式和内在形式进行分类。他所说的"外在形式"包含特殊的格律与结构；而"内在形式"则包括态度、情调、目的以及较为粗糙的题材和读者观众范围②。本书尝试按

---

① 对于日本奈良、平安时代而言，主要由神祇官主导的律令祭祀（包括"常祀"和"临时祭"）和太政官管辖下的"律令制国家佛教"（井上光贞）两大部分构成。后者主要以仁王会、季度"御读经（キノミドキョウ）"、护国三法会（兴福寺维摩会、御斋会、药师寺最胜会）等形式，定期或临时举办。長戸教士：《日本古代護国法会の研究》，大阪大学，博士（文学）論文，2018年甲第19728号。内田教士：《季御読経の成立と防災方針の変化》，《待兼山論叢》2016年第50号。

② ［美］雷·韦勒克、奥·沃伦：《文学理论》，刘象愚等译，生活·读书·新知三联书店1984年版，第256—271页。

第一章　从怪异到怪异文学

照这个标准提出所谓"怪异文学"，其外在形式具有特定的叙事结构（如异常、虚实、隐显等怪异文学的情节结构）与近似的文体形式（如志怪、传奇与说话、物语）；而其内在结构则以叙述"怪异"为主要内容或以"怪异"为主题，或以传递神秘思想为目的，或以暗含政治性的、伦理道德性的批判为目的。

本书之所以将"怪异文学"作为一种文学类型对待，始于中日学者长期关注、讨论一类具有"怪异性"的文学作品。这一类文学作品在中国被称为志怪或传奇文学（古体小说），而在日本则被称作"怪异说话""怪异谈""怪异小说"，尤其受到日本近世文学研究者的重视。此外，在非汉字文化国家也存在这一类文学，如法国"奇幻文学"、英国"哥特式小说"等。也就是说，世界文学里存在一类专讲奇异、怪异、虚幻灵奇的"超自然"事件的文本，并且叙述者一般会秉持纪实的态度描述它们。这些文本多数蕴含着人们对宇宙万物、社会、文化、伦理、生命等重要问题的思考，以传递宗教、哲学、自然观念、伦理批判、经验知识为目的。不过，也正因为包含这些内容或论述，致使其"文学性"大打折扣，人们甚至不把它们视为文学作品，尤其是把那一些粗陈梗概的纪实性文本当作"散文"、"杂文"或"残丛小语"。

韦勒克反对用时间或地域划分文学类型，强调文学上的特殊组织或结构类型之重要性[①]。但时代与地域以及在此基础上形成的独特历史文化背景对于某些类型的文学形成起到不可忽视的作用，韦勒克本人在论述文学史时也没有回避它们的影响[②]。当然，特殊的历史时空与文化背景并不会随着政权更迭或政治制度的变化立即出现相应变化，所以在讨论日本平安朝怪异文学时，"平安朝"只是一个时间参照，"平安朝"前后出现的文学文本同样受到重视。

天应元年（781）四月，桓武天皇即位，时值谶纬学说所谓的"辛酉

---

① ［美］雷·韦勒克、奥·沃伦：《文学理论》，第257页。
② ［美］雷·韦勒克、奥·沃伦：《文学理论》，第300—308页。

革命年"。桓武天皇即位之前，当时的首都平城京（今属奈良县）已经发生了长屋王之乱、藤原广嗣之乱、道镜篡政等动乱，皇权统治者内部斗争愈加激烈，寺院势力也参与其中，影响朝政，桓武天皇遂决心迁都至长冈京（今属京都府）。这一决定遭到多方势力的极力反对，甚至负责营造长冈京的官员藤原种继被暗杀，早良亲王被诬为主谋含冤死去。之后，桓武天皇几度患病，都被怀疑系早良亲王的冤魂作祟所致。迁都至长冈京仅十年后，延历十三年（794）桓武天皇再次将都城迁往平安京（今属京都府）①。此后到建久二年（1192）源赖朝在镰仓建立幕府为止，近400年里平安京一直是日本的都城及政治经济文化中心，所以从794年到1192年被称为"平安朝"②。

日本上古重巫卜，观察、记录"怪异"的传统可追溯至创世神话。平安朝在上古原始宗教的基础上，继续奈良时代以来积极吸收大陆文化的努力，尤其是积极吸收中国阴阳五行、天人感应、谶纬、佛道等思想成果，以维系皇权统治的崇高地位。在以国家祭祀为核心的神祇制度下，"怪异"全方位地融入社会文化生活的话语体系之中。

平安朝并不"平安"。正如本书第二章第四节总结的那样，桓武天皇即位前后分别经历了井上内亲王和他户亲王的怨灵多次作祟致其重病（《续日本纪》第三十四卷宝龟八年十二月，九年正月、三月条），"灾异荐臻、妖征并见"，"伊势大神及诸神社、悉皆为祟"，"妖怪"频出，炎旱、疫病、地震等导致"天下缟素"……桓武天皇之后的历代天皇也有类似遭遇，这些正史所谓的"天变地妖"在贵族文人日记或物语中被称作"物怪""怪异"。实际上，这么多关于怪异事象的记录（包括文学作品）无不是皇权统治出现危机的表征，其背后是统治阶层内部斗争的惊涛骇浪。

---

① 关于迁都过程，参看大石慎三郎论文。大石慎三郎：《日本の遷都の系譜》，《学習院大学經濟論集》1991年第28卷第3期。
② 亦称"平安时代"，也有按照桓武天皇即位时间（781）算起等多种划分方法。另外，本书的研究对象的编撰年代系推测时间，虽然一部分成书于镰仓时代，但主要记录了平安朝的事件，亦纳入研究范围之内。

第一章　从怪异到怪异文学

桓武天皇迁都的目的是希望摆脱贵族阶层中的反对势力和寺庙对其皇权统治的牵制。他积极完善、巩固大化改新以来模仿中国隋唐时代的律令制确立的皇权统治秩序，以确保皇权的绝对权威①，因而进一步激化了天武天皇系与天智天皇系的皇族阶层、贵族阶层之间的矛盾。平安朝初期早良亲王（桓武天皇的弟弟，被追封为"崇道天皇"）、伊豫亲王（桓武天皇的儿子）、他户亲王（桓武天皇的弟弟）等"怨灵"不断引发山陵怪异、疾病流行、天灾地妖，迫使皇权统治者为此举行各种祭祀活动，由此形成了长达千年的祇园"御灵会"祭祀传统②。从空间上来看，平安京不仅孕育了灿烂的王朝文化，而且也成为怪异、怨灵、鬼神频繁上演的舞台③。

平安朝中期，藤原氏逐步控制了皇权统治，开启了摄关政治④，统治阶层内部矛盾进一步升级。承平、天庆之乱就是矛盾激化的产物。平安朝后期，白河上皇1086年开始实行长达43年的"院政"⑤，希望借此防止长期占据摄政、关白职位的藤原氏贵族对皇权的操控。不过院政最终还是没有挽救平安朝的皇权统治，新兴的武士阶层借助保元、平治之乱登上历史舞台，最终建立了武士阶层主导的幕府政权，平安时代因而终结。总体来看，平安朝又可以分为重振律令制度的时期、摄关政治时期和院政时期。这三个时期均贯穿着皇权统治的逐渐衰弱和各阶层势力相互消长与斗争。

---

① ［日］坂本太郎：《日本史概说》，汪向荣、武寅、韩铁英译，商务印书馆1992年版，第105—122页。
② 关于"御灵会"最早的记录见于《日本三代实录》贞观五年（863）五月二十日条，具体祭祀对象以及相关历史问题参看伊藤信博论文。伊藤信博：《御霊会に関する一考察（御霊信仰の関係において）》，《言語文化論集》2003年第24卷第2期。
③ 例如罗城门、一条戾桥、东三条等地成为平安朝鬼神出没的"胜地"。斗鬼正一：《都市というコスモス——平安京に見る人と自然、超自然》，《情報と社会》2010年第20号。
④ "摄关政治"是指由"摄政"或"关白"主导的政治统治。尤其是在平安时代中期，原来的律令制度发生变异，藤原氏作为天皇的外戚长期占据"摄政"或"关白"之职，形成了长期操控政权的局面。
⑤ 所谓"院政"是指由太上天皇裁决政务，实施国政的形式。自应德三年（1086）白河上皇创始，至江户时代的天保十一年（1840）光格上皇驾崩，断断续续地出现。"院"是太上天皇办公的场所——"院厅"。

在《续日本纪》《扶桑略记》等史籍之中，祥瑞休咎、天变地异与政争、战乱、疫病等"人祸"此起彼伏，辉煌灿烂的王朝文化背后是民不聊生，这也为平安朝的佛教、阴阳道、神道等宗教思想的发展提供了肥沃的土壤。从"公"到"私"，谶纬、占卜、巫蛊、咒术广为流行①，折射出世情动荡与人们对自身生存境遇的忧惧。表现最为明显的是作为"公"的皇权统治者——他们一方面禁止民间盛传巫蛊、咒术和预言未来福祸的"妖言""妖书"，另一方面却在国家层面特设神祇官（ジンギカン）与阴阳寮（オンミョウリョウ），仿照唐代律令中的"祠令"制定了"神祇令"，广建寺院与神社，利用这些机构频繁开展祭祀、占卜等活动②。

天皇、皇族、贵族甚至直接参与各种巫术活动。例如宝龟三年（772）皇后井上内亲王（圣武天皇之女）行厌魅之术，咒诅光仁天皇③，事情暴露之后遂被废黜。同年五月，井上内亲王的亲生儿子、当时的皇太子他户亲王也受此牵连被废黜。宝龟四年（773）正月，光仁天皇的长子山部亲王（即后来即位的桓武天皇）被立为太子。九月，光仁天皇的姐姐难波内亲王被怀疑中了井上内亲王的咒诅而死去。于是，光仁天皇下令软禁井上内亲王与他户亲王。宝龟六年（775）四月母子二人同日而亡。

井上内亲王的妹妹不破内亲王也擅长厌魅之术，为了能让亲生子即位而咒诅称德女天皇。神护景云三年（769）此事败露，不破内亲王被逐出京城。后来，不破内亲王被赦免并恢复了原籍，仍恶习不改。延历元年（782）三月与三方王的妻子弓削女王一起再行厌魅之术谋害桓武天皇，事发后遭流放④。

除了皇后、皇妃好行巫术，天皇也时有为之。例如仁和五年（889）

---

① 从中国阴阳五行术和谶纬思想传入日本的时间来看，《日本书纪》继体天皇七年（513）夏六月条显示该类思想经由朝鲜百济国传入。除此之外，平安朝书籍目录里面著录许多谶纬书籍。中村璋八：《日本の陰陽道書の研究》，汲古書院 2000 年版，第 3—30 頁。

② 笹惠子对光仁天皇朝前后因灾异而实施的宗教性质的祭祀进行了分类与总结。笹惠子：《律令国家の災異に対する宗教的対応について》，《高円史学》1998 年第 14 号。

③ 即平安朝开创者桓武天皇的父亲，讳"白壁"。

④ 关于井上内亲王和不破内亲王厌魅事件可参考林陆朗的论文。林陸朗：《桓武朝初世の政治情勢》，《国学院大学北海道短期大学部紀要》2013 年第 30 卷。

正月十八日，宇多天皇亲自施行了"厌法"①。天庆二年（939）开始的平将门叛乱引发朝廷恐慌，命各大寺庙修"调伏"之法（详见第五章第一节）。所谓"调伏"是佛教密教用以降服恶人恶心之法，其实也是一种咒诅。皇权统治者尚且如此，一般民众更不必说。他们迷信佛教、阴阳道、巫术等可以趋利避害，招财免灾，脱离现实苦恼。在这种社会文化背景下，天人感应思想、谶纬、阴阳咒术、佛教密法等神秘思想投射到文学中，形成了怪异文学。

第二节　物语与说话的"怪异性"

平安朝四百年出现了许多叙事文学作品，物语文学占据重要地位。其中有不少作品蕴含怪异文学元素，甚至大篇幅叙述怪异，成为经典篇章。被紫式部誉为"物语之祖"的《竹取物语》讲述伐竹老翁从竹子中剖出了一个女婴，这个女婴迅速长成美女，引来贵族、天皇的狂热追求，最后她被神仙接回月宫。整个故事神异灵奇，其中的竹中诞生、奔月、长生不死药等情节分别受到《淮南子·览冥训》《搜神记》《华阳国志》《汉武帝内传》及汉译佛典《佛说月上女经》的影响②。较《竹取物语》稍晚成书的《伊势物语》之《芥川》篇和《荣华物语》等因记录鬼吃人、"物怪"而备受瞩目。

紫式部的《源氏物语》也包含大量怪异叙述。该书《夕颜》《葵》

---

① 皇円著，黑板勝美编：《扶桑略记》（新訂増補国史大系12），吉川弘文館1965年版，第107、156页。井上皇后的厌魅事件又见于《续日本纪》第四册卷三十二光仁天皇宝龟三年，但事发时间为三月。藤原継縄等编，青木和夫校注：《続日本紀》第四册（新日本古典文学大系），岩波書店1998年版，第372页。

② 有关出典研究已经很多，例如岸上慎二和松尾聪均有涉及。岸上慎二：《详解竹取物语》，樱枫社1969年版，第199—204页。松尾聪：《竹取物语全释》，武藏野書院1977年版，第226页。久保坚一还总结了《竹取物语》与汉译佛典、佛传的关系。久保坚一：《〈竹取物语〉と仏伝》，《中古文学》2006年第77卷。渡边秀夫还探讨了《竹取物语》与《汉武帝内传》的授受关系。渡辺秀夫：《平安朝文学と漢文世界》，勉誠出版社1991年版，第38—52页。

《明石》《朝颜》《真木柱》《若菜·下》《柏木》《横笛》《手习》等篇章多处提及"物怪"与"生灵"事件①。"物怪"既包含"生灵"附体害人，也包含"死灵"害人，二者都被称为"怨灵"，日语读作"オンリョウ"。最为著名的是光源氏的情人六条御息所因为嫉妒，灵魂出窍附体在葵上的身上，最终致其死亡（《葵》）。灵魂在人活着时出窍害人，被称作"生灵"，日语读作"イキズタマ"。六条御息所死后，其灵魂又袭击了紫上（《若菜·下》）与女三宫（《柏木》）。人死后的灵魂即"死灵"，日语读作"シリョウ"。"生灵"、"死灵"以及"物怪"引发的怪异事件成为《源氏物语》多个篇目中的重要内容，也是该作品研究的热点问题。

比物语文学情节简单、人物形象或欠丰富的说话文学更"偏爱"怪异，甚至出现专门搜集、记录各种怪异事象的说话文学集。例如形成于8世纪末的《日本感灵录》（散佚）、9世纪初的《日本灵异记》、10世纪初的《善家秘记》（散佚）和《纪家怪异实录》（散佚）、10世纪末的《日本往生极乐记》、11世纪初的《续本朝往生传》、11世纪末的《本朝法华验记》《本朝神仙传》等，这些均为汉文体说话文学集；还有10世纪以后的和文体（假名或假名汉字混杂）说话文学集《三宝绘》、平安时代末期的《宇治拾遗物语》与《今昔物语集》等也是非常重要的怪异说话文学集。

现存最早最完整的怪异文学集是平安朝初期的《日本灵异记》（全称为《日本国现报善恶灵异记》），作者景戒在序中明确指出自己广泛搜集"自土奇事""奇记"，记录"灵奇"的目的是宣说佛教三世善恶、因果报应之灵验②。此外，他还在文中使用"是奇异（之）事"等评语，强调事件的怪异性。该书除了受中国佛教志怪《冥报记》《金刚经般若集验记》等的影响以外，也受到《搜神记》等非佛教志怪的影响。

《本朝法华验记》主要为宣说持诵《法华经》的灵验功德，劝进人们

---

① "生灵"与"物怪"同时出现于《源氏物语》第九帖《葵》。藤本胜义结合平安朝的历史记录、贵族日记专门探讨了《源氏物语》中的物怪与生灵。藤本勝義：《源氏物語の"物の怪"——平安朝文学と記録の狭間》，青山学院女子短期大学学芸懇話会，1991年版。

② 出雲路修校注：《日本霊異記》（新日本古典文学大系），岩波書店1996年版，第202、297頁。

信奉《法华经》而编撰的汉文佛教说话集，大部分作品都是关于神佛灵验、地狱游历以及鬼怪的故事。据大曾根章介、千本英史等人的研究显示，该书的编纂系受到了中国唐代沙门寂法师的《法华经集验记》以及惠详的《弘赞法华传》、僧祥的《法华传记》、道宣的《集神州三宝感通录》等法华经灵验记的影响①。

《今昔物语集》可谓日本平安朝说话文学之集大成，收录印度、中国、日本三国佛教类说话以及中国、日本世俗类说话共一千多则。学界公认它受到中国的《法苑珠林》的影响较大②，其次还有《冥报记》《弘赞法华传》等佛教灵验记的影响③。但是，也有许多篇目源自《山海经》《神异经》《搜神记》《搜神后记》《齐谐记》《世说新语》《冤魂志》等。

除此之外，平安时代中后期出现宣传往生净土思想的《日本往生极乐记》《续本朝往生传》《拾遗往生传》等佛教说话文学集，记录怪异灵奇的单篇汉文传记《狐媚记》《道场法师传》《白箸翁传》《浦岛子传》，日本汉文说话文学集《纪家怪异实录》（散佚）、《善家秘记》（散佚）等，益田胜实曾直接把它们称作"怪异的文学"④。它们有两个共同特点：第一，均基于某种神秘思想，关注并集中记录各种怪异事象——既有深受佛教祸福因果思想影响创作的灵验记录、往生事迹，具有明显的宣教目的与功能的文学集，也有明显地受儒家天人感应、阴阳五行等思想影响的、仿中国志怪式的文学集；第二，它们主要通过记述神仙鬼怪、离奇怪异之事，来证明、宣传佛法灵验或"天道""天命""神道"以及阴阳五行、五德终始之不诬。以往的文学研究更多关注与佛教相关的那一部分，而对专记怪异的部分关注较少。

---

① 大曽根章介：《漢風の世界と国風の世界中古文学——法華驗記をめぐって》，《中古文学》1978年第21卷。千本英史：《驗記文学の研究》，勉誠出版社1999年版，第88—96頁。
② 20世纪40年代片寄正义对《今昔物语集》的系统性研究已经揭示了它的诸多篇目来自《法苑珠林》所引用的《搜神记》《冥祥记》《冤魂志》等中国志怪。片寄正义：《今昔物語集の研究》，三省堂1944年版。
③ 宫田尚：《今昔物語集震旦部考》，勉誠出版社1992年版。
④ 益田勝実：《古代説話文学》（岩波講座日本文学史），岩波書店1958年版，第22—25頁。

20 世纪上半期开始，国东文麿、益田胜实等开始关注说话文学"怪异性"问题①。随后，历史、思想史、文化史的学者也开始关注"怪异"。进入 21 世纪，日本逐渐形成了研究"怪异"的潮流，取得不少重要成果。与文学相关的成果大致可分为两类：第一类是围绕"怪异文学"代表性作品或作品集的研究；第二类是从文学史或文学总论的角度对说话文学"怪异性"的相关探讨。

第一类是关于日本古代说话文学的研究，发端于学界对《今昔物语集》的关注。山岸德平明确指出《今昔物语集》既具有作为说话文学集的重要价值，还具有社会文化史、思想史等多元价值②。这一时期最具代表性的研究成果是片寄正义的《今昔物语集研究》（《今昔物語集の研究》，1944），它是对日本近世以来到 20 世纪 40 年代为止的今昔物语集研究之总结，也是继芳贺矢一的《今昔物语集考证》（《考証今昔物語集》，1913）、野村八良的《近古时代·说话文学论》（《近古時代·説話文学論》，1936）等优秀成果之后出现的集大成者。20 世纪 50 年代以后国东文麿的《今昔物语集成立考》（《今昔物語集成立考》，1962）、小峰和明的《今昔物语集的形成与构造》（《今昔物語集の形成と構造》，1985）与《说话的森林——天狗·盗贼·异形的戏谑》（《説話の森〈天狗·盗賊·異形の道化〉》，1991）、森正人的《今昔物语集的生成》（《今昔物語集の生成》，1986）、藤井俊博的《今昔物语集的表达方式之形成》（《今昔物語集の表現形成》，2003）等，都是关于《今昔物语集》以及《宇治拾遗物语》的重要研究。国东文麿等则是在前人的基础上进一步提炼，特别是从出典考证逐步转向题材、叙事方法与类型、文体特征、文学思想、文学性等方面的探索。

围绕《日本灵异记》的文学研究稍晚于《今昔物语集》，它原本主要

---

① 益田勝実：《説話文学と絵巻》，三一書房 1986 年新装版，第 31、99—111 頁。国東文麿：《今昔物語集成立考》（増補版），早稲田大学出版部 1978 年版，第 256—262 頁。
② 山岸德平：《今昔物語集の価値》，載日本文学研究資料刊行会編《今昔物語集》（日本文学研究資料叢書），有精堂 1970 年版，第 1—7 頁。

用于佛教史、历史学的研究。原田行造揭示了它作为说话文学研究的价值，随后黑泽幸三、寺川真知夫、出云路修的研究引起了人们对它的关注①。此后，八木毅的《日本灵异记研究》（《日本霊異記の研究》，1986）、丸山德显的《日本灵异记说话研究》（《日本霊異記説話の研究》，1992）、永藤靖的《古代佛教说话的方法——从灵异记到验记》（《古代仏教説話の方法——霊異記から験記へ》，2003）以及中国学者李铭敬的《日本佛教说话集的源流》（《日本仏教説話集の源流》，2007）等对《日本灵异记》以及《本朝法华验记》的专论，从日本古代氏族传说、中日佛教说话比较研究以及"验记文学"等多角度展开更为深入的探讨②。

值得注意的是，小峰和明（1985）与森正人（1986）都以《今昔物语集》"话末"评语与"话中"频现的"希有""奇异"等词汇为切入点展开论述。小峰和明揭示了《今昔物语集》文本深层的狂言绮语观与佛法王法相依观之密切联系；森正人指出它们体现了说话主体、佛教、世俗性、超自然与日常的紧张感。永藤靖（2003）则从《今昔物语集》的两个重要出典——《日本灵异记》与《本朝法华验记》里面的"灵异"和"验"两个关键词考察编著者对奇异事件、奇迹的不同认识。此外，藤井俊博的研究则更为具体，他考证指出《今昔物语集》的"奇异""微妙""今昔"等表述受到《本朝法华验记》的影响，并对这些词语进行了词汇学、语义学的考证与比较。

上述研究对佛教倡导与佛教思想与文本内部深层的言语表现之间的关系做出了精辟的论析，但多以个案为主，在对平安朝律令体制下的神祇制度、国家佛教等政治、文化背景的宏观视野与理论观照方面也稍嫌不足。

第二类是文学史和文学总论中关于说话文学、物语"怪异性"问题的讨论。与本书研究较为相关的是南波浩《物语文学（古典及其时代Ⅲ）》[《物語文学（古典とその時代Ⅲ）》，1958]、三谷荣一《日本文学的民俗

---

① 朝枝善照：《日本霊異記研究序説》，《印度学佛教学研究》1989年第38卷第1号。
② 千本英史：《験記文学の研究》，第88—96页。

学研究》(《日本文学の民俗学研究》,1960)、益田胜实《说话文学与绘卷》(《説話文学と絵卷》,1960)、菊池良一《中世说话文学》(《中世説話文学》,1971)、今井卓尔《物语文学史的研究》(《物語文学史の研究》,1976)、出云路修《说话集的世界》(《説話集の世界》,1988)、久保田淳《口承文学》(《口承文学》,1997)等。这些研究,主要讨论了物语、物语文学、说话、说话文学的概念以及各自在日本文学史中的地位、作用、产生、发展等问题。其中有关《日本灵异记》《今昔物语集》等怪异文学的实录性与怪异性的论述,为本书分析比较中国志怪与日本怪异题材说话文学提供了重要依据。此外,山岸德平、池田龟鉴、永积安明、益田胜实有关说话文学之概念、形成、发展与研究方法为本书分析怪异文学的文体类型提供参照。

关于说话文学与物语文学的"怪异性"问题,具有代表性的观点是国东文麿提出的:"从根本上来说,'说话'产生于人们对事件异常性的兴趣和关注。其作为兴趣和关注而言是朴素与单纯的,不得不说它是低层次的东西。但如果仅以这种低层次的兴趣来看待异常性的话,既可能因个体差异无法引起一些人的兴趣与关注。或者即便将其作为宗教性、劝世性的教训抑或事例、小故事来使用,也未必能引起人们对文学的兴趣。因此,异常性应该被视为作者对事件异常性本身的兴趣,同时也是作者对人性的兴趣。最终,从对人性、人生现实之兴趣、关注和理解而产生了相应的表达,这种表达生动地将人性或者人生的一面描摹出来,而这样的作品才应该被称为具有文学性的说话或者说话文学。"① 对于物语文学尤其是说话文学,怪异性无疑是其显著的特质。但是国东文麿反对因其具有怪异的表象——这种"低层次"的特质,而忽略了更为真实的人生与生动的人性。他的论述强调叙事文本的怪异性可以引发人们对现实生活的关注。不过,事实上恰恰相反——正是因为人们注意到人、事、物的变化并追根溯源才发现"异常",除了记录这些异常,还尝试阐释、理解它们,由此产生了怪异文学。

---

① 国東文麿:《今昔物語集成立考》(增補版),第256頁。

此外，中国学者王晓平在《佛典·志怪·物语》一书中，从印度佛教文学传入中国、再由中国传到日本的文学交流史线索入手，考察了中国志怪与佛教文学相互影响、融摄的基本脉络，在此基础上分析了中国志怪、汉译佛典对日本物语文学、说话文学的影响。王晓平揭示了中国志怪与日本说话文学在主题、故事情节等方面的源流，指出《狐媚记》等日本汉文体说话文学作品与中国志怪在文体上的相似性，主张可将《狐媚记》等称为"仿志怪"①。

上述研究为本书的研究奠定了良好的基础，但存在三个方面的问题有待深入探讨。第一，何为"怪异"？尽管益田胜实、国东文麿等都讨论了说话文学的"怪异性"，但是他们仅将其视为说话文学的表面特征，源自人们"低层次"的好奇心。这更像是从听众、读者的感想推测出的结论。诚然，若从记录、叙述怪异的单个作者的角度来思考，关注、记录、言说"怪异"的行为只是人类正常的心智反应。但若从漫长的历史时空来看，"怪异"被不断地赋予各种文化阐释，其本身形成了一种精神遗产，反映出人们对世界整体的认知与态度。也就是说，"怪异"既存在于人们的情志层面，又与朴素的神秘思想以及在此基础上形成的天人感应、阴阳五行、佛教福祸因果等思想密切相关。因此要讨论怪异文学，首先要弄清什么是"怪异"。第二，为何"怪异"？那些作者目击或听闻到有关"怪异"之后，为何能够意识到这些事件、现象的异常性，并积极记录或描述它们？这一问题至今鲜有人做过系统性的考察。第三，如何"怪异"？怪异文学的叙事主题、情节类型、叙事方法有哪些？为何人们能够通过这些文本感知其中的"怪异"？也就是说，怪异文学文本的叙事学特点、美学特点与价值是文学研究不可忽视的重要课题。

第三节 中日"怪异"研究纵览

围绕什么是"怪异"的问题，已经在中国文学、日本文学、日本哲

---

① 王晓平：《佛典·志怪·物语》，江西人民出版社1990年版。

学、日本民俗文化学、日本史学等多学科领域引起关注和讨论,简要梳理如下。

中国的志怪作为平安朝说话文学(本书所谓的"怪异文学"多出于此)的源头之一,本身的意义即"记录怪异"。回顾中国文学研究史,学者们也早已关注到专记"怪异"的志怪、传奇等文学文本。鲁迅在《中国小说史略》第五章"六朝之鬼神志怪书"中借鉴明朝学者胡应麟的观点,对中国古代"小说""志怪"等古代小说文类概念的形成、演变历史进行了大量的考证与文献研究,将六朝鬼神、佛教灵验故事称为"鬼神志怪之书"[①]。并且,他还列举了汉晋之际干宝著《搜神记》,荀氏著《灵鬼志》,陆氏著《异林》,西戎主簿戴祚著《甄异传》,祖冲之著《述异记》,祖台之与孔氏、殖氏、曹毗等均著有《志怪》,题名多用"神""灵""鬼""怪""异"等。

20世纪80年代,中国学者李剑国以历史时序为主线,从原始宗教信仰、古代神话传说等"源头"以及历代文人学者对志怪小说的认识与分类开始谈起,将《山海经》等先秦散文里含有一定叙事性的文本称为"准志怪小说";将两汉、魏晋南北朝及隋唐的纪异题材的叙事文本称为"志怪小说",并按照其内容类分为杂史杂传、地理博物、杂记体等。他强调"小说"一词是中国古代文学概念,与今天的"小说"概念存在差异[②]。

李剑国还辨析了"志怪"与"传奇"二者的异同,将"志怪"称为"述异语怪的小说"。他认为"志人"与"志怪"是六朝小说两个大类型,"志怪"到了唐代发展出"传奇"并盛行。李剑国"依据作家的气性",把唐五代的志怪和传奇分为六种:一是宗教家小说,二是语怪家小说,三是传奇家小说,四是寓言家小说,五是古文家小说,六是历史家小说。据他的意见,"六家小说"中前两类主要是志怪小说,后四类包括唐传奇和杂史杂传体小说。"宗教家"小说的特点是宣扬宗教迷信,作者本人

---

① 鲁迅:《中国小说史略》,上海古籍出版社2006年版,第22—29页。
② 李剑国:《唐前志怪小说史》,南开大学出版社1984年版,第1页。

第一章 从怪异到怪异文学

大多是宗教信徒，文学形式多是志怪；"语怪家"小说的特点是粗陈梗概，述异搜奇，常含宗教迷信，但主旨是以怪奇之事娱人。进而他依据作者的宗教信仰不同又将弘教类志怪小说分为佛教小说、道教小说和宿命小说①。

同时代的中国台湾学者王国良专以魏晋南北朝志怪小说为研究对象，继承庄子的"志怪"乃记录怪异之事、胡应麟"标举为神灵怪异小说之总称"等说法，指出就其题材而言，"魏晋多纪阴阳五行、巫觋数术、服食求仙、灵怪变异之事……降及南北朝，规过劝善、礼神消灾、天堂地狱、因果报应之谈大盛"。故而，他从志怪的重要主题——神话与传说、五行与数术、民间信仰、鬼神世界、变化现象、殊方异物、服食修炼及仙境说、宗教灵异与佛道相争——八大分类着手分析梳理②。

20 世纪 90 年代，林辰用"神怪小说"来概括《山海经》以来到明清时期的志怪等，并将"神怪小说"分为：神怪史话类、神怪世情类、神怪寓意类、神怪仙佛类四种③。美国学者康儒博（Robert Ford Company）在其论著《怪异的书写：中古中国的怪异叙述》（*Strange Writing: Anomaly Accounts in Early Medieval China*）提出"Anomaly Accounts"（怪异叙述）的概念，讨论了中国志怪小说特殊的叙事结构④。中国台湾学者刘苑如受其启发讨论了志怪小说的"怪异叙事""怪异书写"，并试图以"常""异"的辩证转换，来揭露志怪小说的特质与叙事模式。康儒博与刘苑如的论著都试图破除以西方"小说"的概念套用于中国叙事文学的不利影响，力图从古代人的哲学思想、精神意态的角度，探讨怪异文学中"异"与"常"的辩证关系⑤。

---

① 李剑国：《唐五代志怪传奇叙录》（上册），南开大学出版社 1993 年版，第 1—32 页。
② 王国良：《魏晋南北朝志怪小说研究》，台北：文史哲出版社 1984 年版，第 1—2 页。
③ 林辰：《神怪小说史》，浙江古籍出版社 1998 年版，第 15 页。
④ Robert Ford Company, *Strange Writing: Anomaly Accounts in Early Medieval China*, State University of New York Press, 1996.
⑤ 刘苑如：《身体·性别·阶级——六朝志怪的常异论述与小说美学》，台北："中研院"中国文哲研究所 2002 年版，第 195—196 页。

上述学者从中国小说发展史的角度，分别对志怪、传奇等语涉怪异的文学作品阐发了观点，综合他们的观点可见："怪异"并非仅限于神魔鬼怪，还包括与社会、政治、个人际遇密切相关的一系列自然现象、生理现象与不可思议的奇异事件。特别是王国良沿用胡应麟的观点，虽并未直接阐释"怪异"的概念，但是他在论述魏晋南北朝志怪时，将它们按照内容分成神话与传说、五行与数术、民间信仰、鬼神世界、变化现象、殊方异物、服食修炼及仙境说、宗教灵异与佛道相争八大类。该分类方法基本上符合当时人们对"怪异"的认知。也就是说，当我们探讨"怪异"及其内涵时，应该避免按照今人的知识标准、价值观念对其进行"过滤"与加工，只有把它们置于其所在的时空及文化背景中，才能更准确、全面地考察。

　　中国志怪、传奇传播到日本并深刻地影响着日本怪异文学。例如北宋太平兴国年间编撰的两部类书《太平御览》《太平广记》分别在平安时代治承三年（1179）和镰仓时代传入日本①，后者以搜集汉魏南北朝至隋唐志怪以为其渊薮而著称。宋元明清的中国小说则通过勘合贸易作为贵重商品源源不断输入日本②，它们对日本近世怪异小说（怪谈文学）的形成与发展产生重大影响。在这一方面山口刚的研究具有里程碑意义③，高田卫、堤邦彦等近人学者进一步围绕上田秋成等江户时代怪异谈及其作家展开研究，取得了丰硕成果④。不过他们更倾向于将怪异、怪奇视为文学审美上的重要特点，关注能够引发人们恐惧、惊异的中国题材对日本近世文学影响之事实，例如著名的"牡丹灯笼"现象。

　　进入21世纪，东雅夫、田中贡子等受到法国学者托多罗夫的影响，以

---

① 冈田正之：《日本漢文学史》（增订版），第269頁。周以量：《日本における〈太平廣記〉の流布と受容——近世以前の資料を中心に》，《和漢比較文学》2001年第26号。
② 大庭修：《漢籍輸入の文化史》，研文出版1997年版。
③ 山口刚：《山口剛著作集Ⅰ》，中央公論社1973年版。
④ 高田衞：《江戸幻想文学誌》，平凡社選書1987年版。高田衞：《春雨物語論》，岩波書店2009年版。堤邦彦：《江戸の怪異譚：地下水脈の系譜》，ぺりかん社2004年版。堤邦彦：《女人蛇体偏愛の江戸怪談史》，角川学芸出版2006年版。

第一章　从怪异到怪异文学

"奇幻文学"理论为切入点，重点关注文学的奇幻、怪异、怪诞美学效果，或者说强调这一类的阅读感受①。尽管这些研究推动了现代日本社会对"妖怪""怪异"的文化消费，各种小说、动漫、影视等文艺作品层出不穷，但他们更多关注有形的妖怪，并未重视还原"妖怪""怪异"在原来历史语境中的真正含义，而是将"妖怪"等同于"怪异"。

哲学、民俗学、文化学的学者也对怪异进行了多角度的深入探讨。理性主义与科学主义推动人类文明的发展时，一直将宗教迷信、神秘幻想作为其批判的对象。日本明治维新之后，哲学家、民俗学家开始了对"怪异"与"妖怪"的研究。井上圆了撰写《妖怪学讲义》旨在破除封建迷信，利用西方纯粹哲学和心理学对古代思想中的怪异、妖怪现象进行了哲学性、理性主义的剖析、批评。他把妖怪分成"虚怪"与"实怪"两大类。"虚怪"指因人为虚构或误解而出现的妖怪，包括人为的妖怪（伪怪）和偶然发生的妖怪（误怪）。"实怪"分为"假怪"和"真怪"，前者指在自然界出现的妖怪，包括物理性的和心理性的两种；后者则是"超理的妖怪"，即超出人类理解、认知的妖怪②。井上圆了还指出可借助物理学、化学、心理学等手段消除相应类型的妖怪，其研究推动了明治社会文化由愚昧转向科学、理性，具有思想启蒙意义，不过他的划分方法带有明显的个人特色和主观性。

南方熊楠则从比较民俗学、比较说话文学的角度积极向西方介绍中日古代文献中的奇闻怪谈及其因承关系与民俗文化价值③，不过他并未直接阐明"妖怪""怪异"的概念。民俗学家柳田国男专注日本古代传说的研究，认为妖怪（日语作"オバケ"）源自人类恐怖心并经过各种加工变化

---

① 東雅夫：《江戸東京怪談文学散步》，角川学芸出版2008年版。東雅夫編：《幻想文学入門》，筑摩書房2012年版。相关研究概括参见一柳广孝的论文。一柳廣孝：《怪異への視座》，《日本文学》2011年第60卷第12期。

② 井上円了：《妖怪学談義》，哲学書院1895年版。本段解说参考三浦节夫的研究。三浦節夫：《井上円了の妖怪学》，《国際井上円了研究》2014年第2期。

③ 飯倉照平：《南方熊楠の説話学》，勉誠出版2013年版。増尾伸一郎：《南方熊楠の比較説話研究と大蔵経——『田辺抜書』の黄檗版抄録の意義について》，《"エコ・フィロソフィ"研究》2014年第8卷別冊。

而来，若能把握日本文化史中的恐怖、敬畏的原始文化模型，就可以揭示日本人的人生观、信仰与宗教的演变情况。他在《妖怪谈义》里提出了著名的"神灵没落说"，认为妖怪来自已经不被人们信奉的神灵。原本这些神灵不仅受人敬畏，还受到供奉与祭祀，但后来逐渐不被人们信奉，只剩下对它们的畏惧①。柳田国男还讨论了幽灵与妖怪的区别以及天狗、河童、山人等所谓日本特有的妖怪，但是他并未阐明妖怪是基于何种精神、思想产生的问题②。

20世纪后半期小松和彦、宫田登、田中贡子继续推进井上圆了、柳田国男、折口信夫、水野叶舟关于"妖怪"的研究。特别是小松和彦在批判柳田国男的"妖怪是没落的神灵（零落した神）"学说基础上提出了"新妖怪学"，主张通过妖怪学、妖怪文化研究人本身的问题③。他认为柳田国男所说的神灵先于妖怪存在的观点不正确，二者原本就同时存在于日本文化中，妖怪或怪异是一种超自然且令人感到不安或恐惧的东西。妖怪有三种类型：一是作为事件或现象的妖怪；二是超自然性存在的妖怪；三是造型化的妖怪④。不过，他在分析这三种妖怪时，把妖怪与怪异时而相提并论（"怪异·妖怪现象""非怪异·妖怪现象"），时而单独论述，二者的区别与联系并不明确⑤。事实上，引发人们认为"不可思议""神秘""奇妙""令人恐惧"等现象在古代大都被视为怪异。而这些怪异之中就包含了小松和彦归纳的三种妖怪。怪异应该包括"令人感到不快的怪异、妖怪"和"令人感到期待的怪异、妖怪"的两种事物与现象，也就是本书涉及的祥瑞与灾异。

宫田登在小松和彦的观点上，论述了神灵与妖怪并存与相互转换的可

---

① 柳田国男：《妖怪談義》，講談社学術文庫1977年版。
② 大内山祥子：《神と妖怪：柳田國男〈妖怪談義〉の中で語られるお化け》，《大学院教育改革支援プログラム〈日本文化研究の国際的情報伝達スキルの育成〉活動報告書》，2009年，第322—325页。
③ 小松和彦：《妖怪学新考》，講談社2015年版，第11页。
④ [日]小松和彦：《日本文化中的妖怪文化》，王铁军译，《日本研究》2011年第4期。陆薇薇：《小松和彦与日本"新妖怪学"》，《民族艺术》2021年第2期。
⑤ 小松和彦：《妖怪学の基礎知識》，角川学芸出版2011年版，第10—31页。

第一章 从怪异到怪异文学

能性，强调城市居民是"创造"妖怪的主力，尤其注意到妖怪产生的场域问题，推动了妖怪学的发展①。不过宫田登认为"妖怪"一词较新，而且集中出现在江户时代②，显然并不符合日本奈良到平安时代"百鬼缭乱"的实际情况。

值得关注的是，2000年以来日本学者成立了"东亚怪异学会"，并相继编撰、出版了《怪异学的技法》《怪异学的可能性》等多部论文集③。该学会将"怪异"作为一门学科来进行研究，通过对历史文献中有关怪异事象（天变怪异、灾异祥瑞）的记载，具体分析这些记载的历史学、社会学、文学、民俗学的价值。他们将"怪异"作为透视古代、近代、当代社会各个层面的、跨学科的工具，使得原来"死去"的文献记载重新焕发了生命。

榎村宽之概括"怪异"指出：怪异现象在特定背景下的文化土壤里构成、阐释。所谓"怪异"是一种需要以下机制的现象——通过知者（能够建构说明体系的人）对所发生的事象做出解释，抑或通过为解决"谜题"提供充分的理由，让"不可思议的事"得以消弭，让人安心。在历史视域里，从律令制国家到现代，"怪异"的概念与所谓解释主体的问题密切相关，所以为了分析它，常常需要"复眼"式的研究视角，研究手段涵盖历史、文学、民俗学、文化人类学甚至心理学、社会学、自然科学等众多学科的要素④。

综上，不论是妖怪还是怪异，人们对它们的定义与界定存在较大分歧，这也是因为它们确实存在多重解释的可能与空间。上述学者在文学、哲学、民俗学、历史学等多学科取得的研究成果为本书提供了跨学科的多元视角与参照。

---

① 宫田登：《妖怪の民俗学——日本の見えない空間》，筑摩書房2002年版。
② 宫田登：《妖怪の民俗学——日本の見えない空間》，第11頁。
③ 東アジア怪異学会：《怪異学の技法》，臨川書店2003年版。東アジア怪異学会：《怪異学の可能性》，角川書店2009年版。
④ 東アジア怪異学会：《怪異学の可能性》，第9—14頁。

第四节　概念、文类与研究思路

基于中日学者在文学、民俗学、历史学等诸多领域的探索，本书研究对象为日本平安朝"怪异文学"。

一　基本概念及相关讨论

所谓平安朝怪异文学是指以记录天变地异、祯祥休咎、鬼神精怪、变化离奇等"怪异事象"，宣扬天人感应、神道灵异、佛法灵验、因果福祸思想的说话、物语、史传、古记录等。本概念是根据作为上述文本的主题、情节与思想来源的中国志怪、传奇、五行志、佛道灵验记等提出的，既考虑到中日古代叙事文学及其研究术语之差异，还关注到东亚汉文圈内以天人感应、谶纬、佛道福祸因果报应等宗教思想为主体的文化语境。"怪异文学"既包括作者和同时代的历史叙述者普遍认为"怪异"的文学作品，也包括虽未直接标榜或宣称"怪异"，但令读者等人感到"怪异""神奇""不可思议""恐惧"的文学文本。广义的平安朝怪异文学涉及平安朝物语文学、说话文学、绘卷（故事画）、古能乐等文艺类型[①]；狭义的则单指平安朝以记录怪异事象为主的说话文学，故可称之为"怪异（题材）说话文学"[②]。限于篇幅，本书以平安朝怪异题材说话文学作为研究对象，兼顾物语等其他文类。特别要说明的是，本书使用"怪异文学"而非"怪异（题材）说话""怪异（题材）文学"等概念表述，主要基于以下两个方面的考虑。

首先，本书使用"怪异文学"意在兼顾"物语"与"说话"两种文

[①] 能乐是从平安时代的"猿乐"和"田乐"发展起来的古代歌舞剧，其内容以鬼神、幽灵、梦幻等怪异剧情为主。这种戏剧与中国的傩舞有很大的渊源。

[②] 日本学界也有使用"怪异说话"的例子，但考虑到本书研究对象除了"说话"，还涉及其他文类，故择取"怪异文学"。铃木一雄：《日本文学新史》古代Ⅲ，至文堂1990年版，第263页。

第一章 从怪异到怪异文学

学类型概念的区别与联系。"物语"是用于专门指称日本古代叙事文学的概念，其字面意思为"说事儿"。南波浩在考证、对比《源氏物语》《三宝绘》《枕草子》等经典中出现的"物语"或关于"物语"的评论之后，指出"物语"是具有追求"排除荒唐无稽的空话，以现实为基础，以现实生活为指针"之精神，"从现实世界汲取素材"创作的文学作品①。然而，今井卓尔认为："所谓物语文学，包括虚构创作的物语、和歌物语、历史物语、说话物语"，根据是不是史实，又分为"创作物语"和"实录物语"②。显然，南波浩所谓的"物语"主要是以现实为基础创作的文学作品，似乎不包括内容荒诞、虚幻无稽的"说话物语"。而今井卓尔提出"物语"包括虚构创作的物语（如长篇物语《源氏物语》与历史物语《将门记》之类）和实录物语（如《日本灵异记》《今昔物语集》等以"实录"形式呈现的作品）。后者就是"说话文学"，具体包括"神话、传说、民间故事、童话在内"③。简言之，物语文学的范畴应当涵盖说话文学，亦即"说话即物语"，"从一开始就把二者划分为成不同研究领域的做法欠妥当"④。

今井卓尔的观点更令人信服，不过本书更重视"物语"和"说话"二者之间的联系，即在平安朝"物语"与"说话"中常见的"怪异性"。三谷荣一继承柳田国男、折口信夫两位学者的观点与方法，从民俗学的角度考证，认为"物语"的"物"与古代人的祖灵信仰有关，即指鬼神。因此，"物语"可以理解为"神语""鬼语"⑤，进而可知"物语"起源于古代神话、传说等的口承文学（即"说话"）。从三谷荣一等人的研究可见，日本的"物语文学"天生与讲述鬼、神、怪的"说话"关系密切，这也是本书提出"怪异文学"概念的重要依据之一。

小峰和明从东亚汉字文化圈古代叙事文学类型的角度，追溯前近代日本文类概念"说话"之中国源流，揭示了"物语"与"说话"的等价关

---

① 南波浩：《物語文学》古代とその時代Ⅲ，三一書房1957年版，第107—127頁。
② 今井卓爾：《物語文学史の研究》，早稻田大学出版部1976年版，第6—8頁。
③ 国東文麿：《今昔物語集成立考》（増補版），第247—248頁。
④ 小峯和明：《説話の森〈天狗・盗賊・異形の道化〉》，大修館書店1991年版，第282頁。
⑤ 三谷栄一：《日本文学の民俗学的研究》，有精堂1960年版，第1—8頁。

系，强调二者存在和语与汉语之间的"错位"①。从这个意义上说，"说话"是沿袭中国古代叙事文学类型的概念，而"物语"是日本和语表述，二者实质上是一回事。

其次，使用"怪异文学"也是为了防止"志怪""小说""说话"等东西方、中日间的文类概念及表述可能造成的混乱。具体原因有三。

第一，日本文学研究的初期受西方文学观念的影响，坪内逍遥在《小说神髓》里面把"novel"翻译为"小说"，用于批判日本近世文学"劝善惩恶"的文学观，专指作者通过构思，以现实生活为蓝本创作的叙事文学作品②。"小说"一词源自中国，坪内逍遥把"小说"作为"novel"的译语，赋予了与中国古代"小说"大相径庭的新意义。

在中国的不同朝代，"小说"的内涵与外延均有不同。鲁迅《中国小说史略》早有揭示——最早的"小说"是指无益于经国治世的小道理③，后来逐渐演变为"街谈巷议""道听途说""残丛小语"等。这些"小说"有相当大的一部分并没有叙事情节。在中国古代目录学中，"小说"或"小说家"的概念并不一定属于叙事文学范畴。更多的时候"小说"是指杂记、杂事、杂谈等言说，因而某些作品时而被当作"小说"，时而又被列入"史传"。可以说，不仅现代人所理解的"小说"与古代"小说"意义大相径庭，就连古代的"小说"亦不能一概而论。

中国古代小说中"志怪"是最为典型的类型。但是即便是"志怪"，各家定义也不相同。如鲁迅将六朝鬼神、佛教灵验故事称为"志怪之书"④。王国良则专以魏晋南北朝志怪小说为研究对象，继承庄子的"志怪"乃记录怪异之事、胡应麟"标举为神灵怪异小说之总称"等说法，认为就其题材而言，"魏晋多纪阴阳五行、巫觋数术、服食求仙、灵怪变异之事……降及南北朝，规过劝善、礼神消灾、天堂地狱、因果报应之谈大

---

① 小峯和明编：《漢文化圏の説話世界》，竹林舎 2010 年版，第 27—44 页。
② [日] 坪内逍遥：《小说神髓》，刘振瀛译，人民文学出版社 1991 年版，第 33 页。
③ 有关中国古代"小说"概念的研究与探讨，可参考罗宁等人的研究。罗宁：《汉唐小说观念论稿》，巴蜀书社 2009 年版。
④ 鲁迅：《中国小说史略》，第 22—29 页。

第一章　从怪异到怪异文学

盛"。故而，王国良按照志怪的主题——神话与传说、五行与数术、民间信仰、鬼神世界、变化现象、殊方异物、服食修炼及仙境说、宗教灵异与佛道相争——分成了八大类①。李剑国将《山海经》等含有一定叙事性先秦散文称为"准志怪小说"，将汉魏隋唐的纪异题材叙事文本称为"志怪小说"。不过，他特别强调此处的"小说"是中国古代文学概念，非今天所说的"小说"②。除了鲁迅、李剑国的提法，还有"神怪小说"的提法，例如林辰、程国赋等曾有精辟论述③。简言之，"小说"一词既有中国古代散文所谓的"小说"（小的道理、学说）之意，又可能被误解为西方叙事文类"novel"之概念，故而本书涉及中国古代述异文学时专以"志怪"指称，不与"小说"一词相提并论。由于类似的原因，野村精一在总结评论三谷荣一等的研究时，也反对将近代的"小说"直接套用于物语文学④。

第二，自20世纪60年代开始，日本近代文学研究界接受了法国结构主义理论家兹维坦·托多罗夫（Tzvetan Todorov）等人提出的"奇幻文学"（Littérature Fantastique）概念，以此考察明治、大正时期热衷于怪谈文学创作的泉镜花等作家。同时，一些欧洲文学研究的学者又将其推广至日本近世怪异小说研究中，将其译作"幻想文学"（ゲンソウブンガク）⑤。托多罗夫引用罗杰·卡约（Roger Caillois）的《论奇幻的内核》（*Au Coeur du*

---

① 王国良：《魏晋南北朝志怪小说研究》，第1—2页。
② 李剑国：《唐前志怪小说史》，第1页。
③ 林辰指出："神怪小说，顾名思义，即演述神、仙、佛、妖、鬼、怪及神功、异能、仙法、妖术以折射社会生活的小说"，并指出应与鲁迅先生所提明代的"神魔小说"区别开来。林辰：《神怪小说史》，第1页。程国赋对唐代小说的嬗变历史研究时提出将唐代小说分为"婚恋""神怪""佛道""侠义"四类，指出"神怪小说"是指"描写鬼神、怪魅的作品"。程国赋：《唐代小说嬗变研究》，广东人民出版社1997年版，第25页。
④ 野村精一：《物語文学史の構想》，载三谷栄一编《物語文学とは何か》Ⅱ，有精堂1987年版，第363頁。
⑤ 托多罗夫的《奇幻文学导论》日本译本有两种，均将"Littérature Fantastique"翻译为"幻想文学"。ツヴェタン・トドロフ：《幻想文学——構造と機能》，三好郁朗、渡辺明正訳，朝日出版社1975年版。ツヴェタン・トドロフ：《幻想文学論序説》，三好郁朗訳，東京創元社1999年版。

Fantastique）的观点："奇幻通常是寻常秩序的中断，是怪异之物对于一成不变的日常陈规的一种入侵。"①与本书关注的"怪异文学"中主要以祯祥休咎、天变地异、变怪妖孽、神奇灵异等"怪异事象"存在重合之处。但法国结构主义文论的出发点是针对19世纪魔幻恐怖与超自然类型（即托多罗夫所谓的"奇幻"类型）小说而提出的，用结构主义的观点、方法考察人性心理与文学的问题，并不完全适合东方思想与历史文化。

本书提出"怪异文学"这一概念立足于中日比较文学与13世纪以前的中日思想文化比较研究两方面成果，专门关注记录灾异祥瑞、福祸休咎、变怪妖孽、鬼神精怪、神奇灵异等"怪异事象"的文学文本。这些文学文本主要受到中国志怪的影响。为了兼顾东西方和中日间的学术概念的差异，折中取用。

第三，日本近世文学研究常常提及"怪异小说""怪奇小说""怪异谈"等概念。首先"怪异小说""怪奇小说"这两个概念对于近世文学研究比较合适。"怪奇小说"又被高田卫等称作"怪谈（物）""怪谈绮谈""怪奇文学"②，凸显近世文学中市民娱乐文化的色彩和追求新奇、怪异的审美、创作旨趣。但平安朝的物语文学，尤其是说话文学多数情节单一，只记梗概，与近世文学中假名草子文学、读本小说、戏作文学在创作旨趣、叙事手法等方面差异判然。其次"怪异谈""怪谈"属于通俗的说法，后者又多出现于近世小说的题名之前，标榜内容，吸引读者。因此，这两个名称并不太适用于平安朝。

中国学者王晓平借鉴高田卫的观点，把平安朝的《日本灵异记》《今昔物语集》等说话文学集视为"怪奇文学"的源头，而把平安朝之前的奈良朝《风土记》和平安朝的《本朝文粹》相关篇目称为"仿志怪"③。

---

① ［法］兹维坦·托多罗夫：《奇幻文学导论》，方芳译，四川大学出版社2015年版，第18页。
② 高田卫有关近世怪谈文学研究的代表性研究发表于1957年。高田衞：《怪談と文学との間——雨月物語論ノート》，《日本文学》1957年第6卷第3期。该论文中将怪异小说称为"怪谈（物）""奇谈""怪谈绮谈"等。
③ 王晓平：《佛典·志怪·物语》，第154、178页。高田卫的观点系王晓平转引自後藤明生《現代語訳日本の古典19雨月物語·春雨物語》，学習研究社1980年版，第162页。

第一章 从怪异到怪异文学

尽管"仿志怪"的概念揭示了日本平安朝说话文学在"怪异性"和文体特征上与中国志怪之间的亲缘关系,但是日本古代叙事文学中已经有两个概念——"物语"和"说话",前者与唐传奇更为类似,若用"仿志怪",似有排除同样也含有怪异性的"物语"之嫌疑。同时,若直接借用近世文学研究里面的"怪谈"或"怪奇文学"概念或使用"志怪"亦容易导致混乱。

综上所述,本书的研究对象以怪异题材"说话文学"为主,兼顾"物语文学"等文学类型,运用比较文学研究的方法钩稽日本平安朝怪异文学与中国宋代以前(13世纪以前)的志怪、传奇之间的继承关系。同时,为了突破文学主题学研究之局限,本书尝试从叙事美学的角度考察"怪异"叙述的结构性功能与话语方式,并探究"怪异"在历史文本与文学文本中的异同,因而舍弃"怪异题材文学"之"题材"二字。总之,为了消弭东西方和中日的古今叙事文类概念的差异,尽可能结合文学与民俗学、历史学、思想史多学科研究成果,本身拟定"怪异文学"这一颇具描述性色彩的概念作为研究对象。

二 研究框架与主要内容

本书将围绕平安朝怪异文学的"何为怪异""为何怪异""如何怪异"三个层面的问题展开。

第一,"何为怪异":从语言、认知、思想文化和政治制度四个层面解读中国之"怪异"与平安朝之"怪异"及二者联系。

(1)使用语义学和中日语言比较研究的方法先对古汉语"怪异"词族——"常""异""怪""奇""灵""变"的语义进行考证,分析凝结在词汇上的古代思想——"怪异"词族词汇各自的所指。接着从《古事记》《日本书纪》《风土记》(五国古风土记)中抽取与古汉语"怪异"词族相对应的"常""异""奇"等异字同训词语,分析讨论日语中有关"怪异"的词汇的所指。在此基础上,综合比较、分析中日两国"怪异"词族的所指,及它们蕴含的情志因素。具体内容详见第二章第一节。

（2）前面提到柳田国男认为"妖怪"（日语作"ヨウカイ"或"オバケ"）源自人类的恐怖心并经过各种加工变化而来。事实上，中国古代思想家郭璞早已指出"物不自异，待我而后异，异果在我，非物异也"。正是因为人们缺乏对某事物的基本认知，所以才感到怪异；相反，人们很难对常见的事物投以关注并感到奇怪。在讨论怪异文学之前，了解中日古代关于"怪异"的基本论述、认识"怪异"的主体与客体包括讨论"怪异"的方法论极为必要。尤其是中国古代不仅积累了丰富的"怪异"记录与知识，还有精深的相关论述。从中日早期的有关"怪异"事象的历史叙述不难发现《日本书纪》《古事记》《风土记》对《左传》《汉书》等中国史传的模仿。进入平安时代更是如此，号称"六国史"的日本敕撰史书除了《日本书纪》其他五部均在平安时代编纂完成。本书将从中日文化交流史的角度，简要梳理先秦两汉的"天人感应"与谶纬思想、汉魏佛教福祸因果观对平安朝思想文化、历史叙述的影响，相关内容详见第二章第二、三节。

（3）一代有一代之文学，平安朝怪异文学形成于特殊的历史文化背景下——平安时代的政治制度里宗教政治占据的比例随着皇权统治秩序的逐步瓦解愈加增大。这一点无论从敕撰国史《续日本纪》（797年成书，记载文武天皇至桓武天皇延历十年的历史）还是私撰史书《扶桑略记》（平安时代末期阿阇梨皇圆撰），抑或平安中后期贵族日记《贞信公记》《小右记》《中右记》等均可察知。中国的"怪异"（谶纬与阴阳五行说）思想在平安朝被广泛融摄并发生变异，为怪异的日常化、制度化与仪式化奠定了思想基础，催生出平安朝独特的政治文化。这一点将在本书第二章第四节详述。

第二，"为何怪异"：围绕平安朝怪异文学的创作主体、生成原因与机制、"末法"思想对怪异文学编纂意识的影响以及"怪异"在历史文本与文学文本中不同的表征方式、话语形式，阐明历史叙述与文学叙事之间的联系与差异。

（1）具体将从平安朝文人的政治文化生活与"怪异事象"的关联性入手，透过都良香、庆滋保胤、三善清行、菅原道真、大江匡房等平安朝一流文人用汉文撰写的革命勘文、奏议文、愿文等揭示平安朝贵族文人作者群与怪异文学生成之间"天然"的关系。这些内容将在第三章第一节考察。

（2）本书第三章第二节重点围绕菅原道真、三善清行、大江匡房三人在各自政治生涯中的经历、史传有关记载，详细考察菅原道真蒙冤死后从怨灵变成"天神"的经历、三善清行与菅原道真之间的纠葛以及他出任地方官时撰写的"仿志怪"《善家秘记》、大江匡房晚年所著《洛阳田乐记》《狐媚记》与愿文里面的狐媚怪异故事，探讨平安朝贵族文人创作怪异文学的动机与思想内涵。

（3）第四章先对平安朝怪异文学的总体情况作了概括，将主要作者群体按照身份划分为贵族文人与僧侣两个群体，在此基础上分析源自中国儒家的浇季史观和南北朝的佛教"末法"思想对平安朝怪异文学编纂意识、历史叙述方式等方面的影响问题。随着皇权统治秩序的衰败，贵族阶层矛盾不断激化，社会秩序、治安恶化，贵族文人普遍存在"末代""末世""德下衰""浇末"的下降史观——也称"浇季史观"或"渐浇史观"，该观念与社会上流行的佛教末法思想互为表里，影响人们对社会形势——尤其是预兆天灾人祸的怪异事象的判断，由此产生了与怪异相关的各种言说。

（4）"参与"怪异相关言说甚至直接成为怪异文学素材的就是社会舆论。第五章比照中国志怪的生成过程，结合平安朝若干条历史叙述，分析传言、讹言、谣言、童谣等口承素材生成怪异文学文本的具体情况，考察"怪异"从历史叙述到文学叙事的"流动"以及两种叙事在表征方式、话语形式方面的差异。

第三，"如何怪异"：重点归纳平安朝"怪异文学"的主题、情节类型、叙事方法与美学意识等问题，并在"东亚汉文文化圈"视域下围绕怪异文学的思想内核与表征方式，揭示日本平安朝人独特且丰富多彩的精神世界、文学想象与文化空间，发掘怪异文学之于东亚汉文文化圈的历史文化价值。即平安朝怪异文学在"东亚汉文文化圈"视域下，比照中、朝两国，提炼、归纳平安朝"怪异文学"的主题、情节类型、叙事特点与方法。

（1）第六章主要围绕"梦"在怪异文学中的意义及其叙事方法展开论述。从中国梦文化对平安朝怪异文学的影响，日本古代历史叙述中的梦与怪异的关系两方面入手，具体考证中国文献中的梦文化和梦故事在平安朝汉文诗赋中的投影，进而考察平安朝汉文体怪异文学中的梦题材文本。本章把平安朝怪异文学梦故事文本分为佛法灵异记、因果报应传、往生传、经像灵异记、志怪杂录五种类型，考察这些梦故事的叙事方法、情节类型与中国梦故事的承衍关系。最后，在前面分析基础上考究提炼、总结平安朝怪异文学中的梦之"虚实"以及梦的虚实化用具体方法与问题。

（2）第七章围绕平安朝怪异文学之鬼神精怪故事及其"隐显"辩证的技巧展开研究。先追溯平安朝鬼神观的中国源流，对照平安朝初期怪异说话集《日本灵异记》里面的鬼、神、仙、佛、圣以及精怪故事，分析其中的鬼神观念与中国的关系。接着从中日怪异文学文本中提取出"隐显"这一理论关键词，分析平安朝怪异文学中的"隐显"之中国源流以及"隐显"之于怪异文学的意义。再从忽隐忽现的鬼神、平安朝隐形人故事的源流、难辨的幻象与真形——中日"黎丘丈人"系列故事的比较三大问题展开论述，详细考究中日怪异文学"隐显"叙事模式的因承关系。

（3）上面两章阐述的怪异文学的"虚实"与"隐显"问题，也是"怪异"的可视化方法，它们不仅限于中日两国之间，它们还在东亚汉字文化圈内部广为流传。本书第八章从中日两国比较视角中跳出，将视野扩大到东北亚，综合中国文学、文化流传日本的两条路径——经朝鲜半岛流传日本的陆上路径与直接从中国到日本的海上路径，分析平安朝怪异文学的美学与思想史价值，重点考察汉字与东亚的经文怪异故事，希望多角度透视平安朝怪异文学的地位和价值。

本研究的主要目的是：第一，对平安朝怪异文学作整体性的断代史式的考察；第二，在中日跨文化的视野下，使用影响研究的方法，对平安朝怪异文学进行多角度透视，并且兼顾它在东亚汉字文化圈中的地位和价值；第三，在一定程度上突破传统的出典研究方法，对中国志怪在日本的接受、流变作宏观且动态的考量；第四，重点围绕怪异文学中"常"与"异"的辩证关系，分析怪异如何从历史叙述到文学叙事的生成过程，探讨生死、福祸、天人、虚实、幽明、隐显各个主题类型在怪异文学中的叙事功能与结构性意义。

第二章　跨学科视野下的"怪异"

　　人在诞生之初所看到的世界是一片朦胧的。随着视觉、触觉、嗅觉等感官功能的不断完善，他开始全方位地了解这个世界。任何一个成年人不以为奇怪的事物，都会引起幼儿的极大兴趣。好奇心，推动这个幼小的生命逐步建构起他对整个世界的认识，并随着年龄的增长最终形成个人的价值观念与生存智慧。可以说，好奇心是推动人类自觉地认识世界，探索知识的根本动力。

　　但是这个世界万物不齐，变化异数，完全了解它是多么的困难！即使在科技迅猛发展的今天，人们对世界的认识依旧在有限的范围之内。许多问题对于人类而言，依旧奇异、神秘、不可思议。人们常常将这些奇异、神秘、不可思议的事物、现象称为"怪异"。而"怪异"一词，正如其他语言符号一样，包含能指与所指两个部分。能指是符号的物质形式，由声音与形象（字形）两部分构成。这样的声音与形象在社会的约定俗成中被分配与某种概念发生关系，在使用者之间能够引发某种概念的联想。这种被引发出来的概念联想就是所指，也就是人们感到奇异、神秘、不可思议的事物或现象。本书所要研究的"怪异文学"本身也应该具备能指和所指。而"怪异文学"这一所指的核心之一就是"怪异"。因此，本章从"怪异"的能指与所指入手，讨论该词在中日两国历史文化语境下的具体内涵。

第二章 跨学科视野下的"怪异"

第一节 语义学式的考察

"怪异"这一语言符号的能指是汉字"怪异"（日语汉字为"怪異"或"恠異"）及其读音"guàiyì"（日语读作"クワイ"或"カイイ"），所指是天变地异、祯祥休咎、鬼神精怪等事件与现象，本书简称为"怪异事象"。从词源的角度来看，"怪异"一词是在由"怪""异"（包括"奇""灵"等同义词）与它的反义词"常"等词语之基础上产生的。

一 古汉语"怪异"词族考释

【常】

①恒，久。《玉篇》：恒也。《正韵》：久也。②规律。《系辞》：动静有常。③纲常，伦理。朱传：谓君臣父子之常道。又五品传：五品，谓五常。④恒常的现象。《释名》：日月为常。⑤神。又神名。《荀子·九家易》：兑为常，西方之神也。⑥通"裳"。[寅集中·巾字部]①

分析："常"含有时间上的恒、久之意，从而衍生出规律和恒常不变的现象两个意思。"常"也含有神灵的意思。这可能是因为人们认为日月星辰等恒久永在的事物或规律都是神灵的安排。另外，"常"还有纲常、伦理等意思。《尔雅》第一《释诂》曰："典、彝、法、则、刑、范、矩、庸、恒、律、戛、职、秩，常也。"② 因此，所谓"异常""非常"则含有违背规律与恒常状态，或违反纲常、伦理、制度的意义。

---

① 汉语大词典编纂处整理：《康熙字典》，世纪出版集团2002年版，第275页。本书对《康熙字典》的有关释义做了整理、归纳。下同。
② 《十三经注疏》整理委员会整理：《尔雅注疏》，北京大学出版社2000年版，第17页。

【異（异）】①区分，差异。《说文》：分也。《博雅》：异，分也。②奇怪。《左传·昭二十六年》：据有异焉。注：异犹怪也。又奇也。③异常。《释名》：异者，异于常也。④珍贵，珍稀。《周礼·地官·质人》：掌成市之货贿，人民，牛马，兵器，珍异。注：珍异，四时食物。《史记·仲尼弟子传》：受业身通者七十有七人，皆异能之士。⑤违背，违反。[午集上·田字部]①

分析："异"，首先有区别、差异的意思，故而《说文》和《博雅》均释之为"分"，分就是区分、差异。该意义产生需要将事物置于对比的语境之下，凡是与其他事物存在差异，均可称为"异"。而与"常"见事物有差别，"异于常也"，"异"也可称为"异常"或"非常"。另外，因为与"常"有差异，才会引起人们关注，让人产生奇怪、稀罕、惊讶的感觉，因此"异"也有奇怪、珍贵的意义。

【怪（恠）】①奇异，诡异。《说文》：异也。《增韵》：奇也。《白虎通》：异之言怪也。凡行之诡异曰怪。②怀疑。《风俗通》：怪者，疑也。③卓异，特异。状貌之瑰异亦曰怪。《书·禹贡》：铅松怪石。④妖孽，精怪。又气变常，人妖物孽曰怪。《扬子·太玄经》：怪分青赤白黑黄，皆物怪也。[卯集上·心字部]②

分析："怪"字本身含有令人不可思议，难以理解或相信的意思，因此诡异或者形态怪异及其人、物或现象都可称为"怪"。而妖孽、精怪则是"怪异"的实体。

【奇】①神异。《庄子·北游篇》：万物一也。臭腐化为神奇，神

---

① 汉语大词典编纂处整理：《康熙字典》，第716页。
② 汉语大词典编纂处整理：《康熙字典》，第312页。

第二章 跨学科视野下的"怪异"

奇复化为臭腐。②精气神。《仙经》人有三奇,精,气,神也。③神秘。《史记》:平凡六出奇计,其奇秘,世莫得闻。④鬼神名。《淮南子·地形训》:穷奇广莫,风之所生也。又四凶之一。⑤奇邪,诡异。《周礼·地官》:比长,有罪奇邪,则相及。[丑集下·大字部]①

分析:"奇"首先是人的精气神,即与灵魂相关。同时,它也是神的名称。由此,产生了神秘、神异、诡诈的意思。另外,"奇"也有"四凶"的含义,"穷奇"等四个族裔的领袖亦神亦鬼,曾经祸害一方,令人恐惧、不安。

【灵】①神灵。《玉篇》:神灵也。《大戴礼》:阳之精气曰神,阴之精气曰灵。②福,善。《诗·鄘风》:灵雨既零。《笺》:灵,善也。又《广韵》:福也。③巫卜之人。《广韵》:巫也。又灵氛,古之善占者。④神异。又《谥法》:乱而不损曰灵,不勤成名曰灵,死而志成曰灵,死见神能曰灵,好祭鬼怪曰灵,极知鬼神曰灵。[巳集中火字部]②

分析:"灵"即神灵,亦可以指能与神灵对话的巫卜之人,"以玉事神",故指祭祀③。它还有善、福的含义,因此带有褒义色彩,所以"乱而不损"或死而"志成""见(xiàn)神能""知鬼神"。

【变】①变更,替换。《说文》:更也。《小尔雅》:易也。②转化。《广韵》化也,通也。《增韵》:转也。③消失,变异。《易解》:自有而无谓之变,自无而有谓之化。④灾祸,灾异。《前汉·五行志》:灾异愈甚,天变成形。⑤死丧。《礼·礼运》:大夫死宗庙谓之

---

① 汉语大词典编纂处整理:《康熙字典》,第186页。
② 汉语大词典编纂处整理:《康熙字典》,第1370页。
③ 贾海生:《说文解字音证》,浙江大学出版社2014年版,第168页。

变。[酉集上·言字部]①

分析:"变"有变化、更换、消失的意义,也有灾祸、灾异的含义,灾祸则包括死丧等突然变故。"变"还具有"乱"的意思②,所以"变"也有"非常""异常"的含义。

通过对比"常"和与"常"相对的"异""奇""怪"等词汇,人们可以看到"常"对应恒久不变、规律、制度等;"异""奇""怪"等词汇则具有"非常""违常"的基本意涵,并由此衍生出神秘、不可思议等意义。进一步而言,"怪异""异常""非常"均带有负面的贬义色彩。不过,"异"也有珍贵的含义。"灵"则含有善、福之义,并且在"能与神灵对话的巫卜之人"这一语义的基础之上,"灵异"则可以指聪慧、才俊。通过上面的语义分析,基本可以了解在"常""异"基础上发展起来的"怪异"之意涵,即嬗变、诡异、无规律、无秩序、神秘、神奇、不可思议等。同时,"怪异"是相对于"常"而言的一种概念,需要通过比较才能获得"怪异"与"常"的判断。不仅如此,在一些人眼中属于"怪异"的事物,却在另外一些人眼中属于"常","怪异"与"常"虽然矛盾,却可以互相转换,因此"怪异"具有辩证思维方法论的性质。更重要的是,"怪异"或者"异常"往往是相对于恒久不变、规律、伦理、制度而言的,因此它还具有意识形态性质。

那么,这些词汇随着大陆文化经由朝鲜半岛传入日本之后,日本人是如何理解与运用的呢?

二 古日语"怪异"词族考释

奈良时代是平安朝的前代,这一时代诞生了三部极为重要的经典——《古事记》、《日本书纪》和《风土记》,它们都是用汉文或变体汉文写成。

---

① 汉语大词典编纂处整理:《康熙字典》,第1161页。
② 贾海生:《说文解字音证》,第326页。

第二章 跨学科视野下的"怪异"

所谓"变体汉文"又称"和化汉文",是指受日语语言习惯影响形成的一种有别于规范汉文的文体,文章中存在大量"和习"① 词汇与语法。我们把这三种文献里属于"怪异"词族的词语逐一挑出并综合比较后发现大多数日文汉字及汉字组合(如"奇""怪""奇怪""怪异"等)都可训读作"あやし""あやしぶ"。这一现象即荻生徂徕、小岛宪之等总结的"和习"之异字同训②。

【常】

①恒,久。读作"とこ",如《古事记》上卷"集常世长鸣鸟(とこよのながなきどりをあつめて)"(第81页)。又《日本书纪》卷六垂仁天皇二五年三月丁亥朔丙申"则常世之浪重浪归国也(とこよのなみのしきなみよするくになり)"(上册第270页)。二例中的"常世",读作"とこよ",不老不死之境。"常"读"とこ",恒也,久也(《广辞苑》常＝とこ)。

②经常,平常,日常。读作"つね",如《日本书纪》卷十九钦明天皇二年七月"方今任那境接新罗,宜常设备(つねにそなへくべし)"(下册第74页)。"常"者,经常,平时,日常(《广辞苑》常＝つね)。

③普通,平凡,一般。读作"ただ",如《日本书纪》神代下第十段一书第二"殆非常之人者(ただひとにあらず)也"(上册第172页)。此处的"常"指普通,一般(《广辞苑》徒・常・只・唯＝ただ)。又可读作"ただひと",如《日本书纪》神代下第十段一书第

---

① 所谓"和习",按照东方学家神田喜一郎的说法,是指源自日语自身的语言特征而产生的构文上的缺陷,基于异字同训而导致的汉字误用,日本人的汉诗文中所包含的一切带有日本特色的东西。当然,关于"和习"的观点比较多,中国学者马骏认为在东亚汉字文化圈视域中看"和习",可发现"和习"表达既是日本文学融摄中国文学的必然结果,更是日本文学努力根据本国传统文化、审美取向、民俗习惯、生活环境等创造民族文学特质这样一种人文精神的彰显。马骏:《日本上代文学"和习"问题研究》,北京大学出版社2012年版,第15—25页。

② 马骏归纳、评述了和字、和句、和习的研究状况。马骏:《日本上代文学"和习"问题研究》,第3—12页。谷口孝介也分析了《新撰万叶集》中"和字"的和习问题。谷口孝介:《"和習"の淵源——〈新撰万葉集〉卷上の漢詩を中心として》,《日本語と日本文学》2009年第49号。

—"有一贵客,骨法非常(かたちただひとにあらず)"(上册第170页)。此处"常"作"常人"解。

分析:"常"读作"とこ"时,表达恒久,长久。《日本书纪》卷第六垂仁天皇九十年二月庚子朔"天皇命田道间守,遣常世国,令求非时香果",补注第561页第78条云:"'とこ'本为'床'之意,转作安定长久,永久不变(トコはもと床の意、転じて安定长久、永久不変の意)",可备一说。

又《广辞苑》とこし=常し・長し・永久し,形容词,长久,永久。可见"常"可作词头,可作为形容词修饰名词,故"常世"指不老不死,安定永久的神仙之境。"常"读作"つね"时,表达经常、日常、平时之意(见②例句)。"异于常",所以引起关注,警觉。读作"ただ"时表示一般,平凡,不引人注意之意,加上否定,如"非常",则有不一般,不普通之意,因此造成惊讶或关注。

【非常】
①珍稀,贵重。读作"つねならぬ",如《风土记》播磨国揖保郡神岛"以为非常之珍玉(つねならぬうづたまとおもひ)"(第302页)。"非常"即非日常,非经常。

②非凡、特殊。读作"ただ(ひと)にあらず",参看【常】③引例"殆非常之人者也"与"骨法非常"解释。

③意外、不测(之灾)。读作"おもひのほか",如《日本书纪》卷七景行天皇五十一年"故侍门下,备非常(おもひのほかにそなふ)"(上册第313页)。"非常"即意外(《广辞苑》思ひの外=おもひのほか)。又《日本书纪》卷九神功皇后摄政前纪仲哀天皇九年"新罗王遥望,以为非常之兵(おもひのほかのつはもの)将灭己国"(上册第338页)。此处的"非常"直接与"兵"连接,可理解为"奇兵"。

第二章 跨学科视野下的"怪异"

分析:"つね"为日常,经常,加上否定词"非(ならぬ)"即非日常、非经常,物以稀为贵,故有珍稀、贵重之意。"常"读作"ただ"时,则指普通,一般,"非常"即不一般,非凡。在例句中均指天孙身份高贵,相貌非凡。"非常"读作"おもひのほか",即意外,出乎意料,猝不及防。③《日本书纪》卷七景行天皇五十一年条引文意思是:于是侍奉在门下,以防备意外(如谋反或敌人奇袭)。《日本书纪》卷九神功皇后摄政前纪仲哀天皇九年条"新罗王遥望,以为非常之兵将灭己国","非常"修饰"兵",可理解为突然出现并迅速攻击的军队,出乎意料,根本无法抵抗。本引例描绘了神功皇后大军神勇无比,令新罗王望而丧胆。故"非常(おもひのほか)"指凭借一般人的知识、智慧无法预测与预防之意,暗示灭顶之灾。

【异常 附 异于常】

①不正常,奇怪。《日本书纪》卷十七继体天皇八年春正月"太子妃春日皇女,晨朝晏出,有异于常(つねにけなること)"(下册第30页)。"异于常"读作"つねにけなる",不同寻常,不正常,可疑。

②奇异,不可思议。《风土记》肥前国基肄郡"御具甲铠,光明异常(かがやきてつねにことなりき)"(第383页)。"异常"指铠甲放出光芒,奇异,神奇。

分析:"异常"与"非常"都是异于平常。"常"一般读作"つね"。①引例中的太子妃的行为不正常,罕见,所以"太子意疑,入殿而见。妃卧床涕泣,惋痛不能自胜。太子怪问曰:今旦涕泣,有何恨乎?"因为"异于常",所以引起了太子的"疑"和"怪",故而"异常"包含令人怀疑、奇怪、警觉的意义。同样,《日本书纪》卷二十一用明天皇五年冬十月癸酉朔丙子"多设兵仗,有异于常(つねよりもけなることあり)"(下册第170页),其中的"异于常"读作"つねよりもけなる",正是因为这个异常举动加上天皇的若有所指的话语,引起叛臣贼子的警觉,先下手为

· 39 ·

强。而②引例中的铠甲发出奇怪光芒，实际上是神之所为，以此引起天皇注意。天皇随即通过占卜得知神希望获得铠甲。故而，此处的"异常"具有神异、神奇之意。

【怪附怪异·惊怪·喜怪】

①奇怪，好奇。读作"あやし"。《古事记》上卷"时御刀之刃毁尔，思怪（ここにあやしとおもほして）"（第86页）。"怪"，奇怪，不可思议。《古事记》上卷"天照大御神以为怪（あやしとおもほして）"（第82页）亦同前。又《风土记》播磨国赞容郡中川里"于是，犬猪即怀怪心（こころにあやしとおもひ）"（第314页），"怀怪"训读作"あやしとおもひ"，同前二引例中的"思怪"。

②惊讶，疑惑。多作动词，读作"あやしみ"。《古事记》中卷崇神天皇活玉依毘卖"尔父母怪其妊身之事（ちちははそのはらみしことをあやしみて）"（第180页），"怪"，动词，惊讶。《日本书纪》卷十七继体天皇八年春正月"太子怪问（あやしびとひてのたまはく）"（下册第30页），"怪"同样作动词，不过读作"あやしび"，疑惑。

③惊恐，惊异。读作"あやしび"。《日本书纪》卷二十四"其人惊怪猿歌（さるのうたをおどろきあやしびて）"（下册第257页）。"怪"之前有"惊"，惊异、惊恐。又，《日本书纪》卷二十五孝德天皇三年十二月"是日，灾皇太子宫，时人大惊怪（おおきにおどろきあやしむ）"（下册第303页），《风土记》肥前国总记"时，健绪组见而惊怪（みておとろきあやしみき）"（第379页），皆与第一个引例之"惊怪"同。又，《风土记》丰后国速见郡"田主于兹大怪异（ここにいたくあやしとおもひて）"（第372页），"怪"与"异"合在一起读作"あやし"，惊讶，惊异，惊惧。又，《日本书纪》卷二十六"极理喜怪（きはまりてよろこびあやしむ）"（下册第340页），"喜"与"怪"两个动词连用，后者读作"あやしむ"，表惊喜。

④凶兆，灾异，妖异。读作"しるまし"。《日本书纪》卷十九钦

第二章 跨学科视野下的"怪异"

明天皇二年七月"现蜂、蛇怪（はち、をろちのしるまし）"（下册第74页），不祥之兆。又《日本书纪》卷五崇神天皇十年"于是、天皇姑倭迹迹日百袭姬命，聪明睿智，能识未然，乃知其歌怪（すなわちそのうたのしるましをしりて）"（上册第245页），《日本书纪》卷十一仁德天皇六十年冬十月"今视是怪者甚惧之（いまこのしるましをみるにはなはだかしこし）"（上册第410页），皆作凶兆、妖异解。

分析："思""怀""以为"等动词与"怪"连用，"怪"作形容词，读作"あやし"，表达因非常、异常现象等而感到奇怪、好奇。《古事记》上卷"天照大御神以为怪（あやしとおもほして）"（第82页），天照大神躲在天石屋里面，听到外面喧闹欢笑，感到十分奇怪，于是打开石门窥探。《古事记》中卷神武天皇"是大毘古命思怪（あやしとおもひて）返马"（第182页），是说大毘古命听到少女唱的歌谣后，感到奇怪，调转马头找少女询问。《风土记》播磨国赞容郡中川里"于是，犬猪即怀怪心（こころにあやしとおもひ）"（第314页），犬猪挖到宝剑发现其光芒依旧，没有生锈，所以觉得此剑不一般。

除了用"思"等表示思考的动词加"怪"以外，还有直接把"怪"作为动词使用的情况，如②引例中的"怪"表惊讶或疑惑。因遭遇异常、超常事件产生极度惊恐、惊异之情，如③引例中的"惊怪"与"怪异"。

除了惊恐，亦有喜出望外的"惊喜"，如《日本书纪》卷二十六齐明天皇五年七月"极理喜怪（きはまりてよろこびあやしむ）"（下册第340页），"喜"与"怪"连用，后者读作"あやしむ"，动词。

"④凶兆，灾异，妖怪。读作'しるまし'。"引例"蜂、蛇怪（はち、をろちのしるまし）"指蜜蜂、蛇的怪异现象，预示灾祸。"歌怪（うたのしるまし）"指具有预言性质的歌谣，而《日本书纪》卷十一仁德天皇六十年冬十月条记载守陵人化作白鹿逃走的"怪"也被视为某种征兆（上册第410页）。"怪＝しるまし"之"しる"与"导·标＝しる""知る＝しる""徵＝しるし"等（《广辞苑》"しる"条目）可能属于同一词根,"しる"本身含有揭示,表明,知晓的意义。

【异附异奇·灵异】

①区别,不同,特别。读作"ことに"。如《古事记》下卷安康天皇"到其野者,各异作假宫(ことにかりみや)而宿"(第305页)。此时,表区别对待,分别。又《日本书纪》卷二十四皇极天皇三年夏六月"其茎长八尺,其本异而末连(そのもとことにしてすゑあへり)"(下册第257页)。《日本书纪》卷七景行天皇二八年二月乙丑朔"天皇于是美日本武之功,而异爱(ことにめぐみたまふ)"(上册第301页),"异",特别,格外。类似的还有《日本书纪》卷七景行天皇五一年"则异宠焉。(ことにめぐみたまふ)"(上册第313页)。《风土记》常陆国香岛郡"所生莲根,味气太异(あぢはひははなはだことにして)"(第70页),指莲藕的味道与普通的非常不一样,极为特别。读作"こと",作词头,其他的,特别的。如《古事记》下卷仁德天皇"看行此虫而入坐耳,更无异心(さらにことごころなし)"(第274—275页),读作"けなる",(与……)不同。《日本书纪》卷二十六齐明天皇五年七月戊寅"朕见虾夷身面之异(むくろかほのけなるをみて)"(下册第340页)。又,读作"けしき",形容词。《古事记》下卷仁德天皇"是者无异事耳(こはけしきことなくこそ)"(第280页),"无异事"即"理所当然,不特别","异"者,反常,特别。

②奇异,惊讶。读作"あやし"。如《古事记》中卷应神天皇"亦一有贱夫,思异其状(そのさまあやしとおもひて)"(第254页),与"思"构成"思异",同"怪"①表奇怪,好奇。读作"あやしび",直接作动词,相当于"思异"。《日本书纪》卷七景行天皇五一年"以化白鹿,立于王前,王异之(あやしびたまひて)"(上册第307页)。《日本书纪》卷十"天皇异以令作琴(あやしびてことにつくらしむ)"(上册第378页)。《日本书纪》卷十三允恭天皇二四年夏六月"御膳羹汁,凝以作冰。天皇异之(あやしびたまひて)"

第二章 跨学科视野下的"怪异"

（上册第448页）。《日本书纪》卷九"貌容壮丽，父王异焉（あやしびたまふ）"（上册第330页）。

另外，"异"与"奇"连用，合在一起作形容词，读作"あやし"（前面加"以为""思"等动词），如《古事记》上卷"以为甚异奇（いとあやしとおもひき）"（第138页），《古事记》下卷仁德天皇"然者吾思奇异（あれもあやしとおもふ），故欲见行"（第274—275页）。或合在一起作动词，读作"あやしぶ"，亦表示感到奇怪、奇异之意。如《日本书纪》卷十五清宁天皇二年十一月"小楯由是深奇异（ふかくあやしぶ）"（上册第514页）。又，异单独作形容词，读作"けしき"，表奇怪的，（令人）惊异的。《古事记》中卷垂仁天皇"吾见异梦（あはけしきいめみつ）"（第191页）。又，"怪"与"异"合在一起读作"あやし"，惊讶，惊异，惊惧。参看【怪/恠附怪异·惊怪·喜怪】③《风土记》丰后国速见郡引例（第372页）。

③罕见，稀奇，珍稀。《日本书纪》卷十七继体天皇八年春正月"太子妃春日皇女，晨朝晏出，有异于常（つねにけなること）"（下册第30页）。本引例参看【异常附异于常】①"异"条语义分析，意思为与平常不同，不寻常，可疑。表达类似意思，但读音不同的例子如《日本书纪》卷九神功皇后摄政四六年三月乙亥朔"便复开宝藏，以示诸珍异（めづらしきもの）曰"（上册第352页）。"异"与"珍"为近义词，故"异"为罕见，珍稀。类似者还有《古事记》中卷崇神天皇"伊豆志袁登卖思异其花（そのはなをあやしとおもひて）"（第258页），"异"读作"あやし"，因罕见而以为稀奇。近似的又有《日本书纪》卷十五清宁天皇三年秋七月"饭丰皇女，于角刺宫，与夫初交。谓人曰：一知女道，又安可异（またいづくにぞけなるべしけむ）"（上册第506页）。此处读作"けなる"，以……为稀奇，对……大惊小怪。

④神异，神妙，神灵。读作"あやしき"，表神奇，奇异。如《风土记》播磨国赞容郡中川里"于是，犬猪以为异剑（あやしきつ

るぎとおもひて)"（第314页），《古事记》上卷"故取此大刀，思异物而（あやしきものとおもほして)"（第86页）。"异"在"灵"之后，合在一起读作"くしびにあやしき"，神异，贤俊。如《日本书纪》卷一神代上第五段本书"吾息虽多，未有若此灵异之儿（くしびにあやしき)"（上册第87页），《日本书纪》卷十五"大泊濑天皇于诸子中，特所灵异（とくにくしびにあやしびたまふところなり)"（上册第502页），《日本书纪》卷二神代下第九段一书第五"亦欲明汝有灵异之威（くしびにあやしき)"（上册第159页）。又，"灵异"合在一起读作"くしび"，神灵。《风土记》常陆国香岛郡"灵异化诞之地（くしびのなりいづるところ)"（第70页）。

⑤祥瑞，妖异。《风土记》丰后国风土记总记"兔名手见之为异（みてあやしとおもひ)"（第375页）。后句有"欢喜云（よろこびていひしく)"，故作祥瑞解。《日本书纪》卷一神代上第八段一书第六"又为攘鸟兽·昆虫之灾异（わざわい)"（上册第182页）。《日本书纪》卷十九"灾异所以悟人（あめのわざわひはひとにさとらしむるゆゑなり)"（下册第74页）。"异"之前有"灾"，合在一起作名词，读作"わざわひ"，灾异。

分析："こと（に）"原本指区别对待，也指人们在观察事物时惯用已知经验分析事物，凡与其不符或超出者皆称作"こと（に）"，从而引起警觉。"异心（ことごころ）"，指的是特别的想法，甚至有恶意。"异爱（ことにめぐみたまふ）""异宠（ことにめぐみたまふ）"等均表示超出一般经验或程度。同样，"けなる"与"けし（き）"也是基于经验、知识判断后的评论，"异事（けしきこと）"，发生反常、特殊情况。"异"读作"あやし"时与【怪附怪异·惊怪·喜怪】类似，既可以表奇怪，好奇，也可以表示惊异，恐惧。《广辞苑》"け·し＝異し·怪し"，"怪"与"异"同训，也佐证了二者在语义上的"亲缘"关系。

"异"与"奇"连用，合在一起作形容词，读作"あやし"或"あやし

第二章　跨学科视野下的"怪异"

ぶ",均可表达感到奇怪、奇异之意。又,"怪"与"异"也可合在一起读作"あやし",惊讶,惊异,惊惧,与【怪附怪异·惊怪·喜怪】③同。

由于"异"是基于与习惯经验和一般知识作比较才形成的,故而凡与"常"不同者,可谓为罕见,从而有稀奇、珍稀之感。"异于常(つねにけなること)"即与平常不同,不寻常。而"珍异(めづらしき)"合在一起表达因罕见而珍贵的意义。"异"单独使用时,一般读作"あやし"和"けなる"。当"异"的程度明显超出常理、超自然时,只能理解为"神灵"使然,此时读作"あやし(き)",表神妙,神奇。例如"异剑(あやしきつるぎ)""异物(あやしきもの)","异"作为修饰语,强调被修饰对象的神异性质。而"异"与"灵"搭配使用,读作"くしび",神灵。如《风土记》常陆国香岛郡"灵异化诞之地(くしびのなりいづるところ)"。又可读作"くしびにあやしき",表示某人非凡的才华,贤能,俊逸。

最后凡是异常、超常的现象,常常被视为吉祥或不祥之兆,故"异(あやし)"还有祥瑞、妖异之意。复合词"灾异(わざわひ)"显然受到中国史传五行志等天人感应思想的影响。这一点与【怪附怪异·惊怪·喜怪】④"怪(しるまし)"类似。

【奇附异奇·奇异·惊奇】

①异,奇怪,不可思议。读作"あやし",与"思"构成"思奇",感到奇怪,感到疑惑。《古事记》上卷"天照大御神逾思奇(いよいよあやしとおもほして)"(第82页),《古事记》上卷"于是思奇其言(ここにそのことをあやしとおもほして)"(第145页),《古事记》中卷神武天皇"见其大久米命黥利目,而思奇(あやしとおもひて)"(第162—165页)。又,"奇"与"异"合在一起,读作"あやし",再与"思"构成"思奇异"(参看【异附异奇·灵异】②"异奇")。《古事记》下卷仁德天皇"然者吾思奇异(あれもあやしとおもふ)"(第274—275页)。"奇"与"异"顺序颠倒,读音同前,如

· 45 ·

《古事记》上卷"以为甚异奇（いとあやしとおもひき）"（第138页），"异奇"前面有"以为"，同"思"。"奇"亦有直接作动词，相当于"思奇"者，读作"あやしぶ"。《日本书纪》第十段一书第二"时父神闻而奇之（ききてあやしびて）"（上册第172页），《日本书纪》卷十"则奇其不烧（そのもえざることをあやしびて），而献之"（上册第378页）。同样，"奇异"亦有直接作动词者，读作"あやしぶ"，如《日本书纪》卷十五清宁天皇二年十一月"小楯由是深奇异（ふかくあやしぶ）焉"（上册第514页）。

②神奇，珍稀。读作"あやし（き）"，修饰名词。《古事记》下卷仁德天皇"有变三色之奇虫（みくさにかはるあやしきむしあり）"（第274—275页），头注十一明确指出"变三色"即蚕的卵孵化后需要经历幼虫、结茧和蛾三个"变化"阶段，天皇以为神奇、稀罕。又，读作"めづらし（き）"，《古事记》下卷安康天皇"今日得道之奇物（みちにえつるめづらしきものぞ）"（第308页），此处的"奇物"是一只白狗。

③惊异，神异。读作"あやしみ"。如《风土记》常陆国那贺郡"于是母伯惊奇（おどろきあやしみ）"（第78—79页），与"惊"一起，动词连用，惊异。又，《风土记》播磨国揖保郡"仍见此神之奇伟（このかみのあやしきをみて）"（第302页），"奇"与"伟"合在一起读"あやし（き）"，表神异，神秘而伟大。

分析：奇，异也。因非常、异常，而感到奇异、奇怪、好奇、疑惑。故而，"异奇""奇异"表明二者关系密切，这一点已经在【异_附异奇·灵异】的分析中讨论过。实际上，"奇"一曰"不耦"（《大汉和词典》第三册第571页"奇"），即没有与之类似者，故而与"异"同样，也含有与已有事物、经验、知识作比较的意义。"奇"与"怪"构成"奇怪"，因少见、罕见而感到好奇和不可思议，由此产生疑惑和神秘感。又，"奇"假借为"畸"，言形状怪异，不周正，所以形状特异者谓之"奇"，故"奇

第二章 跨学科视野下的"怪异"

伟"指形象神异，神秘。

综上可见，凡奇、怪、异、非常、异常等与"常"相对的词汇，在日语中多数读作"あやし"，可表示因非常见、罕见而生奇怪心、疑惑心和神秘感。进而，凡此类词汇常常被用于表示超自然的力量、鬼神之力造成的各种现象，这些现象又包含着"天（鬼神）"对人们发出的讯息，即预言，预告。从思想来源来说，明显受到中国天人感应思想和佛、道等神秘思想的影响。从语源学的角度来看，这一类词读作"あやし"或"あやしぶ""あやしむ"，可能源自日语表达惊愕、惊恐、呼叫时发出的声音"あ"以及"ああ"。二者皆为感叹词，后者的当用汉字为"嗚呼/噫"（《广辞苑》"あ"，"ああ＝嗚呼・噫"）。与此相关者还有"あやう＝危""あやう・い＝危うい"，即危险，可为上述观点之佐证。

再者，"あやかし"在古典日语中指海上的妖怪、幽灵，也指妖怪、变异、妖异、怪人。"あやに＝奇に"，副词，表示令人难以理解、惊异，《广辞苑》该条目援引《古事记》下卷"あやにかしこし高光る日の御子"，并解释其意义为"何とも不思議なまでに。むやみに。（无法形容的奇异。过度的，过分的。）"同样《学研古语词典》也有类似的解释和引例。然而《古事记》下卷雄略天皇的原文是"阿夜尔加志古志"（第321页），训读为"あやにかしこし"，意思是"令人恐惧到无以复加"，"あや"的万叶假名是"阿夜"。《学研古语词典》又引《万叶集》卷二第一五九（持统天皇）"夕さればあやに悲しび"，万叶假名为"暮去者　綾哀"，"あや"作"綾"。按，《万叶集》同卷第一九九（柿本人麻呂）"挂文　忌之伎鴨　言久母　綾尓畏伎（かけまくも　ゆゆしきかも　いはまくも　あやにかしこき）"与《古事记》引例表述类似，"あや"的万叶假名也是"綾"。故而，尽管不知两部字典为何把"あや"的当用汉字写作"奇"，但是通过上代和歌可知其用于表达极为惊恐和极度悲伤时的感叹，所以"あや"与"あ"以及"ああ"相似，均指向非常、超常状态的情绪。由此推论，怪、异、奇、非常、异常等系列词汇日语训读多数读作"あやし"，均出于非常态的情感、心理。与此同时，尽管读音集中于

· 47 ·

某几个，但是通过引例不难发现日语用字与构词顺序多数模仿中国典籍，语义也与汉语相同。这也为下面的论述奠定了语义学的基础。

三 "怪异"的所指

从上述日本文献的用例分析可见，"怪异"词族常常与"惊""惧""畏""喜"等情志意义的词发生关联。因此，可以说这些词代表了一种紧张、焦虑的情志或心理状态，这边是"怪异"的所指。值得注意的是，表达喜悦的情志词汇也被用于"异"和"怪"这两个词上面，可见怪异事象除了能够导致人的紧张、焦虑和恐惧心理之外，亦可能将紧张、焦虑引向它的反方向，即喜悦或滑稽、欢笑。

实际上，怪异在情志方面的主要特点出现其反向的心理表现，是恐惧或惊异，这一点不论古今都未曾改变。在科学技术迅猛发展的今天，怪异作为一种文化现象依旧备受人们关注。如网络、电视等媒体上流传的各种灵异事件[①]、UFO、外星人劫持事件，往往能引起人们的好奇心而提高点击率或收视率。又如按照玛雅人的预言世界末日会于2012年12月21日来袭[②]，此说在全世界范围内引起了不小的骚动。这些怪异或灵异事件所引起的焦虑情绪，常常需要某些科学家的揭秘、批判、辟谣才得以消解[③]，使其变成一个合理的现象解释并最终成为一个故事或笑话。末日预言自古以来就容易引起惊异、恐惧、怀疑等情绪，甚至于被某些宗教尤其是邪教利用，达到精神控制的目的[④]。

除了科学家对大自然各种现象的"揭秘"所引起的惊异和恐惧，灵异

---

① 死亡忧虑可以引发人们对灵异的恐惧，二者"联袂"侵蚀人心。周庆华：《灵异学》，台北：洪叶文化事业有限公司2006年版，第113—118页。

② [美]约翰·梅杰·詹金斯：《2012玛雅宇宙的生成》，陈璐译，光明日报出版社2010年版，第3—5页。

③ 参见约翰·梅杰·詹金斯著作与八杉佳穗论文，二者均解释了玛雅人的历法及其预言。八杉佳穗：《繰り返される時間と流れゆく時間——マヤの暦とその世界観》，《月刊言語》1991年第20卷第12期。

④ 沼田健哉：《終末予言とマインド・コントロールと権威への服従——オウム真理教事件の社会心理学的分析》，《桃山学院大学社会学論集》1996年第30卷第1期。

第二章 跨学科视野下的"怪异"

学、灵魂学、宗教学方面的学者以及其他神秘主义学说更是积极探索人们面临危险尤其是死亡时的恐惧、惊异等情感、心理。当我们将目光投向文学、艺术领域时,以此类情志因素为核心题材的作品比比皆是,从日本江户时代上田秋成的《雨月物语》等读本小说到明治时期泉镜花等人的文学作品亦被视为恐怖文学的一流;欧美的吸血鬼小说长期以来受到读者青睐[①];如今的恐怖、悬疑、灾难主题的影视作品更是成为流行文化,屡屡引起观众、读者的极大兴趣。这些文艺作品令观赏者在体验极度的恐惧之后,却获得了"意外"的快乐[②]。电子游戏产品开发,特别是虚拟现实技术(VR)、3D影像等通过模拟各种危险场景让人有极度恐惧的临场感,则是将人们的"惊""惧""畏""喜""骇""疑"等情感、心理作为产品来开发供人消费[③]。

但是并非所有引起人们惊奇、恐惧、怀疑等情志的事件都被称作"怪异"。且不谈现代的恐怖影视、文艺作品,单说法国19世纪幻想(奇幻)文学、英国哥特式小说虽然也有大量的魔鬼、幽灵和其他超自然生物、现象的描写,令人恐惧和惊诧,但与我们讨论的"怪异"存在根本的差异——二者尽管"共享"恐惧、惊异、怀疑、紧张等情志因素,但是"怪异"更多地与社会文化背景紧密联系,其文化性、思想意涵更为复杂。至于二者之间的具体差异,非常值得深究,限于篇幅,在此不赘。

第二节 "怪异"认知及主客体

怪异之所以能引起恐惧,源自人类因为对周遭世界的无知而产生对自

[①] 三浦清宏、金井公平:《英米文学における超自然——吸血鬼小説の系譜》,《明治大学人文科学研究所紀要》1991年第31号。

[②] 例如美国小说家埃德加·爱伦·坡的作品《佛立欧俱乐部故事集》(*Folio Club Tales*)令人恐怖之余而发笑。西山けい子:《死なない身体の喜劇——Poeにおける笑いと無気味なもの》,《英米文学》2015年第59卷第1号。

[③] 川島大輝、山崎和彦:《身近な恐怖心を楽しむためのデザイン体験の提案》,《日本デザイン学会研究発表大会概要集第64回春季研究発表大会》,2017年。

身生存环境的担忧与焦虑①。这种担忧与焦虑一直推动人类自觉地探索未知，也是人类好奇心和求知欲的原动力。两千多年前中国的哲学家庄子说："计人之所知，不若其所不知；其生之时，不若未生之时；以其至小，求穷其至大之域，是故迷乱而不能自得也。"② 庄子的话揭示了人认识世界的能力是有限的，相对于人们所能知道的事物、道理而言，不了解、不知道的则更多。所以，若以小求大，希望一下子便洞悉天地的奥秘，不但不可能，而且还会"迷乱"。

一 汉魏"怪异"认知论

当然，作为地球上的智慧生命，人类的认知能力是非凡的。在缺乏现代科学知识的古代社会，先贤们尽一切可能广博自己的见闻，明察秋毫，由此及彼，不断积累小知识以建构各自的大智慧。东晋郭璞在《山海经》叙言里揭示了"有识之士"认识万物不齐、变化异数的世界的基本态度和方法：

> 世之览山海经者，皆以其闳诞迂夸，多奇怪俶傥之言，莫不疑焉。尝试论之曰，庄生有云："人之所知，莫若其所不知。"吾于山海经见之矣。夫以宇宙之寥廓，群生之纷纭，阴阳之煦蒸，万殊之区分，精气浑淆，自相喷薄，游魂灵怪，触象而构，流形于山川，丽状于木石者，恶可胜言乎？……世之所谓异，未知其所以异；世之所谓不异，未知其所以不异。何者？物不自异，待我而后异，异果在我，非物异也。故胡人见布而疑黂，越人见罽而骇毳。夫，玩所习见而奇所希闻，此人情之常蔽也。③

---

① 现代认知心理学、社会心理学、脑神经科学等研究表明人具备一种基本的心理防御机制，即对自身的存在构成威胁的事物感到恐惧、不安以及避险反应。白井泰子、高田利武：《恐怖喚起コミュニケーションの基礎的研究》(I)，《実験社会心理学研究》1977年第17卷第1期。石井大典：《恐怖の情動から考える大脳辺縁系の機能》，《脳科学とリハビリテーション》2011年第11卷。

② 陈鼓应注译：《庄子今注今译》（最新修订版），商务印书馆2007年版，第483页。

③ 丁锡根编著：《中国历代小说序跋集》（上），人民文学出版社1996年版，第5页。又参见袁珂校注《山海经校注》（修订本），上海古籍出版社1992年版，第541—544页。

郭璞明确指出："物不自异，待我而后异，异果在我，非物异也。"换言之，不是事物本身怪异，而是因为人们缺乏对它的基本认知，从而感到怪异。相反，对于习以为常的事物，则甚少有人注意它并不为人所知的"秘密"。郭璞对"怪异"的论述揭示了人们在认识世界时的"常蔽（弊）"，至今依旧存在。人们对于自己未曾见识和体验过的事物，总是会更加关注或产生更大的兴趣。当不能确定这些事物是否存在危险时，"奇""疑""骇"等情志便会产生。

由此可见，"非常""怪""异"等词语不仅是一种情志状态，实际上还是一种认知心理活动过程中所产生的判断与评价。既然是一种认知心理活动，那么就存在认知的主体与被认知的客体。简单地说，由于某物的出现，或者某物的状态、性质发生了变化，从而引起了某人对该事物的关注。又由于受到某人的知识储备、思维习惯、认知方法的影响，导致他得出了"怪异""不可思议""奇怪"等判断或评价，并产生焦虑、紧张、恐惧等情绪。因此，研究"怪异"的首要任务必须弄清判断"怪异"的主体与被判断为"怪异"的对象。

二 "怪异"认知的主体与客体

东亚怪异学会成立时，西山克提出了他对"怪异"的定义。京极夏彦指出西山克忽略了判断"怪异"的主体及其客体问题。为此，京极夏彦重新梳理了"怪异"的概念：

（1）中世被当作"怪异"记载或认定的事象；

（2）中世虽未被当作"怪异"记载，但被认为"奇怪"的事象；

（3）中世未被作为"怪异"或"奇怪"的事象，今人却认为奇怪的事象。

从京极夏彦的阐释中可以看到他将判断的主体分为日本中世人与现代人；将判断的对象分为明确定义为"怪异"或使用"奇怪"等其他判断性言语两大类。京极夏彦还指出：所谓"中世人"或"现代人"具体所指是谁，是不能一概而论的。不过，作为判断的主体，一定是"负有对怪异解释责任的人"。这些人的身份随着时代而变,从古代承担王权统治、宗教、社会的管理者逐渐向从事传播知识文化的层面转移;而今天,他们主要是一些灵异学者、物理学者或科学家等,"但是他们的责任并非明确规定的,不可推卸的"①。

京极夏彦的观点并非无懈可击,但是它提醒人们当一个语言符号的能指与所指及其相互关系被固定下来之后,其概念可能逐渐空洞化。随着人们的知识不断更新换代,"怪异"的能指与所指也不断更新、变化。特别是在"怪异"一词所指的具体内容方面,古人以为怪异的,今人或不以为奇,反之亦然。正如郭璞提到的"物不自异,待我而后异,异果在我","我"是判断怪异的主体,"物"即被"我"认为怪异的客体。由此可见,当研究"怪异"时,必须从认知"怪异"主体与被视为"怪异"的客体入手。那么被视为"怪异"的客体究竟指涉哪一些事物呢?东亚怪异学会的日本学者提出的三种类型的"怪异"能否在古代人的具体言说中找到对应呢?本书认为是可行的。

刘歆在《上山海经奏》里面提到人们评论《山海经》为"奇"书,是因为书中记载了"逮人迹所希至,及舟舆之所罕到。内别五方之山,外分八方之海,纪其珍宝奇物,异方之所生,水土草木禽兽昆虫麟凤之所止,祯祥之所隐,及四海之外绝域之国,殊类之人"②。首先,古代人受交通条件所限,对许多"希至""罕到"的"绝域之国"抱有极大的兴趣;其次,对于这些罕见、稀有的事物自然觉得"珍""奇"。对这些地方的人,也有"殊类"的印象。简言之,异域殊方的人、事物、生活习俗和现象常常让"中国""我国"人感到稀奇、怪异。尤其是"文学大儒"对此更为关注,因为他们"以为奇,可以考祯祥变怪之物,见远国异人之谣

---

① 西山克和京极夏彦的观点,参见京极夏彦论文。京極夏彦:《私たちの"怪異"——現代の中の"怪異"と怪異》,載東アジア怪異学会編《怪異学の可能性》,第345—351頁。
② 刘歆,字子骏,西汉建平元年(公元前6)改名为"刘秀"。袁珂校注:《山海经校注》(修订本),第540—541页。大野圭介:《劉歆〈上山海經表〉をめぐって》,《中國文學報》1995年第51号。

第二章 跨学科视野下的"怪异"

（遥）俗"①。《山海经》提供来自异域殊方的知识，可以增广智慧，这才是刘歆进献《山海经》的目的和理由。

所谓"祯祥"就是吉兆，"变怪"则是凶兆。《礼记·中庸》曰："国家将兴，必有祯祥；国家将亡，必有妖孽。"②"妖孽"与"变怪"相同，也是异常现象和灾祸的预兆。"灾异"则是可以涵盖二者的更为通用的词汇。所谓"灾异"，在今人眼中大都属于自然现象，包括暴雨、大风、地震等自然灾害或天文、动植物等罕见现象；但它们放在古昔则被当作皇权统治、社会秩序将发生重大变乱的征兆。从字面意思来看，"祯祥"或"祥瑞"的对立面即为"妖孽"或"灾异"。甚至于同一种自然现象，会因为古代人阐释理论或依据的差异时而被当作"祯祥"，时而又被当作"灾异"。

显然，这是一种主观意志强加于物的认知行为现象，亦即郭璞所谓的"物不自异，待我而后异"。郭璞至少从现象上概括了人类认知活动的基本特点，即人自己作为认知主体，事件、物体或现象是客体。认知客体究竟是什么，取决于认知主体的知识素养、世界观、价值观和心理等诸因素。所以，异常、怪异、灾异、变怪、祯祥、休咎、妖孽等所有关于"怪异"的相关表述、言说都只是认知主体（古代人）通过认识活动得出的基本判断和评价。

三 作为方法论的"怪异"

本章第一节指出"异"含有"区别""差异"的意思。而发现区别、差异就必须依靠比较分析和辩证思维。换言之，"异常""非常"的认知结论需要经过与"常"作比较才能得出。并且"异常"与"常"之间还因比较者所站的立场不同而发生对换，所以关于"异"与"常"的认知本身就具有辩证思维方法论的色彩。

---

① 丁锡根编著：《中国历代小说序跋集》（上），第4页。
② 《十三经注疏》整理委员会整理：《礼记正义》，北京大学出版社2000年版，第1692—1693页。

所谓"常"含有恒久、规律等意义。"常"首先是一个关于时间的概念，恒久不变曰"常"，指一种稳定状态。"异常"则是对恒久的破坏，是一种变化多端，时隐时现，抑或令人捉摸不定的、从一种性态到另外一种性态的时间极为短暂的不稳定状态。从时间长度来看，"变怪""妖孽"等怪异事象往往是突然出现又倏忽即逝的、极不稳定的现象或状态，因出乎意料，所以极易引发惊恐，导致各种危害和损失。

其次，"常"也是一个关于空间和距离的概念。从郭璞所揭示的人认识事物的"常蔽"可见：人以"习见"为常，以"异域殊方"为"奇""异"。也就是说，凡属认知主体平常就能随处可见、可亲近之物，便不以为奇异；凡认知主体闻所未闻、见所未见的"谣俗""绝域"之物，必以为奇异、特殊、恐惧不安。

最后，"常"还是一种关乎纲常、伦理的社会性概念。"异常""非常"既有丧失规律性与恒常稳定性之意，还有违背纲常、伦理、制度的意义。由此可见，不论是以时空为标准，还是以社会普遍应该遵守的制度、法律、伦理、道德为参照，通过辩证逻辑和比较分析的方法，均可以判断特异于时空、社会秩序与制度的各种事象。所以，"非常""异常""怪异"等判断和评价都是基于人们通过辩证性的理性思维获得的。也就是说，"怪异"与生俱来地具有辩证思维方法论性质。

第三节 "怪异"认知的思想依据

每一个人的认知心理活动均因遵循一定的思维习惯与价值观念，而这些都源自他们所接受的宇宙观、价值观、宗教信仰等意识形态。怪异、灾异、祯祥、变怪、妖孽等，在历史记载中常常以具体而零碎的形式出现。它们本身既是历史叙述，同时也是当时人们描述、阐释、评价某事件的极其可贵的只言片语。通过这些只言片语我们可以了解到作为认知的主体把哪些事物和现象作为关注的对象和认知的客体，以及他们根据何种理论或

第二章 跨学科视野下的"怪异"

思想来判断被认知的客体是否属于"怪异"。

前面提到刘歆等人之所以将《山海经》视为可资考辨祯祥、怪异,判断国政得失的依据,是因为他们普遍接受了盛行于汉代的阴阳五行学说和天人感应思想。前者是中国人自古以来对世界的基本认识,即宇宙观和世界观。后者是在先秦的阴阳五行学说和中国原始信仰里面的万物有神论的基础上,经过儒家思想的整合发展起来的经学思想①。这类思想随着中国文化传播到日本,影响深远。除此之外,佛教、道教(在日本主要以阴阳道形式存在)等宗教思想对天变地异、战乱、瘟疫以及其他各种超自然现象的阐释也影响了日本上代人对怪异的观察和评判。

一 天人感应与谶纬思想

老子说:"道生一、一生二、二生三、三生万物。万物负阴而抱阳,冲气以为和。"②这是中国对宇宙生成体系的认识:万物是天地阴阳合气而生,气作为世界基本元素在自然界阴阳相互作用下,产生五行;五行相互作用,则产生宇宙万物的无穷变化;并由于阴阳互相对立消长,五行相生相克,万物得以和谐发展。显然,宇宙在中国古人眼中是一个互相关联的整体,天地与人之间存在密切的互动关系。天地五行诸要素构成了一个统一的整体——宇宙,而宇宙之中的诸要素又是相生相克、刚柔并济、循环平和、和谐圆满的。一旦发生阴阳失调、五行失序,便会导致各种异常,这些异常往往招致对个人、对国家的灾难。简言之,古人认为阴阳五行学说还是揭示个人、国家福祸命运的理论。

先秦诸书关于福祸的论述,无不与"天"发生关联。《尚书·汤诰》曰:"天道福善祸淫,降灾于夏,以彰厥罪。"③《墨子·法仪》也说:"爱人利人者天必福之,恶人贼人者天必祸之。"④可见,"天"是主宰世人祸

---

① 西汉董仲舒学说属于"今文经学"。今文经学在汉代与谶纬合流,形成了儒家的政治神学,亦属于封建迷信。
② (魏)王弼注,楼宇烈校释:《老子道德经注校释》,中华书局2008年版,第114页。
③ 吴毓江撰:《墨子校注》,中华书局1993年版,第30页。
④ 《十三经注疏》整理委员会整理:《尚书正义》,北京大学出版社2000年版,第200页。

· 55 ·

福的权威，人之善恶，"天"能感知。"天"不但裁判、奖惩个人的善恶，更能主宰国家兴亡。而国之兴亡，天往往会以某种方式预告。《礼记·中庸》有言曰："国家将兴，必有祯祥；国家将亡，必有妖孽。"而《周易·文言》说："坤至柔而动也刚，至静而德方，后得主而有常，含万物而化光。坤道其顺乎，承天而时行。积善之家必有余庆，积不善之家必有余殃。臣弑其君，子弑其父，非一朝一夕之故，其所由来者渐矣。由辩之不早辩也。……天地变化，草木蕃。天地闭，贤人隐。"简单地说，凡"祯祥""妖孽"都是天地阴阳的秩序发生变异所致。而天地阴阳的变异又与人的行为是否符合天地之常道有关。因此，《周易·文言》接着总结："积善之家，必有余庆；积不善之家，必有余殃。"①这句话把人或国家的福祸与德行联系在一起，而这种联系具体以"祯祥"和"妖孽"的形式表现。

可见，中国古代先民通过漫长的时间对宇宙的观察，到了秦汉时期逐渐形成了比较系统的阴阳五行学说。而到了西汉初期，统治者一方面总结秦灭亡的历史教训，认识到行仁政的重要性；另一方面又面临政局动荡的困境、危险。因此，儒家学者董仲舒通过将先秦阴阳五行学说与儒家仁政思想相结合，建立了一套比较完备的理论体系——"天人感应"学说，获得了皇权统治者的高度重视。首先，该学说强调君权神授，认为"受命之君，天意之所予也。故号为天子，宜视天如父，事天以孝道也"（《春秋繁露》第三十五《深察名号》）②。换言之，"天"是绝对的权威，君王是天赐予的，违逆君王也就是违逆天神。所以，"天之不可不畏敬，犹主上之不可不谨事，不谨事主，其祸来至显，不畏敬天，其殃来至暗，暗者不见其端，若自然也，故曰：堂堂如天殃"（《春秋繁露》第六十五《郊语》)③。

董仲舒除了确立了天命神学的理论，他还将阴阳五行学说纳入儒家仁

---

① 《十三经注疏》整理委员会整理：《周易正义》，北京大学出版社2000年版，第36页。
② （清）苏舆撰：《春秋繁露义证》，中华书局1992年版，第286页。
③ （清）苏舆撰：《春秋繁露义证》，第396页。

政伦理的体系之中,认为"唯天子受命于天,天下受命于天子,一国则受命于君。君命顺,则民有顺命;君命逆,则民有逆命;故曰:一人有庆,兆民赖之"。也就是说,君王若能顺应天道,不仅己身有"庆",而且万民也有"顺命"。所谓"庆"和"顺命"即《周易》里面的"积善之家必有余庆"之"庆",即祯祥、福泽。反之,则因君王逆天道而导致万民"逆命"之祸殃。董仲舒直接把君王顺逆天道与国家兴衰联系在一起,进而建立了一套判断君王是否顺应天道的理论:

> 天地之物,有不常之变者,谓之异,小者谓之灾。灾常先至而异乃随之。灾者,天之谴也;异者,天之威也。谴之而不知,乃畏之以威。……凡灾异之本,尽生于国家之失。国家之失乃始萌芽,而天出灾害以谴告之。<u>谴告之而不知变,乃见怪异以惊骇之。</u>惊骇之尚不知畏恐,其<u>殃咎乃至</u>。以此见天意之仁,而不欲害人也。(《春秋繁露》第三十《必仁且智》)①

董仲舒认为凡是天地之间,"有不常之变"的,就是"异"。而"异"有小有大。小者为"灾",大者为"异",更甚者即为"(灾)害"。他将灾异作为判断皇权统治未能顺应天道的依据。凡国政存在失误,刑罚不中,上天自然会用"灾"警告国君;如若仍然不能理解或理会这种警告,上天就会以"怪异"惊骇国君;如果还不知畏惧的话,"殃咎"也就是"(灾)害"便会降临,国家出现战火、疫病、重大自然灾害,甚至改朝换代等祸殃。这就是天人感应学说的另一个重要观点,即"灾异谴告"说。值得注意的是,董仲舒将"灾""异"的更高形式称作"怪异",它的终极形式是"害"。换言之"祯祥"和"妖孽",灾异与怪异都是福祸的预告、表征。这与春秋战国时期的福祸观基本一致。

那么如何才能判断灾异或怪异呢?与董仲舒天人感应学说相匹配的,是源自先秦《周易》等神秘宗教思想为基础的谶纬思想,尤其是儒家天命

---

① (清)苏舆撰:《春秋繁露义证》,第259页。

神学"七纬"之《春秋纬》①。"谶",即预告凶吉的预言;"纬",相对而言,是用神学解释儒家经典的书②。换言之,谶纬主要负责判断"天"的"谴告",是解密未来的政治预言。因此,既要有人接受"谴告"的信息,又要有人在"见怪异"时占卜、辨析,而且"殃咎"来了需要有人攘除。由于有了比较体系化的天人感应思想,在汉代一些自然现象,如地震、冰雹、彩虹、流星等均被视为灾异;而一些奇异罕见的动植物,如白色的鸟、人形的树木则被视为"祯祥"或"妖孽"。这些怪异事象一旦出现,皇权统治机构便会非常紧张。有的大臣甚至冒死直谏,批评皇帝的过失,以求拯救国家于祸殃之中。

与此同时,也出现了许多精通阴阳五行和数术之人,专门负责向皇权统治阶层进言、解释怪异事象。例如《汉书·郊祀志上》里面"赵人新垣平以望气见上"条,记载了他看见长安东北有神气,呈现出五彩祥瑞,所以求见汉文帝,建言祭祀。再如"汝阴巫锦"掘得大鼎,于是上报官吏,再上报河东太守,太守上报汉武帝。武帝先让巫者占卜此鼎的出现是福非祸,尔后命令祭祀之③。可见,汉代的民间术士既可以因为怪异、祥瑞直接面见帝王,而且还有专门的上报怪异、祥瑞的程序。不仅如此,汉武帝还招纳赵绾、王臧等"贤良"为公卿,并专设"有司"负责祭祀、占卜、评断灾异和祥瑞等工作。例如武帝两次封禅泰山时,一些地方出现了多种怪异事象,"有司"经过占卜均判断为祥瑞之兆④。除此之外,还有一些高官、皇族或精通阴阳五行和易的人员,会对灾异、祥瑞与政治之间的对应关系作出解释、评论。如班固在《汉书·五行志》里面提到的董仲舒、刘向、京房等人,都是谶纬思想的代表人物。

日本接受阴阳五行和天人感应思想的具体时间难以考证,但是从现存的《日本书纪》《古事记》等早期历史叙述里已经可以发现他们采用中国

---

① 黄国祯:《董仲舒〈春秋繁露〉与纬书〈春秋纬〉之关系研究》,第63—85页。
② 钟肇鹏:《谶纬论略》,辽宁教育出版社1995年版,第1—3页。
③ (汉)班固撰:《汉书》,中华书局1962年版,第1213—1225页。
④ (汉)班固撰:《汉书》,第1236—1247页。

第二章 跨学科视野下的"怪异"

的阴阳五行、天人感应思想对怪异、祥瑞、灾祸等进行分析、评论（详见本章后文）。《续日本纪》和铜五年（712）九月己巳条有关"伊贺国阿直敬等所献黑狐即合上瑞"，明确了祥瑞的等级，据此可知在奈良时代已经存在确定祥瑞、灾异的评判标准。而负责评判祥瑞等级的机构是太政官下辖的八省之一治部省。平安时代中期醍醐天皇下令编撰的《延喜式》，关于祥瑞品目的规定治部省几乎全部参考了《唐令》礼部相关规定[①]。不过，这一点并不令人意外，因为日本的律令制度也是参考了隋唐律令逐步建立、完善的。

二 "内典"的护国思想

"内典"是佛教对自身经典的称呼，相传东汉末年佛教传入中国。佛教之所以能在中国获得弘扬，主要有两个原因。首先，"东汉后期，政治越来越腐败。从汉和帝以后，外戚、宦官交替专权。他们利用职权对人民巧取豪夺，横征暴敛，更给人民增加严重苦难"，"一方面，广大农民希望借助宗教得到精神安慰，甚至幻想宗教会帮助他们摆脱日益深重的苦难；另一方面，统治者也扶植利用宗教来麻醉人民，巩固统治。当然，就他们自身来说，也乞灵于宗教的神秘力量来使他们延年益寿，长治久安"[②]。其次，"内典"得以迅速传播的原因是佛教徒积极利用中国本土的道教、玄学、儒家天人感应等思想对佛教进行"本土化"改造。当时一些外来佛教僧侣（如安世高、佛图澄、鸠摩罗什等）还掌握某些方术，依靠阴阳星占、神咒等扩大其影响力。佛教的善恶因果报应说与中国自古以来的天人感应福祸观存在相通之处。《周易·文言》的"积善之家，必有余庆；积不善之家，必有余殃"，不仅被汉译佛典引用（如康僧铠翻译的《无量寿经》），还被《冥报记》等魏晋南北朝佛教志怪作为论述因果报应的思想依据。

[①] 水口幹記：《日本古代漢籍受容の史的研究》，汲古書院2005年版，第19—24页。
[②] 任继愈主编：《中国佛教史》第一卷，中国社会科学出版社1993年版，第106页。

在佛教的福祸观看来，君王行"仁道"是关乎国家能否长治久安，统治能否万世一系的关键。"仁道"之说本属儒家"仁政"思想。三国时期吴国的康僧会利用佛教思想将其"格义"，在《六度集经》中加以阐释①。他在该书《戒度无极章》中说，"王者为德仁法。……若崇上即昌，好残贼即亡"，又说，"则天行仁，无残民命"，所以告诫统治者"慎修佛戒，守道以死"。康僧会将行仁政与国家昌盛建立了必然的联系，并且把"仁道"作为佛的教诲，成为统治者应该遵守的至高法则。三国曹魏时期的康僧铠翻译《无量寿经》二卷，更是直接将因果报应与统治者前世今生联系在一起。该书上卷《九圣者果报》先解释贫穷乞人之所以衣不蔽体，饥寒困苦，是因为他们前世"不植德本，积财不施，富有益悭，但欲唐得，贪求无厌。不信修善，犯恶山积"，于是"死堕恶趣，受此长苦。罪毕得出，生为下贱"。与之相反，"世间帝王，人中独尊，皆由宿世，积德所致。慈惠博施，仁爱兼济。履信修善，无所违争。是以寿终福应，得升善道，上生天上，享兹福乐。<u>积善余庆，今得为人，乃生王家，自然尊贵</u>"。简言之，君王若不行仁政，不积福德，不仅死入恶趣（地狱、饿鬼、畜生为三恶趣），而且即便投胎做人，也不复尊贵，"生为下贱"。

佛教的福祸观还表现于本生故事。例如著名的兔本生故事是关于兔子因为仙人没有食物而跳入火中，以自己身体供养仙人的故事。该故事有许多版本。其中《菩萨本缘经》卷下兔品第六、《一切智光明仙人慈心因缘不食肉经》解释仙人为何断粮的问题时，都将原因归结为上天惩罚世人或者国王的恶行，降以灾害②。这种将天灾归咎于人祸的思维方式与董仲舒的天人感应并无差异。不仅如此，在佛教本生故事中，主人公的菩萨行往往会被诸天感知。例如兔子跳入火中烧死时，或者"地大震动，天雨妙

---

① 任继愈对康僧会的"仁道"思想有更具体的阐释。任继愈主编：《中国佛教史》第一卷，第443页。
② 《菩萨本缘经》曰："是时世人多行恶法。以是因缘，令天炎旱。草木华果枯干不出，海池井泉诸水燋涸，其地所有林木蓬茹蒿草，土地人民收拾去尽。"此处将原因归于世人多行恶法，导致旱灾。《一切智光明仙人慈心因缘不食肉经》则说："彼时，世间有雨星现。国王淫荒，彗星横流，连雨不止，洪水暴涨。"此处将天降灾害归咎于君王荒淫。

第二章 跨学科视野下的"怪异"

花，覆兔王上"，或者"天地大动，乃至色界及以诸天，皆雨天华持用供养"，又或者"释提桓因，宫殿震动，而自念言：今以何因缘，宫殿震动？观察知是兔能为难事"①。凡天地震动，天降花雨或者诸天、帝释感知，无不说明诸天神、帝释能了解一切众生的善恶，给予奖惩。

  佛教将福祸与善恶因果联系在一起，并且将判断善恶因果报应的责任"交给"诸天、帝释。凡行善者，诸天护佑，可获福德果报；作恶行者，鬼神离弃，灾祸连连，必堕恶趣，得恶报。这种理论具体到皇权统治者身上，则要求统治者务行仁政，爱惜民命，否则国家遭遇种种灾难，人民流离失所，兵灾贼乱，国主灭亡。系统阐述这种福祸因果观的被称为"仁王思想"，集中体现于"护国三部经"——《仁王经》《金光明最胜王经》《法华经》——之中。例如《金光明最胜王经》明确指出：君王舍弃正法，"造恶"将导致"天瞋"，其结果是"不久国败，非法兵仗，奸诈斗讼，疾疫恶病，集其国土"。也就是说，因为君王暴政，舍弃正法，就会招致"天"怒，降下各种灾异。

  再比如《仁王经》，一共有四种译本：晋竺法护译《仁王般若经》、后秦鸠摩罗什译《佛说仁王般若波罗蜜经》、梁真谛译《仁王般若经》、唐不空译《仁王护国般若波罗蜜多经》。《仁王经》的"仁王"是指爱民具德的帝王，具体是指经文中以波斯匿王为首的十六大国王。以鸠摩罗什译《佛说仁王般若波罗蜜经》为例，经中论及国土有"七难"，一，日月失度难；二，星宿失度难；三，灾火难；四，雨水难；五，恶风难；六，亢阳难；七，恶贼难（卷下受持品第七）。由于"国土乱时，先鬼神乱；鬼神乱故万民乱；贼来劫国，百姓亡丧，臣、君、太子、王子、百官共生是非。天地怪异，二十八宿、星道日月失时失度。多有贼起"（卷下护国品第五），因此国王应该受持本经，每遇难时讲读此经。经文末尾佛告诫波斯匿王，当自己灭度之后，波斯匿王等若"坏乱吾道，是汝等作。自恃威

---

① 三处引文依《撰集百缘经》卷四（三八）、《一切智光明仙人慈心因缘不食肉经》、《杂宝藏经》卷二（十一）兔自烧身供养大仙缘。本段涉及兔本生故事中的天人感应情节参见拙文《汉文佛典中兔本生故事研究》，《齐齐哈尔大学学报》（哲学社会科学版）2012年第3期。

力，制我四部弟子，百姓疾病无不苦难，是破国因缘。说五浊罪，穷劫不尽"。简言之，如果国王不听从佛的教诲和告诫，残害佛弟子，令百姓疾苦不堪，定会出现"天地怪异"，招致国破之灾，而且君王本人也会于五浊恶世之中受尽磨难。

　　进入唐代，佛教护国思想在不空的两次重译《仁王经》与密教经典之下，获得了大发展①。天宝十二年（753）至大历九年（774），不空先后翻译了《仁王护国般若波罗蜜多经》、《毗沙门天王经》、《北方毗沙门天王随军护法仪轨》及《北方毗沙门天王随军护法真言》等。为了宣传《仁王经》护国功能，扩大佛法护国理论的影响，不空又亲自编纂了《仁王护国般若波罗蜜经陀罗尼念诵仪轨》、《仁王般若念诵法》和《仁王般若陀罗尼释》各一卷，并命令密宗弟子如法修持②。不空译《仁王经·护国品》强调：

　　　　一切国土若欲乱时，有诸灾难，贼来破坏，汝等诸王，应当受持、读诵此般若波罗蜜多。严饰道场，置百佛像、百菩萨像、百师子座，请百法师解说此经。……每日二时讲读此经。若王、大臣、比丘、比丘尼、优婆塞、优婆夷，听受、读诵、如法修行，灾难即灭。大王，诸国土中有无量鬼神，一一复有无量眷属，若闻是经，护汝国土。若国欲乱，鬼神先乱；鬼神乱，故即万人乱，当有贼起，百姓丧亡，国王、大子、王子、百官互相是非，天地变怪，日月众星失时失度，大火大水及大风等，是诸难起，皆应受持、讲说此般若波罗蜜多。③

　　鸠摩罗什和不空翻译的《仁王经》，尽管语言表述存在差异，但是经中所述的"七难"用儒家天人感应思想的话语可概括为"天地怪异"。这

---

① 有关密教传入日本的问题，参见長部和雄论著。長部和雄：《唐僧密教史論考》，神戸女子大学東西文化研究所1982年版。
② 关于不空的佛教护国思想与实践，李永斌有很好的总结、归纳。李永斌：《不空的佛教护国思想与实践》，《五台山研究》2014年第1期。
③ （唐）不空译：《仁王护国般若波罗蜜多经》卷下，载大藏经刊行会编《大正藏》第8册，财团法人佛陀教育基金会1993年版，第840页下。

第二章 跨学科视野下的"怪异"

些灾难在不空译本中用"天地变怪"来表述。不难看出《仁王经》与先秦两汉的天人感应思想和谶纬学说颇为相似，事实上笔者更倾向于认为《仁王经》是吸收天人感应等中国思想创造出来的佛教伪撰经典。因为儒家天人感应学说与佛教护国思想都具有规训君王的伦理观、价值观。它们非常一致地将自然界的异常变化视为"天"的谴告或惩罚。不空在强调《仁王经》有助王化、护持国土的同时，他编纂的密教念诵仪轨，推动了皇权统治者对《仁王经》的信仰与修持。不空翻译的《毗沙门天王经》[①]《北方毗沙门天王随军护法仪轨》[②] 及《北方毗沙门天王随军护法真言》[③] 等，构建了一套完整的护国思想体系。

不空宣扬《仁王经》在护持国土方面的利益功德主要有四个方面：第一是祈雨止风，平息自然灾害；第二是宣传帝王"圣德"，塑造统治者"仁王"形象为政治造势；第三是为统治者施行灌顶祈福，增长帝王寿命；第四是为国家军事安全提供佛教护佑，止息兵火，保佑国主，战胜乱逆。

日本学者中田美绘依据《资治通鉴》《旧唐书》《续开元录》《贞元录》等文献梳理了不空于唐永泰元年（765）翻译《仁王经》并在西明寺、资圣寺举行百法师讲《仁王经》、百大德转《密严经》的法会之经过。通过中田美绘的考证可知，不空于九月二日上表贺瑞，宦官鱼朝恩与左右六军目击祥瑞，右龙武军大将军等重臣也上表贺瑞。随后叛臣仆固怀恩死去，叛乱被郭子仪平定，吐蕃兵也退去，《仁王经》的护国功能受到了极大的宣传与信仰[④]。天变怪异（灾异）与《仁王经》护国息灾的祥瑞相互印证，由此也推动了佛教参与维护皇权统治的政治活动之中。

《仁王经》作为护国经典在奈良朝就已经传播到日本，《日本书纪》记载齐明天皇六年（660）五月设"仁王般若会"（百座百讲仁王会），天武天皇五年（676）遣使四方国宣说《金光明经》《仁王经》，持统天皇七年

---

① （唐）不空译：《毗沙门天王经》，载《大正藏》第 21 册，第 215 页。
② （唐）不空译：《北方毗沙门天王随军护法仪轨》，载《大正藏》第 21 册，第 224 页。
③ （唐）不空译：《北方毗沙门天王随军护法真言》，载《大正藏》第 21 册，第 227 页。
④ 中田美绘：《唐朝政治史上の〈仁王経〉翻訳と法会——内廷勢力専権の過程と仏教》，《史学雑誌》第 115 卷，2006 年第 3 期。

(690)诸国讲经成为恒例。以后每一代天皇登基时都要举行仁王会,平安朝醍醐天皇延长四年(926)时期编撰而成的《延喜式》卷十一"太政官"条规定:"凡天皇即位,讲仁王般若经[一代一讲]。设百高座。"

除了"一代一讲",进入平安时代还频繁举办临时仁王会。《仁王经》作为护国三大经的重要地位不断提升,其背景是不空的弟子惠果阿阇梨于唐贞元二十年(804)把密教衣钵传给了来华求法的日本僧人——"弘法大师"空海。空海回到日本,成为日本真言宗开山祖师,在高野山建立了金刚峰寺,在东寺设立真言宗密教的"根本道场",将其改称为"教王护国寺",并且撰写了《仁王经开题》,传授不空的《仁王经》护国思想、毗沙门天王信仰及其念诵仪轨等①。空海在弘仁元年(809)嵯峨天皇登基时,上表请求为祈愿国家安泰举行仁王大法会②。而且空海还两次专门为镇谢伊豫亲王及其母亲的怨灵撰写过愿文,愿主分别是淳和天皇、嵯峨天皇,所讲经书为《法华经》③。

几乎同一时间,最澄也从唐国求法回国,推广天台宗教学。最澄积极推动"长讲三部会式"——《仁王经》《金光明经》《法华经》三部经长讲法会,并且在弘仁九年(817)四月二十六日为"一切天神地祇""起恨怨神祇""御灵""平崩怨薨王灵、臣灵"等举行了护国三部经长讲法会④。此后,因怨灵和其他怪异、灾祸发生时,朝廷不断请高僧举行临时仁王会等佛教法会⑤。

由此可见,《仁王经》及其他护国经在日本的传播以及相关法会的举

---

① 静慈圆系统地研究了空海护国思想与鸠摩罗什、不空的异同,详细考察了空海如何解释与传播《仁王经》《金光明经》《法华经》这三部护国经。[日]静慈圆:《日本密教与中国文化》,刘建英、韩昇译,文汇出版社2010年版,第192—211页。
② 有关《仁王经》《金光明经》护国经典在奈良朝的流传与信仰可参看田村圆澄的论著。另外,律令体制下的佛教护国思想还体现在对《大般若波罗蜜多经》的信仰上,该经由玄奘翻译。田村圓澄:《日本仏教史》第二卷,法藏館1983年版,第8頁。田村圓澄:《古代国家と仏教経典》,吉川弘文館2002年版。
③ [日]静慈圆:《日本密教与中国文化》,第178—179页。
④ 八重樫直比古:《空と勝義の孝——古代仏教における怨霊救済の論理——》,載石田一良編《日本精神史》,ぺりかん社1988年版,第51頁。
⑤ 山本幸司:《平安京大祓の場の分析》,《三田学会雑誌》1990年第82卷(特別号-Ⅱ)。

行，深刻地影响了日本皇权统治者对天变怪异的评判以及息灾禳祸的对策、方法。他们一方面通过中国儒家神学——谶纬思想分析、讨论这些怪异与皇权统治之间的因果联系；另一方面寄希望于这三部护国经典，不断举行诵读三部经的修法大会，以达到"镇护国家"，拯救国家和人民于危难。

三 中日历史叙述中的"怪异"

先秦两汉的社会思想非常活跃，各家学说层出不穷。与此同时，一些原始宗教信仰和神秘思想也被神学化、理论化。阴阳五行学说和天人感应思想也渗透到历史记录之中。

【1】初，内蛇与外蛇斗于郑南门中，内蛇死。六年而厉公入。公闻之，问于申繻曰："犹有妖乎？"对曰："人之所忌，其气焰以取之，妖由人兴也。人无衅焉，妖不自作。人弃常，则妖兴，故有妖。"（《左传·庄公十四年》）①

【2】景帝三年二月，邯郸狗与彘交。悖乱之气，近犬豕之祸也。是时赵王遂悖乱，与吴、楚谋为逆，遣使匈奴求助兵，卒伏其辜。（《汉书·五行志》）②

这两段文字分别来自《左传》和《汉书》。【1】是鲁庄公十四年（前680）的时候，在郑南门之处，两条蛇一里一外相斗。鲁庄公问"犹有妖乎？"回答是"妖不自作。人弃常则妖兴"。后来，郑厉公果然杀死了傅瑕，逼死了原繁。蛇斗本来是发生在郑国的一件小事，而被鲁庄公知道，并且被告知郑国将出现灾祸。原因是人放弃了"常"导致了"妖"的兴

---

① 杨伯峻编著：《春秋左传注》，中华书局1981年版，第196页。
② （汉）班固撰：《汉书》第五册，第1398页。

起。所谓"妖"即为怪异、灾祸之兆,即《礼记·中庸》所谓的"妖孽"。"妖"的出现预示着灾祸的降临,而这是因为人常丧乱所招致的天罚。【2】是汉景帝的时候,发生了猪和狗交配的事件。之后赵王勾结吴、楚以及匈奴发动叛乱,因此这件事被视为"悖乱"之兆。类似的历史记录在《左传》《汉书》《后汉书》里面非常普遍。尤其是班固的《汉书》首开"五行志"的记载体例,专门记载各种灾异、祥瑞以及其他怪异事象。而且,这些怪异事象均被用以解释当时某个历史事件。解释的方法或者依据就是先秦以来流行的阴阳五行学说、天人感应思想以及谶纬。

日本早期的历史叙述深受中国正史的影响,尤其在评价历史事件时,也积极采用中国的阴阳五行、天人感应思想。例如《日本书纪》钦明天皇二年(541)秋七月记载了"任那与新罗运策席际,现蜂、蛇怪",并评论道:"且夫妖祥所以戒行,灾异所以悟人。当是明天告戒,先灵之征表者也。祸至追悔,灭后思兴。"这种认识完全是按照天人感应的价值观念总结历史经验的。

【3】既而,分巡相遇。阴神乃先唱曰,妍哉,可爱少男欤。阳神后和之曰,妍哉,可爱少女欤。遂为夫妇,先生蛭儿,便载苇船而流之。次生淡洲。此亦不以充儿数。故还复上诣于天,具奏其状。时天神以太占而卜合之。(《日本书纪》卷一神代上第四段一书第一)①

【4】沙本毘古王问其伊吕妹曰,孰爱夫与兄欤。答曰,爱兄。而沙本毘古王谋曰,汝寔(通"实")思爱我者,将吾与汝治天下而。即作八盐折之纽小刀,授其妹曰,以此小刀刺杀天皇之寝。故天皇不知其之谋而,枕其后之御膝为御寝坐也。而其后以纽小刀为刺其天皇之御颈。三度举而,不忍哀情,不能刺颈而,泣泪落溢于御面。乃天皇惊起,为其后曰,吾见异梦。从沙本方暴雨零来,急沾吾面。又锦

———
① 坂本太郎等校注:《日本書紀》(日本古典文学大系),岩波书店1969年版,第82页。

第二章　跨学科视野下的"怪异"

色小蛇缠绕我颈。如此之梦，是有何表也。(《古事记》卷中)①

【5】(仁德天皇六十年十月)差白鸟陵守等充役丁。时天皇临于役所。爰陵守目杵忽化白鹿以走。于是，天皇诏之曰，是陵自本空，故欲除其陵守，而甫差役丁。今视是怪者，甚惧之，无动陵守者。则且，授土师连等。(《日本书纪》卷十)

【6】长冈神社，在郡东。同天皇，自高罗行宫还幸而，在酒殿泉之边。于兹，荐膳之时，御具甲铠，光明异常。仍令占问。卜部殖坂奏云：此地有神，甚愿御铠。(《肥前国风土记·基肆郡》)②

上引四段文字分别摘自《日本书纪》《古事记》《风土记》。

【3】讲述的是日本著名的伊邪那岐和伊邪那美创世神话。二神在举行圣婚的时候，女神先开口说话，之后他们生出了"水蛭子"。学界一般认为"水蛭子"可能是一个手脚萎缩的畸形儿，属于生殖中的怪异事象、不祥之兆。于是，二神向天神请教原因。天神通过占卜得知女人(伊邪那美)先开口说话是导致生殖不祥的原因。《日本书纪》神代上第五段一书第二中直接点明："阴神先发喜言。既违阴阳之理。"③ 即言女人先说话违背阴阳之理，导致了生育不祥、怪异④。

【4】同样在《古事记》《日本书纪》均有记载。皇后的哥哥毘卖让她趁垂仁天皇睡觉之际将他杀害。但是皇后不忍心杀死丈夫，手拿匕首流泪不止。此时，天皇从梦中惊醒，向妻子询问梦中自己的颈脖上有小蛇缠绕等是何征兆。于是，皇后把她哥哥的阴谋告诉了天皇。梦中的异象果真与

---

① 坂本太郎等校注：《日本書紀》，第262頁。倉野憲司等校注：《古事記·祝詞》(日本古典文学大系)，岩波書店1969年版，第189—190頁。
② 秋本吉郎校注：《風土記》(日本古典文学大系2)，岩波書店1958年版，第382頁。
③ 倉野憲司等校注：《古事記·祝詞》，第54頁。坂本太郎等校注：《日本書紀》，第89頁。
④ 有关水蛭子的故事，参见司志武《日本记纪"船"神话的原始宗教信仰探源》，《广东海洋大学学报》(社会科学版)2012年第2期。

杀身灭国之祸联系在一起。这则故事正好可以用《古事记》序言所谓"觉梦而敬神祇"来概括，它揭示了日本上代人们将梦视为神灵的告诫或某种征兆。

【5】里面讲述天皇因为白鸟陵守（守陵的长官）的杵突然变成白鹿跑掉，天皇"今视是怪者，甚惧之"，不但没有处罚陵守，还封赏了他。也就是说，杖化鹿的怪异事象，让天皇惊怪，认为是神的训诫。

【6】里面的天皇因自己的铠甲突然放出奇光，于是立即请人占卜，从而得知是当地的神灵想要得到这具铠甲。

透过日本史籍里面的神话可见，日本上代人常常使用占卜、占梦探求怪异事象背后的秘密。这一点甚至连"天地初发之时"的五位"天神"也不例外。不仅如此，从《日本书纪》明确指出伊邪那岐二神生殖怪异的原因是违背阴阳之理，以及《古事记》序言使用"乾坤初分""阴阳斯开""乘二气之正，齐五行之序"等语句①，可知日本早期的创世神话和历史记载明显受到了中国阴阳五行学说的影响。

除了上面的神话，《日本书纪》记载的许多历史事件与怪异事象密不可分。作者在叙述这些怪异事象时，同样从天人感应的思想出发。例如皇极天皇元年（642）七月到四年六月之间，记录了许多怪异事象②。其中二年（643）十月条记载了民间传唱圣德太子的儿子山背大兄王将被灭门的童谣。紧接着十一月山背大兄王一家灭门，当时出现了五色幡盖放光射向天空，天上发出轰鸣，随后幡盖变成乌云等怪异现象。次年六月记载民间流传在山背大兄王一族被灭之前，三轮山上的猿猴在睡觉时唱出了预言此次惨祸的童谣。而此前后还有许多怪异事象，例如池塘水腐臭之后，聚集小虫将池面覆满；剑池里长出并蒂荷花等。而到了皇极天皇四年（645）六月，苏我入鹿被暗杀。

---

① 倉野憲司等校注：《古事記・祝詞》，第44页。
② 关于《日本书纪》所记怪异在《圣德太子传历》《扶桑略记》等文献中也有体现，柳町时敏将其称为"天谴"。柳町時敏：《斉明天皇に祟る"鬼"・〈書紀〉の方法についての覚書——〈扶桑略記〉研究余滴》，《文芸研究》1997年第77卷。

第二章 跨学科视野下的"怪异"

表面上《日本书纪》的编撰者并没有阐释上述怪异事象与当时的历史事件之间的一一对应关系，但实际上撰者将这些怪异事象与重要历史事件一起记录下来，目的就是在暗示怪异事象分别预言了之后的历史。从皇极天皇登位之初的政治形势来看，地方豪族势力的代表苏我氏（苏我虾夷及其子苏我入鹿）严重威胁天皇统治。苏我入鹿先是控制了皇极天皇的朝政，后来竟然杀害了山背大兄王。直到中大兄王最终消灭了苏我氏的势力，皇权专制统治才得以确立。简言之，上述怪异事象折射出当时天皇强化专制统治、剪除苏我氏等地方势力过程中权力斗争的复杂与险恶。

综上所举的中日历史叙述，可以归类为：生物的怪异（两蛇相斗、猿猴唱谣、虫覆池面等）、生殖怪异（猪狗交配、水蛭子神话）、物品的怪异（杵、铠甲、五色幡盖放光）和梦的怪异。这些怪异均预示灾祸降临，故而均属于"灾异"。除此之外，《古事记》《日本书纪》还记录了许多祥瑞，诚如《古事记》序言所说"日浮重晖，云散非烟，连柯并穗之瑞，史不绝书"①。由此可见，这些怪异事象对于中日古人而言，均是攸关国家政治、个人生存的大事。它们被视为来自神灵的"谴告"、训诫。换言之，怪异事象是神灵与人交流讯息的重要载体；解梦、占卜、历算等技术则是破译神示讯息之密码。唯有了解天神的告示，人们才能避凶就吉，获得改变命运的机会；君王才能"握乾符而总六合，得天统而包八荒"②。所以，在日语中将祥瑞、灾异等怪异事象也称作"神托（シンタク）""托宣（タクセン）"③。

---

① 倉野憲司等校注：《古事記·祝詞》，第46頁。
② 倉野憲司等校注：《古事記·祝詞》，第44頁。下句为"乘二气之正，齐五行之序"。"乾符"即帝王受命于天的吉祥征兆，祥瑞。
③ "讬"字在垂仁天皇二十五年三月条"天照大神讬于倭姬命"一句中，被读作"つき"，即依附、凭依之意，"讬"同"托"，除引用原文以外，本书统一用"托"。汉语作"（托神）"，谓神灵附体或托胎。《初学记》卷二十三引《道德经·序诀》："周时复讬神李母"。此句指天照大神通过附体向倭姬命向天皇表达了自己的意愿。坂本太郎等校注：《日本書紀》，第271頁。"托宣"即神鬼附于人体、物体之上，抑或通过梦的形式，预告吉凶或表意愿，又称"神诲"。梅田義彦：《神祇制度史の基礎の研究》，吉川弘文館1964年版，第368頁注29。

总之，在天人感应思想及其对应的福祸观中，"天"既可以赐予"福"，亦可赐予"祸"；祥瑞既是某种神奇的现象，也是天神的现象。在中日古代神话中，天地感生神话都是非常神奇的，日本三轮山神话、《日本灵异记》中的道场法师传说等神灵赐子的故事，所赐之子后来具有种种神异，也是一种"福"。而"祸"则是"天"降下的各种灾异。平安朝怪异事象的背后，隐含着当时社会对儒家、道家、阴阳家、释家诸教神灵的敬畏，对天地宇宙秩序的神秘想象，对人、自然界众生命形态的奇思妙想。因此，灾异、祥瑞等怪异事象以及有关神灵、怨灵（即冤魂）的种种传说，将菅原道真奉为火雷神等的"造神"史，无不与天人感应思想、各种宗教对神灵秩序的描述、阐释有关。

第四节　平安朝政治文化与怪异

桓武天皇（737—806）开启了日本平安时代。在他执政时期，皇权统治面临许多困扰。为了维护自身统治，他极力恢复圣德太子以来建立的"律令国家"秩序。所谓"律令国家"是指仿照中国隋唐的政治制度，经济上实行班田制，政治上以大宝律令和养老律令等法令作为国家统治的依据。但到了平安中期，皇权统治与贵族阶层之间的矛盾不断加剧，最终藤原氏逐步控制了皇权统治，开始了摄关政治。"摄关"分别指"摄政"和"关白"两种官职，10世纪后半期被极具实力的藤原氏贵族长期专持，以监护、辅政的形式控制朝政。摄关政治的形成，导致了"律令国家"逐渐瓦解。不过，律令制度作为政权运行的形式依旧延续下来。

由于皇权统治被摄关政治所操控，皇族、贵族阶层之间的矛盾不断激化，围绕权力的斗争持续不断。同时，皇权统治阶级通过残酷剥削来维持奢侈生活，民不聊生，苦不堪言。承平、天庆年间的平将门叛乱以及各种天灾人祸，引起了平安朝后期社会急剧动荡与恐慌。这些非常事件在《扶桑略记》《续日本纪》等史籍中或被直接称为"天变地异""怪

第二章 跨学科视野下的"怪异"

异""妖怪"。这些怪异事象在历史叙述里频繁出现表明上至皇权统治者、贵族阶级,下至庶民,无不关注,把它们视为家国兴衰、个人命运福祸的预兆。

平安朝的灾异思想无疑源自中国天人感应思想。董仲舒揭示上天警示帝王的基本过程:"国家之失乃始萌芽,而天出灾害以谴告之。谴告之而不知变,乃见怪异以惊骇之。惊骇之尚不知畏恐,其殃咎乃至。"① 也就是上天先"谴告",不纠正政令时,上天会"见(现)怪异"令人惊骇,仍不知畏惧并纠正错误时,上天最后会降下"殃咎"。一般认为,天人感应思想或曰灾异思想被作为日本古代国家的政治理念可以追溯到天武天皇(673—686 年在位)时期,与日本引进律令制度几乎同时发生②。

为了及时掌握上天对皇权统治的警示(谴告),必须有专人负责观察怪异事象的出现,辨别哪些现象、事件属于"谴告"或"怪异";当已经发展到"殃咎"的时候,还需要有人负责攘灾、祓除、祭祀。平安朝在继承上代国家祭祀的传统与律令制度的基础上,不断利用祭祀、占卜、宗教仪式处置怪异事象,形成了独具特色的、宗教式的政治文化。

一 律令制度下的宗教政治

所谓"律令",是相当于刑法的"律"和相当于行政法的"令"之合称,它们是中央集权国家统治的基本法典。此外还有"格式",是对"律令"的修正、补充与细化。它们产生于中国春秋时期前后,隋代开始"律令格式"并行,并传布到朝鲜、日本等周边国家。日本的律令制度开始于天武天皇和持统天皇(天武天皇的皇后)时代。天武十年(681)二月,天皇在飞鸟净御原宫命令诸王臣制定律令。持统三年(689)六月《净御原令》二十二卷颁布,但"律"尚未完成,不过它为后来的《大宝律令》奠定了基础。大宝元年(701),文武天皇颁布了《大宝律令》(タイホウ

---

① (清)苏舆撰:《春秋繁露义证》,第 259 页。
② 松本卓哉:《律令国家における災異思想》,载黛弘道编《古代王権と祭儀》,吉川弘文館 1990 年版,第 149 页。

リツリョウ）①。该律令由刑部亲王藤原不比等负责编纂，分为律6卷，令11卷。随后藤原不比等继续负责编撰律令，于养老二年（718）完成并颁布，史称《养老律令》②。由于它几乎照搬了《大宝律令》，可以说《大宝律令》奠定了日本律令国家统治的法律基础，其影响一直到律令制度实质上已经崩溃的平安朝末期。

（一）律令制度的特点

《大宝律令》深受中国隋唐律令制度的影响，但是它的官职设置与隋唐存在较大差异。隋唐施行三省六部制，三省之中尚书省是最高政令机构，下设六部。而《大宝律令》施行二官八省制，"二官"即神祇官和太政官，太政官由太政大臣、左右大臣（有时会设内大臣）、大纳言、中纳言和参议以及下属官僚构成，太政官下设八省，分别为中务省、宫内省、大藏省、治部省、式部省、刑部省、民部省及兵部省。

隋唐执掌祭祀的部门是隶属于尚书省下的礼部。但是《大宝律令》"官员令"将神祇官从太政官里面独立出来，与太政大臣（相当于尚书省长官，正从一位）并列，但是官位是从四位。神祇官"伯一人。掌神祇祭祀，祝部神户名籍、大尝、镇魂、御巫、卜兆、总判官事"，下设伯、副、祐、史，以及"神部""卜部"等③。"神祇令"明确规定："凡天神地祇者，神祇官皆依常典祭之。"④ 神祇官主要负责祭祀神祇、卜兆、管理祝部、神户等名籍等，其中年度恒例的祈年祭、律令班币祭祀等是

---

① 文武天皇受持统天皇禅让而登基，持统天皇退位之后称太上皇。因此，文武天皇在位时期（697—707年在位）颁布了《大宝律令》，完成律令国家的建设，延续了持统天皇的统治思想。

② 对于《养老律令》的颁布时间，《续日本纪》天平宝字元年（757）十二月壬子条、《弘仁格式》的序言均称系养老二年。押部佳周综合考证认为准确年代难以判定，只能说它是养老年间颁布。押部佳周：《日本律令成立の研究》，塙书房1981年版，第223—229页。

③ 仁井田陞著，池田温编：《唐令拾遗補》，東京大学出版会1997年版，第894页。又见窪美昌保《大宝令新解》，南陽堂1924年版，第29页。

④ 本书依据《养老律令》之"职员令"，一般认为此条本自《大宝律令》"官员令"。梅田義彦：《神祇制度史の基礎の研究》，第189页。西宮秀紀：《律令国家と神祇祭祀制度の研究》，塙书房2004年版，第111—112页。

主轴，统管全国"官社（神社）"①。提及神祇官的最早记录是《日本书纪》持统天皇三年（689）八月壬午日条，"百官会集于神祇官而奉宣天神地祇"。除了神祇官以外，《大宝律令》还在太政官执掌的八省之一中务省下面设立阴阳寮，"头一人。掌天文、历数、风云气色、有异密封奏闻事"②。实际上，该寮除了负责天文历算，还担任监测、卜筮祯祥怪异之责。

通过《古事记》《日本书纪》可见日本上代人深受中国的阴阳五行和天人感应思想的影响，将许多怪异事象视为关涉国家或天皇的重大事件之征兆。到了平安朝，《续日本纪》《日本后纪》《续日本后纪》等敕撰史书、私撰史籍等充斥着更多的怪异事象记录。这些怪异事象被记录下来的前提是有专门负责监测、搜集、汇报、判定以及采取措施处置的机构与人员，在地方上主要有各"国司"和各个官社负责上报怪异（包括祥瑞），在中央则由神祇官和阴阳寮负责占卜。

凡遇到重大灾害和怪异时，神祇官举行的"官卜"和阴阳寮举行的"寮占"常常被一起上奏给太政官。进入平安时代，神祇官与阴阳寮还会在皇宫大内的紫宸殿轩廊共同进行龟卜与式占，这种占卜仪式被称为"轩廊御卜（コンロウノミウラ）"③。除了这两个国家机关，还有各个寺院、神社也会开展占卜、祭祀等活动，种类十分繁多。太政官依据占卜的结果，上奏天皇并命令神祇官组织祭祀等活动，消灾禳祸。总之，重视神祇、占卜、祭祀可谓日本律令制度的一大特色。

---

① "官社"指神祇官依据《神名帐》的记载，在祈年祭（としごいのまつり）、月次祭（つきなみのまつり）、新尝祭（にいなめさい）时进献"例币"的神社，故又称作"官币社"。关于神祇官职责及律令祭祀的形成过程可参看冈田庄司研究。岡田莊司：《平安時代の国家と祭祀》，続群書類従完成会1994年版，第13—22頁。

② "头"即阴阳寮的长官，全称"阴阳头"（オンヨウノカミ）。仁井田陞著，池田温编：《唐令拾遺補》，第902—903頁。又见窪美昌保《大宝令新解》，第49頁。

③ 勝山清次：《神社の災異と軒廊御卜：一一世紀における人と神の関係の変化》，《史林》2014年第97卷第6号。細田慈人：《陰陽家の参陣構成について——軒廊御卜にみる》，《奈良大学大学院研究年報》2013年第18号。

(二) 宗教政治与皇权统治

神道（教）是日本土生土长的民间宗教，以自然神和祖先神的崇拜为核心。在日本建立律令制国家以前，神道还算不上宗教，其主要形式为巫术和占卜①。天皇祭祀祖先与天地神祇的主力就是这些神道巫祝。随着天皇制和律令制度的确立，特别在律令制度中的神祇制度推动下，神道逐步完成了对国家神话与神祇祭祀体系的建构，并在中国道教、儒家天人感应思想以及谶纬、佛教的多种思想影响下逐渐向日本本土宗教发展，到了中世最终成形。神道融汇中国道、儒、佛三教思想，尤其具有"神佛习合"②的特点，呈现出杂糅性。在神道（教）发展的早期，并没有经典，直至镰仓时代出现了几部号称神道教古经的伪书，奠定了教派的理论基础③。在此之前它主要依托律令制度中的神祇制度，负责国家祭祀、巫卜、祓除攘灾。

按照三桥正的观点，神道（教）从古代到中世的发展历程可以分成四个阶段。在第一个阶段，受佛教的影响，神道从古坟时代的祭祀脱胎而出，作为本国宗教仪礼体系开始形成。该阶段可以大宝元年（701）制定《大宝律令》之《神祇令》为完成标志。第二个阶段，在古代国家不断尝试律令祭祀的过程中，最终确立了以向神社祈愿（奉币）为核心的祭祀制度。该制度与"近秽则神祟"的神祇观念之形成相辅相成，因而可以平安时代前期确立的根据"秽"等级确定祭祀等级的《贞观式》（871）之颁布为形成标志。第三个阶段是国家实施的神祇制度在平安朝贵族社会中成为信仰习俗的阶段。具体标志难以确定，不过从"定秽"的变迁为着眼点来看的话，天皇主导管理国家层面的"秽"，重视个人在神社祈愿、灵场参拜时对"秽"的忌避可

---

① 至于"神道教"是不是宗教历来存在争议。安苏谷正彦依据岸本英夫的宗教功能论主张神道是宗教。安蘇谷正彦：《神道思想の形成》，ぺりかん社 1989 年版。

② "神佛习合"思想是指外来的佛教信仰与本土固有神祇信仰融合混淆，将本土神与佛教的佛、菩萨同等视之。这种思想起源于奈良时代建立"神宫寺"，进入平安时代出现了神前读经和为神授菩萨尊号的情况。

③ 本书认为三桥正先着眼于日本古代律令体制下的"神祇制度"的演变过程，详细考证从古坟时代到中世的神道（教）与其他宗教、信仰之间的区别与联系，而不是一开始就断言其为宗教的论述较为合理。三橘正：《日本古代神祇制度の形成と展開》，法藏館 2010 年版，第 2 页。

第二章　跨学科视野下的"怪异"

视为重要转折点，时间是三条天皇朝（1011—1016）。第四个阶段是平安朝后期国家级以上的神社发展成为承担神祇信仰的阶段①。综合三桥正的观点，或可这样概括奈良朝、平安朝的神道（教）——它受到外来宗教阴阳道（中国道教阴阳五行思想）、佛教（源自印度，但传自中国的汉译经典）以及儒教的刺激，为日本人提供了本土固有的神祇信仰。

佛教在日本的初传可以追溯到钦明天皇十三年（552），百济国王赠送佛教经像以及派遣僧侣②。日本佛教经历了"氏族佛教"到"国家佛教"最后到"佛教国家"三个阶段。伴随着日本律令制国家的形成与繁荣，日本也逐步完成了佛教国家的建设。在桓武天皇开创平安朝之时，"佛教被纳入天皇的'治政'之中，护国性质的佛事、法会成为一年之中国家重要活动的组成部分，并成为惯例、制度。日本由此进入'佛教国家'。所以，为了确保国家兴办的佛事、法会，对僧尼的管理亦成为国政的一部分"③。事实上《大宝律令》专门设立"僧尼令（ソウニリョウ）"④，已经奠定了将佛教纳入律令国家体系的法律基础。奈良朝开始的御斋会（ゴサイエ）、维摩会（ユイマエ）、最胜会（サイショウエ）、仁王会（ニンノウエ）等佛教法会直接由天皇、国家机关操办。每逢重大祭祀、天灾人祸盛行之时，国家除了在神社奉币祭祀以外，还举办镇护国家的佛教法会。佛教通过宣扬镇护国家的功效，参与国家机关处理各种怪异（自然灾害或政治危机），不断巩固其在国家律令体制中的地位，平安朝完全进入了"佛教国家"的阶段。

日本的阴阳道，可谓连接日本古代本土神祇信仰与佛教的"中间层"，其根本思想并非本土固有，也是与佛教一样属于外来宗教思想。村山修一开宗明义地指出："在大陆汉民族社会中产生的阴阳道，凭借其咒术性非常容易地与神祇信仰、佛教交织在一起"⑤，阴阳道在中国的发展亦在魏晋

---

① 三桥正：《日本古代神祇制度の形成と展開》，第 15—16 頁。
② 《日本書紀》（日本古典文学大系），第 101 頁。关于佛教初传日本，依据《元兴寺缘起》的记载则为 538 年。日本一般采用此说。
③ 田村圓澄：《古代国家と仏教経典》，第 16 頁。
④ 仁井田陞著，池田温编：《唐令拾遺補》，第 996—1010 頁。
⑤ 村山修一：《日本陰陽道総説》，塙書房 2010 年版，第 1 頁。

时期便与佛教相互借鉴，阴阳道中的宿曜道就是受到佛教的影响。熟悉阴阳五行、天文图谶、神咒的竺昙盖、竺法旷被当作咒术僧，大量的咒术僧在民间活跃，为佛教传播扩大了社会基础。但是，这种阴阳道性质的佛教在中国真正大发展是唐代的金刚智、不空、善无畏等印度僧在中国传播纯正密教①。

阴阳道的核心思想就是中国战国后期盛行的阴阳五行思想，村山修一总结认为阴阳道就是"易"。阴阳道因孔子为"易"作传，秦始皇时期的博士伏生在《尚书》的内容中掺入咒术性的元素，在阴阳五行说的基础上，阐述灾异祥瑞与帝王的咒术性关系，撰写了《尚书大传》。该思想进入汉代被董仲舒等儒家学者利用，进一步发展成为天人感应思想。此后阴阳五行、天人感应通过谶纬文献进一步阐发，并被道家吸收，融合方技、巫术，发展成为新的形态。

阴阳道极易受到皇权统治者的喜爱，原因是其神化了帝王的统治权威。西汉设立了"五经博士"（精通易、书、诗、礼、春秋五经者），太常卿下设太史令，属官有太卜、太祝、大典星、望气等，负责占卜、祭祀、天象、历算等，这些均基于阴阳五行思想而行使职责。阴阳道在日本早期传播的情况见于《日本书纪》。继体天皇七年（513）百济国派遣五经博士段杨尔到日本，十年（516）百济国又派五经博士汉高安茂替换段杨尔。钦明天皇十四年（553）六月日本遣使到百济国请求派遣新的历、易、医博士替换前任。百济国于次年派遣易博士、历博士等。由此可见，六世纪的日本朝廷定期接受百济国派来的易博士等，此后天智天皇十年（671）正月条、四月条也有百济国派来阴阳师的记载。《日本书纪》天武天皇即位前记中明确提及他本人"能天文、遁甲"，而在天武天皇四年（676）正月条首次看到了关于"阴阳寮"的记录，又正月五日条提到"始兴天文台"②。

---

① 村山修一：《日本陰陽道総説》，第19—20頁。
② 村山修一、山下克明等对阴阳道在日本的传播及其对奈良、平安朝、镰仓直至近世的灾异祥瑞思想、政治理念等的影响，均有详细论述。村山修一：《日本陰陽道総説》，第49—110頁。山下克明：《陰陽道の発見》，日本放送協会2010年版，第31—37頁。

第二章 跨学科视野下的"怪异"

《大宝律令》在太政官执掌的八省之一中务省下面设立阴阳寮,通过占卜预测灾福,判断灾异祥瑞并确定其性质与级别,公布时令以及祓除灾厄等等,实质上确立了阴阳道在皇权统治话语体系中的重要地位。

虽说律令制度到了平安时代中后期名存实亡,但是律令制度对国家祭祀的规定甚详,佛教、神道(教)、阴阳道等共同构建了一个维护皇权统治秩序的宗教政治,这种宗教政治深刻影响了自奈良到平安时代的历史叙述与政治文化。

二 政治生活里的怪异事象

不论是神道(教)的形成还是佛教、阴阳道逐渐渗透进皇权统治里,在平安朝的政治生活中,宗教占据了举足轻重的地位。神道(教)负责国家祭祀的同时,不断完善与巩固神祇制度;而佛教也通过国家佛事、法会,凸显它在镇护国家方面的重要作用;阴阳道则是通过占卜、历算、咒术等在各种灾异祥瑞、妖怪神祟出现时大显身手,时而影响皇权统治秩序与政治权利的斗争。因此,在平安朝的历史叙述之中,凡出现怪异事象,必然能见到皇权统治利用宗教干预的实例。这些实例作为平安朝政治生活里面的重要事件被记录下来,通过它们可以了解当时的"怪异"所涵盖的内容以及应对措施。

(一)平安朝初期

平安朝的开创者桓武天皇四十多岁才登上皇位。在即位之前,他被封为山部亲王。山部亲王的异母弟他户亲王先被立为太子,但因为其母井上内亲王咒诅光仁天皇被揭发,他户亲王受牵连被废为庶人。山部亲王被立为太子之后却屡屡患病,引发了包括其父光仁天皇在内的皇权统治集团的高度担忧。这一段历史在山部亲王即位为桓武天皇后下令编纂的《续日本纪》中有详细记载:

(宝龟八年十二月)壬寅,皇太子不念。遣使奉币于五畿内诸社。

癸卯，出羽国虾贼叛逆。官军不利，损失器仗。……乙巳，改葬井上内亲王，其坟称御墓，置守冢一烟。……是冬不雨，井水皆涸。①

（宝龟九年）春正月戊申朔，废朝。以皇太子枕席不安也。……正月丁卯遣从四位下壱志浓王、石川朝臣垣守等，改葬故二品井上内亲王。（三月）丙寅，诵经于东大、西大、西隆三寺。以皇太子寝膳乖和也。己巳，敕，淡路亲王墓宜称山陵，其先妣当麻氏墓称御墓。充随近百姓一户守之。庚午，敕曰：顷者，皇太子沈病不安，稍经岁月。虽加医疗，犹未平复。<u>如闻，救病之方，实由德政；延命之术，莫如慈令，宜可大赦天下。</u>……癸酉，大祓。<u>遣使奉币于伊势神宫及天下诸神。以皇太子不平也。又于畿内诸界祭疫神。</u>

宝龟八年（777）十二月二十五日，九年（778）正月初一、三月二十日等条均记载了皇太子山部亲王患病之事。与此同时，被记录的祭祀、请僧侣诵经、大祓等活动实质上应该是皇权统治集团依据占卜等采取的应对包括皇储健康危机、灾变、叛乱、妖怪在内的相关措施。

宝龟八年十二月二十五日皇太子山部亲王身体不适，朝廷立刻派遣使者到京畿之内所有神社奉币、祭祀。三天后，也就是二十八日的记录提到改葬井上内亲王，并升格其墓地为"御墓"。紧接着到了九年正月初一，皇太子病重，光仁天皇甚至为此废朝。正月二十日的记录又说朝廷派遣壱志浓王、石川垣守改葬井上内亲王。短短不到一个月的时间内，两次提到了改葬井上内亲王。这既有可能是朝廷先决定改葬事宜，约一个月后才正式实施，但也有可能改葬了两次②。因为两次改葬记录中间的九年正月初一皇太子病情转为危急，为了拯救其性命，再次改葬井上内亲王的可能性

---

① 藤原継縄等编，青木和夫校注：《続日本紀》第五册（新日本古典文学大系），岩波書店1998年版，第52頁。下段引文宝龟九年正月至三月的记录分别在第56頁和第64—66頁。
② 青木敦等人也认为可能存在两次改葬。青木敦：《井上内親王とその周辺歴史物語における史話的・民俗的素材についての一考察》，《跡見学園短期大学紀要》1966年第4号。

第二章 跨学科视野下的"怪异"

也不是不存在。这样推测的另一个依据是朝廷在改葬完了井上内亲王之后，三月二十日皇太子"寝膳乖和"，这一天立即在东大寺、西大寺、西隆寺三座寺庙举行了诵经法会，二十三日又下旨提升了淡路亲王与其母当麻氏的陵墓规格。也就是说，朝廷可能通过占卜了解到九年正月初一皇太子病危与宝龟八年十二月二十八日第一次改葬存在因果关系——第一次的改葬引发井上内亲王冤魂更大的愤怒，皇太子病危。于是，九年正月二十日举行了第二次改葬，才平息了井上内亲王冤魂的愤恨。三月二十日皇太子再次出现病情后，朝廷提升了淡路亲王与其母的陵墓规格，安抚这两个冤魂。三月二十四日天皇诏书里提到太子"沈病不安"，因为他相信"救病之方，实由德政；延命之术，莫如慈令"，所以大赦天下。可见，改葬井上内亲王和提升井上内亲王、淡路亲王与其母当麻氏的陵墓规格，与向各个神社奉币祭祀、举行诵经法会在思想根源上是一样的，前者是镇谢冤魂，后者是祈求神佛护佑①。

井上内亲王是光仁天皇的妻子，也称井上皇后。《续日本纪》记载她为了让自己亲生子他户亲王登基，先后两次施厌魅之术，咒诅光仁天皇及天皇姐姐难波内亲王。事情败露后，她与儿子——当时的皇太子他户亲王被废黜，宝龟四年（773）十月十九日二人一起遭软禁，六年四月二十七日同一天死去。② 关于二人之死，史家争论不断，或言被毒杀或曰自杀。按道理说井上内亲王犯了"谋大逆"之重罪，即便死后也不应该被赦免。但是两年之后光仁天皇就命令改葬井上内亲王，还提升其墓地的规格。井上内亲王母子二人的死确有冤屈。

井上皇后与他户亲王死后三年间灾变、战乱、瘟疫、妖怪等事件接连不断，当时人们可能已经将这些事件与二人的冤魂联想起来。如宝龟七年（776）四月"戊午，日有蚀之。己巳，敕祭祀神祇。国之大典，若不诚

---

① 《续日本纪》第五册53页脚注19也认为井上皇后的改葬与皇太子的生病有关联。另外林陆朗前引论文《桓武朝初世の政治情勢》也提到皇太子山部亲王长达几个月，后来改葬井上内亲王系朝廷认为皇太子的病是井上内亲王怨灵作祟所致。

② 近江昌司：《井上皇后事件と魘魅について》，《天理大学学报》1962年第14卷第2期。

敬，何以致福。如闻，诸社不修，人畜损秽，春秋之祀，亦多怠慢。因兹嘉祥弗降，灾异荐臻"①。光仁天皇认为因为臣下在祭祀神祇不够虔诚，各郡国的神社、寺庙疏于管理，年久失修，引起神祇愤怒，接二连三降下灾异，于是下令祭祀。八天后又举行了大祓，原因仍是"灾变屡见也"。第二天丙辰日又"屈僧六百，读大般若经于宫中及朝堂"。也就是说，在一个月朝廷举行了两次祭祀、一次佛教法会，理由均是"灾变屡见"。

到了六月，新的灾异又出现了，"庚申，太白昼见。甲戌，大祓京师及畿内诸国。奉黑毛马丹生川上神，旱也"②。白天出现太白星意味着将有兵戈之灾，因此天皇命令京畿各地举行大祓。同时因为大旱，天皇命令祭祀丹生川上神。到了八月，"丙辰朔，遣使奉币于天下群神。戊辰，大风。庚午，天下诸国蝗。畿内者遣使巡祀"。六月的祭祀似乎没有效果，于是八月又接连"遣使奉币"祭祀天下群神。又因为出现大风灾和蝗灾，所以派使者"巡祀"京畿各神社。接连不断的坏消息似乎影响了朝廷的士气，为了鼓舞人心，就连"丹后国与谢郡人采女一产三男"也被作为祥瑞上报，天皇特地命令赏赐"稻及乳母娘料"。遗憾的是，灾异连连的情况仍在持续，九月竟然出现了"每夜瓦石及块自落内竖曹司及京中往往屋上"的奇怪事件。除了年尾发生的地震等多种灾异不论，到了第二年二月二十一日"赞岐国饥。庚戌，遣使，祭疫神于五畿内。（三月）辛未，大祓。为宫中频有妖怪也。癸酉，屈僧六百口、沙弥一百口，转读大般若经"③。祭祀疫神既可能是因为发生了大规模流行病疫情，也可能就是因为皇太子山部亲王再次患病。刚刚祭祀完疫神，三月十九日宫中又频频闹"妖怪"，所以请了600名僧人、100名沙弥诵读《大般若经》。

镰仓时代初期（约1195年）成书的《水镜》卷下对上文所引《续日本纪》的记录做了新的阐释——藤原百川诬陷井上内亲王行厌魅咒诅光仁

---

① 藤原継縄等编，青木和夫校注：《続日本紀》第五册，第12页。
② 藤原継縄等编，青木和夫校注：《続日本紀》第三册，第124页。
③ 宝龟七年六月、八月、九月以及宝龟八年三月的记录分别见《続日本紀》第五册，第16、18、20、32页。

・80・

第二章　跨学科视野下的"怪异"

天皇及其姐姐，并假传圣旨废黜了井上内亲王和他户亲王。井上内亲王死后变成大蛇，他户亲王也变成怨灵（即冤魂）作祟，引发干旱等灾祸。藤原百川还在梦中看到百余名甲兵朝他冲过来，这或许就是白天出现"太白星"的另一个版本的解释。《水镜》还明确指出《续日本纪》里面提到连续二十几天夜晚天降瓦石块散落京城房顶上的怪事就是怨灵所为①。

从上述历史叙述可见，《续日本纪》明显受到中国天人感应思想的影响，灾异、怪异、祸乱、冤魂作祟等异常事件与皇权统治者政权稳定、身体健康、社会安定等联系在一起。虽然这一部官修正史并未直接使用"怪异"一词，但是"灾变""妖怪""灾异"与"变怪""灾祸"一样都被视为意义相近的词汇。

桓武天皇即位之后，怪异仍然不断。例如天应元年（781）五月"辛未，地震。甲戌，伊势国言，铃鹿关城门并守屋四间，始十四日至十五日，自响不止"②。其实在光仁天皇决定让位给桓武天皇的三月、四月也曾发生过兵器库和铃鹿关的大鼓自发巨响的怪事③。兵器库和大鼓自己发出声响预兆战乱，这给桓武天皇新政权蒙上了一层不祥的阴影。桓武天皇七月五日发布诏书："朕以不德，阴阳未和，普天之下，炎旱经月……"敕令大赦。可是第二天却发生了富士山喷出火山灰的灾害，十九日河内国又报告了池水变成血色的怪异④。十月、十一月、十二月都发生了地震⑤，十二月十七日稗田亲王死去，等等。桓武天皇在同月二十日再次下诏："朕以不德，忝承洪基。夙兴夜寐，思求政道……而精诚徒切，未能感天。"⑥ 二十三日光仁太上皇驾崩。次年改元为延历元年（782）。桓武天皇七月又一次下诏："朕以不德，临驭寰区……"再次下令大赦。但是，当日就发生了地震。

---

① 経済新聞社编：《宇治拾遗物语・水镜・大镜・今镜・增镜》，经济新闻社1901年版，第434—435页。秋本宏德：《〈水镜〉試論——藤原百川をめぐって》，《物語研究》2004年第4卷。
② 藤原継縄等编，青木和夫校注：《続日本纪》第五册，第186页。
③ 藤原継縄等编，青木和夫校注：《続日本纪》第五册，第147—149页。
④ 藤原継縄等编，青木和夫校注：《続日本纪》第五册，第202—204、206页。
⑤ 藤原継縄等编，青木和夫校注：《続日本纪》第五册，第210页。
⑥ 藤原継縄等编，青木和夫校注：《続日本纪》第五册，第214页。

此时的皇权统治集团似乎已经感到技穷,不得不寻求新的解决方案。七月二十九日"右大臣已下,参议已上,共奏称:顷者灾异荐臻,妖征并见。乃命龟筮,占求其由。神祇官、阴阳寮并言:虽国家恒祀依例奠币,而天下缟素,吉凶混杂。因兹,伊势大神及诸神社,悉皆为祟。如不除凶就吉,恐致圣体不豫欤"。众大臣请神祇官和阴阳寮共同占卜,结论认为"灾异荐臻,妖征并见"的原因是桓武天皇带领百官为光仁天皇守孝,各大祭祀不能正常举行,引发众神不满而作祟。于是,百官请求缩短服丧时间,桓武天皇准奏,并派遣"祓使"到全国祓净邪祟①。

进入延历年间,前面提到的"叛乱者"早良亲王(崇道天皇)、井上内亲王等怨灵依旧不断作祟,《日本后纪》延历十八年(799)二月十五日条、二十四年(805)四月五日条,《类聚国史》延历十九年(800)条等记录了朝廷为了"镇谢"怨灵或"山陵"而请阴阳师、众僧祭祀②。《日本三代实录》贞观五年(863)五月二十日条记载:

  廿日壬午于神泉苑修御灵会。……此日宣旨,开苑四门,听都邑人出入纵观。<u>所谓御灵者,崇道天皇、伊豫亲王、藤原夫人吉子及观察使橘逸势、文室宫田麻吕等是也。并坐事被诛,冤魂成厉。近代以来,疫病繁发,死亡甚众。天下以为:此灾,御灵之所生也。</u>始自京畿,爰及外国。<u>每至夏天秋节,修御灵会,往往不断。</u>或礼佛说经,或歌且舞,令童贯之子靓妆驰射,膂力之士袒裼相扑。骑射呈艺,走马争胜,倡优嫚戏,递相夸竞。聚而观者,莫不填咽。退迩因循,渐成风俗。<u>今兹春初,咳逆成疫,百姓多毙,朝廷为祈。至是,乃修此会,以赛宿祷也。</u>

所谓"怨灵"日本又称"御灵(オンリョウ)",多是"坐事被诛,冤魂

---

① 藤原继绳等编,青木和夫校注:《续日本纪》第五册,第242—246页。
② 坂本要:《怨霊・御霊と"鎮魂"語:"鎮魂"語疑義考(その3)》,《比較民俗研究》2012年第27号。

成厉"。其中的代表就有崇道天皇等。因为时人认为疫病频发多是这些怨灵作祟所致，所以由国家（皇权统治者）组织镇魂祭祀活动，年年夏天举行"御灵会"，久而成俗。

综上所述，桓武天皇在登基前后，遭遇了种种怪异事象。这些怪异事象与他自身的几次患病存在密切关系，对他的心理造成重大冲击。朝廷为了应对这些怪异事象，或频繁地派遣使者向各个神社奉币，或派人祭祀山陵（陵墓），或举行佛教诵经法会，又或大赦天下。这些不断促使桓武天皇重视以国家祭祀为核心的神祇制度，尊奉儒家的德政思想与佛教仁王思想。他和其他皇权统治者在天人感应与阴阳道、佛教因果等宗教思想的影响下，逐渐习惯把天地怪异与鬼神联想起来。可见，平安朝一开始就形成了格外关注怪异事象之风气。

（二）平安朝中期

《扶桑略记》是平安朝后期阿阇梨皇圆编纂的汉文编年体史书，上起神武天皇（660），末至堀河天皇（1096）。该书参考多个版本的《帝王系图》，征引六国史、国史实录、天皇御记（起居注）、外记和公卿日记、寺庙与神社的"缘起"、人物传记、碑文等①，以奈良朝、平安朝的佛教发展历史为主，记载翔实，涉及面广。其中含有极其丰富的灾异、祥瑞和怪异记录。其中第二十三、二十四、二十五卷后面还另附"里书"，属于正文各条记录的注释或补充，后来被编校者整理于相应卷末②。

第二十三卷是自897年到917年的记录（详见表2-1）。首先，从灾异来看，日食、月食、彗星、大雨（洪水）、旱灾、地震、疾疫等记载最多。特别是昌泰元年（898）四月"日色朝夕黑无光。诸人皆见之，无不奇怪"；昌泰四年（901）二月"辰刻，日三出，虹各日缠回。三刻，微微散失，可谓奇异"；延喜五年（905）数次出现彗星；延喜七年（907）的彗星

---

① 平田俊春专门考察了《扶桑略记》所引历史文献的情况，指出该书可能参考了多个《帝王系图》。平田俊春：《扶桑略记的研究》，《文学部論叢》1956年第5卷。
② 见该书头注。皇円：《扶桑略记》，第205頁。

食（遮挡）太白星；延喜九年（909）月蚀，且"此颇异常"。凡此等等，天文异象屡屡令朝野震惊。其次，还有许多其他怪异现象频繁"上演"。如里书宽平九年（897）七月二十二日条提到陆奥国出生了一个头上长角、角上又长眼的怪胎。同时还发生了甲胄发出鸣叫声和鹭鸟三度群集皇宫里等怪异。为此，皇后和太上皇都搬出了皇宫。这一时期的鸟怪异频发。除了鹭鸟，鸠鸟（昌泰四年五月）、野鸡（延喜七年七月）、山鸡（延喜十二年）或其他不知名的怪鸟（延喜五年二月）的出现，都能引起朝野惊慌。牛诞生怪胎（双头牛犊，昌泰二年）也被当作怪异，一如《汉书·五行志》对动物诞生怪胎的理解。

当然，最令人恐惧的还是鬼魂、妖怪的出现。平安朝对"怨灵"的恐惧可谓空前。前面的井上皇后和他户亲王的怨灵被认为是导致桓武天皇几次重病的罪魁祸首，而后来的菅原道真的怨灵也毫不逊色。《扶桑略记》就记载了延喜九年（909）四月四日菅原道真的鬼魂显形与十年九月的"人魂"、十七年真济僧正之灵的出现。

另外，在延喜年间的历史记载中，因为"秽"引发怪异、灾异、疾疫的记录也非常值得注意。一般神祇官或阴阳寮会把狐狸在宫中交配（昌泰元年十二月）、狐排泄粪便（延喜九年九月）、狐死秽（延喜五年三月、九年六月）、犬死秽（延喜三年十一月、四年四月、十三年十一月、十五年九月）、人死秽（延喜四年七月、六年二月、十二年二月、十五年五月），还有坟墓（怨灵）作祟之秽（昌泰元年三月、延喜九年六月）等被作为占卜、判断疾疫、旱灾等灾祸的起因。而"秽"是日本古代灾异祥瑞观的另一种表述。前面所提的神祇令、祠令等，都有关于"秽"的规定，这些"秽"被认为能够导致各种各样的灾害、祸端。它们也是怪异事象的重要一类。

表 2-1　　　《扶桑略记》卷二十三所记怪异事象

时间	怪异事象	性质	处理方法	备注
宽平九年 九月一日	日蚀之占卜	灾祥	占卜	没有发生日蚀

第二章 跨学科视野下的"怪异"

续表

时间	怪异事象	性质	处理方法	备注
（里书）同七月二十二日	（陆奥国）所产女子儿额生一角，角有一目。出羽国言上秋田城甲胄鸣。大（太）极殿、丰乐殿上左近大炊屋鹭集事等也	怪异	上报	
（里书）同八月	七日宫西厅鹭集。又正厅第三间，东厅北第二间，虹蜺立。九日，壬子亥刻，皇后迁御东三条院。同刻，太上皇御同院	怪异	皇后、太上皇相继搬离住处	
同十月二十五日	御祓东河		祓除	或与上条相关
同十一月一日	因幡国献白鼠	灾祥	上报	
（里书）昌泰元年三月一日	日食	灾祥		
（里书）同三月二十八日	依天下疫，于十五字寺，令行金刚般若一万卷。依事急，不给官符	灾祥	紧急抄写金刚经一万卷	
（里书）同四月、五月	近来数日之间，日色朝夕黑无光。诸人皆见之，无不奇怪。五月一日己巳，有政。又召官寮，御卜不雨由	灾祥	占卜、请僧读金刚经	
（里书）同六月十四日	壬子，依京中诸国疫疠盛	灾祥	大祓、仁王经法会	
（里书）同二十二日	依天下疫御占之处，西方女墓有秽物祟之由	秽	安置守墓人、临时仁王经法会	（二十六日）为销疫疠，有临时仁王会
昌泰元年十二月二日	辨官东厅廊内，狐交接，连接不离，人见不去	秽	要求诸国勤修吉祥悔过	自此始每年正月修吉祥悔过
（里书）昌泰二年七月	天皇自去九日，有御疟病事。同十七日戊申，临时奉币诸社。依怪异也	灾祥 怪异	临时奉币	
（里书）同十月	太宰府申两头犊怪	怪异		
（里书）昌泰四年（七月改为延喜元年）	正月元日甲申，日食。十五日戊戌，月食。十六日己亥，有月食	灾祥		去年十月一日三善清行奉书菅原道真，论明年运当变革

续表

时间	怪异事象	性质	处理方法	备注
（里书）同二月	一日甲寅，辰刻，日三出，虹各日缠回三刻，微微散失。可谓奇异 十五日戊辰，奉币诸社。自去宽平七年坂东群盗发向，其内信乃上野甲斐武藏尤有其害。御祈也	怪异 灾祥	奉币祈祷、占卜	
（里书）同五月二十四日	乙巳，紫宸殿梁上鸠居为怪。有御占事	怪异	占卜	
（里书）延喜二年	七月十二日，辨官厅，结政所正厅。狐鸣怪也。次日有御卜	怪异	占卜	
同七月二十四日	地震。其声如乱声	灾祥		
（里书）延喜三年七月七日	近日炎旱涉旬	灾祥		
（里书）同十一月二十八日	大原祭，依犬死秽延引	秽	大原祭延期	
（里书）延喜四年三月	大臣已下就阵，议可搜捕京中群盗之事。去二日前，安艺守伴忠行宿祢为群盗被射杀之故也	灾祥		
（里书）同四月七日	大神宫使自途中被召返。依内里犬死秽也	秽	召回神宫使	
（里书）同七月八日	庚午，旱气犹炽。仍仰阴阳寮于北山十二月谷口五龙祭	灾祥	五龙祭	
（里书）同七月十日	壬申，奉遣御币，是依旱灾。御占之处，坤艮方神社依有秽事云云。遣使实检之处，石清水四至有死人	秽	奉遣御币，御占	
（里书）延喜五年二月	奉币诸社。是今月二日夜有怪鸟也	怪异		
（里书）同三月十一日	辨官结政所，狐死为秽否，犹豫停政。不可为秽之由，被下宣旨	秽	讨论狐死是否属于"秽"	
（里书）同五月十五日	月蚀加彗星。十六、十八、十九日，同见彗星	灾祥	二十四日壬子，奉币诸社	

第二章 跨学科视野下的"怪异"

续表

时间	怪异事象	性质	处理方法	备注
延喜五年四月十四日	法皇于叡山戒坛院,以增命阿阇梨为师,受回心戒。戒坛之上现紫光,<u>见者奇之</u>	怪异		
(里书)延喜六年二月	依左近府死秽人交内里。四日丁亥,祈年祭延引,依内里秽也	秽	祈年祭延期	
(里书)同三月	三月地震。四月日蚀	灾祥		
延喜七年二月二十五日	彗星食太白	灾祥		
同六月八日	皇后藤原温子崩	灾祥		
同七月八日	雌雉集桂芳房北墙上	怪异		
同十月九日	鹭集承明门上	怪异		
延喜八年五月十四日	雷电风雨,雨脚如射	灾祥		
同夏月	天下旱魃	灾祥		
(里书)七月九日	诸卿于左仗共议定祈雨事。即下五畿七道诸国符称:"近者炎旱涉旬,顷□□祈甘雨,冥感未致。宜仰诸国奉币国内名神并官社令礼祷请。"又令左右京职:"埋隐京中路边死人骸骨。"是等皆依无祷雨之感矣	灾祥	祈雨、掩埋流民骸骨	
延喜九年正月十四日	月蚀。其所残,仅如小星。例月蚀虽既,其轮犹存。今夜无具轮。<u>此颇异常</u>。春夏之间,<u>疾疫盛发</u>	灾祥		
(里书)同二月一日	日食,废务,仍释奠延引	灾祥	罢朝、释奠礼延期	
同四月四日	左大臣藤原时平,薨,年三十九。病痫之间,内供奉十禅师相应。师檀之契年久,然为恐怨灵,无恳切加持。爰请善相公男僧净藏,令加持矣。然间,菅丞相之灵,白昼显形。从左右耳出现青龙,谒善相公言:"不用尊阁讽谏,坐左降罪。今得天帝裁许,欲抑怨敌。而尊阁男净藏,屡数致加持,宜加制止。"爰净藏依父之诚,退出已毕,则时左大臣时平薨	怪异		延喜三年二月二十五日菅原道真死于太宰府任上。菅原道真死后变为怨灵向藤原时平复仇

续表

时间	怪异事象	性质	处理方法	备注
（里书）同五月	诸卿就阵①，为祈疾疫。于诸寺诸社，限三日，可读仁王经之由。二十四日有流星。 又物鸣响闻京中，<u>时人奇之</u>	灾祥 怪异	举办仁王经法会	
（里书）同六月	五日己亥，大雨。道路如海。 九日癸卯，召官寮，有霖雨御卜。 十日甲辰，大雨。官申云："中院中门内狐死，明日神事如何。"外记令勘申先例为秽否。年年记，皆为秽之由申。大臣奏之，不可为秽者，是六畜之外，而不载式故也	灾祥 秽	占卜、讨论狐死是否属于"秽"	
（里书）同九月	九日九日辛丑，雨降。停止重阳宴。是依春夏疫疠，又宫中京内树木多发华也。 二十四日，版位上，狐遗矢。 二十六日，狐升结政所厅上	灾祥 秽	停止宴席	十月二十八日，仁王会。依桃李樱秋华
延喜十年三月二十四日	前皇太后藤原高子崩。……六七两月，天下旱魃。八月一日，大风	灾祥		
（里书）同九月	人魂出自西北，入东南。又自申刻至子丑刻，大（太）极殿鸣百余度	怪异		
延喜十一年正月	日蚀。六月，有洪水	灾祥		（里书）正月十三日有地震
延喜十二年	二月，祈年祭延引。去月十三日触死秽人入东宫，又参内里	秽	祈年祭延期	三月地震。四月日蚀。六月彗星。九月山鸡集左卫门阵上卿座上
延喜十三年夏月	天下旱魃。八月朔日，大风拔木废屋	灾祥		
（里书）同十一月	犬死。春日祭供奉已秽	秽		
延喜十四年五月	东京一条、二条六百十七烟烧亡	灾祥		

---

① "阵"是指在宫中办公、议事时，各位公卿所坐的位置。日语称"阵（ヂン）"或者"阵の座"。另外，在左近卫或右近卫举行的公卿议定、阵议、仗议，常称作"阵定（陣定＝ヂンノサダメ）"。

第二章 跨学科视野下的"怪异"

续表

时间	怪异事象	性质	处理方法	备注
同六月十五日	洪水	灾祥		
（里书）延喜十五年三月	日食，废务	灾祥	停止政务	
（里书）同四月十二日	壬寅，三个日，于十一社，令读仁王经。祈诸国京师疫	灾祥	举办仁王经法会	
（里书）同五月六日	为攘疫疠，请百口僧，仁王经御读经停。是淑景社颠倒，打杀七岁童秽也	秽	仁王经法会停止	
（里书）同六月二十日	于大（太）极殿，临时御读经。祈雨也。二十四日癸（癸）丑，于神泉苑，自今五个日，修请雨经法。又祀五龙	灾祥	读经法会、修请雨法、祭祀五龙	
延喜十五年秋月	天下疱疮，都鄙老少无一免者，夭亡之辈盈满朝野。主上圣体不豫，请座主法眼和尚位增命，令护玉辰	灾祥	请僧祈祷	
（里书）同七月	五日甲子，卯时，日无晖，其貌似月，时人奇之。十三日，出羽国言上："雨灰，高二寸，诸乡农桑枯损之由。"二十四日癸未，被立九社奉币。依祈雨也。	灾祥	奉币祭祀	
（里书）同八月	十七日，右中辨藤良基召外记仰云："昨日乌咋拔奏时杭，令阴阳寮占者。"二十三日辛亥，外记京中树木华并天下赤痢时御祈之例勘申	灾祥	占卜、勘申	
（里书）同九月一日	己未，日食，废务。 七日，内里有犬死秽。仍上卿以下于左卫门阵南屏风前，立幄床子等，被立诸社奉币使。因万木花并赤痢病也。 九日，止重阳宴。依诸国旱损疫之由也。 二十五日，定诸社诸寺仁王经读经事，三个日。为祈京中诸国疱疮赤痢病也	灾祥 秽 灾祥 灾祥	罢朝 遣使奉币 停止宴会 读经法会	
（里书）同十月十一日	戊戌，天皇有御疱疮事	灾祥		

续表

时间	怪异事象	性质	处理方法	备注
延喜十七年二月	真济僧正之灵，忽以鹊形，出现炉烟之边	怪异		
（里书）同六月十二日	依时疫，临时奉币诸社	灾祥	奉币祭祀	
（里书）同七月十二日	奉币龙穴，御读经。雨降，时人感悦	灾祥	干旱祈雨	

  从平安朝初期到中期日本皇权统治者在监测、判断以及处理怪异方面存在一定的机制或规律。首先，一般出现怪异事象或连续出现灾害、祸乱之时，朝廷一般会请神祇官和阴阳寮进行占卜与调查，提交相关报告①。例如表2－1所引（里书）昌泰元年五月与延喜九年六月两条记录中提到的"官寮"和"官申"、"寮申"，"官"就是神祇官，"寮"则指阴阳寮。前面已经提到，神祇官是独立于太政官及八省之外的机构，而阴阳寮隶属于太政官。一旦出现怪异、灾祥等，朝廷会让两个机构或其中之一开展调查。从《扶桑略记》延喜九年六月等条来看，两家各自调查后提交报告的情况更多见。或许朝廷认为这样可以获得关于怪异事象的更全面、真实的信息。

  其次，平安朝除了向各个神社奉币祭祀（"临时奉币"即非常规情况下所采取的临时性祭祀）之外，邀请僧侣举办诵经法会也是经常采用的应对怪异事象的方式。在诵经法会上，众僧侣主要念诵《仁王经》等护国佛经。后来佛教法会不仅限于僧侣和信徒，神社也时不时地受邀参加。如延喜十五年九月，因为全国流行"疱疮、赤痢"，朝廷举行了诵读《仁王经》的临时法会，就邀请了神社参加。这一方面体现了平安朝"神佛习合"的宗教生态，另一方面说明朝廷为了维护皇权统治秩序，平抑社会对怪异的恐惧心理，在类似"病急乱投医"的心态下所采取的无奈之举。

---

① 这种报告一般称为"（怪异）勘申"，有时亦称为"怪异勘文"，详见第三章第一节关于"怪异勘文"的相关论述。

第二章　跨学科视野下的"怪异"

平安朝的统治者对怪异事象的监测、判断、处理逐渐趋于日常化、制度化、仪式化。无论是命令神祇官、阴阳寮乃至百官进献"怪异勘申""怪异奏"，还是为息灾攘祸，频繁奉币、祭祀、大祓、大赦抑或天皇降下"罪己诏"等等，无不暴露了平安朝前期开始律令制度和皇权统治逐渐走向衰弱。而"朕以不德"开头的"罪己诏"本身就是深受中国汉代以来儒家政治伦理思想，《仁王经》等佛教经典有关王道、仁政的思想之影响。《仁王经》等"护国三部经"里面的福祸观、天人感应思想与源自中国儒家的天人感应学说、道教阴阳五行学说以及日本本土的神道（教）、阴阳道相互映照，彼此证明，为平安朝的皇权统治染上了浓重的宗教色彩。

（三）平安朝后期

前面已经提及，日本上代史籍《古事记》《日本书纪》受中国的阴阳五行和天人感应思想的影响，记载了许多怪异事象，并对这些怪异事象与重大历史事件之间的关系做了简单的阐释。平安时代的史籍同样继承了这个传统，灾异、祥瑞等记载越来越多。从国家层面负责搜集、甄别、整理、汇报怪异事象，并采取措施处理的两大机构——神祇官和阴阳寮更为频繁地参与到日常的政治生活里。到了平安朝中后期，除了神祇官的"官卜"与阴阳寮的"寮占"以外，还在皇宫大内经常举行"轩廊御卜（コンロウノミウラ）"，再加上各个寺院、神社开展的占卜、祭祀，种类十分繁多。这些情况在平安朝贵族的汉文日记《贞信公记》《小右记》《中右记》里面有详细的记载。

> 七月十四日，夜地震。（八月）六日，亥刻大地震。七日，鹜集大［太］极殿上，令民部卿读经请僧。九日地震数度。依立愿事仰座主，五畿七道各造写观音一体、大般若一部，是为三界诸天、六道众生也，依此善根，国主增长宝寿。十一日，乙酉，季御读经始。又遣召山僧，十三社，始自今日七个日令祈祷，<u>缘频有怪异也</u>。（《贞信公

记》天庆元年）①

天庆元年（938）七月至八月的记录真实地反映了皇权统治对怪异事象的关注。接连不断的地震、鹭鸟等怪异事象让朝廷紧张，于是，召集各大山寺僧、十三个神社进行祈祷、祭祀，并命令五畿七道各写大般若经一部、造观音像一尊。但是第二年，天庆二年（939）平将门与同族之间的私斗升级，平将门领兵突然袭击了常陆国，公然掀起了叛乱。这就是平安朝中期著名的"元庆之乱"。而在此之前，936年开始的"承平之乱"还在延续。这两个战乱一前一后沉重地打击了当时的律令制国家体制。《贞信公记》天庆元年（938）八月记录最后说"缘频有怪异也"，也是有感于承平之乱未消，怪异事象又频繁出现，推高了恐慌情绪。

二十二日，辛未。去十九日贺茂上社御前大樱木俄以颠倒之间，大星出自木心，云云。于藏人所有御占，兵革・疫气征，云云。可有轩廊御占欤，如何。二十三日，壬申，今朝太［大］相府恼给之由，云云，仍参入。被命云：从昨夕有恼，仍令占。痁②病时行，风热相尅欤者。自明日可令行仁王经读经者。左大将从去十九日俄沉重病，旦暮难期，仍今日上辞大将、春官大夫之表，云云。二十四日，关［癸］酉，或告云：皇大［太］后宫自夜中许危急恼给，云云。……二十五日，甲戌参大相府，御恼犹重。次诣左大将御兵，次参内，新源中纳言相俱参皇大［太］后，御恼颇宜，云云。左府被参于左仗。有神祇、阴阳官寮御占，是贺茂下社怪，大树颠，数多星出自树中，去南方怪也。扫部寮敷于轩廊中间，绝席一尺余许，初敷其间三四尺许。丞相目余令仰其程，次盛水二坏［杯］居东座前。丞相又目余令置两座前。次神祇、阴阳官寮人相率参入仰着座。丞相召兼延朝臣，称唯着膝突，下

---

① 藤原忠平著，東京大学史料編纂所編：《貞信公記》（大日本古記録），岩波書店1956年版，第174頁。
② 通"瘧"，乍寒乍热之病。

第二章 跨学科视野下的"怪异"

给怪异奏，仰云：贺茂下社树颠怪可占申者，受文复座。次召保远朝臣（庆滋），进膝突，仰云：怪异文下给神祇官，是贺茂下社树怪也，可占申。蒙仰复座。神祇官龟筮、阴阳寮占文等各纳于览苣，进膝突奉之。（《小右记》永祚元年六月）①

《小右记》的记载可见，永祚元年（989）六月几个大臣和皇太后分别患重病，在此之前贺茂神社的大树倾倒，从树顶端飞出"星"。宫内的藏人所（即处理宫中庶务的部门）占卜认为这是兵戈、疫病的征兆，建议可举行轩廊御卜。第二天大相府（太政官大臣的中式称谓。）突发疾病，第三天皇太后也犯病。神祇官和阴阳寮占卜认为贺茂神社的大树倾倒是非常不祥的怪异，于是丞相命令藤原实资在宫内组织轩廊御卜，阴阳博士庆滋保远等上奏了"怪异文"。

二十六日，止雨奉币（二社）。此十余日，大路连日甚雨，仍秋霖之愁，间有其闻也，上卿江中纳言云云。今日依吉日，着［差］进士（藤原）忠兴奉币于春日社，次自参吉田、贺茂、北野、祇园，是依申庆贺也。又奉币物于石清水，是以季禄之物记此币物也，始泰山府君祭。（《中右记》嘉保元年七月）②

《中右记》是藤原宗忠（1062—1141）在白河天皇③首开院政的第二年应德四年（1087）元月开始记录的日记，一直记录到鸟羽院政期的保延四年（1138）。在此引用的嘉保元年（1095）七月二十六日条，记载了中纳言大

---

① 藤原实资著，東京大学史料編纂所編：《小右記》第一冊（大日本古記録），岩波書店1992年版，第186—188頁。
② 藤原宗忠著，東京大学史料編纂所編：《中右記》第二冊（大日本古記録），岩波書店1993年版，第86頁。
③ 白河天皇为平安末期的天皇，后三条天皇的第一皇子，又称为"六条帝"。延久四年（1072）至应德三年（1086）在位，应德三年让位给儿子堀河天皇，自己则作为太上天皇继续管理政务，开启了"院政"时代，此时称为"白河上皇"或"白河院"。永长元年（1096）出家，故改称"白河法皇"。他的院政统治长达43年，历经了堀河、鸟羽、崇德三代天皇。

· 93 ·

江匡房①上奏堀河天皇连续十余日的大雨导致多地成灾,天皇听后命令藤原中兴赴春日神社奉币,以求止雨。堀河天皇亲自赴吉田、贺茂、北野、祇园祭祀,还向石清水奉币,并祭祀泰山府君。

(御读经。上卿江中纳言、藏人兵部大辅仰御愿趣。)今日于御前被始御读经二座(孔雀经九日、大般若经九日)。又二间仁王讲,又被始圣观音御修法,又于祇园宝前被始大般若御读,近日天下有疱疮之闻故也。(《中右记》嘉保元年)②

嘉保元年九月二十三日应天皇所愿,上卿中纳言大江匡房等在皇宫同时举行两场诵经法会,各九天,又举办仁王经讲、观世音修法,还在祇园神社诵读大般若经。其目的是为祈祷全国范围大流行的疱疮(天花)疫情尽快停息。

(嘉保元年十一月二十三日)于所有御卜(近日内侍所频令鸣给,怪异者)。日者候阵③外御读经二座(大般若、法华经),并仁王讲被入御前。但非昼御座,以渡殿為御读经所也。又于昼御座被始行御读经二座(孔雀经·请观音经)(季御读经定)。上卿江中纳言,又于仗座④。中官大夫、左大辨被定申秋季仁王会僧名(来二十九日 云云)。(《中右记》嘉保元年)⑤

(嘉保元年十一月二十四日)依当番供朝夕膳,宿仕。入夜,江

---

① 大江匡房(1040—1111),平安后期著名文学家、政治家,著有《本朝神仙传》《续本朝往生传》等怪异文学集。
② 藤原宗忠著,東京大学史料編纂所編:《中右记》第二册,第109页。
③ 参考表2-1延喜九年(里书)五月"诸卿就阵"的注释,"阵"就是公卿议事时所坐的位置。
④ "仗座"又称"阵座",参看"阵"的注释。日语读作"仗座(ヂャウノザ)"。
⑤ 藤原宗忠著,東京大学史料編纂所編:《中右记》第二册,第144页。

第二章 跨学科视野下的"怪异"

中纳言参仗座。有轩廊御卜（<u>稻荷社鸣事、出云国社怪异事</u>）。二十七日，有政。江中纳言、右大辨被着行，云云。仁王会杀生禁断官符请印，云云。（《中右记》嘉保元年）①

这两段实为一事，那就是嘉保元年（1095）十一月以来，陆续出现稻荷神社、出云国神社以及皇宫内频发怪声等"怪异事"。为此，在皇宫内举行多种占卜、攘灾的活动。十一月二十三日先是占卜，之后诵读《大般若经》和《法华经》，并且举行《仁王经》讲会；接着又诵读《孔雀经》和《观音经》；二十四日举行轩廊御卜；最后在二十七日江中纳言（大江匡房）等奏请发布在行《仁王经》讲会期间禁止民众杀生的官符。

本章小结

翻开日本的史籍，各种怪异事象和"怪""异""奇""妖怪"等词汇随处可见。本章首先通过语义分析，探讨了"常""异""奇""怪"等"怪异"词族所蕴含的心理层面的因素，例如：不可思议、疑惑、不安、惊恐或者惊喜。这些心理的产生自然有其原因。令平安朝人感到"怪异"的事物及现象（怪异事象）主要是一些自然现象（包括动植物异常现象、天文现象、气候异常等）、社会动荡、战乱、疾疫以及所谓的鬼神精怪。其中一部分怪异事象并不能直接造成伤害或损失，却被平安朝人当作关乎个人安危或皇权国运的预兆，为此惊恐不安；也有一些属于自然灾害和社会动乱，直接破坏了日常生活秩序，甚至激化皇权统治者内部矛盾，演化为"人祸"，所以皇权统治者也会警觉、小心。

这一时期的佛教、神道（教）、阴阳道等宗教及其思想在日本快速发展，从官方到民间巫蛊、咒术、谶纬广为流行，这些文化现象折射出当时

---

① 藤原宗忠著，東京大学史料编纂所编：《中右记》第二册，第145页。

世情的动荡与人们为自身生存而担忧的思想状况。皇权统治者的危机感，引发了他们对灾异祥瑞等怪异事象的强烈关注，并将它们上升至挽救国运、延长统治的国家意识的层面。这就是为何宝龟九年桓武天皇在诏敕里面强调："救病之方，实由德政；延命之术，莫如慈令。"平安朝的皇权统治者不断丰富、强化奈良朝构建起来的神祇制度，一方面禁止民间流传预言国运兴衰的谶纬之书（妖言、妖书）、巫蛊与咒术；而另一方面又在国家层面特设神祇官与阴阳寮，广建寺院，利用这些机构频繁开展祭祀与占卜活动。皇权统治者希望通过这些宗教机构帮助他们实现国泰民安、千秋万代的愿望。与此同时，为了及早掌握"天意"，他们寄希望于轩廊御卜、神祇官卜来预测、分析各种怪异事象，并根据"占断"举行奉币、诵经法会等国家祭祀活动，以消除怪异事象可能带来的恶劣后果，消灾禳祸。

从认识论的角度而言，"怪异"源自人对世间所有事物的陌生、好奇或者恐惧心理；从判断怪异的思想依据——意识形态层面来说，判断的根据主要来自中国的天人感应和谶纬学说，也包括佛教仁王护国思想、阴阳道等宗教思想。"怪异"事象被视为神与人交流信息的主要媒介或手段。它们是神灵对人，特别是对皇权统治者的种种劝诫、"谴告"；从制度层面而言，"怪异"经过一系列的制度化、日常化和仪式化的处理之后，皇权统治本身存在的无序性被纠正，"怪异"对皇权统治的破坏性被新的制度或祭祀仪式消解。从而可以说，皇权统治者对"怪异"的关注与处理本身，成了国家政治文化的重要组成部分。简言之，"怪异事象"或曰"异常事件"由非常、异常、反体制最终被转化为"常"——制度。这是历史叙述中的"导异为常"现象。该现象在当时的怪异思想、怪异文化等语境下，也自然而然地折射到文学之中。

第三章　平安朝文人与怪异文学

随着平安时代律令体制的逐渐衰落和瓦解，统治集团内部及统治集团与被统治者之间的矛盾日益尖锐，皇权统治愈见不稳。在这一背景下，怪异事象频繁发生，占卜和祭祀活动在宫廷内外不断举行，它们逐渐成为日常政治生活的一部分。随着怪异融入平安朝的政治生活，统治集团也形成了一套观察、处理这些怪异事象的机制（图3-1）。

```
                          ┌─ ①天（神灵）→灾异→祭祀→消除灾祸
怪异事象→占卜分析原因 ┤
                          └─ ②怨灵、妖孽→灾异→祭祀→消除灾祸
```

图3-1　平安朝怪异事象处理机制

首先，认定怪异事象的过程通常需要经过甄别、分析、占卜等一系列程序，一般通过自下而上的奏报方式上达朝廷。其次，怪异事象的认定由神祇官和阴阳寮等两大官方机构负责，但公卿、贵族文人等国家精英也参与其中。再次，认定怪异事象的"理论"依据主要来自中国的天人感应与谶纬学说、佛教仁王护国思想以及阴阳道等宗教神学。最后，祭祀、法会、诵经等仪式是处理怪异事象的几个主要手段。怪异在平安时代的政治生活中呈现出制度化、日常化和仪式化的态势，为平安时代政治文化增添了异彩。

这种政治文化得以形成的基础是文人。《养老律令·学令》规定："凡大学生，取五位以上子孙及东西史部子为之。若八位以上子，情愿者听。国学生，取郡司子弟为之。［大学生式部补。国学生国司补。］并取年十三

以上，十六以下，聪令者为之。"① 五位以上官员的子孙或者八位以上官员的子孙经申请审核者，都可以选入大学寮学习。大学寮的学习内容与唐朝的国子监几乎相同，除《周易》《尚书》《周礼》《仪礼》《礼记》《毛诗》《春秋左氏传》以外，还学《孝经》《论语》。

进入平安时代，大学寮设有四个专业：明经道、纪传道、明法道和算道。其中，明经道在奈良时代盛极一时，到了平安时代，地位被纪传道超越，其核心内容是学习儒家经典；纪传道在平安时代进入全盛，专门研习中国的"三史（即《史记》《汉书》《后汉书》）"和《文选》；明法道专攻法律，算道则学习算数。通过式部省考试合格的明经道学生可以获得任官资格；纪传道学生则通过"省试"获得"文章生"资格，最优秀者可成为"文章得业生"，并通过"方略"试（又称"对策"）获得任官资格②。

日本官修正史"六国史"的编撰者多数都是出身于纪传道的文人，这些史书和平安时代末期成书的《日本纪略》习惯将自然灾害表述成"怪异"，例如"旱魃并怪异""天变怪异霖雨"等。也有不直接使用"怪异"，代之以"灾异"、"天地变异"、"灾变"等例子。而在私撰史书和贵族文人的日记里，则直截了当地把此类事件称为"怪异""物怪""怨灵"等。通过《小右记》《中右记》等平安朝贵族日记，人们可以详细了解一些怪异事象的始末。也就是说，在平安朝的政治生活中，文人们不仅需要参与怪异事象的甄别、奏报、祭祀等活动，在这些活动中撰写相关文章，而且在他们自己的私人记录、诗文赋里留下对此类事件的相关评论、描述。其中的一些文字就成了怪异文学文本。

第一节 政治生活与汉文学

上一章所引的《贞信公记》天庆元年（938）八月记录天皇命令民部

---

① 井上光贞等：《律令》（日本思想大系3），岩波书店1976年版，第262页。
② 桃裕行：《上代学制論攷》，思文阁出版社1993年版，第282—298页。

第三章　平安朝文人与怪异文学

卿等官员召集各大山寺僧、十三个神社进行祈祷、祭祀,其原因是"频有怪异"。再如《续日本纪》里面的光仁天皇和桓武天皇屡次颁布诏书,多数因为怪异事象而出。这些诏敕文案的撰写,绝大多数并非天皇本人手笔,而是由中务省的大内记、少内记(相当于唐朝秘书省著作郎)等负责草拟,交给太政官少纳言局所属的大外记、少内记、史生等修改,经少纳言核准、捺印后上奏、颁布。少纳言局所属的大外记、少内记、史生还负责帮助太政官起草奏议文等①。

怪异事象发生后,天皇会根据群臣上奏的相关报告来调整政令。延历元年(782)七月二十九日由于"灾异荐臻,妖征并见",群臣向桓武天皇谏言撤销前一年十二月发布的让天下服丧一年的诏令。《续日本纪》天应元年(781)十二月二十九日条记载:光仁天皇驾崩,桓武天皇为父皇发布了天下服丧一年的诏书,群臣劝谏天皇应依常礼,服丧期限六个月为宜。然而,桓武天皇并未采纳群臣意见,坚持自己的决定②。但是,到了延历元年七月二十九日,桓武天皇最终因"灾异荐臻,妖征并见"而放弃了原先的决定。这个转折的契机是群臣针对接连不断的灾异与妖征不断上奏,提出自己的看法。群臣的建议主要基于神祇官和阴阳寮等机构的占卜结论(即下文所说的"怪异占")。这一事件也成为怪异事象影响皇权统治者决策的典型案例。

也有天皇因为灾异连连而主动要求重要官员乃至地方官员上奏对国政以及怪异事象等看法与建议。永观二年(984)十二月二十八日,接受圆融天皇禅让登基不久的花山天皇发布了《令上封事诏》,该诏书由庆滋保胤撰写。诏书指出"顷年苍苍屡降水旱之灾,元元动劳土木之役,仓廪已竭,田园自荒",于是要求"公卿大夫及京官外国五位以上职居官长,秀

---

① 起草诏敕文案的责任归中务省"内记",审署职责归太政官下面少纳言局的"外记"。相关官员职属可参考《令义解·职员令》。有关律令制太政官的职责、权限及其制度演变情况,可参见武光诚的研究。武光誠:《(增訂)律令太政官制の研究》,吉川弘文館2007年版,第54、58—60、136—139頁。
② 天皇因老天皇驾崩命令天下服丧6个月或者让群臣服丧的习俗系模仿唐制。山下洋平:《律令国家における臣下服喪儀礼の特質——唐制との比較を通して》,《史学雑誌》2012年第121卷第4号。

才明经课试及第，名为儒士者，各上封事，匡朕不逮"①。"匡朕不逮"就是要求臣下批判天皇的政令过失。永延元年（987）七月二十八日条记载同样是因为"天变旱灾"，一条天皇命令公卿上奏"封事"（《日本纪略后篇》第九卷）。不同于这两个例子的是三善清行在延喜十四年上奏的《意见十二个条》虽然也是"封事"，但属于臣下主动采用密封的方式上奏谏言，而这种情况更多一些。反过来也可以推测永观二年和永延元年的水旱之灾极为严重，震惊天皇。《小右记》等记载了各种怪异造成天皇、群臣的恐慌。前引《小右记》永祚元年六月二十六日条详述了阴阳博士庆滋保远等人上奏"怪异文"汇报怪异事象，尔后请神祇官占卜，神祇官和阴阳寮分别上奏怪异占文，《小右记》作者藤原实资负责书写"勘文"上奏天皇。这种有关怪异事象以及综合占卜等"调查"阐释其原因、影响等的报告书，也称"怪异勘文"（カイイカンモン）②。

不论是花山天皇下令群臣"各上封事"还是《小右记》提到"怪异文"、勘文，都是受中国古代政治文化的影响。例如《汉书》卷四汉文帝二年（公元前178）十一月因日食下诏命令"举贤良方正能直言极谏者，以匡朕之不逮"。《汉书》卷七十五记载京房、翼奉等精通阴阳五行与谶纬之人因灾异屡屡上奏"封事"与"疏"，有时亦因皇帝询问而上奏"对策"（亦称"对册"）或"封事"。花山天皇要求"各上封事"，群臣应要求撰写的文章日本习惯称作"勘文"或"勘申"，就相当于汉代以来的"（因某灾异）应诏上封事"或"（某灾异）对策"等奏议文。

平安朝末期的著名汉学家、政治家大江匡房，十六岁"文章得业"，十八岁凭借对策及第，历任中纳言、大纳言、太宰权帅、大藏卿，世称"二朝侍中，三帝之师"，出入宫中参政议政。通过前引《中右记》嘉保元年（1095）七月记录可知，因各种怪异事象大江匡房常常被召入宫中向太

---

① 藤原明衡、藤原敦光著，黑板勝美编：《本朝文粹·本朝続文粹》（新訂增補国史大系29下），第28页。

② "勘文"是指平安时代的文章博士、算博士以及史官、神祇官、阴阳师等应朝廷的咨问，依据前例、故实或者占卜凶吉而提出的意见书。也叫做"勘状"、"勘注"。

第三章 平安朝文人与怪异文学

政大臣、天皇汇报、回答有关咨询，所以批阅、撰写有关"勘文"必不可少。此外，他还要负责安排消灾禳祸、平息怪异的诵经法会（所谓的"御读经"）、祭祀等活动。这些活动大多需要撰写祭奠文或"愿文"①。所以庆滋保胤、大江匡房等文人在日常政治生活中，因为经常要参与分析、调查、处理各种怪异事象，所以接触、撰写相关诏敕、勘文、封事、愿文等成了分内工作，他们对天人感应思想与相关礼制、典故自然非常熟悉。

一 改元诏书中的怪异

都良香（834—879）是平安朝前期的著名文学家、汉学家，以纪传道"对策"及第，后任大内记、文章博士。他著有《都氏文集》，是官修六国史之一《日本文德天皇实录》的主要编纂者。《本朝文粹》卷三收录有他的《神仙》对策文。"对策"是选拔官员的一种考试方法，由考官围绕政事、经义设问，应试者对答。《神仙》一文由参议式部大辅春澄善绳出"策文"，都良香作"对策"。都良香的对策文用工整的骈体汉文写就，文辞华美。"窃以三壶云浮七万里之程分浪，五城霞峙十二楼之构插天。信乃列真之所宅，迹闭不死之区"，首先把"群仙之所都"描绘出来，接春澄善绳的首句"玉楼金阙，列真之境难窥。紫府黄庭，群仙之游斯远"。接着，都良香论述："但真途辽夐，奇骨秘而独传；妙理希夷，凡材求而不得。虽则手谢可揖，王子晋之事不疑。然而口说斯虚，项曼都之语难信。即验爨朱儿而练气，当在天资；向玄牝而取精，非因人力"，阐明他对服食仙药成仙的看法，指出并非谁都可以成仙，主要看有无"天资"，并非人力所能为。这一段对春澄善绳的"何以子晋驾鹤，独禀轻举之灵；曼都对人，空造诞漫之语……"② 既回答了对方的设问，也阐明了自己的观点。

作为文章博士，除了要在大学寮中教授学生，都良香还要为天皇撰写

---

① 关于中日愿文的渊源与异同，可参见静慈圆著作。[日] 静慈圆：《日本密教与中国文化》，第143—191页。
② 藤原明衡、藤原敦光著，黑板胜美编：《本朝文粹·本朝続文粹》（新訂増補国史大系29下），吉川弘文館1965年版，第58頁。

诏书。贞观十九年（877）改年号为元庆的《改年号诏》就出自都良香之手。该文开头用"善政之报，灵贶不违。洪化之符，神输必至"一句先阐释天人感应思想，作为理论依据。然后，他根据但马国、尾张国和备后国三个地方上报的祥瑞，指出"皆应符改色，感祥变容，岂人事乎？盖天意也"。因为有这么多的"休征"（祥瑞），符合"因瑞建元"的中日两国历史先例，得出也应该改元之结论。从这篇文章不难看出都良香并非简单模仿中国古代诏敕的文句和体例，"因瑞建元，非无故实；嗣位纪号，既有前闻"说明他熟悉中国建元改元方面的典章制度。都良香的汉文水平相当高，有《都氏文集》传世，而且他还了解道家修仙、黄老之术，撰写了《富士山记》《吉野山记》和《道场法师传》等富有神仙、神话和志怪色彩的叙事散文。或因此，他本人的事迹也被人们传为神奇，被大江匡房记录在《本朝神仙传》之中①。

无独有偶，对策及第的大内记庆滋保胤天元六年（983）四月也撰写了一篇《改元诏》。该文开头回顾了中国自汉武帝开始"以建元而为名"，"自尔以来，或遇休祥以开元，或依灾变以革历"的渊源与典故，接着回顾了圆融天皇在位以来遭遇的怪异事象，评述道："天之未忘，屡呈妖怪而相诫。德之是薄，虽致兢惕而不消。去年黍稷之遇炎旱矣，民户殆无天，宫室之为灰烬焉。"据《扶桑略记》卷二十七记载，天元三年（980）十一月"贺茂临时祭间，内里烧亡"，天皇不得不"移幸职曹司"。但是到了天元五年（982）十一月十七日新尝会的祭祀活动结束当夜，"大内烧亡"。此间还有天元四年（981）九月二十日发生了"藏人贞孝于殿上顿死（即猝死）"的事件。而据《日本纪略后篇》第七卷天元四年九月四日条记载："藏人式部丞藤原贞孝候殿上间，为鬼物被杀后院"，这里明确说藤原贞孝的直接死因是被"鬼物"所杀②。《今昔物语集》卷三十一第二十九

---

① 《本朝神仙伝》第十六有都香良传记。井上光贞等校：《往生伝·法華験记》，岩波書店1995年版，第583頁。
② 黒板勝美編：《日本紀略後篇·百鍊抄》（新訂増補国史大系11），吉川弘文館2000年新装版，第131頁。

第三章　平安朝文人与怪异文学

《藏人式部丞贞高猝死于宫殿上的故事》（蔵人式部丞貞高於殿上俄死語）详细描述了藤原贞孝（原文作"贞高"）与众官员正在吃宴席时猝死，在场的人乱作一团、四散逃跑的情景[①]。

据《养老律令·神祇令》"散斋"条和《延喜式·神祇》第三、第四等规定，宫殿之上发生死亡事件是重大秽恶，需要占卜与大祓。更何况藤原贞孝的死因还是被"鬼物"所杀。两次火灾、死秽、旱灾等天地怪异，令朝野震惊，所以庆滋保胤才说上天"屡呈妖怪而相诫"。《小右记》天元五年八月到十二月条记录皇宫连续不断举行法会、御读经，且不断向石清水、贺茂等神社奉币祭祀[②]。这似乎也与天元四年九月藤原贞孝之死有关，但是直到天元六年四月仍未能消弭灾祸。为此，圆融天皇下诏改天元六年为永观元年。

一般而言，古代国家颁布年号和改元主要有两种情况，也就是都良香和庆滋保胤都提到过的——第一种是新帝登基，即"嗣位纪号"；第二种是因为某些特殊原因而改元，即遇休祥以开元。在平安朝，一位天皇经常有好几个年号，几乎两三年就改元一次。7世纪到9世纪的年号，如大化、白雉、朱鸟、大宝、庆云（以前为白凤时代）、灵龟、养老、神龟、天平、天平感宝、天平胜宝、天平宝字、天平神护、神护景云、宝龟、天应（以前为奈良时代）、延历、嘉祥、仁寿、齐衡、天安等主要因为出现祥瑞而改元。然而，除了因瑞改元，也有庆滋保胤提到的"依灾变以革历"。如延喜、延长、天庆、天德、应和、康保、天延、贞元、永观、永祚、长保、宽弘、长元、长历、宽德、天喜、康平、承保、承历、嘉保、永长、承德、康和、长治、嘉承、天永、永久、元永、保安、大治等年号，都是因为天变地异、火灾、疾疫、兵戈等灾异而改元。

不难看出，奈良时代皇权统治者的政治理念是积极奋发的，而平安朝

[①] 森正人：《今昔物語集》第五册（新日本古典大系），岩波书店1996年版，第502页。事件人物名为"藤原贞高"。该书注释称《百炼抄》《小右记》也有记载。全集本《今昔物語集》注释称《日本纪略》《小右记》有记载。馬淵和夫、國東文麿、今野達等：《今昔物語集》第四册（日本古典文学全集），小学馆1979年版，第623页。

[②] 见《小右记》卷一天元五年八月到十二月条，期间不断举行法会、御读经、奉币石清水、贺茂等神社等活动。藤原実資著，東京大学史料編纂所编：《小右记》第一册，第37—43页。

皇权统治者的政治理念则显得消极、被动，尤其是平安时代后期的皇权统治者日常政务中常要应对各种灾异或危机①。这一情况已经在本书第二章分析平安朝有关怪异的历史叙述中有所体现。

二　勘文等奏议文中的怪异

改元时需要大臣们推荐年号或专门就若干候选年号发表自己的意见，这就是"年号勘文"②。年号勘文不仅要阐述年号本身的意义和自己对相关年号的见解，而且改元的契机大多来自祥瑞或怪异，这就需要有足够的学识以阐明自己对祥瑞或怪异的认识与评判。除了上奏年号勘文，平安时代的文人经常要对频繁出现的怪异事象发表看法，撰写"怪异文""怪异奏""怪异占（文）"和"怪异勘文"。而遇到祥瑞时，文人还要撰写庆贺的奏表，例如菅原道真撰写于元庆三年十一月一日的《诸公卿贺朔旦冬至表》、大江匡房撰写于嘉承二年（1107）十一月二日的《朔旦冬至贺表》等。

除了怪异勘文，文章博士三善清行昌泰三年（900）二月二十四日上奏了著名的《革命勘文》。在上奏该勘文前一年的十月十一日，他曾向当时的右丞相菅原道真递交了《奉菅右相府书》③，书函中指出辛酉年（901）适逢"变革"之年，将有兵革等凶祸。

菅原道真
奉菅右相府书

　　清行顿首谨言。交浅语深者妄也，居今语来者诞也。妄诞之责，诚所甘心。伏冀，尊阁特降宽容。某，昔者游学之次，<u>偷习术数</u>。天

---

① 日本史学家家永三郎详细比较了自6世纪以来到平安朝末期各个年号的意义，认为平安朝中后期的改元尤其具有灾异改元的特色。山岸德平、家永三郎等校：《古代政治社会思想》，岩波书店1994年版，第524页。

② 关于年号勘文的历史可参考重田香澄、水上雅晴的论文前言介绍。重田香澄：《摂関期における政務と勘文—〈小右記〉にみる改元定を例として—》，《大学院教育改革支援プログラム〈日本文化研究の国際的情報伝達スキルの育成〉活動報告書》，平成20年度海外教育派遣事業編，2009年，第281—286頁。水上雅晴：《年号勘文資料が漢籍校勘に関して持つ価値と限界——経書の校勘を中心とする考察》，《中央大学文学部紀要：哲学》2017年第59号。

③ 藤原明衡、藤原敦光著，黑板勝美編：《本朝文粹·本朝続文粹》，第171頁。

第三章　平安朝文人与怪异文学

道革命之运，君臣剋贼之期，纬候之家，创论于前，开元之经，详说于下……伏见，明年辛酉，运当变革。二月建卯，将动干戈。遭凶冲祸，虽未知谁是，引弩射市，亦当中薄命。天数幽微，纵难推察，入间云为，诚足知亮……伏冀，知其止足，察其荣分，擅风情于烟霞，藏山智于丘壑。后生仰视，不亦美乎……某，顿首谨言。

昌泰三年十月十一日　文章博士三善朝臣清行

首先，三善清行在给菅原道真的书函中说明了自己学习术数、通晓谶纬的情况。接着，他又汇报了自己通过术数推算发现明年"运当变革"，并且二月将有兵戈等连续性的凶祸，因此希望菅原道真能够重视此事。书函中末尾"知其止足，察其荣分，擅风情于烟霞，藏山智于丘壑"等语句，委婉劝告菅原道真辞职、隐退①。该书函以骈体汉文写成，虽然下面的《革命勘文》不是骈文，但是它们均被后世文人奉为日本汉文经典篇章。

革命勘文

文章博士三善宿祢清行谨言。请改元，应天道之状。合证据四条。

（前略）清行，去年以来，陈明年当革命之年，至于今年，征验已发。初有知，天道有信，圣运有期而已。

一、去年秋，彗星见事。谨案汉、晋天文志，皆云："彗体无光，传日而为光。"故夕见则东指，晨见则西指，皆随日光而指之。此除旧布新之象也。

一、去年秋以来，老人星见事。谨案，野王符瑞图云："老人星也，直孤星北地有一大星。[誓灼曰：'□□也。']是为老人星。见则治平主寿，常以秋分候之南郊。"[见春秋元命苞。] 春秋运斗枢曰："机星得和平合，万民寿，则老人星临国。"[宋均曰："斗德应于人者也。"] 文耀

---

① 川口久雄：《三善清行の文学と意見封事》，《金沢大学法文学部論集文学篇》1958年第5卷。

钓曰:"老人星见则主安,不见则兵起。"熊氏瑞应图曰:"王者承天得理则临国。"晋武帝时老人星见,太史令孟雄以言:"元帝大兴三年老人星见,四年又见。"合如此文者,老人星,圣主长寿、万民安和之瑞也。而今先有除旧之象,后有幅寿之瑞,首尾相待,事验易知。①

其次,在《革命勘文》中,三善清行详细介绍了自己的辛酉革命说。他以神武天皇即位(辛酉年)为纪元元年,依据《易纬》(郑玄注)、《春秋纬》、《诗纬》等中国谶纬书以及阴阳五行学说、天人感应学说,结合历史考证,论证了"去年"的彗星、老人星等怪异天象背后所隐含的"天道",并且强调"天道有信","至于今年,征验已发",论证了辛酉革命和甲子革令说。不过,《革命勘文》中有关六甲一元、四六·二六交相乘等问题的阐释与现在能够看到的纬书佚文多不相符,让人难以理解。尽管如此,该勘文被醍醐天皇采纳,下令于昌泰四年七月十五日改元为延喜元年。该文也是日本现存最早的革命勘文,成为历代改元的重要参考②。由题目可知,《革命勘文》应该是回复朝廷询问所作。因此,三善清行昌泰三年十月在给菅原道真的信函里提到辛酉革命,菅原道真将此事上报给醍醐天皇,于是醍醐天皇才命三善清行上奏详细说明,这才有了《革命勘文》的问世。

那么,昌泰四年前后究竟发生了什么,让三善清行急于上奏勘文呢?《日本纪略》(撰者不详)后篇第一记载醍醐天皇昌泰三年(900)十月二十一日"文章博士三善朝臣清行,上明年辛酉革命议"③。从这一天到昌泰四年(901)七月十五日改元为延喜为止,《日本纪略》记载了如下事件:昌泰三年十二月"老人星见"。昌泰四年正月一日"日有蚀云云","十五

---

① 山岸德平、家永三郎等校:《古代政治社会思想》,第278页。
② 关于三善清行的革命勘文与改元延喜的问题,可参考佐藤均的研究,但是他并未涉及本章第二节有关延喜改元为延长的具体原因。佐藤均:《革命・革命勘文と改元の研究》,佐藤均著作集刊行会1991年版。
③ 《本朝文粹》里面的时间为十月十一日。藤原明衡、藤原敦光著,黑板胜美编:《本朝文粹・本朝续文粹》,第171页。黑板胜美编:《日本纪略後篇・百鍊抄》(新訂增補国史大系11),第6页。

第三章 平安朝文人与怪异文学

日，月蚀"；二十五日醍醐天皇将菅原道真贬为太宰府权帅，其子也被"左迁"，当日记载"诸阵警固"，二十六日又"遣固关使"，此事史称"昌泰之变"；次年昌泰四年（901）二月四日，奉币诸社，天皇"被申菅原朝臣左迁之事"。"五日戊午，依同事，奉币山陵。十一日甲子，大祓。十五日戊辰，奉币诸社，祈东国群盗之事。五月，二十四日癸卯，鸠居南殿。六月，十四日甲子，依物怪，奉币诸社。"①

三善清行上《奉菅右相府书》和《革命勘文》前后，陆续发生了日蚀、月蚀、老人星等天象怪异以及鸠鸟怪异，所以六月十四日因为上述"物怪"还有"东国群盗"的战乱，向各个神社"奉币"。同样，《扶桑略记》卷二十三和"里书"在昌泰三年到昌泰四年七月（延喜改元）这一段时间内也密集地记录了鸠鸟等多种怪异事象。不难想象，这些怪异事象促使醍醐天皇接受了三善清行的辛酉革命说和改元的建议。

平安朝的文人习惯把怪异事象称为"物怪""物气"等。"物怪"读作"モノノサトシ"，而"サトシ"即"谕"，"モノノサトシ"即"神谕"，也就是鬼神或"天"发出的警戒和预告（详见本书第七章第二节）。但凡出现"物怪"，贵族文人便会以各种形式参与到分析"物怪"的起因及其预兆的内容等活动之中。也有不少文人本身就属于专司祭祀和占卜的氏族。例如庆滋保胤（934—997）原来姓"贺茂（カモ）"②。贺茂氏属于天神系氏族，代代奉祀贺茂神社。贺茂神社在天皇祭祀中处于重要地位，并且在处理怪异事象中屡屡登场，例如前面提到的永祚元年（989）六月贺茂神社所发生的大树怪异。当时就是庆滋保胤的弟弟、阴阳博士庆滋保远奉命上奏的怪异文。三善清行虽然没有类似的家世背景，但是他自己精通术数，深谙阴阳五行、谶纬之学，所以他的勘文也被采纳、重视。再如文章得业生、大学头藤原敦光于保延元年（1135）七月二十七日上奏的

---

① 黒板勝美编：《日本紀略後篇・百錬抄》（新訂增補国史大系11），第7頁。
② 庆滋保胤放弃家业阴阳道，成了"纪传道"的学生，并以对策及第，任大内记，从五位下。康保元年（964），他与大学寮学生成立了"劝学会"，成为中心人物。增田繁夫：《慶滋保胤伝攷》，京都大学文学部《国語国文》1964年第33卷。

《勘申・变异疾疫饥馑盗贼等事》一文，援引了中国史书天文志、五行传、《礼记》、《春秋繁露》等中国五行、谶纬学说经典，论证了天地变异、人民疾疫均源自朝政失德，政违时令，指出："天变地妖者，所以警戒人主也。凡厥休咎之象，司天奏之。"① 显然，平安朝的文人深受中国阴阳五行学说和谶纬思想的影响，深信怪异事象是来自上天的"谴告"，积极运用他们所学的汉学知识分析、阐述自己对怪异的理解，并提出相关建议。

三　愿文中的怪异

"愿文"即在法会上为施主阐述愿意的表白之文，又叫作"祈愿文"。在中国的道教和佛教法会上都有宣读愿文的情况。日本平安朝的汉文章名家常常受朝廷委任或公卿的邀请撰写愿文。佛教法会上的"追善供养愿文"主要为悼念逝者而作②，这与唐代诗人白居易等常常受邀为别人撰写祭文、墓志铭等的情况极为相似。而且，平安朝的愿文多数也是以骈体汉文写成，不乏华美篇章。

（一）宇多法皇为源融亡灵讽诵愿文

《扶桑略记》卷二十四记载延长四年（926）七月四日，宇多法皇为已故左大臣源融在七大寺诵经，请三善文江作讽诵愿文。一般而言，鲜有天皇或法皇为大臣撰写讽诵愿文的例子。促使宇多法皇为大臣亡灵诵经的原因，在这一篇愿文中有明确的说明。六月二十五日源融的亡灵忽然附体在宫人身上，倾诉自己因为在世之时"不修诸善，依其业报，堕于恶趣。一日之中，三度受苦，剑林置身，铁杵碎骨。楚毒至痛，不可具言"③。源融

---

① 藤原明衡、藤原敦光著，黑板胜美编：《本朝文粹・本朝続文粹》，第24—29頁。
② 山本真吾：《平安時代中後期追善願文の文章構成について——〈本朝文粹〉〈本朝続文粹〉所收願文を軸として——》，《三重大学日本語学文学》1993年第4号。山本真吾：《〈本朝文粹〉所收追善願文における人名語彙の象徴的意味について》，《三重大学日本語学文学》1996年第7号。
③ 皇円：《扶桑略記》，第196—197頁。《本朝文粹》卷十四讽诵文篇也录有该文，但是作者为"纪在昌"，题作《宇多院为河原左相府源融没后修讽诵文》。藤原明衡、藤原敦光著，黑板胜美编：《本朝文粹・本朝続文粹》，第197—198頁。

第三章　平安朝文人与怪异文学

出于对宇多法皇的眷恋，时时到法皇的宫殿。亡灵的出现，无疑令宇多法皇惊恐万分，因此法皇承诺为源融诵经祈福，超度其亡灵。该愿文提到源融讲述自己不堪忍受地狱之苦，寄希望于宇多法皇为其追善诵经，是源融亡灵出现的主因。不过，在另一个文献之中，源融亡灵的出现则是因为爱欲与宇多法皇争风吃醋。由大江匡房口述，藤原实兼记录的《江谈抄》卷三第三十二记有《融大臣灵抱宽平法皇御腰事》一事，讲述宇多法皇（即宽平法皇）与爱妃游览源融的旧宅，并在宅中行房，此时源融的亡灵突然出现，要求法皇将妃子赐予自己。法皇叱责源融以下犯上，而源融的亡灵却紧紧地抱住了法皇的腰。妃子吓得面如死灰，急令净藏大法师加持施法，法皇才得以苏醒①。

该故事尽管未提及宇多法皇为源融诵经，作讽诵愿文，但是熟悉有职故实的大江匡房应该知道法皇为源融的亡灵撰写讽诵愿文之事。而他所记载的故事是从藤原资仲那里听来的。或许正因为藤原资仲提供了完全不同的版本，大江匡房才倍感兴趣。其目的似乎是在为宇多法皇敕令撰写讽诵愿文作注解。与《江谈抄》相关的故事又见于《宇治拾遗物语》和《今昔物语集》卷二十七第二话，足见其在坊间流传的深远程度。

纵观日本古代历史文献，大臣死后变为怨灵作祟的记载屡见不鲜。齐明天皇元年元月，空中出现了着装貌似唐朝人的骑龙者，"时人言：苏我丰浦大臣之灵也"。齐明天皇七年夏，群臣之中死亡者甚多，"时人云：丰浦大臣灵魂之所为也"。到了齐明天皇之子天智天皇元年冬，天下大疫，亡者过半，"时人以为：丰浦大臣灵矣"②。苏我丰浦的怨灵作祟仅伤及群臣、民众而已。但是到了光仁天皇和桓武天皇的时代，他户亲王的怨灵作祟则危及天皇本人的生命健康。当然，之后的菅原道真的怨灵作祟，其危害程度更高且更为长久，涉及面更为广泛。这一时期，人们对怨灵作祟的恐惧达到顶点，从而形成了日本宗教信仰历史中最具特点的"御灵信仰"。

---

① 後藤昭雄、池上洵一等：《江談抄・中外抄・冨家語》（新日本古典文学大系），岩波書店1997年版，第83—84頁。

② 皇円：《扶桑略記》，第56—59頁。

显然，源融的死灵作祟，令宇多法皇惊恐不已，立即命七大寺诵经超度。此类措施与其子醍醐天皇①镇慰菅原道真的怨灵之方法如出一辙。从大臣怨灵作祟危及皇权统治的角度来看，它们象征了平安朝的天皇势力逐渐衰弱。而从法皇为旧臣亡灵讽诵愿文的事件来看，皇权统治力图通过祭祀将怪异、异常转变为积极因素，即"导异为常"。

（二）怪异与大江匡房的愿文

如果说宇多法皇的愿文折射出君臣关系之微妙的话，大江匡房为堀河天皇②追善供养而撰写的四篇愿文——《堀河院旧臣结缘经供养愿文》《堀河院中阴佛事追善供养》《中宫（笃子）证菩提院御堂供养愿文》《堀河院周忌追善供养愿文》也毫不逊色③，这四篇愿文又被视为"哀伤文学"的经典。其中为嘉承二年（1107）九月一日堀河天皇的旧臣举办的六七日④供养佛经法会所撰的《旧臣结缘经愿文》是大江匡房未经任何人授权、委托之下所写。大江匡房在这一篇愿文中对堀河天皇英年早逝表达了沉痛哀悼，可谓情真意切。不过，毕竟朝廷已经委托式部大辅藤原正家撰写此次法会的愿文，大江匡房擅自撰写并向人披露此事，着实有违常礼。藤原宗忠在《中右记》嘉承二年（1107）九月二十九日记载了此事⑤：

> 或人来谈云，先朝旧臣于香隆寺供养结缘经之日，御愿文式部大辅正家朝臣所作也。而匡房卿又作件愿文，披露世间。凶事所役，不及二人。<u>匡房所为，奇也怪也。世间之人为文狂欤，可谓物怪欤。</u>凡件卿，依所劳，<u>此两三年来暗记录世间事。或有僻事，或有虚言</u>，为

---

① 宇多天皇在宽平九年（897）七月让位给醍醐天皇。菅原道真深受宇多天皇的赏识与提拔，也受到其子醍醐天皇的重用，但是后来醍醐天皇听信藤原时平的谗言，以谋反罪名将菅原道真贬谪到太宰府。

② 堀河天皇是白河天皇的第二皇子，1086年即位，在父亲白河上皇的执政（院政）状态下处理政务，1105年之后屡屡患病，于1107年七月十九日驾崩，年仅二十九岁。

③ 山崎誠：《江都督納言願文集注解》，塙書房2010年版，第92页。

④ "六七日"指死者去世第42天，此日举行悼念法事。"七七日"即第49天，此日又称"中阴"。

⑤ 藤原宗忠著，東京大学史料編纂所编：《中右记》第七册，第141页。

第三章　平安朝文人与怪异文学

末代诚不足言也。

一般追善诵经供养属"凶事",不会委托两个人撰写。藤原宗忠风闻此事后认为:"匡房所为十分奇怪,世人称其为文狂,我倒觉得可谓之为物怪(即'妖怪'或'怪异',详见第七章第二节)。"藤原宗忠之所以有此批评,是因为联想起他在这年春天已经风闻大江匡房近两三年偏记世间异闻杂事的行为:

> 或人谈云,江帅[匡房(大江)]此两三年行步不相叶,仍不出仕。只每人来逢,记录世间杂事之间,或多僻事。或多人上,偏任笔端记,尤不便软。不见不知,暗以记之,狼藉无极_{云云}。大儒所为,世以不甘心软。①

这条记录写于嘉承二年三月三十日,藤原宗忠从某人谈话中得知大江匡房近两三年因行动不便,不出来任职参政,但每逢有人来访,便打听各种消息,将"世间杂事"记录下来。不过他记录的多数属"僻事","狼藉无极"。这一段记录中的"僻事(ヒガゴト)"与上一段里面的"虚言(ソラゴト)"均指道听途说的秘密传闻、小道消息与无根之语、谣言、传言。

所幸的是,正是透过《中右记》的两段记录,可以了解大江匡房晚年的文学创作情况。在题材上,大江匡房从诗文赋的雅文学转向了好语"怪力乱神"的俗文学。这一转变始于永长二年(1097)他被任命为太宰权帅、离开皇权统治核心之时。他在九州太宰府的任上,备感被疏远、冷落的孤寂。虽然康和四年(1102)因在太宰府有政绩,被序位为正二品,但是不久他向天皇辞去了该职位。原因是这一年的初夏,他的爱子大江隆兼在加贺权守(正四品)任上猝然离世,令他悲痛欲绝②。

---

① 藤原宗忠著,東京大学史料編纂所編:《中右记》第七册,第53页。
② 大江隆兼是大江匡房与纪伊守藤重经的女儿所生第一子,"文章得业生",文采甚高,被寄望于继承家业,《本朝无题诗》卷十有《温泉道场言志》诗存世。山崎誠:《江都督納言顧文集注解》,第508、514页。

为亡息隆兼朝臣

弟子正二位行权中纳言大江朝臣匡房，合二羽之掌，白两足之尊：才不才各辨其子。颜路乞车，杨彪舔犊……於戏！齐黄门之望已断，难设净施于七月半；唐白氏之悲更深，<u>还营斋会于六旬余。累祖相传之书，收拾谁人</u>；愚父憼遗之命，扶持何辈。桑弧蓬矢之昔庆，转作白杨之悲……

康和四年六月二十四日弟子正二位行权中纳言大江朝臣敬白①

这段愿文写于爱子七七忌日，被学界视为了解大江匡房后期文学创作思想发生重大转折、变化的重要文献。小峰和明在研究大江匡房愿文时，重点考释了该愿文的文体、文句意涵与修辞。他认为该愿文里面的"白氏之悲"（文末还有"白杨之悲"）是指白居易悼念小女儿金銮子的《念金銮子》二首、《重伤小女子》等诗作②。但是，笔者认为大江匡房主要是借白居易晚年丧子之事以自比。二人同为花甲之年痛失爱子（大江匡房时年六十二岁，白居易六十岁）。白居易一生只有杨氏一个妻子，共养育了两个女儿，金銮子是在白居易三十九岁时夭折的③。白居易一直到五十七岁才喜得独子崔儿，这令本来担忧后继无人的白居易欣喜若狂。不料，三年之后即大和五年（831）崔儿竟然夭亡了。

白居易在《初丧崔儿报微之晦叔》一诗中向挚友元稹倾诉："书报微之晦叔知，欲题崔字泪先垂。世间此恨偏敦我，天下何人不哭儿。蝉老悲鸣抛蜕后，龙眠惊觉失珠时。文章十帙官三品，身后传谁庇荫谁。"④ 大江

---

① 藤原明衡、藤原敦光著，黑板勝美編：《本朝文粋·本朝続文粋》，第235页。在《江都督纳言愿文集注解》里面的题名为《自料为亡息中阴追善愿文》，另外还有《自料为亡息周忌追善供养愿文》。

② 小峯和明：《院政期文学論》，笠間書院2006年版，第383页。

③ 见白居易诗《金銮子晬日》，该诗作于810年。（唐）白居易著，朱金城笺校：《白居易集笺校》，上海古籍出版社1988年版，第480页。

④ （唐）白居易著，朱金城笺校：《白居易集笺校》，第1978页。又有《哭崔儿》一诗，第1976页。这两首诗又参见（唐）白居易著，顾学颉校点《白居易集》卷二十八，中华书局1999年版，第646页。

第三章　平安朝文人与怪异文学

匡房愿文中的"累祖相传之书，收拾谁人；愚父慭遗之命，扶持何辈"与白诗中的"文章十帙官三品，身后传谁庇荫谁"的意涵一同，均表达了为自己文业、事业后继无人悲痛。大江匡房文中的"才不才各辨其子。颜路乞车，杨彪舔犊"强调人都有"舔犊"之情，都会因丧子而痛，这与白居易诗中的"世间此恨偏敦我，天下何人不哭儿。蝉老悲鸣抛蜕后，龙眠惊觉失珠时"句的意思相似。与此相关的《哭崔儿》首联曰："掌珠一颗儿三岁，鬓雪千茎父六旬"，感叹自己近六旬得子却遭夭亡之痛，与大江匡房愿文中的"还营斋会于六旬余"也是对应的，二人年龄相同，遭遇亦同。另外，愿文中的"转作白杨之悲"应该出自唐代诗人顾况的《义川公主挽词》之"月边丹桂落，风底白杨悲"句①。大江匡房参考了白居易、顾况等人的悼亡诗，写出了剜心之痛，成为日本哀伤文学之经典。

大江匡房被外放太宰府，失去日日出入皇宫禁卫的无限风光，已然极为失落。如今业已位至四品的青年才俊，大江家九代嫡长子忽然英年早逝，对大江匡房无疑是一个巨大的打击，也影响了他晚年的文学创作。此后，他陆续写下了《狐媚记》《本朝神仙传》《续本朝往生传》等专门记录怪异的文学作品。回顾他为堀河天皇擅自撰写的愿文，文中流露出对同是英年早逝的堀河天皇哀痛之情。小峰和明指出：在堀河天皇当政之时，大江匡房从参议、权中纳言一直荣升至大宰帅，他对堀河天皇不仅怀有敬慕之心，还视其如子侄。所以，大江匡房擅自撰写愿文，无非是他在内心中为天皇虚拟追善的一种方式②。大江匡房曾在堀河天皇驾崩之后不久，对藤原实兼说天皇的驾崩"大略御运天度欤"。其意思是说，天皇的驾崩应验了天运。接着，他还依据《宿曜经》的占星术理论分析对比了几代天皇的在位时间。最后，总结指出：凡人不同于帝王，凡人"以官位有鬼唉，辞职延龄"，此乃"宿曜秘说"③。另外，一部说话文学集《中外抄》记载了大江匡房预

---

① 顾况以白杨表达对死者哀思似受陶渊明的《拟挽歌辞》影响。《拟挽歌辞三首》之二："荒草何茫茫，白杨亦萧萧"，对后世影响极大。袁行霈撰：《陶渊明集笺注》，中华书局2011年版，第292—293页。
② 小峯和明：《院政期文学論》，第264—265页。
③ 《江谈抄》卷二第八。後藤昭雄、池上洵一等：《江談抄·中外抄·冨家語》，第36—37页。

言了堀河天皇之死。当时皇宫召集匡房等入宫行易筮，匡房认为不需要占卜就知道天皇行将命终。理由是人死之前会要求吃东西，实际上吃东西的是附体于将死之人身上的"冥众"之鬼。果然，堀河天皇在当晚驾崩①。

不难想象，大江匡房受晚年丧子等人生遭遇的触发，思想发生了巨大转变，更加倾向于天人感应、谶纬、佛教占星术之类的神秘思想。这些思想为他创作怪异文学奠定了情志与思想的基础。而大江匡房直接参与处理怪异事象的经历，则为他提供各种有关怪异事象的知识与信息。

第二节　平安朝文人与怪异

从前面的都良香、庆滋保胤、三善清行以及大江匡房的汉文章创作和他们与怪异事象的关联性来看，可以说"怪异"在平安朝文人的政治生活中举足轻重。都良香的《改元诏》以及《神仙对策》，不仅揭示了他深受当时社会重视灾异、祥瑞等怪异事象的文化氛围的影响，而且也是他亲身参与与怪异事象有关的政治活动之证据。他在《神仙对策》中表达出来的神仙思想，还反映于《富士山记》中。他用曼妙的语言将富士山描写为人间仙境，充满了神异与奇幻。例如描写民众在祭山之时，"仰观山峰，有白衣美女二人，双舞山巅之上"，目睹了仙女飞天舞蹈之奇迹。他在文中还提到从山峰之上掉落的珠玉，上面有小孔，推测"盖是仙帘之贯珠也"。此外，他还在《富士山记》记录了"古老"讲述的富士山神和役居士等神仙传说（《本朝文粹》卷十二）②。役居士，即平安朝怪异文学中鼎鼎大名的仙人役小角（エンノオヅヌ）③。

都良香还作有《道场法师传》④，该传记与平安朝初期的《日本灵异

---

① 《中外抄》下卷第三十。後藤昭雄、池上洵一等：《江談抄・中外抄・冨家語》，第339頁。
② 藤原明衡、藤原敦光著，黑板勝美編：《本朝文粹・本朝続文粹》，第295頁。
③ 全名叫作"贺茂役君小角"，《本朝高僧传》卷六十九、《续日本纪》卷十一、《元亨释书》卷十五《役小角传》等均有传记。
④ 藤原明衡、藤原敦光著，黑板勝美編：《本朝文粹・本朝続文粹》，第300—301頁。

第三章 平安朝文人与怪异文学

记》上卷第三缘均是关于雷神赐子有神力的故事。从文本表述与内容来看，都良香的《道场法师传》并非源自《日本灵异记》，而是从民间采录撰写。传记这样描述道场法师诞生之时的形象："其体可惊。灵蛇缠绕儿颈，凡二匝，首尾相至，并垂于后。"而在描写童子捉鬼之时，以极简单的语言刻画出童子的聪慧、勇敢与大力的人物特点。

从有限的史料可以推测，都良香对神仙以及神赐子（神赐福）的关注，又因为他在平安朝神祇制度之下从事政治活动，既可以了解有关怪异事象的各种讯息，又时常使用与怪异有关的话语、言说进行怪异文学的记录、创作。这种情况，在平安朝的文人之间比较普遍，并且不少文人自己还成了后人创作的怪异文学里面的主角。例如都良香被大江匡房记入《本朝神仙传》，成为著名的仙人①。而著名的汉诗文家、政治家菅原道真死后连续发生了许多怪异事象，它们均被当时人视为菅原道真的怨灵作祟。于是醍醐天皇将他奉为火雷天神，在北野天满神宫祭祀供奉。但是他的怨灵作祟却愈演愈烈，成为整个平安朝的历史叙述与怪异文学里面的特殊存在。三善清行、纪长谷雄和大江匡房在各自的政治生活中，从独特的视角记录有关怪异的见闻、体验与世界观想，撰成《善家秘记》《纪家怪异实录》《狐媚记》等，成为日本汉文体怪异说话文学的代表作，它们也是本书最重要的研究对象——"怪异文学"的经典文本。

一　先祟后神——菅原道真

菅原道真，平安朝初期著名文人菅原是善的第三子，生于仁明天皇承和十二年（845），卒于醍醐天皇延喜三年（903），清和天皇贞观九年（867）正月成为文章得业生，后经对策及第，深受宇多天皇重用，其文章号称"天下卓绝"，留有《菅家文草》等②。宇多天皇让位给儿子醍醐天皇后，菅原道真继续晋升，官至右大臣，引起了以左大臣藤原时平为首的

---

① 井上光贞等校：《往生传·法華験记》，第583页。
② 关于其生平和官职变迁，可参看大野实之助的论文。大野実之助：《詩篇から観た菅原道真》，《国文学研究》1962年第25卷。

藤原氏贵族集团的嫉恨。

上文提到，三善清行在昌泰三年（900）给菅原道真上了《奉菅右相府书》，翌年向天皇上奏《革命勘文》，因为这期间陆续发生多种怪异事象，促使醍醐天皇接受了三善清行的辛酉革命说和改元的建议。不过，革命改元并没有消弭灾祸与怪异的发生，反倒成了延喜年间愈演愈烈的怨灵作祟事件之预告。这一系列事件的主角正是当朝文人之首、右大臣菅原道真。

以藤原时平为首的贵族集团用"莫须有"的罪名诬陷、打压菅原道真，昌泰四年（901）正月二十五日菅原道真与子女陆续遭到流放。通过《日本纪略》的相关记述可知"昌泰之变"前后，醍醐天皇与左大臣藤原时平等当权者关系一度非常紧张。可能因为菅原道真及其子嗣毕竟是朝中重臣，菅原道真被左迁的当天，醍醐天皇下令"诸阵警固"，次日又派遣"固关使"到都城的各个要塞加强警戒。

菅原道真被贬九州，担任太宰权帅，两年后的延喜三年（903）二月二十五日便忧愤而死。他死后变成了日本历史上最著名的怨灵之一，也是平安朝中期历史叙述中制造各种怪异事象的"祸首"之一。《扶桑略记》卷二十三醍醐天皇延喜三年四月二十日条记载了醍醐天皇诏令恢复菅原道真原职，"兼增一阶。并弃去昌泰四年正月二十五日宣命，令烧却之。敕号火雷天神。一云，延长元年闰四月十一日，赠本大臣位"①。这么做，应该是以醍醐天皇为首的统治集团害怕菅原道真的怨灵作祟而采取的安抚措施。

此外，朝廷还采用改元的方式冀望消灾免祸。《扶桑略记》卷二十四延喜二十三年（923）闰四月十一日条记载云："改延喜二十三年为延长元年。天下咳疫，多以夭亡矣。"此次改元的可能不仅仅是因为天下流行咳嗽病，还可能与这一年四月二十一日保明亲王突然病死有关。当时举世传说亲王之死系菅原道真的怨灵所致。显然，街谈巷议之中早已形成了一个共识——醍醐天皇多位皇子、皇女的死亡都是菅原道真的怨灵作祟所致。

---

① 皇円：《扶桑略記》，第174頁。

第三章　平安朝文人与怪异文学

《扶桑略记》卷二十三、卷二十四有关记载显示，朝廷安抚措施并不奏效，菅原道真的怨灵不断对诬陷自己的藤原时平等人实施报复。《扶桑略记》卷二十三延喜九年（909）四月四日条详细记述了藤原时平濒死之际的情境：藤原时平原本想邀请高僧相应禅师为自己加持、祈祷，但是该禅师竟然"恐怨灵，无恳切加持"。无奈，藤原时平又请三善清行的儿子——僧人净藏为其加持。这个时候，菅原道真的灵魂"白昼显形"，从他的耳洞之中还现出一条青龙。菅原道真的怨灵还专门拜见三善清行，通告自己即将索取藤原时平的性命，让三善清行速令其子僧净藏退出。随即，藤原时平毙命①。该记载来源不详，极有可能是当时的一个传闻。

《日本纪略》记载醍醐天皇下令烧掉宣命诏书，恢复菅原道真原职的时间是延长元年（923）四月二十日，也就是醍醐天皇的二儿子，皇太子保明亲王病死后一个月②。关于保明亲王之死，《日本纪略后篇》第一卷延长元年三月二十一日条记载："依皇太子卧病，大赦天下。子刻，皇太子保明亲王薨［年二十一］。天下庶人莫不悲泣，其声如雷。举世云：'菅帅灵魂宿忿所为也。'"四月二十日条记载："诏，故从二位大宰权帅菅原朝臣道真［复］本官右大臣，兼赠正二位。宜弃昌泰四年正月二十五日诏书。"③"举世云"是菅原道真的怨灵害死了保明亲王，因为保明亲王是藤原时平的亲外甥。此说似乎也被朝廷接受了，故而在一个月后不仅恢复了菅原道真生前官位，从二位追赠至正二位，还烧掉了宣布左迁道真的诏书。《扶桑略记》卷二十四延喜二十三年三月二十一日条则说皇太子保明亲王系"无病而薨"，不过也提到了世人的恐慌和议论、谣言：

> 妖怪见宫闱，讹言满闾巷。主上恐惧，臣下惊动。敕请大僧都增命，参内奉护一人，有御修善。侍臣梦见法军四面绕守王城，天兵数重

---

① 皇円：《扶桑略記》，第178—179頁。
② 与《扶桑略記》卷二十三延喜三年四月二十日条的"一云，延长元年闰四月十一日，赠本大臣位"以及卷二十四延喜二十三年四月二十一日条的"故太宰菅原（道真），诏复本位［出托宣文］"大致相符。
③ 黒板勝美編：《日本紀略後篇・百錬抄》（新訂増補国史大系11），第25頁。

警固禁闱。灵验著显，天下无事［已上传］。

上面的记载揭示出伴随着各种怪异事象，人们围绕菅原道真怨灵作祟的传闻和议论也越来越多，愈加恐怖。可是，朝廷的平反措施还是不能平息道真怨灵的愤怒。两年后（925），醍醐天皇的孙子，也是保明亲王的儿子，年仅五岁的皇太子庆赖王也死了（《日本纪略》延长三年（925）六月十九日条)①。《扶桑略记》延长三年六月十八日条专门强调皇太子庆赖王的母亲是藤原时平之女，也就是说，庆赖王是藤原时平亲外孙。不用说，小皇太子的死自然也算到了菅原道真的怨灵头上。更可怕的是，《扶桑略记》同月记载醍醐天皇因患疟疾，请众法师等进宫，结果湛誉法师在宫中竟然看到"鬼下殿去"。虽然文中并未明言这个鬼是谁，但是人们免不了会联想起菅原道真。这样推论的依据是《扶桑略记》卷二十四延长五年（927）十月条的记录——《扶桑略记》连续提及狐遗屎于南宫殿、鹭鸟群集于清凉殿东庭和大流星等几个怪异事象，之后补充道："是月，讹言甚多。或云：'故太宰菅帅灵，夜到旧宅，语息大和守兼茂杂事云：朝廷应有大事，其事应起大和国。汝须好慎行其事。自余事甚多。'云云。但他人不得闻之。彼朝臣秘不他语矣。"②"大和守兼茂"就是菅原道真的儿子菅原兼茂。当时坊间流传种种"讹言"（即虚假传言），其中一个说菅原道真之灵现形，告诉自己儿子菅原兼茂朝廷将发生大事，并且祸端从菅原兼茂所在的治所大和国而起，要他谨慎行事。由此可见，菅原道真怨灵作祟愈演愈烈的重要"动力"之一就是讹言、谣言。讹言、谣言的流传常常源自人们对政治局势、社会经济的忧虑或特殊目的，把已然或未然的灾祸归结于某些神秘事件上。在"泰昌之变"以后发生的各种怪异事象但凡没有合理解释的，人们不约而同地想到让菅原道真做"替罪羊"，有关讹言、谣言甚嚣尘上，菅原道真怨灵的恐怖性和"威力"与日俱增。

---

① 黒板勝美：《日本紀略後篇·百錬抄》（新訂増補国史大系 11），第 26 頁。
② 皇円：《扶桑略記》，第 199 頁。

第三章 平安朝文人与怪异文学

通过《日本纪略》昌泰四年（901）以后的记录也可以佐证上述结论。朝廷采纳三善清行的建议，于昌泰四年（901）七月十五日改元为延喜。如表3－1所示，自延喜三年二月二十五日菅原道真死后，醍醐天皇的皇子纷纷去世，其中既有成年的，也有幼年夭折的。这还不包括延喜三年到延长九年（931）阳城天皇、清和天皇、宇多天皇的多位子嗣连续死亡。恭子内亲王与宜子内亲王之死或许促成了由延喜改元为"延长"，《扶桑略记》卷二十四延喜二十三年闰四月十一日条记载提到了："天下咳疫，多以夭亡矣。"

表3－1　　菅原道真怨灵与醍醐天皇皇子的死亡

时间	身份	年龄	备注
延喜十五年十一月八日	恭子内亲王	不详	
延喜二十年闰六月九日	宜子内亲王（第二皇女）	不详	
延长元年二月十日	庆子内亲王（第三皇女）	已婚	
延长元年二月二十一日	保明亲王（皇太子）	二十一	举世云：菅帅灵魂宿忿所为也
延长三年四月十九日	庆赖王（皇太子）	五	其母为藤原时平妹妹。一说女儿
延长五年九月二十日	时明亲王（第十四皇子）	十八	
延长五年九月二十四日	克明亲王（兵部卿）	不详	
延长七年四月二十三日	雅明亲王（第十皇子）	十	

醍醐天皇为了平息菅原道真怨灵的愤怒，止息灾祸，封他为"火雷天神"。然而"火雷天神"并未停止复仇，不仅在延喜十四年（914）燃起"东京"大火（见表2－1及《扶桑略记》卷二十三），还直接用雷电击杀仇人。《日本纪略》记载延长八年（930）六月二十六日雷电袭击了清凉殿和紫宸殿。"霹雳神火"先把清凉殿上朝议事的大纳言藤原清贯、平希世等多人震杀或烧伤，接着又把紫宸殿上的右兵卫佐美努忠包、纪荫连、安昙宗仁等烧死、烧伤[1]。由于藤原清贯等人是诬陷菅原道真的参与者，他

---

[1] 黑板胜美编：《日本纪略後篇・百鍊抄》（新訂增補国史大系11），第28頁。

们的惨死让世人见识了怨灵复仇的可怕。醍醐天皇由此患病，同年八月让位，结果还没到月末就驾崩了。

《北野天满自在天神宫创建山城国葛野上林乡缘起》记载天庆五年（942）住在右京七条的女性多治比奇子被道真怨灵附体，怨灵要求她在北野右近马场举行祭祀。奇子不久在自己家立祠祭祀，五年后把神祠搬迁到了怨灵要求的地方，随后便出现了奇瑞。到了天德四年（960）前后，神祠发展成北野神社，并按照怨灵的"托宣"在神社里面安置观音像等①。

醍醐天皇不断给死去的菅原道真加官晋爵、敕封神位的原因，极有可能是他也认为自己的皇子、皇女以及藤原时平等人之死，包括京城屡屡发生的地震、火灾等其他怪异事象都是菅原道真的怨灵作祟所致。这种相信人死后能够变成怨灵作祟的思想认识与平安朝其他天皇对待他户亲王、早良亲王以及后来的源融等人的态度极为相似。

怨灵或曰御灵信仰的蔓延，首先发端于民间因某个异常事件而产生种种猜测和讹言、谣言；随着谣言、讹言愈传愈盛，让皇权统治者对频频出现的怪异事象惊恐不安，遂不得不向人们传言的、据信为所有怪异事象的制造者——某怨灵"屈服"。从这个意义上来说，皇权统治者某种程度上认可了政治反对势力的力量；最终，皇权统治者将这些怨灵作为"天满大自在天神""太政威德天""火雷天神"等尊神祭祀、供奉，而且相应的祭祀、设立神社等活动被记录于史籍，怨灵之怪异事象完成了从谣言、讹言到"神话"的演变。

《道贤上人冥途记》，《江谈抄》卷三第三十三《公忠辨忽然猝死，后苏醒急忙进宫的事情（公忠弁忽頓滅蘇生俄参内事）》②、卷四第三十八

---

① 参考狄原龙夫关于《北野天神缘起》的解说。樱井德太郎等校注：《寺社縁起》（日本思想大系），岩波書店1975年版，第487—489頁。松本隆信：《中世における本地物の研究（四）：本地物の成立と北野天神縁起》，《斯道文庫論集》1977年第14卷。

② 该故事讲述公忠到地狱见到了第二冥官菅原道真，菅原道真批评醍醐天皇行为轻率，将会改元。後藤昭雄、池上洵一等：《江談抄・中外抄・冨家語》，第84—85頁。

第三章 平安朝文人与怪异文学

《瑶池便是寻常号》①、卷四第六十五《忽惊朝使排荆棘》②,《古事谈》卷一第十一③、卷五第十九④,《续古事谈》卷四第九⑤等有关菅原道真怨灵的怪异说话以及文人为祭祀菅原道真、北野天满神宫撰写的诗文不断推动人们对菅原道真的信仰、崇拜。吉原浩人注意到《本朝文粹》卷十《诗序三》中单独列出"圣庙"一个部类,收录了大江以言、高阶积善两篇诗作,而以"圣庙"为标题的作品还见于卷十一《诗序四》、卷十三《愿文上》、卷八等多处。并且在《本朝续文粹》卷八《诗序上》中同样出现了大江匡房的《七言早春内宴陪安乐寺圣庙同赋春来悦多诗一首》《七言三月三日陪安乐寺圣庙紫萦流叶胜游诗一首》以及藤原明衡的一首诗⑥。菅原道真怨灵最终在平安朝末期通过北野天满神宫的建立缘起《北野天神缘起》⑦等绘卷——以图文并茂的形式完成了神话化⑧。并且,诸多文人因"菅原道真灵"作祟、"北野神宫祟"而撰写勘文、奉币祭祀,撰写讽诵愿

---

① 该记录提到菅原道真之子菅原淳茂向河原院(宇多上皇)讲解过此诗,当时可能提及了"北野御事(即菅原道真之事)"。後藤昭雄、池上洵一等:《江談抄・中外抄・冨家語》,第123—124頁。

② 传说菅原道真怨灵在得到"赠故右大臣正二位菅原朝臣左大臣正一位"的敕封后,显灵写了此诗(即所谓的"托宣诗"),与此相关的记录有《日本纪略》正历四年(993)五月二十日条、《古事谈》、《续古事谈》、《天满宫托宣记》等。後藤昭雄、池上洵一等:《江談抄・中外抄・冨家語》,第135—136頁。《江談抄》还收录了与菅原道真诗文相关的逸事,如卷五第十二《菅原道真文章之事(菅家御文章事)》、第十四《菅原道真作〈九日赐群臣观菊〉诗之事(菅家〈九日群臣赐菊花〉御説樣事)》、第十五《菅原道真的诗仿元稹诗体之事(菅家御作為元稹詩体事)》以及第十六、第十七《菅家文藻之事(菅家御草事)》。

③ 与《江談抄》卷四第六十五故事类似。後藤昭雄、池上洵一等:《江談抄・中外抄・冨家語》,第20頁。

④ 川端善明校注:《古事談・続古事談》,第458頁。

⑤ 川端善明校注:《古事談・続古事談》,第731頁。

⑥ 吉原浩人:《北野天神縁起の世界》,载竹居明男编《北野天神縁起を読む》,吉川弘文館2008年版,第110—117頁。

⑦ 该书可能成于平安朝末期到镰仓时代初期,内容主要依据《扶桑略记》所引《道贤上人冥途记》,由绘画与"词书"(文字叙述)组成,即所谓的"绘卷"。樱井德太郎等校注:《寺社縁起》(日本思想大系),第142頁。

⑧ 三桥正考察了菅原道真死后被各种传记描绘成神人再通过祭祀被神格化的过程。三桥正:《北野天神縁起と神仏習合思想》,载竹居明男编《北野天神縁起を読む》,吉川弘文館2008年版,第137—144頁。

文、诗赋，同时也将各种围绕菅原道真怨灵的事件、传闻记载下来，形成了相关题材的怪异文学作品群。

二　鬼之董狐——三善清行

三善清行擅长天文历算，精通阴阳谶纬。凭借这些学问，他上奏的《革命勘文》不仅为当时的皇权统治所重视，而且对后朝的影响也极为深远。例如《小右记》多次提到后代天皇或大臣参考《革命勘文》以判断是否需要改元的情况。治安元年（1021）二月二十一日记载了天皇问及革命之事，要求参考"善相公（三善清行）勘文"①。

三善清行不仅是一名杰出的文人、政治家，还是一名出色的怪异文学的作家。他还创作了《善家秘记》（又称《善家异记》）。该书虽然已经散佚，但是从《扶桑略记》等文献收录的数篇佚文来看，其内容涉及佛教、阴阳道等灵验故事和狐妖、鬼怪故事。值得一提的是，他和他的儿子净藏法师还成了怪异文学世界里的重要角色，许多文献记载了他们的神异事迹。

三善清行上书菅原道真希望对方接受劝告和关于"革命"的预言，但是菅原道真并未采纳。"昌泰之变"成了《革命勘文》所言不虚的最好证明。菅原道真之死在平安朝的历史叙述里也成了延喜至延长年间各种怪异、灾祸的"根源"之一。菅原道真与三善清行原本关系并不融洽，这一点在三善清行上奏菅原道真的文章开头"交浅语深者妄也"就有体现②。但是《奉菅右相府书》和《革命勘文》也成了后来的历史叙述拉近三善清行与菅原道真（怨灵）的关系之契机。《扶桑略记》记载菅原道真怨灵将要害死藤原时平的时候，三善清行的儿子净藏法师受邀前来施法保护。菅原道真怨灵于是白昼显形，告诉三善清行让其子速速离开，以免受到殃

---

① 藤原実資著，東京大学史料編纂所编：《小右记》第六册，第13页。
② 所功认为三善清行很可能参与了诽谤菅原道真的活动。所功：《三善清行》，吉川弘文馆1970年版。转引自藤原克己《菅原道真と平安朝漢文学》，東京大学出版会2001年版，第226页。所功：《菅原道真の冤罪管見》，《芸林》1969年第20卷第5期。

及，表明怨灵对三善清行心存感恩和敬意。

作为一个汉学家和儒者，除了擅长诗文赋，他还在延喜十四年（914）四月上奏过《意见十二个条》。他上奏的契机是同年二月十五日天皇诏令百官上奏表，检讨朝政得失。他从经学者的立场指出当时政治的十二个问题，并列出对策，表现出非凡的政治洞察力和管理能力。该文属于"意见封事"，即以密封的形式上奏天皇的谏言书。该文最引人注目的是他对佛教弊端的尖锐批评：

一、应消水旱求丰穰事
（前略）故帝皇之诚，依禅僧而易感。禅僧之念，与如来而必通。而今上自僧纲下至诸寺次第请僧，及法用小僧沙弥等，<u>持戒者少，违律者多。如此薰修者，三尊岂可感应乎</u>。感应之来，非敢所望。妖昝之至，还亦可惧……

一、请禁诸国僧徒滥恶及宿卫舍人凶暴事
（前略）又诸国百姓，逃课役，逋租调者，私自落发，猥著法服。如此之辈，积年渐多。天下人民，三分之二，皆是秃首者也。此皆家蓄妻子，口啖腥膻，形似沙门，心如屠儿。况其尤甚者，聚为群盗，窃铸钱货，不畏天刑，不顾佛律……

文中揭露了许多民众为了逃避徭役竟相进入佛门，甚至私度为僧，导致佛教徒"持戒者少，违律者多"的现象。不仅如此，寺庙势力过大，僧侣聚众为恶、为盗，"不畏天刑，不顾佛律"，这既不利于农业生产，国库丰足，也不利于皇权统治，甚至影响了佛教护国、息灾的效果，招致了"妖昝"。

尽管三善清行激烈地批判了佛教弊端，但他本人其实也是一个佛教信徒。他的死，还被赋予浓厚的佛教志怪色彩。《扶桑略记》卷二十四延喜十八年十月二十六日条记载三善清行的儿子净藏在前往参诣熊野的途中，忽然预感父亲可能要"赴黄泉"。于是立即返回，果然其父已死五日。净藏立刻施法，加持祈祷，三善清行竟然在棺中复活。复活后，三善清行预知"运命有限",七日之后"洗手漱口,对西念佛气绝"。显然,他在临终时,采取了佛教修行者的方式。死而复生本身就已经是奇迹了,更为奇特的是在火葬后,三善清行的骸骨化为灰烬,唯独"其舌不烧"①。类似的怪异事迹,亦被记录在《拾遗往生传》卷中第一《净藏大法师》之中②。不过,《拾遗往生传》重点讲述净藏的加持咒术的灵验,并没有提到三善清行洗手漱口、念佛气绝和其舌不烧的内容。后者采用的是佛教灵验故事、往生奇谈的基本模式③。

显然,三善清行与其子净藏也成了怪异文学的登场人物甚至主角。例如《今昔物语集》卷二十七第三十一《三善清行宰相搬家的故事(三善清行宰相家渡語)》讲述了三善清行搬入老宅后,独处之时目击各种怪异、百鬼夜行,后来一位老翁前来与三善清行谈判,说自己一家(狐精)长久居住于此,希望三善清行退出此处。三善清行阐明妖怪占据人的居住空间系蛮横无理,老翁屈服,并征求了三善清行的意见,搬到了大学寮南门外去。此外,《今昔物语集》卷二十四第二十五《三善清行宰相与纪长谷雄争论的故事(三善清行宰相与紀長谷雄口論語)》、《十训抄》第七之二等也是以三善清行为主角的。而《今昔物语集》卷二十二第五《闲院右大臣藤原冬嗣及其儿子的故事(閑院冬嗣右大臣並子息語)》、《今昔物语集》卷三十第三《近江守的女儿与净藏私通的故事(近江守娘通净藏大德語)》、《宇治拾遗物语》第一百七十七《强盗闯入净藏的八坂坊的故事(净藏が八坂坊に强盗入る事)》、《撰集抄》卷七第五、《发心集》第四第二话《净藏大师飞钵的故事(净藏贵所、钵を飞ばす事)》、《大和物语》第105段等,均为净藏的故事。

三善清行熟悉阴阳五行与谶纬、占卜,又担任过少内记、大内记,亲自参与各种怪异事象的处理,所以本人也成了后世传说的主角。事实上,

---

① 皇円:《扶桑略记》,第191页。
② 井上光贞等校:《往生传·法华验记》,第600页。
③ 在中日佛教往生故事中,往生者和持经者死后多年舌头不腐败或烧不坏的怪异情节颇为常见。

第三章　平安朝文人与怪异文学

三善清行自己就撰写了一部怪异文学集名为《善家秘记》（亦称《善家异记》）。该书已佚，佚文散见于《扶桑略记》《政事要略》等书①。

《善家秘记》云：余宽平五年，出为备中介。时有贺夜郡人贺阳良藤者，颇有货殖，以钱为备前少目。至于宽平八年，秩罢，居住本乡苇守。其妻淫奔入京，良藤鳏居于一室，忽觉心神狂乱，独居执笔，讽吟和歌，如有挑女通书之状，或时有与女儿通殷勤之辞，然而不见其形。

如此数十日。一朝，俄失良藤所在。举家寻求，遂无相遇。良藤兄大领丰仲、弟统领丰荫、吉备津彦神官祢宜丰恒，及良藤男左兵卫志忠贞等，皆豪富之人也。皆谓："良藤狂悖，自舍其身！"悲哽懊恼，求其尸所在。然犹无遇。俱发愿云："若得良藤死骸，当造十一面观世音菩萨像。"即伐柏树，与良藤形体、长短相等，向之顶礼誓愿。

如此十三日，良藤自其宅藏下出来，颜色憔悴，如病黄瘅者。又其藏无柱，堆石上居桁，桁下去地才四五寸，曾不可容身。而良藤心情醒寤，话云："鳏居日久，心中常念与女通接。于是，女儿一人以书著菊华来云：'公主有爱念主人之情，故奉书通殷勤。'即开书读之，艳词佳美，心情摇荡。如此往反数度。书中有和歌，递唱和。彼遂以饰车迎之，骑马先导者四人。行数十里许，至一官门，老大夫一人迎门云：'仆此公主家令也。公主令仆引丈人。'于是，从家令入门屏间。其殿屋帷帐，绮饰甚美。须臾荐馔，珍味尽备。日暮，即入燕寝，终成怀好。意爱缠密，虽死无吝。昼则同筵，夜则并枕。比翼连理，犹如疏隔。遂生一男儿，儿聪悟，状貌美丽。朝夕抱持，未尝离膝下。常念改长男忠贞为庶子，以此儿为嫡子，此为其母之贵也。居三个年，忽有优婆塞，持杖直升公主殿上，侍人男女皆尽逃散。公主

---

① 近年来，后藤昭雄又从天野山金刚寺所《佚名诸菩萨感应录》辑出佚文三条。後藤昭雄：《本朝漢詩文資料集》，勉誠出版社2012年版，第179—187頁。

又隐不见。优婆塞以杖突我背，令出狭隘之间。顾而视之，此我家藏桁下也。"

于是家中大小大怪，即毁藏而视之。狐数十，散走入山。藏下犹有良藤坐卧之处。良藤居藏下，才十三个日也，而今谓三年。又藏桁下才四五寸，而今良藤知高门缩形出入其中。又以藏下令如大殿帷帐，皆灵狐之妖惑也。又优婆塞者，此观音之变身也。大悲之力，脱此邪妖而已。其后良藤无恙十余年，年六十一死［已上］。

上文系《扶桑略记》卷二十二所引《善家秘记》佚文，记载三善清行宽平五年（893）任备中介（ビチュウノスケ）① 时，当地一位叫良藤的"备前少目（ビチュウノショウサカン）"② 所遭遇的奇事。宽平八年良藤卸任后，其妻"淫奔入京"，致使他心神狂乱，后来竟然失踪。家人以为他自杀了，却寻不到尸体，便发愿造了一尊与良藤等身大的十一面观音菩萨像。十三天之后良藤从自己家房子的"藏桁"下钻了出来。奇怪的是，"藏桁"离地面仅有15厘米左右的高度，空间逼仄，人根本不可能藏身其中。根据良藤回忆，他鳏居日久，萌生爱欲。此时有婢女称受公主之命送来书信。如此几度以书信唱和和歌之后，公主派人来迎。良藤到了"宫殿"与公主结婚，并育有一子。三年之后一日，一优婆塞（居士）闯入宫殿，驱赶良藤穿过极其狭窄的通道，才回到自己家。听闻事情始末，良藤家人凿毁"藏桁"，发现里面有数十只狐狸逃入山中。文末叙述去道："良藤居藏下，才十三个日也，而今谓三年。又藏桁下才四五寸，而今良藤知高门缩形出入其中。又以藏下令如大殿帷帐，皆灵狐之妖惑也。又优婆塞

---

① "介（スケ）"是律令制度地方官制度在国司（クニノツカサ）中设立的仅次于"守（カミ）"的官职，"守"相当于唐代的州郡太守，"介"则属于其佐官，正六位下或从六位上。备中（ビッチュウ），今冈山县西部。

② "少目（ショウサカン）"是律令制度地方官制度在国司中设立的低级官员，仅比"史生（シショウ）"高一级，在"掾（ジョウ）"之下，"目（サカン）"又分大小，小的叫"少目"，从八位以下。备前（ビゼン），今冈山县东南部。

第三章　平安朝文人与怪异文学

者，此观音之变身也。大悲之力，脱此邪妖而已。"① 这个故事是一个观音灵验故事，证明作者三善清行并不否定佛教，反而相信佛教灵验。同样记载于《扶桑略记》元庆二年（878）九月二十五日丁巳条的染殿后被鬼附体淫乱的故事也是出自《善家秘记》②。

收录于《政事要略》卷七十的《巫觋见鬼有征验记》记载了三善清行自己及其父亲三善氏吉的经历。贞观四年（862）三善氏吉突发重病，有一位老妪来禀告三善氏吉有一个裸鬼正在持椎击打他。同时还有一个"丈夫"不停地驱逐裸鬼。这个"丈夫"就是三善氏吉的"氏神"（即家族守护神）。老妪让三善氏吉祈祷氏神保佑，很快"丈夫"便把裸鬼赶走了，三善氏吉随即病愈。过了两年，三善氏吉再次生病。老妪又来告诉三善氏吉上次的"丈夫"正趴在他的枕边痛哭，并说："此人运命已尽。"果然，数日后三善氏吉死去③。

三善清行在备中任职的时候，遇到疫病流行，人民死殁无数。有一个优婆塞（居士）自称能看见鬼。后来，优婆塞所说的疫鬼害人之事与三善清行自己所见相符。于是，三善清行评论道："此事虽迂诞，自所视，聊以记之。恐后代以余为鬼之董狐焉……诈巫之辈，虽其制；神验之者，为示其征，载此记耳。"三善清行所谓的"鬼之董狐"，出自《搜神记》与《晋书·干宝传》。两书记载干宝因撰写《搜神记》三十卷，被刘惔称为"鬼之董狐"。而干宝撰写《搜神记》的起因是他见证了父亲的小妾和亲哥哥死而复生的奇迹，从而相信世间确实存在鬼神。与干宝相似，三善清行也因亲眼所见，才开始记录鬼神应验的怪异事件。尽管他以自谦口吻宣称担心后世将其视为"鬼之董狐"，事实上其撰述怪异的手法与干宝如出一辙。可惜的是，《善家秘记》原书散佚，《政事要略》里面摘录的《巫觋见鬼有征验记》标注出自《善家异记》，应该就是《善家秘记》，且标题可能

---

① 皇円：《扶桑略記》，第164—165頁。
② 皇円：《扶桑略記》，第128頁。
③ 《政事要略》，作者惟宗允亮，成书于1002年前后，是平安中期的法制书。原有130卷，现存25卷。惟宗允亮著，黑板勝美編：《政事要略》（新訂増補国史大系28），吉川弘文館1964年版，第609頁。

也是原题。此外，《政事要略》卷九十五还收录了《弓削是雄式占有征验事》，也可能是原题①。

弓削是雄式占有征验事 ［善家异记］

　　内竖伴宿祢世继，贞观六年为谷仓院交易使。归来之次，宿近江国介藤原有荫馆。时有荫招阴阳师弓削是雄，令祭属星。与世继同宿馆中，<u>其夜世继频有恶梦，令是雄占梦吉凶</u>。是雄转式，大骇曰："君若归家。即日当为鬼杀戮。慎勿入家，可免此殃。"世继辞家，在旅度历二年，顾念妻子，促驾入洛。俄闻此占，中心叹慨。更亦问云："我必可归家。而今有此占，若有防护之方乎。"是雄亦转式，语云："君家寝室艮隅有杀君之鬼，君须带刀剑，持弓矢直入寝室，引弓矫矢嗔目，向艮方语云：汝若不出，我当射杀汝身。若能如此，当脱此厄。"

　　于是世继到家，周旋每事如是雄之语。时有一沙门，手持匕首出，长跪再拜，自首云："某无状，与君妇通淫。近日闻君来，将待其寝寐，欲行其杀害。而今君有先觉，将射杀某身，是以归诚自首。"世继立逐其妻，捕其沙门，就狱拷掠，即录状上闻。<u>天下皆云，是雄占验，管郭郭之辈也</u>。宽平四年秋八月，有敕，遍试诸宗通经者，度其及第为僧。<u>时余为敕使……余旧与是雄有交执之情</u>。（后略）

这则佚文包含两个部分，第一部分讲述弓削是雄为谷仓院交易使世继占恶梦，预测世继回家将会被"鬼"杀害，并教授其破解方法。果然世继按是雄的吩咐拉弓对准艮方的墙角，一个和尚走出来坦白他与世继妻子通奸，准备密谋杀死世继。第二部分讲述弓削是雄通过占卜帮助某北山沙弥升任僧人。

　　值得注意的是，延喜改元前后发生的怪异事象中，狐怪或狐狸遗屎于宫殿等事件频繁出现于历史记载。狐狸被平安朝人视为能够引起灾祸的动

---

① 惟宗允亮著，黑板勝美編：《政事要略》，第711—713頁。

第三章 平安朝文人与怪异文学

物,而狐狸妖惑人的故事也许在民间广为流传。更重要的是,从怨灵信仰(亦称作"御灵信仰")的角度来看,三善清行所记载的鬼(怨灵)散布疫病害人的事情,与菅原道真的怨灵报复藤原时平致其死亡之事存在类似性。从怪异文学的角度来看,良藤竟然能存身于"藏桁"之下的极小空间,还把它描述为宫殿。依照故事本身的解释,这是因为狐狸的幻术。但是,该故事构思上与中国传奇《南柯太守传》有诸多雷同之处。一是人可以出入极小的空间;二是男主人公皆与公主结婚并生活多年;三是多年的幸福或荣华实际为短暂梦幻。除此之外,该故事还融合了狐妖和观音除妖的情节,显示了三善清行丰富的想象力和高超的怪异叙事手法。

《善家秘记》虽然散佚了,但是对后世文学的影响不容忽视。例如堪称平安朝怪异文学宝库的《今昔物语集》卷十六第十七收录了良藤被狐精魅惑的故事①,卷二十第七收录了染殿后被鬼附体淫乱之事②。川口久雄曾指出:"(《善家秘记》)所记多为灵鬼妖狐以及与之相关的巫觋,抑或占卜、方技的故事,这些作品都是与三善清行在谶纬、宿曜术方面的造诣深厚,熟知神仙、玄学的知识水平相衬的故事。他显然受到了六朝志怪小说的影响,搜集这些灵异谈。与《日本灵异记》《日本感灵录》等佛教灵异谈不同的是,《善家秘记》应该置于我国世俗性怪异说话集的源流地位之上。"③ 上述评论可谓中肯。

前引《政事要略》卷七十《巫觋见鬼有征验记》文末三善清行以自谦口吻称担心后世将其视为"鬼之董狐",但其撰述怪异的手法与干宝《搜神记》等中国志怪小说如出一辙。这与他的汉学知识丰富,深谙中国传记文学之手法密不可分,故将其称为"鬼之董狐"亦不为过④。

---

① 池上洵一:《今昔物語集》第三册(新日本古典文学大系),岩波书店1993年版,第511页。《今昔物语集》卷十六第十七《备中国贺阳良藤做了狐狸的丈夫,后被观音救出的故事(備中国賀陽良藤為狐夫得観音助語)》应该就是来自《善家秘记》。
② 小峯和明校:《今昔物語集》第四册(新日本文学大系),岩波书店1994年版,第234页。
③ 川口久雄:《平安朝漢文学史の研究》(三訂),明治书院1975年版,第269页。
④ 河野貴美子:《鬼之董狐——干宝と三善清行を結ぶもの》,《比較文学年誌》2007年第43卷。大曽根章介:《街談巷説と才学——三善清行》,《国文学解釈と教材の研究》1972年第17卷第11期。

但是三善清行之所以能够并且热衷于怪异文学的编撰,并非仅仅因为他具备阴阳五行、占卜等知识,更为关键的是,他自身参与了律令体制下的政治活动。三善清行另外一篇著名的人物传记《藤原保则传》文末有这样的一段跋文:

  余初为起居郎,<u>依元庆注记,见东征之谋略。为备中介,闻故老风谣,详西州之政绩。粗述所知,成此实录</u>。但世称公德,美老人之谈,不容口,<u>然而转语浮词,不敢论著</u>,恐有□饰之疑,损相公之美也。

三善清行自述撰写该传记源于他仁和二年(886)出任内记(日本当时流行用唐朝官职名"起居郎"称此职位)时阅读了"元庆注记",了解到藤原保则平定秋田城叛乱的事迹。宽平五年(893)清行出任"备中介","闻故老风谣",详细了解了"西州之政绩"——28年前藤原保则任备中权介时的更多事迹与功绩。因此,将"元庆注记"与"故老风谣"相对照,并舍去"转语浮词",才写成了这一篇"实录"。

  从上面引述的三则佚文来看,三善清行编撰《善家秘记》的目的在于证明鬼怪实有,而巫觋、优婆塞、阴阳师等具备占卜、预言和降妖驱邪的能力。这一目的与他熟知阴阳历算、谶纬之学有关。更为重要的是,上述三篇佚文均不同程度地强调他所记录的均为"亲见""亲闻",且事情皆有"征验"。良藤是他任备中介管辖地域的人,有凭有据。《巫觋见鬼有征验记》也是三善清行的父亲及其本人亲身耳闻目睹或经历之事。第三则佚文中的弓削是雄与三善清行"有交执之情",并且三善清行本人还是这一事件的参与者(身为"敕使"),故能得知弓削是雄占验之事。

  综合《藤原保则传》文末跋文,笔者认为:三善清行之所以能够编撰《善家秘记》,首先取决于他在日常政治生活中需要运用阴阳道、谶纬、宿曜占星术等知识对怪异事象作出分析、判断,并依据太政官、天皇的指令,草拟有关诏敕、太政官符,参与日常化、制度化了的怪异事象。

第三章　平安朝文人与怪异文学

三　文狂物怪——大江匡房

藤原宗忠对大江匡房近两三年来记录社会传闻的行为本就不满，更何况大江匡房是在未被授权的情况下撰写追善供养先帝堀河天皇的愿文这种越礼行为呢。藤原宗忠在《中右记》嘉承二年（1107）九月这样批评大江匡房：世人皆称其为"文狂"，我觉得他就是"物怪"。"文狂"即痴迷于文章者，"物怪"就是妖怪。在藤原宗忠看来，大江匡房所著的《狐媚记》《田乐记》等也属于"僻事""虚言"，而这些都是大江匡房的末世言说——季叶之书①。

小峰和明等人认为《狐媚记》的成书时间应以康和四年（1102）后半为上限②，依据有二：一是源隆康在康和四年升任图书助（《狐媚记》提及）；二是嘉承二年（1107）三月二十日和九月二十九日《中右记》记录匡房仍不出仕，热衷于记录"世间杂事"。小峰和明认同川口久雄的观点，推测大江匡房创作《狐媚记》时间应该在康和四年到长治、嘉承（1102—1107）之间，大江匡房于天永二年（1111）去世。也就是说，创作《狐媚记》大约在大江匡房的长子英年早逝之后到堀河天皇驾崩之间。至于大江匡房的写作意图，小峰和明认为"《狐媚记》中记录的街谈巷说象征着凶事、秽气、灾厄，他希望借助这些叙述来压制怪异，保全原有的秩序、体制"，"至少他不是隐居起来游手好闲，而是在闭塞的末世时代深居密室，用迂回、曲折的视角来洞察现实社会"③。该观点是对小峰和明1985年发表的论文以及对深泽彻的批评之回应与补充④。深泽彻认为大江匡房在康和三年前后正值政治上的低潮期，远赴太宰府任职前后他看到堀河天皇、藤原师通、前任关白藤原师实（藤原师通之父）能够牵制白河法皇的力量

---

① 请参考本章第四节关于"季叶""末代"等词语的考证。
② 小峯和明：《院政期文学論》，第111页。
③ 小峯和明：《院政期文学論》，第121页。
④ 深泽彻认为小峰和明1985年的论文尽管考证详尽，但并未准确阐明大江匡房的写作意图。他不赞成大江匡房意欲利用类似（狐媚）怪异勘文的形式探讨国家政道得失之观点。深沢彻：《中世神話の練丹術——大江匡房とその時代》，人文書院1994年版，第141—142页。

接连死去，出现了政治空白期，为此焦急难耐，于是用狐狸大飨的怪异事象影射康和三年元月二十一日举办的"大臣大飨"①。不过，这一观点又被中村一晴否定。她比较了"狐媚"在中国志怪、日本说话中的通用意涵，从狐媚怪异出现时常常发生人的头发被剪去这一细节入手，考证了郁芳门院、待贤门院两位女院所遭遇的灵狐事件与政治权力纠葛的关系。中村一晴据此认为大江匡房利用中日"狐媚"故事来表达对白河法皇滥权专政的不满②。综合众说，《狐媚记》是一篇有所寄寓的讽刺之作当无大错，但是大江匡房为何选择狐媚怪异呢？神秘怪诞的事件与现实是否存在对应关系呢？带着这两个问题，笔者重新解读这篇狐媚故事。

  康和三年，洛阳大有狐媚之妖，其异非一。初于朱雀门前储羞馔礼，以马通为饭，以牛骨为菜。次设于式部省，后及王公卿士门前。世谓之"狐大飨"。

  图书助源隆康参贺茂斋院，车在门外。入夜，少年云客两三，推驾其车。兼有偶女，乘月行。行经鸭川，到七条川原。右兵卫尉中原家季，相逢于途中，见其车中，红衣皎然，入夜有色，独怪之。牛童不堪其苦，平伏道间。云客给一张红扇，倏忽而去。车前辙上有狐脚迹。牛童归家，明日见之，扇是玺栗骨也。其后受病，数日而死。其主大恐，欲焚其车。梦有神人来曰："请莫焚之。将以有报。"明年，除书任图书助。

  主上依造御愿寺，不满卅五夜，有避方忌之行幸。忽有何人骑马扈从，举左右袖，自掩其面。其后有垂缨小舍人。藏人、大学助藤原重隆怪而问之。不答子细，驰入于朱雀门，瞥尔不见。

  增珍律师，说法宗匠也。有一老妪来曰："无赖妇人欲修法会，忝垂光临。"律师许诺。临其日夕，妪重来屈律师赴请。到于六条朱

---

① 深沢彻：《中世神話の練丹術——大江匡房とその時代》，第153頁。
② 中村一晴：《院政期の"靈狐"像と大江匡房》，《御影史学論集》2012年第37期。

第三章　平安朝文人与怪异文学

雀大路人家堂，庄严如常。虽设僧供，无役送人。帘中拍手，偶出酒杯。律师怪之，敢不就馔。先登讲座，打钟一声，灯色忽青，所储之馔，亦是粪秽之类也。事事违例，心神迷惑，半死遁去。后日寻之，扫地无宅。

有人买七条京极宅，其后坏此屋，到鸟部野为葬敛之具。其所渡与之直，本是金银丝绢也。后日见之，皆是弊鞋、旧履、瓦砾、骨角也。

嗟呼，狐媚变异，多载史籍。殷之妲己为九尾狐。任氏为人妻，到于马嵬，为犬被获。或破郑生业，或读古冢书，或为紫衣公，到县许其女尸，事在偶觉，未必信伏。今于我朝，正见其妖。虽及季叶，怪异如古。伟哉！（《本朝续文萃》卷十一）①

《狐媚记》开头曰："康和三年，洛阳大有狐媚之妖，其异非一。"接着列举了五个怪异事件。一，狐狸先后在朱雀门、式部省和王公卿士的门前以马粪为饭、牛骨为菜，举办大飨。二，源隆康参见贺茂斋院，牛车被三两个少年强行牵走。车夫追随获赠一把红扇子，第二天扇子变成牛骨，车辕上有狐狸足迹。几天后车夫病死。源隆康决定烧毁牛车，梦中有神人以报答为条件劝阻。果然，第二年源隆康升官。三，堀河天皇在避方忌行幸途中，有神秘人掩面骑马尾随。藤原重隆上前询问，那人骑马飞驰到朱雀门倏忽不见。四，高僧增珍律师受一老妇邀请到家中说法，宴席间不见人。律师打钟讲经，灯火忽变青色，佳肴变为粪秽。后日查看此地，宅邸全无。五，某人交易所得财物变成破鞋、烂瓦砾、骨头等。

首先，大江匡房是从纪实的角度将上述怪异事件汇集在一起。《狐媚记》开头提到的"狐大飨"又见于14世纪编撰的《皇代历》，其文记曰："康和二（一本作三）年三月五（一本作十一）日，于朱雀门前东掖狐大飨。以牛马宍为饭，以蚯蛇类为菜，以牛马骨为箸。牛车车夫将还车，于

---

① 藤原明衡、藤原敦光著，黑板胜美编：《本朝文粹·本朝续文粹》，第191—192页。标点、段落有改动。

二条大宫辻狐现人业之妖。"① 可见，当时京城确实存在"狐大飨"的相关说法。《皇代历》评判"狐大飨"认为是"人业之妖"，也就是说，"狐大飨"是"天"对人的谴告，属于怪异、休咎之兆，这与《狐媚记》在思想、内容上相似，或受其影响所致。

其次，应该从平安朝末期的秽恶观与狐狸怪异观来看《狐媚记》。所谓"秽恶"，《令集解》卷七引用《神祇令》有关祭祀天地神祇的规定时说："秽恶者，不净之物，鬼神所恶。释云：秽恶之事，谓神之所恶耳……古记云：问，秽恶何？答，生产妇女不见之类，是亦云。秽恶，为依秽所生恶心耳。"② 平安朝重要礼制文献《延喜式》《弘仁式》中对"秽"有详细的分类，主要包括死丧、产秽、六畜死等。《狐媚记》多次出现牛、马、人的尸骨或粪便以及墓塚里的物品都属于"秽恶"。随着"秽恶"观的不断发展，一些动物的异常行为、火灾等也被视为"秽恶"，例如狐、狗等动物的出现、鸣叫、排泄粪便③。《扶桑略记》卷二十三"里书"分别记载了狐死秽（延喜五年三月十一日、九年六月十日）、狐鸣怪（延喜二年七月十二日）、狐遗屎（延喜九年九月二十四日）、犬死秽（延喜四年四月七日、十三年十一月七日、十五年九月一日）、人死秽（延喜六年二月一日、八年七月九日、十五年五月六日）、人生怪胎（宽平九年七月二十二日）、牛生怪胎（昌泰二年十月）等④。延喜五年和九年两次狐死的怪异事象中，当时众官员对狐死是否为"秽"的问题上奏勘文，汇报自己的判断。延喜九年条记录："年年记，皆为秽之由申。大臣奏之，不可为秽者。是六畜之外而不载式故也。"从此记录可知，当时神祇官勘申（提交勘文汇报）认为以往都将狐死视为"秽恶"，但是太政大臣依据《延喜式》里面的规定，认为狐狸属于六畜之外，故不能算作"秽"。显然，神祇官与大臣的

---

① 山岸德平、家永三郎等校：《古代政治社会思想》，第166頁。《皇代历》又称作《历代皇纪》，上述引文又见于《史籍集览》，"人业之妖"讹作"人弃之妖"。洞院公贤：《校本歷代皇紀》，载近藤瓶城编《史籍集覽》，近藤出版部1926年版，第172頁。
② 国书刊行会编：《令集解》，国书刊行会1926年版，第218頁。
③ 東アジア怪異学会：《怪異学の技法》，第62頁。
④ 皇円：《扶桑略记》，第183—188頁。

第三章　平安朝文人与怪异文学

意见存在分歧。但是此后连续出现了多种灾异，不难想象当时人们很自然地联想起前不久的争论，狐死为"秽"的观念也可能由此更加深入人心了。

到了匡房所在的平安朝后期，不但形成把狐死定为"秽"的习惯，还形成了将其视为怪异事象处理的固定"套路"——祭祀神社或兴办法会①。例如《殿历》卷二长治二年（1105）九月十三日："今日贺茂社狐鸣，仍奉币"，可见朝廷反应之快②。天仁元年（1108）三月二日提到自己："依物忌不出行"，并且说"今日公家日吉社奉币。是去比彼社度度有怪异云"③。此前日吉神社多次发生怪异，作者本人因为"物忌"（斋戒），无法作为使臣前往神社参与奉币祭祀。十七日条："贺茂上社木折，天悬御殿上。同河合社狐鸣，住吉社狐鸣。此三事御卜也，各有御危。"京都鸭川的神社和大阪的住吉社都发生了狐鸣怪异，并且占卜的结论也是各有危厄，引起了时人恐慌。果然，三月二十日朝廷选定二十二家神社奉币使臣，并于三十日向二十二社奉币。实际上，从嘉承二年（1107）七月十九日堀河天皇驾崩以来，除了天仁元年（1108）三月二日的狐鸣怪异之外，还连续发生了嘉承二年九月三日春日社、二十四日多武峰、十月十六日皇宫禁中等怪异以及多次火灾和动乱④。堀河天皇的驾崩代表着"末代贤王"的"治世"落幕。天皇驾崩前后不断发生的怪异与祸乱，加剧了人们对末代乱世的预期和印象。通过大江匡房在《狐媚记》的末尾评论时使用"季叶"一词，不难体察他对堀河天皇驾崩的震惊与失落。

---

① 平安朝贵族一般认为"一旦触秽，就会出现作祟的神"，因此重视触秽之后的祭祀。而堀河天皇朝对"秽"的认定一般先由公卿议论，再由天皇定夺。三桥正：《日本古代神祇制度的形成と展開》，第327、386页。

② 藤原忠实著，東京大学史料編纂所編：《殿暦》第二册（大日本古記録），岩波书店1960年版，第95页。

③ 除了日吉社有怪异，藤原忠实还说："十四日，其中伊势太神宫怪异文三四通许也。如此太神宫怪异文一度三四通不见事也。"详见《殿历》第276页，后面十七、二十日和三十日记录分别在第280—285页。

④ 嘉承二年九月二十七日、十月十七日、十一月十二日的火灾以及天仁元年二月两次火灾，天仁元年三月二十一日至四月二日延历寺寺众数千人暴乱。详见《殿历》卷二，第203—283页。

最后，《狐媚记》除了平安朝对狐怪异与"秽"的集体观念有关，还与当时上至贵族下至平民的"好色""贪淫"之风有关。

> 嘉承元年十二月七日，早旦检非违使①资清（中原）为别当②（藤原能实）使入来云：近邻可有追捕之事，可用意者。乍惊闭东门相待之处，富小路东小屋也。<u>是年来居住老女，或称祭蛇，或称祭狐，好色诸女深信此事诚</u>，以成市，诈取人宝货。闻已及高，今日已被追捕_{云云}。（《中右记》）

> （前略）到摄津国，有神崎蟹岛等地，<u>比门连户，人家无绝，倡女成群</u>，棹扁舟着旅舶，以荐枕席。声遏云，韵飘水风，经回之人，莫不忘家。（中略）<u>上自卿相，下及黎庶，莫不接床笫施慈爱</u>。又为人妻妾，殁身被宠，虽贤人君子，不免此行……（《游女记》）

> （前略）女则为愁眉、啼妆、折腰步、龋齿笑，施朱传粉，<u>倡歌淫乐，以求妖媚</u>。父母夫智不诫，亟虽逢人旅客，不嫌一宵之佳会……（《傀儡子记》）③

如上面《中右记》嘉承元年（1106）十二月的引文所述，京城里面有老妇行淫祀之教，以招徕"好色诸女"。这种淫祀之教就是一种厌魅之术。依据是当时的《贼盗律》规定："有所憎恶，而造厌魅，及造符书咒诅，欲以杀人者，各以谋杀论……即于祖父母、父母及主，直求爱媚，而厌咒者徒二年。[谓：子孙于祖父母、父母及家人，奴婢于主，造厌咒呪符书，直求爱媚者。]若涉乘舆者，皆绞。[谓：虽直求爱媚便得罪。重于盗服御

---

① 所谓"检非违使"相当于唐代的廷尉，属于律令制度"令外官"，主要负责京城治安。
② "别当"，在此指"检非违使别当"，即检非违使的长官。另外，有"藏人所别当"，是藏人所的长官，主管机密文件保管、诏敕宣传、宫廷庶务等。
③ 山岸德平、家永三郎等校：《古代政治社会思想》，第308页。

第三章　平安朝文人与怪异文学

之物。准律，亦入八虐。罪无首从。]"① 所谓"直求爱媚"即言子孙、奴婢为了增加父母或主人对自己的宠爱而实施的咒术。这种厌咒之术是被禁止的，若涉及皇权统治，则要处以绞刑。《中右记》中的老女人通过祭狐或祭蛇的法术，能让年轻女子获得男性的"爱媚"或提升性魅力，故而吸引众多"好色诸女"前来。不过，这样的行为违反了《贼盗律》，故而检非违使前去缉拿、取缔。

值得注意的是，祭狐能增加魅惑力——性魅力的思想观念反映了平安朝的民众对狐狸"性淫"、能"媚惑"的认识。由于平安朝的女性地位低下，男女婚姻采取"访妻婚"的形式。女性地位低下，唯有赢得男性的宠爱，才有经济上的依靠。而下层女性为了生活，更是不得不接受来自统治阶层的性剥削。上面另外两段引文分别出自《游女记》和《傀儡子记》，二者为姐妹篇，可能都是大江匡房晚年之作。"傀儡"本是操纵偶人的杂耍技艺。传入日本后，演变为男人舞剑、杂耍，女子倡歌、卖春。《下学集》有注云"日本俗呼游女曰傀儡"②，傀儡子一般在陆地活动，游女则多在水上驾船往来，卖艺也卖身。从《游女记》可见当时摄津国之地因为游女云集而引来好色之徒，"上自卿相，下及黎庶"无不流连忘返。游女们为了招揽客人，祭祀"百大夫"等神祇，于是"南则住吉，西则广田，以之为祈征嬖之处"。祭祀"百大夫"以求"征嬖"（吸引男人宠幸）的习俗，与祭狐、祭蛇之类的厌魅之术同出一辙，都是底层女性、娼妓为了增加性魅力而实施的咒术。

《狐媚记》里面并未涉及狐精幻化美女魅惑男性的艳情故事，但是联系《游女记》《傀儡子记》以及其他古记录推知大江匡房借狐媚怪异讽谏白河上皇切勿迷恋女色，过度宠溺女儿媞子、祯子两位内亲王，使其专擅朝政、骄奢淫逸。依据之一是，《狐媚记》的题目与文末提到的"殷之妲己为九尾狐。任氏为人妻，到于马嵬，为犬被获……"乃是利用中国古代帝王受狐精魅惑而亡国的故事来警示本国统治者。小峰和明参考了《古代

---

① 惟宗允亮著，黑板胜美编：《政事要略》，第601页。
② 有关注解详见《傀儡子记》解说。山岸德平、家永三郎等校：《古代政治社会思想》，第157页。

政治社会思想》的补注指出妲己是九尾狐的故事通过《古注千字文》在平安朝广为人知。他还指出《文选》卷五十一有关于妲己为九尾狐的故事，白居易《古冢狐》提到褒姒、妲己有"覆国"之色；也提到了沈既济的《任氏传》以及白居易的佚文《任氏行》与《狐媚记》之间的出典关系①。此外，中村一晴等人分别不同程度地考证了中国"狐媚"故事可能对《狐媚记》的影响②。笔者也认为上述学者提到的中国志怪，以及《搜神记》"陈羡"条（《广记》447/3653）③、《任氏传》（《广记》452/3699）以及《灵怪录》"王生"条（《广记》453/3692）、《集异记》"张简栖"条（《广记》454/3706）关于狐读书的故事等均是大江匡房撰写《狐媚记》的"前知识"。不过，比起志怪，白居易的诗歌与《狐媚记》的关系更为直接：

　　古冢狐，妖且老，化为妇人颜色好。头变云鬟面变妆，大尾曳作长红裳。徐徐行傍荒村路，日欲暮时人静处。或歌或舞或悲啼，翠眉不举花颜低。忽然一笑千万态，见者十人八九迷。假色迷人犹若是，真色迷人应过此。彼真此假俱迷人，人心恶假贵重真。狐假女妖害犹浅，一朝一夕迷人眼。女为狐媚害即深，日长月长溺人心。何况褒妲之色善蛊惑，能丧人家覆人国。君看为害浅深间，岂将假色同真色。
　　［《古冢狐》（戒艳色也）］④

　　废村多年树，生在古社隈。为作妖狐窟，心空身未摧。妖狐变美女，

---

①　小峯和明：《院政期文学論》，第106—111页。《任氏行》又作《任子行》《任氏怨歌行》，后者见于《慈觉大师在唐送进录》，原作散佚，残句散见于《续古事谈》等。本书统一作《任氏行》。

②　中村一晴：《院政期の"霊狐"像と大江匡房》，《御影史学論集》2012年第37期。

③　（晋）干宝撰，（南朝宋）陶潜撰，李建国辑校：《新辑搜神记　新辑搜神后记》，中华书局2007年版，第46页。又见于《太平广记》第四百四十七卷。为了避免繁复，本书引用、参考《太平广记》时，以"（《广记》*/*）"的形式注明卷和页码，"/"前面为卷数，后面为所在页码。（宋）李昉等编：《太平广记》，中华书局1961年版。

④　（唐）白居易著，朱金城笺校：《白居易集笺校》，第255—256页。中华书局版《白居易集》无"戒艳色也"题下注。（唐）白居易著，顾学颉校点：《白居易集》，第87—88页。

第三章　平安朝文人与怪异文学

社树成楼台。黄昏行人过，见者心徘徊。饥雕竟不捉，老犬反为媒。<u>岁媚少年客，十去九不回</u>。昨夜云雨合，烈风驱迅雷。风拔树根出，雷劈社坛开。飞电化为火，妖狐烧作灰。天明至其所，清旷无氛埃。旧地茸村落，新田辟荒莱。始知天降火，不必长为灾。勿谓神默默，勿谓天恢恢。勿喜犬不捕，勿夸雕不猜。<u>寄言狐媚者，天火有时来</u>。(《和古社》)①

第一点，《狐媚记》的第二个怪异事件中出现的神秘红衣人与白居易《古冢狐》里面的千年狐精所穿衣服颜色相同，而且《狐媚记》里面狐精送给牛车夫的扇子也是红色的②。《任氏行》虽散佚不见全文，但可以由《任氏传》推知狐精任氏也着红裳。中国志怪里面的狐精一般穿紫色衣服，这是受到《搜神记》的影响。《搜神记》引《名山记》曰："狐者先古之淫妇也，其名曰阿紫"，因此人们常常将狐精称为"紫衣公"（《广记》447/3653）。可见，《狐媚记》里面红衣人形象来自《古冢狐》《任氏行》。

第二点，《古冢狐》里面有"古冢狐，妖且老，化为妇人颜色好"一句。《狐媚记》第四个故事就是狐变老妇请增珍律师说法。《古冢狐》诗句的原意应该是狐老成精，能够变化为美女。并且《狐媚记》第五个事件里面某人交易所得的财物变成破鞋、烂瓦砾、骨头等，显然出自古冢③。

第三点，大江匡房所用的"狐媚"一词与白居易《和古社》之中的"妖狐变美女""寄言狐媚者，天火有时来""岁媚少年客，十去九不回"，以及《古冢狐》"忽然一笑千万态，见者十人八九迷""女为狐媚害即深"存在受授关系，特别是"岁媚少年客，十去九不回"与《狐媚记》第二个故事里面的"少年云客"存在逆向对应关系——《和古社》里的"少年客"

---

① （唐）白居易著，朱金城笺校：《白居易集笺校》，第125—126页。（唐）白居易著，顾学颉校点：《白居易集》，第47页。
② 《本朝法华验记》卷下第一百二十七《朱雀大路野干》也有狐精变为美女与男子欢爱的故事，狐精死后用扇子遮住脸，与《狐媚记》有一定关联。井上光贞等校：《往生传·法華驗記》，第214页。
③ 狐有栖息于古冢的习性，例如《太平广记》卷四百四十七引《西京杂记》，讲述古冢狐复仇的故事。（宋）李昉等编：《太平广记》，第3653页。

是被狐媚害死的，而《狐媚记》里的"少年云客"是狐媚幻化，害死了牛车夫。狐精迷惑人的故事在中国志怪里面非常多，但是多被称为"狐魅"，即狐妖。例如《朝野佥载》曰："唐初以来，百姓多事狐……无狐魅不成村"（《广记》447/3658）；又《洛阳伽蓝记》"孙岩"条曰："当时妇人着彩衣者，人指为狐魅"（《广记》447/3655）；《广异记》说冯玠"患狐魅疾"（《广记》451/3684）。而将狐妖简称为"魅"的则更多。使用"狐媚"一词的则有《广异记》"长孙无忌"条（《广记》447/3657）和"北齐后主"条（《广记》447/3656）、《酉阳杂俎》卷一"忠志"以及白居易的这两首诗①。

第四点，除了白居易的两首诗，《狐媚记》特意强调任氏"到于马嵬，为犬被获"与白居易的《长恨歌》有关。《狐媚记》的主题与《古冢狐（戒艳色也）》《和古社》两诗都是劝喻世人不要深陷女色，以免误国误家。《长恨歌》开篇就是一句"汉皇重色思倾国"，杨贵妃死于马嵬坡，而《任氏行》的出典文本、沈既济《任氏传》里面的任氏也是枉死于马嵬坡。《和古社》之"寄言狐媚者，天火有时来"句意在警告后宫不要媚惑人主、祸乱国家②。

通过上面的比较，可见《狐媚记》与大江匡房的《游女记》和《傀儡子记》在思想内涵上存在一贯性，都有批评、警惕当时社会好色淫风的意图。白河法皇淫乱与专权的记载又见于《古事谈》③。"末代贤王"堀河天皇驾崩，引起人们对王朝衰败的危机感。院政期的藤原氏等贵族竞相将自己的女儿送入皇宫，父凭女贵之风盛行。《狐媚记》中源隆康的升官与"狐媚"的报答有关。匡房感慨时当"季叶"，狐媚之妖"怪异如古"。这

---

① 高津希和子专门围绕"狐媚"一词在中国正史、类书、白居易诗中的用例，认为尽管存在汉籍的影响，但是《狐媚记》本身是大江匡房在搜集了各种传说之后，有意宣扬本朝"狐媚"，为抗衡汉文"狐媚"故事而作。高津希和子：《〈狐媚記〉試論——大江匡房の"狐媚"受容》，《国語国文》2013 年第 82 卷第 4 号。

② 《和古社》一诗系白居易唱和好友元稹的《古社》诗所作。该诗与《古冢狐》以及已经散佚的《任氏行》都是讲述狐精的。静永健：《白居易〈任氏行〉考》，九州大学《文学研究》2007 年第 104 期。

③ 见《古事谈》第二卷第五十四《白河院与养女璋子私通，鸟羽天皇与崇德天皇不和之事（白河院・養女璋子に通ずる事、鳥羽院・崇德院確執の事）》。川端善明校注：《古事談・続古事談》，第 189 頁。

第三章 平安朝文人与怪异文学

个"古"正是妲己、褒姒、杨贵妃等国色导致倾城倾国的历史。目睹白河法皇沉溺于贵族阶层提供的美色之中，忧国之情油然而生，这才是匡房作《狐媚记》的真实意图。

在白河天皇（后来的白河法皇）宠爱的女性中，第一个是他还做太子时就结为夫妻的藤原贤子，后来他登基成了天皇之后，立藤原贤子为中宫。镰仓时代的说话文学集《古事谈》卷二第五十三、《荣华物语》卷四十《紫野（むらさき野）》《今镜》描写了白河天皇对她的宠爱①。例如《今镜》里面的《一处处寺庙（所々の御寺）》篇提到白河天皇曾因中宫贤子罢朝三日，世人感慨此事"宛如曾听闻过的唐国李夫人、杨贵妃之流"②。应德元年（1084）九月藤原贤子突然患病，白河天皇却不愿离开她半刻。当月二十二日贤子死去时，白河天皇却不顾天皇不见死者（避死秽）的禁忌，紧紧抱着尸体不放③，其后还因悲痛晕厥，茶饭不进。这般宠爱，堪比《长恨歌》中的唐玄宗之于杨贵妃。

《江谈抄》卷六第四十九篇《仁和寺五大堂愿文之事（仁和寺の五大堂の御愿文の事）》中，匡房解释"暗野之石""斜谷之铃"两个词的含义，明确指出前者来自《王子年拾遗记》董仲君传关于汉武帝请道士董仲君为爱妃李夫人刻石像之事，后者来自《杨太真外传》中的唐玄宗为死后的杨贵妃作"雨霖铃曲"以寄哀思之事。并且后者又与白居易《长恨歌》中的"夜雨闻铃肠断声"有关④。这一篇愿文是他在应德二年（1085）为白

---

① 松村博司、山中裕校注：《栄花物語》（日本古典文学大系76），岩波书店1965年版。
② 榊原邦彦、藤挂和美、塚原清：《今鏡本文及び総索引》（笠間索引叢刊85），笠間书院1984年版，第52页。
③ 作者源显兼（1160—1215）是平安末期到镰仓时期的公卿，书中所载多是平安朝的轶事。《古事谈》卷二第五十三称白河天皇对中宫贤子的"宠爱异他之故，于禁里薨给也"。贤子临死时白河天皇不让人将她带出内里，贤子咽气之后白河还抱着尸体不放。藤原俊明劝谏白河不可违例，白河却以"例自此始"回绝。川端善明校注：《古事谈·続古事谈》，第188页。
④ 《江谈抄》中大江匡房亲口说明"斜谷铃"是指唐玄宗行幸蜀地时，听到斜谷铃声思念杨贵妃之事，还特别指出《长恨歌》里面的"夜雨闻猿肠断声"之"猿"字应该改正为"铃"。据本书脚注九可知日本流传的《长恨歌》古写本里作"猿"，宋刊本作"铃"，大江匡房可能看过宋版。後藤昭雄、池上洵一等：《江談抄·中外抄·冨家語》，第238页。

河天皇的中宫（藤原）贤子撰写的追善愿文。不仅如此，他还解释了为白河天皇的另一位女御道子撰写的愿文也使用了杨贵妃缢死马嵬坡的典故。前面已经提到过，追善愿文一般是受他人委托而写，大江匡房为白河天皇的中宫皇后撰写愿文，使用了杨贵妃与李夫人的典故，充分表达了对白河天皇的劝谏之意。大江匡房对此文颇为自得，因此特意向藤原实兼讲述。

值得注意的是，大江匡房口述的《江谈抄》里面多次提到白居易与《白氏文集》，大江匡房似乎"偏爱"在为白河天皇（后来的白河法皇）的女人撰写愿文时使用杨贵妃、李夫人等典故①。给人们造成这种印象的原因恰恰表明大江匡房深受白居易文学及其"诗谏"思想的影响。白居易还有一首诗《李夫人（鉴嬖惑也）》就是利用李夫人的故事劝谏皇帝不要过度宠爱迷恋后宫美色。诗中描述汉武帝"夫人病时不肯别，死后留得生前恩"，与前文提到白河天皇在藤原贤子重病与死去之后的言行十分相似。白居易的这首诗最后也提及"又不见泰陵一掬泪，马嵬坡下念杨妃"，与《长恨歌》相互辉映，诗的最后总结："人非木石皆有情，不如不遇倾城色"②，这也许正是大江匡房在愿文中没有直接说出的真实想法。再例如大江匡房在《白河院东坂本圆德院供养愿文》末尾写道："愿莫忆七夕之旧契，以怅望于骊山之云"③，表面上是祈祷死者中宫贤子不要执迷生前与白河天皇之间的恩爱早登极乐，实际上劝诫白河天皇铭记唐玄宗宠溺杨贵妃导致祸乱的教训。

白河天皇在藤原贤子死后变得更为狂乱。藤原贤子死后，他便退位立藤原贤子的亲生子为堀河天皇，自己开始了"院政"，并溺爱藤原贤子亲

---

① 《江谈抄》卷四第三十七记录了大江匡房解释《对雨恋月》诗云："杨贵妃归唐帝思，李夫人去汉皇情。故老云：数年作设而待八月十五夜雨，参六条宫所作云云。"该诗也是用杨贵妃、李夫人的典故来表现帝王与爱妃的悲欢离合。後藤昭雄、池上洵一等：《江談抄・中外抄・冨家語》，第123頁。

② （唐）白居易著，朱金城笺校：《白居易集笺校》，第236—237页。中华书局版《白居易集》无"鉴嬖惑也"题下注。（唐）白居易著，顾学颉校点：《白居易集》，第82—83页。

③ 《今镜》引用文字与此不同，作："勿因七夕之深契，而有怅望骊山云之日（七夕のふかきちぎりによりて、驪山の雲に眺望する事なかれ）。"榊原邦彦、藤掛和美、塚原清：《今鏡本文及び総索引》，第52頁。

第三章 平安朝文人与怪异文学

生女媞子内亲王。有学者认为，白河上皇将媞子内亲王视为藤原贤子的替身而宠溺有加。《中右记》永长元年八月条介绍其为"太上皇第一最爱之女"，"进退美丽，风容甚胜，性本宽仁，接心好施，因之上皇殊他子，天下权威只在此人"。《荣华物语》的《松树稍（松のこずゑ）》暗示二人甚至超出了父女关系①。此事的真实性存疑，但白河上皇在应德元年（1084）藤原贤子死后，就让媞子内亲王从伊势斋宫的斋王位上退下回到京城，宽治五年（1091）竟然破天荒地作为弟弟堀河天皇的"准母亲"立为皇后（中宫），宽治七年（1093）又授予其"女院"② 称号，史称"郁芳门院"。这一切都是白河上皇为了确保媞子内亲王成为女性地位至高者。

大江匡房撰写的《洛阳田乐记》记载了永长元年（1096）夏天平安京内发生的田乐骚动，上至公卿，下至百姓，穿着奇装异服，带上乐器，成群结队跳舞狂欢。郁芳门院对田乐十分喜欢，并且让自己近臣三十多名在自己的"院"内表演。可是此后不久（八月七日）郁芳门院就病死了，年仅二十岁。白河上皇为此出家，始称"法皇"。

　　永长元年之夏，洛阳大有田乐之事，<u>不知其所起。初自闾里，及于公卿</u>。高足、一足、腰鼓、振鼓、铜钹子、编木、殖女、春女之类，<u>日夜无绝，喧哗之甚，能惊人耳</u>。诸坊诸司诸卫，各为一部，或诣诸寺，或满街衢。<u>一城之人，皆如狂焉，盖灵狐之所为也</u>。其装束，尽善尽美，如雕如琢。以锦绣为衣，以金银为饰。富者倾产业，贫者跂而及之。<u>郁芳门院殊催睿感</u>，姑射之中，此观尤盛。家家所所，引党予参。不唯少年，缁素成群。佛师、经师，各率其类，着帽子绣裲裆，或奏《陵王》《拔头》等舞。其结文殿之众，各企此业。孝言朝臣以老者之身，勤曼蜓之戏。有俊、有信季、纲敦、敦基、在良等朝臣，并折桂、射鹄之辈，不偏一人。或着礼服，<u>或被甲胄</u>，或

---

① 深沢徹：《中世神話の練丹術——大江匡房とその時代》，第 84—86 页。
② "女院"即皇太后的尊号，待遇参照"院"（太上皇）。

称后卷，骁勇为队，入夜参院。鼓舞跳梁，摺染成文之衣袴，法令所禁。而检非违使又供奉田乐，皆着褶衣，白日渡道。逢（"逢"当作"蓬"）壶客又为一党，步行参院。侍臣复参禁中，权中纳言基忠卿，捧九尺高扇。通俊卿两脚着平蘭水，参议宗通卿着藁尻切。何况侍臣装束，推而可知。或裸形腰卷红衣，或放髻顶戴田笠。六条二条，往复几地，路起埃尘，遮人车。近代奇怪之事，何以尚之。其后，院不豫。不经几程，遂以崩御。自田乐御览之场，輦转御葬送之车。爰知妖异所萌，人力不及。贤人君子，谁免俗事哉。（《朝野群载》卷三）[①]

大江匡房形容当时人们如痴如醉的样子，借用了白居易《牡丹芳》里面的"花开花落二十日，一城之人皆若狂"[②]，并且上至公卿、郁芳门院（白河上皇的女儿，公主）下至一般民众都参与其中，也与该诗的"遂使王公与卿士，游花冠盖日相望。庳车软舆贵公主，香衫细马豪家郎"描写相似。大江匡房感叹田乐令人痴狂"盖灵狐之所为也"，并且认为这次田乐骚动不分贵贱，不顾法令禁忌，属于"近代奇怪之事"，即怪异事件。对于郁芳门院之死，他认为田乐骚动就是其死亡前兆，所以感慨"爰知妖异所萌，人力不及。贤人君子，谁免俗事哉"。小峰和明根据《中右记》长治二年（1105）六月十四日条关于祇园御灵会上发生的田乐"神人"（艺人）与检非违使手下斗殴事件的记录、永久二年（1114）十月七日条提到大江匡房在郁芳门院死后提交"勘申"等记载，考证了《洛阳田乐记》与祇园御灵会事件的关系，并且揭示了大江匡房围绕郁芳门院之死做了大量的善后工作，作为田乐骚动的旁观者，他在《洛阳田乐记》末尾提到的"贤人君子"貌似说自己，实际上是影射白河上皇[③]。

《洛阳田乐记》撰写年代尚不明确，深泽彻认为写于田乐骚动之后不久[④]，

[①] 三善为康著，黑板勝美编：《朝野群載》（新訂增補国史大系第29卷上），吉川弘文館1964年版，第68頁。
[②] （唐）白居易著，顾学颉校点：《白居易集》卷四，第68頁。
[③] 小峯和明：《院政期文学論》，第878頁。
[④] 深沢徹：《中世神話の練丹術——大江匡房とその時代》，第72頁。

第三章　平安朝文人与怪异文学

小峰和明认为此说没有确凿依据①。但是有一点是明确的，就是永长元年（1096）改元时间点非常特殊，原本这一年是嘉保三年，到了十二月十七日急忙改元为永长元年，据《中右记》永长元年十二月九日、十七日记载，九日讨论了"依天变、地震，可有改元"之事，命令两位文章博士撰写改元勘文，并且咨询大江匡房由何人上奏年号事宜；十七日选定年号为"永长"，该年号是大江匡房依据《后汉书》所作②。换言之，若《洛阳田乐记》确系大江匡房所写，一定是在改元之后，最早也是这一年最后的十三天内。而永长二年（1097）三月他被任命为太宰权帅，又于次年承德二年（1098）九月前往九州赴任③。前面提到了他远离政治核心，与自己交情颇深的藤原师通、藤原师实相继死去，他对白河法皇的专治统治愈加担忧，所以意识到永长元年夏天的田乐骚动是由"灵狐"所致的"妖异"。《牡丹芳》里面有一句"我愿暂求造化力，减却牡丹妖艳色。少回卿士爱花心，同似吾君忧稼穑"，意在婉转劝诫皇帝在内的王公贵族以社稷、国政为重，减却"牡丹妖艳色"——奢侈淫逸之风，以爱惜民力。大江匡房深谙白居易的讽谏之法，《洛阳田乐记》与《狐媚记》等文亦属此类。后者则更加直接地借助五个狐媚事件来描述康和三年的混乱时局，发出了"今于我朝，正见其妖。虽及季叶，怪异如古"的预警。

《狐媚记》里面有一个细节：图书助藤原源隆康参贺茂斋院④，车停在门外。入夜，"少年云客两三，推驾其车"，带着女子乘月色到七条川原，随后发生了狐媚怪异。康和三年贺茂斋院的斋王是白河法皇的第四皇女禛子内亲王（1081—1156，或作"禛子"），也是堀河天皇的同母（中宫贤子）妹妹，她自康和元年起卜定斋王近八年间，屡次出现身体不适、神社火灾、强盗入内伤人、斋院内出现死人头或死小孩、斋院守卫斗殴等离奇

---

① 小峯和明：《院政期文学論》，第 879—881 頁。
② 藤原宗忠著，東京大学史料編纂所編：《中右記》第三册，第 125、128 頁。
③ 田中嗣人：《〈遊女記〉について》，《華頂博物館学研究》1998 年第 5 卷。
④ 贺茂斋院即贺茂神社，亦可用于指称贺茂神社的"斋王"。平安朝天皇即位时，需要重新从内亲王或未婚的皇女里面选拔新"斋王"。

事件，致使贺茂神社多次"触秽"，难以开展祭祀①。斋王出行时坐牛车、着华丽彩衣，常常被人们夹道围观，《狐媚记》的记载也与牛车相关。牛车车夫忽然患病死后，源隆康原本打算烧掉牛车，因梦中有神人以报答为条件劝阻而放弃，果然在第二年获得晋升。

  文中有一个细节值得注意，那就是中原家季目击一行人驱赶的牛车之中"红衣皎然"。所谓"云客"又称"殿上人"，此处的云客应该是白河上皇的亲信或侍从。平安时代中后期能穿"红衣"的除了太上天皇以外，还有被敕许的公卿、天皇亲信与贵族妇女。牛车内穿着红衣的神秘人究竟是谁难以断定，但从少年云客到"红衣"很容易联想到此人与白河上皇或禛子内亲王有关。作为斋王是被禁止与男性私会的②，若车中着"红衣"的人是禛子内亲王，那么她触犯了斋王禁忌；若神秘人是白河上皇，夜访贺茂斋院并放纵侍从抢夺牛车带女子同行夜游亦非国君所应为；若神秘人是白河上皇的重臣、亲信，则是倚仗太上天皇的恩宠胡作非为。文中讲述驾牛车的人"不堪其苦，平伏道间"以及不日病死等，可能是牛车夫遭受欺凌却不敢言的写照。源隆康极有可能是因帮神秘人保密而获得晋升。值得一提的是，六年后，即嘉承二年（1107）七月十九日禛子内亲王因急性病症退出斋院，而同一天其兄堀河天皇因病驾崩。《中右记》感慨道："斋王者，兴帝（堀河天皇）同母也。同日有此事（指天皇崩御和斋院退出），诚以希有也。"当时卜筮称禛子内亲王"今日危急，运命殆欲尽"，似乎十分危急，命悬一线。结果禛子内亲王从斋王位退下之后一直活到久寿三年（1156）元月五日才去世，享年76岁，是所有斋王中寿命最长的。可见禛子内亲王身上隐藏着太多的秘密，红衣神秘人极有可能就是禛子内亲王本人。因其深受白河上皇宠溺，违反斋宫禁忌，其放荡行为难以直接言说，所以大江匡房才借狐媚怪异故事来讽刺、批评。

---

  ① 有关禛子内亲王任斋王期间的情况可参考高野濑惠子的博士学位论文。高野濑惠子：《令子内親王家の文芸活動——院政前期の内親王とその周辺》，総合研究大学院大学日本文学研究専攻博士卒業論文，総研大甲第1215号，2008年，第343—365页。

  ② 原棋子：《斎王物語の形成：斎宮と文学》，新典社2013年版，第53页。

第三章　平安朝文人与怪异文学

神秘人又出现于第三个怪异事件，堀河天皇在"避方忌"行幸途中，"忽有何人骑马扈从，举左右袖，自掩其面"，大学助藤原重隆，怪而问之。对方不答，飞驰进了朱雀门，瞥尔不见。康和初年，因朝廷颁布庄园停止令，引发僧徒聚众闹事，堀河天皇平息此乱，其政治才能令世人称道。康和四年前后堀河天皇与白河上皇因朝政问题产生分歧①，引发白河上皇对自己继续把持政治主导权的担忧。《狐媚记》里掩面尾随的神秘人可能就是白河上皇派来监视堀河天皇的人。

在康和三年前后还存在一位神秘莫测的人，那便是白河天皇在藤原贤子之后最为宠爱的女人——祇园女御。《今镜》《仁和寺诸堂记》《平家物语》里面均有涉及，她的身份颇为神秘，或言其为源仲宗之妻②，被白河上皇看上，安置于祇园，屡微行幸之。《今镜》的《宇治川的激流（宇治の川瀬）》形容白河上皇宠爱祇园女御达到了"三千宠爱在一身（はつかに御らんじつけさせ給ひて三千の寵愛、ひとりのみなりけり）"的程度③，该表述源自白居易《长恨歌》之"后宫佳丽三千人，三千宠爱在一身"，祇园女御成功获得了白河上皇的欢心。

> 今日，号院女御（祇园女御）之人，于祇园南边建立一堂，展供养筵。<u>天下美丽过差。人惊耳目</u>，云云。（中略）件堂祇园巽角立一堂，安置丈六阿弥陀佛。<u>堂庄严，体饰金银，满珠玉，华丽之甚，不能记尽</u>。云云。

通过上面所引《中右记》卷六长治二年（1105）十月二十六日的记载，可知白河上皇特别宠信祇园女御，花费也极为阔绰。文中的"院女御"是指白河上皇实施院政之后的"女御"，故称④。该事又见于《殿历》卷二同

---

① 美川圭：《公卿議定制から見る院政の成立》，《史林》1986 年第 69 卷第 4 号。
② 《中右记》嘉保元年八月十七日记载筑前守源仲宗等因其子行咒诅白河上皇之术遭到连坐流放。祇园女御本系源仲宗之妻的说法或许与此有关。
③ 榊原邦彦、藤掛和美、塚原清：《今鏡本文及び総索引》（笠間索引叢刊85），第117页。
④ 平安朝后宫按照皇后、中宫、女御、更衣的顺序排列。奈良、平安朝初期"女御"相当于中国的"嫔"，平安朝中期开始取代"嫔"，成为仅次于中宫地位的位号。

日条①。此后的《中右记》卷六嘉承元年（1106）七月五日条②、天仁元年（1108）二月十六日条③，《殿历》永久元年（1113）十月一日条④、永久五年（1117）十月十五日条、十一月十九日条⑤也都提到了祇园女御。上述记载言辞之中时有批评之意，可见《中右记》的作者藤原宗忠和《殿历》的作者藤原忠实当时已经对祇园女御极为反感，大江匡房的感受也就不难想象了。联想到大江匡房特别"偏爱"使用杨贵妃、李夫人等典故为白河上皇的女人撰写愿文，而在《狐媚记》里面又借用白居易《古冢狐》《和古社》与佚文《任氏行》中的九尾狐、妲己、杨贵妃、任氏等人物形象，绝色美女与狐精相仿佛，妲己、杨贵妃导致倾城倾国，能与之相匹敌的，应该就是这个祇园女御。大江匡房对白河法皇的讽谏之意可谓真切、激烈。

更离谱的是，这个女人不但令白河法皇如痴如醉，就连她收留的养女藤原璋子竟然后来也成了白河法皇的情妇。不仅如此，藤原璋子还与备后守季通、律师增贤的童子等人通淫，《殿历》永久五年（1117）十一月十五日、十九日条都提到此事⑥。或许是为了掩人耳目，白河法皇将藤原璋子许配给鸟羽天皇做中宫皇后，元永二年（1119）藤原璋子生下了显仁皇子（即后来的崇德天皇）。但世间传言皇子乃白河法皇的私生子。例如镰仓时代初期《古事谈》卷二第五十四明确记载白河法皇与藤原璋子通淫生下了崇德天皇，并且强调此事"世人皆知"，鸟羽天皇还因此称崇德天皇为"叔父子"⑦。

大江匡房死于天永二年（1111），白河法皇的养女藤原璋子当时才十

---

① 藤原忠实著，東京大学史料編纂所编：《殿暦》第二册，第102页。
② 藤原宗忠著，東京大学史料編纂所编：《中右記》第六册，第193页。
③ 藤原宗忠著，東京大学史料編纂所编：《中右記》第七册，第244页。
④ 藤原忠实著，東京大学史料編纂所编：《殿暦》第四册，第58页。
⑤ 藤原忠实著，東京大学史料編纂所编：《殿暦》第五册，第50页。
⑥ 藤原忠实著，東京大学史料編纂所编：《殿暦》第五册，第57—58页。
⑦ 见《古事谈》第二卷第五十四《白河院与养女璋子私通，鸟羽天皇与崇德天皇不和之事（白河院・養女璋子に通ずる事、鳥羽院・崇德院確執の事）》。川端善明校注：《古事談・続古事談》，第189页。

第三章　平安朝文人与怪异文学

岁,白河法皇与其有染的事情应该发生在匡房死后。《狐媚记》登场的绝色美女之中,并没有藤原璋子的"影子"。但是,值得注意的是,《狐媚记》提到被狐精骗到荒野废墟举行法会的增珍律师似乎与律师增贤存在某种关联。按理说,增珍身为当时的"说法宗匠",还是戒律高僧,应该从一开始就能识破前来相邀的老妇人是狐精幻化,结果不但差一点误食粪秽,还吓得半死,狼狈逃走。如此愚蠢、虚伪、猥琐的形象与戒律高僧的身份极不相符,大江匡房对增珍的印象和评价也不言自明。虽然是大江匡房死后发生的事情,但是与"院姬君"藤原璋子有染的增贤弟子可能也是增珍一脉的门人。也就是说,大江匡房早已知晓所谓的"说法宗匠"增珍律师以及同为律师的增贤等僧人徒有虚名,道德败坏,为人不齿。

回到祇园女御及其养女媚惑白河法皇,淫乱宫廷的话题,若《古事谈》等记载为真,则更能说明匡房对白河法皇及其身边女性极具洞察力和预见性。藤原宗忠在嘉承二年(1107)九月的日记里批评大江匡房晚年不愿意上朝参政,醉心于采集各种"狼藉无极"的世间杂事,称其为"文狂"。但是这些"狼藉无极"的世间杂事想必就包括荒诞淫逸的白河上皇及其宠信的女人们、道貌岸然的高僧大德等。这就是大江匡房在去世前将日记、文章烧掉的原因吧。

大江匡房在《暮年记》中回顾自己的一生,感叹:"予四岁始读书,八岁通史汉,十一赋诗,世谓之神童。"因受社稷之臣"源大相国"的赏识,并靠着自己的才华与勤勉,才得以在堀河天皇朝步步高升,跻身于公卿之列[①]。匡房壮年之时,才华横溢,为一代文豪。嘉保元年(1095)八月七日众朝臣在"百度座"宴会上献诗,匡房吟出"槐市当初萤雪夜,岂图衣锦昼时归"。藤原宗忠评论道:"人人咏此句,数刻不立座,诚以珍事也。"[②] 匡房还在《暮年记》中提到自己的愿文、诗歌曾引起藤原明衡等"识文之人"的共鸣。但是"顷年以来,如此之人,皆以物故","巧心拙

---

① 山口昌男:《大江匡房》,《比較文化論叢·札幌大学文化学部紀要》2003年第11期。
② 藤原宗忠著,東京大学史料編纂所編:《中右记》第二册,第91页。

目，古人所伤。宽治以后文章，不敢深思，唯避翰墨之责而已。若夫心动于内，言形于外，独吟偶咏，聊成卷轴。仍记由绪，贻于来叶"。他坦白宽治以后（1087年以后）的文章自己不敢"深思"，只求没有文字上的责任而已。缘何如此，不得而知。但值得注意的是，他的态度转变正是发生于田乐骚动以及郁芳门院死去之后。永长二年（1097）的离京远赴太宰府任职、康和四年（1102）的丧子之痛、嘉承二年（1107）堀河天皇年仅二十八岁驾崩等，恐怕都是促成他转变的原因。所以他从太宰府复命回京之后，面对复杂的院政形势，一直过着半隐居的生活。再加上他所写的文章已经没有知音读懂，唯有以这一种"唯避翰墨之责"的迂回方式，借古讽今、假怪异而言政事，才可以排遣忧国之思罢。

他擅自为堀河天皇撰写六七日追善愿文，并非求名逐利，而是在表达对末代贤君的惋惜；自己的独吟偶咏也不是与知音共赏风月，而是留给"来叶（后世）"读懂他的讽谏之意。大江匡房暮年与白居易晚年寄情山水、托志释老的境况颇为相似。尽管二人官及显贵，但均有避开政治核心的意图。怪异之说、曼妙诗文，极尽讽谕之能事，只是个人批评时弊的另类途径。晚年醉心于搜集"僻事""世间杂闻"，而不愿意装模作样，粉墨登场，匆忙穿梭于宫廷之间，临终前又将文稿付之一炬，空留济世之志与何人诉说。

本章小结

律令制度是平安朝国家统治的外在形式，而神祇制度是维系平安朝皇权统治秩序的精神内核。神道、佛教、阴阳道等宗教深受皇权统治阶层的重视，神社、寺庙举行的各种祭祀、法会成为国家政治生活的内容之一。在这种文化背景下，平安朝人，尤其是文人们因为日常职责的需要，经常需要参与处理怪异事象。他们所撰写的文章，包括改元诏、勘文等奏议文、愿文、祭祀文、诗歌也多与此相关。在平安朝的主流意识中，儒家思

第三章　平安朝文人与怪异文学

想与佛教、阴阳道、神道共同构建了一个夹杂着天人感应、谶纬、阴阳五行和福祸因果报应的思想大语境。在此语境下，国家、贵族、平民都参与到怪异事象之中。于是，"怪异"不仅在当时社会舆论里存在，还被保留在历史叙述层面以及文学叙事层面，成了人人共享、古今对话的媒介或途径。

平安朝的文人在积极吸取中国的文学营养时，不由自主地"沾染"了中国文人好为志怪、纪异搜奇的习气。都良香、纪长谷雄、庆滋保胤、大江匡房等人用汉文或变体汉文创作了大量怪异文学佳作。他们一方面继承了汉魏以来中国志怪、传奇的笔法与文体，重视实录；另一方面又结合日本本国的风土人情，巧妙地将中国故事、主题、情节要素等等脱胎换骨、移花接木，描绘出一幅幅怪异图卷。

第四章　季叶之书
——怪异文学的作者群与编纂意识

上一章重点围绕国家政治中的怪异事象处理机制、文人政治生活与平安朝怪异文学生成之间的关系，重点分析了平安朝怪异文学的代表性作家。本章重点考察平安朝怪异文学的两大作者群——文人与僧侣及其作品的总体情况。在此基础上分析源自中国儒家的浇季史观和南北朝的佛教"末法"思想对平安朝怪异文学编纂意识、历史叙述方式等方面的影响问题。

第一节　平安朝怪异文学钩沉

日本文学研究习惯将《古事记》《日本书纪》《风土记》视为日本古代叙事文学的先声。这三部书中除了《日本书纪》为敕令官修历史书之外，另外两部主要汇集了奈良时代存留的古代"帝纪"以及各种古记录、传说。通过第一章可以知道，由于它们记载了许多神话、地方传说，的确称得上早期日本叙事文学的经典。而其中的神话、传说又常常被称作"说话"①，主要以短小、精练、缺少铺陈为特色，类似于中国的志怪。从这些说话文学主要源自口承文学来看，它们也是长篇物语文学的早期形态。这

---

① 国東文麿：《今昔物語集成立考》，第247—248页。

第四章 季叶之书

一点体现在日本文学研究中一般将"说话文学"也视为"物语文学"的一类。其实,"物语"和"说话"基本上都可以理解为"说事儿",本来都是指言谈①。只不过后来人们习惯将长篇的称为"物语",短篇的且只有梗概的称为"说话"②。

事实上,日本"说话"一词源自中国。现在能够看到的较早用例是隋代《后颜录》所记:"才出省门,即逢素子玄感。乃云:侯秀才,可为玄感说一个好话。"(《太平广记》卷二百四十八)。此处的"说一个好话"是指讲一个有趣的故事。依据唐代《高力士外传》和《续高僧传》卷四十等文献里面记载可知说话和讲经、转变等已经成为大众喜闻乐见的艺术形式。进入宋代,说话发展成为大众文艺。《都城纪胜》的"瓦舍众伎"条详细介绍了"说话四家":

> 一者小说,谓之银字儿,如烟粉、灵怪、传奇。说公案,皆是搏刀赶棒,乃发迹变泰之事。说铁骑儿,谓士马金鼓之事。说经,谓演说佛书。说参请,谓宾主参禅悟道等事。讲史书,讲讲前代书史文传、兴废争战之事。最畏小说人,盖小说者能以一朝一代故事,顷刻间提破。合生与起令、随令相似,各占一事。商谜,旧用鼓板吹《贺圣朝》,聚人猜诗谜、字谜、戾谜、社谜,本是隐语……③

中国古小说研究早已揭示了"说话四家"与话本小说、演义体小说的渊源。"说话""小说"作为一种叙事文学形式和概念也影响了日本。平安时代的军记物语(战争故事)《陆奥话记》的书名以及"众口之话"之"话(ハナシ)"就是故事,与"物语"同义。日本最早的"说话"用例见于

---

① 南波浩:《物语文学》古代とその时代Ⅲ,第 107—127 页。
② 小峯和明:《說話の森〈天狗・盜賊・異形の道化〉》,第 282 页。简单地说,物语文学包括说话文学,或曰"说话即物语";"将二者从一开始就区别开来,划分为不同的研究范围的方法是不正确的"。
③ (宋)孟元老等:《东京梦华录 梦梁录 都城纪胜 西湖老人繁胜录 武林旧事》,中国商业出版社 1982 年版,第 11 页。

平安时代初期的高僧圆珍的《授诀集》之"唐人说话"句，并且"说话"二字旁注读音作"モノカタリ"，与"物语"同音①。

从叙事文学形成过程看，起初多数是关乎对宇宙、自然万物的认识与社会万象的记忆、传说。并且，这些记忆与传说与生俱来地包含了许多神秘思想和幻想，内容也是"千奇百怪"的。因此，史籍中存在大量的怪异事象记载。它们受谶纬思想、天人感应思想以及后来佛教福祸因果思想的影响，将其作为分析历史事件的理论、方法。历史如此，文学也同样。所以，"怪异"成为今天人们了解当时历史以及文化、文学的一个视角。或曰透过"怪异"可以实现古今对话。

本书在参考了前辈学者对日本"物语文学"史或"说话文学"史的研究基础上，以"怪异"为中心，将平安朝的怪异叙事文学作品分为文人创作型、僧侣创作型两大类。

一 文人创作型

这一类型在第三章已经提及具体的作者与作品了。总体上来说，该类型的文本主要以传记、实录文体为主；使用的语言以汉文为主。这与平安朝的整体文化背景有很大的关系。平安朝前期依旧延续遣唐使的政策，加上两国佛教上的往来频繁，各种佛家、儒家经典也流传到了日本。从现存的平安朝藏书目录《日本国见在书目》来看，在10世纪前期，日本已经引进了经史子集四部一千五百七十九种，其中三分之一为《隋书志》和两唐书志没有著录的典籍②。中国的诗歌、散文、志怪、传奇、史传在平安朝文人手中视为珍宝，广为传抄。其中，还包括各种纬书、占卜、历算书籍。《江谈抄》曾经记录："白氏文集本诗渡来御所，尤被收藏。"③ "御

---

① 此处关于日本的"说话"一词受中国隋、唐、宋口头文艺的影响，也被作为文学类型的概念使用的论述，参考小峰和明的研究。小峯和明：《東アジアの説話世界》，载小峰和明编《漢文文化圏の説話世界》，第28—38頁。

② 孙猛：《〈日本国见在书目録〉集部に著録せる唐集十種考》，《中国文字研究》1999年第25期。

③ 後藤昭雄、池上洵一等：《江談抄・中外抄・冨家語》，第508頁。

所"指皇帝居所，说明当时汉籍在日本文人、贵族心目中的地位。当然，中国汉字文学的魅力也刺激了他们的文学热情，这个时代大量汉诗文被创作出来，尤为引人注目。具体到怪异文学，又可以分为以下五类。

第一类是单篇传记，以纯正汉文写成，类似中国单篇志怪。

平安前期文人都良香（834—879），文章博士，参与过《日本文德天皇实录》的编纂。他的作品有《富士山记》《吉野山记》《道场法师传》三篇。前两篇是关于名山仙人的故事，后一篇是有关元兴寺道场法师生为雷神所赐之子，成功捉鬼的故事。另外，《吉野山记》虽然是关于平安朝著名的仙人役小角和一言主神的故事，但是基本上算作散佚，只有部分文字被大江匡房的《本朝神仙传》转引。同一时期的著名文人纪长谷雄（845—912）师从菅原道真，文章博士。著有《白箸翁》一篇，也是用纯正汉文写成，主要记录了白箸翁其实是一位不死仙人的故事。值得注意的是，该文是一篇诗序，对应的诗歌极有可能是汉文格律诗。平安后期的单篇作品之中大江匡房的《狐媚记》可谓佳作，大约写于1103—1107年之间（详见第三章第二节）。

第二类是用汉文撰写的纪实体文学集，类似中国志怪文学集。

平安前期的纪长谷雄除了《白箸翁》单篇作品外，还有《纪家怪异实录》一部。但是该书已经散佚，其中有一篇佚文被《高野大师御广传》下卷引用，可以管窥该书之万一：

> 大学助纪百枝的房子北窗正对着皇嘉门。门头匾额上的三个字出自弘法大师之手，其字形与佛教护法力士十分相似。自古以来，人们便传说这块匾额具有灵异之力。一天，纪百枝午睡时，梦见力士在他枕边举拳要打他。纪百枝惊醒后，眼前的力士瞬间飞回匾额。不久后，纪百枝患病死去[①]。

[①] 長谷宝秀：《弘法大師伝全集》第1卷，六大新報社1935年版，第278頁。

该篇佚文讲述大学助纪百枝的房子北窗正对着皇嘉门，门头匾额上的三个字是弘法大师的手迹。自古以来人们传说这个匾额有灵异，因为字写得像佛教护法力士。纪百枝白天睡觉时，梦见力士在他枕头边举起拳头正要打他。他马上惊醒，眼前的力士立即飞回到匾额上。不久，纪百枝患病死去①。

故事以实录的形式展开叙述。其中的纪百枝与纪长谷雄是同族，由此可以推测该书与《善家秘记》类似，专门搜集家族内部和亲友之间口口相传的奇闻怪事、街谈巷说。从书名"怪异实录"来看，内容可能主要是关于怪异、鬼怪和神仙之类的故事。该书另存两篇佚文，分别是《白石先生传》和《东大寺僧正真济传》。前者讲述白石先生厌恶官员生活隐居山溪，后受征召却佯狂不受，后不知所终，与中国的神仙故事如出一辙；后者记载了东大寺僧正真济的事迹，内容没有涉及怪异②。《今昔物语集》卷二十四第一《北边大臣中纳言长谷雄的故事（北辺大臣長谷雄中納言語）》与卷二十八第二十九《中纳言纪长谷雄家中出现狗的故事（中納言紀長谷雄家顕狗語）》应该也是来自《纪家怪异实录》。前者讲述了纪长谷雄经过朱雀门时遇到鬼并与之吟诗的奇事，后者记载了纪长谷雄家中出现怪狗的事情。

与《纪家怪异实录》相媲美的是三善清行（847—918）编撰的《善家秘记》，该书又有《善家异记》和《善家秘说》两个名称。三善清行是文章博士、大学头（大学的主管），以文才著称，曾著有《革命勘文》《意见十二个条》等汉文名篇。《善家秘记》现也散佚，只有几篇被《扶桑略记》《政事要略》等文献引用而存世（详见第三章第二节）③。从这

---

① 塙保己一编：《統群書類従》8下伝部，統群書類従完成会1958年版，第636頁。川口久雄：《平安朝漢文学史の研究》三訂，明治書院1975年版，第244頁。《江谈抄》卷一第二十六、第二十七也提到了城门牌匾上的文字变成人踩踏或伤害别人的故事。後藤昭雄、池上洵一等：《江談抄·中外抄·冨家語》，第478頁。

② 川口久雄：《平安朝漢文学史の研究》三訂，第244頁。

③ 参看大曽根章介两篇论文。大曽根章介：《漢文学における伝記と巷説——紀長谷雄と三善清行》，《言語と文芸》1969年第11卷第5期；大曽根章介：《街談巷説と才学——三善清行》，《国文学解釈と教材の研究》1972年第17卷第11期。

第四章 季叶之书

几篇作品来看，该书是类似《搜神记》之类的志怪，记录有鬼、狐精、术士等怪异故事。

除了这两个已经散佚的怪异文学集，存世颇多的是文人编撰的佛教文学集。据石桥义秀考证，"佛教文学"一词在明治时代后期开始使用，大正末期的坂井衡平把日本国文学分成四大系统，佛教文学占其一。并且他把佛教文学进一步分成佛教说话类和法语类等四类①。昭和初期，筑土铃宽把记录佛教修行者"成功"往生极乐世界的传记——往生传与高僧传、发心集等一并列入佛教文学的僧传类文学中②。进入20世纪50年代，佛教文学研究取得长足进步。志村有弘开始对日本往生传进行了较为系统的研究。他指出从《日本往生极乐记》之二《行基菩萨》传记末尾"兼亦待润色"的记述看，庆滋保胤和兼明亲王二人并非把搜集来的修行者往生事迹直接照录，而是会对它们进行加工、润色。至于他们是如何润色的，不得而知。但不难想象，为了强调修行者确实成功地证得果位，往生极乐世界，编撰者可能精心地选择叙述方式并加以虚构、夸张③。

庆滋保胤（？—1002）撰写的《日本往生极乐记》成书于985年，用较为纯正的汉文写成，是日本往生传的开山之作。它的诞生受到了中国唐代释迦才的《净土论》、文谂的《往生西方净土瑞应传》（又称《瑞应删传》）和日本源信的《往生要集》的影响。该书现存有序言和四十二篇传记，主要记录了"异相往生"者的故事。从情节上来看，与其他佛教说话文学集一样具有神奇、怪异的情节以及丰富的想象力。

---

① 石橋義秀：《仏教文学研究の諸問題——研究の動向と課題を中心に》，《東洋学術研究》1985年第24卷第2号。

② 石橋義秀：《日本僧伝文学の研究史と課題》，《大谷大学真宗総合研究所紀要》1989年第6号。

③ 志村有弘：《往生伝研究序説》，桜楓社1976年版，第10頁。中尾正己分析比较了《日本往生极乐记》与六国史收录的若干有关往生者传记，认为庆滋保胤尊重国史记录，没有恣意加工润色。但是除了被认为来自六国史的几篇传记以外，另外三十余篇的来源不明，中尾正己的推论也不能完全说明实际情况。反倒若缺乏往生瑞相，便难以证明往生事实。并且中尾正己自己在该文中分析《续本朝往生传》《拾遗往生传》《后拾遗往生传》时也揭示了它们润色、虚构的情况。中尾正己：《日本往生極楽記の撰述について》，《印度学佛教学研究》1976年第25卷第1号。

受庆滋保胤的影响，到了平安后期，大江匡房相继撰写了《本朝神仙传》和《续本朝往生传》。前者大概撰写于1099—1104年，无序言。后者成书于1102—1109年，有序言，故能够了解大江匡房撰写目的。紧随其后的是三善为康撰写的《拾遗往生传》，三卷，成书于1111年以后。三善为康晚年接着前书又撰写了《后拾遗往生传》，三卷，时间大概在1137—1139年之间。受其影响，藤原宗友继而编写了《本朝新修往生传》，1151年成书①。

上述往生传的作者均是精通"文章道"的文人学者，传记本身具有丰富的文学性②。志村有弘主张应该把往生传置于说话文学之中加以考察，强调编撰者苦心于描摹与辞藻，"往生传堪称一篇文学作品"③。在此之后，20世纪60年代一部关于往生传的论文集《往生传研究》应运而生，汇集了各类往生传文献解题、编撰者考证以及往生故事研究④。不过，到目前为止，围绕往生传的专门性研究还未形成风气。

本书把这些往生传列入怪异文学研究视野的原因是，往生传记载的各种奇迹常被作者称为"异相"（如《日本往生极乐记》序言）抑或"瑞应""祥瑞"⑤。这种表述本书多见于中国往生传，在思想上与佛教灵验记等佛教系列志怪小说一脉相承，都是为了强调信仰与修行佛教的灵验与果报。到了17世纪，江户僧人了智在《缁白往生传》序中直接把往生奇迹称为"奇怪往生"⑥。这一表述上的变化并不能说明往生传作者的编撰思想发生了变化，"奇怪"本身与"祥瑞""异相"一样表达揭示了往生传所

---

① 本书关于各个作品撰成年代，除了参考各校注本以外，还参考了铃木一雄论著。铃木一雄：《日本文学新史·古代Ⅱ》，至文堂1990年版，第258页。
② 志村有弘：《往生伝研究序説》，第10页。
③ 志村有弘：《往生伝研究序説》，第22页。
④ 古典遺産の会：《往生伝の研究》，新読社1968年版。
⑤ 中尾正己：《続本朝往生伝の往生観》，《印度学仏教学研究》1980年第29卷第1号。中尾正己：《日本往生極楽記の撰述について》，《印度学仏教学研究》1976年第25卷第1号。
⑥ 转引自志村有弘论著。志村有弘：《往生伝研究序説》，第36页。沙门了智：《缁白往生傳》三卷，内大山近江屋元禄二年（1689）刊本，序文。大谷大学図书馆藏，宗大1062。沙门了智：《缁白往生傳》，载宗书保存会编《浄土宗全書》続6，浄土教报社1941年版，第277页。

第四章 季叶之书

记载的种种"异相"给人们带来的惊异感。这些往生传其实与同时期史传记载的各类怪异事象对于当时人们的认知而言并没有什么不同，因此本书也将其列入"怪异文学"之中考察。

平安中期开始文人对往生传的创作热情持续升高，也刺激了僧侣们加入其中（后详）。值得一提的是，与纪长谷雄、三善清行一样，庆滋保胤本人后来还成为怪异文学的登场人物，例如《今昔物语集》卷十九第三《内记庆滋保胤的故事（内記慶滋保胤出家語）》和《撰集抄》卷五第三《内记入佛道事（内記入道事）》。

第三类是用变体汉文（和汉混淆文体）写成的杂记体文学集，具有代表性的就是《江谈抄》。该书是大江匡房的弟子藤原实兼记录老师平时所说的奇闻趣事，编撰体例与中国的《世说新语》十分相似。自从爱子大江隆兼早逝，大江匡房一直遗憾子嗣之中没有可以继承自己学统的人，对藤原实兼尤为爱惜，也把自己所知的"秘事"一一告诉他①。《江谈抄》既包含诗文评、政事、艺术等内容，也有《中右记》所批判的"僻事""虚言"——怪异、灵奇之事②。

继承这种风格的是藤原忠实的《中外抄》与《富家语》两部书，先后撰写于1137—1154年和1151—1161年③。这两部书记录的多数为朝中政事、人物评品、有职故实。到了镰仓时代初期，源显兼的《古事谈》（1212—1215）及其仿作《续古事谈》（作者不详，1219年跋文）相继问世④。接着橘季成的《古今著闻集》（1254）也编撰完成⑤。这三部书依旧承袭《江

---

① 见《江谈抄》解说部分。後藤昭雄、池上洵一等：《江談抄・中外抄・冨家語》，第593—596頁。

② 高橋貢：《日本靈異記と今昔物語集をつなぐ諸作品——漢詩文作者によって書かれた諸作品をめぐって》，載早稻田大學平安朝文學研究會編《平安朝文學研究・作家と作品》，有精堂1967年版，第622頁。

③ 见《中外抄》《富家语》解说，二者都是藤原忠实的谈话记录，前者由大外记中原师元笔录，后者由高阶仲行笔录。後藤昭雄、池上洵一等：《江談抄・中外抄・冨家語》，第606—608頁。

④ 川端善明校注：《古事談・續古事談》（新日本古典大系），岩波書店2005年版。

⑤ 见《解説》。橘成季著，西尾光一校：《古今著聞集》（下）（新潮日本古典集成），新潮社1991年版，第423—427頁。

谈抄》的路线，并且所记录的内容绝大多数是平安朝的旧闻逸事、奇闻怪谈，如《古事谈》博采奈良至平安朝中期的奇闻逸事，《续古事谈》续之，绝大部分也是平安朝的故事。本书把这三部书也列入平安朝怪异文学的考察范围。

第四类是文人创作的佛教说话为主的文学集，以变体汉文写成。平安中后期的源隆国（1004—1077），历任参议、中纳言、皇后宫大夫、大纳言等，晚年出家①。他编著了《宇治大纳言物语》，不久便散佚。到了室町时代前期，有人把散佚的《宇治大纳言物语》重新整理，编成了《宇治拾遗物语》并流传下来。其完成时间大概在《古事谈》成书以后的1213—1221年之间②。编纂者不详，但是学界认为基本上是九条家一系的文人。从《宇治拾遗物语》的整体来看，它基本上保持了"口述"的形式与特色，这一点与《古事谈》一样③。该文学集不仅收录了各种怪异故事，还有《取瘤老爷》《断腰的麻雀》等民间传说。

第五类是文人创作的妇幼启蒙书，用变体汉文写成。主要有《三宝绘》和《注好选》，前者是源为宪984年为冷泉天皇第二皇女编纂的佛教入门书《三宝绘》④。该书分为三卷，以佛、法、僧三宝为卷名，记录了佛教本生故事和日本佛教灵验故事，主要来源于《日本灵异记》。《注好选》撰者不详，题记写于1151年，原文为汉文。该书主要收录了中国历史人物、贤士、佛传、佛教本生类故事，还有道教、易经、谶纬（《京房易传》）等相关记载。其中"眉间尺"传说《莫邪分剑》曾引起王晓平的关注。

二 僧侣创作型

文人创作的繁荣景象主要出现于平安中期之后，而僧侣创作怪异文学

---

① 長野甞一：《宇治大納言をめぐる》，載日本文学研究資料刊行会編《今昔物語集》（日本文学研究資料叢書），有精堂1970年版，第38—59頁。
② 佐藤誠実：《宇治拾遺物語考》，載日本文学研究資料刊行会編《今昔物語集》（日本文学研究資料叢書），有精堂1970年版，第18—24頁。
③ 国東文麿：《今昔物語集成立考》，第137—146頁。
④ 关于尊子内亲王的人生境遇，详见《三宝绘》总序。馬淵和夫等校：《三宝絵・注好選》（新日本古典文学大系），岩波書店1997年版，第3—6頁。

第四章 季叶之书

的活动早在奈良时代末期便开始了，这就是《日本灵异记》。该书序言说明全书分为上中下三卷，命名为《日本国现报善恶灵异记》，"诺乐右京药师寺沙门景戒录"。作者生平不详，仅从该书下卷第三十八作者自述可知：延历六年（787）贫穷潦倒，无盐无菜无法养活妻、子；延历十四年（795）升任传灯住位；延历十九年（800）马死去①。一直以来，学界认为他是一个私度僧的可能性较大，因此也有学者将他的《日本灵异记》称为"私度僧文学"②。该书以"缘"字为每一个故事的题目，如《捉电缘》《圣德皇太子示异表缘》《凭念观音菩萨得现报缘》③。尤其题目中频繁出现"得报"、"得现报"、"现得恶报"以及"异表"、"灵表"、"奇表"、"奇事"之类的词语④，充分说明了该书编纂的目的在于证明佛法因果报应的灵异⑤。该书一般采取文末评的方式指出每一则怪异故事背后的教训意义与佛法原理。全书以变体汉文的形式写成，上卷35缘，中卷42缘，下卷39缘，一共录有116缘。它的诞生为平安朝佛教说话文学开创了典范，对源为宪的《三宝绘》、庆滋保胤的《日本往生极乐记》以及后来的《宇治大纳言物语》和《今昔物语集》均产生了深远的影响。

继平安朝早期《日本灵异记》之后，由僧人撰写的汉文体佛教说话文学集《本朝法华验记》（又称《大日本国法华经验记》），是平安朝中期的首楞严院僧人镇源撰于长久年间（1040—1044），分为上中下三卷，全129篇。与《日本灵异记》的变体汉文不同的是，《本朝法华验记》以纯正汉文写成，又较《三宝绘》《日本往生极乐记》晚50年左右。该书编纂意识与《日本灵异记》和《日本往生极乐记》十分类似，具有明显的"本朝"意识。景戒受到唐朝佛教志怪《冥报记》《金刚般若经集验记》的启发，决心撰写本国"奇事"；庆滋保胤也是受到唐代《净土论》和《往生瑞

---

① 出雲路修校注：《日本靈異記》，第193頁。
② 日本学界也有使用"怪异说话"的例子，但考虑到本书研究对象除了"说话"，还涉及其他文类，故择取"怪异文学"。鈴木一雄：《日本文学新史》古代Ⅱ，第255—256頁。
③ 此处直接使用原题，不做翻译，相关题目的中文意思参看后文。
④ 今井卓爾：《物語文学史の研究》，第180頁。
⑤ 李明敬：《日本仏教説話集の源流》，勉誠出版社2007年版。

应删传》的影响撰写本朝异相往生事迹；镇源在序言中也表达了同样的意识，即"而中比巨唐有寂法师，制于验记流布于世间。观失我朝古今未录"①。唐代沙门寂法师撰有《法华经集验记》②。除此之外，唐代惠详的《弘赞法华传》、僧详的《法华传记》、道宣的《集神州三宝感通录》等法华经灵验记亦对《本朝法华验记》产生了刺激与影响③。

尽管这些平安朝的佛教说话文学集不同程度地强调"本朝"，但是它们在故事题材、文体、叙事方法、思想内涵等诸多层面借用或仿照中国佛教志怪。日本学者末武恭子围绕中国唐僧详的《法华传记》等佛教验记对《本朝法华验记》的故事类型的影响进行了考证，列举出十大项目④。而《本朝法华验记》又对后来的《宇治拾遗物语》《今昔物语集》等影响巨大，有许多篇目被编入其中⑤。

平安朝后期，《今昔物语集》的诞生标志着怪异文学的发展达到了高潮，它也是日本佛教说话文学集的巅峰之作。该书的编纂者至今未能确知，但编纂这样一部庞大的著作，显然需要相当丰富的藏书，足够的时间和财力。有关作者的考证研究均缺乏确凿证据，但一般认为有两种可能：一是由某位贵族所编纂，二是由寺院僧团集体完成⑥。它的文体是假名混杂汉字的"宣命体"形式，分为"天竺部""震旦部"和"本朝部"，即按照佛教流传日本的时空次序编纂。卷一到卷五为天竺部，以印度佛教诞生史、佛传、本生故事为主。卷六到卷十是震旦部，从佛教入传中国开

---

① 井上光贞等校：《往生伝·法華験記》，第510頁。
② 井上光贞、大曾根章介依据《东域传灯目录》认为"寂法师"系宋代高僧寂义，其所撰《法华验记》三卷"今不存"。井上光贞等校：《往生伝·法華験記》，第720頁。但是太田晶二郎指出前说错谬，唐代"沙门寂"撰《法华集验记》上下二卷今存。太田晶二郎：《太田晶二郎著作集》第一册，吉川弘文館1991年版，第327—333頁。
③ 大曾根章介依据太田晶二郎的研究纠正前说，并探讨了镇源编撰的《大日本国法华经验记》与中国唐代多种法华经灵验记的关系。大曾根章介：《漢風の世界と国風の世界中古文学——法華験記をめぐって》，《中古文学》1978年第21卷。千本英史：《験記文学の研究》，第88—96頁。
④ 末武恭子：《法華験記の先蹤》，《国語と国文学》1976年第53卷第9期。
⑤ 永藤靖：《古代仏教説話の方法——霊異記から験記へ》，三弥井書店2003年版。
⑥ 参见森正人评述各家关于该书成书时间及作者的考证。森正人：《今昔物語集の生成》，和泉書院1986年版，第16—19頁。

第四章 季叶之书

始，重点以佛教故事为主，但是设有震旦佛法、孝养、国史等部分。其中第八卷散佚，不知内容为何。震旦部的素材主要来自中国的佛教类书《法苑珠林》，佛教灵验记《冥报记》《三宝感应要略录》等①。本朝部从第十一卷开始到二十卷为佛法，即日本佛教史和佛教故事，卷十八、二十一散佚，卷二十二、二十三以日本国史、逸闻为主，卷二十四、二十五、二十八为世俗，卷二十六为本朝宿报，卷二十七为本朝灵鬼，卷二十九为本朝恶行，卷三十、三十一为本朝杂事②。从编目来看，共三十一卷，但是有第八、十八、二十一卷散佚，仅现存的作品就有1059篇（含正文残缺的19篇）。编纂的方法参考了《冥报记》、《三宝感应要略录》以及《法苑珠林》、《经律异相》等中国佛教志怪和佛教类书，采取两话一类的形式。"两话一类"是国东文麿提出来的，即相邻的两个故事存在某种关联，或是人物，或是主题③。有学者认为《今昔物语集》的题目可能也不是原题，只是因为该书中故事一般以"今昔（今ハ昔）"开始叙述，故而得名④。森正人指出《今昔物语集》存在编纂方法与编纂意识之间的矛盾，而这可能是《今昔物语集》三卷"散佚"的原因。换言之，三卷并非"散佚"，而是因为编纂者难以实现原先的编纂构架而放弃了⑤。尽管如此，该书的编纂为人们了解平安朝历史、佛教、文化、社会、经济等各领域均提供了宝贵的资料，尤其是作为怪异文学的集大成，涵盖口承文学和书承文学的两面性质，其文学的价值不可估量。

除了《今昔物语集》，平安后期的往生传编纂也进入鼎盛时期。除了文人编纂以外，僧侣莲禅编纂的《三外往生记》（约1151年）、法界寺沙门如寂《高野山往生传》（1187年前后）均值得进一步的研究。到了室町时代，虽有行佛的《念佛往生传》（残本，1262年前后）和《三井寺往生传》

---

① 宫田尚：《今昔物語集震旦部考》，勉誠出版社1992年版。
② 佐竹昭広、池上洵一、森正人、小峯和明等校：《今昔物語集》（新日本古典文学大系），岩波書店1993—1999年版。
③ 国東文麿：《今昔物語集成立考》（増補版），第1頁。
④ 小峯和明：《今昔物語集の形成と構造》（補訂版），笠間書院1993年再版，第293頁。
⑤ 森正人：《今昔物語集の生成》，第184—194頁。

问世，但往生传已显式微。

另外，僧侣皇圆编纂的私修史书《扶桑略记》（1106—1108），以汉文写成，主要以日本佛教史为核心，从当时文献、史料中采集了大量怪异事象和佛教灵验说话，本书也将其纳入怪异文学研究视野之中。

总的来说，大体可以将这些僧侣创作的怪异说话文学集分为：佛教验记、往生传、类书总集、（佛教）史籍与绘卷五类。最后一类——绘卷，即以图画为主，辅以文字的读物，其中的代表作品是《三宝绘》。它本来是绘卷，但现在仅存文字部分，图册散佚。新日本古典文学大系本的底本是藏于东京国立博物馆的"东寺观智院本"，分为上中下三册，封面题"三宝绘词"。从总序可知源为宪于永观二年（984）编写完成，进献给了尊子内亲王[①]。

《三宝绘》对后来的佛教说话文学集影响深远。在山田孝雄《三宝绘略注》的基础上，小泉弘结合个人研究梳理了《三宝绘》对后世的影响。《日本往生极乐记》行基传末尾注记表明庆滋保胤在俗时就已经撰写了正文和序言，并装订成书（第一次本）。庆滋保胤出家之后（法名寂心），新获得五六位往生人的故事，因念佛修行无暇，委托兼明亲王代为增入。但兼明亲王抱恙，后来由庆滋保胤自己增入。时间大约在宽和二年（986）四月到永延元年（987）九月（兼明亲王去世）之间[②]。从后来增加的《圣德太子传》、《行基传》和《空也传》内容可见，庆滋保胤参考了才编写完成两三年的《三宝绘》。究其原因，两书的编者在诗文之道和佛道方面均有密切的交往，庆滋保胤在主办劝学会之初，还请源为宪撰写了《空也诔》[③]。《日本往生极乐记》除了材料、内容，还在编纂思路、结构上借鉴了《三宝绘》[④]。

[①] 小泉弘：《〈三宝絵〉の後代への影響》，载馬淵和夫等校《三宝絵・注好選》（新日本古典文学大系），第489—490頁。

[②] 馬淵和夫等校：《三宝絵・注好選》（新日本古典文学大系），第515頁。

[③] 学界已注意到二人交游与两书编撰的关系。森正人：《古代説話の生成》，笠間書院2014年版，第125頁。

[④] 森正人：《古代説話の生成》，第319—320頁。

第四章 季叶之书

受到《三宝绘》影响的还有《本朝法华验记》。该书一些篇末明确记载了出自《日本灵异记》，另有下卷6篇并未注明出自《日本灵异记》，而是通过《三宝绘》继承了《灵异记》的文本，即故事文本以《灵异记》→《三宝绘》→《本朝法华验记》的方式传承①。同时，《荣华物语》的序言以及有关佛教仪式的记载也受到《三宝绘》的影响。一般认为该书全篇写成于嘉承二年（1107），为藤原道长出家前后所作。

《今昔物语集》也吸收了《三宝绘》里面篇目，芳贺矢一在《考证今昔物语集》中指出《今昔物语集》有28篇出自《三宝绘》。此外，平安时代末期镰仓时代初期成书的《宝物集》的传本有一卷本、二卷本以及片假名三卷本、平假名三卷本等，该书的总序和具体篇目也多来自于《三宝绘》。足见《三宝绘》对后世说话文学的影响之大②。要而言之，《三宝绘》是连接从《日本灵异记》到《今昔物语集》为止的平安朝说话文学集中极为重要的说话文学集，它与《日本往生极乐记》《本朝法华验记》的编撰者均为"劝学会"的成员或相关者，由此可见，佛教团体、法会活动等也对佛教系列的怪异文学发展产生了不容忽视的作用。

第二节　末代与怪异文学编纂意识

《狐媚记》中"季叶"一词同"季世"，即一朝一代的末期。大江匡房在《狐媚记》的末尾感慨："今于我朝，正见其妖。虽及季叶，怪异如古。""季叶"或"季世"又有"末世""末代"之意。大江匡房的感慨表达了对院政期混乱的皇权统治之绝望。类似的表述又见于纪长谷雄延喜五年（905）所作《宇多法皇请停封户书》"又季世之衰，随日而至"（《本朝文粹》卷七）。无论是大江匡房的"季叶"还是纪长谷雄的"季世"，

---

① 馬淵和夫等校：《三宝绘・注好選》（新日本古典文学大系），第517—518頁。
② 馬淵和夫等校：《三宝绘・注好選》（新日本古典文学大系），第515—532頁。

都表露出强烈的社会危机意识。这种危机意识，除了源自对个人境遇的忧虑和对皇权统治衰落、社会愈加动荡的预感之外，还受到儒家"浇季史观"和发端于中国南北朝而盛行于日本平安朝的"末法"思想有关。

除了儒家思想以外，在平安朝的社会思想中佛教无疑占据绝对重要地位。原本佛教"正像末"三时说主要是为了劝诫僧众防止怠惰、精进修行而提出，后来扩散到普通民众，成为影响平安时代的一条思想脉络。所谓"正像末"，"正"即正法时期，"正"者"证"也，佛虽灭度，法仪未改，有教，有行，有证果者；"像"即"像法"时期，"像"者"似"也，此时有教，有行，但证果的人已经很少；"末"即"末法"时期，"末"者"微"也，此时期转为微末，只有教而无行，更无证果者。"正像末"三时说形成于中国北齐时代，关于三时分别有多久，存在多种说法，后来天台宗的慧思禅师在《南岳思大禅师立誓愿文》中提出的正法五百年、像法千年、末法万年的说法广为流行①。

《日本书纪》关于佛教于钦明天皇十三年（552）初传日本的记录，正好相当于进入末法的第一年，田村圆澄、井上薰等人依据有关表述来源于唐义净长安三年（703）翻译的《金光明最胜王经》，认为《日本书纪》的编者故意设定并编造了有关事件，但是对于究竟是谁出于何种目的编造了末法第一年佛教传入日本的"历史"，以及如何认识等问题上，众说纷纭。吉田一彦肯定了井上薰的"道慈创说"说②，认为道慈的目的在于构建"末法→废佛→废佛与兴佛之争→佛法兴隆"佛法初传日本的曲折历史③。

但进入平安时代，正法五百年、像法一千年的三时观以及钦明天皇十三年（552）佛法初传日本之说不利于佛教兴隆与流传，所以改为正法、

---

① （南朝陈）释慧思：《南岳思大禅师立誓愿文》，《大正藏》第 46 册，第 786 页下—787 页上。
② 吉田一彦：《〈日本書紀〉仏教伝来記事と末法思想（その一）》，《人間文化研究》2007 年第 7 期。
③ 吉田一彦：《〈日本書紀〉仏教伝来記事と末法思想（その五・完）》，《人間文化研究》2010 年第 13 期。

第四章 季叶之书

像法均为一千年，即1052年才进入末法①。随着净土教在日本的影响不断扩大，欣求净土、厌离现世秽土的教义引导人们把世风日下、民众生活日趋困顿、政治斗争日趋激化看成末法来临的表现②。《本朝文粹》卷十四宽弘四年（1007）大江以言所作《为觉运僧都四十九日愿文》："昔当正法多智行人之间，犹有离若斯人之叹。今临末法少智行人之时，争堪失若斯人之悲。"③ 其中"末法少智行人"就是对末法之世佛教衰微的一种阐释，是一种下降史观。尽管"三时"说预言了佛法衰微，但是也突出了末法来临之时，五浊恶世之中佛法能够救度众生的可贵价值。《本朝续文粹》卷十一收录的藤原敦光保安二年（1121）撰写的《白山上人缘记》之中，强调"奉念弥陀宝号，是则末法万年之间，弥陀一教，可遗之故也"。同样，藤原实范于康平五年（1062）所作的《园城寺龙华会缘记》阐述了末法世界也即"婆娑世界""秽土"，信仰弥陀佛可"得解脱于末法中"之观点④。

至于平安朝的末法思想与贵族文人常常言说的"末代"是否相同，日本学者存在两种意见。起先田村圆澄等佛教研究者将二者看成一回事，后来前田雅之对针对《今昔物语集》之中没有"末法"的表述，却有很多学者将其中的"末世""末代"等词视为末法思想的影响提出反对意见，强调"末代""末世"与"末法"概念存在差异⑤。此说在《今昔物语集》以及相关说话文学的研究者中激发了争论，并且引起了日本古代思想史研究者的注意⑥，森新之介系统地分析了中国儒家"末代""末世""浇季"

---

① 大隅和雄：《第三部末法思想第一章愚管抄》，载今野達等编《日本文学と仏教》第4卷无常，岩波书店1994年版，第167—169页。
② 有关人们在末法来临前后的思想认识及其表现，详见麻原美子论文。麻原美子：《第三部末法思想第二章平家物語》，载今野達等编《日本文学と仏教》第4卷无常，第189—196页。
③ 藤原明衡、藤原敦光著，黑板勝美编：《本朝文粹·本朝続文粹》，第352页。
④ 藤原明衡、藤原敦光著，黑板勝美编：《本朝文粹·本朝続文粹》，第189、187页。
⑤ 前田雅之：《今昔物語集の世界構想》，笠間书院1999年版，第134页。
⑥ 森正人与小峰和明等人均认为《今昔物语集》中虽然没有"末法"，但是"末代""末世"等词汇也是基于末法思想而言的。森正人：《今昔物語集の生成》，第156—164页。小峯和明：《今昔物語集の形成と構造》（補訂版），第312—327页。

的历史认识与末法思想之间的差异,可谓切中要害①。但是,森新之介把频繁出现于平安朝中后期贵族文人日记里面的"末代""末世"相关表述与"末法"言说截然划分成儒家、佛教两个不同思想源流,却忽视了《中右记》等贵族日记的同一段文字里混用"末代"与"末法"之事实。

平安朝初期末法来临的警告一开始并未获得上层贵族的重视。但是随着贵族阶层矛盾不断激化,皇权统治秩序的逐步崩坏,社会秩序、治安恶化,在贵族文人中普遍存在的"末代""末世""德下衰""浇末"的下降史观与他们日常接触的佛教末法思想互为表里,纠缠在一起,形成了平安朝中后期文人历史叙述中"末代""末世"与"末法"等言说混为一谈的现象。本节标题所用的"末代"正是由此而来,涵盖儒家的末代观与佛教的末法思想。贵族文人的渐浇史观与佛教末法来临的"预言",影响人们对社会发展的预期——尤其是围绕预兆天灾人祸的怪异事象所作的判断,也由此产生了与怪异相关的各种言说。

一　平安朝末法思想及其言说

"三时"说的影响也表现在日本现存最早的佛教说话文学集,也是怪异文学的集大成《日本灵异记》下卷序言之中。作者景戒所论"三时"乃是承袭中国天台宗南岳大师慧思的"正法五百年、像法千年、末法万年"之说②:

> 今探是贤劫,释迦一代教文,有三时。<u>一,正法五百年。二,像法千年。三,末法万年。自佛涅槃以来,迄于延历六年岁次丁卯,而径一千七百二十二年。过正像二,而入末法</u>。然日本从佛法传适以还,迄于延历六年而径二百三十六岁也。夫花笑无声,鸡鸣无泪。<u>观代修善之者,若石峰花,作恶之者,似土山毛</u>。

---

① 森新之介:《摄関院政期思想史研究》,思文阁出版2013年版,第42—65页。
② 见于《南岳思大禅师立誓愿文》,参见《日本灵异记》下卷序言的脚注,第126页。下卷序言末尾有"羊僧景戒,所学者未得天智者之问术。所悟者未得神人辩者之答术"一句,表明他确实接受了天台宗慧思大师的"三时"说。

第四章 季叶之书

他认为自佛教传入日本到了延历六年（787）已经是末法，于是"观代修善之者，若石峰花，作恶之者，似土山毛"①。不过，人们追逐名利、杀生作恶的行为，招来的现报令人惊心动魄。所以必须劝诫众生，普修善行。可以说，拯救末法之乱世恶行，正是景戒著述的目的。

其实，在上卷序言里面，景戒说圣德太子撰写的经疏"长流末代"，也即长久地流传于景戒所处的时代（当时已经入末法，故称"末代"）。该序文末尾还提到："故聊注侧闻，号曰《日本国现报善恶灵异记》。作上、中、下参卷，以流季叶。"其中"季叶"一词，底本训释为"季，末世。叶，世也"，即认为等同于"末世"②。整句的意思即：所以姑且记录听来的传闻，名为《日本灵异记》，分成上中下三卷，以流传现在的末法之世③。而末世之世除了作恶者多、修善者少以外，作为私度僧的景戒看到庶民阶层遭受的苦难可谓触目惊心。他在作品中揭露了上至天皇、贵族阶层，下至一般衙役、地主对百姓的剥削和奴役。尽管他在下卷最后一篇中把嵯峨天皇视为圣主明君，但是他也提到了嵯峨天皇在位时"天下旱疬""天灾地妖饥馑难"频频发生的事实。

而下卷倒数第二篇更是记录了孝谦女天皇的荒淫以及叛臣贼子所造成的战火、灾难首先都出现了童谣、天象怪异的"表征"（即征兆），这些征兆被视为"天"对皇权统治者、乱臣贼子即将施以惩罚的预告。尤其值得注意的是，景戒从评述皇权统治之怪异（童谣、天象怪异）及其对应的历史事件之间的（福祸）因果一转讲述个人遭遇到的"福祸"。

首先，"无养物无食物，无菜无盐，无衣无薪"的生存境况令景戒感到"惭愧""忧愁"。景戒将"昼复饥寒，夜复饥寒"的原因归咎为前世

---

① 出雲路修校注：《日本霊異記》，第127頁。
② 出雲路修校注：《日本霊異記》，第4—5頁。另外，《今昔物语集》新日本古典文学大系本第三册88页第7行、第四册第41页第14行均出现了"末叶（末葉マツエフ）"，意思为"子孙、后代、徒孙"。关于"末代""末世"等词汇含义的考证请参考本章第二节第三部分。
③ 山本大介详细考证了《日本灵异记》下卷三十三引用的宣扬末法思想的佛教。山本大介：《末法の経典と説話——〈日本霊異記〉下卷第三十三縁の引用経典と三階教》，《古代学研究所紀要》2014年第20期。

不修布施善行。这种想法在一个怪梦中获得验证，并且梦中化斋的僧人还授予景戒《诸经要集》等经卷。景戒认为此僧人乃是观音幻化。第二个梦里景戒则是梦见自己死后尸体被烧的情景。之后不久就晋升传灯住位（准五位）。景戒于是认为第二个梦其实是晋升的吉兆。其次，景戒遭遇了两次狐鸣怪异，并随即出现了灾祸。一次是延历十六年至翌年（797—798）长达两百多天夜夜狐鸣，随即景戒的男儿夭折。又一次狐鸣怪异之后，马死[①]。从景戒自身对梦的解释和对狐鸣怪异为凶祸征兆的理解来看，他虽然身为佛教徒，但又对天人感应学说和谶纬思想抱有浓厚的兴趣。证据是他在这篇作品末尾感叹："是以当知，灾相先兼表，后其实灾来也。然景戒未推轩辕黄帝之阴阳术，未得天台智者之甚深解，故不知免灾之由。"因此，在作者景戒看来，童谣、天象怪异既是儒家天人感应、谶纬思想和阴阳五行思想常说的天的"谴告"，也是佛教因果报应的中间阶段。这种看法影响了他的历史叙述的基本言说方式。

人们可以从《日本灵异记》中看到"末法"之中社会动乱、皇权统治者与贵族阶层之间钩心斗角以及民众水深火热的苦难等种种景象。这是对末法世界的真实写照，也是对各种怪异事象的因果分析和书写。该书题名之中有"灵异"二字，即序言强调的善恶因果报应如影随形，现报则迅速且令人心惊。佛教的福祸观与源自中国儒家的天人感应思想、谶纬融于一体，"灵"强调有无表象可与事件相印证，可解释为灵验；"异"则强调作者记录之事或为瑞应，或为怪异，或有奇异之福，或有恐怖之祸。末法世界的混乱、黑暗，使得这些事件变得更令人胆战心惊。景戒的怪异书写既有个人对世界、国家的看法，也有对个人生存境遇的忧愁（对灾异的忧惧）；既有对末法世界混沌、混乱的批判，也寄托了对秩序、合理、稳定生活的期待（对佛法灵验的希望）。

从现存文献中，只能模糊地勾勒出景戒的大致轮廓。而他的生平事迹已经无从考证。但是有一点是非常明确的，那就是他是一个地方教团的低

[①] 出雲路修校注：《日本靈異記》，第186—194頁。

级僧官。由于他个人生活的贫困潦倒以及地位的低下，因此他对末法世界的看法以及对各种怪异事象的理解最可能接近平民阶层。

二 平安朝贵族文人的末代言说

本书第二章曾论述过，平安朝的皇权统治建立了一套神祇制度，其中包括佛教国家的相关体制。并且对于怪异事象的处理，佛教法会等活动也充当了极为重要的角色。天台宗是以《法华经》信仰为根本的宗教流派，奈良时代天平胜宝六年（754）由唐朝僧侣鉴真和尚传入日本。平安朝初期最澄渡唐，回国后在比叡山延历寺开创了日本天台宗。天台宗对平安朝皇权统治的影响比较大，该宗派的三大法会——法华会、最胜会和大乘会频繁出现于贵族日记和其他历史文献中。尤其遭遇天变地妖等怪异事象时，三大法会常常负责禳灾、祈福的任务。随着天台宗参与国家佛教活动，该宗派的末法思想也对皇权统治者和贵族文人产生了极大的影响。

《小右记》作者藤原实资（957—1046）对自己亲见亲闻之事发表评论时，喜欢把"末代"一词作为定语，修饰所要评论的人或事物。例如永祚元年（989）十月一日藤原实资听说昨日慈觉大师（圆仁）门徒将天台座主余庆的宣命使所持宣命文书撕碎、佩剑折断、随从打伤之事，惊叹"往古今来未闻事也，末代之事可悲可叹之"①；长保元年（999）十一月二日他对公卿不顾身份竞相为女院（藤原诠子）、藤原道长女（彰子）送别的行为，评论道："末代公卿不异凡人"②；长和二年（1013）七月四日，作者向僧正庆圆询问为何真言宗有五钴、三钴、独钴，却没有二钴、四钴，庆圆坚持认为：伦誉阿阇梨说没有就是没有。心誉阿阇梨和圆贺僧都认为不存在二钴、四钴。而作者之前已经了解存在二钴的事实，所以他认为圆庆僧正是"末代之浅学者等只吐不知之事"③；同月十二日批评公卿家的

---

① 藤原実資著，東京大学史料編纂所编：《小右记》第一册，第203页。
② 藤原実資著，東京大学史料編纂所编：《小右记》第二册，第68页。
③ 藤原実資著，東京大学史料編纂所编：《小右记》第三册，第123页。

女儿们往宫里跑，谋求官位，"末代卿相女子为先祖可遗耻"①。这里的"末代"包含了作者对眼前的世风日下，尤其对佛教领袖、贵族阶层不学无术、醉心权势的哀叹。

此外，当评论到一些人祸等异常事件时，藤原实资也会将其纳入"末代"的语境下。例如长德三年（997）四月二十五日"近日强盗不惮贵处，可谓末代"②，此处的"末代"不是"现代"或"如今"的意思，而是"末世"、一朝一代行将终了之意。连强盗都跑到中纳言平惟仲和藤原朝经的宅邸劫掠，所以作者有此感叹，体现的正是浇季史观。宽仁三年（1019）十一月二十二日他评论藤原长家的随从欲群殴纪元武事件时评论："奇怪事也，末代事何为云云。上下礼法早以灭尽。"③ 而在长元四年（1031）七月二十四日提及宽弘年皇宫发生大火时无人救灾，评论道："末代之灾无人相救，悲哉之。"④ 显然，藤原实资因为"上下礼法早以灭尽"而发出了"奇怪事也"之叹。除了对当时皇权统治秩序败乱，统治阶层内部矛盾激化表达不满以外，也对当时贵族阶层的腐朽堕落表示担忧，尤其对宽弘年间的皇宫大火无人相救发出了叹息。

同样，关白太政官藤原忠实（1078—1162）在《殿历》中也有类似的表述。永久二年（1114）十一月二十一日他对皇宫在丰明节会斋戒的做法不遵先例表示了无奈，感慨"末代作法实无术事欤"⑤；永久四年（1116）七月十二日"禁中沙汰实不可思议，神妙也。末代作法不可书尽"⑥；又于永久五年（1117）十一月十九日对鸟羽天皇的着装以及大臣们不符合礼制的行为，发表了类似的评论："实奇怪不可思义人欤，末代沙汰，不可书

---

① 《小右记》非纯正汉文，该句意思是：末代太政大臣、公卿的女儿实在是给祖先丢脸。藤原実資著，東京大学史料編纂所編：《小右記》第三册，第126頁。
② 藤原実資著，東京大学史料編纂所編：《小右記》第二册，第34頁。
③ 藤原実資著，東京大学史料編纂所編：《小右記》第五册，第212頁。
④ 藤原実資著，東京大学史料編纂所編：《小右記》第九册，第11頁。
⑤ 藤原忠実著，東京大学史料編纂所編：《殿曆》第四册（大日本古記錄），岩波書店1960年版，第13頁。
⑥ 藤原忠実著，東京大学史料編纂所編：《殿曆》第四册，第249頁。

第四章 季叶之书

尽者也。"① 藤原忠实对天皇和大臣们不遵守礼法的荒唐行为感到无奈，认为这是"末代"才可能见到的"奇怪""神妙"的做法（即文中的"沙汰"）。他还直接用了"末代奇怪"一词来评论鸟羽天皇大醉失态之事②。简言之，藤原忠实对世情混乱、礼法崩溃表达不满，认为这些违背常理的行为、事件极为怪异，唯有末代、浇季才会有。这种观念不仅在之前的《小右记》中存在，而且藤原宗忠的《中右记》亦有体现。

太政官右大臣藤原宗忠同样用"奇怪"等词汇评论时事。例如时任右中辨的他评论嘉保元年（1094）八月二十八日众官员在请官符印时不按照程序的做法时说，"末代之作法，奇怪也"③；嘉保元年十二月十六日因为宰相直至黄昏才上朝评论道，"末代之事，希也怪也"④；承德元年（1097）闰一月二十四日对左少史惟兼与右大史广亲斗殴事件发表看法，认为："末代之事，奇也怪也。"⑤

这些贵族不但将不合理法、前所未有的混乱等视为末代、末世的表象，带有悲观的下降史观，还愈发觉察到"末代"社会的"人心"败坏。例如藤原宗忠在承德元年（1097）三月六日条说："末代人心，可恐可怪。"⑥ 又承德元年三月十日条评论曰："末代狼戾者，人心有恐之故也。"⑦ 这些言说，实际上均是末法思想的现实反映。

因为贵族文人除了使用"末代"一词，还有直接使用"末法"的例子。《中右记》宽治七年（1093）八月八日记录了延历寺僧众将七旬僧正良真的僧舍砸倒以及兴福寺僧徒骚动两个事件，尽管朝廷也下达了制止僧众逆乱的宣旨，结果到了僧纲手里，却不遵照执行，于是作者发出哀叹："只是及末法，而佛日渐灭欤，哀哉。"⑧ 可以明确作者藤原宗忠至少不是

---

① 藤原忠実著，東京大学史料編纂所編：《殿曆》第五冊，第57頁。
② 藤原忠実著，東京大学史料編纂所編：《殿曆》第五冊，第57頁。
③ 藤原宗忠著，東京大学史料編纂所編：《中右記》第二冊，第100頁。
④ 藤原宗忠著，東京大学史料編纂所編：《中右記》第二冊，第154頁。
⑤ 藤原宗忠著，東京大学史料編纂所編：《中右記》第三冊，第159頁。
⑥ 藤原宗忠著，東京大学史料編纂所編：《中右記》第三冊，第179頁。
⑦ 藤原宗忠著，東京大学史料編纂所編：《中右記》第三冊，第181頁。
⑧ 藤原宗忠著，東京大学史料編纂所編：《中右記》第一冊，第224頁。

单纯地以儒家的运命论和浇季史观来看待僧众违法乱纪，而是直接表明了对末法时代，佛法行将破灭的忧惧。宽治七年八月二十九日藤原宗忠了解到延历寺僧众骚乱的起因系僧众不满僧正良真贪污越后国大米，与僧正的弟子、武士发生了冲突。一方是佛教领袖，贪污腐败，使用暴力欺压异己，一方是僧众不顾佛法与法度，聚众骚乱。藤原宗忠哀叹"只是及末法，天之令然欤"①。换言之，他认为末法时代，真心向佛修行者少，欺世盗名，行恶作乱者多，都是天意（三时轮换的必然）。还有嘉保二年（1096）五月二十七日记录白河上皇及其女儿郁芳院先后靠法胜寺丈六爱染明王的灵验治好了疾病，赞叹："法胜寺圆堂灵验揭焉……先后灵验，诚虽末法，佛日之再中欤。"②作者先前还怀疑末法时代，佛法渐灭，此时又因爱染明王显灵而对佛法再度中兴而喜悦。

使用"末法"评论时事的并非只有藤原宗忠。同时代的藤原师通在《后二条师通记》永长元年（1096）九月十六日条记录了法成寺座主仁源、律师公圆等受邀为藤原师通咳病祈祷，到傍晚"灵验罔极"，故而赞叹"虽末法数年，悬冯有验"③；康和元年（1099）三月二十二日记录梦见自己到访弘法大师之处，叹曰："佛法可致心神也。虽为末法，灵验不违者也。"④由此可见，平安朝的贵族既因世道人心败坏而感叹末世王道衰微，佛法渐灭，又因为身处末法时代还能见证佛法灵验而惊喜、赞叹。

再回过头来看这些贵族日记可以看到"末法"与"末代"混用或在意涵上存在互通的情况，而这一点正是森新之介试图否定的，他将这二者硬性区分成了佛教末法思想与儒家渐浇史观⑤。上面引用藤原宗忠使用对末法思想的理解评论延历寺、兴福寺僧众骚乱事件以及法胜寺灵验，可见他

---

① 藤原宗忠著，東京大学史料編纂所編：《中右記》第一冊，第230頁。
② 藤原宗忠著，東京大学史料編纂所編：《中右記》第二冊，第224頁。
③ 藤原師通著，東京大学史料編纂所編：《後二條師通記》第三冊（大日本古記録），岩波書店1958年版，第220頁。
④ 藤原師通著，東京大学史料編纂所編：《後二條師通記》第三冊（大日本古記録），第268頁。
⑤ 森新之介：《摂関院政期思想史研究》，第83頁。

第四章 季叶之书

将佛教徒不专心修行，各大山门、教派武斗不断的事件归咎于末法来临，佛法破灭。对于他而言，"末代""末世"不仅意味着"现代"，也并非简单地等同于一朝一代的终末时期。因为他还用"末代"来叙述"佛法破灭"的现实。《中右记》长治元年（1104）六月二十一日记录比叡山东西塔众自十五日开始"僧徒相乱，每日合战"，于是他发出了"偏是及末代佛法破灭欤"的追问。他的追问针对僧徒相互斗乱不止而起，一派信奉佛法、修行觉悟者寥寥可数的佛法破灭之景象。换言之，他所说的"末代"不就是"末法"思想描述的情境么？这与《日本灵异记》下卷序言、《为觉运僧都四十九日愿文》里面提到的末法来临，佛法虽有，但少有人信奉、修行，更没有得证果者，作恶者多如牛毛等情境有何区别？退一步说，贵族文人对皇权统治日渐衰微抱有的下降史观，尽管包含儒家的渐浇史观，但同时也接受了佛教末法来临的预言，是一种多元混杂的历史认识。

也正是基于这种历史认识，一些神灵显现、祥瑞降临或者佛法灵验的事件，被视为极其可珍、可奇、可贵、可怪之事。《中右记》嘉保元年（1094）十月二十四日条记录皇宫大火之后，"内侍所博士命妇〈备后〉语云：去夜有梦想。又件夜内侍所铃大鸣，成奇之处，已皇居烧亡。是其征欤"。藤原宗忠感慨："诚虽末代，可恐者，神道也。"[①] 嘉保二年（1095）九月五日当众人在寻找天皇御剑上面的配件之时，"厅前大树下赤蛇出来，万人成恐。件蛇长三尺余许，其色深从红梅。古人云，伊势事时赤蛇出来。然而未见其实，今日慊奉见之。诚虽末代，神征所见惊也。在座人云，失色怖畏"[②]。在藤原宗忠看来，嘉保元年博士命妇之梦是天神谴告，并且应验；而嘉保二年的赤蛇惊现，也被他看成天神释放出的预告。正因

[①] 藤原宗忠著，東京大学史料編纂所編：《中右记》第二册，第123页。该句意思是：内侍所的一位叫"备后"的博士命妇（从五位上的官员妻子称"命妇"，此人丈夫或父亲可能出身"备后国"，故名）说自己昨晚梦见皇宫着火了。另外当内侍所的铃铛响个不停，人们正奇怪的时候，皇宫已经着火了。这两件事均被视为火灾的征兆。

[②] 藤原宗忠著，東京大学史料編纂所編：《中右记》第三册，第255—256页。该句意思是：庭前大树下有赤蛇出现，所有人大惊。此蛇长三尺左右，其色深，如红梅花色（平安朝布料颜色，深桃红色）。老一辈说伊势神宫祭祀时，也曾出现过赤蛇，但是我自己没有见过。今日猝然见之。真是虽在末代，神灵征验令人惊异。在座人等皆惊恐失色。

为他的末代（末法）史观，对社会混乱、礼法崩溃的悲观与不满，促使其他在见证了上述怪异、灵验之后，对神灵报以更高的敬畏心。除了神道显灵以及上面提到的法胜寺灵验之外，还有四个"末代"佛法灵验也让藤原宗忠极为惊异。嘉保二年二月一日大僧正良真因为日食形状不正，修持七佛药师法获得应验。藤原宗忠评价说，"诚虽末代，佛力之灵验自以显然者欤"①；嘉承元年（1106）八月二十一日他讲述三颗舍利在药师寺塔下被发现，供奉十年来，令天下男女结为良缘，赞叹"诚虽末代佛法灵验不可思议也"②；承德二年（1107）十月三十日评曰"是虽末代，佛法之灵验诚以显然者欤"③；康和五年（1103）五月四日评曰"佛法护法善神所令然也，虽末代灵验显然者欤"④。

他们在政治生活中目睹了王道的衰退与皇权的瓦解，以及佛法的衰败与世风的日益堕落，这些现象恰恰印证了"末法"时代的种种表象。由此，他们既感叹社会的纷乱与皇权秩序的崩溃，又对人性与社会关系进行了深刻的思考，充满了明显的悲观与恐惧。他们将"末代人心"比作"狼戾者人心"，并认为其"可恐可怪"。这一情感的根源，源于他们对平安时代人们无序的行为、不遵守法度与戒律的强烈不满，进而将当时的社会视为"末法恶世"，并悲观地预见这种社会混乱将可能持续不衰。……由悲观到恐惧，又不断地被天变地妖等怪异事象刺激而加重，也时而被一些神道显灵、佛法灵异事件而"拯救"，混沌不堪。前面曾经提及"常"具有制度、礼法等含义，而"非常"或"异常"则具有反制度、不合理、怪异的意味。贵族文人具有很高的教养和文化素质，惯常理性思维。但是当他们面临种种乱世奇闻之时，发出"末代之事，奇也怪也"或"希也怪也"的感慨便极为自然了。更不用说他们见证各种怪异事象之后，产生对佛法、神道灵验、灵异的敬畏心。

---

① 藤原宗忠著，東京大学史料編纂所編：《中右記》第二册，第176頁。
② 藤原宗忠著，東京大学史料編纂所編：《中右記》第六册，第202頁。
③ 藤原宗忠著，東京大学史料編纂所編：《中右記》第四册，第89頁。
④ 藤原宗忠著，東京大学史料編纂所編：《中右記》第五册，第50頁。

因此，藤原宗忠之前评论大江匡房记录"僻事""虚言"是"狼藉不堪"，相较于他赞叹末代神灵显现或佛法灵验之事而言，的确"为末代诚不足言也"。这种敏感而且强烈的危机感与"末法恶世"的各种怪异事象紧密相连，从而形成了贵族文人特有的历史叙述和怪异观，也是怪异文学得以快速生长的沃土。

三 平安朝怪异文学中的"末代"言说

因切实感受到末法、末代的混乱，所以对佛法灵验、神道灵奇等怪异事象极为敏感，成为怪异文学集创作的原动力之一。"末法""末代""末世"等下降史观深刻影响着怪异文学作者的编纂意识。例如源为宪为冷泉天皇第二皇女编纂的《三宝绘》就是按"三时"说将全书分为佛宝、法宝、僧宝三卷。他在序言开头说："释迦牟尼佛入灭之后已一千九百三十三年。像法之世遗年不几。"在像法将尽、末法来临之时，年仅十七岁的冷泉天皇皇女尊子内亲王尽管生于富贵之家，位及尊贵，而自行落发皈依佛教，"厌离五浊之世"，令人赞叹。由于"物语者，可遣女御之心也"，故而源为宪为尊子内亲王撰写了三宝物语。当时尊子内亲王的父亲冷泉天皇及母亲、叔父等人相继离世，她在圆融天皇面前失宠，导致她万念俱灰，决心皈依佛门[①]。从这个意义来说，《三宝绘》也算是一部拯救万念俱灰的年轻人，劝诱其笃行佛道，早日脱离污浊之世苦恼的书籍。

源为宪是庆滋保胤主持的劝学会一员，他与庆滋保胤算得上是诗文之友。他的《三宝绘》于永观二年（984）冬完成，而庆滋保胤的《日本往生极乐记》也于翌年著成。《往生记》里面主要记录了往生极乐者的故事。尽管该书里并未直接使用"末法""末代"等表述，但是末法思想的影响痕迹还是非常明显。《往生记》第一篇《圣德太子传》太子临终曰"吾不欲久游五浊"就是明证。"五浊"即"五浊恶世"，是专门概括"末法"

[①] 关于尊子内亲王的人生境遇，详见马渊和夫在该书开头的解说以及源为宪《三宝绘》总序。馬淵和夫等校：《三宝絵・注好選》（新日本古典文学大系），第3—6頁。

世界特征的词汇。并且《往生记》里的往生者临终之时往往看见荷花、宝树等净土世界的景象，亦时而出现奇香。这与往生者在现实生活中的困苦境遇形成鲜明对照。也有的往生者因为食用大蒜或没有沐浴抑或有小恶行而被净土世界的天神、童子暂时阻止前往净土世界。这些往生者大多经历了饥饿、疾病等"末法恶世"的苦难而终得往生（后详）。可见，庆滋保胤与源为宪一样，在编纂《往生记》时，也接受了末法思想①。《往生记》述及往生者临终之时所出现的"紫云之瑞""奇香""音乐"等怪异事象时，习惯称之为"瑞相"，也就是庆滋保胤在序言中提到的"异相（往生）"。而这些"异相"或"瑞相"是相对于当时逐渐衰微的皇权统治秩序、愈加混乱的社会经济环境而言的，这种逻辑与前引藤原宗忠的"诚虽末代，佛法灵验不可思议也"完全相同——"异相""瑞相"引起故事中其他人物议论与关注，增强了他们对修行佛法可获得灵验、利益功德的信心与期待。

　　《本朝法华验记》成书于长久年间（1040—1044），首楞严院沙门镇源属于天台宗。天台宗又称天台法华宗，其根本经典就是《法华经》。平安时代初期传教大师最澄从中国学成归国后创立此宗派。最澄及其弟子们依据《法华经》有关末法的论述传播教义，强调在像法之末，末法即将到来之际《法华经》与天台宗在镇护国家方面具有独特优势②。据信《末法灯明记》就是最澄所撰，该文专论末法之后佛教修行的问题。麻原美子在论及《末法灯明记》和天台宗的末法思想时，认为："这样的末法观显示出强烈的佛法灭尽的危机意识，而这正是天台宗法门之所在。田村圆澄曾指出'天台宗在推动日本末法思想形成方面发挥了主导作用'。……若说能够救度末法众生的经典唯有《法华经》的话，可能是因为《法华经》安乐行品的'文殊师利，如来灭后，于末法中，欲说是经'；'文殊师利，菩萨摩诃萨，于后末世，法欲灭时，受持诵经，斯经典者'；分别功德品'恶世末法时，能持此经者，则为已如上，具足诸供养。'普贤菩萨劝发品

---

① 井上光贞等校：《往生伝·法華験記》，第500页。
② 進藤浩司：《最澄における末法思想の受容と展開について》，《印度学佛教学研究》2003年第52卷第2号。

第四章 季叶之书

'世尊，若后世，后五百岁，浊恶世中'。"①

从《本朝法华验记》总序中，也可看到镇源对天台宗教义的膜拜。序言提到"昔大师注全闻于江陵之竹帛。若不传前事，何励后裔乎？"此处的"昔时大师"即指天台大师在荆州笔录《法华玄义》《摩诃止观》等事迹②。《本朝法华验记》开篇第一就是讲述圣德太子在日本弘扬佛法，作《胜鬘法华疏》的功德。第二篇为行基菩萨传。第三篇就是关于天台宗开创者，弘扬《法华经》的传教大师传记。镇源将《法华经》信仰和天台宗教派发展置于日本佛教史之中，并且在《传教大师传》中记录了传教大师所发誓愿，即："悠悠三界，纯苦无安也。扰扰四生，唯患不乐也。牟尼之日久隐，慈尊之月未照。近于三灾之厄，没于五浊之深。加以风命难保，露体易消……［大师发愿文虽不可入，末世行者见之可发道心］。"镇源在发愿文末夹注说"末世行者见之可发道心"，强调传教大师的发愿文可以增进末世修行者的佛道之心。同时，从发愿文本身对末法世界的描述可见，天台宗强调末法"纯苦无安"，末法众生"风命难保，露体易消"，因而三灾之危厄、五浊之害令众生水深火热。而能够拯救危厄，脱离苦难的，唯有诵持《法华经》。《本朝法华验记》正是围绕诵持《法华经》的效用展开，全书129篇无不与《法华经》能够拯救末法众生的各种苦难有关。甚至连"妙法莲华经"经名中的"妙"字也能够驱魔除妖，拯救持经者于危厄之中（下卷第一百十《肥后国官人某》）。

不仅如此，镇源还强调末法之世，佛法衰微，因而修行者更加可敬可贵。上卷第八《妙达和尚》讲述了妙达专心修行，却被阎王招入地狱。阎王见到妙达便向他礼拜，并赞叹妙达"是为浊世护法正人"。文中虽然没有明确提到妙达是《法华经》修持者，但是镇源借阎王之口强调了浊世修行的可贵③。综观《本朝法华验记》对灵验故事的评价可见，镇源所用的

---

① 麻原美子重点探讨了《平家物语》里面的末法思想，可见除了佛教说话文学，末法思想也在战争物语文学中有体现。
② 据头注，详见井上光贞等校《往生伝·法華験記》，第44页。后面所引《传教大师传》原文在同书第514页。
③ 井上光贞等校：《往生伝·法華験記》，第517页。

"微妙"一词,训读为"メデタシ",相当于汉语的"难能可贵""可喜"。又第十八用"希有绝妙"表达稀奇美妙之意。第二十二描述春朝法师死后骷髅每晚诵法华经,闻者"怪异"训读为"怪び貴ぶ",即"感到怪异和稀奇"①。其实,这种思维方式也与藤原宗忠、藤原师通等贵族文人的对佛法灵验的看法极为类似。它们均以末法为前提来评论神道显灵或佛法灵验事件,由此产生的惊讶、恐惧抑或感激、惊喜之情。在今人看来,这不正是平安朝怪异文学背后的思想源流吗?关于"末法"与灵验之间思想上的关联性,小峰和明认为《中右记》里面"诚虽末代,佛法灵验不可思议也"等表述与《今昔物语集》一样,都是因末世佛法灵验而发出的赞叹,其末法观和思维逻辑存在共同之处②。但是若从贵族文人对佛法灵验事件以外的其他怪异事象、社会动乱、皇权统治秩序崩坏等评论来看,不难发现他们惯于把自己对现实社会的观察感受、认知与佛教宣扬的"末法"世界对照起来,而非单纯地、特意地宣传佛法灵验、阐明神道不虚。这与镇源旨在宣扬《法华经》的灵验的思想存在明显差异。

《今昔物语集》没有"末法"一词,但多见"末代""末世"等表述,多数学者认为这些词语与"末法"同义。但前田雅之表示反对,他指出尽管"末代""末世"常常与"灵验"等词连用,但是这只是当时人们强调佛教灵验的惯用表述,并不能说明"末代"与"末法"的意义相通③。森正人批驳指出:"类似'实世末,希有佛在'等用例虽然少见,但很难想象作为当时人们对现实认识之基础——'末世'、'末代'意识不被《今昔物语集》吸收。或许,进入'末世'、'末代'的认识是《今昔物语集》的既定前提。而且《今昔物语集》对'末世'、'末代'的体认绝不可能

---

① 训读参考井上光贞校注版《往生传》第80页。新大系本《今昔物语集》卷十二第三十一《僧死后舌头残留,在山中诵法华经的故事(僧死後舌残在山誦法花語)》中训读为"怪ビ貴ム(アヤシビタフトム)"。池上洵一:《今昔物語集》第三册(新日本古典文学大系),第161页。藤井俊博对《法华经验记》里面的"奇异""微妙"等词语的训读和意义做过分析。藤井俊博:《今昔物語集の表現形成》,和泉書院2003年版,第523頁。

② 小峯和明:《今昔物語集の形成と構造》(補訂版),第319頁。

③ 前田雅之:《今昔物語集本朝仏法史の歴史意識——寺院建立話群をめぐって》,《日本文学》1985年7月。关于这一点,小峰和明等学者也有相同认识,详见上一段。

与本朝佛法的历史叙述无关。"①

辨别这两种观点孰是孰非，必须落实到严谨的文本分析上。本书通过对以下用例的分析，认为即便"末法"一词确实没有出现在《今昔物语集》里，但撰者对"末世""末代"的评论与当时人们对"末法"世界的普遍印象是相同的。

表 4—1　　　　　《今昔物语集》的末代、末世言说

用词	出处	用例	时代
世ノ末	十一 30 天智天皇御子始笠置寺語 （天智天皇之子始建笠置寺的故事）	実ニ、世ノ末、希有仏ニ在マス。世ノ中人専ニ可崇奉ジ（第三册第 83 頁） 译：实当世末，稀有佛在。世人可专心崇拜供奉	763 年以后②
	十一 32 田村将軍始建清水寺語 （田村将军始建清水寺的故事）	時、世ノ末ニ臨ムト云エドモ、人願ヒ求ル事有テ、此観音ニ心ヲ至シテ祈リ申スニ、霊験ヲ不施給ト云フ事無シ（第三册第 89 頁） 译：当时，虽临近世末，若人有心愿，专心向此观音祈祷，无不灵验	787 年以后 （87 页脚注 32、34）
	十二 21 山階寺燒更建立語 （山阶寺烧毁后重建的故事）	世ノ末ニ成ニタレドモ、事実ナレバ、仏ノ霊験此ノ如シ。何ニ況ヤ、目ニモ見エヌ功徳、何許ナラム。世ノ人モ、皆礼ミ仰ギ奉ルナメリ（第三册第 138 頁） 译：虽然已经是世末，若是事实，佛法（仍旧）如此灵验。况且目不能见的功德何其多。世人皆礼拜供奉	1048 年以后 （136—137 页脚注 7、24）
	十二 22 於法成寺絵像大日供養語 （在法成寺绘制大日如来像供养的故事）	世ノ末也ト云エドモ、カク貴キ事ハ有ケリト云ヒ合ヘリケリ（第三册第 140 頁） 译：人们都议论说，虽已世末，（竟）有如此可贵之事	1021 年以后 （138 页脚注 10）

---

①　森正人：《今昔物語集の生成》，第 160 頁。另外，他对《日本灵异记》故事结尾里出现的"奇異""奇"等评论性词语以及《今昔物语集》故事末尾中出现的"不（可）思議""希有也""奇異也""奇異シ"等评论性词语做了语义分析。《今昔物語集の生成》，第 53—72 頁。

②　该文末提到了良辨僧正，据《东大寺要录》卷二，此人于天平宝字七年（763）九月四日任僧正，宝龟四年（773）去世，由此推知故事成于 763 年之后。简井英俊校注：《東大寺要録》，国書刊行会 1971 年版，第 45 頁。

续表

用词	出处	用例	时代
世ノ末	十三 38 盗人誦法花四要品免難語 （盗贼诵法华经四要品被释放的故事）	世ノ末ニ及ブト云エドモ、ク持チ奉ル者ノ為メニハ霊験ヲ施シ給フ事、既ニ如此キ也（第三册第265页） 译：虽说已到世末，好好奉持便可获得灵验。就如此故事	1158年以后 （据文中人物"平正家""平资盛"）
世ノ末	十五 14 醍醐観幸人寺往生語 （醍醐的僧人在幸人寺往生的故事）	世ノ末ニモ此ル希有ノ事ハ有リケトテ、其レヲ見ケル人ノ語リ伝ヘタルヲ聞キ継テ（第三册第396页） 译：围观者都说世末还有如此稀奇事，很快此事就传开了	1052年以后①
世ノ末	二十七 37 狐変大槻木被射殺語 （狐狸变成大槻树，被射死的故事）	此ノ事ハ、只此ノ二三年ガ内ノ事ナルベシ。世ノ末ニモ此ル希有ノ事有ケリ（第五册第162页） 译：此事是这两三年内发生的事情。虽是世末，也有这样的稀奇事	不详
末世	十七 16 伊豆国大島郡建地蔵寺語 （伊豆国大岛郡建地藏寺的故事）	然レバ、末世ノ人専ニ地蔵菩薩ニ可仕シ（第四册第29页） 译：如此，末世之人可专心供养地藏菩萨	1062年以后②
末ノ世	十九 2 参河守大江定基出家語 （三河守大江定基出家的故事）	日本ノ国ニハ古ヘ希ニ其ノ法ヲ習ヘル人有ケルト伝ヘ聞クト云ヘドモ、末ノ世ニハ其ノ法ヲ行フ人無シ（第四册第109页） 译：虽闻日本国古昔罕有人修习飞钵之法，末世（如今）更无人能行其法	1038年以后 （110页脚注18、19。寂照1038年没）
末代	二十四 23 源博雅朝臣行会坂盲許語 （源博雅到会坂听盲人奏琵琶曲的故事）	近代ハ実ニ不然。然レバ、末代ニ諸道ニ達ナル者少キ也（第四册第429页） 译：现代实不如此。然而末代精通各种技艺的高手极少	980年以后 （427页脚注30、31）

注：出处用卷号（汉字）+篇号（阿拉伯数字）表示；译文系作者据新日本古典文学大系本原文及注释翻译。

---

① 这则故事记载的是"仁海僧正"弟子往生事迹，据《小右记》第8册第67页长元元年（1028）七月十七日条记载仁海当时为僧正，而第9册第241页长元四年（1031）三月十日条记载仁海当时为少僧都，推测这位僧人在1031年前做了仁海僧正的弟子，后来修行到死去（往生），与1052年末法来临时代相当。

② 文中提到主人公藏满是义满律师的弟子，九十岁无病命终。义满与奝然在天禄三年（972）二月三日一起写了《义满奝然结缘手印状》（義蔵・奝然結縁手印状），假设藏满在天禄年间做了义满的弟子，故故事约在1062年以后。《平安遗文》卷九，第四五六五号。

第四章 季叶之书

首先,"世ノ末(ヨノスエ)"的四个用例均有"世界终了之时",也即"末法"时代的意思。"世末(ヨノスエ)"的三个用例与"世ノ末"意义相同。三个句子均对"末法"出现佛法灵验之事表达赞叹,认为它们极为珍贵、神奇。"末世(マッセ)"和"末ノ世(マツノヨ)"的用例基本等同于"现代""当今""如今"。换言之,《今昔物语集》编著者将他所在的时代称为"末世"。而"末代(マツダイ)"与"末ノ世(マツノヨ)"相同,也可以翻译为"现在",并且与"实世末,希有佛在"之"世末"一样均表达下降史观,因此森正人的观点较能令人信服。

平安朝佛教说话文学集之所以记录大量怪异事象,除了宣传因果报应、佛法灵验外,另外还存在佛教在日本流传与繁荣的重要课题。如何处理"正像末"三时说与传法、弘法的关系,或者宣传个别教派的教学、主张,是三阶教、净土宗等吸引信众的重要手段。所以,不论是《日本灵异记》还是《本朝法华验记》等,撰者均强调末法时代更需要坚定修行信念以及佛法对众生的救济。因为即便在末法时代,佛法依旧灵验,因果报应之理依旧存在,真心的修行便可厌离秽土而往生极乐。这些佛教说话文学集写于末法时期,反映了皇权统治逐渐衰弱,人民生活愈加困苦,社会逐渐动荡,借此强调唯有佛法才可以救度众生远离苦难。

景戒在《日本灵异记》上卷序言里面的"末代""季叶"以及下卷序言中的"末法"含义相同。景戒认为进入"末法"时代,人们更应该"却邪入正,诸恶莫作、诸善奉行",为此撰写《日本灵异记》劝诫。大江匡房《狐媚记》的"今于我朝,正见其妖。虽及季叶,怪异如古","今"即"季叶",也就是说,现在皇权统治势力衰微,政治秩序混乱,于是妖异频现,并且这一切宛如过去的中国王朝衰败的故事。这一点貌似佐证了森新之助主张大江匡房具有儒家"渐浇史观"之论断,其实并非如此。大江匡房这里的"季叶"既有儒家的观念,还蕴含着末法思想。大江匡房另外一部重要的著述《本朝神仙传》讲述阳胜成仙之后,每年八月都会到西塔听僧侣们念佛，但是"及季叶不见"①。同样也是用了"季叶"一词，但该词在此处应该表达的就是末法时代——进入末法时代后，因为西塔僧众的念佛没了灵力，阳胜仙人都不来听经了。所以，《狐媚记》和《本朝神仙传》里面的"季叶"也有末法时代的意义，儒家的"渐浇史观"与佛教末法思想在平安时代后期的怪异文学里面逐渐交织在一起。

本章小结

律令制度的逐渐瓦解，皇权统治的败落以及新旧势力的矛盾、斗争，不断地加剧了季叶、末世、末代的恐慌。居于社会上层的贵族文人、知识精英从儒家的谶纬思想、灾异祥瑞和渐浇史观出发对眼前愈加混乱的社会状况发表评论。与此同时，佛教末法思想从僧侣、社会普通民众到贵族阶层获得了广泛的接受。尤其是拥有佛教信仰或因日常政务经常参与国家或个人的祈福消灾法会、转经修法等活动的贵族文人，他们既有儒家的理性视角，同时也熟悉佛教末法思想。他们掌握最多的社会信息，了解社会变乱的最新情况，加上他们耳闻目睹的各种怪异事象，为他们撰写"怪异文学"提供了最丰富的素材。

森正人阐释《今昔物语集》的编纂意识时说道："对秩序的强烈期待被看做是关乎《今昔物语集》成书的末代末世之现实写照。因而，本朝佛法历史的体系化是按照一定基准对过去进行梳理，以便让人理解。借此，达到了把混乱、不稳定的现实重新编进秩序里面的目的。"② 不论是僧侣还是贵族文人，常常因为末法浊世中的变乱、战祸，违背制度、伦理等事件而发出"怪异""奇怪"等感慨；又常常因为佛法、神灵的再现、显灵而惊叹佛法、神道之灵验、神奇。"正像末"三时说被普遍接受，为人们理

---

① 井上光贞等校：《往生伝·法華験記》，第583页。
② 森正人：《今昔物語集の生成》，第163页。

解动荡不安、混乱无序、没有条理的社会现实提供了一个有力依据，各种怪异、灾祸也是末法世界应有之物。为了解脱，真心修行佛法变得尤为可贵，佛法灵验的奇迹也更值得关注和珍惜。所以，末法、怪异、灵验、恐惧、惊喜等建立起密切的互动关系，它们共同构成了平安朝文人、僧侣编写季叶之书——怪异文学的直接动因。

第五章 口承与书承
——怪异文学的源流与性质

前面已经提到，末法思想随着佛教传入日本之时，按照原来的"正像末"三时说日本恰好进入末法。为了弘扬佛教，日本出现了新的"三时"说，将末法推迟到永承七年（1052）。但是，在佛教界依旧存在原来的"三时"说，这在景戒的《日本灵异记》中已经明确。新旧两个"三时"说并存，反复提醒平安朝人末法即将或已经来临，使人们长期处于紧张状态。与此同时，末法来临的说法如同一个惊天预言，随着"末法"之日的临近，各种怪异事象连续不断地出现，更增加了人们的恐惧。这种恐惧并没有在永承七年末法来临后消除。随着贵族阶层矛盾不断激化，皇权统治秩序的逐步崩坏，社会秩序、治安恶化，平安朝被源平之乱击垮，走向了终结。在这一过程中，人们对末法世界的恐惧与日俱增，便产生了祈求佛法灵验、神道灵异，以及被拯救的期待。谶纬思想、天人感应思想，以及佛、道、儒、阴阳道等宗教思想，共同构成了人们对天变地妖、怪异的宇宙观和认识论。它们成为怪异文学的思想基石。

第一节 历史叙述与传言

怪异文学对世界的描摹和记录或许存在虚构、夸张的成分，但是与当时的历史叙述相表里。今人从这些历史叙述和怪异文学文本中不仅能够看

第五章　口承与书承

到平安朝人关注自身在"倒退"的历史潮流中如何生存下去的问题；同时也可以看到他们在"末法"长久压抑下产生强烈的生存欲望；也能看到当时人们对政治事件以及被认为与这些政治事件相关的怪异事象表现出的焦虑。他们焦虑甚至极度恐惧，采取街谈巷议的方式以寻求更多信息。街谈巷议的各种传言遂被作为某事件的一部分被记录下来，还有一些继而成为素材被写入怪异文学。

传言主要源自谣言，美国学者揭示了谣言产生的两个基本条件：第一，对传谣者和听谣者而言，故事的主体（谣言的核心内容）必须具有某种重要性；第二，事实必须是被某种模糊性掩盖起来。而且，因为某些紧张情绪，人们不能或不愿意接受正规渠道介绍的事实情况①。所以，人们一般会依据自己的经验和知识分析、想象那些怪异事象背后的原因，评估它们可能对自己造成的影响。同时，为了掌握更详细的情况，人们还会与其他人交流、讨论。于是，讹言、谣言越传越多，愈加荒诞，甚至出现讹言与后续发生的事件挂钩，造成讹言成真的情况。正如人们常说的"凡是群体一致认为是真实的，便是真实的"，而这个"真实"的讹言或谣言本身是集体创作出来的②。

平安朝中期发生的平将门叛乱是平安朝政治的重要转折点，为平氏和源氏两大武士集团的兴起创造了契机，拉开了"源平之争"的序幕，最终导致平安王朝的土崩瓦解。关于平将门叛乱如何平定的问题，历史记录与民间传言存在较大的差异。解析这个差异的关键词是"天罚"和"神镝"，关键人物正是三善清行的儿子净藏法师。

《日本纪略》后篇天庆三年（940）正月一日条、七日条两次提及宫中宴会因为"东国兵乱"而不奏音乐。不仅如此，还"遣使于伊势大神宫，祈东国贼"。接着，二十五日"修仁王会，祈征夷贼事也"。可见，平将门

---

① ［美］奥尔波特等：《谣言心理学》，刘水平、梁元元、黄鹏译，辽宁教育出版社2003年版，第17页。
② ［法］让-诺埃尔·卡普费雷：《谣言：世界最古老的传媒》，郑若麟译，上海人民出版社2008年版，第57页。

叛乱给朱雀天皇带来极大的危机感。三月五日藤原秀乡飞马快报已经斩杀平将门。四月二十五日，藤原秀乡差使返京，献平将门首级。平将门虽然已经被斩首，但是在濑户内海的藤原纯友势力仍旧没有剪除，八月二十日"奉币石清水以下十二社，依祈讨南海凶贼也"。二十八日又"奉币于伊势以下诸社"，同样也是为了祈祷平息兵乱。二十九日，又在天台山"始五坛修法，于法琳寺，始修大元法"。七月七日终于诛灭了藤原纯友①。从这一段历史叙述来看，朱雀天皇朝对平将门和藤原纯友两大叛乱势力一方面采取了武力镇压的手段，另一方面还依赖祭祀神灵、祈祷佛祖的方式。

在日本最早的军记物语《将门记》里面也提到朱雀天皇不仅请名僧在七大寺庙祭奠"八大明神"，还下诏令举朝祈祷"仁祠"。于是，"山山阿阇梨，修邪灭、恶灭之法；社社神祇官，祭顿死、顿灭之式"，七天时间举国上下行咒诅平将门之法，规模空前。《将门记》特别提到"八大尊官放神镝于贼刀"，这一点被认为是平将门中箭战死、战乱被平定的关键。文中有这样的描述："爰新皇，着甲胄，疾骏马，而躬自相战。于时现有天罚，马忘风飞之步，人失梨老之术。新皇暗中神镝，终战于涿鹿之野。"②也就是说，在《将门记》的历史叙述里，平将门中箭战死实际是咒诅平将门之法获得应验，平将门是被"神镝"射中，即平将门死于"天罚"。

其实，平将门之死还存在其他传言。《扶桑略记》卷二十五天庆三年正月二十二日，三善清行的儿子大法师净藏在延历寺三七日修大威德法，使平将门的身影显现于灯火之上。此时，从祭坛中发出镝声，往东飞去（平将门当时在日本东部）。随后，在天皇请净藏主持修仁王会当天，京城内因平将门军队逼近而发生骚乱。但是净藏非常镇定，宣布平将门的首级今日必将送到，结果真如其言。也就是说，《扶桑略记》的作者皇圆认为射死平将门的那支"神镝"实际上是净藏在祈祷大威德金刚时射出的箭。

---

① 黒板勝美编：《日本紀略後篇・百錬抄》（新訂増補国史大系11），第39—40頁。
② 见《将门记》，作者不详。一般认为是平将门叛乱被平定之后不久所作。山岸德平、家永三郎等校：《古代政治社会思想》，第323—325頁。

第五章 口承与书承

而这种说法在后来的《古事谈》卷四"勇士"篇①和《日本高僧传要文抄》里面也有记载②。可见，该说法在佛教界有不小的影响。

值得注意的是，除了净藏法师的"神镝"，《扶桑略记》还提及有关平将门之死的另外四种传言。

第一种传言与延历寺有关。同月二十四日，该寺僧明达在美浓国的中山南神宫寺，修调伏四天王法。就在平将门被诛灭的当日，该寺修法所烧之香发出恶臭，修法结束之日，平将门首级就被送来了。该传言的说法与净藏修大威德法极为类似，只不过没有提到"神镝"。燃烧香料却发出恶臭让人们联想到平将门尸体的腐臭。

第二种传言同样与修调伏平将门之法有关，但地点是在东大寺执金刚神像前。当时七大寺众高僧正在修法，"数万大蜂遍满堂内，迅风俄来，吹折执金刚神之髻丝。数万之蜂，相随髻丝，向东穿云飞去。时人皆谓：'将门诛害之瑞也'"。执金刚神的髻丝象征着流镝飞行的轨迹，而蜜蜂象征流镝。

第三种传言也与东大寺的执金刚神像有关。《扶桑略记》先后使用了"一云"和"古老云"的叙述形式。执金刚神像的头光（佛像头部背后的光圈式装饰）"右方天衣切落"③，据"古老"说朱雀天皇祈请东大寺僧修法之时，该神像却失踪了。人们怀疑是不祥之兆，甚至上报了天皇。但是几天后，神像又出现在原处，但天冠右边的装饰却被砍掉，像身湿漉漉地如流大汗，还有被弓箭射中损坏的痕迹。人们"依此祥异"都认为是神像亲临战场诛灭了平将门。

第四种传言直接被称作"古老传言"，据说天皇令法琳寺修大元法之时，祭坛中流出鲜血。虽然《扶桑略记》并未作任何后续说明，但从文脉上不难推测法琳寺的人认为他们修法时出现的异象是平将门被诛杀的征兆。

---

① 见该文头注。皇円：《扶桑略記》，第212页。
② 宗性著，黒板勝美編：《日本高僧伝要文抄》（新訂増補国史大系31），吉川弘文館1965年版，第25页。该书大概完成于建长元年到三年（1249—1251）之间。
③ "一云"和"古老"描述佛像残缺的部位存在差异，前者是佛像的头光右侧天衣被砍掉，后者是佛像的天冠右侧的装饰品被砍掉，恰好表明同一个传说的版本也有出入。皇円：《扶桑略記》，第212页。

从上述四个传言来看，无一不令人感到怪异。加上《扶桑略记》一开始提到的净藏调伏平将门的传言，还有《将门记》本身，六个版本与《日本纪略》的说法相比，可谓越来越神奇。在此，有一点事实需要注意，那就是朱雀天皇的确派人到各大神社、寺庙祈祷，并让它们行咒诅平将门之法。于是，各个神社、寺庙在平将门被诛灭之后，纷纷报告自己咒诅之法应验。换言之，即使非故意，也无意中形成了众僧侣、神社证明各自神异、灵验的潮流。平将门叛乱给整个皇权统治以极大的冲击，社会恐慌情绪引起各种传言。战祸平息之后，当人们回顾事件时，自然而然地联想起之前朱雀天皇祈请各大神社、寺庙的事情。于是，在不断地评说此事的过程中，各种传言被反复阐释，越传越真。例如，第一个传言在末尾还提到松尾明神托梦告诉世人，说延历寺僧人明达是阿倍仲麻吕转世。显然讲述这个传言的人极力强调明达并非一般僧侣，借神梦告而"神化"了。结果，不论是谣言还是谎言抑或确有其事，都毫无辨别地流传开来。《扶桑略记》在叙述时也不断地提示净藏修法调伏平将门之后的其他版本皆是传闻、传说。例如第二个版本开头"又世相传云""时人皆谓"。这里的"相传"和"皆谓"表明当时人们对事件的关注和议论，并且通过议论不断地汇总、增添新的传闻。同样，第三个版本的"一云""古老云"以及第四个版本的"古老传云"都说明了其传闻的性质。若说平将门遭到"天罚"而中了"神镝"是一个虚妄之言的话，那么造谣者正是当时参与其中的所有人。这一点《扶桑略记》在最后也说，传言之多，"凡神社、佛寺祈请事等，不可胜计"。

而作为文学文本的《将门记》在故事末尾还加了"谚曰"一段，主要讲述平将门死后在地狱受苦之事，消息的来源为"田舍人报云"。"谚"字在平安朝字书《色叶字类抄》下"人事"部解为"里语"，"里"即乡间，"语"即传言，日语为"噂話（ウワサバナシ）"[①]。这一表述在《今昔物语集》卷二十五第一《平将门阴谋造反被诛灭的故事（平將門発謀反被誅

---

① 关于"谚"的意思解析，参考了瓜生茂秋《合戦噺之研究》，《国文学攷》1936年第3期。

語)》中以"据传说（トナム語リ伝ヘタルトヤ）"的形式体现①。事实上，不但对于平将门的叙述以这种表达形式结尾，而且在《今昔物语集》的绝大多数篇末也都采用了"据传说（トナム語リ伝ヘタルトヤ）"的形式。

作为调伏平将门传言的延续，净藏修持大威德咒法的神异故事也在各种怪异文学中被不断放大。例如《拾遗往生传》中卷一里面，除了提到净藏专门奉敕调伏平将门之事，还讲述了净藏行咒法降服了真济僧正的怨灵之事②。其实在《扶桑略记》卷二十三藤原时平被菅原道真怨灵索命致死的记载中，菅原道真与净藏父亲三善清行有过一段对话，这段对话也显示出历史叙述与传言之间的密切关系。菅原道真忠告三善清行，请其子净藏不要加持藤原时平（详见本书第三章）。从菅原道真怨灵让名僧相应禅师都极为恐惧来看，菅原道真的忠告应该是出于善意的。它含有提醒三善清行让儿子远离是非，避免殃及的意思。菅原道真之所以善意忠告三善清行，是因为念及"不用尊阁讽谏，坐左降罪"的恩情。这一点在《日本高僧传要文抄》中进一步附会为菅原道真怨灵更明确地说"恩德之深何以报哉"③。其实，从三善清行昌泰三年（900）上书给菅原道真的文中来看，虽然有劝告菅原道真隐退之意，但是在藤原时平诽谤、打击菅原道真的过程中，三善清行却站在藤原时平一派。显然在道真被贬的事件中，三善清行的前后言行存在诸多疑点、矛盾，但是后人却将三善清行的"辛酉革命"说与菅原道真被贬两件事建立了联系，附会、虚构出各种传言。而且，传言不仅限于此，三善清行之子净藏也变得极为神异，他的咒法不仅能降服怨灵，还可以用"咒缚"之法制止强盗的袭击。从《拾遗往生传》、《日本高僧传要文抄》以及《今昔物语集》卷二十七第三十一话、卷三十第三话等所收录的关于净藏的神异故事可见，乡间传言、街谈巷议不断地增殖，丰富了怪异文学文本的素材。

---

① 小峯和明校：《今昔物語集》第四册（新日本古典文学大系），第493頁。
② 井上光貞等校：《往生伝・法華驗記》，第319頁。
③ 宗性著，黒板勝美編：《日本高僧伝要文抄》（新訂增補国史大系31），第26頁。

第二节　讹言、谣言、妖言

人们通过观察周围环境及事物，获取各种信息和生存智慧。当遇到不明了、不可思议或怪异的事情时，便会产生一种急于了解"真相"的焦虑。这种焦虑促使他们互相议论，并依据自己固有的知识和生活经验进行分析，最终想象出一个结论。这个结论即便与事实相差甚远，甚至荒唐无稽，却是经过确认的或"有根有据"的"真相"。平将门之乱震惊朝野。由于事件的重要性和与此相关的信息模糊性都很高，各种传言、讹言和谣言纷至沓来，难以甄别其真伪。它们被文人记录下来，或成为相关历史叙述的材料，或成为怪异文学的素材。所谓"讹言"即虚假的传言；所谓"谣言"即没有实际依据的，或故意捏造的传言。例如《中右记》嘉承二年（1107）九月提到大江匡房"两三年来暗记录世间事。或有僻事，或有虚言"，即言大江匡房将一些社会流传的讹言、谣言也记录下来。为此，藤原宗忠对大江匡房的行为非常不满。

除了平将门叛乱引发各种传言，菅原道真怨灵事件也引发了许多讹言。这一点在第三章第二节已经提及——《日本纪略》延长元年四月二十日条记录皇太子保明亲王之死时，补充道："举世云：'菅帅灵魂宿忿所为也。'"而在《扶桑略记》卷二十四延长五年十月间的记录提到狐遗屎于南宫殿、鹭鸟群集于清凉殿东庭以及大流星等怪异，尔后说："是月，讹言甚多。或云：'故太宰菅帅灵，夜到旧宅，语息大和守兼茂杂事云：朝廷应有大事，其事应起大和国。汝须好慎行其事。自余事甚多'云云。但他人不得闻之。彼朝臣秘不他语矣。"① 可见，不论是"举世云"还是"或云"，都说明多数人对不断发生的怪异事象感到恐惧。

社会情绪越紧张，越会影响人们对信息的判断。所以，延长五年

---

① 皇円：《扶桑略記》，第199頁。

第五章　口承与书承

（927）十月间一开始只是出现了一些怪异事象，但是社会上立刻流传大量讹言。人们甚至预估、猜测朝廷即将发生大事，并将这种猜测穿凿附会到菅原道真怨灵之上，编出了怨灵夜访旧宅，警告儿子朝廷将发生大事，并且祸端就是其子所在的治所大和国。显然这样的讹言已经包含某些政治指向性，它可能出自某些利益集团的操弄。但对于一般民众而言，他们无法辨别真假及其背后的政治企图，只会把这些讹言当作将发生灾难的预告、前兆。

其实，在官修正史里面罕见阴阳寮或神祇官占卜认定某怪异事象是菅原道真怨灵作祟。但是当时社会心理极为敏感，就连贺茂社等神社的大树折断或者鹭鸟飞临屋顶，都令整个皇宫紧张，立即采取斋戒和祭祀行动。再例如屡屡出现于贵族日记和史籍的"触秽"事件，应是类似的心理所致：

> 今日上卿及参议不参斋院，仍以左中辨（藤原）怀忠为上伐［代］，令行其事云云。事已希有，奇惊了。今朝召贺茂松尾等祢宜，被祈申祭平安之由。世间谣言云云如云，仍昨夕以女房所令奏也。①

藤原实资在《小右记》天元五年（982）四月二十一日的记录中，提到自己上朝的时候就听到"传闻"，说宫中有犬死之秽，并且发生了触秽事件，所以上卿、参议都不去斋院②，由藤原怀忠代行其事。此事让藤原实资感到惊奇不已。接着早晨天皇召见贺茂、松尾两神社的神官，被告知需要祭祀，以祈求平安。藤原实资最后提到听宫中女官（女房）禀报说世间谣言纷纷"如云"。谣言纷纭的记录恰恰折射出当时怪异事象、触秽事件频发引发的恐慌。

还有一些历史记录提到某人在不知情的状况沾染了死秽或产秽，并参

---

① 藤原実資著，東京大学史料編纂所编：《小右記》第一册，第31页。
② "斋院"指负责贺茂神社祭祀的斋王或其住所。参见本书第三章第二节第三部分"贺茂斋院"注释。

与了政治活动，导致其他参加者触秽。被触秽的人又在不知情的状况下，令更多人触秽，以至于"秽遍满"。《小右记》长和二年（1013）二月六日条①、三月二十九日条②，《中右记》嘉保元年（1094）十一月七日条③等多个记录都详细梳理了天下"秽遍满"的经过。实际上，直到触秽的"事实"偶然被发现（例如出现怪异事象等，通过占卜得出了因"触秽"所致的结论，例如这里提到的《中右记》嘉保元年十一月七日条记录），人们才会追溯其源头。而追溯行为本身主要基于牵强附会的联想。从表面上来看，"秽"具有极强的"传染性"④。实质上是人们通过过度分析与猜测，将无关事件人为地建立起因果关系。这种情况与谣言、讹言的形成十分类似，人们把某个怪异事象与其他事件建立关系，集体参与了"制造"讹言、谣言的过程。因为古代缺乏对讹言、谣言生成的认识，所以又常常将这些传言称为"妖言"。

首先解释一下平安朝人对"妖言"的认识。《本朝文粹》卷三收录有三善清行问，藤原春海对的"对策文"《立神祠》，有"妖言"⑤的用例：

> 然则魂魄迁变，验淫奔于湘山之神。狐狸绘贪，闻腥臊于首阳之庙。<u>妖言托石，祟兆凭桑</u>。金马碧鸡，青珠黄环，<u>并是凭虚之说，本非蹠实之谈</u>。谨对。

藤原春海在对策文末指出立神祠的重要性，但反对淫祀，尤其反对民众迷信石头开口说话或桑树出现灵异的妖言，向石头、桑树祷告、祈福的愚昧行为。藤原春海批判这些"妖言"纯属"凭虚之说"，毫无道理。同样，在《类聚三代格》卷十九里面，大同二年九月二十八日藤内丸上奏曰："巫觋之

---

① 藤原实资著，東京大学史料編纂所編：《小右记》第三册，第80页。
② 藤原实资著，東京大学史料編纂所編：《小右记》第三册，第99页。
③ 藤原宗忠著，東京大学史料編纂所編：《中右记》第二册，第134页。
④ 三桥正系统地考察了"秽"的传染及其带来的社会问题。三橋正：《日本古代神祇制度の形成と展開》，第318—330頁。
⑤ 藤原明衡、藤原敦光著，黒板勝美編：《本朝文粹・本朝続文粋》，第60—61頁。

第五章 口承与书承

徒好托祸福，庶民之愚仰信妖言。淫祀斯繁，厌咒亦多，积习成俗，亏损淳风。宜自今已后，一切禁断。"① 藤内丸也清楚地揭示了"妖言"与"淫祀"的关系及其危害——巫觋之徒妖言惑众，民众愚昧盲从，淫祀损害淳朴民风，故应禁绝。

尽管知识精英清楚地揭示了妖言、谣言、讹言的成因与危害，但是平安朝的政治却时常受到它们的影响。接下来看看"妖言"在历史叙述与怪异文学中是如何呈现的。《日本三代实录》卷五十九仁和三年（887）八月十七日：

> 十七日戊午，今夜亥时，<u>或人告</u>："行人云：武德殿东缘松原西，有美妇人三人，向东步行。有男，在松树下，容色端丽，出来与一妇人携手相语。妇人情感，共依树下。数刻之间，音语不闻。惊怪见之，其妇人手足折落在地，无其身首。"右兵卫右卫门阵宿侍者，闻此语，往见，无有其尸。所在之人，忽然消失。<u>时人以为："鬼物变形，行此屠杀。"</u>又明日，可修转经之事。仍诸寺众僧被请来，宿朝堂院东西廊。夜中，不觉闻骚动之声。僧侣竟出房外。须臾事静，各问其由，不知何因出房。彼此相怪云："是自然而然也。"<u>是月，宫中及京师，有如此不根之妖语，在人口三十六种，不能委载。</u>②

就在武德殿鬼吃人的事件发生一年之前，《日本三代实录》卷四十九仁和二年（886）七月二十九日，皇宫紫宸殿也发生了鬼怪事件，"亥时，紫宸殿前夕长人，往还徘徊。内竖传点者见之，惶怖失神。右近阵前燃炬者亦得见。其后，左近阵边有如绞者之声。世谓之鬼绞也"③。接着八月四日光孝天皇下达敕令，因为安房等地有怪异、灾祸，且阴阳寮占卜云"鬼

---

① 藤原冬嗣等撰，黑板勝美编：《類聚三代格》（新訂增補国史大系25），吉川弘文館1965年版，第590頁。
② 藤原时平：《日本三代實録》（新訂增補国史大系4），吉川弘文館1971年版，第722頁。
③ 藤原时平：《日本三代實録》，第694頁。"内竖"指负责宫中杂事的侍从。"传点"指通过敲击云板报事或召集人员，亦指报时。"燃炬"即掌灯。

气御灵,忿怒成祟。彼国可慎疫疠之患。又国东南,将有兵贼之乱",于是要求各处戒严①。然而,此日之后的一年间,京城和各地的怪异事象、天灾人祸从未间断。显然紫宸殿"鬼绞"事件与八月阴阳寮的占卜结论对世人刺激极大。随后发生的武德殿美妇被鬼吞噬的事件似乎与这两件事情形成了前后呼应的关系。

紫宸殿事件极为诡异,已然引起世人关注,并出现了"世谓之鬼绞"的议论。以此为契机,随后又连续发生了多次怪异,可以推测人们的恐慌愈加强烈,武德殿事件的出现,将恐慌推至顶点。史家不禁感叹:"是月,宫中及京师,有如此不根之妖语,在人口三十六种,不能委载。"从这一段历史叙述来看,藤原时平等编撰者并未将紫宸殿和武德殿两个事件列入36种"妖语"之中。但是,从历史记录来看,不难发现事件经过里包含着多人提供的难以证实的信息,前后因果关系也没有条理性,令人匪夷所思。正是因此,才引起了人们热议与猜测,经过不断地穿凿附会,最终产生了36种"妖语"。换言之,怪异事象在口口相传的过程中不断增殖。藤原时平把这36种传闻斥为"妖语",亦即"妖言",或因为它们涉及光孝天皇统治的问题。就在当月二十六日,光孝天皇驾崩,改朝换代。

这两个事件不仅被私修史书《扶桑略记》卷二十一原文照录②,还被怪异文学集收录。虽然《今昔物语集》卷二十七第八《鬼变成人在皇城松原吃女人的故事(於内裏松原、鬼成人形噉女語)》③源自《日本三代实录》的记载,但是原来的故事情节明显被梳理了。首先,《今昔物语集》将《日本三代实录》开头的"或人告""行人云"和结尾处"不根之妖语"以及僧侣怪事删去。并且将事件中的另外两名美妇作为始终在场的当事人,由她们两个发现同伴被鬼害死,并报告守夜卫兵,然后众人聚集到了现场。这种处理消除了原来历史叙述里面的不合理性,提升了故事的真实性和现场感。尽管也有众人议论的情节,但是这种议论和故事末尾的评论,

---

① 藤原時平:《日本三代実録》,第694頁。
② 皇円:《扶桑略記》,第150—152頁。
③ 森正人:《今昔物語集》第五册(新日本古典文学大系),第102—103頁。

目的在于分析美妇遭遇鬼杀害的因果关系。《古今著闻集》卷十七第五百八十九条引用了《扶桑略记》的记载，同样也对原典做了修改：第一个出场讲述的是路人。在听了路人关于三个美妇的遭遇的讲述之后，守夜卫兵前往现场察看。次日，僧侣也遭遇了怪事。众人确信这是鬼怪所为。而且，"本月，宫中、京中多闻此类事"。尽管作者也提出了"多闻此类事"，但是作者并不像《扶桑略记》和《日本三代实录》一样将这些传闻斥为"妖语"①。

第三节　中国正史五行志的影响

中国古代史籍《汉书》卷二十七首开《五行志》之先河，《五行志》主要依据古代阴阳家、儒家经学的理论成果，记录评析天灾人祸等各种怪异事象。其中汇集了《左传》晋献公、文公、成公和《史记》晋惠公时以及汉元帝、汉成帝在位时的"童谣"与"诗妖"②。到了《后汉书·志》第十三卷《五行志》直接援引《五行传》来解释诗妖发生的原因："好攻战，轻百姓，饰城郭，侵边境，则金不从革。谓金失其性而为灾也。又曰：言之不从，是谓不乂。厥咎僭，厥罚恒阳，厥极忧。时则有诗妖，时则有介虫之孽……"③ 可见，自春秋战国到汉代，人们把诗妖和"介虫之孽"等均视为怪异，相信诗妖具有神秘的力量。作为诗妖的例证，《后汉书》一口气列举了13条童谣，并且解析了每一条童谣与历史事件之间

---

① 橘成季著，西尾光一校：《古今著闻集》（下），第271—272页。值得注意的是，《古今著闻集》"变化"篇序言指出："变化（妖怪）千变万化，未始有极，虽魅惑人心，却令人难以置信。"但是从第一篇武德殿故事以及其他二十三篇来看，作者并没有明确指出其中的虚妄、不实之处，反而绘声绘色地讲述各种妖怪幻化。若非作者有意在序言中故作理性、辩证的态度，而实际上极尽笔力乱神之能事的话，则序言极可能为后人妄加。西尾光一在该篇开头简介中提出"作者与当时的人一样，对于变化妖怪似乎时信时不信"，而在最后的《解说》中提到卷十七"怪异"篇和"变化"篇的时候，认为"作者似乎在主张（妖怪）变化的实在性"，颇有前后矛盾的意味，待考。橘成季著，西尾光一校：《古今著闻集》（下），第452页。
② （汉）班固撰：《汉书》，第1393—1394页。
③ （南朝宋）范晔撰：《后汉书》，中华书局1965年版，第3275—3276页。

的对应关系①。诗妖又被称为"谣妖",见于《后汉书》汉献帝在位时南阳流传的童谣条。

与《汉书》《后汉书》一脉相承,《晋书》卷二十八《五行志上》同样以《五行传》为理论依据阐释"诗妖"现象,并进一步阐释道:"君亢阳而暴虐,臣畏刑而箝口,则怨谤之气发于歌谣,故有诗妖"②,这一阐释不仅揭示了讹言产生的政治根源——臣民"怨谤之气"的郁结,更确立了讹言作为政治预警机制的功能价值。从概念范畴来看,讹言虽属谣言之一种,但其在主观意图与指向上具有显著特征。这一特征在汉代历史记载中已得到充分印证。《后汉书》卷二十三载:"安帝永初元年十一月,民讹言相惊,司隶、并、冀州民人流移",作者将动乱归因于邓太后专政导致的"咎僭",揭示了讹言与政治失序之间的因果关系。更为典型的是《后汉书》卷十七所记熹平二年洛阳事件:"灵帝熹平二年六月,洛阳民讹言虎贲寺东壁中,有黄人,形容须眉良是。观者数万。省内悉出,道路断绝。"③ 这一引发大规模社会骚动的讹言,极可能是张角兄弟为黄巾军起义蓄意制造的社会舆论。由此可见,相较于一般性谣言,汉代以降的讹言具有明确的政治指向性,它们往往服务于特定的政治目的;同时,讹言的传播效果与社会影响力显著强于普通谣言。

在先秦到两汉的史家笔下,讹言、谣言、童谣等民众话语,是具有神秘力量的政治预警话语,故而被称为"诗妖"。它们被视为民众"怨谤之气"的具象化表达,"诗妖"的出现预示"怨谤之气"已经达到临界点,不久将会出现社会动荡乃至政权更迭。这一认知在《汉书》及其后的正史《五行志》中得到了理论化阐释,形成了固定的叙事模式:先以"童谣曰"等表述引出民众话语,继而叙述相关历史事件,最终揭示二者之间的因果关系。这种叙事结构的确立,不仅将诗妖、讹言、童谣等民众话语提升为具有预言性质的谶言系统,更赋予其解释历史变迁的合法性地位。值得注意的是,这一政治话语体系在志怪小说中获得了更为丰富的文学演绎与理

---

① (南朝宋)范晔撰:《后汉书》,第3280—3285页。
② (唐)房玄龄等撰:《晋书》,中华书局1974年版,第883页。
③ (南朝宋)范晔撰:《后汉书》,第3346页。

第五章 口承与书承

论延伸。志怪小说通过对民众话语的艺术加工,一方面强化了其神秘色彩与预言功能,另一方面也拓展了其作为政治批判工具的文化内涵。

《搜神记》设有"妖怪"数篇,篇中除了记载许多鬼怪之事,还有不少怪异事象与讹言、谣言、童谣有关。《吴郡晋陵讹言》《京邑讹言》两篇是关于讹言的记录,提示讹言突然出现会引发人们极度的恐慌①。《蒋子文》里面提到的"妖言"应该与"讹言"意思相近。蒋子文被强盗害死之后,化身为土地神,屡次显灵要求世人祭祀,否则将降下瘟疫等灾害。但世人不信,于是蒋子文附身巫祝宣告:"吾将大启佑孙民,官宜为吾立祠。不尔,将使虫入耳为灾也。"可是,"孙主以为妖言。俄而果有小虫如鹿虻,入人耳皆死,医巫不能治,百姓愈恐。孙主尚未之信也。"②直至连续出现大火,甚至殃及皇宫时,孙权这才慌忙为蒋子文建庙堂,举行大祀。孙权之所以不相信蒋子文的神托预言,可能与东汉末年以来民间经常流传"讹言""妖言"有关。这一点从《后汉书·五行志》以及《搜神记》所记载的与黄巾军起义相关的讹言、谣言可见一斑③。由于"妖言"与"淫祀"关系密切,一些巫觋之徒装神弄鬼,惑众谋反,这也是为何孙权一开始就把蒋子文附体巫祝预言灾害降临视为"妖言"。

除了讹言、妖言,"谣言"也不绝于书。《搜神记》另有"神化篇",记录神仙、道化、卜筮之人的故事,其中有《阴生》条讲述汉朝阴生经常在长安渭桥下乞讨,市人有人厌恶他的,以粪洒之。后来"洒之者家,屋室自坏,杀十数人"。于是"长安中谣言曰:'见乞儿与美酒,以免破屋之咎。'"④显然人们把房屋崩塌砸死人的事故与向阴生泼洒粪水联系在一起,编制出了"谣言"。除了谣言,《搜神记》里面的童谣更多,例如《折柳枝》《江南童谣》等⑤。

---

① (晋)干宝撰,(南朝宋)陶潜撰,李剑国辑校:《新辑搜神记 新辑搜神后记》,第245页。
② (晋)干宝撰,(南朝宋)陶潜撰,李剑国辑校:《新辑搜神记 新辑搜神后记》,第107页。
③ 又见于《搜神记》之《赤厄三七》一文。(晋)干宝撰,(南朝宋)陶潜撰,李剑国辑校:《新辑搜神记 新辑搜神后记》,第194页。
④ (晋)干宝撰,(南朝宋)陶潜撰,李剑国辑校:《新辑搜神记 新辑搜神后记》,第38页。
⑤ (晋)干宝撰,(南朝宋)陶潜撰,李剑国辑校:《新辑搜神记 新辑搜神后记》,第223—224页。

《荧惑星》讲述荧惑星化作小儿与群童游戏，并告诉群童"三公锄，司马如"，而后飞升。干宝评析说："后四年而蜀亡，六年而魏废，二十一年而吴平。于是，九服归晋。魏与吴蜀并战国，'三公锄，司马如'之谓也。"①

通过对中国历史文献和志怪的研究可以发现：童谣即在儿童之间流传的歌谣。其中一些童谣本无特殊含义，但被史籍和志怪记载的童谣往往蕴含着特定的寓意或政治意图，成为传递社会舆论和民众诉求的特殊媒介。这类童谣与讹言颇为相似，通常出现在政局动荡或某些集团利益受损的时期。尤其当这些童谣广泛传播后，若恰逢发生动乱或灾祸，童谣就会被赋予神秘色彩，被视为谶言——即神的预言和警示。出于这种目的，创作童谣的人通常会将其教给不谙世事的儿童传唱，进而逐渐扩散到成人群体，最终在社会上广泛传播并被赋予各种解释。本书第二章提到《日本书纪》皇极天皇二年（600）十月和次年六月分别记载了两则预言圣德太子的儿子山背大兄王将被灭门的童谣。尤其是第二首童谣据说是三轮山上的猿猴在睡觉时唱出的，显得更加神秘、奇异。其实极可能是当时人们既想发表对政局的预测，又为了避免招致政治迫害而附会于猿猴身上的。

除了日本上代历史叙述中记载了童谣之外，平安朝怪异文学文本中也有体现。景戒在《日本灵异记》中卷第三十三《女人被恶鬼盯上并被吃掉（女人悪鬼点所食噉縁）》收录一条童谣②；在下卷第三十八《福祸的征兆先出现而后应验（災与善表相先現而後其災善答被縁）》中记录了六条童谣③。围绕这些童谣与中国古代思想的关系，中日学者进行了专门的论述。多田伊织认为上卷第三十，中卷第十四、第十七等存在阴阳五行观的因素；中野猛指出下卷第三十八童谣记事是采用了《汉书·五行志》有关童谣的类似表述；河野贵美子对下卷第三十八童谣记事与《搜神记》《法苑珠林》同类记载进行了比较，指出它们存在的关联性④；增尾伸一郎从日本平安朝《本朝

---

① （晋）干宝撰，（南朝宋）陶潜撰，李剑国辑校：《新辑搜神记　新辑搜神后记》，第208页。
② 出雲路修校注：《日本靈異記》，第111頁。
③ 出雲路修校注：《日本靈異記》，第187—194頁。
④ 河野貴美子：《〈日本靈異記〉の予兆歌謡をめぐって——史書五行志・〈搜神記〉・〈法苑珠林〉との関係》，《説話文学研究》2002年第37期。

第五章　口承与书承

见在书目录》所录谶纬篇目出发,分析了它们与下卷第三十八之间的关系①。本书笔者围绕《汉书》在叙述灾异时惯用"天若诫曰"和"之应也"的表达方式与景戒的"举国歌咏……是……表相答也"的关联,解释了景戒除了中国传入日本的佛教经典以外,还阅读了天人感应、谶纬思想的文献②。

景戒在《日本灵异记》下卷第三十八《福祸的征兆先出现而后应验（灾与善表相先现而後其灾善答被縁）》一开头便阐述了他对童谣的认识:"夫善与恶之表相,将现之时,彼善疠之表相,先兼作物形,周行于天下国而歌咏示之。时天下国人,闻彼歌音,出咏传通也云云。"这段文字的意思是说,福祸之兆即将出现之时,它们先化作某种物体的形象,在国内到处行走,唱出歌谣以告示人们。而天下之人,听到这个歌谣,又会流行传唱。显然,景戒不仅将福祸及其征兆视为某种神灵,而且也将童谣、歌谣的传播方式理解为某种"物形",甚至可以"周行于天下"。景戒将"童谣""歌谣"视为"物形"的论说与干宝所阐释的"荧惑星"化为小儿唱出"三公锄,司马如"的故事非常相似。荧惑星一般象征兵戈之乱,景戒在下卷第三十八里面提及的前几个童谣就与争夺天皇之位而发生的动乱有关联。

而他在中卷第三十三《女人被恶鬼盯上并被吃掉（女人恶鬼点所食噉縁）》的开头就提到歌谣:"圣武天皇世,举国歌咏,谓之……"尔后在末尾评述曰:"乃疑,灾表先现。彼歌是表也。或言神怪,或言鬼哕……"景戒借用众人的议论,揭示了童谣和女子惨遭恶鬼吞噬事件之间的联系。其中的"灾表""表"即为征兆之意,而"或言"表明事件引起了关注与议论。在下卷第三十八里面,景戒基本上按照一条童谣配一个历史事件的形式来揭示二者的对应关系。显然第三十八缘的六条童谣直接指向了具体历史事件,是景戒个人对历史的理解与再叙述。这种历史叙述内在的逻辑源自天人感应思想与谶纬思想,与干宝以及汉魏史学家是一样的。

---

① 増尾伸一郎:《讖緯・童謡・熒惑:古代東アジアの予言的歌謡とその思惟》,《アジア遊学》2012 年第 159 期。
② 司志武:《平安朝怪異文学における歴史叙述と「童謡」》,載王琢編《〈他者認識〉と日語教育・日本学:暨南大学国際研討会論文集》,世界图书出版社 2015 年版,第 48—64 页。

本书第二章第三节曾指出，董仲舒将福祸视为天神对人（皇权统治者）的褒奖或惩戒，而各种怪异（祥瑞和灾异）则是天神的"谴告"。景戒将童谣视为某种具有神圣性质的生命形式——"物形"，而这种"物形"的解释与干宝记录的"荧惑星"变为小儿，并告诉世人未来之事的想象是一致的。简言之，景戒和干宝都将童谣视为一种可视化的天神的"谴告"。这种可视化的意识，还体现于景戒用"表""表相"来解释灾祸的征兆，即认为福祸之兆可以自行"表现"出来，令人直接感知（看到、听到）。不仅如此，《日本灵异记》中卷第三十三和下卷第三十八的叙述方法也受到了中国史书五行志和志怪的影响。今佚晋代荀氏《灵鬼志》有三卷，其中有"谣征"篇，记录了数则童谣应验的怪异故事。这些故事因被《世说新语》的"方正篇""伤逝篇"① 等注释引用而得以保留，并且《太平广记》《太平御览》等类书也有记录。鲁迅辑佚二十余条编入《古小说钩沉》中②。无疑，所谓"谣征"与景戒的童谣、歌谣是"灾表""表相"的思维方式一致，怪异文学文本都因为童谣的应验而成立。

今人虽然不能接受这种迷信的思想，但是从历史事件本身来看，童谣或谣言、讹言、谶言之属一般出现于王权统治不稳定或社会动乱之际。因此，这类童谣、谣言等被称为"诗妖"。"妖"即妖祥，休咎之兆。这些童谣、谣言、讹言基本上是民间或某一集团意识、诉求的非正常的表达形式。王权统治者之所以视之为"妖"，主要是因为它的传播可能招致更多人的敷衍、附和，甚至赞同，从而形成某种危及统治秩序的力量。"怪异"之词义与"常"相对，而"常"就有纲常、秩序、伦理等主流意识形态的意义，所以"诗妖"被视为"怪异"也是自然而然的了。不仅如此，言及国家、政治的诗文、书籍，或预言王权继承之类的文章，均被视为"谣言""妖言"。为了避免"惑众"，引起政治危机或动乱，王权统治者必然会对此严加禁绝。例如《政事要略》卷七十宽弘六年二月二十三日条引《贼盗律》

---

① 余嘉锡撰：《世说新语笺疏》，中华书局1983年版，第317、641页。
② 鲁迅：《古小说钩沉》，《鲁迅全集》第八卷，人民文学出版社1973年版，第311页。

云:"凡造妖书及妖言流远,传用以惑众者亦如之,其不满众者减一等,言理无害者笞六十。"此条款附有详细注解:"造,谓自造休咎及鬼神之言,妄陈吉凶,涉于不顺;造妖书及妖言者,谓构成怪异之书,诈为鬼神之语;休,谓妄说他人及己身有休征;咎,谓妄言国家有咎恶,观天尽地,诡说灾祥,妄陈吉凶,并涉不顺者;传,谓传言;用,谓用尽。"[①] 由此可见,"妖言"就是妄说怪异、鬼神,并涉及国家"咎恶"与吉凶的谣言、传言、预言、谶言,并且它们本身就是"怪异"或是怪异的征兆。

"妖言"或者"谣言"具有可以"流远"的传播性。清朝学者刘毓崧在《古谣谚》序言中认为,"夫谣与遥同部,凡发于近者,即可行于远方"[②],可见谣言之所以能成为谣言,就是因其本身具有传播性。《日本灵异记》的作者景戒把歌谣视为一种可自己周行天下的"物形",正是因为他注意到歌谣、童谣具有流传性特点。而"谣征"或"灾表"则是强调童谣具备预言、谶言性质。"预言文学"一词是近年来日本文学研究中比较热门的关键词之一,小峰和明等重点从历史叙述的角度考察日本文学中预言、未来记的具体表现情况[③]。而本书认为"预言文学"的根源仍旧来源于中日古代共有的天人感应思想与谶纬学说,谶言就是妄言吉凶祸福的"妖言""讹言""传言""谣言""童谣",这些言说本身就源自怪异事象,它们与某些历史事件一起记录下来,就成了"怪异文学"。

第四节 中日怪异记录的口承与书承

平安朝延续着大化改新以来积极吸收中国文化的政策,直至宽平六年(894)菅原道真上书建议停止派遣遣唐使。中国文化对日本各个领域均产生了深远的影响,这是毋庸置疑的事实。例如,本书所研究的怪异,以及

---

① 惟宗允亮著,黑板胜美编:《政事要略》,第696页。
② (清)杜文澜辑,周绍良点校:《古谣谚》,中华书局1958年版,第2页。
③ 小峯和明:《〈野馬台詩〉の謎——歴史叙述としての未来記》,岩波書店2003年版。

与之相关的天人感应思想、谶纬、佛教、道教和律令制度等均深刻体现了这种影响。同时，中国古代文学，特别是志怪小说与传奇文学，对平安时代怪异文学的形成与发展也起到了重要作用。

从宏观的角度而言，自平安朝最早期的怪异文学作品《竹取物语》（佚名）、《浦岛子传》[①]（佚名）到平安中后期的三善清行、大江匡房等人的汉文怪异文学作品，无不受到中国志怪小说的影响[②]。佛教系列怪异文学作品集《日本灵异记》《日本往生极乐记》《本朝法华验记》受到《冥报记》《金刚金般若集验记》《冥祥记》《弘赞法华传》《三宝感应要略录》等佛教志怪集的影响[③]。就微观而言，中国志怪或被直接摘录、翻译，或被改头换面为日本的故事（翻案），或有一些情节被作为素材使用。这种情况更多地体现在以变体汉文（《日本灵异记》《江谈抄》）或者和汉混淆文体（《三宝绘》《宇治拾遗物语》《今昔物语集》）写作的文本中[④]。关于这些事实，迄今为止已有众多学者进行了深入且卓有成效的研究，尤其是在出典考证方面，其细致程度尤为突出。更重要的是中国志怪的文学思想、创作手法也对平安朝怪异文学产生了广泛的影响。近年来不少学者逐渐关注到日本佛教说话集的编纂意识与中国佛教志怪文学集之间的受授关系[⑤]，取得了可贵的成就。笔者在此结合个人的理解，分析中国志怪对日本怪异文学（即日本国文学研究者所谓"说话文学"）之"口承"性质的影响[⑥]。

[①] 渡边秀夫对"初期物语"《白箸翁》《纪家怪异实录》《浦岛子传》《续浦岛子传》《竹取物语》等进行专门研究，并指出它们与中国汉文学的关系。渡辺秀夫：《平安朝文学と漢文世界》，勉誠出版社 1991 年版。

[②] 王晓平：《佛典・志怪・物语》，第 169 页。

[③] 宫田尚分析了《冥报记》《弘赞法华传》《法华传记》等佛教灵验记对日本《宇治拾遗物语》《今昔物语集》的影响，事实上在后二者之前的《日本灵异记》《本朝法华验记》等亦受其影响。宫田尚：《冥報記の継承——厳恭譚から『今昔物語集』九 13 へ》，《梅光女学院大学日本文学研究》1979 年 11 月第 15 号。又见宫田尚《今昔物語集震旦部考》，第 205—213 页。

[④] 国东文麿围绕中国的《三宝感应要略录》等佛教志怪对《今昔物语集》《宇治拾遗物语集》的影响做了详尽的研究。国東文麿：《今昔物語集成立考》，第 35—68 页。

[⑤] 李銘敬：《日本仏教説話集の源流（研究篇）》，勉誠出版社 2007 年版。

[⑥] 关于口承文学与书承文学之间的关系，柳田国男和折口信夫等早期的学者曾经从民俗学的角度进行过探讨，三谷荣一归纳他们的观点指出：从狭义的角度可将口承文学分为故事、笑话、世俗谈、动物谈、传说等物语、谜语、谚语、民谣、童谣等。三谷栄一：《古典文学と民俗》，岩崎美術社 1973 年版，第 67 页。

第五章 口承与书承

首先，中国古代小说源自先秦神话，是古代先民对世界起源、万物生长的认知总结，通过口口相传而流传下来。"小说"一词与今天人们熟知的叙事文体之概念大相径庭，它较早见于《庄子·外物》篇，曰："饰小说以干县令，其于大达亦远矣。"许多学者都指出，庄子所谓的"小说"与"大达"相对，即非大道，无益于经世治国①。这里的"小说"接近于"小言"，小人之说、之见识。《荀子·正名》曰："故知者论道而已矣，小家珍说之所愿皆衰矣。"② 所谓"珍说"的"珍"有"珍奇""怪异"的意思。"小家珍说"也即"小家异说"，浅薄者的怪异之说。

接着，"小说家"这一概念的出现，标志着中国古代"小说"从《庄子》中"小家珍说""浅薄之言"的初始定义，逐渐向叙事文体类型的方向演进。《汉书·艺文志》曰："小说家者流，盖出于稗官。街谈巷语，道听涂（途）说者之所造也。"该论述认为：小说家的内容源于民间传闻，虽为"小道"，却并非毫无价值。正如孔子所言："虽小道，必有可观者焉，致远恐泥，是以君子弗为也。"③ 尽管"小说"被视作非正统的知识与信息，凝结着民众对社会、政治与日常生活的切身感受，因而具有不可忽视的社会意义与思想价值。即便其内容多为道听途说，却因其广泛的传播性受到重视，得以"缀而不忘"，成为民间记忆的重要组成部分。而乡间流传的童谣、歌谣等，同样是民众对社会、政治与生活的直接感受。《汉书·艺文志》提到："自孝武立乐府而采歌谣，于是有代赵之讴，秦楚之风，皆感于哀乐，缘事而发，亦可以观风俗，知薄厚云。"④ 汉武帝设立乐府以采集民间歌谣，其目的在于通过倾听民声，了解民情，从而巩固皇权统治。由此可见，"小说家"之言、街谈巷议以及民间歌谣，在某种程度上构成了古代社会舆论的重要组成部分。这些内容在春秋至秦汉时期的历

---

① 有关中国古代"小说"概念的论述，借鉴罗宁之说。罗宁：《汉唐小说观念论稿》，第12—16页。但是本书重点解析从"小说"原本为浅薄的小言到世俗传言、街谈巷议的关系，强调口传在古小说形成过程中的作用。
② （唐）杨倞注：《荀子》，上海古籍出版社1989年版，第136页。
③ （汉）班固撰：《汉书》，第1745页。
④ （汉）班固撰：《汉书》，第1756页。

史叙述中逐渐占据重要地位，尤其是那些与怪异事象、宫廷传闻、民间谣言、讹言、妖言及童谣相关的记载，被纳入史籍之中，成为后世研究古代社会生活、思想观念与风俗习惯的珍贵资料。

正因为"小说""小道""小言"以及街谈巷议中蕴含了一定的思想价值与社会意义，它们被赋予"史补"的功能，成为正史之外的补充性史料。这一点在干宝的《搜神记》中得到了充分的阐释与发挥。作为史官，干宝在其著作中明确提出："况仰述千载之前，记殊俗之表，缀片言于残阙，访行事于故老，将使事不二迹，言无异途，然后为信者，固亦前史之所病。"① 他强调，历史记载不应因史家的主观选择而遗漏重要内容，因此有必要"不废注记"，广泛"采访近世之事"。干宝的编纂目的在于"发明神道之不诬"，即通过搜集古今怪异之事，以揭示其中蕴含的神道与历史价值。正如他在上表文中所言："撰记古今怪异之事，会聚散佚，使自一贯，博访之古者。"② 这一理念不仅体现了干宝对历史记载的严谨态度，也反映了"小说"作为一种叙事文体在历史研究中的重要地位。

《汉书》对"小说家"的阐释，将"小说"与采集歌谣的传统联系起来，并在后世历代官修史籍书目中逐渐形成了一种共识，即"小说"具有辅助治理国家的功能。这一认识不仅肯定了古代"小说"的合法地位，也凸显了其社会价值。正如《云溪友议》所言："街谈巷议，倏有裨益于王化；野老之言，圣人采择。"③ 这一论述进一步强调了"小说"作为民间舆论载体在政治治理中的重要作用。然而，需要特别指出的是，《汉书》关于"小说"的论述以及《隋书·艺文志》对"小说"有资于治理国家的评价，并未将"小说"置于"史余"的地位，亦未将其视为历史的附属产物。事实上，后世将"小说"视为"史余"的观点，恰恰颠倒了"小说"与历史之间的逻辑顺序。从人类文化发展的角度来看，街谈巷议与道听途说的传统远早于系统化的历史记载。甚至可以认为，自人类掌握语言以

---

① （晋）干宝撰，（南朝宋）陶潜撰，李剑国辑校：《新辑搜神记 新辑搜神后记》，第18页。
② （晋）干宝撰，（南朝宋）陶潜撰，李剑国辑校：《新辑搜神记 新辑搜神后记》，第17页。
③ 丁锡根编著：《中国历代小说序跋集》（上），第298页。

第五章 口承与书承

来，便开始了议论、思考与叙事活动。这些活动对人类社会的意义在于，它们构成了历史叙述与文学叙事的源头。早期的历史叙述与文学叙事主要以"记忆"为目的，而其实现手段则依赖于后文将详细探讨的"口承"传统。

最后，《搜神记》之后的"小说家"，尤其是志怪一类尤其强调素材源自作者自己采集民间"故老"之言或亲耳所听。《云溪友议》的素材也是来自"街谈巷议"和"野老之言"。同样，佛教志怪类唐临《冥报记》序中的"辄录所闻""及闻见由缘"[①] 和孟献忠《金刚般若经集验记》序中的"尅彰经典之所传，耳目之所接"[②]，均强调素材来自作者接触到的传闻和见闻。这一传统也被平安朝怪异文学所继承。

以《日本灵异记》中卷序为例，其明确提到："由圣皇德显世最多，漏事不顾，今随所闻，且载且覆"，又说，"拙渎净纸，谬注口传"[③]，反复强调作品的素材来源于作者的见闻、传闻。日本平安朝的"私度僧"编撰的佛教类怪异文学如此，平安朝的贵族文人撰写的"仿志怪"也受到了同样的影响[④]。前文已经提到三善清行在《藤原保则传》文末特别强调，其传记的撰写基于两种类型的资料：一是"元庆注记"（官方记录），二是"故老风谣"（民间传闻）。通过对这两种资料的对照与甄别，舍弃"转语浮词"，最终形成了一部具有"实录"性质的传记。这种写作态度与干宝在《搜神记》中的创作方法完全一致，即通过对民间传闻的整理与考证，力求在叙事中保留真实性与可信度。又例如《本朝文粹》卷九所收纪长谷雄的《白箸翁》，曾两次提及集市老者和老僧告诉其他人关于白箸翁的神异事迹。纪长谷雄在末尾评论中也提到"余转听此言"，说明该故事来源

[①] （唐）唐临：《冥报记》，中华电子佛典协会 2011 年版，第 T51n2082p 0787b28。（页码说明：T 为大正藏，n 为卷号，p 为页码）

[②] （唐）孟献忠：《金刚般若经集验记》，中华电子佛典协会 2011 年版，第 X87n1629p0449a09。（页码说明：X 为续藏经，n 为卷号，p 为页码）

[③] 出雲路修校注：《日本靈異記》，第 57 页。

[④] "仿志怪"一语系王晓平提出。平安贵族文人所撰写的汉文说话文学在形式上与中国志怪极为相似，故称。王晓平：《佛典·志怪·物语》，第 153 页。

于坊间传闻。还例如《本朝文粹》卷十二都良香所著《富士山记》也采纳了"古老传云""相传"的材料，记录富士山中的神仙故事。还有《本朝文粹》同卷都良香的另一篇作品《道场法师传》开篇就说："法师者，尾张国阿育郡人也。不得姓名。相传云……"① 再例如前面已经提到的，围绕平将门叛乱产生了众多传言乃至谣言，不仅在历史叙述留下了痕迹，而且也在怪异文学文本中（如《今昔物语集》）演变、增殖。实际上，从《今昔物语集》的绝大多数作品所采用的"据传说（トナム語リ伝ヘタルトヤ）"的结尾形式，以表明记录的是自己亲耳所闻，强调其真实性②。这种结尾形式亦可视为中国志怪采集民间口承的传统对平安朝怪异文学的影响。最后例如《古今著闻集》，虽然它编纂于室町时代初期，但是它依旧以平安朝故事为主。作者橘成季在序言中明确提出自己是受到《宇治拾遗物语》和《江谈抄》的影响，继承了"巧语"和"清谈"之风，"只知日域古今之际，有街谈巷说之谚焉"③。

必须强调的是，尽管通过上述解析看到中国志怪与日本说话文学（尤其是怪异文学）均在很大程度上来源于"口承"，但是作者在序言和文中屡屡提及"实录"亲耳所闻、亲眼所见之事，主要是为了凸显素材来源的可靠性、真实性或"新鲜"性。例如唐临《冥报记》曰："仍具陈所受及闻见由缘。言不饰文，事专扬确。"因此，不论素材本身究竟如何怪异、荒诞，抑或属于谣言、讹言、妖言，作者始终强调其纪实性。这种记录的目的一般分为两种，一种是佛教信徒为了证明佛法灵验和因果报应的真实性等而记录；另一种是文人为了增广见闻与知识储备而记录，例如《江谈抄》里面的"僻事"就属于有助于了解世情的秘密传闻。

---

① 藤原明衡、藤原敦光著，黑板胜美编：《本朝文粹·本朝続文粹》，第212、295、300页。
② 小峰和明专门就说话文学的口头传承与记录、书写的关系问题提出了重要论述，指出："说话从口头传承的基础向文字笔录接近、交融，成为可供阅读的文字文艺。然后又逆流，再次成为口头传承，二者具有回环结构。它们合在一起都是说话。口头传承、笔录化（'闻书'类的笔记化）、文字文艺三个层面存在交叉，如何厘清这种交叉是一个问题。"小峯和明：《説話の言説》，森話社2002年版，第30页。
③ 橘成季著，西尾光一校：《古今著闻集》（上），第519页。

第五章 口承与书承

怪异文学多数源自"口承"(街谈巷议、道听途说),经过编撰者"实录"以文字的形式固定下来,成为怪异文学文本。不过,这些文本随着后人传抄、增删和改编,原来的文本不断发生变异,即本书所谓的"书承"问题。接受者(新作者)一般会对原来文本里面不符合常理等部分进行删改。例如,《日本灵异记》中卷第三十三《女人被恶鬼盯上并被吃掉(女人悪鬼点所食噉縁)》开头提到的童谣(预言)被《今昔物语集》卷二十七第八话删去,故事的叙述核心集中到了揭示贪财可能招来灾祸的因果报应论上①。又例如佛教经典中的本生故事大多源自民间传说。而民间传说在口承过程中不断增殖、变异,从而汉译佛典中存在数个版本的兔本生故事。这些不同版本的故事也有因为佛书编纂需要以及后世僧侣传抄佛经时的曲解而产生的许多新文本。《今昔物语集》所收兔本生故事就是一个具有日本佛教法会特色的书承新文本②。

本章小结

人们参与街谈巷议,关注道听途说的目的无非是了解信息,以便更好地确认生存环境。但凡出现可能危及自身生命和安定生活的事件,人自然会紧张甚至恐惧。通过第一节的讨论可知越是信息不明,越是容易引发谣言。人们通过不断探听传言,搜集新信息,消解焦虑。但是传言越听越多时,碎片化的信息也越来越多,从而形成更可怕的信息——传言、讹言变成谣言、妖言。平将门叛乱前后各种版本的传言、谣言不绝于耳;菅原道真怨灵作祟的传言越传越神,讹言纷纷;武德殿鬼吃人事件扑朔迷离,没有根据的妖言多达36种;再加上《日本灵异记》所记童谣,与此关联的是一个个恐怖事件。传言、谣言、妖言、童谣,都是"口承"的产物,极

---

① 小峯和明校:《今昔物语集》第四册(新日本古典文学大系),第102页。
② 司志武:《〈今昔物語集〉の兎焼身説話と漢訳仏典の間——語り手の意図について》,載小峯和明編《東アジアの今昔物語集》,勉誠出版社2012年版,第512—535頁。

具传播性，虽然它们被称做"小说"和"刍荛狂夫之议"，却也间有关涉世情之舆论，若不加以重视，则可能演变为威胁政权稳定、存续的祸端。因此，此类文本不仅受到史学家与文人学者的关注，亦成为中国志怪文学及日本怪异说话文学的重要素材来源。

　　口承之言被记录成文字，一些明显虚妄的部分、不合常理的内容经过记录者修饰、增删、梳理后变得更有条理和形象生动，口承向书承转变时原文本自然发生改变。而且书承之后即文字化之后的文本在后续书承过程中又因为被"掺入"抄写者、重编者的各种注解与阐释而发生变化。也就是说，原本怪异、荒诞的事件在一些世界观、方法论的参与下以新的面貌呈现出来。起初令听众或读者惊恐不安的事件，经过口承或书承形成了某种结论。这种结论的获得，也是一种理性"知识"或曰生存智慧的获得。由此可见：怪异是相对于日常、惯常习见或规律、制度而言的，凡是违反常态的，皆能引起奇怪、惊讶、不可思议或恐惧。但是，经过倾听别人的叙述或阅读相关评论，惊异、恐惧等感觉消失了。讹言、谣言、妖言等恐怖传闻从无到有，再到消解，就是一个从"常"到"异"，再到"常"的过程，这也是怪异文学文本从产生到叙述全过程中的基本模式或曰怪异文学的方法。

第六章 怪异文学中的梦故事

在中日古代历史叙述中，皇权统治的福祸兴衰常与祯祥休咎、天变地异等现象紧密关联，这些现象均被视为"天"对统治者的谴告。统治者若能体察这些"天"的警示，进而修正政令，则有望襄灾祛祸；反之，则可能招致政权的灭亡。"告"就是"示"，《说文解字》曰："天垂象，见吉凶，所以示人也。"又曰："观乎天文，以察时变。示，神事也。"① "天垂象"，象有吉凶，董仲舒认为凶象出现于"天""谴告之而不知变，乃见怪异以惊骇之"。"天"显现出来吉凶、怪异之象，让人们了解它的旨意，预先掌握福祸的讯息——时变，并及时做出改变。这是对《易·系辞上》"天垂象，见吉凶，圣人象之"的阐释。"圣人"按照天垂之象行动。又如《梦书》所谓："梦者，告也，告其形也。"② 可见，"见（现）""告""示""垂"之象——现象、征象、征兆，均出于人们可视化的需要。所以，刘向在《说苑》卷十《敬慎》篇里首先论析了孔子所说的"存亡祸福，皆在己而已，天灾地妖，亦不能杀也"，指出"天"能够明鉴天子、诸侯以及君子行为的善恶，并因此降下福祸，他强调："故妖孽者，天所以警天子诸侯也；恶梦者，所以警士大夫也。故妖孽不胜善政，恶梦不胜善行也；至治之极，祸反为福。故太甲曰：天作孽，犹可违；自作孽，不可逭。"③

刘向的论述揭示了"天"显现怪异让人们感知的两个途径：一是梦

---

① （汉）许慎撰，（清）段玉裁注：《说文解字注》，上海古籍出版社1981年版，第2页。
② （宋）李昉等撰：《太平御览》，中华书局1960年版，第1835页。
③ （汉）刘向撰，向宗鲁校证：《说苑校证》，中华书局1987年版，第247—248页。

(告)，二是妖孽直接显现。刘向同时指出"恶梦"与"妖孽"所预示的灾祸可以通过"善行"与"善政"化解，并能进一步转化为福瑞。国家政治稳定有序，民众生活安宁平和，被视为"常"。但天子不行善政，君子不行善事就会招致灾祸。灾祸一般通过"恶梦"或"妖孽"显现出来，而这被视为"异"。如果天子和君子及时发现"异"——接受天的"谴告"，纠正错误，就能够消弭灾祸，国家政治和民众生活便能恢复为"常"。

由此可见，怪异需要通过可视化的方式才能让人们感知。怪异的显现只是从"常"到"异"再到"常"的这一转换机制里面的中间环节，其本身源于用"天人感应"思想观审视时政，反省得失，以维持国家、社会和个人可持续发展的内在需求。这种可视化方法的内在需求以及"常""异""常"的变换机制，也是中日怪异文学的基本方法。不仅如此，刘向所揭示的"怪异"可视化的两种途径："（恶）梦"与"妖孽"也是中国志怪和日本平安朝怪异文学共同的主题。本章和下一章从这两个主题来探讨平安朝怪异文学的"虚实"和"隐显"两种艺术方法。

第一节　平安朝怪异文学的梦之源

梦是每一个民族古老文化最为重要的主题之一。东亚文化系统中的佛教、道教、萨满教等宗教、信仰对梦的认识基本一致。那就是将梦视为人的神魂活动，人们可以通过梦与神灵对话，获取各种神秘讯息[①]。由于梦的内涵包罗万象，怪异、神奇、荒诞的虚幻情境均可能出现在梦中，因而梦也成为文学书写的重要题材。中日学者在梦文化领域取得了丰硕成果。

---

① 弗洛伊德对梦的研究主要从心理学层面进入，分析各种梦所代表的心理。［奥］弗洛伊德：《释梦》，孙名之译，商务印书馆2002年版。荣格学派认为梦具有象征性的功能，并且也分析了中国《易经》中的"神谕之梦"，详见［瑞士］C.G.荣格等《人及其表象》，张月译，中国国际广播出版社1989年版，第93、341页。

第六章 怪异文学中的梦故事

中国方面，刘文英的《梦的迷信与梦的探索》①《中国古代的梦书》②，傅正谷的《中国梦文化》③ 等，利用中国古典文献和出土文献，对中国的梦文化做了较系统的总结。

日本方面，汤浅邦弘等也在中国梦文化研究方面着力颇多。进入 20 世纪 70 年代，一些学者开始关注日本的梦文化，如古川哲史搜罗古今式的研究④，但是真正意义上全面研究梦文化的学者当属西乡信纲。他以 E. R. 多兹的"梦的类型受到文化类型的制约"的观点为前提⑤，将梦作为神话研究的一环，考察了日本古代梦观念，指出四点。（1）从日本的神话时代到佛教时代，存在相信梦的"梦文化圈"世界。人们相信梦是人与众神交流的回路，在那里可能出现来自异界的信号；相信梦具有神性的时代下限大概在镰仓初期。（2）通过一定的祭祀仪式而获得的梦还能被"公"相信。随着佛教的传入，"公"的梦逐渐向私人的梦演变。（3）人们把梦视为通过灵魂才能看见的东西，这是因为梦与心灵不同，来自身体外界。（4）在日本"圣地静修"（incubation）与"梦告"密不可分，是对灵魂的治愈。通过山、水、岩石等代表大地的象征，与女性、母性原型相结合，又因此具有与代表死和再生的洞窟信仰相重合的部分。占梦（夢合わせ）和解梦（夢解き）是通过解读作为神启、异界信息的梦来掌握未来的神术。同时，人们还相信通过解释，梦的吉凶可以发生转变⑥。

继西乡信纲之后，河东仁把梦的研究进一步推进到"梦信仰"的层面。他旨在通过对"梦信仰"的研究勾勒出日本古代心性史、文化史的轮

---

① 刘文英：《梦的迷信与梦的探索》，中国社会科学出版社 1989 年版，第 15 页。
② 刘文英：《中国古代的梦书》，中华书局 1990 年版。关于梦的文化，刘文英的《梦的迷信与梦的探索》主要从宗教和哲学层面研究考察中国古代梦文化的各种问题，《中国古代的梦书》主要对中国古代梦书做了整理和辑佚，为今人了解中国古代梦文化提供了宝贵的一手资料。
③ 傅正谷的《中国梦文化》对中国古代梦的各种阐释、论说，以及占梦与政治、文化、军事等各个方面的文化关系进行了系统的探讨。傅正谷：《中国梦文化》，中国社会科学出版社 1993 年版。
④ 古川哲史：《夢——日本人の精神史》，有信堂 1967 年版。
⑤ E. R. Dodds, *The Greeks and The Irrational*, University of California Press, 1951.
⑥ 西郷信綱：《古代人と夢》，平凡社 1993 年版。西乡的主要观点参考了海山宏之的论文。海山宏之：《記紀萬葉の夢——占夢の位相》，《茨城県立医療大学紀要》2001 年第 6 号。蜂屋邦夫专门讨论了梦观念。蜂屋邦夫：《夢と人間》，東京大学出版社 1986 年版。

廓。他指出日本古代有两个特别的梦观念，一个是"将梦视为从神圣次元获得神意的通道"，另一个是"把现在当作现实（reality）的'场'，与觉醒时的现实同等重要"①。上野胜之注意到平安朝贵族记录和文学中频繁出现的梦和"物怪（モノノケ）"，专门分析了平安朝贵族的梦观念与疾病观念的关系，指出平安朝贵族视梦为连接神佛或来世的节点，梦告和恶梦在他们的生活中具有异常重要的意义。此外，他还对平安朝的"凭灵（ヨリマシ）"、中邪、疟病与祈祷的关系进行了论述②。酒井纪美从梦从何处来进入论题，考察了日本自平安朝到近代的"买梦""换梦""盗梦"等故事背后的将梦视为可置换的物质的奇思妙想③。

相对于梦文化、梦观念的思想史研究，专门探讨梦与文学之关系的研究较少。中国方面以傅正谷的《中国古代梦文学史》、李鹏飞的《唐代非写实小说之类型研究》为代表。其中《唐代非写实小说之类型研究》第三章，专门以唐代"梦幻类型小说"为重点，首先详细梳理了从上古到六朝再到唐代的史传、哲理散文以及抒情文学中的梦，进而分别从梦幻类型小说的叙事模式、离魂类型与梦魂类型小说之间的联系以及梦的人生哲学意义三方面系统论析了唐代小说的"叙梦"艺术④。姜宗妊也从甲骨文等上古文献以及先秦两汉诸子对梦的阐释，总结出中国的梦观念和占梦术的基本特点。并且，她在分析归纳中国古代关于梦的分类方法的基础上，从神秘主义、象征主义、抒情主义三方面对唐代梦小说进行了论析⑤。日本方面，江口孝夫的研究有一定的代表性。他参照弗洛伊德的精神分析法与中国古代占梦书的观念，对日本古典文学与梦的关系做过轮廓式的梳理，其

---

① 河東仁：《日本の夢信仰——宗教学から見た日本精神史》，玉川大学出版部 2002 年版，第 19—20 頁。
② 上野勝之：《夢とモノノケの精神史——平安貴族の信仰世界》，京都大学学術出版会 2013 年版。
③ 酒井紀美：《夢の日本史》，勉誠出版社 2017 年版。酒井紀美在此书之前另有一部专论日本中世的梦叙述。酒井紀美：《夢から探る中世》，角川書店 2005 年版。
④ 李鹏飞：《唐代非写实小说之类型研究》，北京大学出版社 2004 年版。
⑤ 姜宗妊：《谈梦——以中国古代梦观念评析唐代小说》，南开大学出版社 2006 年版，第 60 页。

第六章 怪异文学中的梦故事

中提及梦的成因、梦的象征意义、近世小说技法中的梦等，颇具启发意义①。但是，到目前为止还没有关于平安朝说话文学（怪异文学）与梦之关系的系统性研究。不过，荒木浩组织学者开展的合作研究取得了不少成果，形成的论文集和研究报告中已经注意到怪异说话与梦的关系问题②。此外还有榊原史子、山口康子、永田真隆等人的单篇论文，对本书有关问题的探讨极具参考价值。在上述学者的成果上，本章主要探讨梦故事情节如何体现平安朝怪异文学的"怪异"特性及其叙事功能。

一 中日历史叙述中的梦与怪异

要谈平安朝怪异文学与梦的关系，首先必须谈谈它的中国梦文化源流。《太平御览》卷三百九十七引《梦书》曰："梦者，像也，精气动也。魂魄离身，神来往也。阴阳感成，吉凶验也。梦者，语其人，预见过失，如其贤者，知之自改革也。梦者，告也，告其形也。目无所见，耳无所闻，鼻不喘嗅，口不言也。魂出游，身独在。心所思念忘身也。受天神戒，还告人也。受戒不精，忘神言也。名之为寤，告符臻也。古有梦官，世相传也。"③ 这一段论述比较具有代表性，其中"梦者，像也"之"像"当作"象"，与"天垂象"之"象"同义。《说文解字》释"像"为"象"④。"精气动也""魂魄离身，神来往也"体现了神魂可以独立于身体形骸、四处游荡的观念。梦是因为神魂游离出身体后经历的各种事象。由此可见：梦魂观念的核心应该在于古人相信梦象即实像，或者接近于实像，所以梦既是"像"又是"告"，是天神透过"象""形"告诉人的"戒"与"言"。换言之，即使梦象极度地虚幻、怪异，其背后隐藏的神的讯息却与现实生活紧密相连。这种信梦为实、以梦为真的梦魂观尽管受到中国古代思想家王充等人的批评，但是从整个中国梦文化历史来看，无疑

---

① 江口孝夫：《夢と日本古典文学》，笠間書院 1974 年版。江口孝夫：《日本古典文学：夢についての研究》，風間書房 1987 年版。
② 荒木浩：《夢見る日本文化のパラダイム》（共同研究報告書 No.116），法藏館 2015 年版。
③ （宋）李昉等撰：《太平御览》，第 1835 页。
④ （汉）许慎撰：《说文解字 附检字》，中华书局 1963 年版，第 167 页。

长期占据主流地位。

由于梦是天神的告诫，可以"语其人，预见过失"以及"告符臻"，所以"古有梦官，世相传也"。《梦书》进而列举了古代祭祀礼仪为证据，如《周礼·春官》设太卜，开展各种占梦、解梦的活动。因为上古之人相信占梦可以"观国家之吉凶，以诏救政"。又如《周礼·春官·占梦》将梦分类："一曰正梦（无所感动，平安自梦）。二曰噩梦（谓惊愕而梦也）。三曰思梦（觉时所思念之而梦）。四曰寤梦（觉时道之而梦）。五曰喜梦（喜悦而梦）。六曰惧梦（恐惧而梦）。"① 这种将梦视为了解天神对国家政治的预告、警示的思想，到了两汉时期逐渐被融入天人感应和谶纬思想中。于是梦也常被视为灾异、祥瑞的征兆，由此建立了梦与怪异之间的紧密联系。

受谶纬思想的影响，中国古代常把梦与某些政治事件联系在一起，将前者视为后者的预兆，把令人惊恐的怪梦称为"妖梦"②。这一点房玄龄在《晋书·艺术列传》中已经指出："逮丘明首唱，叙妖梦以垂文。子长继作，援龟策以立传。自兹厥后，史不绝书。"③ "丘明"就是《左氏春秋传》的作者左丘明，他在叙述历史时，特别注意通过"妖梦"解读历史事件。这些"妖梦"大多怪异、恐怖④。《左传·成公十年》记载："晋侯梦大厉，被发及地，搏膺而踊，曰：'杀余孙，不义。余得请于帝矣。'坏大门及寝门而入。公惧，入于室。又坏户。公觉，召桑田巫。巫言如梦。"⑤ 文中的"厉"指恶鬼，晋侯梦中的恶鬼正是他枉杀大臣的子嗣招来的。除了梦见"大厉"以外，晋侯还曾梦到过黄熊闯过内室之门等怪象。这些梦"伴随"晋侯走向死亡。显然，左丘明将晋侯的死和"妖梦"联系起来，类似的"妖梦"又见于《左传》中昭公七年、襄公十八年等记录，他把这

---

① 《十三经注疏》整理委员会整理：《周礼注疏》，北京大学出版社 2000 年版，第 653—654 页。
② 西林眞紀子：《古代中國人の悪夢観》，《大東アジア学論集》2006 年第 6 卷。
③ （唐）房玄龄等撰：《晋书》，第 2467 页。
④ 李炳海：《〈左传〉梦象与恐惧心理》，《社会科学战线》2007 年第 5 期。
⑤ 杨伯峻编著：《春秋左传注》，第 841 页。

第六章 怪异文学中的梦故事

些怪梦视为来自"天"的训诫和预兆。

《史记·高祖本纪》和《汉书·高帝纪》都记载了汉高祖母亲的异梦。如《汉书·高帝纪》记曰:"高祖,沛丰邑中阳里人也,姓刘氏。母媪尝息大泽之陂,梦与神遇。是时雷电晦冥,父太公往视,则见交龙于上。已而有娠,遂产高祖。"① 该故事属于典型的感生神话,用于阐释汉室建基乃是天神之意。龙象征皇帝,汉高祖母亲梦与神龙相交,怀孕生刘邦,故而刘邦是"龙种"。《史记》《汉书》以后的历史叙述也都喜欢使用梦阐释某个朝代或君主获得天下统治大权。不过,汉代开始流行的正史"五行志"虽然记载大量怪异事象,但是极少将"妖梦"收录其中,"妖梦"主要记载于人物传记里。

日本的历史叙述中也涉及大量怪异事象,这一点已经在本书第二章有过介绍。它们也有与《左传》所记载的"妖梦"极为相近的认识,认为怪异之梦预兆不祥,因而屡屡占梦问卜。其中,以《古事记》记载的沙本毘古王叛乱的故事最为典型。皇后沙本毘卖奉哥哥沙本毘古王之命意欲刺杀垂仁天皇,但三次举刀都不忍下手,泪水滴到垂仁天皇脸上,此时天皇因怪梦惊醒,并问妻子沙本毘卖所梦是什么预兆,由此知道妻兄的谋逆之心。此外,《古事记》的序言还提到崇神天皇"即觉梦而敬神祇,可谓贤君"和大海人皇子"闻梦歌相纂业,投夜水而知承基"两个例子。第一个例子在《日本书纪》卷五崇神天皇五年至七年的记录中有详述。崇神天皇五年因为连连瘟疫,民死过半,六年"请罪神祇"仍未能平息,七年春崇神天皇下诏云:"数有灾害,恐朝无善政,取咎于神祇",并祈求神灵"梦里教之"。于是,果然"梦有一贵人,对立户殿,自称大物主神。曰,天皇勿忧为愁,国之不治,是吾意也"。而到了秋天八月,三位大臣"共同梦而奏",曰"一贵人"梦告应该让大田田根子(《古事记》中名为"意富多多泥古")担任大物主神的祭主②。这则记载就是第二章第三节已经提

---

① (汉)司马迁撰:《史记》,中华书局1959年版,第347页。(汉)班固撰:《汉书》,第1页。
② 坂本太郎等校注:《日本書紀》,第239—241页。

过的"托宣",具体形式为"梦告"①。该记载有两点值得注意。首先,崇神天皇的梦与三位大臣的梦都是大物主神的谕示;其次,天皇的梦与后来三位大臣的梦相吻合。更为重要的是,三位大臣是共同梦见。其实,《日本书纪》里面的三人同梦的构思应该是仿照《左传》昭公七年、襄公十八年两处的记录虚构的。昭公七年,孔成子和史朝一同梦见卫国的先君命令他们废黜腿脚不便的孟絷,立"元"为国君。襄公十八年,巫者与中行献子(荀偃)竟然都梦见了中行献子与厉公争讼时被厉公砍掉头的情景。

  梦之怪异(即"妖梦")屡屡令皇权统治者警醒并反思政令是否符合天道人心。到了平安朝中期,贵族日记里面更多见此类思想。《贞信公记》卷一延长二年(924)十月三日条,天皇"请座主(玄鉴)令修法,依有怪异梦想也。令义海师为室病修法"②。《小右记》卷一永祚元年(989)三月十五日条记载圆融太上皇因为"物忌相重","有不快之梦想","又有如示现怪异事",咨询阴阳家可否按原计划行幸春日神社③。又如《小右记》正历元年(990)九月五日记载藤原实资受圆融法皇之命,赴石清水神社参拜奉币,起因是前日"(圆融法皇)御梦不吉及怪异相示(圆融法皇做了不吉利的梦之后怪异事象接连出现)"④。又见《朝野群载》卷三永承五年(1050)十月十八日条:"苍天为变,黄地致妖。物怪数数,梦想纷纷。司天、阴阳,勘奏不轻……"⑤ 可见怪梦或者怪异事象与梦同时出现,的确能引起皇权统治阶层的关注和惊惧。占梦被纳入神祇制度,作为观察、处理怪异事象的日常性工作。更重要的是,占梦行为本身依旧承衍了中国古代信梦为实、以梦为真的梦魂观。

---

  ① 这个托宣事件又见于垂仁天皇纪二十五年条,但是记录中提到因为崇神天皇祭祀神祇未能尽心细微,故英年早逝。对此,斋藤英喜有详细解析。斋藤英喜:《天皇紀と神託崇神天皇の神祇祭祀譚をめぐって》,《日本文学》1991年第40卷第3号。
  ② 藤原忠平著,東京大学史料編纂所編:《贞信公记》第一册(大日本古記録),第91页。
  ③ 藤原実資著,東京大学史料編纂所編:《小右记》第一册,第168页。
  ④ 藤原実資著,東京大学史料編纂所編:《小右记》第一册,第232页。藤原实资还顺便为夭亡的女儿祈福,奉上"私币"。同月六日,他在大安寺夜宿,翌日一匹马突然死掉,并且在寺里见到"奇异物"等。
  ⑤ 三善为康著,黒板勝美編:《朝野群载》(新訂増補国史大系29上),第59页。

第六章　怪异文学中的梦故事

二　中国梦文化与平安朝汉诗文

中国先秦散文《庄子·齐物论》里面的"梦饮酒者"和末尾的"昔者庄周梦为胡蝶"两段无疑是叙梦的杰作。首先,"梦饮酒者,旦而哭泣;梦哭泣者,旦而田猎。方其梦也,不知其梦也。梦之中又占其梦焉,觉而后知其梦也。且有大觉而后知此其大梦也,而愚者自以为觉,窃窃然知之",主要讲梦中有喜有悲,觉醒时也同样如此,因此梦与觉并无差别。这种梦与觉的体验其实是对应未悟道与已悟道两种情况,而悟道(觉)本身对于更大的道而言又是一种未觉悟状态(梦)。所以,庄子总结:"万世之后,而一遇大圣知其解者,是旦暮遇之也。"接着看篇末:"昔者庄周梦为胡蝶,栩栩然胡蝶也,自喻适志与!不知周也。俄然觉,则蘧蘧然周也。不知周之梦为胡蝶与,胡蝶之梦为周与?周与胡蝶,则必有分矣。此之谓物化。"① 这里庄子提出究竟是蝴蝶梦庄子还是庄子梦蝴蝶的吊诡命题,引人思考——究竟是人生如梦,还是梦如人生?② 笔者以为,庄子把梦和现实人生混为一谈,强调人生如梦,颇给人以虚无的印象。但是,从梦究竟是实是虚的角度来看,梦即人生也可以导出梦就是现实的结论。

庄子的两段叙梦文字,对于后世文学产生了深远的影响。其中的"梦中占梦"以及"人生如梦"的想象、构思,还被平安朝文学发扬光大。例如著名的平安朝文人大江匡房著有《庄周梦为胡蝶赋》:

> 漆园傲吏,南华真人,因寝寐而入梦,忽变化兮如神。改性羽虫,不知彼为我我为彼。受身胡蝶,何辨孰是秋孰是春。原夫优之游之,日涉月涉,托气于思鄂之乡,卜宿于梅台之叶。惊自醒,悠悠然而周。眠犹迷,栩栩然而蝶。况亦联翩残漏,翱翔百年。伟人虫之异地,知运命之在天,事在床头。诚类食花之客,说出枕上。自似冠霞

---

① (清)王先谦撰:《庄子集解》,中华书局2012年版,第24—27页。
② 本段有关庄子叙梦的论析,参考了李鹏飞的观点。李鹏飞:《唐代非写实小说之类型研究》,第251—253页。

之仙，既而物同逍遥，理齐大小。笑蜂虿之有绥，偏蜘蛆之甘带。怜黄鹂之有友，来自远方，不悦乎。吞文鸟而为伦，远于众艺，其才奈。（《本朝续文粹》卷一）①

大江匡房在赋中首先对庄子梦蝶的典故作了阐释、描写，接着表明观点"受身胡蝶，何辨孰是秋孰是春"，即应该顺其自然，适性而生。"翱翔百年"之说出自郭象注"世有假梦寐经百年者，则无以明今之百年非假寐之梦者"。换言之，大江匡房认为：既然人生百年亦如梦幻，则不如翱翔自在；既然已经了解了命由天定，倒不如做一个"食花之客"，好似冠霞之仙一样逍遥自在。显然这是大江匡房对庄子"人生如梦"的进一步阐释。

同样，醍醐天皇之子兼明亲王因遭受冤枉，愤怒而作著名的《兔裘赋》。在该赋中，他继贾谊《鹏鸟赋》之风，表达了对"执政者"的不满与失望：

凡人在世也，殆花上之露，如空中之云，去留无常，生灭不定，聚散相纷，汹穆纠错，何可胜云。不语靡言，便是净名翁之病。知者默也，宁非玄元氏之文。丧马之老，委倚伏于秋草。梦蝶之翁，任是非于春丛。冥冥之理，无适无莫；如如之义，非有非空。（《本朝文粹》卷一）②

老子在唐朝被封为"玄元皇帝"，赋中的"玄元氏"就是老子。白居易《读道德经》有"玄元皇帝著遗文，乌角先生仰后尘"一句。"玄元氏之文"在这里代表隐逸思想。而"梦蝶之翁"自然指庄子梦蝶之事，"任是非于春丛"即指庄子化蝶，在春丛之中自由自在，不管人世间的是非。后

---

① 藤原明衡、藤原敦光著，黑板勝美编：《本朝文粋·本朝続文粋》，第2頁。
② 藤原明衡、藤原敦光著，黑板勝美编：《本朝文粋·本朝続文粋》，第12頁。

第六章 怪异文学中的梦故事

面的"如如之义"指佛教中的永恒存在的"真如";"非有非空"即唯识论里面的"中道",在这里指能够超脱快乐与痛苦的两极。从整体来看,庄子梦蝶的典故与老庄的无为思想、儒家的隐逸以及佛教的中道观一起,表明兼明亲王彻底觉悟人生如梦,万事皆空。

除了庄子的梦观念,中国古代历史、神话、诗歌中涉及梦的经典篇章也被平安文人用作典故,写入文章。纪长谷雄在《九日侍宴观赐群臣菊花》诗歌序言中,用大段笔墨议论菊花与神仙之间的关系,盛赞天皇所赐菊花是"延龄之物"。

> 臣等,幸遇淳化之年,得赐斯延龄之物。可以拂花首之雪,可以发桃颜之红。遂以饱于德醉于恩,不知手之舞足之蹈。时也乌辔景暮,凫藻乐酣,钧天之梦易惊,仙洞之游难久。嗟呼,虽喻出蓬山之官,以归芝田之谪,而犹尝壶中之药,堪为地上之仙。(《本朝文粹》卷十一)①

文中除了使用葛洪、彭祖的服饵成仙之典故,还提到"钧天之梦"和"仙洞之游"。前者出自《史记·赵世家》赵简子谈自己梦见上天"与百神游于钧天,广乐九奏万舞"的典故②。后者出自唐张文成《游仙窟》。前者是梦魂游天界,而后者是仙洞遇合仙女的故事。

除了上面的典故,大江以言《视云知隐赋》也有"褊晋文于介山,感殷氏于传……游楚梦而何为,空立灵庙于巫阳之下"之句③,分别引用了两条历史记录和一个神话故事,揭示渴求贤士的明君与沉迷酒色的庸君之悬殊。该句开头使用的是晋文公与介子推的典故,而"感殷氏于传"是关于武丁在梦中得到圣人,醒后按照梦中印象终于找到名叫"说"的圣人并尊奉其为丞相的历史故事④。"游楚梦"则指楚王梦中遇合巫山神女的神

---

① 藤原明衡、藤原敦光著,黑板胜美编:《本朝文粹·本朝続文粹》,第267页。
② (汉)司马迁撰:《史记》,第1786—1787页。
③ 藤原明衡、藤原敦光著,黑板胜美编:《本朝文粹·本朝続文粹》,第14页。
④ (汉)司马迁撰:《史记·殷本纪》,第102页。

话，出自宋玉《高唐赋》《神女赋》。

从上述几个例子可见，平安朝文人不仅在梦魂观念上，而且在诗歌、散文等文学素材与文学想象上亦深受中国梦文化和梦故事的影响。

第二节　平安朝怪异文学中的梦故事

奈良朝以来的历史叙述、平安朝贵族日记反映了日本接受梦是了解天神对国家政治的预告、警示的思想，尤其梦之怪异（妖梦）以及占梦、解梦等文化习俗渗透到国家政治生活里，持续影响皇权统治。汉诗文则更多是在文学想象、人生体悟、生死运命观、宗教信仰等方面体现中国古代梦文化的影响，即在个人思想领域梦成为平安朝人普遍接受的民间文化，在日常生活中扮演着极为重要的角色。从叙事文学的角度来看，平安朝怪异文学自然也离不开梦。本书在此尝试对平安朝怪异文学里面大量存在的梦故事文本进行简单分类，并考察其叙事功能。

一　单篇汉文体梦故事

平安朝怪异文学中以汉文撰写的梦故事数量颇为可观。此类作品大多收录于各类怪异文学集中，亦有部分因原书散佚，仅能通过其他典籍所抄录的片鳞半甲得以窥见其对梦之怪异的独特书写。《善家秘记》散佚，现存的《弓削世雄式占有征验事》包含两个故事，前一个就是占梦故事。故事讲述宿弥世继奉命到地方调度、征集粮食，返途中在近江国地方官藤原有荫家住宿，同宿的还有阴阳师弓削世雄。当晚世继"频有恶梦"，于是请弓削世雄占卜梦之凶吉。世雄占后立即警告道："君若归家，即日当为鬼杀戮。慎勿入家。"宿弥世继听后大惊，但因离家三年，极为顾念妻子，不禁哀叹不已，向世雄乞求破解之法。于是世雄再占一卦，交代宿弥世继鬼所在的方位以及击杀方法。宿弥世继回到家中，按世雄的指点，拉开弓箭对准鬼所在的方位厉声道："汝若不出，我当射杀汝身。"立刻有一个沙

第六章 怪异文学中的梦故事

门持刀而出，坦白他与宿弥世继的妻子通奸并预谋暗杀宿弥世继的实情。故事并未详细描述宿弥世继梦见的内容，弓削是雄也没解释"鬼"的实情。重点是通过占梦，弓削是雄预测了"鬼"要害人及其所在方位。也就是说，恶梦预示凶祸和占梦灵验这两点是三善清行所要强调的。该故事采取了梦→占梦→梦验的模式，这与中国史传里面的许多梦故事类似（例如前面提到的《左传》成公十年条晋侯梦大厉）。

《善家秘记》还录有良藤被狐精迷惑的故事。故事中的良藤因为妻子与人私奔，心神狂乱，引来了狐狸的"妖惑"。据良藤的"回忆"，他在"公主"的宫殿生活多年，但事实上他却栖身于"藏桁"之下极其狭小的空间里。良藤所经历的整个过程，宛如一场梦幻。依照故事本身的解释，这是因为狐狸的幻术。但是该故事在构思上与中国传奇《南柯太守传》存在诸多雷同：一是人可以进出极狭小的空间；二是男主人公都与"公主"结婚并生活多年；三是多年的幸福和荣华仅是一场持续了十几天的梦。笔者以为，这种被"妖惑"而迷失心神的状态与人的睡梦状态是一致的。在此意义上，早于《善家秘记》流传于世的浦岛子传说也是一个经典的以梦为主题的怪异文学文本。

浦岛子传说最早见于上代文学《日本书纪》卷十四雄略天皇二十二年秋七月条、《万叶集》卷九杂歌第一千七百四十、《扶桑略记》卷二雄略天皇二十二年条、《古事谈》卷一、《释日本纪》收录的《丹后国风土记》佚文等[①]。《日本书纪》的记载简略，曰："丹波国宇社郡管川人水江浦岛子，乘舟而钓，遂得大龟，便化为女。于是浦岛子感以为妇，相逐入海，到蓬莱山，历睹仙众。语在别卷。"[②]《扶桑略记》卷二雄略天皇二十二年条记录的两条浦岛子传说，虽是抄录，远比《日本书纪》详细。第一条结尾

---

① 国史大系本《釈日本紀》卷十二，第165頁。荆木美行所集佚文出自《释日本纪》卷五，而秋本吉郎集自卷十二。荊木美行：《風土記逸文の文献学的研究》，皇学館2002年版，第227—228頁。秋本吉郎校注：《風土記》，第470—477頁。

② 两篇传记见于《群书类从》第九辑文笔部第百三十卷。塙保己一：《群書類従》第九輯文筆部，続群書類従完成会1960年訂正三版，第325—333頁。

处夹注"已上",引用书名和题目不详①;第二条开头有"续浦岛子传云",结尾有夹注曰"已上续传略抄"②,故知其题名。两个故事情节基本相似,叙述铺陈略有不同。它们都讲述了渔夫浦岛子钓到了灵龟,灵龟化作仙女,带浦岛子赴蓬山仙宫生活。但因浦岛子思念故土,仙女赠以玉匣让他返乡。

日本江户后期编纂的《群书类从》第九辑文笔部也分别收录了《浦岛子传》和《续浦岛子传》。它们与《扶桑略记》两篇的最大区别是都记载了浦岛子返乡之后的神奇遭遇。前者讲述浦岛子获得玉匣后回到家乡,发现已是沧海桑田,物是人非,而自己仍是二八之龄,伤感至极,打开了玉匣,忽然变老。后者结尾提到浦岛子变成老人后,不知所终,后人称其为地仙。

一直以来学者多从神婚、异类婚交、海神宫访问、常世国访问、仙乡访问、神仙思想等故事类型学的角度考察浦岛子传说③,进而考察日本古代《风土记》《日本书纪》等文献中记载的"本土"民间传说与本国历史的关联④。也有学者梳理了奈良时代至日本近代的浦岛子传说的历史演变,特别是注意到日本和歌与记载文学、文献之间的关系⑤。值得注意的是,在考察中国古代仙乡访问传说对浦岛子传说的影响问题时,多数学者对中日神仙思想、道教的授受关系较为关注⑥。也有从中国志怪、传奇在主题、

---

① 皇円:《扶桑略記》,第18頁。
② 皇円:《扶桑略記》,第19頁。
③ 例如柳田国男的海神宫考证对后来的学者影响很大,形成了海神宫访问、仙乡访问等视角的研究潮流。柳田国男:《海神宮考》,《民族学研究》1950年第15卷第2期。柳田国男:《海上の道》,筑摩書房1961年版。此外,还有折口信夫关于浦岛子传说中的异界访问因素的研究。折口信夫:《民族史観における他界概念》,《折口信夫全集》第20卷神道宗教篇,中央公論新社1976年版,第53頁。
④ 水野祐:《古代社会と浦島伝説》上、下,雄山閣1975年版。三浦佑之:《浦島太郎の文学史》,五柳書院1989年版。増田早苗:《浦島伝説にみる古代日本人の信仰》,知泉館2006年版。岡本健一:《浦島伝説の真実——張騫の"乘槎伝説"と比較して》,《東アジアの古代文化》2009年第137号。村山芳昭:《"浦島説話"と易(陰陽)・五行、讖緯思想》,《東アジアの古代文化》2004年第119号。
⑤ 林晃平:《浦島伝説の研究》,おうふう2001年版。
⑥ 广冈义隆关注到故事描写和叙述的"真实性"、神仙思想、《游仙窟》人物对话对《浦岛子传》的影响等问题,却未提及叙梦情节的问题。廣岡義隆:《説話の生成と展開——浦島説話を俎上に》,載説話と説話文学の会編《上代における伝承の形成》《説話論集第十八集》,清文堂2010年版,第33—68頁。

第六章　怪异文学中的梦故事

小说的媒介作用对日本"古传奇"的影响之角度，分析唐传奇《游仙窟》与《浦岛子传》的关联①。

其实，从《扶桑略记》和《群书类从》四个版本来看，浦岛子传说有一个推动故事发展的、具有结构功能性的情节——梦。对此，仅有少数学者涉及。三浦佑之利用吉本隆明的"共同幻想论"理论比较了浦岛子传说与祭祀、神话在结构上的异同，虽然他注意到浦岛子传说中的"眠""睡"是主人公从现实进入"异次元空间"的关键要素，不过他同时指出"眠"状态下的幻想并不等同于梦，"入眠幻觉"是"幻想领域"的类型之一②。不过，本章第一节已经揭示了在古代人心目中的"眠"与"梦"是紧密关联的，而且"梦"与"幻"在很大程度上是存在概念的重叠。就梦幻之中的时间长度而言，与三浦佑之提出的"无时间性"不同，本书认为梦幻中的时间长度被极度地缩短或被极度地延展。

《扶桑略记》第一个故事开头提到浦岛子乘船而钓，获得大龟之后，"眠间示曰：'有感来。'"醒来看到大龟"化为女"。这一细节是《释日本纪》卷十二所收《丹后国风土记》佚文所没有的③。《扶桑略记》本浦岛子传说显然将梦视为大龟与浦岛子沟通的"神圣场域"，通过这个场域，灵龟才变化为美女。当神女与浦岛子相约共赴蓬莱金台之后，神女嘱咐"君可暂眠"，于是浦岛子"随而眠间"，已经到了海中大岛。同样是在浦岛子睡梦之中，才可以抵达另一个"神圣场域"——蓬莱金台。《群书类从》本《浦岛子传》与《扶桑略记》第一个传记在诸多细节上虽有不同，但是梦俨然是整个故事的"总舞台"。该版本开头提到浦岛子"屡浮浪上，频眠船中。其之间，灵龟变为仙女"，然后与仙女相约赴蓬莱仙岛，恩爱欢洽，都是在睡梦之中。并且，当浦岛子要返回故乡时，文中借浦岛子之口暗

---

① 严绍璗：《日本古「伝奇」『浦島子伝』の研究——日中文化における神話から小説への軌跡についての研究（その一）》，《日本研究・国際日本文化研究センター紀要》1995年第12卷。

② 三浦佑之：《浦島子伝承における異次元——物語発生論への一試論》，《成城国文学論集》1976年第8期。

③ 《释日本纪》卷十二云："（浦岛子）置（五色龟）于船中即寐。忽为妇人，其容美丽，更不可比。"秋本吉郎校注：《風土記》，第475页。

示"梦常不结,眠久欲觉",末了浦岛子与仙女分手后"如眠自皈去"。

对比《扶桑略记》本与《群书类从》本的《续浦岛子传》,也发现了同样的情况。《扶桑略记》本《续浦岛子传》开头:"曳得灵龟,浮于波上,眠于舟中之间,灵龟反化,忽作美女",这个细节与《群书类从》本《浦岛子传》更为接近,即于梦中看到灵龟变成美女并约定共续前世姻缘。相对而言,《群书类从》本《续浦岛子传》的开头颇多不同,开头描述:"岛子心神恍忽,不寤寐,浮于波上,眠于舟中。"尽管这一段文字稍难理解,但是浦岛子当时先是神情恍惚,"不寤寐"——似睡非睡,似醒非醒,尔后才"眠于舟中",详细描写了浦岛子入梦的过程。然后"欻然之间,灵龟变化,忽作美女",浦岛子"眼前一亮",灵龟已经变成美女,此时他已经"出梦"。待到二人相约共赴蓬莱之时,仙女建议:"愿令眼眠。""令"似是"合"的讹写,仙女让浦岛子合眼而眠。于是"(浦岛子)随神女语,而须臾之间,向于蓬莱山。如梦如电,灵变难期,惚兮恍兮,幽暮易迁"。浦岛子又是在闭眼之时,恍恍惚惚的睡梦之中,到了蓬莱仙宫。但是,《扶桑略记》本并未提及浦岛子梦见灵龟变为美女之后醒来的细节,当约定同去蓬莱宫之时,神女提出"愿合眼眠,岛子唯诺",这只算作梦中的情节,即梦中梦。两个版本的《续浦岛子传》在结尾处也分别出现了梦情节。《扶桑略记》本中浦岛子与神女分手后,"乘舟眠目,归去,忽到故乡澄江浦",《群书类从》本则是描述"岛子乘舟,自归去,忽到故乡澄江浦"。尽管该版本的结尾没有提及浦岛子是在"眠目"的睡梦状态下回到故乡的,但是总体来看四个文本中梦情节成为整个故事叙述的主要节点,即本书所谓的"结构性叙事功能"。也就是说,四个文本总体倾向于浦岛子梦见灵龟幻化为仙女,到访了仙宫;又在睡梦之中,回到故乡。当浦岛子发现自己回到的是两三百年之后的"故乡",唯我独存,才真正梦醒。浦岛子与《善家秘记》的良藤都经历了一场神奇的梦幻,梦幻中的时间与现实世界的时间严重不对称。

《游仙窟》中张文成自叙:"余乃端仰一心,洁斋三日。缘细葛,溯轻舟。身体若飞,精灵似梦。须臾之间,忽至松柏岩,桃华涧,香风触地,

第六章 怪异文学中的梦故事

光彩遍天。"[①] 从"精灵似梦"一句可知,他一心祈求能够遇到仙女,而在行舟之时,恍如梦中,便已经到了仙境。这种似梦非梦的状态与佛教志怪里面祈求菩萨时见到菩萨来告的情况极其类似。而《浦岛子传》和《续浦岛子传》直接采用了浦岛子在船上入梦之后大龟变为仙女的开头和浦岛子再次入梦回到自己家乡的结尾。可见这四个版本的浦岛子汉文传记除了与《游仙窟》具有同样的访问仙境的主题之外,叙梦也是它们的共同内容。《群书类从》本有"虽然梦常不结,眠久欲觉。魂浮故乡,泪浸新房"一句,正是暗示浦岛子到访仙宫本身就是一场梦幻——长生不老的仙宫生活和欢洽恩爱最终迎来梦醒之后世事沧桑、一切虚空的宿命。

大江匡房的《狐媚记》之中,也有梦的"参与"。该传记第二个故事讲述图书助源隆康的牛车被一群少年赶走,其中一人送给牛车车夫一把红扇子,不久车夫病死。或许是基于平安时代死秽的观念,隆康要将牛车烧毁,以免继续沾染灾祸。但是隆康"梦有神人来曰:'请莫焚之,将以有报。'"隆康放弃烧车,第二年果然升为"图书助"。这一段故事主要讲述狐媚少年致车夫死亡的故事,但是后话却是以梦见神告和梦验为主要内容。

总之,从整个平安朝梦文化和单篇汉文体梦故事来看,中国流传而来的梦魂观念以及人生如梦的虚无观、无常观在其中大放异彩。

二 怪异文学集里的梦故事

平安朝梦之怪异故事更多见于怪异文学集中。由于编撰目的、思想背景、主题内容各不相同,这些文学集里涉梦故事的主题类型大概分成佛法灵异记、因果报应传、往生传、经像灵异记、怪异杂传等。下面选取具有代表性的怪异文学集试析之。

(一) 佛法灵异记里的梦

《日本灵异记》117个故事中涉及梦的有9个,分别是上卷第十八,中

[①] (唐)张文成撰,李时人、詹绪左校注:《游仙窟校注》,中华书局2010年版,第2页。

卷第十三、第十五、第二十、第三十二，下卷第十六、第二十四、第三十六、第三十八。其中，中卷第十三、第二十，下卷第二十四、第三十八属于宣扬佛法灵异的主题类型。

下卷第三十八历来被视为了解景戒编纂《日本灵异记》的思想、目的以及作者自身情况的重要资料。同样，这一篇也是了解梦与灵异记之关系的一个突破口。该篇题目为《福祸的征兆先出现而后应验（災与善表相先現而後其災善答被緣）》，从题目即可了解本篇专门讲述福祸征兆应验、灵验之事。其中前三个故事是揭示谣言与皇权统治阶层权力斗争之间的关联，与梦无关。后面两个故事记载了作者的梦与自己修行、仕途的关联。在第一个梦里，乞丐僧来景戒家诵经教化他，乞丐僧持有记录功德的板子"长二丈许"，而景戒的只有"五尺余"。景戒醒来后惭愧不已，认为梦中的乞丐是佛陀，启发他前世不修布施之功德，故而现世贫困潦倒。在第二个梦里，景戒看到自己已经死去，魂魄就站在自己的尸体旁边。当尸体即将被火化时，他在旁边大声叫喊阻止，却没有人听。景戒醒后认为"梦答未来"，推测自己"若得长命，若得官位"——从这一解梦行为不难看出景戒自己可能具备占卜能力，故能得出此梦预示其将获官位的推测。果然，翌年景戒升任传灯住位。本篇后面还提到家中狐鸣、马死和随之而来的灾祸，景戒总结道："是以当知，灾相先兼表，后其实灾来也。"① 从题目和整体内容看，景戒把两个梦以及谣言、狐鸣、马死都视为"表相"，即福祸的预兆。景戒自身也非常希望招福避祸，所以他还在文中感叹自己不会"轩辕黄帝之阴阳术"，但事实上他对谣言、天象、梦的分析表明他作为私度僧人除了佛教，还掌握一定程度的占卜、天人感应与谶纬知识。这也为《日本灵异记》增添了一层佛教文学以外的异彩。

景戒把梦视为"表相"的例子又如中卷第十三《见吉祥天女像生爱欲，出现感应的奇迹（生愛欲恋吉祥天女像感応示奇表緣）》。该故事讲述优婆塞看到吉祥天女像产生爱欲，夜梦中与天女媾合，醒来发现天女像上

---

① 出雲路修校注：《日本靈異記》，第187—194頁。

第六章　怪异文学中的梦故事

有痕迹。末尾作者总结强调只要至心信仰的话，佛必然会有感应并显现"奇表"①。"奇表"又见于本篇标题，这里就是指优婆塞的梦，但这个梦并非虚幻，主人公的梦中经历通过天女像上的痕迹被证实了。梦成了对优婆塞诚心修行的一种肯定、奖励，也是佛法灵验的证据。与此类似的，中卷第二十《因恶梦发诚心请人诵经，现奇迹，保全女儿性命（依悪夢至誠心使誦経示奇表得全命縁）》也是一个宣扬修行佛法就可获得佛的佑护的故事。老母"为女见恶瑞相"，即梦中看到女儿遭遇灾祸，急忙请僧侣诵经，结果女儿和孙子幸运地躲过一劫②。标题里面的"奇表"是指诵经帮助老母的女儿、孙子躲过一劫的奇迹，属于信仰佛教的利益功德。起因是老母做恶梦，这可以理解为佛对她的预告、提醒，恶梦在文中表述为"恶瑞相""凶梦相"，与前面所引的《梦书》《周礼·春官·占梦》对梦的阐释一致。

下卷第二十四《因妨碍修行人投胎为猴子（依妨修行人得猴身縁）》讲述陁我大神托梦给僧惠胜，介绍自己前世是东天竺国的大王，也就是神社所供奉的神，因为禁佛所以转世投胎成了猴子。陁我大神要求僧惠胜为自己诵《法华经》，以帮助他早日脱离猴身。但是惠胜把梦告诉了山阶寺大法师，大法师不相信。这时小白猴跑到寺庙堂上，寺庙的房舍随即倒塌。惠胜和大法师这才相信梦告不虚，急忙为陁我大神诵经③。这个故事以梦告开始，但是做梦的人和听梦的人都不信，招来寺庙房舍倒塌的灾祸。梦中陁我大神的预言与后来发生的灾祸相对应，即梦告为真。在上述故事里，梦作为佛法、神道灵异的"表相"及征兆而存在。

（二）因果报应传里的梦

《日本灵异记》的全称为《日本国现报善恶灵异记》，以宣扬现世因果报应为编撰目的，该书里梦也被用于证明因果报应的灵验、神奇。如下面所述的上卷第十八，中卷第十五、第三十二，下卷第十六、第三十六。

---

① 出雲路修校注：《日本靈異記》，第81页。
② 出雲路修校注：《日本靈異記》，第92页。
③ 出雲路修校注：《日本靈異記》，第163页。

上卷第十八《诵持法华经得现报，现奇迹（憶持法花経得現報示奇表縁）》讲述某持经者自幼诵持《法华经》到二十多岁，唯独经文里有一字不能背诵。他对着观音忏悔。当天晚上有人在梦中告诉他前世诵持《法华经》时，火星把经中一字烧掉，所以今生也不能背诵那个字。该持经者梦醒后前往前世父母家中，果然找到了被火星烧掉一字的经书。梦被证实，所以称为"奇表"。景戒在该故事末尾引用《善恶因果经》评论道："欲知过去因，见其现在果。预知未来报，见其现在业。"① 显然，景戒在此强调的是善恶因果在过去、现在、将来三个时间中的循环联系。持经者的困惑在梦中得到解答，同样是基于佛教宣扬的只要诚心信仰就能得到护佑和救济之因果论。这一点与中卷第十三僧人因梦感而与吉祥天女媾合存在相似之处。

中卷第十五《抄写、供养法华经得知母亲投胎作母牛（奉写法華経因供養顕母作女牛之因縁）》讲述某富人为亡母抄写《法华经》，并欲修供养法会，命仆人凡遇到第一个僧人便请来作为讲经法师。结果仆人请来一个"僧人"，而该"僧人"实际上是一个乞丐，酒醉之后被人捉弄剃光头发、披以袈裟。该"僧人"向富人说明原委，但富人执意挽留。"僧人"夜梦牛来告言：自己是该富人的亡母，因偷用其子财物，死后投胎为牛以偿还前世债务。"僧人"把此事告诉富人，并共同见证牛听完法会后死去的事实②。因为偷盗、债务等原因而投生为动物还债的例子还如中卷第三十二《借用寺酒不还，死后投胎变牛偿债（貸用寺息利酒不償死作牛役之償債縁）》。该故事中的樱村物部麿因借寺酒二斗没有偿还，死后投胎为牛，自行到寺中供差役。牛常常被寺庙僧众责打，于是在供养该寺庙的檀越梦中控诉。八年偿债期期满时，牛便不知去向了③。在这两篇故事里面，梦为人们了解前因后果提供了信息交换的"场所"，证明了因果报应不虚。

除了因取人财物而遭受投胎为动物的报应之外，《日本灵异记》里面

---

① 出雲路修校注：《日本靈異記》，第31—32頁。
② 出雲路修校注：《日本靈異記》，第83頁。
③ 出雲路修校注：《日本靈異記》，第109頁。

第六章 怪异文学中的梦故事

还记录了另外两种恶报。下卷第十六《女人滥嫁男人却不给孩子哺乳得现报（女人濫嫁飢子乳故得現報緣）》记载寂林法师在修行途中梦见一女人裸身而跪，两乳肿大流脓。法师问其缘由，女人自述因为她年轻时好与男人淫乐，不给自己孩子哺乳，而得此报。法师醒来后，找到女人子女，讲述自己的梦。子女念母恩情，为其造佛写经后，梦见母亲说自己罪恶已经获得免除①。这个故事情节由两个梦推动——先是寂林法师梦见女人，知道了女人死后遭受恶报的原委；然后是女人子女梦见母亲说自己罪恶得免。虽然梦见者不同，不过梦告者都是同一个女人。下卷第三十六《减少塔的层数，推倒寺幢得恶报（減塔階仆寺幢得悪報緣）》记载太政大臣藤原永手因为减少原计划建设寺塔的层数等行为而得恶报的故事。故事开头永手之子梦见三十多个士兵来捉拿父亲，于是把梦告诉永手，并劝告父亲想办法消灾。永手不听，死后灵魂附在病人身上，讲述了自己因轻佛在地狱遭受酷刑，后来因永手之子请禅师为自己修福获得借病人身体还魂的因果②。该篇前半部分使用了梦验成真的情节，后半部分直接让永手还魂附体病人，通过这种方式揭示佛教因果报应，避免重复使用梦告情节造成的呆板印象。

值得注意的是，上卷第十《偷用子物，死后变牛，现异相（偷用子物作牛之示異表緣）》虽然与上卷十八、中卷第十五颇类似，但是放弃了利用梦揭示事件因果的方式。该故事讲述了某人为亡父举办供养法会，请僧人来讲经。夜间，僧人企图窃取被褥潜逃之际，突有一牛现身阻拦。此牛竟口吐人言，自称为施主亡父之转世，因生前窃取儿子家的稻谷而遭业报，转生为牛以偿还所欠子债。上卷第十八、中卷第十五里面的牛在梦中才能与人对话，而上卷第十则是牛在现实生活中直接与僧人对话。似乎景戒在编撰过程中有意回避梦见动物告诉前世今生的情节"模式化"，时而也采用动物直接与人对话的方式。但是这样的改编过于怪异、荒诞，容易

---

① 出雲路修校注：《日本靈異記》，第151頁。
② 出雲路修校注：《日本靈異記》，第183頁。

引起读者的质疑。这篇故事被《扶桑略记》齐明天皇条摘抄，编者皇圆在引文后面追加了一条议论："私云：虽出《灵异记》，斯条颇叵可信用。夫畜生之言语，劫初时同人，岂临像法末，辄有正音哉。若以梦内之妄想，误录觉前之实语矣。"① 显然，同样是僧侣的皇圆对动物直接与人对话的奇迹提出质疑，推测这一条记录是景戒把梦中的"妄想"误抄成觉醒时的"实语"。皇圆的议论似乎被《今昔物语集》卷十四第三十七吸纳，编撰者特意把牛与僧人的对话改成在梦境中进行②。由此可见，平安朝中后期的怪异文学编撰者在继承《日本灵异记》的叙梦方法时，对原来的情节进行合理化的翻改。同时，这种视梦为"妄想"，并与觉醒时的"实语"对举的议论本身恰恰反映了平安朝中后期对梦之虚实的看法出现新的变化。

（三）往生传里的梦

《日本灵异记》的梦故事所占比例并不高，但是在之后的《日本往生极乐记》《本朝法华验记》等专门收录往生传记、经像灵验传的文学集里面的比例显著增加。《日本往生极乐记》一共34个故事，涉及梦的有19则，占56%。《本朝法华验记》129则故事中67则涉及梦，占52%③。大江匡房《续本朝往生传》42则故事中有9个梦故事，占21%。大江匡房又著有《本朝神仙传》，29个故事中有5个涉及梦，占17%。三善为康所著《拾遗往生传》94则故事中，有53则叙梦，占56%。可见梦在往生传中所占的地位比较高，这是因为梦被视为"异相往生"的证据之一。

所谓"往生"是指佛教认为人死后可以生活在极乐净土世界。释迦才在《净土论》中论述道："其得往生人，依经论咸得光台异相者，其数无量。"其中的"光台异相"就是指净土极乐世界的各种奇异现象。庆滋保胤在《日本往生极乐记》序言中提到自己参阅了唐释迦才《净土论》和唐

---

① 皇円：《扶桑略记》，第58页。
② 参见新大系本《日本灵异记》第24页注释17，森正人认为《今昔物语集》的编撰者只认可梦中动物与人对话的情况。
③ 永藤靖对这两部书也做过统计，但未涉及《续本朝往生传》等。永藤靖：《古代仏教説話の方法——霊異記から験記へ》，三弥井书店2003年版，第130页。

第六章　怪异文学中的梦故事

代《往生西方净土瑞应传》（亦称《瑞应删传》）①。他结合释迦才的"光台异相"和《往生西方净土瑞应传》里面的"瑞应"，把人在往生极乐净土世界（临终）前后所见、所现的各种祥瑞、怪异现象统称为"异相往生"。实际上，死者究竟是往生极乐还是坠入地狱，活着的人不可能知晓，为了证明上述两种不同的"死亡途径"，只有借助形象化、可视化的手段以增进信众的信仰和对教义的理解。梦也被用作揭露往生人的往生奇迹，并被尊为"异相""瑞应"，这一点与《日本灵异记》里面的"奇表""（凶）瑞相"等词的思想一脉相承。

　　往生传类型的怪异文学文本以见证往生为主题，梦在此类文本中有以下四种表现形式。第一种是梦见往生瑞相②，进一步可分为往生者自己梦见和他人梦见两种。《日本往生极乐记》第十四《僧寻静》、第十八《阿阇梨千观》、第二十六《僧玄海》属于往生者自梦的情况。僧寻静矢志读经修行，一心求往生极乐。年至七十余岁时，卧病之际，梦见"大光中数十禅僧。将宝舆唱音乐。从西方来往虚空中"。寻静自己认为此梦是极乐世界来迎之兆，故沐浴之后绝食三天念佛而终。阿阇梨千观梦见"有人语曰：信心是深，岂隔极乐上品之莲；善根无量，定期弥勒下生之晓"。由此梦，千观知道自己即将往生极乐。僧玄海每日读《法华经》，梦见"左右腋各生羽翼，向西飞去，过千万国，到七宝地"。一圣僧告诉玄海：此地为净土极乐世界，"却后三日可迎汝耳"。果然，玄海三年之后如期迁化③。

---

　　①　井上光贞等校：《往生伝・法華験記》，第10—11頁。有关《净土论》以及"异相往生"的内容可参见该书有关头注。

　　②　永田真隆考察了日本往生传中梦与紫云的关系，认为在中国往生传中梦与紫云一般分别作为"瑞相"出现，而日本往生传里面的梦中见紫云的情节更普遍。永田真隆：《往生伝における紫雲と夢》，《印度学佛教学研究》2009年第57卷第2号。

　　③　"迁化"即指往生者命终往生极乐。原文圣僧告诉玄海"三日可迎"，而现实中为三年。井上光贞依据唐怀感撰《释净土群疑论》卷第七"只如四天王天寿命五百岁，彼天日夜，取此人中五十年"来解释。但是笔者认为净土一日相当于人间一年的认识应该依据的是同书同一部分的"故知彼天取其年命，还用彼天日夜，以日计月，以月计年，以年计劫。故知净土以日计月，以月计年，以年计劫，不用此方日月劫也"。永藤靖在分析该故事时，并未提及《本朝法华验记》将原典《日本往生极乐记》中的"三日"改成了"三年"的问题。永藤靖：《古代仏教説話の方法——霊異記から験記へ》，第139—142頁。

他人梦见往生者往生瑞相的例子如第十二《东塔住僧某甲》。延历寺东塔僧某甲隐居沙碾，至心修行。另一山僧普照先闻到"奇香熏山"，后听到"妙乐满空"，如此奇瑞令他感到奇怪不已。普照一天在"假寐梦"之中，看到"有一宝舆，自沙碾指西方而飞去矣"。众僧侣簇拥宝舆，而东塔僧某甲坐于宝舆之上。正当普照醒来想要确认梦之虚实时，有人来告某甲已经入灭。该故事与第十四《僧寻静》中的梦的情景基本相同，都是梦中有众僧侣围绕"宝舆"来迎接往生者。不同的是，第十四是僧寻静自己梦见，后来告诉弟子等人。而第十二里面的普照俨然成了东塔僧往生的见证者。不过，故事结尾也追加了这样一个情节——普照临终时告诉其他修行者"我正见往生极乐之人焉"。第二十《僧真赖》也采取了同样的方法。真赖气绝之时，"同寺僧真珠梦，数十禅僧丱童等，迎真赖去"。这种他人梦见的方式，较之往生者自述己梦似乎更容易令人信服。其实第十八《阿阇梨千观》里面除了往生者自己梦见，还有女弟子在千观入灭之后不久梦见"阇梨上莲花船……"女弟子的梦追记于文末，增加往生奇瑞的真实性。

　　除了这种自梦加他梦的混合方式，他人梦见这一类型还出现了多个他人梦见与他人多次梦见两种亚型。第一种亚型例如第二十七《沙门真觉》里面的真觉入灭之夜，"三人同梦。众僧上龙头船，来相迎而去"。这里的"三人"并不包括真觉本人，而且三人梦见的内容是相同的。本章开头曾提及《左传》里面的三人同梦情节对《日本书纪》卷五崇神天皇的影响。实际上，中国古代志怪小说《搜神记》卷五《蒋山祠》里面也有三人同梦蒋子文的例子。这种多人（两人以上）同梦的情节、构思在佛教往生传中也获得了极大的发挥。第二种亚型如第二十五《沙门增祐》，它是以他人多次梦见的形式来证明往生者往生的事实。增祐临终之前，"或人梦，寺中西井边有三车。问曰：何车乎。车下人答曰：为迎增祐上人也"。这里的"或人"就是与往生者并不相干之人。而这个人"重梦。车初在井下，今在房前"。就在同月，增祐告诉弟子自己死期已至，随后命终。

　　除了上述两种他人梦见的形式，还有一种形式是将他人梦见与自己梦见相结合的情况。例如第二十一《僧广道》里面，广道首先梦见了寺旁女

第六章　怪异文学中的梦故事

人及其两个儿子（均为僧人）被"数千僧侣捧香炉围绕"，分别乘上三台"宝车"共同往生。不仅如此，"一梦之中。亦有广道往生之相"。果然，不过几年广道入灭，"此日音乐满空"。

从梦的预言性质来看，往生者自梦或者他人梦见往生者的往生，均可视为往生之兆，亦即祥瑞或异相。这与历史叙述中的天人感应思想对各种怪异事象的理解是一致的。《往生西方净土瑞应传》是《日本往生极乐记》最主要的参考文本。该书将往生者临终的各种奇异现象（异相）直接称为"祥瑞"。例如第三十一《乌场国王》描述国王"临终神色怡和。西方圣众来迎，祥瑞不一"；第三十二《隋朝皇后》记载隋文帝皇后"至临终时，异香满宫，从空而至"，于是文帝问阇提斯那"是何祥瑞"；又第三十三《唐朝观察使韦之晋》叙述韦之晋"忽尔化世"之时，"异香满宅，内外皆闻。祥瑞不可称说"。尽管庆滋保胤并没有在《日本往生极乐记》中直接使用"祥瑞"一词，但是三善为康在《拾遗往生传》中继承了这一表述。例如卷中第二十五"人皆为异相。于时生年七十，瑞相太多"；卷下第十"法师亦卒，瑞相太多"。

第二种是往生者或修行者在梦中获得教示、讯息，主要以梦告的形式出现。例如第十七《沙门空也》空也在研习寺中经书时，凡遇到经文难解之处，总会在梦中有"金人"教授、解答。又如第十六《僧正延昌》里面延昌"往年梦，有四品朝服之人，神采甚闲，语僧正曰：若欲往生极乐者，为一切众生，书写法花百部"。于是他按照梦中所示，写经供养，终得以往生。这两个例子是梦者在梦中被教示、告知的。而第十一《僧智光》则是梦见者主动希望了解讯息而入梦的。该文讲述赖光、智光二僧共同修行，而赖光先入灭。智光两三个月一直祈念，希望了解赖光死后的情况。果然梦中到达赖光所在，"见之似净土"。智光问赖光自己能否同登净土。赖光告诉他暂时不能往生的原因，并带他拜见佛祖。智光醒来之后，按照梦中赖光和佛祖的教示一心修行，终得往生。

第三种是因某种因缘而托梦于他人，如第七《律师无空》。无空死后托梦于旧友枇杷左大臣，告诉左大臣因为他把用于死后丧葬的钱藏于房中天井上，而投生为小蛇。无空在梦中请求左大臣将钱取出用于写经。左大臣果然找到钱，并满足了无空梦中所求。左大臣又梦见无空已经不再"衣裳垢秽，形容枯槁"，而是"法服鲜明，颜色悦泽"，并在向左大臣告别之后，"向西飞去"。这种情况在前面的《日本灵异记》中已经出现，如中卷第三十二里面牛在梦中向人哭诉遭受寺众虐打。下卷第十六女人在梦中向寂林法师解释自己所受恶报因缘，并求法师为其解脱。较之《日本往生极乐记》第七可见，无空律师也与女人一样，再次梦告自己获得解脱的结果。

第四类为梦中异相，其中尤以生殖瑞相最具代表性。此类文本的叙事模式在中国古代史传中已形成固定传统，如《汉书》载汉高祖之母"梦与神遇"，后诞育刘邦，终成汉室开国君主。此类生殖瑞相叙事实为彰显帝王作为"天子"的合法性、神圣性。值得注意的是，释迦牟尼诞生故事亦采用了相似的模式：摩耶夫人梦遇金人请求寄胎，后孕育释迦牟尼。该故事与《汉书》等中国典籍所载圣人、帝王奇异诞生故事存在明显的互文性，对后世佛教志怪产生了深远影响。佛教志怪文学逐渐形成以梦中异相作为生殖瑞相之叙事传统，借此建构高僧之神圣性。日本佛教说话中出现频率最高的莫过于圣德太子的传记，《日本灵异记》《三宝绘》《今昔物语集》等均有著录。同样，《日本往生极乐记》第一便是圣德太子的传记。太子母亲在梦中也是有"金色僧人"要求寄胎。除了生殖瑞相，还有通过梦中异相表明修行者获得佛祖护佑或证果，如第四《慈觉大师》和第六《僧正增命》。前者慈觉大师在生病之时，梦中"食天甘露"，而醒来之后"口有滋味，身无余恙"；后者增命"梦有梵僧，来摩顶曰……"当然，梦中异相在整个往生传里主要起到证明修行者获得成果的作用，以此宣扬修行佛教的灵验与果报。

（四）经像灵异记里的梦

《本朝法华验记》主要以宣扬修持《法华经》可以获得利益、功德为目的，有一半以上的故事都采取了梦的方式来叙述《法华经》以及观音、普贤等佛像的灵验故事。

第六章　怪异文学中的梦故事

第一类，借"梦"宣扬修持《法华经》可获得往生极乐利益、功德。《本朝法华验记》的上卷第十二《奥州小松寺玄海法师》出自《日本往生极乐记》第二十六，讲述玄海梦见自己腋下"忽生羽翼"，而羽翼本身乃是《大佛顶真言经》和《法华经》。修持《法华经》获得往生极乐的事例还见于上卷第十六《爱太子山鹫峰仁镜圣》。圣僧仁镜往生的情景被"古老"梦见——仁镜"捧《法华经》上升虚空"往生净土。类似的事例又如中卷五十《叡山西塔法寿法师》，主人公法寿法师并非凭借《法华经》飞向西方净土，而是梦见自己诵持的《法华经》向西方飞去。正当他叹惜失去经书之时，有一位紫衣老僧告诉法寿法师这一部《法华经》被送往极乐世界保存，而法寿法师本人不久也将往生极乐。

除了通过叙梦的方式描述往生异相，借此强调修持《法华经》的利益功德以外，还有一种情况是借梦将修行者修持《法华经》的种种灵验、奇迹展示出来。卷中第四十三《叡山西塔具足坊实因大僧都》里面，大僧都在梦中见到有一座七宝塔，释迦在塔上放光。大僧都极为崇敬，诵《法华经》时，空中有"妙音"告诉他因诵经功德，不久便可往生。上卷第二十三《叡山宝幢院道荣出山》也有类似的情节。道荣数十年来勤于抄写《法华经》，每抄一经，便装裱、供养。他梦见一座多宝塔里面堆满了经书。有一人"形似帝释"，告诉道荣塔中经书都是他抄写的经书，还剩下一个角落没有堆满，等到堆满之后，他便可往生兜率天。

而上卷第十九《法性寺增胜院供僧道乘法师》既有揭示诵经功德的一面，也有劝诫修行者嗔怒心的意图。道乘法师尽管至心修持《法华经》，但是因为"天性急恶不容过咎"，常责骂弟子。他在梦中遥见山上殿堂楼阁庄严华丽，其中安置无数经卷。有一老僧来告，此乃道乘一生所读经书。正在此时，突然有一团火焰烧掉了其中一部经书。道乘法师惊问缘由，老僧告知火焰乃是道乘法师的嗔怒之火。法师因此永断嗔怒心，终得往生。

第二类，《法华经》持诵者梦知前世。这一类故事的构思来自因果报应思想，主要有两种主题亚型。一是持经者梦知因前世所读的经文缺失而导致今生难以背诵某一部分经文的因果。《日本灵异记》上卷第十八《诵

· 237 ·

持法华经得现报,现奇迹(憶持法花経得現報示奇表縁)》正是这一主题亚型的日本早期文本。主人公因为前世所读经书被火星烧掉一字而总不能记诵该字而苦恼,通过梦才知道前世因果,并与前世父母相认,找到之前的经书。关于该故事的中国出典,一般认为是《冥报记》上卷所收的崔彦武故事。不过崔彦武并非梦中知道前世,而是当他路过前世所住房子时,猛然回想起前世曾住在此地,并且从房子墙壁夹层里找到了前生诵读过的经书。这一故事也被收录于《弘赞法华传》卷九,同卷新罗国金果毅之子的故事与《日本灵异记》上卷第十八情节完全相同,仅人名地名不同[①]。同样《本朝法华验记》上卷第三十一《醍醐僧惠增法师》(《今昔物语集》卷十四第十二有录)也与新罗国金果毅之子故事几乎完全相同。只不过,《醍醐僧惠增法师》里面直接点明由于惠增法师前世没有及时补写被火星烧掉的字,才导致今生总是记诵不住经文。除了经文被火烧掉而缺失,还有诸如《弘赞法华传》卷六"释某"因为前世所读经书中,有两个字被蛀虫吃掉而不能诵出的情节。

　　除了经文缺失以外,还有因持经者前世没有听完别人所诵的《法华经》,导致今世不能完整背诵经文的情况。《本朝法华验记》中卷第八十《七卷持经者明莲法师》里面的明莲法师可以流利背诵《法华经》的前七卷,唯独第八卷不能背诵。梦中住吉明神告诉他前世为牛,曾听人诵《法华经》至第七卷。但是因为主人将他牵走,没能听到第八卷,故而虽因听经功德而得以投胎为人,却不能顺利背诵第八卷。从记不住《法华经》第八卷的角度来看,明莲法师与《冥报记》里面的崔彦武是一样的;而从前世为动物的角度来看,该故事还与《弘赞法华传》卷九《长安县蔚范良》极为类似,后者极可能是前者的直接出典。蔚范良之子能诵《法华经》,但"唯有二卷,不假功用"。后来感梦得知自己前世是老鼠,因听人诵经时被寺僧驱逐出经馆,导致第三、第四卷没有听到。与此类似的文本,出

---

① 三田明弘:《〈冥報記〉崔彦武説話と〈滑州明福寺新修浮図記〉》,《国文学研究》2016年第178卷。前田育德会尊経阁藏本"崔彦武"名作"崔产武"。説話研究会编:《冥報記の研究》第一卷,勉誠出版社1999年版,第1—10頁。

第六章 怪异文学中的梦故事

现在《本朝法华验记》中卷第五十八、第七十七，下卷八十九等。中卷第五十八《二十七品持经者莲尊法师》中莲尊前世为小狗，听经到第二十七品时，随母狗离去，没有听到最后一品。中卷七十七《行范法师》主人公前世为黑马，因为没有听过持经者诵"药王品"，故今生不能诵出该品。下卷九十三《金峰山转乘法师》主人公前世为毒蛇，曾欲吞食持经者，但听经之后，停止害心。因为持经者未诵《法华经》七、八两卷，故而今生难以记诵此二卷。下卷八十九《越中国海莲法师》中海莲法师梦见"一菩萨形人"告诉他前世是一只蟋蟀。因为他在听持经者诵经至第七卷一品时，不幸被持经者压死，所以今生总是记不住后面三品。综上可见，持经者不能背诵某一部分经文，既有经文残缺的原因，也有各种偶然性导致不能听完诵经的情况。可以认为，中国《冥报记》《弘赞法华传》里面提供了多种诵经障碍的故事，特别是通过梦的方式揭示前世因果的情节构思，对《日本灵异记》《本朝法华验记》等产生了深远的影响。

第二种亚型是持经者通过梦知道自己前世为动物。除了因为不能背诵《法华经》而梦知前世为动物之外，还有因个人相貌特异而入梦的故事。如上卷第二十四《赖真法师》，法师赖真"动口齿虚哨如牛"，以此为耻。于是他七天七夜"祈念令知先生果报"，"梦闻音，声不见其形"，告诉赖真他前生是豁鼻牛，因驮过八部《法华经》之功德而投生为人。但是"余报未尽"，"宿习犹残"，故而才有动口似牛的丑态。上卷第三十六《叡山朝禅法师》之朝禅法师遇到相人，相人告诉他前世为白马，故而今生皮肤惨白，声音粗犷。朝禅不相信，但是他在梦中有老僧告知相人所说为真。上卷第二十六《黑色沙门安胜》中的主人公同样因形貌黑丑，引以为耻。后来夜半梦见"有一贵女"告诉他前世是黑牛，因常听《法华经》而投生为人。上卷第二十七《备前国盲目法师》里面的法师是一个盲人，梦中有"长老僧"告诉法师前世为蛇，因听经而投生为人。但是，也因为舐食佛前灯油今世盲目。此外，《本朝法华验记》中亦存在主人公因为其他困扰入梦，从而了解到自己前世为动物的故事。例如上卷第三十《山城国加美奈井寺住僧》记述了某僧人屡次萌生离寺之念却始终踌躇不决。在梦中，一老僧向其揭示其前世乃寺中泥土内之蚯蚓，因听了《法华经》而得转生为人。由于如此深厚的因缘，所以主人公离不开奈井寺。中卷第五十三《横川永庆法师》则采取了先多人同梦然后自己梦见的方式，叙述当永庆法师夜晚诵经礼佛之时，其他人梦见有"老狗高音吼"。于是众人将梦告诉永庆法师，法师祈念欲知因果，随后在梦中被告知他前世是垂耳大狗。除了上述梦知前世为动物之外，《本朝法华验记》上卷第二十五则以非梦的形式——"有一天女而现半身形"直接告诉沙门春命前世为野干（即狐狸一类的动物）。同时，这个故事主要强调《法华经》的功德利益，相对上面文本而言比较简练。

第三类，借"梦"宣扬修持《法华经》可以避免灾难的利益、功德。关于持诵经书可以治病、免灾、救难的思想，早在中国的《光世音灵验记》《冥祥记》《冥报记》《金刚经持验记》等佛教志怪小说中得以全面的表现。同样，这种思想也影响了《日本灵异记》《本朝法华验记》等日本怪异文学集的编纂。例如《日本灵异记》里面多个贫女祈求观音致富的故事，还有因恶梦求佛保佑而免灾的故事，亦有持经者免于水难等。在《本朝法华验记》里面，有一些宣扬诵持《法华经》可免灾祸的故事也是通过叙梦的方式来完成的。例如上卷第二十二《春朝法师》里面，春朝法师为了向囚犯传播佛法，救度苦难，七次主动入狱。检非别当（治安长官）先是梦见监狱里面有白象数百，诸天护法纷纷来问候春朝法师。接着，检非别当又梦见普贤菩萨乘坐白象来监狱供养春朝法师。后来当检非违使决定砍去春朝法师双脚之时，检非别当又梦见天童子来劝阻。显然，佛、诸天护法等通过这三次梦警示检非别当不可加害春朝法师，使得法师免于受刑。

除普贤菩萨梦中示警加害者不可伤害持经者外，尚有《本朝法华验记》里面的持经者在梦中直接化现为普贤菩萨的故事类型。这一叙事变体通过持经者与普贤菩萨的身份叠合，凸显了《法华经》持诵者的神圣性，形成了新的叙事方式。例如中卷第六十一《好尊法师》里面的法师借别人的马进京，被一男子发现那匹马是自己被盗的马匹。于是男子将法师绑缚，鞭打到夜晚。住在附近的两三个老者都梦见这个男子绑缚、鞭打普

第六章　怪异文学中的梦故事

贤，于是找到该男子，解救法师。又如中卷第七十一《西塔宝幢院真远法师》，真远被国守以不敬之罪下狱受责打，而他一直念诵《法华经》。夜晚，国守梦中见真远法师变成了普贤菩萨，并且另有一位普贤菩萨在狱门外问被捕缘由。国守惊醒，赶紧放了法师。

此外，《本朝法华验记》中还记载了这样一类梦故事：普贤菩萨于梦中示现，向加害者或持经者宣告其代替持经者受难。以卷中第七十二则《光空法师》为例，该篇记述兵部郎中供养光空法师，但因听信其与自己的妻子有染之谗言，遂将法师缚于树下，欲以箭射杀之。但是兵部郎中射了二十多支箭，箭都射不进法师身体，而是折断落地。兵部郎中极为惊讶，放了法师。当天夜里，兵部郎中梦见金色普贤的肚子上插满箭，于是怪问普贤，才知道普贤菩萨乃是代法师受箭。这里的梦见者是加害者，梦告者是普贤菩萨，梦的内容是普贤前来告诉兵部郎中箭为什么射不进法师身体。类似的故事又如下卷第百十四《赤穗郡盗人多多寸丸》，故事讲述盗贼多多寸丸少年时就持诵《法华经》，后来被捕，被判决用箭射死。但是行刑时，箭却屡射不中。盗贼说这是观音在护佑他，因为就在昨天晚上他梦见观音说要替他受箭。这里的梦告者是观音，梦见者是被害者。再如下卷第百十五《周防国判官代某》里面的某判官自少年开始读《法华经》，奉侍观音。后来仇人围攻判官并将其碎尸。但是该判官却安然无恙地回了家。在梦中，三井寺观音告诉该判官自己代其受难。判官醒来去看观音像，像果然遭到严重损毁。之所以《法华经》持经者会受到普贤或观音的救助，是因为《法华经》的观世音普门品和普贤菩萨劝发品等篇章里都强调了持诵《法华经》的利益功德。另外，见宝塔品里面有观音、普贤、文殊等八菩萨护佑释迦、多宝二佛，因此救助者大多是这些菩萨。

除了以上梦见普贤、观音的故事，还如下卷第八十七《信誓阿阇梨》讲述信誓诵读《法华经》，一天因倦怠，不诵经而休息，结果梦中普贤"催惊早起"。而且此类"奇梦其数巨多"。该故事虽然仍是旨在突出诵持《法华经》的感应与功德利益，但是后半部分却是一个梦入冥的故事。时值天下疫病流行，信誓和父母"受病辛苦"，信誓梦见有五色鬼神追他入冥途，因为他是法华持经者，获阎王宽释，免死还阳，病愈。随后，信誓又祈念父母复活，梦中有《法华经》第六卷从空而降，上面写有"阎王消息"，说因孝子诵法华，父母可以延寿。信誓梦醒而父母复活。信誓梦中入冥，梦醒病愈，亦可归入梦中治病的主题类型。该类型的文本还有下卷第八十八《持经者莲昭法师》、第一百二十二《筑前国盲女》等。还有一些故事是梦中获得食物的，如中卷第四十五《播州书写山性空上人》、下卷第九十一《妙昭法师》等。篇幅关系，不再赘言。

（五）怪异杂传里的梦

平安朝文人政治生活中经常接触怪异，在他们的杂记、杂传里也多有涉及。例如由大江匡房口述、藤原实兼记录的《江谈抄》与中国南北朝轶事小说《世说新语》等十分相似。其中，也有不少关于梦的怪异故事。卷一第三十一《大入道殿梦想事》里面记述"大入道"藤原兼家梦见合坂关下大雪，担心是不祥之梦，于是请人占梦。占梦者说此梦预兆有人献牛，属吉梦。但大江匡房的爷爷匡衡认为此梦预兆藤原兼家将来官至关白。第二年果然如匡衡所言。藤原兼家之所以要请人解梦，正是因为当时人们相信梦蕴含神谕，具有预言性。与这个故事类似的还有卷三第七《伴大纳言本缘事》讲述伴善男夫妇都做了同样的梦。郡司为之解梦认为此梦预兆伴善男将来必至高位，但终因不测变故遭到贬谪。多年之后郡司所说的全部应验。

除了解梦应验的故事，《江谈抄》还有几则关于文人才学的梦故事。例如卷五第五十一《维时中纳言梦才学事》讲述大江维时梦见菅原道真夸赞他的才学已经超过堂兄大江朝纲。菅原道真生前是宇多天皇、醍醐天皇两朝的文章大家，死后又是让醍醐天皇及其子嗣闻风丧胆的怨灵。在当时人看来，大江维时能够受到死后成神的菅原道真的夸奖，足以证明其才学极高，可称得上"惊天地泣鬼神"。同卷第五十二《梦为宪文章事》也是一个关于鬼神评判才学的故事。橘孝亲的父亲想要找一位指导自己汉文写作的老师，向祖先祈祷。结果，他在梦中被告知应该向源宪学习。《江谈抄》是平安朝后期文学大儒大江匡房口述的见闻，他在朝中任职时间长，了解的也大多是贵族

第六章　怪异文学中的梦故事

文人的事情，所以该书所记梦之怪异也多数与文人的官位、才学相关。

《古事谈》《续古事谈》也出自文人之手，形式上与《江谈抄》非常类似，但它们收录的叙梦怪异故事主题更加丰富。除了梦见往生奇迹，这两部书还收录了梦入冥的故事。例如《古事谈》卷三第二十九讲述承仕法师突然晕厥，之后醒来陈述自己"梦被人捕罢"。在被押赴冥府的途中遇到一个小僧，乃是普贤菩萨幻化而成。小僧要求冥吏放还承仕法师，冥吏不许。小僧于是变出两个童子，把冥吏打跑了，承仕法师因此复活①。这个例子是自梦入冥的情况。还有他人梦见入冥的例子。《古事谈》卷二第三十四讲述某人梦里"赴冥途"，在地狱里得知大纳言行成因为人正直被阎王赦免、放还人间复活。卷三第五十二同样是梦中入冥的故事。占卜师通过宿曜占星术预测信性法师的寿命只有十八岁。后来信性法师开始修持尊胜法。有人梦见信性法师居然跑到阎王殿放火，并趁乱把生死簿里面的寿限改为八十岁。果然信性法师一直活到八十岁才入灭②。卷四第二十一讲述源义家对门的女人梦到几个长得像地狱变相图里面的"鬼形之辈"把义家抓走。第二天，女人一大早就接到义家的死讯。

"物老成精"是中国志怪精怪故事的基本观念，日本也深受影响。而且精怪鬼神还时时入梦向做梦人传递某些信息。《古事谈》卷五第四十四赖隆真人梦见阳明门的门额落到地上，"奇问之"。门额问答："吾以望东山为命"，但因为被新建的大门挡住了，所以掉落在地。梦中的门额能说话，似乎已然成精。这则门额灵异故事应该还受《纪家怪异实录》佚文和《江谈抄》的影响。《江谈抄》卷一第二十六、二十七分别记录了安嘉门、皇嘉门等门额的怪异故事。例如安嘉门的门额题字颇似蓬头小童着履踩踏之姿，经常有行经此门的人说头被踩踏。皇嘉门的门额传说来自《纪家怪异实录》的一篇佚文（收录于《高野大师御广传》），讲述大学助纪百枝的宅子正对着皇嘉门，该门额题字是高野大师的手笔。人们都说"门"字写

---

① 川端善明校注：《古事談・続古事談》，第283页。
② 川端善明校注：《古事談・続古事談》，第307页。

得"如力士之跋扈"。纪百枝有一天睡午觉,梦见有一个力士站在他的枕头上,举拳就要打纪百枝。纪百枝惊醒,"力士即飞还为额字"。纪百枝从此患病,后来死去①。《古事谈》里面的赖隆真人和纪百枝都是在梦中遭遇门额怪异,不过这些门额精怪并不单纯因为年代久远成精,还存在因为题字本身而产生灵性的重要因素(详见第八章)。

再看梦见神灵的例子。平安朝后期社会动荡,佛教势力强大,常常因为争夺地盘而发生斗乱甚至暴动。仅在《中右记》里就有两个类似事件,分别是宽治七年(1093)八月八日僧徒乱逆和长治元年(1104)六月二十一日比叡山东西塔众斗乱,引起皇权统治者极度担忧,发出"末代佛法破灭欤"的哀叹。类似的事件还被写进怪异文学里。《古事谈》卷五第三十七记载保安二年(1121)比叡山与园城寺(俗称"三井寺")僧徒之间发生打砸烧事件,园城寺被烧毁。该寺觉基僧正梦见新罗明神的部下,便讥讽新罗明神身为该寺的守护神却不能保护庙宇和僧侣。于是,一个相貌不俗的老人(即新罗明神)出来批评觉基僧正,声称自己不以保护寺产、僧房为目的,只护佑已经已超越生死、立志修行的真正修行者②。新罗明神的"表态"尽管纠正了人们普遍认为信仰佛教便可获得神佛保佑的迷信,但包括觉基僧正在内的普通民众对这次事件的感受与《中右记》中"末代佛法破灭欤"的哀叹相同,体现出人们对社会动荡的担忧和对佛法、神道灵验性的疑虑。可见,怪异文学里面的梦故事还能反映人们对世变、动乱的关切与批评。

由于梦是神谕,皇权统治者和普通民众把它当作了解天变地异、祸福祥瑞的手段或媒介。《古事谈》卷五第十六记录贺茂社神官季继夜里梦见八幡神社的神人把神宝等物品搬到贺茂社,于是询问缘由。神人回答是八幡大菩萨下令把东西搬走,以躲避火灾。天明之后,季继收到报告,得知

---

① 《高野大师御广传》的引文参考了《江谈抄》卷一第二十七注释16。後藤昭雄、池上洵一等:《江談抄·中外抄·冨家語》,第479頁。
② 川端善明校注:《古事談·続古事談》,第486—487頁。卷五三十四、三十五、三十六也是关于园城寺(三井寺)被烧毁的相关记录。川端善明校注:《古事談·続古事談》,第480—485頁。

第六章 怪异文学中的梦故事

前一天晚上八幡宫失火烧毁①。这个故事不仅表明梦告不虚，还记载了一次可怕的怪异事象——神社火灾。据《续日本纪》光仁天皇宝龟七年（776）四月戊午条可知，"诸社不修，人畜损秽"可导致"嘉祥弗降，灾异荐臻"。神社经年失修，都可能引起天神降怒，发生灾异。更何况神社、寺庙失火烧毁，而且八幡宫失火之前还有神官季继梦到八幡大菩萨搬家相佐证，必然引起朝野震惊。《续古事谈》卷四第八讲述今宫神在梦里告诉源雅兼："我居所破损，已送年月（我居所やぶれ損じて、すでに年月をおくるに）"，明确要求修缮破损的神社②。这个梦故事应该与《百炼抄》天承二年（1132）条、《朝野群载》卷二十一同年闰四月八日条密切相关。《百炼抄》记载因天下疾疫，朝廷征集怪异勘申，得出的结论是需要修缮今宫神社。而后者记录引用了中原师元的勘文云："风闻，紫野今宫久历年序，渐及破损，加之下民之愚，误伐树木欤。早加修复必有感应矣"，认为瘟疫因今宫神社年久失修而起③。也就是说，《续古事谈》卷四第八记载的梦故事就是当时发生的瘟疫关联事件，当时朝廷还专门征集了怪异勘文，"证实"今宫神社失修导致了瘟疫。由此可见，上述两则叙梦怪异文学文本与火灾、疾疫等怪异事象互为表里、密切关联。

第三节　叙梦模式及其叙事功能

榊原史子将《日本灵异记》里面的记梦文本分为求救赎型、预告·暗示型、了解秘密型、拟似梦型四种。并且从梦的功能进一步划分为：A. 梦的前提，B. 想望，C. 梦者，D. 发信者，E. 信息，F. 感想。所谓"拟似梦"即人处于假死状态或者丧失意识的状态下，所经历的场景、事件④。

---

① 川端善明校注：《古事談·続古事談》，第455页。
② 川端善明校注：《古事談·続古事談》，第730页。
③ 三善為康著，黒板勝美編：《朝野群載》，第485页。
④ 榊原史子：《日本霊異記と夢》，载小峯和明等《日本霊異記を読む》，吉川弘文館2004年版，第58—80页。

这两种状态在《日本灵异记》中基本上以冥界苏生谈、离魂形式出现。榊原史子重点分析"梦告"的记梦文本，没能很好地分析非梦告的记梦文本。例如《日本灵异记》下卷第三十八景戒记录了自己的两个梦。景戒认为第一个梦里面的化斋沙弥是"观音变化"，前来点化自己勤修因果。在第二个梦里，景戒看见自己死后尸体被焚烧的情景。景戒分析认为这个梦是后来他被授予传灯住位的预兆（表相）。这里面并没有出现梦告者。但是榊原史子却将该叙梦文本归入"预告·暗示"型，似乎不妥。至少在《日本灵异记》中，许多梦最后都应验了。在景戒心目中，所有的梦都是一种"表相"。

尽管榊田史子的方法值得商榷，但是她在论文里提到梦者和梦告者的关系问题。遗憾的是，她并没有专门围绕《日本灵异记》里面的梦者和梦告者展开相关讨论。

永藤靖也关注到《日本灵异记》和《本朝法华验记》里面的梦，并从殡葬与梦、地狱和极乐、往生人的梦三个方面展开论述。他还注意到《日本灵异记》中卷第七智光的假死状态与梦存在相似性，认为往生者濒死之际所看到的"梦"其实与离魂状态、假死状态非常相似。对于濒死状态、离魂和假死状态与梦的相似性问题，中国学者李鹏飞在唐代非写实小说的研究中也有论及。李鹏飞将唐代梦幻类型小说的叙述模式用"梦→占梦→梦验"模式统括之，在其中分别出托梦与梦验、占梦与梦验、二人同梦与梦验等模式。在此基础上，他依据梦与神魂游离状态的相似性，把离魂型小说纳入梦幻类型小说加以考察。诚然，其中的"梦魂亚型"还是梦，但是诸如离魂亚型、勾魂亚型、摄魂亚型则难以与之前的梦→占梦→梦验模式相契合。李鹏飞的研究将叙梦的模式过于扩大化，造成了前后矛盾的状况。

一 "觉"对"梦"和"常"对"异"

基于上述学者的观点，笔者结合志怪、传奇和平安朝怪异文学的特点，认为不妨从梦与觉的关系入手，将"觉"→"梦"→"觉"视为叙事的基本模式，"觉"为"常"，"梦"为"异"，故而也可以将叙梦的怪异文本的叙事模式视为"常"→"异"→"常"的模式。第一个"常"

第六章 怪异文学中的梦故事

是入梦前的状况；中间的"异"即包括在入梦前已经遭遇的困惑、危机以及在梦后的各种解困惑的努力；第二个"常"是问题被解决，主人公的生活、情志趋于正常。所以"觉"也可以理解为无危机、无困惑，而"梦"则相反，处于迫切需要摆脱其困扰的状态。

试以第二节涉及的几个汉文体怪异文学文本为例：参照李鹏飞的方法可以将他们分为三类。第一类是《弓削世雄式占有征验事》的梦→占梦→梦验模式，第二类是《善家秘记》良藤故事和《浦岛子传》的叙梦模式，第三类是《狐媚记》中的梦告→梦验模式。事实上，前面这种分类，主要以梦的内容为焦点。尽管这种方法显然具有叙事结构性的特点，但是其本质来源于人围绕梦的相关活动的线性时间关系。若从"觉"→"梦"→"觉"和"常"→"异"→"常"的关系来看，宿弥世继三年在外地未归（"觉"／"常"）；遇到阴阳师弓削世雄后夜里做梦并请求卜梦，包括回到家中按照阴阳师的指示发现"鬼"乃是妻子的奸夫（"梦"／"异"）；三年来日思夜想的妻子的奸情真相大白之后，宿弥世继的生命危险被解除，生活秩序得以恢复平寂（"觉"／"常"）。而《善家秘记》中的良藤也有类似的情况。良藤曾有一个美满的家庭（"觉"／"常"）。然而，妻子与人淫奔，导致良藤心神狂乱，此时有美女把良藤接至宫殿生活。一日，一位老翁突然闯入，打散众人，逼良藤钻出"洞穴"。此时，良藤才醒悟自己被狐狸魅惑，遂捣毁狐狸窝（"梦"／"异"）。事后，他得知那位老翁实为家人为良藤专门供奉的观音像显灵相助（"觉"／"常"）。

接着来看看《浦岛子传》，浦岛子经常在江上垂钓（"觉"／"常"），一日钓到大龟，在梦中龟变为仙女并带他赴蓬莱仙宫生活。因为浦岛子想念家乡，于是仙女又让他入睡，回到了家乡。此时他才发现已经过了好几代（"梦"／"异"）。浦岛子打开玉匣成仙（"觉"／"常"）。而《狐媚记》里面第二个故事中的梦也同样适用"觉"（"常"）→"梦"（"异"）→"觉"（"常"）的模式。即源隆康还没有做图书助时（"觉"／"常"），他的牛车车夫被狐狸魅死，他将要烧掉牛车时，梦见神人来告（"梦"／"异"），翌年源隆康升任图书助（"觉"／"常"）。但是从《狐媚记》第二个子故事的内在联系来看，神人（狐精）梦告只是这个故事其中的一部分；不能因为过度强调梦告→梦验，而忽视了狐魅既可害人又可帮助人的叙述主题。

二 梦情节的叙事结构功能

从上述平安朝怪异文学的各种故事类型来看，梦作为一种怪异叙事的手段而被频繁使用，极大地丰富了怪异文学的题材与文学想象空间。其中，既有整个怪异文学文本以叙梦为主，也有叙梦只是整个文本里面的某一情节段落的两大类型。

《善家秘记》弓削世雄的占梦故事，《扶桑略记》和《群书类从》等四个版本的《浦岛子传》，《日本灵异记》中卷第十三《见吉祥天女像生爱欲，出现感应的奇迹（生愛欲恋吉祥天女像感応示奇表縁）》、上卷第十八《诵持法华经得现报，现奇迹（憶持法花経得現報示奇表縁）》就属于第一大类——整个文本以叙梦为主。

第一大类又可以依据叙梦的先后次序不同进一步划分。有的怪异文学文本整体就是主人公的一场梦。如《浦岛子传》在一开头便提示浦岛子捕获大龟之后，便在船上睡着。浦岛子在"眠梦之中"看到了大龟变成仙女，并被仙女带往仙境。到了浦岛子思念家乡，被仙女送回之时，四个版本的浦岛子传记都提到主人公是在船里醒来后回家，才知道已经过去几世。也就是说，浦岛子从故事开头就进入梦境，到访仙岛等都是梦中所见。这一点本书在前面已经指出：浦岛子传说的情节构思除了受《游仙窟》影响之外，唐传奇《南柯太守传》和《枕中记》的"余韵"也相当浓厚。与《浦岛子传》类似的还有和《日本灵异记》中卷第十三梦中与吉祥天女媾合的故事。

也有的怪异文学文本记叙主人公连续做梦或者多人做梦。例如《日本往生极乐记》第二十五《沙门增祐》讲述僧人增祐连续梦见宝车在寺庙外面由远及近地出现，直至他自己死去。这种连续做梦的情况被作者镇源视为高僧往生极乐的证据。多人做梦的例子见于《今昔物语集》卷二十四第三十九《藤原义孝朝臣死后咏和歌的故事（藤原義孝朝臣死後読和歌

第六章 怪异文学中的梦故事

語)》。该故事讲述才华横溢的义孝英年早夭,亲人们无限悲痛。十个月后,高僧贺缘梦见义孝开心地吹着笛子,便批评义孝:"你母亲那么悲伤,为何你却如此开心?"义孝用和歌回答:"俗世之雨到极乐,变成万花片片舞,奈何老母衣袖犹未干?"第二年秋天,妹妹梦见义孝咏唱:"丧服作常服,袖上香泪尚未干,别后又一秋。"义孝临死前曾叮嘱妹妹死后切不可马上安葬,希望家人为他诵经。但是家人还是立刻就安葬了,于是义孝在其母梦中咏唱和歌曰:"千叮万咛莫葬我,三途河去去便归来,莫非已相忘?"[1] 记叙不同人的梦,可能有损故事情节的整体连贯性。然而,这三个梦故事却构建了一个十分怪异的故事:义孝家人不信持诵佛经的利益功德以及身死神不灭,不听义孝在生前的叮嘱和死后的托梦,导致其无法死而复生。除了怪异,该故事充分体现了世事无常、亲情似海,可谓"哀伤文学"的经典之作。

除了上面两种情况,更多的怪异文学文本将梦故事置于开头或中间,通过叙梦推动故事情节发展。一开头便开始叙梦的文本以梦验故事或占梦故事为主,故事情节均围绕梦展开,并逐步应验。例如在弓削世雄占梦的故事里,世继做了恶梦,请弓削世雄为其占卜。虽然故事没有介绍恶梦的具体内容,但是具体介绍了弓削世雄的占梦结论和破解方法,并通过故事情节发展,一一验证其正确性。同样,《江谈抄》关于大入道与伴善男夫妇的怪梦、解梦、梦验[2],以及《古事谈》里面关于梦见八幡大明神因躲避火灾而搬家[3]和女人梦见鬼持公文捉拿义家[4]等故事,也是梦→占梦→梦(占)验的结构。故事开始于怪异的梦,而随着梦的逐步应验,怪异亦被层层剖析,从而形成了"常"("觉")→"异"("梦")→"常"("觉")的回环结构。并且,在先叙"梦",后叙"事"次序上,梦是整个故事的框架,叙事依赖于叙梦。

在故事情节的进程中开始叙梦(即先叙"事",再叙"梦"的次序)

---

[1] 小峯和明校:《今昔物語集》第四册(新日本古典文学大系),第460頁。
[2] 後藤昭雄、池上洵一等:《江談抄·中外抄·冨家語》,第498頁。
[3] 《古事谈》卷五第十六。川端善明校注:《古事談·続古事談》,第455頁。
[4] 《古事谈》卷四第二十一。川端善明校注:《古事談·続古事談》,第415頁。

的文本中，故事开头一般会设置某种困惑、疑问、悬念，随后主人公通过梦感，获得神灵的告解。例如《日本灵异记》和《本朝法华验记》所收录的关于梦见前世为动物和梦知诵经障碍原因的系列故事。此外，像《日本灵异记》有关贫女祈求菩萨灵验、获得财富的故事，其核心主题是宣扬佛法灵验。不过这种以信仰获得财富的故事主题到了《宇治拾遗物语》和《今昔物语集》里面，被套用在叙梦的结构中。《今昔物语集》卷十六第二十八《参拜长谷寺的男子获得观音帮助而致富的故事（参長谷男依観音助得富語）》写男子向观音祈祷，梦中有一僧告诉他今生贫苦的原因，并告诉他"手中所得之物切不可丢弃，便可知道你会得到什么"。男子梦觉后发现手中有一根稻草，他便用稻草将飞来的牛虻绑起来玩耍。路上男子遇见一贵族小公子，小公子看到男子手中的玩物非常稀奇，于是用三只大柑子与男子交换。男子获得柑子之后又遇到几个人，通过不断地交换手中之物，最后他获得了农田而致富①。这个故事的主题依旧是强调祈念观音可以获得灵验善报。故事进入一半的时候才开始涉及梦的问题，梦中的"僧人"不仅向男子解释其贫苦的因缘，而且还预告男子将获得善报。梦在故事叙述的中途出现，发挥了统领后半部分情节发展的作用，也就是说，梦具有结构性的叙事功能。

第二种类型是梦仅作为整个怪异文本里面的某一情节，它与其他情节属于并列关系。例如往生传里面的许多故事，梦中异相主要证明往生者的神圣性②。如《日本往生极乐记》第一写圣德太子母亲梦见金色僧要求寄胎、第六记增命少年时曾梦见梵僧摩顶和第四讲述圆仁"梦食天甘露"。三善为康所撰《拾遗往生传》卷上第九《沙门仙命》写仙命勤于修行，"更愿西土"，在往生之前有种种"胜事"（即瑞相）。在其灭度之后数月，一个弟子梦见仙命咏往生诗。仙命弟子的梦仅作为仙命往生的证据之一，

---

① 池上洵一：《今昔物語集》第三册（新日本古典文学大系），第541頁。
② 所谓"往生"是指佛教认为人死后可以重生于极乐净土世界；所谓"异相往生"是指人在往生极乐净土世界之时，会出现各种奇瑞（奇异的现象）。详见本章第四节"怪异文学对梦的'虚实'化用"。

第六章 怪异文学中的梦故事

它与其他"胜事"共同构成了仙命因精诚勤修终得往生的因果论据。除了梦或为圣人诞生之奇瑞，或是往生之瑞相以外，梦亦可能作为某一佛法灵验故事的结果。《本朝法华验记》卷上第三十七《六波罗密寺定读师康仙法师》记康仙心愿往生，身修念佛。但因入灭之时，康仙看见自己所钟爱的橘树，心生执念，变为小蛇，蟠于树下。为了脱离蛇身，康仙法师"灵托"（即灵魂附体）他人，告诉寺僧原委，请求法华供养。后来，寺僧梦见康仙前来拜谢，并说自己已经脱离蛇身，得生净土①。同样，在卷下第一百二十七《朱雀大路野干》②和第一百二十八《纪伊国美奈倍道祖神》③等文本中，梦发挥了"大结局"的作用。

三 叙梦情节类型的演变

除了梦对于怪异文学文本叙事结构具有重要意义以外，人们还可以从以下几个方面考察梦与怪异文学之间的关系。首先，从主题来看，平安朝怪异文学中的梦故事具体可以分为梦往生、梦入冥、梦入仙境、梦前世、梦将来、梦鬼神托宣等。因在上文已有分析，不再赘言。

其次，从梦与故事本身的因果关系来看，可以分为梦兆、梦告、梦感等。所谓梦兆即梦见内容为鬼神托宣或某种征兆，例如《日本灵异记》的景戒三梦、《江谈抄》有关伴善男的官位得失之梦。所谓梦告，如《古事谈》里面今宫神要求修缮神社之梦以及《本朝法华验记》康仙法师的托梦等。梦在这类文本中被视为人与鬼神交流信息的场域。所谓梦感，是指梦见者因为自己所思所想和个人德行而被鬼神感知，并通过梦告解梦见者。例如《本朝法华验记》里面因相貌或读经障碍而苦恼的修行者在梦中得知相关因果的系列故事。

再次，从梦见者与主人公的关系来看，又可以进一步细分为本人梦见、他人梦见、多人梦见等情况。例如往生传故事里面就有本人梦见往生

---

① 井上光贞等校：《往生伝·法華験記》，第528頁。
② 井上光贞等校：《往生伝·法華験記》，第567頁。
③ 井上光贞等校：《往生伝·法華験記》，第567頁。

瑞相、他人梦见往生者之往生和多人梦见某人往生瑞相等。不过也有本人和他人都梦见的情况，例如《本朝法华验记》卷下第八十三《楞严院源信僧都》分别记录了源信僧都母亲异梦之后生源信，源信儿时梦，"宿老"和"或人"等他人梦。

最后，从梦告者的角度来看，梦告者的形象有老者、老僧、贵人、贵女、童子、天人、菩萨、鬼、神以及身份不明者等。具体而言，从年龄来看，年长者最多，如卷上第十七、第十九、第二十、第二十七、第三十、第三十一，中卷第五十，下卷第九十一等均为"老僧"，中卷第五十六为"耆年僧"，下卷第一百零二为"宿德老僧"等。也有梦告者为童子的，如卷中第五十八、卷下第九十二均为"天童"。从性别上来看，男性多于女性。而从身份上来看，僧侣形象者较多。除了"老僧"居多以外，还如卷下第八十三《楞严院源信僧都》里面的"住僧""一僧""传教大师""金色沙门"等几个梦告者均为僧侣形象。并且，在佛教往生传、灵验记等类型的文本中，僧侣一般被视为普贤、弥陀等菩萨的化身。例如卷下第一百十五里面代替某判官被仇人碎尸的三井寺观音，在梦中的形象为"宿德贤圣"，即梦告者。类似的菩萨代人受难的故事还有卷下第一百十四《赤穗郡盗人多多寸丸》，梦告者也是以僧侣形象出现的观音。而在卷下第一百十七《女弟子藤原氏》里面，梦告者直接被描述为乘白象的"金色普贤"，卷上第二十三梦告者为"一丈夫形似帝释"，卷下第八十九里面的梦告者也被描述为"菩萨形人"。

此外，也有梦告者为动物的例子，如《本朝法华验记》卷下第一百六《伊贺国报恩善男》。该故事与《日本灵异记》里面的卷中第十五、第三十二等篇中梦见牛来告言的情节相似。除了明确描写梦告者的形象或身份的例子以外，也有一些梦告者身份不明，甚至于只闻其声，不见其形。例如《本朝法华验记》卷上第二十四"梦闻音声，不见其形"、第三十二"虚空有声，告优婆塞"，卷中第四十三"空有妙声言"，等等。

综上所述，平安朝前中期怪异文学中的梦告者形象通常具有较为明确的身份特征。然而，至平安时代末期，以《古事谈》及《续古事谈》为代

第六章 怪异文学中的梦故事

表的怪异文学集出现显著的变化：梦告者的形象逐渐虚化，甚至采用"只闻其声，不见其形"的抽象化表达。《古事谈》里面叙梦的怪异文本有41则，占总条目的8.9%。其中卷二第九十二写藤原惟成之妻怨恨惟成贪图富贵，将自己抛弃，于是向贵船神社祈祷。到了一百天时，惟成妻子被"梦示"惟成变成了乞丐。所谓"梦示"，应该就是指贵船神在惟成妻子的梦中展现藤原惟成将来变成乞丐的情景。但是，在该文本的叙述中并未明确提及梦告者的形象及其他细节。同样，卷三第十四写醍醐天皇梦中被告知应该赐圆珍为"智证大师"的谥号。不过，梦告者究竟是谁并不明了。类似情况还如卷三第九十五的"有梦告云"、卷五第十一两次出现"有梦告"、卷五第十八"有宣托之旨等"、卷五第二十五"其夜梦人来云"。而《续古事谈》的虚化梦告者的倾向更为明显。其中，叙梦文本稍多于《古事谈》，占全部的9.1%。《续古事谈》的卷二第十九"有梦告"、卷四第十六"梦中有人告曰"、卷四第二十四"多人有梦告"等文本也显示出梦告者被虚化的现象。这种虚化现象或因两种需要所致，第一是为了行文简洁，符合"粗陈梗概"的书承需要。第二是为避免复蹈往生传类型文本中叙梦情节模式化，而尽可能地简化叙梦情节。

在怪异文学文本中的叙梦情节逐渐模式化的过程中，也不断出现为了避免这种趋势而采取的"陌生化""反常化"的创新意识。例如围绕前面曾经涉及的《日本灵异记》上卷第十，皇圆在《扶桑略记》齐明天皇条中抄录之后追加了一条议论，对动物直接能与人对话提出了质疑，认为若在梦中才较为合理。而这一观点被《今昔物语集》所采纳，卷十四第三十七里面的牛与僧人的对话被置于梦境。可见，怪异文学在梦故事情节方面，既追求梦本身的虚幻、怪异，同时又注意过度虚妄可能造成读者质疑的问题。

总之，除了梦的情节与其他情节并列存在的情况以外，凡以梦情节作为故事开端，或故事展开过程中的承接前后情节的因果事件，或者整个故事都在叙梦（一个或连续几个梦），梦情节本身均发挥了叙事结构性的作用，笔者称其为"结构功能"。

第四节　怪异文学对梦的"虚实"化用

梦是虚幻的，又是真实的，这一点早在庄子梦蝶的故事中已做过辩论。又如《淮南子》曰："方其梦也，不知其梦也，觉而后知其梦也。今将有所大觉，乃后知今此之为大梦也。"梦为虚像，觉时见实像。但是，孰知此时的"觉"所见到的"实像"或可能就是将来"大梦"中的"虚像"呢？对此，王充在《论衡》第六十四《纪妖篇》批驳了赵简子梦天帝等事例，认为人之所梦往往与事实不相符，故而梦为虚像。

一　梦验乃佛法灵验的证据

但是令王充意想不到的是，信梦为实、以梦为真的梦魂观不但未因他的精辟驳论而消踪匿迹，而且在他以后的历代志怪中，更加明确地强调梦为实像。这种梦为实像、梦假成真的思想，常以"梦验"的形式表现出来。《左传·昭公七年》中记载伯有死后变鬼，在某人梦中宣布："壬子，余将杀带也。明年壬寅，余又将杀段也"，果如其言。可见，"梦验"是将梦视为能与现实相对应的一种现象，并且具有征兆、预言性质。这与本书第五章曾提及的讹言、谣言、妖言等十分相似，不仅被当作历史叙述中的怪异事象被记录、评析，而且也被作为文学素材用于中日怪异文学文本中。

梦魂观念将梦与现实中的吉凶祸福相联系，使人们相信梦是神灵发出的警示，因此"梦验"题材在《搜神记》等志怪文学中频繁出现。这类故事往往包含叙事者或故事人物对梦境"虚实"的辨析情节，体现了时人对梦之"虚实（真实性）"的探讨。例如，《新辑搜神记》卷二十二《文颖》记载，文颖夜梦一人跪求其将坟墓迁至高燥之地，理由是现墓地已被水浸没。文颖醒后告知左右，众人皆认为"梦为虚耳，亦何足怪"。然而，文颖再次梦见鬼魂，鬼魂质问："我以穷苦告君，奈何不相愍悼乎？"文颖遂详细询问鬼魂身份及墓地所在，次日又晨告知左右，并问："虽曰梦不足

第六章　怪异文学中的梦故事

怪，此何太适。"左右回应："亦何惜须臾，不验之耶？"经实地查访，果然寻得墓地。文颖感叹："向闻于人，谓之虚矣；世俗所传，不可无验。"最终为鬼魂迁葬他处①。该故事以主人公与随从对梦之"虚实"的争论为核心情节，通过两次梦告和寻找墓地等情节，最终构建了梦与现实的对应关系。该故事不仅批判了"梦为虚耳"的世俗观点，还通过梦的应验，强调了梦作为神灵警示的真实性与重要性。这种对梦之"虚实"的辨析，反映了古人对梦魂观念的接受与质疑，同时也展现了志怪文学中梦故事的独特功能及其对世俗观念的反思。

类似的又如《搜神记》之《蒋济亡儿》叙述蒋济妻子梦见儿子哭诉自己在阴间担任泰山伍伯的苦差，希望母亲找即将被招入地狱担任泰山令的孙阿，嘱托孙阿将自己调到"乐处"。蒋妻把梦告诉蒋济，但是蒋济却说："梦不足凭耳。"第二天，蒋济妻子又梦见儿子，并告诉母亲孙阿的住所和相貌，要求验证。蒋济听了妻子的叙述，派人果然找到了孙阿，并嘱托孙阿帮助蒋济儿子调任。当天，孙阿死去。一个月后，蒋济妻子又梦到儿子说自己已经调任为"录事"（《广记》276/2177）②。蒋济妻子的三个梦，前两个逐步引起读者对梦之"虚实"的悬念和关注。最后一个梦则是对前两个梦的征验，同时也解决了梦之"虚实"的悬念。同时，蒋济儿子在梦中要求母亲不妨"试验"的情节，推动故事发展。北齐颜之推《冤魂志》里面有许多冤魂梦中诉冤和报仇的故事，其中《诸葛覆》也有梦告者要求梦见者求证梦的"真伪""虚实"之情节。诸葛覆在任所病死，其子诸葛元崇护送灵柩回乡，途中诸葛覆的弟子等图财，推元崇坠河而死。诸葛覆妻子陈氏梦见元崇"具叙父亡事及身被杀委曲"，并说："行速疲极，困卧窗下床上，以头枕窗，母视儿眠处，足知非虚矣。"陈氏拿火照儿子睡卧之处，果然"沾湿如人形"。

平安朝怪异文学同样重视梦之"虚实"。例如《日本灵异记》下卷第三十八记录的尸体被烧之梦，被景戒视为获得传灯住位的吉兆。此梦与本

---

① （晋）干宝撰，（南朝宋）陶潜撰，李剑国辑校：《新辑搜神记　新辑搜神后记》，第 255 页。
② （晋）干宝撰，汪绍楹校注：《搜神记》，中华书局 1979 年版，第 190 页。李剑国辑校《新辑搜神记》未录此文，又《太平广记》言出《搜神记》。

· 255 ·

条所记录的童谣、天变地异、狐鸣怪异等"异表""奇表""表相"一样，均被"答"①，即被后来发生的事情所证明，因此《日本灵异记》中的梦被视为真实不虚，可以"答未来"。再如下卷第二十四《因妨碍修行人投生为猴子（依妨修行人得猴身缘）》讲述陁我大神于梦中要求僧惠胜为其读《法华经》，以期早日脱离猴身。但是惠胜将梦告知山阶寺大法师之后，大法师不信。随后小白猴出现在寺庙堂上，寺庙房舍随即倒塌。于是，惠胜等人才相信梦之不虚。此故事通过陁我大神的梦告与寺庙倒塌事件的对应关系，印证了梦的真实性。中卷第十三《见吉祥天女像生爱欲，出现感应的奇迹（生愛欲恋吉祥天女像感应示奇表緣）》故事也以吉祥天女像上留有与僧侣交合的痕迹为证据，表明梦验不虚。上卷第十《偷用子物，死后变牛，现异相（儨用子物作牛役之示異表緣）》通过故事人物约定验证梦之"虚实"的情节设计，展现了梦作为佛法灵验证据的叙事功能。故事中，牛在梦中向僧人揭示了自己因偷用子物而投生为牛的因果，并言："欲知其事虚实，为我设座，我当上居、应知其父。"僧人将此事告知家主，家主遂请牛入座。牛果然登上座位，随后流泪而死。该故事将梦视为佛法与神道灵异的"表相"或征兆，并设置牛登座而死的验证情节突出了梦的真实性。梦验在此不仅作为情节发展的关键线索，更成为佛法灵验的直接证据。

《宇治拾遗物语》第一百六十七《某唐人不知女投生为羊而杀之（或唐人、女ノ羊ニ生タル不知シテ殺事）》和第一百六十八《上出云寺别当虽知父亲变成鲶鱼却杀而食之（上出雲寺别当、父鲶成タルヲ知ナガラ殺テ食事）》是两个极为类似的故事。前者出典为《冥报记》卷下《韦庆植》，后者出典不详。《韦庆植》故事中有以下几个情节段落。

1. 韦庆植的妻子梦见亡女诉说因为偷盗自家钱物，死后投生为羊。亡女哭求不要杀她。韦妻醒后确认羊的毛色，认为梦之不虚，交代屠夫不要杀羊，等丈夫回来放开羊。

---

① 出雲路修校注：《日本靈異記》，第292頁。

第六章 怪异文学中的梦故事

2. 韦庆植不相信屠夫所言，杀羊做食。

3. 羊在被杀之前，现形为生前模样，向宾客们求救。

4. 宾客们都不愿意吃羊肉，韦庆植询问原委后，才终于认识到妻子、屠夫等人所言不虚，悔恨而死。

从《韦庆植》的整体情节结构来看，韦庆植妻子通过羊的毛色等确认亡女梦告为真，但韦庆植偏偏不信。羊在被杀之前，直接变成人形向宾客求救，宾客们也纷纷劝阻。韦庆植仍然不听劝阻，宾客们看到羊肉都不愿食用。韦庆植弄清楚原因后才追悔莫及。该故事采用了梦告和亡女直接现形求救两种方式，旨在强调因果轮回和梦告之不虚。由于韦庆植根本不信这些，最后酿成伦理悲剧。

《宇治拾遗物语》第一百六十七话只对《冥报记》的原文做了细部删改。接下来的第一百六十八故事明显是仿照前一个故事重新编了一个"本朝"故事。该故事主人公是上出云寺名叫"上觉"的僧人。此人不禁杀生，在捕到大鲶鱼后，亡父于梦中告知自己已转生为这条鲶鱼，并请求上觉将其放生。然而，上觉无视梦告，执意将鱼宰杀烹食。妻女谴责上觉，上觉仍却强词夺理，不料食鱼时被鱼刺卡死。该故事虽然较韦庆植故事的情节更为简略，但是主要情节并未改变，同样强调因果轮回与梦告真实存在。也就是说，《宇治拾遗物语》所收的中日两则故事均在梦验、梦告的基础上，通过父子、父女之间的伦理悲剧、冲突的方式演绎，突出了因果报应、梦告不虚主题思想，极大增加了故事的文学性与艺术想象。

二　梦验在往生传里的演变

通过对中国志怪文学与平安朝怪异文学中梦验叙事的比较分析，可以发现梦常被视为"神道之不诬"的重要证据。这一观念在往生传故事中得到了进一步发展，梦往往被直接认定为往生事迹的"异相"或"瑞相"，并被赋予与事实同等的真实性。这种叙事策略不仅强化了梦作为神灵启示的权威性，也反映了佛教往生思想与梦故事的深度融合。

中国佛教志怪继承《搜神记》等早期志怪的传统，利用梦叙述佛教奇迹。事实上，梦不仅成为这些怪异文学作品的叙事手段，甚至梦本身还可能是作者创作这些文学作品的起点和契机。例如《冥祥记》的作者王琰在自序中讲述了自己供养的"观世音金像"数次显灵，以证明佛像、佛教的灵验。第一次是王琰在京师时，正值百姓竞相铸私钱，"亦有盗毁金像以充铸者。时像在寺，已经数月。琰昼寝，梦见立于座隅；意甚异之。时日已，即驰迎还。其夕，南涧十余躯像，悉遇盗亡"。第二次是王琰又将金像寄放于多宝寺多年，后来会京师寻访金像，但是寺主"爱公"说并无此像。王琰"深以惆怅。其夜，梦人见语云，像在多宝，爱公忘耳，当为得之。见将至寺，与人手自开殿，见像在殿之东众小像中，的的分明。诘旦造寺，具以所梦请爱公。爱公乃为开殿，果见此像在殿之东，如梦所睹。遂得像还"。上述两次经历均有梦，而且这两个梦均被证明真实不虚。可见，王充曾以梦与现实的差距、不相符为依据，揭露梦的虚幻性的雄辩，反被后来的小说家利用。王琰以自己的金像梦中显灵为例，最后说明自己撰写《冥祥记》的原因便是"循复其事，有感深怀；沿此征觐，缀成斯记。夫镜接近情，莫逾仪像；瑞验之发，多自此兴"[1]。并且，《冥祥记》里面还记录有"经塔显效"，但是"旨证亦同"。显然，佛教志怪以证明信仰、修行佛教可得护佑或证果为宗旨，所以大量搜集"瑞应""瑞验"与"效""旨证"等证据。原本虚幻的梦也被作为证据——"瑞应"深受重视。

《日本往生极乐记》和《本朝法华验记》更频繁地把梦作为"异相往生"的瑞相。这一方法在三善为康编纂《拾遗往生传》里得到进一步发展。尤其是三善为康在序言里模仿王琰，利用梦阐释编撰目的、缘起。首先，三善为康在梦中被告知因他敬信弥陀如来可得往生。其次，当他醒来之后，因为担心"梦境难信，妄想谁识"，于是他"重祈冥显，欲验虚实"[2]。通过持续九天念佛修行，三善为康终于看见三颗舍利出现于琉璃瓶中，从而验证了他第一次的梦真实不虚。对梦之"虚实"的灵活化用，本

---

[1] 王国良：《冥祥记研究》，台北：文史哲出版社1999年版，第66—67页。
[2] 井上光贞等校：《往生伝·法華験記》，第587页。

第六章 怪异文学中的梦故事

来虚幻的梦转化为确凿的事实。这种方法在《拾遗往生传》里面得到充分体现，其中为梦见往生的故事占比高达56%。

同时，在该书中梦常被称为瑞相、祥瑞，即被看作往生的事实证据。例如《拾遗往生传》卷上第十一《阿阇梨惟范》记惟范"临终之间，瑞相太多"。其中，庆念上人和定禅上人各自的梦均被作为"瑞相"。并且，在该传记文首附有"今案"，云："往生之人，其证未详。而惟范阇梨入灭之夕，庆念上人梦无量圣众来迎阇梨……若不生极乐者，岂列圣众乎。"① 从"今案"的论述可见，三善为康把梦作为往生者确实往生极乐世界的证据，具体而言，三善为康评析庆念上人之梦，以此作为惟范往生的例证。除此之外，卷中第二十四《藤井时武》分别记述田夫梦中被告知官员藤井时武"必可往生极乐"；邻里一人说有同梦；后来又有两三人有此梦；"又或人梦告曰"，"决定往生者三人"之中有时武；又"淀津住人梦，画船三只"，其中有一只是时武的船。三善为康写到这里，强调"如此表事，不遑记尽"。但是他接着记述时武死后七日，其妾梦见时武来告往生之事。由此可见，三善为康极尽叙梦之能事，力求证明藤井时武往生为事实，为此他采用他人梦见、多人梦见等叙梦方式，不厌其烦地按照往生的时间顺序安排各个梦。

为了表现梦的真实性，除了不断变换梦见者（多人均梦见同一个事件）以外，还有两人互梦的形式。两人互梦的最初用例也来自中国，白行简的《三梦记》之第一梦就是刘幽求夫妻二人互梦之事。类似的还有《纂异记》的张生梦见妻子与众人饮酒作诗，张生投石击中妻子额头。第二天张生回到家中时，妻子说梦，情形与张生所梦相同，并且妻子梦觉之后头痛就是在梦中被石头击中所致（《广记》282/2250）。《今昔物语集》卷三十一第九《常澄安永在不破关梦见在京城的妻子故事（常澄安永於不破関夢見在京妻語）》利用刘幽求、张生故事进行了简单翻案。故事讲述常澄安永远离家乡日久，在不破关的时候梦见妻子与一少年一起饮食后同卧一处。正当二人即将苟合之时，安永妒火燃炽，越墙冲入，结果妻子与少年

---

① 井上光贞等校：《往生伝·法華験記》，第594页。

消失不见。安永梦醒之后，急忙回家。妻子向安永叙说昨夜之梦，竟然与安永所梦完全相同①。《今昔物语集》同卷第十《尾张国的勾经方夜宿情人之处，梦见妻子到来的故事（尾張国勾経方宿他所夢見妻来語）》则是妻子梦见丈夫与别的女子通奸，在梦中谴责二人。后来，丈夫听了妻子说梦才发现与自己所梦丝毫不差。② 第九与第十两个故事共同点在于夫妻某一方梦见另一方与别人通奸，并且夫妻二人所梦皆同。夫妻互梦的叙事方式通过以梦证梦的方式，强化了奇梦与怪梦的真实性。同时，这种叙事手法巧妙地将夫妻之间的情感危机用怪梦揭示出来，既凸显了生活的真实面貌，又赋予梦以深刻的社会意义。《今昔物语集》的撰者在安永故事末尾评论道："想来，夫妇同时做同样的梦，着实稀奇。或因彼此相互牵挂对方而致，抑或因双方灵魂相会。"这段评论表明，安永夫妻互梦的奇思妙想源于中国古老的梦魂观念，即梦是灵魂活动的体现，夫妻之间的深厚情感可通过梦中灵魂交流得以实现。因为精神、情感而导致相互感应。两人互梦的情节模式除了感情世界，亦被用于宣扬修行功德、灵验。《古事谈》卷三第三十八条写两个僧人同睡一屋，彼此梦见对方是阿弥陀佛和普贤菩萨③。综上所述，以梦证梦的叙事模式通过多重梦境的相互印证，有效地证实了某种怪异事象的真实性。这种叙事策略不仅强化了梦境作为超自然现象证据的权威性，也反映了古人对梦境真实性的深刻思考与接受。通过梦境的叠加与验证，怪异事象得以超越虚幻与现实的界限，成为被广泛认可的"真实"存在。

三 《今昔物语集》对梦的"虚实"化用

《搜神记》《冥报记》等叙梦为真、以梦为证的文艺想象影响了平安朝怪异文学，在前面已经有了充分的论析。但是，然而，随着叙梦模式的广泛运用，其逐渐呈现出模式化趋势，常常造成文学审美效果的"疲劳"，

---

① 森正人：《今昔物語集》第五册（新日本古典文学大系），第457頁。
② 森正人：《今昔物語集》第五册（新日本古典文学大系），第459頁。
③ 川端善明校注：《古事談・続古事談》，第295頁。

第六章 怪异文学中的梦故事

这在俄国形式主义文论中被称为"自动化"现象。为了保持文学作品的新奇性和吸引力，则必须要在既有的叙事模式上加以创新，即采取"反常化""陌生化"的手段，突破僵化的叙事模式。通过《今昔物语集》可以发现，为了避免文学手法因过度使用而丧失其原有的艺术感染力，平安朝怪异文学在运用梦进行怪异叙事做了各种尝试和创新。

首先，强调梦真实不虚的例子，已经在本章做了详细的介绍。《今昔物语集》的撰者在继承了前期怪异文学文本的叙梦传统时，还对它们的叙梦方法做了概括和总结。尤其是撰者在叙梦文本中插入了说明与评论，体现撰者对梦的理解与思考。卷十五第二十九《加贺国僧寻寂往生的故事（加賀国僧尋寂往生語）》也是一个他人梦见往生的故事，原典出自《本朝法华验记》下卷第九十。但是《今昔物语集》的撰者在故事末尾加上了这样一段评论："细想起来，寻寂本无病痛，却预知往生之期，告诉摄圆，共修善根入灭。何况，又有梦告不可怀疑。"撰者把众村民都梦到寻寂往生时的情景视为真实不虚的往生证据。这一点与《日本往生极乐记》等往生传的叙梦情节构思是一脉相承的。

而关于梦告不虚的议论，又出现在卷十四第八《越中国书生之妻死后堕入立山地狱的故事（越中国書生妻死堕立山地獄語）》中。该故事的核心主题并非叙梦，而是围绕某书生的三个儿子因思念亡母，请僧人陪同前往立山地狱探访母亲的情节展开。在探访过程中，太郎起初将亡母的呼唤误认为幻听，但随后再次听到亡母的声音，于是三子一起与母亲直接对话。通过问答，三子得知亡母要求他们为其写经供养。此时，撰者插入议论："虽然听说过死者会在梦中现形，但从未听说过死者会以这样的方式现身并发出声音。然而，那的确是母亲的声音，无法怀疑。"当写经供养完成后，太郎梦见母亲告知自己已脱离地狱，得以往生。待供养完成，太郎方得亡母托梦，告知已离地狱往生。文末撰者再评："此事实在希有。死者堕入地狱后，不通过梦告传达信息，而是直接现身相告，真是闻所未闻。"从上述两处议论可见，撰者将亡灵通过梦传达信息（梦告）视为符合常识的叙事范式（即"常规叙事"），而直接显形则被划归为打破常规的

"超常叙事"。文末记述亡母梦告的情节，不仅以人们熟悉的"常理"——梦告印证了佛教写经供养功德的实效性，同时也反证了显灵事件的真实性。这种以"常规"映衬"超常"的叙事设计，本质上是对怪异文学中梦之真实性准则的巧妙化用，通过设置叙事层级，最终达成对超现实事件的合理化诠释，显示了平安朝怪异文学在叙事手法上的创新。撰者对怪异文学文本中梦之真实不虚的认可，也反映在同卷第七《修行僧至越中立山遇少女的故事（修行僧至越中立山会小女語）》中。因为第七与第八均是关于坠落立山地狱的亡灵请求供养以得解脱的主题，不过第七中并未涉及有关梦的议论。故事讲述某僧人途经立山地狱时，有少女亡灵嘱托僧人给自己父亲带话，请父亲为自己写《法华经》供养。僧转告其父，其父为女儿写经供养。之后，父亲和僧人同样梦见少女得以往生。该故事属于二人同梦，以此证明少女获得往生。再联系接下来的第八来看，第七相当于为第八作铺垫。因为，既然第七属于梦告为真，那么第八里面将梦视为寻常事实，并以此对比地狱中直接相告之情况，才可显出后者的怪异性。

其次，《今昔物语集》表现出突破叙梦模式化的倾向，增强了故事的怪异性和趣味性。例如卷十六第二十八《参拜长谷寺的男子获得观音帮助而致富（参長谷男依観音助得富語）》是以一句充满暗示性的观音梦告，即"手中所得之无不可丢弃，然后便可知会得到什么"作为潜在的叙事线索，随着男子醒来之后种种巧遇，最终获得财富证明了梦告不虚和观音的灵验。而在卷十七第四十七《生江世经供奉吉祥天女得富贵的故事（生江世経仕吉祥天女得富貴語）》则完全抛弃了梦告的情节。先是有美女直接上门给世经送饭食。接着美女告诉世经获取米粮的地方及暗号，并给他一张公文。世经到了目的地，念了暗号之后，就出来一个长着独角独眼的鬼，送给世经一袋米。回家后，世经才发现米袋子是宝物，里面的米永远倒不完。世经因此致富。对比这两个例子可见，编撰者可能熟悉利用梦告推动故事情节发展的方式，梦告具有引领整个叙事的结构性功能。所以撰者在卷十七第四十七摒弃梦告的方式，成功地叙述了生江世经的故事。

第六章　怪异文学中的梦故事

　　无论观音梦告还是吉祥天女直接现形来告，均属于预言性质的"告"。这种预"告"与后面的情节之间依旧类似于梦告故事的总分关系。而且，这种叙事结构亦表现在预言、占验等题材类型中。卷十六第二十九《供奉长谷寺观音的穷汉得到金人的故事（仕長谷観音貧男得金死人語）》与卷十七第四十七生江世经的故事一样，也是一个摒弃梦告情节的"致富奇谈"。穷汉听说长谷寺观音十分灵验，于是到寺里花了一整天时间祈求观音帮助他脱离贫困，结果"连梦都没有做一个（夢ヲダニモ不見ザリケレバ）"，于是悲叹而回。但是，穷汉还是坚持每月都去长谷寺参拜观音。妻子嘲笑他与佛没有缘分，让他别白费心思。不过，穷汉没有放弃，暗自许愿"这三年我每月都去，再试试看"，结果还是"连梦都没有做一个（夢許モ驗カリケリ）"——观音丝毫没有显灵的迹象。三年后，到了结愿的那一天，穷汉终于绝望，在长谷寺痛哭一场。他从长谷寺回家时，途中还被官差征召干苦力，被迫把一具死尸扔到荒野去。死尸实在太重，穷汉无奈之下，只好先背回家，打算明日与妻子一起背。第二天早晨，夫妻二人无意中发现死尸竟然是一尊黄金人像，穷汉从此致富。

　　这个故事里两次提到"连梦都没有做一个"，实际上是利用读者已经对梦告灵验的情节模式形成了惯常化、自动化的阅读期待，巧妙采取了陌生化的叙事手法，反"梦告"故事之道而行之。在故事一开始，先后两次强调"连梦都没有做一个"来否定长谷寺观音显灵的可能性，表面上推翻了一般佛教灵验故事采用梦告方式彰显佛法灵验的俗套。也引导读者朝着作者预计的故事发展方向去思考，但是故事最后的结局彻底推翻了读者的预测，产生了极大的陌生化阅读效果。并且，两次强调"连梦都没有做一个"以及妻子的嘲笑、穷汉的倒霉经历等制造出绝妙的喜剧效果，极大地增强了故事本身的怪异性和趣味性。

　　最后，《今昔物语集》的撰者还故意模糊梦与现实之间的界限，使得故事变得虚实难辨，趣味横生。卷十七第三十三《比叡山僧受虚空藏菩萨帮助得智慧的故事（比叡山僧依虚空藏助得智語）》正是这样一个怪异故事。该文记述青年僧人虽有志于学，但沉迷游玩。该僧常到法轮寺向虚空藏菩萨祈求智慧。一日访友不遇，经过一个府邸时，门口有清丽女子邀至府中留宿。即将入睡时，从窗上小洞窥见主人房有美女在卧，于是偷入房内求欢。美女以不爱凡夫庸才为由，要求僧人背诵《法华经》。僧人不能背诵，于是美女让他回山寺背会了《法华经》再来。二十多天僧人如约来见，但是女子劝他努力取得"学问僧"资格之后再来。僧人又回比叡山寺庙苦学三年，之后如期访问美女。美女先是考验其学术，然后与他牵手而卧。由于僧人从比叡山到法轮寺参拜后再访问美女，路途劳顿，与美女没聊两句话便睡着了。当僧人醒来，惊讶地发现自己睡在荒野之中，百思不得其解，于是回到法轮寺向虚空藏祈念。祈念之间，又一次入睡。在梦中，虚空藏告诉僧人这一切都是他亲手"导演"，目的是劝导僧人潜心向学。在平安朝怪异文学少见如此长篇且充满文学性的作品。整个故事由四段梦组成，前三段梦虚空藏变成美女，以色相一步一步诱导僧人苦学成才。在最后一段梦里，虚空藏向僧人揭示前三个梦的真相。简言之，前三段梦相对于最后一段梦而言，是虚像、幻梦，最后一段梦才是真相。

不过，该故事存在多个难解之处。首先从时间来看，僧人第一次见到美女是九月，而历经二十天又加三年苦学，到僧人最后一次梦醒时，顶多就是第四年的十月间。而文中说："有明月当空，其时三月，极寒。"其中差了近半年时光，若非笔误，让人难以理解撰者为何如此安排时间。其次，从地点上来看，僧人第一次遇见美女是在参拜法轮寺之后，第二次与美女相会并未提及参拜法轮寺，第三次与美女相会之前僧人先去参拜法轮寺，然后与美女相会，在聊天中因过度疲倦而睡着。但是当僧人醒来时却发现自己睡卧于荒野，于是又到法轮寺向虚空藏祈念。不难看出，法轮寺及附近荒野是整个故事发生的中心地点。最后一个难解之处在于四次梦的分界点极为模糊。僧人第一次遇见（梦见）美女到第二次与美女相会之间，有二十多天的间隔，第三次再会也是隔了三年。但是第三次相会的结局竟然是僧人因疲劳过度睡着，再醒来时却发现自己卧于荒野之中。这一情节不是梦，但前面三次梦可能就是一场大梦中的三段小梦。这种模糊梦

第六章 怪异文学中的梦故事

与现实边界的情况，极有可能是撰者故意为之。因为梦中的时空与现实时空的存在差错的情况，在叙梦的怪异文学文本中并不少见。例如《黄粱梦》的一顿饭的时间与人生起落几十年，又如《善家秘记》良藤身处狐狸窝十来天和自以为已经过去三年，再如浦岛子随仙女到蓬莱几年而实际已过几世春秋。换言之，虚虚实实才是怪异文学文本叙梦情节绽放文学异彩的真正价值。比叡山僧的故事是对众多叙梦文本过度强调梦之不虚之"传统"的一种突破，不仅还原了梦的虚幻本色，还诱发了读者的无限想象。

本章小结

综上可见，"觉"（"常"）→"梦"（"异"）→"觉"（"常"）的回环结构是叙梦情节与怪异文学文本叙事的内在活动机制，而梦情节本身与其他情节之间的关联则可能构成整个叙事文本的结构或作为叙事过程中必要的"节点"。与此同时，怪异文本所要传递的正是怪异的真实性，但是梦本身的虚幻性似乎影响了怪异故事的真实性。然而，从中国志怪和平安朝怪异文学中可以看到的却是另一种情形：梦被作为怪异故事真实性的"证据"而存在。梦验恰恰揭示了怪异文学所要传递的天道、神教、人伦以及其他生存智慧。梦的"虚实"化用[①]既能凸显怪异文学的"文学性"，亦作为古代文学叙事的艺术手法被后世文学传承。

[①] 本书所谓的"'虚实'化用"是从中日两国古代对梦幻的虚实问题有关观念中提取出来的，实际上，"虚实"问题是中国古代文艺美学中的重要课题。佛教的"非有非无的虚空境界"说与"虚实结合"意境观念尤其在诗歌评论中产生了深远的影响。参见蒋述卓《佛教与中国古典文艺美学》，岳麓书社2008年版，第29—32页。

第七章 鬼神精怪故事及其"隐显"技巧

从刘向关于福祸的论述可知，古代人非常关注天地万物的形象、现象及其变化，认为这些现象的显现与消失取决于神的意志。人们只有细心体察神的"谴告"与"示"，才能及时掌握"时变"。"时变"之"变"本身既具有显现、变化、消失、隐藏的内涵，亦可能预兆灾祸或幸运来临。"变"可以与"异""怪"组成"变异""变怪"，故而"变"与"怪异"关系密切。

同样，"化"与"变"的意义相近。《列子·周穆王》："周穆王时，西极之国有化人来，入水火，贯金石；反山川，移城邑；乘虚不坠，触实不硋。千变万化，不可穷极。既已变物之形，又且易人之虑。"这里的"化人"具有变化易形、形现形灭的神奇能力，故而令周穆王"敬之若神，事之若君"①。后来，"化人"一词被佛教、道教等用于指称仙人、神人、菩萨。《列子》同篇又记载老子论"幻"曰："有生之气，有形之状，尽幻也。造化之所始，阴阳之所变者，谓之生，谓之死。穷数达变，因形移易者，谓之化，谓之幻。造物者其巧妙，其功深，固难穷难终。因形者其巧显，其功浅，故随起随灭。知幻化之不异生死也，始可与学幻矣。"②老子认为万物以气生，有形之状都是幻，生死亦是幻化，所以"随起随灭"，有"显"有"隐"。可见，化人的形现形灭、千变万化和人之生死均为幻化，无不与形象的"隐显"、变异有关。因此，人们关注世间万物的出现、

---

① 杨伯峻撰：《列子集释》，中华书局1979年版，第90页。
② 杨伯峻撰：《列子集释》，第99—100页。

第七章 鬼神精怪故事及其"隐显"技巧

变化与消失，乃是关注自身生命和周遭世界的存在与发展、演变的问题。

中国原始宗教信仰认为化人、仙人是超越生死的另一种存在，祂是神；而鬼则是人死后的存在形式。而刘向所谓的"妖孽"是延续先秦以来天人感应的说法，即："一曰异也，孽也。《左传·庄公十四年》人弃常则妖兴"[①]，简言之，"妖孽"就是天变地妖、怪异、鬼怪妖精。中国古代鬼神观念中，鬼神是不分的，并且与"（恶）梦"一样作为警示福祸的可视化方式，鬼神精怪的出现一般被视为异常、怪异，令人惊惧。

从平安朝的历史叙述中可知，除了天变地异、狐鸣怪异等事象之外，鬼也时现宫中。早良亲王、菅原道真等贵族死后变成危及天皇和皇子的怨灵（冤魂）、附身于染殿后的鬼、松原殿的吃人鬼以及偷灯鬼等，无不引起皇权统治者的惊恐。在平安朝的神祇制度下，皇权统治者对神鬼的祭祀几近于淫祀的地步。其中，菅原道真由怨灵逐渐升格为火雷天神就是一个最好的例子。而从怪异文学的角度来看，鬼神精怪既可能攸关于皇权统治，又有可能与个人运命、生存相关。因此，上述鬼神所招致的怪异事象也被平安朝的怪异文学大书特书。本章将从鬼神精怪在中日古代叙事文学中的重要地位出发，探讨平安朝怪异文学如何实现"怪异"的另一个方法——"隐显"。

第一节 平安朝鬼神观的中国溯源

说及鬼神，许多民族的原始信仰中普遍存在万物有灵论（亦称"泛灵论"，animism）。鲁迅在《中国小说史略》第二篇"神话与传说"中指出："然详案之，其故殆尤在神鬼之不别。天神地祇人鬼，古者虽若有辨，而人鬼亦得为神祇。人神混杂，则原始信仰无由蜕尽。"[②] 从民俗学的角度来

[①] 汉语大词典编纂处整理：《康熙字典》，第192页。
[②] 鲁迅：《中国小说史略》，第10页。

看，鲁迅所谓的"神鬼之不别"其实是指上古先民将死去的人奉为神灵，即所谓的"祖灵信仰"。因此，祭祀鬼神既是悼念死者，也是为了祈求鬼神保佑自己，息灾增福。这一点可从《周礼》看到中国上古对鬼神的敬畏和尊崇。

一　墨子和王充的鬼神论

先秦思想家墨子在《墨子》多个篇章中倡导君王要学习"三代圣王""尊天事鬼，爱利万民"的做法。例如《尚贤》中篇分析三代圣王"为政乎天下也，兼而爱之，从而利之；又率天下之万民，以尚尊天事鬼，爱利万民。是故天、鬼赏之，立为天子，以为民父母。"而作为反面教材，"三代暴王"（桀纣幽厉）因为"率天下之民以诟天侮鬼，贼傲万民。是故天、鬼罚之，使身死而为刑戮，子孙离散，室家丧灭，绝无后世"①。在《尚同》中篇也有类似的表述。而在其核心篇章《非攻》中，强调古代圣王因为了解天、鬼之所欲，率领天下万民祭祀鬼神，所以"天、鬼之福""万民之亲"皆可得。显然，墨子将"尊天事鬼"视为君王必须遵守的准则，规劝君王"兼爱""非攻"。但是，墨子为了说服各国君王，必须证明鬼神实有。所以他专门以"明鬼"为题，分为上中下三篇论述鬼神②，其中拈举了《春秋》所载的周宣王被臣下杜伯的鬼魂复仇致死、郑穆公遇见句芒神等多个史实为例，强调"鬼神之有""鬼神之明"③。笔者认为，所谓"明"即指能够洞察一切且可随时显灵。所以，《明鬼》篇还带有明显的天人感应思想。同时，墨子还指出："古之今之为鬼，非他也，有天鬼，亦有山水鬼神者，亦有人死而为鬼者。"可见当时存在不同类型的鬼："天鬼"即天神，总管世界的神；"山水鬼神"相当于地祇，即山川河流的神；"人鬼"即人死之后的灵魂变鬼。而且从这一句不难看出，在当时人们的观念中鬼与神并无太多差别。

---

① 吴毓江撰：《墨子校注》，第 78 页。
② 《明鬼》仅存下篇，上、中篇不存。吴毓江撰：《墨子校注》，第 336 页。
③ 吴毓江撰：《墨子校注》，第 342 页。

第七章 鬼神精怪故事及其"隐显"技巧

其实,鬼神混同的思想也见于王充《论衡》之《论死篇》:"鬼神,阴阳之名也。阴气逆物而归,故谓之鬼;阳气导物而生,故谓之神。神者,伸也。申复无已,终而复始。人用神气生,其死复归神气。阴阳称鬼神,人死亦称鬼神。"①《论衡》虽然是中国古代朴素唯物主义杰作,但是作者王充并非彻底否定鬼神和瑞应等存在。例如他在《论衡·死伪篇》批驳了《墨子》的《明鬼》篇所举杜伯死之后变鬼等事例,阐明了他对鬼魂的看法:人死形灭,精神、灵魂无色无味无形,活着的人不可能看见它们②。他在《论衡·论死篇》中进一步阐释道:"朽则消亡,荒忽不见,故谓之鬼神。人见鬼神之形,故非死人之精也。何则?鬼神,荒忽不见之名也。人死精神升天,骸骨归土,故谓之鬼。鬼者,归也;神者,荒忽无形者也。"③ 可见,王充认为:人死了之后,形体腐朽直至化为灰土而消失,灵魂变成了恍恍惚惚看不清形状东西,即所谓的"鬼神"。既然"鬼神"没有形象,那么人们所见到的有形体的鬼神,就不是死人的精神变成的。

王充还使用归谬法指出:"天地开辟,人皇以来,随寿而死,若中年夭亡,以亿万数。计今人之数,不若死者多。如人死辄为鬼,则道路之上,一步一鬼也。人且死见鬼,宜见数百千万,满堂盈廷,填塞巷路,不宜徒见一两人也。"④ 简言之,如果鬼神是有形的话,那么人死变鬼且现形于世间,则会导致满大街都是鬼,而实际上并非如此。显然,人死变鬼且有形的观点极为荒谬。

二 干宝关于鬼神精怪的书写

干宝所作的《搜神记》堪称中国志怪小说的代表作之一,他以史家的眼光采集了许多"怪异非常之事"。同时,他根据两汉时期的谶纬学说,

---

① 黄晖撰:《论衡校释(附刘盼遂集解)》,中华书局1990年版,第872—873页。
② 刘盼遂认为句首"传曰"似指《墨子》所载杜伯变鬼复仇之事。黄晖撰:《论衡校释(附刘盼遂集解)》,第885页。
③ 黄晖撰:《论衡校释(附刘盼遂集解)》,第871页。
④ 黄晖撰:《论衡校释(附刘盼遂集解)》,第873—874页。

如京房《易传》，对妖怪、变化等问题做过精辟的论述。

关于鬼的"隐显"、变化的特性，干宝在《搜神记》中举"阮瞻"故事说明。故事写素持无鬼论的阮瞻，"每自谓此理足以辨正幽明"。一日有客访问阮瞻，与他辩论鬼神之事。客人辩驳不倒阮瞻，怒言"即仆便是鬼"之后，"变为异形，须臾消灭"①。该故事原本旨在证明鬼神实有，不过也揭示了鬼有隐形、变化的特性，文中的"幽明"就是本章的关键词"隐显"。除了鬼，干宝还在《搜神记》里记载了许多精怪，并在卷十提出了他对妖怪的认识："妖怪者，是盖精气之依物者也。气乱于中，物变于外，形神气质，表里之用也。本于五行，通于五事，虽消息升降，化动万端，其于休咎之征，皆可得域而论矣。"②干宝继承了先秦两汉的"气"的理论成果，认为精气失常，则导致物体外形的变异，因为"形神气质"互为表里并相互影响。但凡物形发生变异，则为气乱于中所致，此为妖怪。同时，妖怪的出现，又可能是"休咎之征"。因此，干宝在《搜神记》卷十六中继续论述道："绝域多怪物，异气所产也。苟禀此气，必有此形；苟有此形，必生此性。"如果属于"应变而动"，例如雀鸟变为獐子，蛤蟆变成虾"是为顺常"；但是"苟错其方，则为妖眚"③。所以，一旦出现"气反""气乱""气贸"等情况，就会出现诸如"妖怪篇"所举的人生角、马狗生角、马生人、女子化为丈夫、人状草、童谣等各种怪异，它们均被"证明"与世变、祸乱有关联。

从先秦的墨子到汉朝的王充以及东晋的干宝有关鬼神的论述可见，"鬼神"即鬼魂与神灵，二者常被视为一同。究其原因，或许正是因为二者均为恍惚无形，不可见之物，也就是具有无形或"隐形"的特点。如果鬼神的"隐"是其"常"态的话，那么"显"就是鬼神的"异常"态。所以鬼神的显现一般都有特殊的原因，常常预示着某种福祸降临。不仅鬼神如此，这一点对于精怪也同样适用。因"气反""气乱""气贸"而导

---

① （晋）干宝撰，汪绍楹校注：《搜神记》，第189页。李剑国辑校《新辑搜神记》未录此文。
② （晋）干宝撰，（南朝宋）陶潜撰，李剑国辑校：《新辑搜神记 新辑搜神后记》，第165页。
③ （晋）干宝撰，（南朝宋）陶潜撰，李剑国辑校：《新辑搜神记 新辑搜神后记》，第257页。

第七章 鬼神精怪故事及其"隐显"技巧

致的各种变异和怪异（包括精怪脱离本形，幻化魅惑人类的各种怪异），隐藏了本形（常），显示出不应有的形象（异）。

第二节 《日本灵异记》中的鬼神精怪

编纂于承平年间（931—938）的《倭名类聚钞》（又称《和名类聚钞》）卷二鬼神部"人神"条的注释更明确地反映出日本平安朝人们对鬼神的观点：

<u>人神曰鬼</u>。周易云：<u>人神曰鬼</u>。居伟反。於迩。或说云：和鬼，於迩。者（昔）隐音之讹也。<u>鬼物隐而不欲显形</u>，故以称之。唐韵云：<u>吴人曰鬼</u>。越人曰鬽。①

该书指出"人神曰鬼"，即人死之后的精神、灵魂叫作"鬼"，在日语中用"於迩（oni）"来表示其读音，并解释该读音原本是"隐（on）"的讹变读音。也就是说，"鬼"的音训是"隐"字，取自"鬼物隐而不欲显形"。日本古人早已接受这种解释，人们可以在日本上代神话中找到例证。例如，在《古事记》伊邪那岐前往黄泉国寻找伊邪那美的故事里，黄泉国长期处于黑暗之中，而伊邪那美躲进了黄泉国的大殿里不让伊邪那岐进来看到自己的身形，但是伊邪那岐不遵守诺言，引发伊邪那美愤怒追杀。② 黄泉国的黑暗可让万物失形，说明日本上代人深知人死形灭的道理。而伊邪那岐违背诺言，进入大殿看到了伊邪那美，从而引发伊邪那美的追杀，正是因为伊邪那岐触犯了"鬼物隐而不欲显形"的禁忌。类似的想象也见于《日本书纪》，该书在描写伊邪那岐临终之时："神功既毕，灵运当迁。是以，构幽宫于淡路之洲，寂然长隐者矣。"文中的"灵"即灵魂，"幽"即

---

① 《和名抄》，尾张下臣稻叶通邦誊写本，早稻田大学藏 ho02—00256，第 6 页 b。
② 仓野宪司等校注：《古事记·祝词》，第 62—65 页。

隐藏。人死形消，魂魄无形，所以日本上代人将死后世界想象成黑暗无光的"幽宫"，而把死亡称为"长隐"①。

除了鬼，日本上代神话中的神也具有隐形的特点。《古事记》开篇介绍"天地初发之时"高天原上有三尊神均是"独神成坐，而隐身也"（单身神，并隐形）；随后诞生的宇摩志阿斯柯备比古迟神、天之常立神以及国之常立神、丰云野神四尊大神也是"独神成坐，而隐身也"②。又如本书第三章提到的菅原道真死后成为冤鬼，尽管醍醐天皇已经赐封他为"火雷天神"，他却"白昼显形"，报复藤原时平致其死亡（《扶桑略记》卷二十三）③。经过人们不断地祭祀，菅原道真从冤鬼变成了雷神和文道之神，是一个典型的"鬼神"。既是鬼神，凡人一般看不见他，但他却"白昼显形"，引发世人惊恐——"隐"转变为"显"故成怪异。

上面提到，《倭名类聚钞》关于"人神"或"鬼"的概念来自《周易》等中国典籍。而从文学的角度来看，日本古代叙事文学的谈神说鬼之传统也得益于中国古代宗教文化对其长期浸润。鲁迅先生曾对中国古小说的形成作过精辟的论述，"中国本信巫，秦汉以来，神仙之说盛行，汉末又大畅巫风，而鬼道愈炽；会小乘佛教亦入中土，渐见流传。凡此，皆张皇鬼神，称道灵异，故自晋讫隋，特多鬼神志怪之书。其书有出于文人者，有出于教徒者。文人之作，虽非如释道二家，意在自神其教，然亦非有意为小说，盖当时以为幽明虽殊途，而人鬼乃皆实有，故其叙述异事，与记载人间常事，自视固无诚妄之别矣。……则正如《隋志》所言，'以序鬼物奇怪之事者也'"④。

学界惯常将平安朝叙事文学称为"物语（モノガタリ）"，而"物语"一词实际上可以笼统地指平安朝的长篇叙事文本和粗陈梗概性质的说话文

---

① 坂本太郎等校注：《日本書紀》，第102—103页。该书102页头注16引《说文》释"幽"为"隐"。有关日本上代神话中鬼神隐形的特点，山折哲雄重点从生死观的角度作了论述。山折哲雄：《死の民俗学——日本人の生死観と葬送礼儀》，岩波书店1990年版，第116—121页。
② 仓野宪司等校注：《古事记·祝词》，第50页。
③ 皇円：《扶桑略记》，第178—179页。
④ 鲁迅：《中国小说史略》，第22页。

第七章 鬼神精怪故事及其"隐显"技巧

学文本。紫式部在《源氏物语》中曾提到"《竹取物语》是物语之祖",可见"物语"在当时已经被当作文学类型的概念。三谷荣一延续柳田国男、折口信夫的民俗学研究方法,并根据山田胜美等的观点,考证了"物语"一词的具体含义,指出:日语"モノ"对应汉字"物",而该字在汉语中被解释为鬼。例如《史记》的《封禅书》中,如淳注释"物,鬼物也";《屈原贾生列传》曰"死而形化为鬼,是为异物也"。又如《汉书·郊祀志》"汉兴,高祖初起,杀大蛇,有物曰:'蛇,白帝子,而杀者赤帝子也。'"颜师古注曰:"物,谓鬼神也。"① 可见,作为日本古代"物语"一词含有"叙述鬼神之事"或者"鬼神的言说"之意。从这个意义上,人们或可把日本平安朝和以前的叙事文学称为古代"神话"和"鬼话"②。

第一章曾提及在《源氏物语》等文学作品中"物怪(モノノケ)"被描述为"物"——怨灵、生灵、死灵、狐精、天狗等害人的事件。与此不同的是,在本书第二章、第三章多次提及日本史籍和贵族日记记载的"物怪",这个"物"泛指鬼神。森正人认为史籍中的"物怪(物恠)"不应该读作"モノノケ",而应读作"モノノサトシ"或"モッケ",指鬼神或曰"天"发出的警告——怪异事象③。与此同时,他还认为在《小右记》《权记》中出现的"物气""灵气"则类似于汉语的"邪气",应读作"モノノケ"。山下克明进一步阐发森正人的观点,认为:"物怪"并非"妖怪(モノノケ)",应该读作"モッケ""モノノサトシ",所谓"物(モノ)"就是人眼看不见的神·灵·鬼·精等神灵性质的东西,而"サトシ"即通

---

① 三谷荣一:《日本文学の民俗学的研究》,第7—9页。笔者参考了三谷荣一的论述,认为从《古事记》到《万叶集》以及平安时代多以"物语"为书名的例子可知原本记录"神话""鬼话"的物语逐渐形成了日本古代叙事文学的一大门类。三谷荣一编:《物語とは何かⅠ》(体系物語文学史·第一卷),有精堂1982年版,第14—18页。

② [俄]李福清:《神话与鬼话——台湾原住民神话故事比较研究》(增订本),社会科学文献出版社2001年版,第253页。李福清综合徐山等学者的研究,将中国民间鬼故事称为"鬼话",笔者借该词用于突出中国志怪与平安朝怪异文学中多见鬼神精怪故事的特点。

③ 森正人:《モノノケ.モノノサトシ.物恠.恠異—憑霊と怪異現象とにかかわる言語誌》,《国語国文学研究》1991年第27号。森正人:《〈もののけ〉考:現象と対処をめぐる言語表現》,《国語国文学研究》2013年第48号。

知、征兆的意思。换言之，怪异就是由"物（モノ）"——鬼神制造的灾祸前兆[①]。而记载怪异，从某一种意义上说，就是把曾经发生过的怪异事象与事件结果记录在一起，供人审视。

平安朝初期怪异文学的代表作《善家秘记》之《巫觋见鬼有征验记》，正是专门讲述"物"（神与鬼）的"物语"，或曰"神话"抑或"鬼话"。该故事记录了三善清行及其父亲三善氏吉遭遇鬼神的经历。第一个是三善氏吉重病之时，有一位老妪来访，告诉三善清行她看见一个赤身裸体的鬼手持棍棒正在击打三善氏吉。老妪还说在三善氏吉的身边有一个"代神"（即守护神）正在不停地驱逐裸鬼。第二个是三善清行在任所遇到疫病大流行。有个一优婆塞自称能见鬼，之后三善清行所见鬼害人的情况果然与优婆塞所说的一样[②]。该故事均是三善清行和其父亲身经历，三善清行记载它们的目的应该是强调鬼神真实存在，并且认为一般人是看不到鬼神的，因为鬼神常常隐形，唯有巫觋和优婆塞才能看见。

值得注意的是，《善家秘记》里面的巫觋能见鬼神的情节与《搜神记》卷二《寿光侯》[③]《吴孙休》《吴孙峻》[④] 十分相似。平安朝怪异文学不仅继承了中国鬼神精怪的观念，同时还巧妙地使用中国志怪的"隐显"的辩证与转换艺术手法，展现出怪异奇幻的鬼神世界。

一 《日本灵异记》中的"鬼话"

平安朝怪异文学如中国志怪一样，其中的鬼神精怪故事蔚为大观。仅从《日本灵异记》就可发现其中记载了各种鬼神精怪。鬼就有怨灵（冤魂）、食人鬼、讨债鬼、地狱使者[⑤]。

首先来看怨灵（"怨灵"的概念参见本书第二章第四节所引《日本三

[①] 山下克明：《平安時代陰陽道史研究》，思文閣 2015 年版，第 12 页。
[②] 见《政事要略》卷七十所辑佚文。惟宗允亮著，黑板勝美编：《政事要略》，第 609 页。
[③] （晋）干宝撰，（南朝宋）陶潜撰，李剑国辑校：《新辑搜神记 新辑搜神后记》，第 47 页。
[④] （晋）干宝撰，汪绍楹校注：《搜神记》，第 26 页。李剑国辑校《新辑搜神记》未录此文。
[⑤] 丸山德显详细总结了《日本灵异记》里面的冥界使者、冥界鬼、讨债鬼、狐女、食人鬼等故事类型。丸山德顕：《日本靈異記説話の研究》，櫻楓社 1992 年版，第 142—167 页。

第七章　鬼神精怪故事及其"隐显"技巧

代实录》文）。中卷第一《自恃德高，责罚沙弥，而得惨死现报（恃己高德刑贱形沙彌以现得恶死缘）》记载了长屋王的两个故事①。第一是长屋王担任元兴寺大法会供养的主持人时，殴打乞食沙弥，乞食沙弥"扪血悕哭，而忽不觐，所去不知"；第二是长屋王发动叛乱失败之后服毒自杀，其骨灰被撒到河中，引起沿岸疫病流行。尽管第二个故事中长屋王死后并未直接显形，但是疫病流行确信是由于他的怨灵所致。这是一个隐形的怨灵，同时长屋王殴打的沙弥在文末被称作"隐身圣人"，"圣人"也就是人们心目中的神佛化身。一神一鬼都是隐形的。

上卷第十二《遭人畜踩踏的髑髅被收殓，显灵报恩（人畜所履髑髅救收示灵表而现报缘）》记述沙门道登在途中看到髑髅被人畜踩踏，于是让侍从万侣为之敛葬。除夕日，被收殓尸骨的冤鬼现身成人形，邀请万侣到他家中吃祭品，以报答万侣大恩。此鬼向万侣倾诉自己被哥哥谋财害命的经过。正在此时，鬼的母亲和哥哥进入房间看见万侣，十分惊讶。万侣向鬼的母亲说明了前因后果，揭露了其兄罪行，结果受到了冤鬼母亲更盛情的款待②。值得注意的是，该故事并没有解释为何冤鬼母亲与哥哥只能看到万侣，却看不到冤鬼。显然，在作者景戒的意识中常人是看不见鬼的——即鬼一般"隐"而无形。该故事属于"枯骨报恩"型故事③。类似的还有下卷第二十七《拔出髑髅眼洞中的竹笋并祈祷，现灵验（髑髅目穴笋搹脱以祈之示灵表缘）》。其中冤鬼为了报答品知牧人帮自己拔去髑髅眼中的竹笋，"反现生形"，倾诉自己被叔父所害的遭遇，并请牧人到家中吃供品。冤鬼在赠送恩人财物之后，"灵（冤鬼）倏忽不见"，结果冤鬼父母到房中见到牧人得知了真相④。

---

① 出雲路修校注：《日本靈異記》，第59页。
② 出雲路修校注：《日本靈異記》，第25页。
③ 枯骨报恩故事在中国、日本、韩国等东亚国家中比较普遍，中国的《搜神记》等志怪书里记载的许多关于死人鬼魂通过梦告或显形的方式请求别人帮助收敛尸骨的故事，日本学者今野达和山口敦史以及丸山德显等有论析。今野達説話文学論集刊行会编：《今野達説話文学論集》，勉誠出版社2008年版，第420页。山口敦史：《〈日本靈異記〉における祖靈祭祀——枯骨報恩譚を中心に》，《日本文学研究》2006年第45期。丸山德顕：《日本靈異記説話の研究》，第209—234页。
④ 出雲路修校注：《日本靈異記》，第169页。

两相对比可见，冤鬼向救助自己的人显形并且报恩，却不在亲人面前显形。前面的显形是因为救济与报恩的因缘，后面的隐形则回归鬼魂无形的本性。这一点在景戒自叙（下卷第三十八）梦见死后尸体被焚烧时，自己的"魂神"站在旁边大叫却无人听到，才恍然大悟"死人之神者无音"。由此可见，景戒在书写前两个冤鬼故事中，也基于死人之魂既无声也无形的鬼魂观念。不过，上卷第十二里面的冤鬼在母亲与杀死自己的凶手——哥哥一起进来之时消失，似乎还有惧怕哥哥的原因。这一点在句道兴所撰的敦煌本《搜神记》之《侯光侯周》有详细的叙述。侯光被堂弟侯周谋财害命，为了报答郭欢敛葬自己的尸体，请郭欢到家中吃光灵堂供品，但是众亲属却看不见二人，原因是："神鬼覆荫，生人不见。"但是突然堂弟侯周进来，侯光告诉郭欢："杀我者，此人也。生时被杀，死亦怕也。"急忙逃出，结果郭欢"无神灵覆荫，遂即见身"[①]。据此可以推断，上卷第十二弟弟冤鬼消失不见也可能出于害怕杀死自己的哥哥[②]。

接着看食人鬼的例子，上卷第三《获得雷神报答，生儿子有神力（得雷之喜令生子强力在缘）》记载雷神报答农夫救助之恩，赐子给农夫，这个孩子后来到元兴寺做沙弥时，钟楼有恶鬼害死多名撞钟童子。小沙弥让四人分别在钟楼四角用灯罩罩住灯火。等鬼来时，小沙弥紧紧抓住鬼的头发，并让四个同伴摘掉灯罩，可是同伴却被吓傻，动弹不了。于是小沙弥拖着鬼挪到四个角落，把灯罩拿掉，鬼无法逃走。二人僵持到天快要亮的时候，鬼忍痛扯掉头皮毛发慌忙逃走[③]。在这个故事里，灯是照射无形恶鬼致其显形的重要道具[④]。

中卷第三十三《女人被恶鬼盯上并被吃掉（女人恶鬼点所食噉缘）》讲述名叫"万之子"的富家千金待嫁闺中，有人来送三车彩帛，父母动

---

① 潘重规：《敦煌变文集新书》，台北：文津出版社1994年版，第1220页。
② 今野达在上引论集之《〈枯骨报恩〉の伝承と文芸》文中指出"枯骨报恩"故事里面多见鬼魂因害怕见到杀害自己的凶手而逃走，却把恩人留在当场的情节要素。
③ 出雲路修校注：《日本靈異記》，第8—11页。
④ 马骏：《〈日本靈異記〉"神力型"故事文本解读——以小子部、道场法师及其孙女传说为例》，《日语学习与研究》2007年第1期。

第七章　鬼神精怪故事及其"隐显"技巧

心，许可男子到"闺里交通"。夜晚闺中女儿大叫三次，父母听见，还以为是"未效而痛"。到了第二天早晨，父母前去叩门，却没有人答应。开门一看，发现女儿只剩下头和一根手指，其余全被鬼吃完。男子送来的彩帛全变成了兽骨，车子也变成了木棍①。该故事中的恶鬼利用富家夫妇贪图钱财的心理，幻化成贵公子骗取信任，在婚房里把万之子吃掉②。这是一个典型的隐藏真形，幻化人形的吃人恶鬼。并且此恶鬼吃人之后便销声匿迹，彩帛和车子变回了原形。食人鬼的例子还如《今昔物语集》里面松原殿吃人鬼事件，其中一个女子被男子带到树下，另外两个女伴之后去看，男子不见，女子只剩一根手指，其"现场"与《日本灵异记》万之子的情节一致。

再看地狱使者。地狱派遣冥官以及兵卒前往人间捉拿已经到生限的人，在入冥故事中比较常见。《日本灵异记》中卷第二十四《阎罗王的鬼差受所召之人贿赂，使其得以免死（閻羅王使鬼得所召人之賂免緣）》讲述楢磐岛在返乡途中得病，路遇三人，问答之中得知他们是阎罗王派来的"使鬼"（鬼差），到楢磐岛家中才得知楢磐岛外出经商，故而一路追来。楢磐岛得知三位鬼差又累又饿，便赠以干粮，并邀请到家中杀牛食飨。三鬼差感激，另寻一个与楢磐岛同年之人作为替身，并要求楢磐岛帮他们诵经。待诵经之后，鬼差来告已经豁免其罪责，"即忽然失"③，楢磐岛一直活到九十多岁才死去。这里面有两个情节值得注意：第一，鬼差说："汝病我气，故不依近。"这体现了古代人认为人与鬼阴阳之气不同，人与鬼相处一处会得病。这种认识应该也是来自中国。例如睡虎地秦简《日书》记载多个鬼致人生病的例子④。并且，楢磐岛路遇鬼差之前（已经被鬼差追召）"忽然得病"，也是出于同样的理由。第二，鬼差最后来告因楢磐岛帮他们诵经而获得免罪的利益，之后便"即忽然失"，则反映了《日本灵

---

　①　出雲路修校注：《日本靈異記》，第 254 頁。
　②　丸山德显在食人鬼类型故事中讨论过该故事，指出中国《搜神记》等志怪里面的夜叉鬼变成夫妻中的某一方将对方吃掉的情节与之类似。丸山德顕：《日本靈異記説話の研究》，第 134—135 頁。
　③　出雲路修校注：《日本靈異記》，第 97 頁。
　④　杨华：《出土日书与楚地的疾病占卜》，《武汉大学学报》（人文科学版）2003 年第 5 期。

异记》中的鬼也有忽隐忽现的特点。中卷第二十五《阎罗王鬼差受所召人之飨而报恩（閻羅王使鬼受所召人饗報緣）》也有类似的故事：山田郡的衣女忽然得病，于是祭祀疫神。而阎罗王的鬼差一路疲饿，吃了衣女祭祀的食物，十分感激。为了报恩，鬼差便让山田郡的衣女带他去鹈垂郡抓走了一位也叫"衣女"的女子。不过，最后鬼差的舞弊被阎罗王发现，山田郡的衣女被招入地狱，鹈垂郡的衣女被放还人间①。

《日本灵异记》里面还有一种讨债鬼。中卷第三十《行基大德识破携子女人前世孽缘，让女人把孩子投入深渊之后现异象（行基大德携子女人視過去怨令投淵示異表緣）》记述行基在法会上让一女人把哭闹不止的孩子投入深渊，众人不解。第二日女人还来，怀中孩子依旧哭闹不止，女人仍然一刻不停地给孩子喂奶、喂食。行基还是责令女人把孩子扔掉。女人无奈，把孩子扔进水中之后，孩子"更浮出于水之上，踏足攒手，目大瞻瞋，而慷慨曰：恻哉，今三年征食耶"②。原来孩子是女人的前世债主，"今成子形，征债而食（一刻不定地吃喝）"，即俗称的讨债鬼。从文中可见，行基具有"天眼"③，一眼看穿孩子是讨债鬼所变，所以才让女人将不停哭闹、吃奶的孩子扔掉。而孩子被投入水中后，浮在水面上怒骂的行为，则证明了行基的判断为真。在此，讨债鬼隐藏了本形，以女子孩子形象追讨前世债务。还有一种讨债鬼，乃是被人杀死的动物。中卷第五《因杀牛祭祀汉神得恶报，又因放生得善报（依神祟殺牛又修放生善得善惡報緣）》写某富人每年杀一头牛祭祀汉神，一共七年。后忽然得病，于是修放生之德，结果死后九天又复活。富人说有七个牛头人身，将他拖入地狱，并控诉富人杀害之罪。但是又有千万人一起给富人松绑，并帮助富人向阎罗王求情，富人最后因放生功德超过杀牛之罪被放回人间。七个牛头人身之鬼，便是富人曾经杀死的七头牛，它们原本想要讨还血

---

① 出雲路修校注：《日本靈異記》，第100页。
② 出雲路修校注：《日本靈異記》，第252页。
③ 本卷第二十九《行基大德天眼通识破女子头涂猪油而呵责她（行基大德放天眼視女人頭塗猪油而呵嘖）》则介绍了行基用天眼看穿某女子头上涂抹了猪油。出雲路修校注：《日本靈異記》，第251页。

第七章 鬼神精怪故事及其"隐显"技巧

债,却被更多富人放生的动物相救,愤愤不平地说"不报怨哉,我曾不忘,犹后报之"①。讨债鬼的故事,主要强调因果报应,但是牛和各种动物在地狱中变为人或者半人半兽的形象,则是人们对无形鬼神的形象化想象。

二 《日本灵异记》中的神、仙、佛、圣

《日本灵异记》里面的神不多,有雷神、随我大神等,上卷第一《捉雷神(捉電縁)》和第三《获得雷神报答,生儿子有神力(得雷之喜令生子強力在縁)》均涉及雷神,第一《捉雷神》写小子部栖轻奉天皇命请雷神的故事。在栖轻死后,雷神因为不满天皇为栖轻所写的碑文,怒劈墓碑却被夹住。第三《获得雷神报答,生儿子有神力》写一农夫树下躲雨时误将雷神击落,最后帮助雷神重返天空,从而获得雷神赐子的故事。通常的鬼神观认为神是无形的,但是栖轻和农夫能够轻易地请到或见到雷神(雷神因种种失误而坠落),本身就是一种显现。而从形象来看,栖轻所请的雷神会放出强光,而农夫击落的雷神"成小子而随伏",更增强了人们对雷神直观印象和现实感。农夫帮助雷神制作了楠船之后,雷神须臾"暧雾登天",亦符合神忽隐忽现的性格。

除了雷神,还有下卷第二十四《因妨碍修行人投生为猴子(依妨修行人得猴身縁)》里面的随我大神。它先在惠胜法师梦中现形,要求法师帮自己诵经。但是惠胜和山阶寺大法师都不相信梦为真实,于是随我大神变成小白猴在庙宇屋顶上出现,并造成了房舍倒塌的"事故"。原本神灵不直接显形,仅在梦中,但是因为梦告不被信任,神不得已变成猴子的形象出现。神不欲显形的特点,也可从役优婆塞传说中找到例证。上卷第二十八《修持孔雀王咒法获神通力,飞天成仙(修持孔雀王咒法得異驗力以現作仙飛天縁)》写役优婆塞(役小角)记载了役优婆塞(役小角)因为驱使众鬼神而引发葛木峰一语主大神(又称"一言主神")不满的故事。一言主神向天皇诬告役优婆塞谋反。天皇派人捉拿役优婆塞不得,便捉拿其

---

① 出雲路修校注:《日本靈異記》,第65页。

母，以此逼迫其就范①。《日本灵异记》并未提及清葛木峰的一言主神为何不满，这一点在《本朝神仙传》里面有解释。役优婆塞催令鬼神加快建造石桥，但是一言主神因自惭"容貌太丑"，不愿意在白天现形参加建造，但是役优婆塞不准许②。可见，一言主神是一个不愿白昼显形的神。关于役优婆塞的结局，《日本灵异记》记述他后来飞天成仙之后，到了新罗。恰逢道照法师在新罗山中讲《法华经》，道照听到五百头老虎之中有人讲日语，惊问其身份，对方答曰："我是役优婆塞。"道照法师立刻四处寻找，却不见其踪。这一情节表明，役优婆塞已具备神仙特有的"忽隐忽现"之能，进一步印证了其通过修持孔雀王咒法所获得的神异验力。

《日本灵异记》里面只有两个仙人故事，除了役优婆塞的故事，上卷第十三《女人好清净，吃仙草飞天（女人好風声之行食仙草以現身飛天縁）》写女子飞天成仙之事。文中虽未涉及女人形象的变化，但是她"受神仙感应"而飞天本身表明她的形体已经消失。《日本灵异记》里的"圣人"具有佛、菩萨化身的意味，同时也兼有神仙的风采。例如行基被视为具有天眼的神圣，"于日本国，是化身圣也，隐身之圣矣"③。所谓隐身之圣即指隐藏了作为天神或佛、菩萨的本形，化身为普通僧人形象。同样，被长屋王殴打的乞食沙弥也是"隐身圣人"，能够忽隐忽现④。上卷第四《圣德太子现神异（聖德皇太子示異表縁）》写太子路遇一个患病乞丐，太子脱衣盖之。回程中，看见乞丐不见，衣服挂在树枝上。后来知道乞丐在别处死去，太子命人敛葬。后来有人对太子的行为提出质疑，太子命人去查看坟墓，坟墓没有任何被挖掘过的迹象，但人们掘开坟墓后发现里面的

---

① 出雲路修校注：《日本靈異記》，第221頁。
② 井上光貞等校：《往生伝・法華験記》，第581頁。
③ 见中卷第二十九《行基大德天眼通识破女子头涂猪油而呵责她（行基大德放天眼視女人頭塗豬油而呵嘖）》末尾评论，第252頁。
④ 今成元昭详细考证了上代文学中的"圣"的意涵，指出其训读"ひじり"含有"知道、像太阳一样统治天下"的含义。他还总结了《日本灵异记》中的"圣""圣人""上人"的词义异同，再与《法华验记》《日本往生极乐记》《打闻集》《今昔物语集》里面的用例比较，认为《日本灵异记》中的"圣"具有超能力、会变化（神格）以及宗教性。今成元昭："聖""聖人""上人"の称について——古代の仏教説話集から——》，《国士舘大学人文学会紀要》1973年第5号。

第七章　鬼神精怪故事及其"隐显"技巧

尸体却不翼而飞。大家都深感惊异，太子却默不作声。景戒评论道："诚知，圣人知圣，凡夫不知，凡夫之肉眼见贱人，圣人之通眼见隐身，斯奇异之事。"该故事中的乞丐就是所谓的"隐身圣人"，而且死后无尸体的情节与葛洪所说的"尸解仙"极为相似[①]。另外，中国志怪里面也不乏以乞丐形象游荡于市井之中的仙人，如《列仙传》和《搜神记》里面的《阴生》[②]、《神仙传》的《李阿》[③] 等。

　　除了神、仙、圣人以外，佛、菩萨以及它们的佛像常常显灵，救济信众。上卷第六《笃信观音菩萨得现报（憑念観音菩薩得現報縁）》写僧人遇到危难，急于渡海，正在苦于无船之时，有老翁"乘舟迎来，同载共渡"。僧人到了岸上，发现"老公不见，其舟忽失，乃疑观音之应化也"[④]。中卷第八《赎蟹与蛤蟆，放生得现报（贖蟹蝦命放生得現報縁）》（与同卷第十二故事情节相似）里面也有一个神秘的老翁。故事讲述置染臣鲷女极有善心，她看见大蛇要吞食蛤蟆的时候，以自己作蛇的妻子为条件请求蛇放了蛤蟆。置染臣鲷女为了能够逃避蛇的侵害，便到寺庙祈祷，在回来的路上遇见了卖螃蟹的老翁，又用自己的衣服换下了螃蟹，将其放生。到了与蛇约定的夜晚，置染臣鲷女紧闭门窗，但是蛇却从房顶钻入。恐惧之中，置染臣鲷女只听到床前有"跳爆之声"，天亮后看见蛇已被大螃蟹夹断，这才知道是螃蟹前来报恩救护。之后她四处寻找卖螃蟹的老翁，无人认识卖螃蟹的老翁。故事末尾评论道："欲知虚实，问于耆老，姓名遂无定委，耆是圣化也。斯奇异之事。"[⑤] 除了忽隐忽现的老翁，下卷第十三《因许愿将写法华经之愿力得以全命（将写法華経建願人依願力得全命縁）》记述采矿人被埋在矿洞之中，想起还没抄写完《法华经》，发愿要是

[①] 丸山德显考察了《日本灵异记》中的"隐身圣"故事结构及其来源，认为隐身圣故事受中国的尸解仙、咒术、道教等影响明显，在灵异记中被赋予了佛教的阐释。丸山德顕:《日本霊異記説話の研究》，第142—167页。

[②] 王叔岷撰:《列仙传校笺》，中华书局2007年版，第130页。又见（晋）干宝撰，（南朝宋）陶潜撰，李剑国辑校《新辑搜神记　新辑搜神后记》，第38页。

[③] （晋）葛洪撰，胡守为校释:《神仙传校释》，中华书局2010年版，第87页。

[④] 出雲路修校注:《日本霊異記》，第18页。

[⑤] 出雲路修校注:《日本霊異記》，第74页。

能得救，一定要抄写完。这时，忽然有沙弥从极小的缝隙中进来，给采矿人饭食，然后又从缝隙中飞出，不久采矿人得救。这里的小沙弥自然也是菩萨显灵，化身而来[1]。

除了老翁和沙弥，菩萨也常以老妇的形象出现。如中卷第十四写吉祥天女化身为乳母帮助贫穷的女王做出美食款待众王。女王为了感谢乳母，赠送给乳母一件衣服。结果女王发现那件衣服竟然披在佛堂里面的吉祥天女像上，女王问乳母，乳母竟然不知帮助女王做美食的事情[2]。原来帮助女王的老妇就是吉祥天女所变。中卷第三十四《孤身女子笃信观音铜像得神奇现报（孤孃女憑敬観音銅像示奇表得現報）》与中卷第十四在情节结构上具有相似性，均描绘了贫女因虔诚供奉观音菩萨而获得救助的故事。该故事里观音菩萨也是幻化为"乳母"，协助贫女获得富家子弟的求婚，最终改变其命运。[3]

佛、观音变成老翁、乳母（老妇）前来救助虔诚的信徒之后消失的情节结构，基本上遵守了显形与隐形的次序。例如划船的老翁突然出现和忽然消失，再如沙弥能从极小的缝隙中忽然来去，这两个故事属于佛、菩萨直接显形相救；而吉祥天女像和观音铜像化身为乳母或邻家乳母送来美食的故事，最后信者通过自己馈赠给乳母的衣物穿在佛像上才知道乳母原来是佛像所变。这种佛像变人比佛、菩萨直接变人的构思更令人感到奇异，它与其他神像灵异故事存在交集。

三　《日本灵异记》中的精怪

《日本灵异记》里面的精怪谈不多，仅有上卷第二《狐妻生子（狐為妻令生子緣）》是写狐精的。一男子外出寻找合适的女子为妻，途中遇见美女，二人情投意合，结为夫妻并育有子女。妻子在舂米的时候，被家犬追咬，"成野干，登上篱上而居"。尽管妻子因犬吠而显露真身，但是丈夫

---

[1] 出雲路修校注：《日本靈異記》，第82頁。
[2] 出雲路修校注：《日本靈異記》，第254頁。
[3] 出雲路修校注：《日本靈異記》，第254頁。

第七章 鬼神精怪故事及其"隐显"技巧

依然挽留妻子，所以狐妻此后仍然"每来相亲"①。从犬追狐妻的情节与任氏在马嵬坡被猎狗咬死的情节高度相似可见，该故事应该出自《任氏传》。此外，狐妻"著红襕染裳，而窈窕"的形象描写，亦与《任氏传》中任氏的服饰相似进一步佐证了两者之间的文本关联。狐精故事不仅在《日本灵异记》有，之后的《善家秘记》良藤故事、《狐媚记》以及《今昔物语集》里面的狐精变化多端的故事比比皆是，其中情节发展往往以狐精显露原形为关键转折点。进而言之，平安朝精怪类怪异文学文本中的精怪隐藏本形和显露原形的二元对立构成了怪异叙事的基本结构。

第三节 "隐显"既是内容也是方法

鬼神精怪是人们对生命形态的想象和分类，其不欲显形的特点与人有形有影的特点形成鲜明对比，所以鬼神精怪被归类为"隐"，人则被列为"显"。关于鬼神精怪的隐形特性，在前面对中日鬼神观念的论析中已经提到过。例如王充的"鬼神，荒忽不见之名也"明确指出鬼神无形的特点。而《倭名类聚抄》引用中国文献的概念明确指出"鬼物隐而不欲显形"的特性。

从怪异文学的角度来看，鬼神精怪原本无形无声，不能用感官视听体察。但是，中日古代典籍和叙事文学里面的鬼神精怪不仅显出形来，而且"制造"出种种怪异事象和神奇故事。表面上，它们忽隐忽现、变幻莫测的形象似乎是文学文本怪异性的显著重点，而实质上"隐"与"显"的辩证、转化的方式、方法才是故事引人入胜之关键。从怪异事象的思想源头来看，天的"谴告"需要以人能够感知的方式显现，"示""显""见（现）"② 等词汇意味着天变地异背后的"天意"被人们接受、理解，故曰"天生神物，圣人则之；天地变化，圣人效之；天垂象，见吉凶，圣人象之。河出图，洛

---

① 出雲路修校注：《日本靈異記》，第7頁。
② 这三个词出自《说文解字》"天垂象，见吉凶，所以示人也"，以及"观乎天文，以察时变。示，神事也"。参看本书第六章开头。

出书，圣人则之"①。祯祥休咎等怪异事象之所以令人惊异，正是因为它们原本无形无声却突然显现出来。换言之，鬼神隐形是常（态），显形则是怪、异（象）。但凡接受天之垂象、谴告，及时纠正政治、行为方面的过失，祭告鬼神的，这些怪异事象才会隐秘、消失，恢复常（态）。所以说，"隐"与"显"的辩证、发展、转化才是叙述鬼神精怪的关键，它在怪异文学文本中构成如下叙事框架与情节脉络。

一 忽隐忽现的鬼神

本章第二节已经介绍了《日本灵异记》里面的鬼神精怪，它们多数忽隐忽现，富于变化。例如被长屋王殴打的乞食沙弥忽然不见，不知去向，被人们认为是"隐身圣人"；上卷第十二《遭人畜踩踏的髑髅被收敛，显灵报恩（人畜所履髑髏救收示灵表而现报缘）》和下卷第二十七《拔出髑髅眼洞中的竹笋并祈祷，现灵验（髑髏目穴笋搰脱以祈之示灵表缘）》均属于冤鬼（枯骨）现出人形报答恩人的故事。冤鬼形现于恩人，却隐形于亲人和凶手，一隐一显自有因缘和情理。除了"隐身圣人"，佛陀和菩萨化作老翁和老妇等形象，出来救济、帮助虔诚的信徒，之后又忽然消失。这样的"隐显"情节主要为了宣扬佛教灵验而设计②。

（一）死后现形的情节模式

中日鬼神观念中都认为人死为鬼，形骸毁灭，但神魂永存。不过神魂如烟气，无色无形，所以人死后灵魂显形成为怪异文本的重要内容或情节元素。《异苑》记录"颍川荀泽，以太元中亡。恒形见还"，所谓"恒形见还"即以生前的形象显现，回到家中。荀泽还与妻子继续夫妻生活，结果妻子怀孕，生出一滩水。而荀泽抱怨家中不应该做酱，触犯了禁忌，导致

---

① 黄寿祺、张善文撰：《周易译注》，上海古籍出版社2012年版，第340页。该书以阮刻《十三经注疏》本《周易正义》为底本。

② 关于日本说话文学中的隐形情节，除了丸山德显关于"隐身圣"的研究，还有稻贺敬二、千原美沙子、马场淳子等人的研究。馬場淳子：《鬼と隠れ蓑》，《立教大学大学院日本文学論叢》2003年第3号。千原美沙子：《隠れ蓑の物語》，《古典と現代》1997年第65号。

第七章　鬼神精怪故事及其"隐显"技巧

"上官"让他数豆子，苦不堪言（《广记》318/2516）。荀泽死后显形的情节作为后续情节发展的原因，发挥了叙事结构性的作用。《异苑》还记载了桓𫐄的儿子道生溺水而亡，获得河伯任用，准假回家，所以"形见（现）"。《述异记》也有"亡后形见"的故事，如太原王肇宗病亡，"亡后形见"，与母亲、妻子把酒。妻子随即得病，不愿意服药，追随丈夫而死（《广记》318/2517）。实际上，死后现形的故事非常多，《幽明录》记庾崇在江州溺死，即日便"还家见形，一如平生，多在妻乐氏室中"。一开始妻子很害怕，于是庾崇鬼魂怒以为妻子有外心，还搞出恶作剧恐吓妻子（《广记》322/2552）。此外，《幽明录》还有王志都故事，写王志都的好友早死，"后年忽形见"，告诉王志都因念及友情，愿帮他娶媳妇。果然，鬼魂用大风刮来一位美女，与王志都结为夫妻。

上述志怪里面的死者现形，究其原因主要是鬼魂念及亲情或友情，甚至为亲人、友人解决生活中的困难。例如庾崇死后因怀念妻子而现出人形，起初妻子害怕，以至于庾崇鬼魂误以为妻子有了外心。而当妻子无力支撑家业，孩子没有吃的时候，庾崇鬼魂非常悲伤，忽然现形给了妻子两百钱。王志都的好友则是念及旧情，专门现形并施异术，用大风从河南刮来太守女儿嫁给了王志都。可见，留恋人间亲情、友情而死后现形是志怪里面非常重要的情节模式。

平安朝怪异文学里面也有类似的情节模式和事件因果设计。《今昔物语集》卷二十七第二十五《女见亡夫来访的故事（女見死夫来語）》写男女二人相恋，男子不幸去世。三年后妻子听见房外有人吹笛，音色酷似丈夫，接着便听丈夫的声音让她开门。女子果然看见丈夫站在眼前，但是其身体不断冒出浓烟，女子极为恐惧。男子见状便告诉她："感念你至今思恋于我，故设法与你相会。既你如此畏惧，我便就此告别。"言毕，男子消失无踪[①]。尽管该故事与《幽明录》中的庾崇故事在情节因果上存在相似之处，均表现为鬼魂因留恋人间的配偶或恋人而显现人形，但两者在细

---

①　森正人：《今昔物語集》第五册（新日本古典文学大系），第139頁。

节上有所不同。庚崇并未顾及妻子对自己显现后的恐惧，反而误以为妻子心有所属，甚至用恶作剧吓唬妻子。相比之下，该故事中的男子不仅表现出对妻子哀思的感知，还因理解生者见到自己后会感到恐惧，而主动消失。尽管该故事简短，却将至死不渝的男女爱情描绘得极为凄婉与诡异，表现手法和情感深度并不比中国志怪故事逊色。

同样因为爱情而现身，同卷第二十四《人妻死后会旧夫的故事（人妻死後会旧夫語）》却令人感到更加恐怖。男子与妻子一起过着贫穷的生活，偶然获得国守的任用，泣别妻子，远赴任所。男子后来在他乡与另外一个女子结婚，生活富裕，但他始终无法忘怀自己的原配。于是他回到前妻家，发现房屋破败不堪，但妻子毫无怨恨，反而欢喜地迎接丈夫回来，二人共度一夜，各倾别离之苦。早晨男子醒来，发现怀中的妻子竟然是干尸一具，惊恐之下，急忙逃出房屋。询问邻居后得知，前妻一直独守空房，不幸在夏天时已经死去。故事中的妻子活着的时候，甘守贫屋苦等丈夫回来；死后鬼魂依旧不离开，等待丈夫回来相聚。当满足生前愿望之后，鬼魂消失不见，只留下干尸①。

值得注意的是，平安朝怪异文学里面鬼魂因情感而现形的故事明显较中国志怪要少得多。更多的鬼魂是因为怨恨心现形，并报复生者。这种情况与日本鬼神观念里面的怨灵信仰有很大的关系。平安朝历史上著名的怨灵菅原道真白昼显形，耳朵里面钻出青龙，找诬陷自己的藤原时平索命。这是亡者死后现形复仇故事代表性文本。另外一个著名的怨灵是源融，《江谈抄》卷三里面写宇多法皇和妃子游览源融的旧宅之时，源融突然现形，要求法皇将妃子赐给自己，甚至抱住法皇的腰不放，直至净藏大法师

---

① 森正人：《今昔物語集》第五册（新日本古典文学大系），第135页。《今昔物语集》卷二十四第二十《人妻变恶鬼，阴阳师除其害的故事（人妻成悪靈除其害陰陽師語）》里面的妻子则完全不同。她被丈夫抛弃，死后变成干尸一具，在房子里面无人敛葬。邻居发现她的屋子里常常发出青光和声音。男子得知此事，害怕妻子找他报仇，便请阴阳师除去恶鬼。该故事并没有描述恶鬼的具体形象，也没有变形、隐形的情节。小峯和明校：《今昔物語集》第四册（新日本古典文学大系），第419页。

第七章　鬼神精怪故事及其"隐显"技巧

前来施法加持才消失①。

因某种原因死后现形，并又因某种原因而消失隐形。这是中日鬼故事里面共同的情节模式。《异苑》荀泽因触犯"上官"禁忌——在生育期间制作酱料，而被罚数豆子。荀泽抱怨惩罚过于严重，遂不再显形来找妻子。平安朝怪异文学中，对鬼魂的"隐显"情节也进行了巧妙的设计。《今昔物语集》卷二十七第二十三《幡磨国鬼来人家被射的故事（幡磨国鬼来人家被射语）》巧妙地设计了鬼的现形与隐形的情节。故事讲述阴阳师预言鬼会造访某户人家，劝这家人斋戒以避祸。果真，鬼魂现形，是一个穿蓝色衣服戴斗笠的男子，先是立于紧闭的大门外，随后突然现身厨房，令众人惊骇不已。此时，家中公子决然以箭射鬼，鬼魂随即消失，而箭却飞回原处。该故事末尾评论道："鬼竟然变成人形显现出来，真是极其罕见、令人恐惧的事情（鬼ノ現ハニ此ク人ト現ジテ見ユル事ハ有難ク怖シキ事也）"②，此评论简要概括了人死后现形的怪异性与恐怖效果。然而，鬼魂的现形、中箭后的消失以及箭飞回的细节共同构建了一个完整的怪异情节。这些细节不仅增强了叙事的戏剧性，也凸显了鬼魂存在的超自然特质。

（二）神、佛及其化身——"陌生的失踪者"

神、佛和圣人、神仙均具有隐身的能力，例如《日本灵异记》上卷第三里面的雷神因为不慎坠落而现形，但返回天空的时候被云雾包裹着升天并消失。这一点与《太平广记》卷三百九十四"陈鸾凤"里面的雷公升天情形一样（《广记》394/3145）；而上卷第二十八里面的役优婆塞和葛木峰一语主大神也都具备隐身的能力，并且因为一语主大神不愿意白天现形修桥而受到了役优婆塞的惩罚。《日本灵异记》里面还有一些隐身圣人，如行基菩萨等人。而佛、菩萨因为信者的祈求直接现身相救的故事也被作为

---

① 後藤昭雄、池上洵一等：《江談抄・中外抄・富家語》，第 501 页。
② 森正人：《今昔物語集》第五册（新日本古典文学大系），第 133 页。

佛法灵验的依据，被景戒大书特书。除了《日本灵异记》，在平安朝其他怪异文学集中同样能够看到这些神、佛及其化身的忽隐忽现。

《本朝法华验记》以宣扬修持《法华经》能得功德利益为主题，里面有许多故事都出现了菩萨、天人、护法天王等现形救助持经者的情节。例如中卷第四十五《播州书写山性空上人》写性空修持《法华经》过程中出现的种种"奇事"："或时梦中预美膳食，觉后腹中饱满，余味在口。或从经卷鲜白精米，自然散出。又梦人来以物置去，觉见现有种种食物。又从经中出来煖饼，其味无比，如天甘露……"这些奇迹有的是在梦中看见，醒来时留有实物；但也有现实中从眼前的经卷中出现白米和热饼①。从"隐显"的角度来看，不论是梦中看见的奇迹还是现实突然显现的物品，均是神密且来源不明的怪异之物，符合"由隐及显"的叙事发展模式。该故事接着叙述性空上人在破衣蔽体、寒夜难耐时，"从草庵上，垂线厚服，覆蔽身上。复有隐形来问讯者。是佛菩萨欤。复有现形承顺走使，若是天童龙神等欤"。此处的"隐形"是佛菩萨，而"现形"（即"显形"）则指天童和龙神等。值得注意的是，无论"隐形"抑或"显形"，皆为神佛与护法圣众的显现方式。祂们虽通常无影无形，却为上人送来厚衣，问寒问暖，悉心侍奉。这一叙事逻辑可反推前文所述经卷中自然出现的米、饼等物，亦为神佛与护法圣众以"隐形"方式所赐。这种隐形显现可分为两种模式：其一，通过梦境显现；其二，在现实中直接显现。除此之外，尚有在此基础上的变化。还如中卷第四十九《金峰山藓岳良算圣》，其中写良算在山中修行之初，"鬼神现可畏形，扰乱圣人。（圣人）不以为怖，后以果瓜而来供养……端正天女时时来至……又十罗刹中皋谛女耳"。原本隐形的鬼神现出"可畏形"扰乱圣人②，圣人并不害怕，所以鬼神以及天女、罗刹女都来供养、听经③。类似的故事情节还如上卷第十一《吉野奥山持

---

① 井上光贞等校：《往生伝·法華験記》，第533页。
② 佐佐木孝正对日本往生传中的"圣人"做了调查，指出除了"圣人"的称呼之外，还有"圣""上人"等叫法。佐々木孝正：《往生伝にあらわれた聖について》，《印度学佛教学研究》1967年第15卷第2号。
③ 井上光贞等校：《往生伝·法華験記》，第535页。

第七章 鬼神精怪故事及其"隐显"技巧

经者某》里面"奇异希有异类千形"前来听经①；第十六《爱太子山鹫峰仁镜圣》里面入深山，香火灭掉时，"有持火人，虽见手臂不见其体"②。由此可见，《本朝法华验记》同样善用鬼神隐形、显形的情节来凸显修行者的神圣以及所获功德、利益的奇异。

大江匡房所著《本朝神仙传》尽管有不少佛教修行者成仙的故事，但其叙事模式仍承袭《列仙传》《神仙传》等中国神仙志怪的传统，集中体现为对仙人特质的概念化书写：长生不死、隐显无常、踪迹难寻等核心特征。《阳胜》记述著名的阳胜仙人在成仙之后，飞到父亲的房顶上，为生病的父亲诵经祈福，但是"只闻其声不见其形"。这一叙事细节具有双重意涵：其一，印证了仙人"隐显无常"的超自然特质；其二，暗示了仙凡界限的不可逾越性——即便面对至亲，仙人亦须保持其超然形态。③ 又如河原院大臣的侍从看见大臣有仙骨，劝大臣与自己一起修仙。随后几个月侍从都不见身影。一天，大臣看见"有物如景（影）居于庭树"，告诉大臣说："已得道成"，并问大臣进展如何。大臣回答说要告诉妻子一下。大臣侍从说："神仙之道不顾骨肉"，并"言讫而去"④。河原院大臣的侍从成仙之后也可隐去身形：只有一团影子，离去的时候也就是一句话的工夫消失不见。

《本朝神仙传》虽然仅有30篇，但是有许多能够飞来飞去且神秘莫测的仙人。如净藏法师在山中遇到暴风雪，柴火不能燃，"俄有人来于树巅"，用咒语把火点燃，此人自称是山中仙人，随即"飞去不见"⑤。故事中的仙人能够感知净藏的困难并前来相助，且善于飞行，忽隐忽现。类似地，藤太主和源太主两位仙人"避谷绝粒无翅而飞"，为了帮助净藏法师渡河而出现，尔后同样"言讫忽然飞去矣"⑥。这类叙事呈现出仙人能感知

---

① 井上光贞等校：《往生伝・法華験記》，第518页。
② 井上光贞等校：《往生伝・法華験記》，第520页。
③ 井上光贞等校：《往生伝・法華験記》，第583页。
④ 井上光贞等校：《往生伝・法華験記》，第583页。
⑤ 井上光贞等校：《往生伝・法華験記》，第584页。
⑥ 井上光贞等校：《往生伝・法華験記》，第583页。

他人困境、即时相助并迅速隐去的特征。

笔者把这一类写仙人或圣人突然现身又倏然消失的情节模式定义为"陌生的失踪者",这种情节类型与中国佛道的灵验思想和修行习俗显著的关系。如《神仙传》写彭祖"时乃游行,人莫知其所诣。伺候之,竟不见也",即展现了来无影去无踪的能力。值得注意的是,彭祖所阐述的得道成仙标准——"或耸身入云,无翅而飞","或出入人间,则不可识","或隐其身草野之间,面生奇骨,体有奇毛"①等,在《本朝神仙传》里面均能找到对应的情节。由此可以认为,神仙的"隐显"具有双重内涵:既可以指形体的消失与显现,也可以指隐居山野或集市的隐逸行为。

"陌生的失踪者"不仅存在于《本朝神仙传》,在平安朝怪异文学也具有普遍性。并且,此类型除了受中国神仙志怪的影响,也与佛教志怪存在渊源关系。以《冥祥记》为例,其中记载了两则典型故事:其一,晋南阳的滕普夫妇敬信佛法,常常设斋会供养僧人。一天,因为僧少,主人派人到路边找,遇到一个沙门便邀请至家。不料,负责提供粥饭的杂役失手把饭打翻,一时不知如何是好。刚才那个沙门说自己钵中的饭可分给众人,结果分完了后钵中的饭仍有剩余。沙门把饭钵向上一扔,并和它一起飞上天不见。此沙门既是路旁偶遇的陌生人,又具有突然消失的特征。其二,沙门竺法净主持法会,忽然来了一个僧人要上座。因为"衣服尘垢",竺法净嫌弃其贱秽,三次把僧人从上座拉下来。不久暴风扬沙,盘案全部翻倒在地,那个僧人也消失无踪②。

陌生的僧人突然来到,又忽然消失的例子又见于《冥祥记》"宋路昭太后"故事。路昭太后造普贤菩萨像并设法会时,"忽有一僧,豫于座次……斋主与语,往还百余言,忽不复见"③。类似的情形也出现于"宋大明中"条,法会上"忽睹异僧,豫于座内",斋主与他问答之后"倏然不见"④。

---

① (晋)葛洪撰,胡守为校释:《神仙传校释》,第16页。
② 王国良:《冥祥记研究》,第98页。
③ 王国良:《冥祥记研究》,第218页。
④ 王国良:《冥祥记研究》,第219页。

第七章　鬼神精怪故事及其"隐显"技巧

《冥报记》也有类似的例子。"北齐冀州人"条讲述某男子战败被俘做奴隶。远在故乡的父母认为儿子已死，设斋会为他祈福。忽然有僧来索要黍糜（即一种干粮）和鞋子之后匆匆离去。就在同一天，该男子正在放牧，突然有一个僧人拿来食物和新鞋，并让他吃完后穿上新鞋，坐在袈裟上。僧人随后抓住袈裟四角举起来一挥，男子已经回到家门口，唯独不见僧人和袈裟。其实该故事出自南朝《系观世音应验记》的"韩睦之"篇，只不过原典并没有提及韩睦之设斋会时忽然有僧人来访，只是说其子"忽见一道人来相问"。道人让韩睦之的儿子牵着他的袈裟，一下子就到了家门口。父子相见之后，道人已经不见踪迹①。从中国佛教志怪来看，"陌生的失踪者"一般是僧侣、沙门的形象，而且他们出现的场合一般是法会、斋会。

"陌生的失踪者"也频繁出现于平安朝怪异文学之中。例如《日本灵异记》里面沙弥被长屋王殴打之后突然消失，事情也是发生在法会之上②。《古事谈》里面的"陌生的失踪者"也比较多，如卷三第二讲述东大寺设华严会时，一个卖鱼的老翁突然闯入，天皇让他做法会的讲师。老翁带来的鱼变成《华严经》八十卷，而他本人也在高座上消失了③。卷五第三十三讲述平清盛建造高野大塔时，亲自搬运木材。这时有一个僧人来建议平清盛去伊势神宫参拜，说完后便消失不见。在场的人之中，只有国司职位以上者才能看到该僧人④。

由此可见，中国志怪文学与受其影响的平安朝怪异文学在叙事结构上呈现出显著的共性特征，即通过"隐"与"显"的辩证关系构建超自然叙事。不论是修行者在山中修行时佛菩萨、天人直接现形护持、供养，还是神仙、圣人忽现忽隐，"隐"与"显"构成的"隐显"叙事的核心要素被

---

① 董志翘：《观世音应验记三种译注》，江苏古籍出版社2002年版，第191页。
② 本章第二节已经论及《日本灵异记》上卷第六船翁和中卷第八卖螃蟹的老翁均被称作"隐身圣人"，也可归入"陌生的失踪者"。
③ 川端善明校注：《古事談・続古事談》，第242页。该故事在《今昔物语集》卷十二第七也有收录。
④ 川端善明校注：《古事談・続古事談》，第479页。

中国志怪与受其影响的平安朝怪异文学所共享。

（三）百鬼夜行

鬼原本隐形不喜欢被人看见，但在中日怪异文学中却随处可见鬼现形的例子。不仅单独的鬼魂现形，甚至还有成群结队的鬼大摇大摆地出现。《搜神记》卷二记载夏侯弘能看见鬼，甚至能与鬼说话。夏侯弘看见有一鬼带着十几个随从，于是堵住这个鬼的去路，向鬼打听到谢尚为何没有子嗣的原因。后来又在江陵遇见"一大鬼，提矛戟，有随从小鬼数人"，夏侯弘等大鬼过后，捕获一小鬼，探得群鬼此行的目的地、害人之法及破解之术。①《搜神记》里面的群鬼游行，并非一般人能够看见，而是像夏侯弘一样具有特殊能力才能窥见。《幽明录》里面则记载一个普通人顾氏不幸在大白天遇见了百鬼游行。顾氏在乡间行走时，忽然遇到四五百个鬼，将他团团围住，令他气息奄奄，一直到傍晚他才走出重围，回家之后病倒。群鬼尾随到他家屋外，直至第二天才走掉（《广记》319/2527）。

上面两个故事都是主人公大白天见到群鬼游行，而在平安朝怪异文学中，遇见群鬼的时间一般是晚上。所谓"百鬼夜行"是指平安朝阴阳道认为在某些固定的时间，群鬼在夜间会出来游行，一如《搜神记》《幽明录》里面的群鬼出游。阴阳道认为一二月的子日、三四月的午日等特定时间，人应该避免出门②，否则与百鬼撞见将遭遇不测。记录百鬼夜行的怪异文学文本如《江谈抄》卷三第三十八《小野篁和高藤卿路遇百鬼夜行（野篁並高藤卿遇百鬼夜行事）》、《今昔物语集》卷十四第四十二《凭借尊胜陀罗尼的灵力躲避鬼害的故事（尊勝陀羅尼驗力依鬼難遁語）》和卷十六第三十二《隐形男子依靠六角堂观音相助得以显形的故事（隱形男依六角堂觀音助顯身語）》。

首先，《江谈抄》卷三第三十八写小野篁和高藤中纳言在朱雀门前遇

---

① （晋）干宝撰，汪绍楹校注：《搜神记》，第22页。
② 後藤昭雄、池上洵一等：《江談抄·中外抄·冨家語》，第87頁。

第七章 鬼神精怪故事及其"隐显"技巧

见百鬼夜行，高藤从车中下来时，被发现，但是"鬼神"不仅没有加害他，反而称他为尊胜陀罗尼。后来高藤才知道乳母在他的衣服上缝了尊胜陀罗尼咒语，所以群鬼把他看成了尊胜陀罗尼。这个故事在《打闻集》第十三、《古本说话集》下卷五十一、《真言传》第四"常行大将"条等均有收录、翻案。而《今昔物语集》卷十四第四十二应该是受到上述先行文本的影响而重写的，故事主人公由高藤中纳言变成了藤原常行，年轻时风流成性，不顾父母的禁令，夜里偷偷带着侍童出游，正好遇见许多人拿着火把走过来，急忙躲起来仔细观看，竟发现这群人皆是恶鬼。恶鬼们也发觉有人的气息，多次派遣鬼卒前来捉拿，然皆惊退，其中有鬼高呼"是尊胜陀罗尼来了"。后来，藤原常行才知道乳母在他的衣服里面缝了尊胜陀罗尼咒。此故事呈现出有关形象的双重反转：其一，本应隐匿无形的鬼魅竟成群游荡于街市；其二，普通人因陀罗尼咒之灵力，在鬼魅眼中转化为尊胜陀罗尼的形象。这种"隐"（鬼）与"显"（人）的辩证转换，既体现了佛教密咒的护持效力，也揭示了怪异文学中关于鬼神"隐显"叙事的独特张力。

原本应该隐形的却显形，原本有形的却形象消失或变形，这同样是《江谈抄》"鬼故事"最突出的特点。类似的还有《江谈抄》卷三第三《安倍仲麿读歌事》，讲述安倍仲麿（又名"阿倍仲麻吕"）死后变鬼帮助吉备真备破解难题的故事。安倍仲麿在唐朝的一座阁楼上饿死。遣唐使吉备真备到访唐朝也被关进那座阁楼。安倍仲麿"见鬼形"教吉备背诵《文选》。此"见鬼形"情节模式可追溯至中国志怪传统，如前文提到的《异苑》苟泽"恒形见还"、《幽明录》庾崇"还家见形"、《述异记》王肇宗"亡后形见"等，《江谈抄》所谓的"见鬼形"即"现鬼形"，汉语意思为"以鬼的形象出现"[①]。同卷第一《吉备入唐间事》也是关于此事的。吉备作为遣唐使访问唐朝，但因文采出众，让唐朝人蒙羞，所以唐朝人合谋让吉备住进了闹鬼的楼中。吉备当晚施展隐身术等待鬼来，结果鬼和吉备相

[①] 新大系训读为"鬼の形に見（あら）はれて"。後藤昭雄、池上洵一等：《江談抄・中外抄・冨家語》，第498頁。

互看不到对方。通过询问，吉备才知道鬼原来是前遣唐使安倍仲麿，于是双方才现形相见①。原本鬼就是隐形的，而吉备恰巧会隐身术，反倒让鬼（安倍仲麿）看不到人，这种情节设置将隐形与显形在人与鬼之间"倒置"，从而产生了更加奇妙的文学效果。

其次，《今昔物语集》卷十六第三十二《隐形男子依靠六角堂观音相助得以显形的故事（隠形男依六角堂観音助顕身語）》也是关于百鬼夜行的故事，在该故事中"隐"与"显"再度被灵活转换。一个年轻武士路遇百鬼夜行，被几个鬼唾了一身唾沫。当他回家向妻儿诉说自己的经历时，却发现妻儿既看不见也听不见，他这才知道自己变成了隐形人。该故事也存在原本隐形的鬼现形，而本来有形的人却"隐"形（被鬼吐了唾沫而变成隐形人）的情节设置。由此可见，"隐显"作为遭遇鬼神的怪异叙事文本而言不仅是重要的情节要素，而且与梦故事中的"虚实"变换一样可视为一种叙事技巧。"隐显"情节要素同时还具备情节结构性的功能，例如《幽明录》《今昔物语集》里面主人公遇见百鬼游行与之后所遭遇的离奇事件之间存在直接的关联，在叙事上前者与后者存在情节上的因果联系。

二 平安朝隐形人故事源流

上文提到的《今昔物语集》卷十六第三十二《隐形男子依靠六角堂观音相助得以显形的故事（隠形男依六角堂観音助顕身語）》只是把百鬼夜行作为整个故事的引子，引出男子被鬼唾了口水后变成隐形人的故事，继而叙述男子如何恢复人形的奇妙故事②。从"隐显"的角度来看，人是有形的，鬼神是无形的，人却被鬼神变成隐形的，这一构思本身体现了平安朝怪异文学对"隐显"情节的变通和运用。

（一）宋定伯捉鬼故事的逆向模仿

《今昔物语集》全集本卷十六第三十二《隐形男子依靠六角堂观音相

---

① 後藤昭雄、池上洵一等：《江談抄·中外抄·冨家語》，第496頁。
② 池上洵一：《今昔物语集》第三册（新日本古典文学大系），第554—557頁。

第七章　鬼神精怪故事及其"隐显"技巧

助得以显形的故事》的注释已经指出：世界范围内普遍相信唾液具有咒术效力，"我国也有不少讲述唾液咒术效力的传说，尤其著名的是俵藤太秀乡在龙宫用沾了唾液的箭头除掉巨型百足虫的故事（《太平记》卷十六）。管见之中，东洋文献记载最早的故事是中国二十卷本《搜神记》卷十六所收的南阳宋定伯故事"[①]。增子和男在考察宋定伯故事时总结了中日学者有关唾液咒术效力的研究，指出唾液具备驱鬼辟邪的作用[②]。但是，笔者认为唾液的咒术效力仅仅是一方面，《今昔物语集》隐形男子的故事与宋定伯捉鬼的故事分别是鬼的唾液令人隐形与人的唾液能够让鬼变形，貌似二者并非同一回事，但是《今昔物语集》隐形男子的故事构思恰恰是对宋定伯捉鬼故事构思的"逆向"模仿。接下来，重点从中日鬼神观全面分析二者在"隐显"情节构思方面的共性与差异。

宋定伯故事由以下几个情节构成：①宋定伯夜行遇鬼，宋谎称自己也是鬼，结伴同行；②宋与鬼相互背对方行走，鬼嫌宋太重，而鬼几乎没有什么重量；③二人渡河，鬼无声无息，宋则弄出很大的水声；④宋问鬼害怕什么，鬼告诉他害怕唾沫；⑤宋定伯抓住鬼，鬼变成了羊；⑥宋害怕鬼变化逃走，用唾沫唾之，并把它卖掉。

《今昔物语集》卷十六第三十二的故事也可分为以下几个部分：①年轻武士夜行遇群鬼；②鬼发现武士的影子，将其抓住；③几个鬼认为武士没有什么大罪，便向他唾了唾沫而去；④武士庆幸自己没被杀死，回到家中却发现妻子既听不到又看不见他，武士才知道自己被隐形了；⑤武士向观音祈求恢复人形，梦中有人告诉他要跟着"第一个遇见的人"；⑥武士跟着牛车夫到了一处贵族宅邸，一起穿过门缝进入小姐闺房；⑦牛车夫用小槌敲打小姐的头、腰，小姐病情加重，家人急忙请来高僧；⑧牛车夫看见高僧来了，马上丢下武士逃走；⑨高僧念不动明王的火界咒，武士的衣服被烧掉，武士现形，小姐病愈。众人听了武士的遭遇，将他放回。

[①] 馬淵和夫、国正文麿、今野達：《今昔物語集》第二册（日本古典文学全集），第309頁。
[②] 增子和男：《六朝志怪〈宋定伯〉小考—その用語を中心として—》，《中国文学研究》2003年第29号，第211—226頁。

由上可见,《今昔物语集》里面隐形人的故事应该是对宋定伯故事的逆向模仿。具体理由如下:首先,宋定伯和男子都是夜间遇鬼,鬼显形并被主人公看见的情节是后续一系列奇异事件的起点。其次,宋定伯谎称自己是新鬼,但因为身体的重量以及渡河弄出水声而被鬼两次质疑。而武士看见群鬼时,躲藏起来,却被鬼发现了他的影子。表面上《搜神记》与《今昔物语集》的情节已经出现很大的差异,其实二者恰恰在鬼神观上是一致的。换言之,中日鬼神观都认为鬼没有形象、影子以及声音和重量。这一点在《日本灵异记》下卷第三十八景戒梦见自己死后尸体被烧的一段里面也有体现。再次,因鬼的唾沫使武士失去声音和形象这一点也是来自鬼无声无形的观念与想象。笔者认为,武士因为被鬼吐了唾沫,拥有了鬼的某些属性,所以牛车夫才能带着武士从门缝里面轻松穿过。别人看不见武士,但是牛车夫却可以,这一点暗示牛车夫其实是一个能让人生病的鬼。另外,高僧念不动明王火界咒,燃起火,把沾有鬼的唾液的衣服烧着,令武士现出人形,这一点源自人类对火能祓除、净化的迷信。最后,唾沫可以让鬼变形的迷信也见于《搜神记》卢充故事:卢充与崔少府亡女结冥婚之后三年,女鬼送孩子给卢充,"四坐谓是鬼魅,佥遥唾之,形如故"。从这一细节可见,魏晋时期人们相信唾液能令女鬼之子现出原形。结果女鬼的孩子没有变形,从而构成了一个人鬼婚生人子的怪异故事。

总之,笔者认为《今昔物语集》的隐形人故事正是巧妙地运用了《搜神记》等中国鬼神观以及唾沫能令鬼现形的迷信,进行了逆向模仿,让原本无形的鬼显形给武士看见,令原本有形的人隐形。显然,这是日本说话文学对中国志怪"隐显"情节模式的模仿与创新。

(二) 从鬼到神——平安朝隐形人故事

除了鬼的唾沫能令人隐形,鬼神亦可直接将人隐形。前面介绍《日本灵异记》上卷第十二《遭人畜踩踏的髑髅被收殓,显灵报恩(人畜所履髑髅救收示灵表而现报缘)》和下卷第二十七《拔出髑髅眼洞中的竹笋并祈祷有灵验(髑髅目穴笋擿脱以祈之示灵表缘)》两则"枯骨报恩"故事,其中的鬼

第七章 鬼神精怪故事及其"隐显"技巧

魂感谢收殓自己尸骨的人，请恩人到家中吃祭品，但是鬼魂的亲人却只能看见恩人。笔者认为，这种貌似不合理的情节有两点依据：第一是鬼魂本身具有隐形的能力，且让恩人隐形；第二是鬼魂因为害怕害死自己的凶手而逃走，导致恩人失去了隐形术的保护而现形。这两点在敦煌本《搜神记》之《侯光侯周》故事里面得到充分的体现，该故事极可能是《日本灵异记》的出典文本。实际上，《幽明录》里面的任怀仁故事又可能是敦煌《侯光侯周》故事的更早出典。《幽明录》写晋任怀仁被王祖杀害，埋在徐祚的田头。徐祚看见突然出现的坟墓并不在意，反而早中晚三餐都拿饭食祭鬼。任怀仁现形邀请徐祚到自己家吃祭品，并把徐祚的身形隐去。与《侯光侯周》一样，当王祖一进任怀仁家的时候，任怀仁就告诉徐祚说"此是杀我人"，然后便慌忙逃走，结果徐祚"形露"，只能向任怀仁家人叙说始末（《广记》320/2537）。

从鬼神的"隐显"到鬼能够让人隐形，沿着形象的"隐"与"显"施展无限的文学想象，成为中日怪异题材叙事文学共享的方法之一。在此基础上衍生出来的隐形术故事也是平安朝怪异文学的重要主题。其中以在平安朝广为流传的龙树菩萨隐身术故事最具代表性。约成书于平安时代末期的《古本说话集》第六十三和同时代的《今昔物语集》卷四第二十四、《打闻集》第十三均有记载。除了怪异文学文本之外，平安朝的《狭衣物语》《拾遗记·杂贺》等诗文集里面也有提及①。平安朝结束之后不久的镰仓时代初期的怪异文学集《宝物集》也提到了隐身蓑衣和龙树菩萨的故事，尤其指出穿戴隐身蓑笠可以随心盗取别人物品②。

以《古本说话集》第六十三《龙树菩萨前世穿隐身蓑笠到皇宫侵犯后妃的故事（龍樹菩薩先生以隠蓑笠犯后妃事）》为例，该篇写龙树菩萨前世为俗人的时候与其他两人合谋，制作"隐身蓑笠"之药（隠れ蓑の薬），

---

① 参考《宝物集》的脚注六。小泉弘等校注：《宝物集·閑居友·比良山古人霊託》，岩波書店 1990 年版，第 14—15 頁。
② 原文为："人の身には隠蓑と申物こそ能宝にては侍りぬべけれ。食物・着物ほしくは、心に任て取りてむず。人のかくしていはん事をも聞てんず…"参见新大系本《宝物集》第 14 頁。

然后穿着蓑笠到王宫中侵犯王妃们。王妃们请教智者，智者断定有人利用隐身药捣乱，于是命人在宫中撒灰。结果龙树和其他伙伴因为地面灰迹暴露行踪，被卫兵追杀。龙树的两个同伴被杀，而龙树躲在王妃裙下侥幸逃脱，这一经历令龙树大彻大悟出家修行。《打闻集》《今昔物语集》的故事与《古本说话集》基本相同，都出现了"隐身蓑笠"，制作方法大致相同：都是用寄生木（槲寄生）切断，阴干，然后将这种药插在发髻上①。日本学者认为隐身蓑笠是日本平安朝人对龙树故事的改编、创新，因为鸠摩罗什所译《龙树菩萨传》里面并没有这种蓑笠。

作为平安朝龙树菩萨隐身术故事的原典，《龙树菩萨传》里面的情节与日本的存在较明显的差异。首先是龙树有三名同伴，日本故事改成两个人。其次龙树等人不是自行制作隐身药，而是从术士那里得到"青药"并涂在眼睑之上。最后国王请教智者，智者并非直接断定系隐身人所为，而是指出魔鬼作祟的可能。为此，智者让人撒了细土，而非"灰"或"粉"。智者指出：若有脚印则是人为，若无则是魔鬼②。《法苑珠林》卷五十三的龙树故事应是抄录自《龙树菩萨传》。

《龙树菩萨传》里面的隐身术需要通过涂抹隐身药物来实现。但是到了平安朝说话文学里面，龙树菩萨主要依靠隐身蓑笠。虽然有的故事也提到了"药"，但这个"药"并不是用于涂抹身体，而是被插在发髻之上。这种用法与蓑笠究竟存在何种关系，实在令人费解。不过，平安朝的几个故事无一例外地都提及"蓑衣"，这一点可能属于日本人的文学想象。

从《龙树菩萨传》的影响来看，唐代志怪则出现了将隐身药变为道士或仙人的符箓。例如《会昌解颐录》写张卓迷路巧遇仙人，并得到黑符和

---

① 三木纪人等：《宇治拾遗物語·古本説話集》（新日本古典大系），岩波书店1990年版，第493页。新大系本脚注已经指出该故事的出典有《龙树菩萨传》、《法苑珠林》卷五十三、《佛祖统纪》等；"类话"见于《今昔物語集》《打闻集》等。本书还参考了新大系本《今昔物语集》的原文和脚注。佐竹昭广：《今昔物語集》第一册（新日本古典文学大系），岩波书店1999年版，第347—348页。
② （后秦）鸠摩罗什译：《龙树菩萨传》，中华电子佛典协会2011年版，第T50n2047p0184a19。（T代表《大正藏》部数，n代表佛经编号，p代表页码）

第七章　鬼神精怪故事及其"隐显"技巧

红符各两张,并被告知:"一黑符可置于头,入人家能隐形;一黑符可置左臂,千里之内,引手取之……"张卓到了京师一个大户人家,把小姐带走。主人立刻请来了"罗叶二师",叶公口喷水"化成一条黑气,直至卓前,见一少年执女衣襟","少年"便是张卓,遂被抓住(《广记》52/323)。还有《原化记》所记录的陆生故事与前者极为类似。陆生也是因为寻找惊脱了的驴子遇见仙人,仙人给他"如人长"的"青竹",告诉他隐身之术,让他到公卿家中,偷偷带那家小姐出来。结果主人请来"叶天师",天师施咒法让陆生显形(《广记》72/448)。

这两个故事都有隐形人偷偷进入权贵家中拐带女子的情节,笔者认为这与龙树菩萨凭借隐身术进入王宫淫乱的情节存在授受关系。进一步而言,不论是凭借隐身襆笠或隐身药物的龙树菩萨,还是被鬼唾了唾沫而隐身的男子,抑或是《会昌解颐录》《原化记》里面获得仙人隐身符箓(青竹杖在神仙故事中常被当作符箓使用)的青年人,都为了达到自己私欲,潜入别人家中甚至作出行窃等不法勾当。《纪闻》里面的"北山道者"虽然没有符箓,但是他本身会隐身术。道者为县令女儿治病,发现此女貌美,于是每天隐身与她私通,后来被其父依据床的晃动将其抓住(《广记》285/2272)。除了上面三则中国志怪里面的仙人、术士会隐身术之外,在《会昌解颐录》里面以捉拿隐形人的身份登场的天师罗公远本人也精于此道,还能够让唐玄宗隐形。不过罗公远故意让玄宗"或衣带、或巾脚不能隐",因而引起玄宗的不满。罗公远说:"陛下未能脱屣天下,而以道为戏,若尽臣术,必怀玺入人家,将困于鱼服也。"[①]"怀玺"与"鱼服"分别来自张衡《西京赋》和刘向《说苑·正谏》里面提到的伍子胥谏吴王的典故,罗远公的意思是说:唐玄宗不能抛却世间欲望,若完全学会隐身之术,必然潜入平民家中而被抓住。

由此可见,从《龙树菩萨传》到《会昌解颐录》《原化记》《纪闻》,再到平安朝《今昔物语集》《宝物集》等怪异说话,都提到了人一旦掌握

---

① (唐)段成式撰,方南生点校:《酉阳杂俎》,中华书局1981年版,第24页。

隐身术后就可能产生邪念，借此满足个人欲望。也就是说，中日隐身人故事都拥有相似的主题——隐身术成了考验人性、欲望的一个手段。隐形与显形为中日隐身人的故事提供了最为重要的功能性情节，或者说它们是这些故事最为主要的叙事框架，并且隐身术以及隐身者的奇遇本身也极具怪异文学效果，中日隐身人故事的渊源不能说不深远。

三 幻象与真形——识破真相的情节结构

森正人在分析《今昔物语集》卷二十七"本朝付灵鬼"里面的鬼神精怪故事的时候，指出："鬼是一种不可视的存在，这一点必须引起重视"，并且举《古今和歌集》序言、《源氏物语·帚木》等关于鬼不可视的相关表述说明平安朝鬼的不可视性①。笔者认为：森正人所重视的鬼的"不可视性"根本在于怪异文学文本巧妙地运用"隐显"手法，一方面强化鬼神的隐形特性，另一方面又让它们忽然显现，并通过这种"隐显"情节结构来阐明道理、揭露人性、言说伦理。

（一）平安朝怪异文学里面的"隐显"

中国志怪里面的鬼神精怪变化多端，忽隐忽现，在"隐显"情节结构的基础之上生发出来的捉鬼、除怪的故事非常之多，是志怪的传统题材。尤其是精怪小说在叙述过程中存在"隐显"的变换问题：精怪作祟时一般隐藏真形，而以人的形象出现，这是一种假象的"显"；一旦被人找到消灭精怪的方法之后，精怪的人形消失，原形被揭露或自己暴露，这是一种真相的"显"。但是从整个过程来看，情节完全按照"隐显"为线索发展。甚至这种"隐显"情节的构思本身形成了中国古小说里面的"谐隐"风格和表现旨趣②。平安朝怪异文学从一开始就充分融摄中国志怪、传奇文学

---

① 森正人：《今昔物語集の生成》，第236页。
② 李鹏飞专门论析了中国志怪里面精怪小说的方法，所谓"谐隐"是指通过隐语暗示精怪的本形。李鹏飞还指出精怪的人形与本形之间存在"显""隐"的对应关系。这一观点具有很大的启发性，不过本书则从"隐显"的辩证关系以及在此基础上形成的鬼神精怪故事的情节结构来探讨中日怪异文学的叙事方法。李鹏飞：《唐代非写实小说之类型研究》，第52—61页。

第七章　鬼神精怪故事及其"隐显"技巧

的营养，逐步发展起来，自然也不例外。

神佛变形为僧侣、老翁等例子，常见于《日本灵异记》《本朝法华验记》等怪异文学集。《古事谈》卷三第九十二讲述空也上人七月间路遇一老翁，自称是松尾明神，因感到寒气刺骨，希望得到空也的袈裟。空也的袈裟是他四十多年来读《法华经》时所穿的袈裟，松尾明神得到袈裟后寒意顿消，欣喜万分。值得注意的是，松尾明神的人物形象设定：虽然是神，却对寒冷无计可施，一副饥寒交迫、羸弱可怜的老翁形象[①]。而且，七月却感到寒意彻骨的反常识性、荒诞不经式的情节设计，产生了妙趣横生的怪异美学效果。

在平安朝怪异文学中，这种反常识性或荒诞不经式的情节较少，一般通过主人公与神佛化身（"化人"）之间交接的物品来揭示神佛变化为人形的事实。例如《日本灵异记》里面的观音变为乳母来帮助贫女故事，最后也是通过贫女赠给乳母的衣服却披在观音像上来揭示观音变化、显灵的事实。此类情节模式后来形成了佛像灵验故事的一个亚型，例如《今昔物语集》卷十六第四、第五、第七、第八、第九等观音像灵验故事与卷十七的地藏像灵验故事。

鬼或精怪的变形更令人感到怪异、捉摸不透，但怪异文学文本一般会通过叙述揭露它们的原形。正如《抱朴子·登涉》里面的"照妖镜"、《洞冥记》里面的洞冥草、《异苑》卷七温峤的犀角以及《古镜记》中的古镜等一样，中国怪异文学保留着"鉴照幽明"的"揭露"传统。这种"揭露"传统亦即本书所谈的"隐显"的"显"。同样，平安朝鬼怪故事里面也非常重视对鬼怪原形的揭露——例如下面提到的"见显"与"射显"。

（二）《今昔物语集》的"见显"

《今昔物语集》卷二十四第一《北边大臣与纪长谷雄中纳言的故事

[①] 神变老翁的形象在平安朝中后期的说话文学与中世谣曲中较为常见。金賢旭：《住吉明神と白楽天——中世における翁の形象化をめぐって》，《国際日本文学研究集会会議録》2003 年第 26 期。

（北辺大臣、長谷雄中納言語）》记载北边大臣（源信）和纪长谷雄遭遇的两个怪事。前者弹古筝引来天人飞舞放光；后者吟诗经过朱雀门时引起"灵人"和诗。故事末尾评论："据说古昔有能见显奇异之事的人（昔ノ人ハ此ル奇異ノ事共ヲ見顕ス人共ナム有リケル）"。此处的"见显"一词是见证或目击的意思。纪长谷雄因为自己能看到朱雀门上的"灵人"而激动不已。且不论招来并"见显"鬼神可证明此人具有非凡才能，就"见显"本身而言，的确是人们透过现象看清本质、真相极为重要的一环。因为殊方异物、变化万端，真正地能够洞悉本真是非常困难的。《今昔物语集》卷二十七有许多鬼怪令人既恐惧又不知其所以然。例如第三《桃园柱子的洞中出现小手召唤人的故事（桃薗柱穴指出児手招人語）》写柱子上有洞，洞中有小孩手，不停地召唤人，竟不知是何怪异。第四《冷泉院与东洞院之间的僧都殿有灵鬼的故事（冷泉院東洞院僧都殿霊語）》讲述冷泉院之南，东洞院东角的僧都殿每天晚上都会出现一件红色单衣（衬里用的衣服，ヒトエ）飞到大树之上，有一个卫兵用箭射了之后，地上散落一些血，但红色单衣依旧飞上了树梢。不久卫兵便死去了。人们最后也没搞清楚红色单衣究竟是什么妖怪。

越是不能识破这些鬼怪的真形，越让人恐惧。《今昔物语集》卷二十七第十《鬼偷仁寿殿廊台灯油的故事（仁寿殿台代灯油取物来語）》也是如此。该故事讲述鬼每天夜半时分都会到仁寿殿偷取灯油。人们只能听到它的脚步声，却看不见它的形象。于是，醍醐天皇决心"无论如何都要弄清楚是什么妖怪（何デ此ヲ見顕サム）"。源公忠自告奋勇说愿意试试，天皇听了之后大喜，嘱咐："一定要搞清楚（必ズ見顕ハセ）。"源公忠躲在仁寿殿，夜里听见鬼怪的脚步声，还看见油灯向紫宸殿方向飘移，于是他追上去猛踹，感到有东西被重重地踢中，油灯也打翻在地。油灯上有一截断手指，地上有许多血迹。但鬼怪并未现形，以后也没再出现。尽管该故事没能"见显"怪物的真形，但是当事人识破鬼怪的迫切心理却跃然纸上。

卷二十七第三十五《有光来死人旁，野猪被杀掉（有光來死人傍野猪被殺語）》也出现了"见显"的例子。兄弟二人发现半夜时分有怪光靠近

第七章　鬼神精怪故事及其"隐显"技巧

父亲（或母亲，文不详）的灵柩旁边。于是兄弟二人合计："一定要看清楚究竟是什么怪物（然ラバ此レ、構ヘテ<u>見顕</u>カサハヤ）。"然后弟弟躲进了棺材盖子底下，一见到怪光来了并打开棺盖时，弟弟就抱住了那个怪物。哥哥也举着灯火跑过来，结果发现怪光是一头野猪所变。兄弟二人通过详细的谋划，终于识破（见显）了怪物的本形。

（三）《今昔物语集》的"射显"

卷二十七第三十四《叫人名字，被射死后变野猪（被呼姓名射顕野猪語）》里面的兄弟二人也遭遇了野猪怪。起先是哥哥夜间打猎的时候，听见有人呼唤他的名字。但是每当他将手中的火把与弓箭调换以便射击时，呼唤声便停止了。后来弟弟代替哥哥去打猎，怪物仍旧呼唤哥哥的名字。兄弟二人推测这个声音不是"鬼神"发出的，于是决定"射死这个怪物，看看它是什么（必ズ<u>射顕</u>シテ見セ奉ラム）"。结果，他们发现射中的怪物是一头野猪。故事末尾评论道："人们都称赞弟弟有智慧，射中了怪物并看到真形（弟ノ思量ノ有リテ、<u>射顕</u>カシタル也、トゾ人讃ケル）。"由此可见，使用弓箭射中怪物并识破其原形，才是故事叙述的焦点。

中国志怪里面最为常见的动物精怪一般是狐狸精，野猪精则比较少见。除了《今昔物语集》卷二十七收录的几则，卷二十第十三同样也是野猪精，并且也会发出怪光。故事讲述一位《法华经》持经者在山林中修行，猎人负责供养。持经者声称多次看见普贤菩萨或白色的菩萨坐着白象而来，但是猎人和童子也能看见，因此猎人射中那个"菩萨"，之后菩萨和光都消失了，第二天看见了大野猪被射死。末尾评论："虽曰圣人，缺少智慧而被怪物欺骗。该故事的潜在互文本是持经者修行证果的标志之一是菩萨显灵，但普通人等看不到菩萨。猎人因为他和童子都能看到对持经者所看到的"普贤菩萨"产生怀疑，果断射杀怪物，揭露了它的原形（此ク野猪ヲモ<u>射顕</u>ハス也ケリ）。"

由上可见，无论"见显"还是"射显"，"显"常常与智慧、胆识相联系，"显"在此具有揭露、洞察、辨明的含义。鬼神精怪故事的魅力就在于彰显人类智慧之光，宣扬勇于探求难解之谜、追求真相的精神。识破真形则是这一类故事的叙事焦点与核心内容。

四 中日"黎丘丈人"类型故事

李鹏飞曾指出中国精怪类小说的"谐隐"叙事手法与文学旨趣，对人们研究精怪类小说的类型、特点具有较高的理论价值。他指出"谐隐"手法源自春秋，通过谐辞、隐语达到嘲讽的目的或造成诙谐的效果。到了六朝时期被用于志怪中的精怪故事，作者通过描述精怪幻化人形迷惑人类却最终原形败露的故事，讽刺、隐喻一些社会问题等，精怪故事中留下诸如体物、谐音、双关及戏仿等暗示或线索，从而引起读者的极大兴趣与愉悦[1]。他认为："在精怪小说的叙事过程中存在着一个由'隐'而'显'的固定程式——即在小说中，精怪最初总是以人的面目出现，然后以人的方式言说和行动，最后才因为不同的原因而现出本形。其次，在整个小说情节中，又存在着人形与本形、人的世界与动物（也包括器物）世界的对照。从这一对照之中我们将会看到：精怪们对人类言行的模仿显得多么天真与滑稽，而人类行为则在与器物（或动物）世界的对照中也同样暴露出其荒唐与可笑的一面。"[2]

笔者基本赞同上述的观点，不过在此要特别强调的是，"谐隐"之所以能够产生戏谑、讽刺的美学效果，源自精怪的人形象与原形之间存在的本质差异。就精怪故事而言，如何揭露精怪隐藏起来的原形，如何巧妙设计人物形象和精怪的原形之间存在对照关系，如何在叙述过程中不断给读者以暗示，这才是作者运用"谐隐"的真正目的和美学价值所在。读者在阅精怪类故事过程中，透过各种隐喻和暗示或多或少地感知或猜想精怪背后所隐藏的"事实"，并在最后获得与作者所揭示的精怪原形相同的结论，由此获得愉悦感。

---

[1] 李鹏飞：《唐代非写实小说之类型研究》，第42—82页。
[2] 李鹏飞：《唐代非写实小说之类型研究》，第60页。

第七章　鬼神精怪故事及其"隐显"技巧

事实上，我们还应该看到除了精怪故事，鬼、神、仙等其他怪异文学里面也存在类似的情况。鬼、神、仙、精、怪等"隐"去本形，幻化"显"现为其他形象，属于超人超自然的特异能力或现象。原形与其所幻化的形象本身存在的显著差异性本身就是怪异。也就是说，"隐"与"显"构成的对照、差异"制造"出怪异故事——"隐显"是这一类怪异文学的基本叙事模式或手法之一，而"谐隐"只是作者的写作目的和希望达到的美学效果。怪异文学的叙事者通过讲述鬼、神、精、怪的变化多端和怪异恐怖，希望以此揭示怪异所表征的福祸因果，探讨人性伦理，阐发人的生存智慧。

《吕氏春秋·慎行论》"疑似"篇里面的黎丘丈人故事就是一个充满伦理冲突和哲理的经典作品。故事描述黎丘之鬼喜欢变化成人，戏弄、魅惑这个人的亲眷。有一个老丈从集市醉酒归来，黎丘之鬼就变成老丈的儿子在途中折磨老丈。老丈回到家中责骂儿子，儿子否认。后来父子二人推断是黎丘之鬼所为。老丈决定若再遇黎丘之鬼，一定杀之后快。第二天老丈又从集市醉酒而归，途中遇到儿子来迎，老丈以为这个儿子是黎丘之鬼故伎重演，二话不说拔剑就把儿子刺死了：

> 梁北有黎丘部，有奇鬼焉，喜效人之子侄昆弟之状。邑丈人有之市而醉归者，黎丘之鬼效其子之状，扶而道苦之。丈人归，酒醒而诮其子，曰："吾为汝父也，岂谓不慈哉！我醉，汝道苦我，何故？"其子泣而触地曰："孽矣！无此事也。昔也往责于东邑人，可问也。"其父信之，曰："嘻！是必夫奇鬼也，我固尝闻之矣！"明日端复饮于市，欲遇而刺杀之。明旦之市而醉，其真子恐其父之不能反也，遂逝迎之。丈人望见其子，拔剑而刺之。<u>丈人智惑于似其子者，而杀其真子。夫惑于似士者，而失于真士，此黎丘丈人之智也。疑似之迹，不可不察，察之必于其人也。夫孪子之相似者，其母常识之，知之审也。</u>（《吕氏春秋》卷二十二）①

---

① 许维遹撰：《吕氏春秋集释》，中华书局2009年版，第608—610页。

黎丘丈人的故事对后世志怪的影响较大，形成了一系列类似的故事，本书将其称为"黎丘丈人"类型故事。例如《搜神记》卷十六"琅琊秦巨伯"就是受黎丘丈人故事影响的代表作品——秦巨伯醉酒而归的途中，被鬼变成的两个孙子殴打。事后秦巨伯发觉原来遭到鬼魅戏弄，于是便假装醉酒，成功抓获又来欺骗自己的两个鬼。秦巨伯用火烧二鬼，却不小心让它们逃脱。秦巨伯非常懊悔没能杀掉二鬼，再次假装醉酒，却把前来迎接自己的亲孙子当成鬼杀死。显然，秦巨伯故事较黎丘丈人故事多了一段假装醉酒成功捉鬼的情节，体现了秦巨伯的智慧。但是，误杀亲人的惨剧还是发生了，根源在于秦巨伯偏执于杀鬼报仇，聪明反被聪明误。

　　鬼变成人戏弄其亲眷引发人伦悲剧的故事在逐渐类型化的同时，不断出现新的变异。例如《广古今五行记》采取了反向模仿的办法，讲述鬼长期在杨羡家里抢饭食。一天，杨羡的妻子在织布。杨羡提刀追杀鬼，鬼往织布机的方向跑，并把杨羡妻子变成鬼的模样，结果杨羡把妻子杀死。这一段叙述过于简单，其中鬼让杨羡妻子变成自己模样之后可能立刻隐形了。杨羡上当之后，鬼又"跳出"显形，并"抚掌大笑"。杨羡这才意识到上当，但怀孕的妻子已经死去，不久杨羡也惋痛而死（《广记》318/2517）。从故事人物关系来看，《吕氏春秋》里面的是父子，《搜神记》是祖孙，《广古今五行记》是夫妇，但故事的核心主题仍旧是因误会引发人伦悲剧。

　　唐代的《朝野佥载》继而将其改写成兄妹间发生的伦理悲剧（《广记》447/3658）。故事讲述张简在乡学授课，有野狐变成张简的模样给弟子上课，张简到教室时发现此事。张简回家时又发现野狐用同样的方法戏弄他的妹妹。妹妹听了张简的讲述后建议张简再看到野狐作怪就杀之。第二天张简看见妹妹（野狐幻化）在缠线，并听她说刚刚野狐到房后去了。于是张简抄起棒子，遇见真妹妹从厕所出来便将其打死。而缠线的妹妹立刻变成野狐逃跑了。黎丘丈人故事里面的鬼在这里变成了狐精，但是故事情节结构和核心事件均未发生重大改变。

　　到了宋代，黎丘丈人类型故事依旧有广泛的影响力，《稽神录》《夷坚

第七章 鬼神精怪故事及其"隐显"技巧

志》都有类似的故事。如《稽神录》里记载望江李县令被鬼变成的两个儿子殴打之后，遇到自己的两个亲儿子来迎接的时候，立刻下令随从予以痛击。之后才发觉这两个儿子为真，并非鬼魅又来戏弄。不过，父子三人不久都死去了。故事末尾如此评论："郡人云，舒有山鬼，善为此厉。盖黎丘之徒也。"由此可见，作者显然受到了黎丘丈人类型故事的影响（《广记》353/2797）。

综合可见，黎丘丈人类型故事深受欢迎，影响广泛的原因是它们警示人们切不可被眼前现象或所谓的经验蒙蔽——鬼隐去了真形，幻化为别人的亲眷，用假象魅惑人，可谓为"隐"藏真形、真相。当事人却被鬼魅制造的假象愚弄，或执迷于眼前所见的假象或自己不久前遭遇的经历，不加思考和分析，对真人、真相视而不见，极易导致误判甚至人伦惨祸。

黎丘丈人类型故事的情节模式、主题思想也影响了平安朝怪异文学。《今昔物语集》卷二十七就收录了三则类似的故事。第十三《近江国安义桥鬼吃人的故事（近江国安義橋鬼噉人語）》叙述某武士听别人议论安义桥有鬼，明确表示自己不相信。在众人怂恿下，逞强骑马前去打探。这个武士到了安义桥就遇见一个美女，武士非常谨慎，不为美女诱惑所动，拒绝了女人要求搭乘马匹同行的要求。果真，美女变成恶鬼追击武士，武士飞马狂奔，侥幸逃回。后来武士家中总是闹鬼，阴阳师告诫他严守"物忌"，闭门谢客，斋戒不出。就在物忌要结束的前一天，武士的弟弟叩门报丧，说母亲亡故。武士起先拒绝开门，弟弟一边哭一边骂哥哥绝情。武士不忍心开门让弟弟进来谈论丧事。不一会儿，武士妻子隔着门帘就看见兄弟二人扭打起来，武士把弟弟摁倒时，再三疾呼妻子拿刀来。但是妻子还以为兄弟二人打架只是一时冲动，正犹豫时，武士反被弟弟摁住，一口咬掉头颅。武士妻子这才知道"弟弟"就是丈夫所说的鬼。这个鬼对着武士妻子欢呼"开心啊"，随后消失。

故事里面的武士第一次见到鬼时，成功抵制了鬼的色诱和欺骗，逃过一死。但第二次却没有能抗拒鬼魅制造的亲情骗局。母亲的死讯和弟弟的哭诉指责，让武士打开了门，给了鬼可乘之机。该故事继承了黎丘丈人类型故事里面的基本情节结构。但不同的是，它巧妙地设计了武士妻子这一角色，丰富了情节，让故事更加跌宕。妻子尽管已经知道丈夫遇鬼并需要"物忌"，但是面对丈夫与"弟弟"扭打作一团时，并未能马上认识到"弟弟"就是鬼，做出及时反应，帮助丈夫杀鬼。该故事末尾明确指出男人无谓的逞能和女人自作聪明（妇人之仁）均是武士招来杀身之祸的根源。

卷二十七第二十九《雅通中将家出现两个同形乳母的故事（雅通中将家在同形乳母二人語)》讲述源雅通一天突然听到幼儿的哭声，跑出去便看见两个相貌相同的乳母正在抢夺源雅通的幼儿。他判断其中一个必然是狐狸精幻化，于是拔刀朝那个乳母冲过去，果然消失不见。从整个故事来看，或许狐精以为被源雅通识破所以才消失了。不过，源雅通能够在情急之下准确判断也非常重要。同卷第三十九《狐变人妻来家里的故事（狐變人妻形來家語)》讲述妻子外出办事，天晚不归，丈夫正在担心时，妻子回来。但是不久，又一个妻子进门。丈夫认为后面来的一定是狐精，便拔刀要砍，对方大哭；于是丈夫拔刀转向先回来的妻子，对方也是大哭。反复几次，丈夫觉得还是先进来的妻子比较可疑，于是砍向她，果然她变成狐狸逃走了。该故事里面的狐精变成家人先回来，而真正的家人后回来的情节与《朝野佥载》张简故事相似。不同的是，张简听信狐精，把亲妹妹打死。而《今昔物语集》里面的丈夫经历了冲动到冷静的过程，最终识破了狐精的阴谋。

《吕氏春秋》里面的黎丘丈人故事、《广古今五行志》、《朝野佥载》等与《今昔物语集》三个故事尽管存在诸多明显的差异，但是它们都"共享"了鬼怪变成人戏弄其亲属引发人伦悲剧的基本情节。而且中日几个故事都揭示了明辨真相与假象的困难。《吕氏春秋·慎行论》"疑似"篇在黎丘丈人故事之后指出："丈人智惑于似其子者，而杀其真子。夫惑于似士者，而失于真士，此黎丘丈人之智也。疑似之迹，不可不察，察之必于其人也。夫孽子之相似者，其母常识之，知之审也。"这段话提醒人们尤其需要注意辨别极为相似或令人迷惑的事象。当然分辨真相与假象还取决于当事人是否足够智慧，切莫像黎丘丈人那样被自己的"智"迷惑了，造成

第七章　鬼神精怪故事及其"隐显"技巧

严重误判。《今昔物语集》卷二十七第三十九最后也有类似的评论:"若遇到此类情况,必须冷静思索。此男子幸好没有杀掉真的妻子,实在聪明。"

《吕氏春秋·慎行论》"疑似"篇一开始就强调:"使人大迷惑者,必物之相似也……相似之物,此愚者之所大惑,而圣人之所加虑也。"① 对于极为相似的事物,圣人都需要小心谨慎,否则因为执迷于某一个似是而非的"真相"可能做出令自己后悔莫及的事情。伦理道德原本抽象,但是"黎丘丈人"类型故事巧妙地揭示出一个发人深省的道理——家庭关系虽然建立在血缘关系和亲情之上,可谓亲密无间,但实际上家人各自都是一个独立人格的个体,在同一屋檐下生活,时刻存在各种不理解甚至猜忌和非理性。亲人之间的矛盾犹如鬼怪盘踞人心,弄不好便造成猜忌、矛盾乃至人伦悲剧。这或许是"黎丘丈人"类型故事在中日两国间广泛传播、打动人心的原因所在。

本章小结

"隐显"在平安朝怪异文学中具有以下美学意义:怪异事象与鬼神精怪本身极为隐秘,捉摸不透,但是它们的显现与变化则令人惊恐,引人关注。从"隐"到"显"的过程本身也是"显"——揭示与佐证怪异与鬼神之实在性。与此同时,怪异事象与鬼神精怪打破它们原本应该保持"隐"的常态并显现出来,就是"违常"。换言之,怪异事象、鬼神精怪从"常隐"的状态转变为"显异",从而成为异常、怪异。鬼神精怪最终消失或被人们祛除,又再次归于"隐"。

当人们关注到这一种变化并探究其因果时,异常、怪异的"背后"所隐藏的真相、道理被发现并被处置,异常、怪异也就不再令人恐惧,转变为新的"常"。这是一种从"常"到"异"再到"常"的回环结构,恰如

---

① 许维遹撰:《吕氏春秋集释》,第606页。

鬼神精怪从"隐"到"显"再到"隐"的过程一样。可以说，怪异与"隐显"之间存在的对应性正是源自人们认识世界最基本的思维范式：人们通过万事万物的形象了解世界，尤其容易对发生变化的事物投以关注的目光，由此触及其本质。

　　进而言之，怪异文学中"隐显"的辩证与转换，既是叙事文本的重要情节（故事、事件），也是文本自身的叙事结构、脉络。在鬼神精怪故事中，鬼神的变化、形象的"隐显"是关键情节，同时也是推动叙事发展的因果装置。人们从鬼神精怪的"隐显"既可以看到故事本身呈现出的荒诞与戏谑，也能够看到这些鬼神精怪所表征的伦理观念。因为怪异本身被当作"天谴"或福祸征兆，其本身源自君臣违背天道、人道或者个人违背社会常理、宗教教义等。换言之，鬼神精怪的"隐显"象征着故事人物（或影射当时的皇权统治者等）的行为"违常"甚至"反制度"。故事的结尾一般会暗示或直接提示各种道理，则是对原制度的消解和颠覆。

第八章 东亚汉文圈内的汉字与诗文

"东亚汉字文化圈"并非一个新鲜的概念,在东亚相关国家、地区的历史、文学、文化等多学科的研究中,凡是涉及比较研究的,总不能回避以汉字为载体的中国文化对东亚国家的影响问题。"东亚汉字文化圈"又被称作"汉文文化圈",但是本书认为"汉文"主要从文体、文法的角度认识这个区域的文化关系,而"汉字"更重视汉字在该区域传播之后承载信息传播与思想交流的实质作用。从东亚多国使用汉字并大多受汉字的影响创制了本国文字(派生文字)的历史来看,似乎使用"汉字文化圈"的说法更能反映整个东亚文化交流史的情况,本书在此简称为"东亚汉文圈"。

谈及文字,除了汉字的"六书"构字法(文字生成)、书法字体(字形)、正俗字(表记)、字义、读音、语法以及用汉字撰写的文章的体例、思想内容(儒道佛三教经典)以外,东亚不同国家或地区还利用或模仿汉字造字法创制出新的文字,例如越南的喃字、朝鲜的谚文、日文假名,以及西夏文、女真文、契丹文等[①]。这些国家或地区的民众一方面直接按照汉语语法进行书写(即汉文),另一方面又使用这些"新文字符号"按照本国或本民族语言进行书写。当需要诵读、说明或注释这些汉文文献时,则使用"新文字符号"对汉文进行"训解"——翻译,从而出现了汉语语法系统的书写(纯正汉文)和"新文字符号"书写并行(汉文与新文字符号的混杂体)的情况。

在历史上,使用过汉字或这些派生文字的地区有的曾隶属于当时的中

---

① 金文京:《漢文文化圏の提唱》,載小峯和明編《漢文文化圏の説話世界》,第14頁。

国政治版图，有的只存在朝贡或交往关系。但是，以汉字为载体的中国文化在这些国家、地区传播不具有胁迫性，即中国文化对外传播并非出于宣扬优等民族文化的企图，更不存在类似西方国家自大航海时代之后实施军事侵略和文化殖民之目的。《日本汉文小说丛刊》总序依据《后汉书》关于汉武帝消灭卫满朝鲜之后，倭百余国中使驿来通者三十许国的记载，想当然地认为倭国是"受到对方的威吓而自动来献"，但"被动式的（文化）输出或输入绝对不是长久之计，无法持之以恒"，所以日本后来派遣使臣来汉朝交流①。该观点缺乏足够的历史证据。而到了隋朝，日本主动派遣使臣，并未受到隋朝的军事威胁。后来，唐朝、新罗联军与日本、百济联军在白村江发生战斗，起因也不是唐朝要侵略日本，而是为了帮助新罗复国。日本主动派遣使者、留学生、僧侣来华友好交流一直持续到宽平六年（894）唐朝即将灭亡时，才在菅原道真的建议下停止。所以，何来日本受到中国的军事威胁而"臣服"的说法？从各种历史记载来看，东亚国家地区主动学习中国文化，提升了本国、本地区的文明程度与国家治理水平，促进了本地区经济、社会、文化发展，创造出足以令本民族骄傲的璀璨文化。

当今东亚各国逐渐走上独立自主发展道路，对本国民族文化越来越自信，同时也意识到被东亚地区共享的思想文化之重要价值。曾经使用汉字或变体汉文记载的文献被纳入研究的视野，重新认识与整个东亚之间的交流史，从中发掘本国历史文化的价值，已经成为各国研究者的共识。例如本书所揭示的怪异思想和怪异文学在中日之间流动的现象也发生在圈内其他国家，甚至落在汉字或汉文典籍之上。

第一节 关于汉译佛典的神话

佛教源自印度，佛教被传到了中国之后曾被广泛接受；梵文佛经被翻

---

① 王三庆等编：《日本汉文小说丛刊》第一辑第一册，台北：台湾学生书局2003年版，第2—3页。

第八章　东亚汉文圈内的汉字与诗文

译成汉文经典（又称"汉译佛典"），这些佛经传播到中国周边多国，广为流传。中国周边国家在接受佛教时首先面对的问题就是如何阅读、理解这些汉译佛典。汉字在中国周边国家的传播，为包括汉译佛典在内的中国书籍、文献、思想的流传提供了先决条件。有研究表明，在早期梵文佛经汉译的过程中，新罗、扶南等东亚僧人也参与其中[①]。而且，东亚汉字文化圈内各国的佛教信众大多通过背诵、抄写汉译佛典开展修行活动。日本、朝鲜半岛、越南等国采用训读的方法阅读汉文佛典。佛教信众出于对佛教的信仰，也对非母语的汉文佛典抱有极高的崇敬。宣传佛经灵验、神圣的怪异故事发祥于中国，往东传播到朝鲜半岛及日本，向南传到越南，成为东亚多国家共享的佛教文学题材之一。

一　幻化为物的汉文经卷

本书第六章第二节考察了经像灵异故事与梦的关系，总结出三大类型。其中宣扬佛经灵验的故事除了强调持诵某部经典即可获得各种利益功德以外，还制造出许多经卷神话——例如经卷在火灾中不被烧毁，经卷变化为其他事物等[②]。这种把经卷神圣化的思维，更进一步细化到经文层面，强调经文的具体文句乃至经中文字的字音、字形具有各种神通力。

佛经灵验故事以经书虽遇火灾但不被焚毁的故事类型最为常见。《日本灵异记》下卷第十《依照仪轨抄写法华经，经书虽经火灾不燃烧（如法奉写法華経火不燒緣）》就是这样一个例子，某私度僧严格按照抄经仪轨抄写经书后精心保存。家中遭遇大火，其他东西全部化为灰烬，唯独经书及外面的函套完好如初，经书可以辟火不燃，彰显佛法灵验。作者景戒在文末提到"河东练行尼"和"陈时王与女"，前者出自《冥报记》上卷，后者出处不详，不过由此可知景戒在撰写《日本灵异记》时还参考了《冥

[①] 石井公成:《東アジアの仏典》，载小峯和明编《漢文文化圏の説話世界》，第115頁。
[②] 永藤靖总结归纳了《日本灵异记》到《大日本国法华经验记》里面出现的经卷神异变化的"神话"所表现出的佛法"灵验"思想。永藤靖:《古代仏教説話の方法——霊異記から験記へ》，第98—105頁。

报记》和其他中国佛教志怪。

持诵和抄写佛经的利益功德也是《日本灵异记》重点宣说的一个主题。例如中卷第十九《持诵心经的女子受邀赴阎罗王殿（憶持心経女現至閻羅王闕示奇表緣）》讲述河内国的女子经常持诵心经，且诵经声音尤其美妙。该女子一天猝死，到了阎罗王殿。原来是阎罗王想听女子诵经，所以特邀她前来。三天后阎罗王让她回阳间，出宫门时遇到三个穿黄衣服的人，说三天后会在市场再见。女子复活后在市场看到有人售卖自己旧时抄写的三卷经书，才知道它们就是那三个黄衣人①。该故事融合了诵经与抄经两个功德，经书变成人的形象，在阎罗殿外面等候女子，似乎承担守护、迎送抄经人的任务。

经卷还可以变成翅膀，帮助持诵经书者飞向极乐净土。《本朝法华验记》卷上第十二《奥州小松寺玄海法师》（本出《日本往生极乐记》第二十六）讲述僧玄海每日读《法华经》一部，梦见"左右腋各生羽翼，向西飞去，过千万国，到七宝地"。而羽翼本身乃是《大佛顶真言经》和《法华经》两部经卷。

经书还能变出美食等，本书第七章第三节提到《本朝法华验记》主要宣扬修持《法华经》的功德利益，里面有许多故事都出现了菩萨、天人、护法天王等现形救助持经者的情节。例如中卷第四十五《播州书写山性空上人》写性空修持《法华经》过程中出现的种种"奇事"：有的是在性空眼前的经卷里出现白米和热饼；也有的是性空的梦中出现美食，性空醒来时腹中已经饱满，口中还有余味②。这些都是因为持诵经书而获得的利益功德。

《古事谈》卷三第二有这样一个故事，讲述东大寺设华严会的时候，突然来了一个卖鱼的老翁，天皇让他做法会讲师。老翁带来的鱼变成了《华严经》八十卷，本人在"法会中间乍高座上化失了"③。也就是说，这

---

① 出雲路修校注：《日本靈異記》，第90—92頁。
② 井上光貞等校：《往生伝·法華驗記》，第533頁。
③ 川端善明校注：《古事談·続古事談》，第242頁。该故事在《今昔物语集》卷十二第七也有收录。

第八章　东亚汉文圈内的汉字与诗文

个卖鱼翁是佛的化身,他卖的鱼也是经卷变的。与这个故事构思相反的是《日本灵异记》下卷第六《禅师要吃鱼,鱼变法华经,免受俗人毁谤(禅師将食魚化作法華経覆俗誹縁)》,故事讲述僧人因体弱,需要吃鱼疗养。于是,让弟子去买鱼。弟子买鱼的行动被三个俗人盯上。三个俗人打算当众羞辱这个弟子,逼他拿出刚刚买的鱼。弟子无奈打开盒子,结果里面只有八卷《法华经》。弟子回去告诉师父鱼变成经书的事情,被尾随其后的三俗人偷听,才知道佛法灵验不虚①。

上述有关汉译佛典的神话故事除了宣传修行佛教的利益功德,还凸显出当时人们认为佛法灵验无比,而记载佛法的经卷也具有各种不可思议的神秘力量。这一点除了经卷,还有围绕佛教塑像、画像、寺庙等的神话。

二　幻化成人的佛经文字

在东亚佛教信仰者心目中,不仅经卷具有神秘力量,就连经文乃至其中的个别文字也是如此。《本朝法华验记》下卷第一百一十《肥后国官人某》讲述某官人迷路,遇到美女邀请他到家中留宿。官人怀疑她是罗刹鬼,驱马逃跑。美女果真变成罗刹,紧追不舍。不料,官人从马上摔落洞穴中,罗刹鬼追到洞穴外面,先把官人的马吃掉。正当罗刹鬼要进入洞穴时,洞中却有一个声音呵斥,吓走了罗刹。然后那个声音安慰官人:"我是非人间,亦非鬼神等。我,法华经最初妙字也……"众所周知,《法华经》又称作"妙法莲华经",鸠摩罗什译本的题目用的就是后者。该故事中的"妙"字来自某圣人纳入塔中的《妙法蓮華经》。年代久远,塔破经散,只剩下一个"妙"字。而单一个"妙"字就能驱魔辟邪,利益众生,赶走了罗刹鬼,还带着官人飞回了他家门口②。该故事利用夸张比喻的方

---

① 出雲路修校注:《日本靈異記》,第137—138頁。
② 佐藤茧子围绕这个能发声讲话的文字作过分析、考证。佐藤繭子:《喋る文字と出会う—〈法華験記〉下卷一一〇話に向けて—》,载永藤靖编《法華験記の世界》,三弥井書店2005年版,第77—98頁。

式意欲宣扬《法华经》的灵验、神奇，强调只要持诵《法华经》，哪怕就剩一个字也有灵验。我们通过"妙"字幻化为童子与人对话的奇妙故事也可以窥见平安朝人对佛经以及经文、经中文字的崇拜。

佛经文字可以幻化为人的情节构思并非日本独创，而是来自唐代僧人所撰《法华传记》卷五第十《唐并州释僧衍》等一类故事。《唐并州释僧衍》讲述僧衍三年诵《法华经》千部，在梦里看到自己两肋生出翅膀，翅膀"以法华文字为文彩"，等飞到西方极乐世界时，"羽翼顿成大宝莲华台。一一文字，变作丈六佛身。从佛口出，皆作金色，具有光明，变为佛身，遍满虚空"。僧衍在听了阿弥陀佛告解之后，原来经文变成的诸佛，再变回翅膀，带着僧衍飞回娑婆世界。打那之后，僧衍又看见自己的舌尖上有八叶莲花，莲花上有佛，"法华一一文字，从佛口出，皆作金色，具有光明，变为佛身，遍满虚空"①。《本朝法华验记》下卷第一百二十一《奈良京女某氏》与此非常类似，女子即将入灭前自述多年来"所持经力六万九千三百余佛各方光明，无量菩萨各捧灯炬，前后围绕，将去极乐"。女子所谓的"六万九千三百余佛"对应的是鸠摩罗什翻译的《妙法莲华经》总字数，即言每一个经中文字都变成了佛。显而易见，《本朝法华验记》下卷《肥后国官人某》仅出现一个"妙"字就可能变成护法童子解救官人免受罗刹鬼吞噬的奇思妙想，也是源自人们读《法华经》以及经中文字本身的信仰。唐代《法华传记》卷五《唐并州释僧衍》除了经文变成佛或人形的情节影响了《本朝法华验记》上述两个故事，其实前面提到的《本朝法华验记》上卷第十二《奥州小松寺玄海法师》（本出《日本往生极乐记》第二十六）关于《法华经》《大佛顶真言经》变成翅膀带着玄海法师飞向极乐世界的想象也深受《唐并州释僧衍》的影响。

人们对佛经的崇拜起源于对佛教的尊奉，而这种崇拜的极致是把经文的每一个字都视为佛和菩萨，属于一种特殊的、佛教思想背景的文字崇拜。

---

① （唐）僧详撰：《法华传记》，中华电子佛典协会2011年版，第T51n2068p0068a25。（T代表《大正藏》部数，n代表佛经编号，p代表页码）

第八章　东亚汉文圈内的汉字与诗文

第二节　从诵经障碍到门额精灵

《妙法莲华经》卷四《法师品》、卷六《法师功德品》等都提到有受持、读经、诵经、解说、书写五种法师，佛告诉药王菩萨若有人"受持、读、诵、解说、书写妙法华经乃至一偈"，把《法华经》"敬视如佛、种种供养"的话，他们都是菩萨化身来教化众生①。受持的法师就是能坚信如来的言教、经论，忆持而不忘；读经的法师就是能正心端坐，眼观经文而善思惟经之含义；诵经法师，即能背诵经文；解说法师，即能教授并解说经中之深造者；书写法师，能书写经典而弘通佛法，且可为人师者。除了五种法师以外，《大智度论》等还有关于六种法师、七种法师的阐释，但五种法师是基本②。因此，在修行者心目中，经卷就是佛，五种法师可帮助自己成正觉正果。有关五种法师的说示不仅对修行者影响深远，而且佛教怪异说话文学也把包括五种法师在内的佛经文句演化为故事，通过各种灵验记（故事）佐证、阐释具体经文宣说的教义、利益功德③。上面把经中文字视为佛的中日两国经卷灵验故事就是对把《法华经》等经卷"敬视如佛"的进一步演绎。

一　东亚的诵经障碍故事

诵持经书是五种菩萨行之中尤为重要的一种。但诵持经书并不容易，《妙法莲华经》卷四《法师品》中佛对药王菩萨说的第二个偈子云："若说法之人，独在空闲处，寂寞无人声，读诵此经典，我尔时为现清净光明

---

① （后秦）鸠摩罗什：《妙法莲华经》，《大正藏》第9册，第30页下。
② 释永本：《〈法华经〉之弘传者"法师"的诠义探研》，《普门学报》2001年第4期。望月海淑：《五種法師についての一試論》，《棲神》1968年第41号。
③ 広田哲通曾分析过经文与各种灵验记（故事）之间的对应关系。広田哲通：《経文と説話——本朝法華験記を実例として》，《女子大文学・国文編》1982年第33号。

身。若忘失章句，为说令通利。"① 本书第六章第二节曾经提到梦知前世类型故事中有一个亚型是关于诵持佛经障碍的。例如《日本灵异记》上卷第十八《诵持法华经得现报，现奇迹（憶持法花経得現報示奇表緣）》讲述主人公因为前世所读经书被火星烧掉一字，今世总是记不住该字，为此苦恼不堪。后来他通过梦了解了前世因果，还与前世父母相认，找到了前世所读的经书。关于该故事的中国出典，一般认为是《冥报记》崔彦武故事。但笔者在第六章已经指出唐代的《弘赞法华传》卷九也收录了崔彦武的故事，并且同卷的新罗国金果毅之子以及卷六"释某"两个故事也属于同一类型。然而从故事情节的相似程度来看，新罗国金果毅之子故事与《日本灵异记》上卷第十八的主体情节完全相同，仅人名、地名不同。《本朝法华验记》（又称《大日本国法华经验记》）上卷第三十一《醍醐僧惠增法师》（《今昔物语集》卷十四第十二有录）也与新罗国金果毅之子故事几乎完全相同。

除了经文缺失以外，还有当事人前世因为各种偶然性导致不能听完诵经的情况，《本朝法华验记》上卷第五十八、第七十七，下卷第八十九等都是此类故事。这些故事中的主人公都因为不能完整背诵经文而苦恼，于是在梦中受到佛、菩萨、圣人的点化，告诉他前世因果。这种故事继而又带来了一个派生故事类型就是持经者通过梦知道自己前世为动物，如《本朝法华验记》上卷第二十四《赖真法师》、上卷第三十六《叡山朝禅法师》、上卷第二十七《备前国盲目法师》等。这些故事情节的设计都与上面引用的《法华经》卷四《法师品》偈子有关，持经者背诵不了时，佛在梦中启发、帮助他。

从《冥报记》的崔彦武故事到《弘赞法华传》再到《日本灵异记》和《本朝法华验记》，人们可以看到因为前世经文的缺失导致今生诵经时总是有一两字无法记诵的怪异情节在中日之间流动。《日本书纪》记载日本的佛教始于钦明天皇时百济国王遣使送来释迦佛金铜像和佛经，因此讨论诵经困难故事从中国传播到日本时，不能忽视朝鲜半岛在这类故事流传

---

① （后秦）鸠摩罗什：《妙法莲华经》，第32页中。

第八章 东亚汉文圈内的汉字与诗文

过程中的中介地位。并且,从朝鲜半岛的文字史可知,"训读吏文"是15世纪才开始使用,朝鲜三国时代虽然有多种民族语言,但是文字只有汉字。新罗国金果毅之子所读的《法华经》也是汉字版的。同样,日本平安时代虽然已经开始使用假名,但是现存的"古写经"都是用汉字抄写的汉文佛典①。因此,《日本灵异记》和《本朝法华验记》两个故事里面提到的佛经文字也是汉字。不仅如此,日本古代佛教信徒诵读汉文佛典时,使用汉语读音直接诵读,并且把汉字音与汉字视为极其神圣的、不可随意更换的东西②。

通过对以上经卷及佛经文字神奇灵异故事的分析,可见它们是汉译佛典对佛经、佛经文字神圣化的产物,承担着向信众宣说持诵佛经的功德利益、增进信仰的功能。

二 门额上的文字精灵

平安朝民众对汉译佛典的尊奉还迁移、转化到他们日常接触到的高僧或天皇等人留下的书法真迹上。本书第四章第一节介绍了《高野大师御广传》收录的《纪家怪异实录》一篇佚文,讲述弘法大师空海题写的皇嘉门门额文字变成精灵的故事。"皇嘉门"三个汉字形同飞扬跋扈的佛教护法力士。大学助纪百枝白天睡觉时,梦见有力士在枕头边举起拳头正要打他。他马上惊醒,眼前的力士立即飞回到匾额上。不久,纪百枝患病死去。后来,还有几个住在这个宅子里的人也有类似的遭遇。事实上,空海的题字成为精灵的故事又见于《弘法大师御传》下卷里,该书据信编撰于永久年间(1113—1118):

---

① 关于奈良时代、平安时代古写经的汉字字体问题,日本书法学的研究较为丰富。高井恭子:《写経で用いる書体について》,《印度学佛教学研究》2003年第52卷第1号。西林昭一:《第四回国際書学研究大会基調講演》,《書学書道史研究》2001年第11号。另外,古写经的相关研究亦取得丰硕成果。山下有美:《写経所文書研究の展開と課題》,《国立歴史民俗博物館研究報告》2014年第192卷。

② 浅田徹:《書写と読誦:法華経の文字と声》,《比較日本学教育研究センター研究年報》2016年第12卷。

大师先祖于赞岐国建立善通寺，额有精灵。阴阳师晴明有事缘，下向赞岐国。以识神灯火暗夜过彼寺前，识神灭火不见。过寺之后，更出来于此。晴明令勘发，识神曰："弘法大师书此寺额，四天王守护之，乃成怖畏。"所复道也，云云。世俗语传也。①

这个故事来自"世俗语传"，即坊间传闻，叙说空海祖先修建的善通寺门额是空海亲笔题写的，该门额变成了"精灵"。平安朝著名的阴阳师安倍晴明经过该寺门，在前面引路的"识神（しきがみ，亦作式神）"本来打着灯火的，不料火灭了，识神也消失了。安倍晴明再次勘发识神，才知道原来这个门额有四天王守护。

皇嘉门门额文字有灵异的故事又见于《江谈抄》卷一第二十七，此外平安京的阳明门（《古事谈》卷五第四十四）、安嘉门（《江谈抄》卷一第二十六）的门额也有类似的怪异故事。这些门额精怪并不单纯因为年代久远而成精，有的还因为题字者身份特殊——如弘法大师或天皇——给门额带来灵性（详见第六章第二节）。《本朝法华验记》下卷第一百十《肥后国官人某》里面的"妙"字之所以具有灵性，除了因为它本身是《妙法莲华经》中的一个字（"一一文字都可以变成丈六佛身"），还因为这部经卷本身是圣僧亲手所抄写。另外，从这些怪异故事可知：这些题字形似护法力士或怒发冲天的金刚童子，从而引发人们对文字（汉字）具有某种神秘力量的联想与崇拜。

第三节　感动鬼神的诗与文

本书第一章就指出中国古代历史叙述惯用天人感应和阴阳五行思想分析、总结世事万象。关于汉字的创制一直有两种传说，一是《周易·系辞

---

① 長谷宝秀：《弘法大師伝全集》第1卷，第208页。

第八章　东亚汉文圈内的汉字与诗文

下·传》介绍的伏羲"仰则观象于天,俯则观法于地,观鸟兽之文与地之宜,近取诸身,远取诸物,于是始作八卦,以通神明之德,以类万物之情"①;二是《淮南子·本经训》说的"昔者,仓颉作书而天雨粟,鬼夜哭"。汉代高诱注释称:"仓颉始视鸟迹之文造书契,则诈伪萌生。诈伪萌生,则去本趋末,弃耕作之业而务锥刀之利。天知其将饿,故为雨粟。鬼恐为书文所劾,故夜哭也。"② 不管哪一种说法,汉字的创制可以"通神明之德",也可以引起"天雨粟,鬼夜哭"的怪异。

一　百济灭国时的鬼夜哭

在中国史书五行志里面"鬼夜哭"属于"夜妖",预示国家败亡。这种观念也影响了朝鲜半岛和日本的历史叙述。首先来看看朝鲜半岛的历史叙述。12世纪初金富轼等人编纂的第一部朝鲜官修史书《三国史记》采用纪传体的形式,分别设置了新罗、高句丽、百济三国本纪,并另设志与列传。不过,志中并未专设记载灾异祥瑞的五行志,相关灾异祥瑞、怪异事象杂见于本纪和列传里。例如《三国史记》卷六《新罗本纪》文武王条记载金庾信的妹妹金文姬"买梦"得验,与宗大王(原为"太宗大王",避唐太宗之讳改)结婚生下文武王等子嗣,堪称朝鲜最著名的梦故事之一③。再例如《三国史记》卷二十八《百济本纪》义慈王条详细记载了自义慈王十七年到二十年之间出现了一系列骇人听闻的怪异事件④。它们与中国的正史及其五行志所述怪异事象存在高度相似性。

高丽僧人一然在《三国史记》基础上,对上述怪异事件进行增删、整理,写进了《三国遗事》。百济末王义慈"耽淫酒色政荒国危",大臣成忠临死时劝谏:"臣尝观时变,必有兵革之事",但义慈王毫不在乎。结果"时变"先是通过各种怪异事象显现出来:

---

① 《十三经注疏》整理委员会整理:《周易正义》,第298页。
② 张双棣撰:《淮南子校释》,北京大学出版社1997年版,第826—831页。
③ [高丽]金富轼:《三国史记》,孙文范等校勘,吉林文史出版社2003年版,第79页。
④ [高丽]金富轼:《三国史记》,第329—330页。

现庆四年己未，百济乌会寺（亦云乌合寺）有大赤马，昼夜六时绕寺行道。二月，众狐入义慈官中，一白狐坐佐平书案上。四月，太子宫雌鸡与小雀交婚。五月，泗沘（扶余江名）岸大鱼出死，长三丈。人食之者皆死。九月，宫中槐树鸣如人哭。<u>夜鬼哭宫南路上。</u>五年庚申春二月，王都井水血色。西海边小鱼出死，百姓食之不尽。泗沘水血色。四月，虾蟆数万集于树上。王都市人无故惊走，如有捕捉，惊仆死者百余，亡失财物者无数。六月，王兴寺僧皆见如船楫随大水入寺门。有大犬如野鹿，自西至泗沘岸，向王宫吠之，俄不知所之。城中群犬集于路上，或吠或哭，移时而散。<u>有一鬼入宫中，大呼曰："百济亡，百济亡。"即入地。王怪之，使人掘地。深三尺许，有一龟，其背有文，曰："百济圆月轮，新罗如新月。"</u>问之巫者，云："圆月轮者满也，满则亏；如新月者未满也，未满则渐盈。"王怒杀之。或曰："圆月轮盛也，如新月者微也。意者国家盛而新罗浸微乎。"王喜。①

除了赤马怪异、狐狸怪异、鸟怪异、树鸣怪、鱼怪异、蛤蟆怪异等，鬼夜哭于宫南路上，甚至鬼跑进宫中直接宣告"百济亡，百济亡"的怪异都未能让荒淫无道的义慈王警醒，反倒杀死了说真话的巫者。新罗国的太宗王"闻百济国中多怪变"，于是向唐高宗请命，与唐军联合于显庆（引文作"现庆"）五年（660）一举灭掉百济国。金富轼和僧一然都没有直接揭示上述怪异事象所代表的天之"谴告"的具体含义，但不难看出池水变成血色、夜间犬吠和犬哭、槐树鸣如人哭和鬼夜哭等无一不预示死亡、兵乱。例如水变成血（色）的怪异也出现于《三国史记》卷五《新罗本纪》太宗武烈王条——太宗八年（661）六月井水变血、地流血等怪异发生后太

---

① ［高丽］僧一然撰：《三国遗事》，中华电子佛典协会2009年版，第T49n2039p0969c02（T代表《大正藏》部数，n代表佛经编号，p代表页码）。引文亦参考了权锡焕校注版。［高丽］一然著，［韩］权锡焕、［中］陈浦清注译：《三国遗事》，岳麓书社2009年版，第84—85页。

第八章 东亚汉文圈内的汉字与诗文

宗就死了①。而狐鸣怪、鸟怪异等在本书第二章第四节所引的平安朝史籍里面也不乏其例,每每出现这种怪异,都让日本的皇权统治者紧张、恐惧。在《三国遗事》里面把此类怪异事象称为"怪变",而中国、日本史籍惯用"变怪"表达,二者实质一同。一然在罗列种种"怪变"之后,强调百济国王依旧不愿意接受天的"谴告",最终引来新罗国的大军,顷刻间国破家亡。百济的灭国和新罗国的兴兵攻伐都顺应了天意。

类似百济王宫中出现鬼夜哭和鬼直接跑进宫中大呼"百济亡"的怪异事象早已出现在中国正史五行志里。《汉书·循吏传·龚遂传》记载龚遂精通经义,侍奉昌邑王刘贺,常常向刘贺"陈祸福"。宫中数次出现"妖怪",刘贺问龚遂,得到的回答是:"有大忧,宫室将空"——宫中有妖怪或鬼出没被视为国家灭亡的征兆。后来,刘贺登基为帝短短27天就被废黜。关于宫中出现妖怪和鬼夜哭,《洪范五行传》和京房《易飞候》均有明确解释。《隋书·五行志》在"夜妖"条记载北周大象二年(580)尉迟迥叛乱兵败相州。其党与数万人被坑杀于游豫园。后来,这个地方每闻鬼夜哭声。《隋书》援引《洪范五行传》解释:"哭者死亡之表,近夜妖也。鬼而夜哭者,将有死亡之应。"又引京房《易飞候》曰:"鬼夜哭,国将亡。"果然,第二年北周王公都被杀掉,北周灭亡。显然,《三国史记》《三国遗事》里面的鬼夜哭就是百济亡国最直接、紧急的预告。

与朝鲜一样,日本的正史里也没有专门的五行志。不过,日本的历史叙述里也出现过宫中见鬼甚至鬼害人的恐怖事件——《日本三代实录》卷五十九仁和三年(887)八月十七日关于武德殿东侧松原鬼吃人事件和卷四十九仁和二年(886)七月二十九日紫宸殿发生"鬼绞"事件。参考《隋书·五行志》所引《洪范五行传》等可知这两个事件也属于"夜妖"。关于仁和二年的"鬼绞"事件,留下阴阳寮的占卜记录认为:"鬼气御灵,忿怒成祟。彼国可慎疫疠之患。又,国东南将有兵贼之乱。"不过次年武

---

① [高丽] 金富轼:《三国史记》,第78页。

德殿东侧松原鬼吃人事件的记载里并未提及阴阳寮等有无实施占卜,难以得知当时朝廷对此如何判断,但是通过当时存在类似的"不根之语"达三十多种,可以想象人们对政权可能发生更迭甚至亡国的担忧或恐慌。西汉、北周、百济、平安朝虽然处于不同时空,但是这些历史叙述对包括宫中见鬼甚至鬼害人事件在内的认识基本一致。

二 惊天地感鬼神的诗与文

百济国灭亡前鬼先是在夜里哭泣,后来直接跑进宫中大呼"百济亡"。但是百济王却不以为意,还让人在鬼消失的地方挖掘,得到一只龟,背有文曰:"百济圆月轮,新罗如新月。"显然这两句就是所谓的"谶诗",预告百济将被新罗灭亡。龟背有文字的情况又见于《三国史记》卷三《新罗本纪》照知麻立干王十年夏六月条,当时东阳献六眼龟,"腹下有文字"①。这段文字尽管没有明确提到文字具体内容,但是不难猜测它们应该是证明皇权统治正统性的一类言辞,即所谓的祥瑞。在这两处历史叙述里,龟作为预言祥瑞或灾异的标志性物品出现,并且龟甲上常常带有文字,言辞隐微,若有所指。

中国古代非常崇拜龟,商代就用龟甲卜筮。《礼记·中庸》曰:"国家将兴,必有祯祥;国家将亡,必有妖孽。见乎蓍龟,动乎四体。"而在《周礼》的春官之中,就设置了多个负责占卜的职务,仅"龟人"一职就有"龟人,中士二人,府二人,史二人,工四人,胥四人,徒四十人",专门执掌整治龟甲以供祭祀占卜。《史记》卷一百二十八《龟策列传》称龟卜"百言百当,足以决吉凶"。龟与鬼音近,作为占卜常用之具,人们认为龟甲的纹理代表鬼神的旨意,具有预言性。后来人们逐渐把纹理视为神传递信息的文字,或者一些好事者或另有企图的术士直接在龟背上刻上文字,妄言灾异祥瑞。从此,龟和文字被联系在一起,形成了龟背上的纹理或文字就是神的意志的推导逻辑。

---

① [高丽] 金富轼:《三国史记》,第45页。

第八章　东亚汉文圈内的汉字与诗文

由此可见，百济亡国时从鬼夜哭到鬼到宫中大呼大叫，再到挖到的龟甲上有谶诗的历史叙述极有可能把龟卜习俗和《淮南子·本经训》关于仓颉造字导致"天雨粟，鬼夜哭"的神话融为一体，创造更为离奇有趣的历史叙述——鬼神希望向义慈王传递"谴告"，先让鬼在夜里哭泣，但义慈王不在乎；接着让鬼直接出现在皇宫中，消失后变成龟再被人们发掘出来，通过背甲上的文字、谶诗直接发出亡国的预告。在当时的中、日、朝鲜半岛，文字就是指汉字，而汉字又能传递来自鬼神的信息——汉字被神圣化了。

不仅汉字被神圣化，这种意识还延伸到汉诗文。最典型的是《毛诗序》云："故正得失，动天地，感鬼神，莫近于诗。"①唐代的杜甫在《寄李太白二十韵》里面称赞李白"笔落惊风雨，诗成泣鬼神"。宋代白玉蟾也有"丹篆才书泣鬼神"的句子（《赞历代天师·第八代讳迥字彦超》）。诗文能惊天地，泣鬼神的认识深入人心，还体现在平安朝文学里。《古今和歌集》汉文序里面就有与《毛诗序》类似的表述："动天地，感鬼神……莫宜于和歌。"② 而在平安朝怪异文学集里面也有类似的例子。《江谈抄》卷四第二十讲述都良香月夜骑马路过罗城门时，吟出："气霁风新梳柳发，冰消波旧洗苔须。"突然听到门楼上有人叹息："悲哉！"末了，大江匡房评论道："文之神妙自感鬼神也"③。

不仅都良香的汉诗能够感动鬼魂，小野篁居然还能与白居易隔海对诗。《江谈抄》同卷第十八提到小野篁有一佳句作"着野展铺红锦绣，当天游织碧罗绫"，与白居易的"野草芳菲红锦地，游丝缭乱碧罗天"意境相近。此外，两人还另有两句诗也是相同的。大江匡房于是依据"古老相传"评论："昔，我朝传闻唐有白乐天巧文。乐天又闻日本有小野篁能诗。待侬常嗣来唐之日。所谓《望海楼》为篁所作也。"大江匡房所讲的传说大意是说小野篁的文才堪比唐朝大名鼎鼎的白居易，甚至连白居易远在海

---

① （南朝梁）萧统编，（唐）李善注：《文选》，上海古籍出版社1986年版，第2029—2030页。
② 奥村恒哉：《古今和歌集》，新潮社1978年版，第384—387页。
③ 後藤昭雄、池上洵一等：《江談抄·中外抄·冨家語》，第510页。

彼岸都知道其名，还心灵会通地写下相似甚至相同的诗句。

当然，所谓白居易作《望海楼》诗等待小野篁来大唐的说法纯属无稽之谈。首先，白居易并无《望海楼》诗，提及望海楼的则是《杭州春望》，起句是："望海楼明照曙霞，护江堤白踏晴沙"，是白居易822年被贬杭州刺史之后所作。当时小野篁大约二十岁，承和五年（838）小野篁被委任为副遣唐使，但因与正遣唐使不和，放弃了到大唐的机会。白居易死于会昌六年（846），生前并未见过小野篁①。何来白居易知道日本有一个擅长写汉诗的小野篁，还热切期盼他能够早日见到对方之说！细究之，《江谈抄》卷四第五引用的所谓"白居易《望海楼》"诗句"闭门唯闻朝暮鼓，登楼遥望往来船"极可能误传白居易的《春江》。后者有"闭阁只听朝暮鼓，上楼空望往来船"句与所谓的《望海楼》诗句相似②。但此诗作于白居易被贬忠州第二年，即元和十四年（819），小野篁十七岁，当时尚未学习汉诗文，白居易更不可能知道日本有一个汉诗人名为小野篁。如此谬说却在平安朝文人口中传为佳话，反映了日本文人对中国文学的仰视和不切实际的文化比附心理。

比小野篁与白居易心灵感应故事更离谱的是安倍仲麿（一般作"阿倍仲麻吕"）和吉备真备在大唐受到迫害的故事。吉备真备作为遣唐使于灵龟三年（718）入唐，天平七年（735）顺利回到日本。安倍仲麿事实上与吉备真备一起入唐，当时身份为留学生。但在《江谈抄》卷三第一《吉备入唐间事》、第三《安倍仲麿读歌事》里面却说安倍仲麿被大唐软禁在一栋阁楼上饿死。后来抵达大唐的吉备真备却因为"诸道异能博达聪慧"引起唐朝文人大儒的嫉妒，也被软禁在同一栋阁楼上。唐朝文人给吉备真备出的第一个难题是让他讲释"此朝极难读古书"——《文选》。夜里，安倍仲麿的亡灵现形，背着吉备真备飞到宫殿里面偷听三十个儒者研读

---

① 《江谈抄》原文称白居易亡于会昌五年冬。後藤昭雄、池上洵一等：《江談抄·中外抄·冨家語》，第510页。

② 後藤昭雄、池上洵一等：《江談抄·中外抄·冨家語》，第508页。上海古籍出版社编：《全唐诗》，上海古籍出版社2010年版，第1099页。

《文选》①。吉备真备成功记住了《文选》的全部文章，默写到历书的空白处，被前来试探虚实的唐朝官员看到，不仅通过考验，还把《文选》全书传到日本。接着，唐朝文人又请来宝志和尚（历史上的宝志是梁代僧人）写出《野马台诗》，诗句顺序被打乱，无法解读。唐人命令吉备真备在唐朝皇帝面前读出全诗。在安倍仲麿的亡灵和日本住吉大明神、长谷寺观音的帮助下，吉备真备按照蜘蛛在字上爬行的顺序成功释读出来②。

这个故事荒诞不经，核心思想旨在强调日本文人在汉文学方面的水平和才华不仅不比唐人低，甚至远超唐人。这一点固然让人感到啼笑皆非，但反过来正好证明了日本人对《文选》等中国诗文集的崇拜和热爱。吉备真备之所以能战胜唐朝文人，不得不依靠鬼神前来帮助。也就是说，这个怪异故事正好反映出日本人对汉诗文的神圣化意识，也是文化比附心理的更明显反映。在停止遣唐使的时代，日本人制造了一系列空想、虚构的中日文人才学交流甚至较量的"场域"。

本章小结

本章重点考察了东亚汉字文化圈内相关国家对汉字、汉文的观念。作为被圈内国家"共享"的文字，人们是怎么看待汉字和汉文的问题尤其值得关注。汉字的历史悠久，曾被圈内国家作为唯一的书写符号广泛使用。尽管现在仍旧使用汉字的仅剩下中、日、韩等为数不多的国家和地区，但是从人口和地理面积上来看，绝对不算"少数"，仅人口就达到16亿，占世界人口的五分之一。然而也有学者坚持从语法和本国语言的角度考察"汉字文化圈"，主张使用"汉文文化圈"，如此一来，现在还在使用汉文

---

① 与该故事内容相同的绘卷现藏于美国波士顿美术馆，平安时代末期作品。塩出贵美子：《吉備大臣入唐絵卷考——詞書と画面の関係》，《文化財学報》1986年第4集。小峯和明：《中世の未来記と注釈》，《中世文学》1999年第44号。

② 後藤昭雄、池上洵一等：《江談抄・中外抄・冨家語》，第496—497頁。

文法的国家只剩下了中国自己,从而推导出"汉文文化圈"从古至今呈现衰亡的历史趋势。但这样的认识本身存在一个悖论——中国以外的那些国家、地区的语言从来就存在,但缺乏的是可供书写的符号,汉字给这些地方的人们带来了记录历史、传承智慧的决定性条件,也催生了他们创制适宜本民族使用的书写符号。汉字和这些书写符号的关系既是"先来"和"后到"的历史联系,也是"外来"(他者)和"本土"(自我)的差别关系。若单纯重视外来和本土的空间差异(也是民族主义式的差异观念),而忽略"先来"与"后到"的历史联系(也是文化共同体性质的),显然欠缺合理性。

因为汉字在汉字文化圈内国家被广泛使用,儒家、佛教、道教和其他思想、文化成果被广泛共享。人们对文字极为尊重,甚至神圣化它们,这一切在本章涉及的佛教经卷、经文乃至经文中的个别文字(汉字)的怪异故事、门额文字精灵故事、感动鬼神的诗文故事里面均有所反映。汉字作为传递知识的重要符号,备受崇拜至少表明中国大陆文化对有关国家的社会发展、文明进步曾产生过巨大影响。尽管这些国家和地区没有彻底适应汉字、汉文,抑或仿照汉字创制自己的文字并最终脱离汉文甚至汉字,但是他们无法舍弃在脱离汉字过程中留下来的用汉文、汉字书写的经典以及曾经使用汉文、汉字的文化记忆,否则他们将无法了解本民族的文化和历史。汉字在本章的怪异文学里作为异于人类的"他者"——佛、护法童子、鬼怪、精灵出现,而在中国以外的汉字文化圈国家的人们心目中也是"他者"。但是这种他者并不具有强制性和威胁性,不应该被夸大他者特异于本土语言、文化的一面,这样才能更好地认识悠久的本国文化的发展历史。

全书结论

　　日本平安朝文学中的"怪异性"历来备受学界关注，常被视为平安朝"说话文学"的一个特点。笔者认为，若从中国志怪的特点及其对日本平安朝"说话文学"的影响来看，"怪异"不仅是两国古代叙事文学的共同特点，还是它们共同的主题。从现有的研究成果来看，主要集中于从文学史和文学类型两个角度来分析平安朝"说话文学""物语文学"等叙事文学的"怪异性"。但是，鲜有揭示"怪异"本身的意义及其与志怪、"说话"等叙事文类的关系。鉴于平安朝"怪异文学"作品非常丰富，文学成就高，却少有系统性的断代史研究之现状，本书聚焦何为怪异、为何怪异、如何怪异三个问题，在东亚汉字文化圈的视域中，专门以平安朝怪异文学为对象进行研究。通过前面五章的分析、论述，得出以下认识与观点。

　　第一，从东亚汉字文化圈内部中国文学对周边国家的影响来看，平安朝怪异文学极具代表性。东亚的悠久历史是东亚各国共同建构的。东亚各国历史叙述对天道、人道、自然的关注，对皇权统治的维护与约束，对人民福祉、生存发展的思考与关切，在平安朝怪异文学里面均有充分体现。儒道佛三教的传播，又为东亚各国所共享，成为东亚人的文化根底，这也在平安朝怪异文学中多有反映。日本平安朝继续保持与中国大陆的文化交流，贵族和文人对汉文化、汉诗文极为尊崇，律令体制及其逐渐瓦解过程中形成的重视祭祀的宗教政治文化，整个国家的民众对神祇、鬼神、佛教的信仰，等等，共同形成了怪异文学生发的土壤。平安朝怪异文学在形成和发展过程中时刻汲取以汉字为载体的文化养分。也可以说，平安朝怪异文学就是在中日文化交流背景下形成的产物。也正因此，东亚汉字文化圈理所当然地成为本书研究视域。

第二，人们可通过日本平安朝怪异文学透视"怪异文学"在整个东亚汉字文化圈中长期流行的现象，从中发现该文化圈内部文学发展的若干规律与特点。即使深受中国志怪、传奇或其他文类文本的影响，甚至只是把中国故事"改头换面"，改写成本国故事，各国使用汉文写作的怪异文学作品依然属于本国文学的重要组成部分，不能忽视其文学想象力、创造力。因此，平安朝怪异文学有其自身的特点与受众，依赖于本国人的文化思维与文学审美情趣。例如平安朝怪异文学一方面接受并运用"常"与"异"、"虚"与"实"、"隐"与"显"等中国志怪的艺术方法，另一方面也表现出强烈的文化比附心理与创新意识。这种文化比附心理和创新意识，不仅推动平安朝怪异文学从继承、模仿逐步创造"自土""本朝"故事，还开启了后世文学的"大门"，孕育出假名草子、读本等多品种的近世怪异小说①。所以，平安朝怪异文学作为日本叙事文学的重要"起点"，具有文学史和比较文艺学的双重价值。

第三，就"怪异"本身而言，它有语义学、心理学、认知、意识形态等诸多层面的意涵。特别在认知方面，不论国籍、种族，人们普遍对不熟悉、不了解、突变、忽现的事物与现象感到奇怪、怀疑、惊恐，继而对其产生兴趣并尝试探究真相。这些认知活动并不停留于这些情志状态本身，而是进一步形成思考和价值判断。在中国，由各种怪异事象引发人们对天、地、人三者关系的神秘阐释。这些神秘阐释通过汉字文化、汉文文献、人员交流等途径扩散并融入东亚多国的历史、文化、社会思想等各个方面。人们从平安朝的历史叙述可见，中国古代儒道佛思想，尤其是天人感应思想、谶纬对日本的影响深广。这种影响在遣隋使、遣唐使之前主要经由朝鲜半岛"中转"。因此，朝鲜半岛包括渤海国在日本"怪异"思想文化、怪异文学的接受史中所处的"媒介"地位不应被忽视。而从平安朝怪异文学对

---

① 司志武：《中日三篇"牡丹灯记"的比较》，《日语学习与研究》2010年第3期。

"震旦""天竺""三国"(指朝鲜半岛)等国家、地区的记载来看,"他者"的镜像中透露出平安朝的世界观想,具有东亚文化交流史的意义和价值。

第四,中、日、朝等古代东亚文人群体服务于皇权统治者,尽管他们在各自的政治文化生活中遭遇各有不同,既有显达者,又有幽隐不得志者,但是他们除了为皇权统治者作春秋史传的"大文章"以"立文垂制",同时还热衷于博采街谈巷议,爱好"小道""小说",借以针砭时弊、讽谏政治。他们既极尽"史笔"之能,力求真实记录,文无饰言;又改"子不语"为"子示语"而为"怪力乱神"正名,追慕《穆天子传》《洞冥记》之神异,尽设幻语。不论是儒家说孝道,道家谈感应,还是佛家论因果,东亚汉字文化圈内诸国文人均可找到怪异文学叙事的人文命题。对世变的体察,对动乱的预告,对兴衰的感慨,对生死、鬼神的敬畏,对出世入世的荣辱,均有深刻的思考。类似平安朝怪异文学里面所描写的佛法灵异、报应神验等故事,实际上是文人对末法之世人心叵测、社会动荡、制度崩坏、伦理混乱的象征性的描绘。

第五,街谈巷议是口承文学的基础,文人笔录是书承文学的发祥。历史叙述中的谣言、讹言、妖言、谶言、童谣常被当作"妖"——祯祥休咎之"表""象",具有极强的口承性质。并且,在历史叙述中,这些口承内容因被赋予各种政治、宗教意义而受到关注。文学的虚构正是源自历史叙述中的街谈巷议,笔录者对流失的信息做出增补、敷衍——书承不但保留了人们在口承过程中集体无意识地构建的"事实",并且因个人思想、主张、学识的不同,笔录者有心无心地增删甚至篡改、翻案、脱胎换骨。平安朝怪异文学继承了这种中国志怪的传统,从模仿走向创新。历史叙述记载谣言、讹言、童谣,旨在阐明天人感应原理和谶纬思想,供皇权统治借鉴。而从历史叙述到怪异文学,除了有资于治道的目的之外,还表达了作者对福祸、时变打破原有生活秩序的关切,并尝试总结相关经验,为人们提供生存智慧和伦理训导。

第六,"怪异"不是以吓人为目的,亦非以引人关注为追求,"怪异"的真正意义在于证明"常"的价值。"常"——"异"——"常"的回环结构本身就具有叙事性，或者说"怪异"本身还具备叙事的结构性功能。在天人感应思想看来，"天"通过天变地异、祯祥休咎引起皇权统治者的惊惧和警醒，即通过"谴告"规劝、警示皇权统治者，促其纠正政令，顺应天道和人道，回归纲常。从常到异再到常，是基于天人感应思想的历史叙述的内在逻辑。这种逻辑也存在于怪异文学之中。例如《日本灵异记》把所谓的"（奇/异/灵）表"和"象"与故事中的福祸因果建立起一一对应关系，"表"与"象"均"被答"，与天人感应思想的叙事逻辑不谋而合。这表明历史叙述与文学叙事中"怪异"都具有可视化的需要：人们通过可视化的事象、文本（如谶言、童谣、梦、鬼神精怪）体验、观察"怪异"，并从中接受因果报应、天人感应等抽象讯息，获得新的"常"——训诫与生存智慧。或者说，可视化是"怪异"之所以被记录的根本原因。平安朝怪异文学所揭示的常与异、生与死、治与乱、现实与虚幻（梦）、真与假、人与鬼、显与隐等互为对立面却又互为表里，它们通过怪异文学叙事建立关联，构成了充满神秘意涵的"表象"世界。

总之，从东亚汉字文化圈内部中日文化交流史的角度来看，日本平安朝的政治、宗教、文化等多方位吸取"唐风"文化的成果，并形成了文人汉文学传统，均为"本朝"怪异文学全面借鉴中国志怪提供了"土壤"和"环境"；从历史叙述与文学叙事的相互关系来看，平安朝怪异文学无疑承衍了中国古小说——志怪与历史叙述之间的互动模式和方法；从叙事类型和母题研究的角度来看，平安朝怪异文学中的叙梦与鬼神精怪等主题类型内部又可分出若干子类型，具有民俗学、故事类型学的价值；从日本叙事文学发展史的角度来看，平安朝怪异文学作为一个"起点"，对中世说话文学，近世的假名草子、读本、戏作等"怪谈文学"乃至于芥川龙之介等近现代作家均有深刻的影响。如今的日本影视艺术、动漫、游戏更不乏平安朝怪异文学"变身"为世界性文化消费产品的案例；而从文艺方法来看，平安朝怪异文学所揭示的常与异、生与死、治与乱、现实与虚幻（梦）、真与假、人与鬼、显与隐等的辩证关系都是文艺学的重要研究课题。

多角度、跨学科、跨文化的研究方法不仅是研究平安朝怪异文学的有

全书结论

效方法，而且它们对于系统研究东亚汉字文化圈内的怪异文学及其形成、发展、演变历史也有价值。本书正是在东亚汉字文化圈中的中日古代文化交流语境下，探讨了中国志怪、传奇对日本平安朝怪异文学的影响问题，并从世界观照、日常生活、宗教观念与社会文化等多元角度，探讨日本平安朝怪异文学的形式、主题、叙事方法之中国渊源、日本流变。

当然，因本人学力有限，本书仍然存在诸多未及之处，留待今后继续探究。

参考文献

一　中文著作（按责任者姓氏拼音字母顺序排列）

陈益源：《剪灯新话与传奇漫录之比较研究》，台北：台湾学生书局1990年版。

傅正谷：《中国梦文化》，中国社会科学出版社1993年版。

高莉芬：《蓬莱神话——神山、海洋与洲岛的神圣叙事》，台北：里仁书局2008年版。

龚韵蘅：《两汉灵冥世界观探究》，台北：文津出版社有限公司2006年版。

关永中：《神话与时间》，台北：台湾学生书局2007年版。

胡万川：《真实与想象——神话传说探微》，台北：台湾清华大学出版社2004年版。

黄国祯：《董仲舒〈春秋繁露〉与纬书〈春秋纬〉之关系研究》，新北：花木兰文化出版社2009年版。

贾海生：《说文解字音证》，浙江大学出版社2014年版。

姜望来：《谣谶与北朝政治研究》，天津古籍出版社2011年版。

姜宗妊：《谈梦——以中国古代梦观念评析唐代小说》，南开大学出版社2006年版。

蒋述卓：《佛教与中国古典文艺美学》，岳麓书社2008年版。

金明求：《虚实空间的移转与流动——宋元话本小说的空间探讨》，台北：大安出版社2004年版。

康韵梅：《唐代小说承衍的叙事研究》，台北：里仁书局2005年版。

[俄]李福清：《神话与鬼话——台湾原住民神话故事比较研究》（增订本），社会科学文献出版社 2001 年版。

李剑国：《唐前志怪小说史》，南开大学出版社 1984 年版。

李剑国：《唐五代志怪传奇叙录》（上册），南开大学出版社 1993 年版。

李鹏飞：《唐代非写实小说之类型研究》，北京大学出版社 2004 年版。

林辰：《神怪小说史》，浙江古籍出版社 1998 年版。

刘文英：《梦的迷信与梦的探索》，中国社会科学出版社 1989 年版。

刘文英：《中国古代的梦书》，中华书局 1990 年版。

刘燕萍：《爱情与梦幻——唐朝传奇中的悲剧意识》，台北：台湾商务印书馆 1996 年版。

刘燕萍：《古典小说论稿——神话、心理、怪诞》，台北：台湾商务印书馆股份有限公司 2006 年版。

刘苑如：《身体·性别·阶级——六朝志怪的常异论述与小说美学》，台北："中研院"中国文哲研究所 2002 年版。

鲁迅：《古小说钩沉》，《鲁迅全集》第八卷，人民文学出版社 1973 年版。

鲁迅：《中国小说史略》，上海古籍出版社 2006 年版。

罗宁：《汉唐小说观念论稿》，巴蜀书社 2009 年版。

欧崇敬：《灵魂学——新世纪的灵魂百科》，台北：洪叶文化事业有限公司 2007 年版。

任继愈主编：《中国佛教史》第一卷，中国社会科学出版社 1993 年版。

王国良：《魏晋南北朝志怪小说研究》，台北：文史哲出版社 1984 年版。

王晓平：《佛典·志怪·物语》，江西人民出版社 1990 年版。

萧登福：《先秦两汉冥界及神仙思想探原》，台北：文津出版社 2001 年版。

谢贵安：《中国谶谣文化研究》，海南出版社 1998 年版。

谢明勋：《古典小说与民间文学——故事研究论集》，台北：大安出版社 2004 年版。

薛惠琪：《六朝佛教志怪小说研究》，台北：文津出版社 1995 年版。

严绍璗：《汉籍在日本的流布研究》，江苏古籍出版社 1992 年版。

张伯伟：《作为方法的汉文化圈》，中华书局 2011 年版。

郑阿财：《见证与宣传——敦煌佛教灵验记研究》，台北：新文丰出版社 2010 年版。

周次吉：《六朝志怪小说研究》，台北：文津出版社 1985 年版。

周庆华：《佛教与文学的系谱》，台北：里仁书局 1999 年版。

周庆华：《灵异学》，台北：洪叶文化事业有限公司 2006 年版。

二　中文文献（按责任者姓氏拼音字母顺序排列）

《十三经注疏》整理委员会整理：《尔雅注疏》，北京大学出版社 2000 年版。

《十三经注疏》整理委员会整理：《礼记正义》，北京大学出版社 2000 年版。

《十三经注疏》整理委员会整理：《尚书正义》，北京大学出版社 2000 年版。

《十三经注疏》整理委员会整理：《周礼注疏》，北京大学出版社 2000 年版。

《十三经注疏》整理委员会整理：《周易正义》，北京大学出版社 2000 年版。

（唐）白居易著，顾学颉校点：《白居易集》，中华书局 1999 年版。

（唐）白居易著，朱金城笺校：《白居易集笺校》（全六册），上海古籍出版社 1988 年版。

（汉）班固撰：《汉书》（全十二册），中华书局 1962 年版。

（唐）不空译：《北方毗沙门天王随军护法仪轨》，大藏经刊行会编《大正藏》第 21 册，财团法人佛陀教育基金会 1993 年版。

（唐）不空译：《北方毗沙门天王随军护法真言》，大藏经刊行会编《大正藏》第 21 册，财团法人佛陀教育基金会 1993 年版。

（唐）不空译：《毗沙门天王经》，大藏经刊行会编《大正藏》第 21 册，财团法人佛陀教育基金会 1993 年版。

（唐）不空译：《仁王护国般若波罗蜜多经》卷下，大藏经刊行会编《大正藏》第 8 册，财团法人佛陀教育基金会 1993 年版。

陈鼓应注译：《庄子今注今译》（最新修订版），商务印书馆 2007 年版。

［越南］陈义校点，陈庆浩等编：《岭南摭怪列传》，台北：台湾学生书局 1992 年版。

参考文献

丁锡根编著：《中国历代小说序跋集》（上），人民文学出版社 1996 年版。

董志翘：《观世音应验记三种译注》，江苏古籍出版社 2002 年版。

（清）杜文澜辑，周绍良点校：《古谣谚》，中华书局 1958 年版。

（唐）段成式撰，方南生点校：《酉阳杂俎》，中华书局 1981 年版。

（南朝宋）范晔撰：《后汉书》（全十二册），中华书局 1965 年版。

（唐）房玄龄等撰：《晋书》（全十册），中华书局 1974 年版。

（晋）干宝撰，（南朝宋）陶潜撰，李剑国辑校：《新辑搜神记 新辑搜神后记》，中华书局 2007 年版。

（晋）干宝撰，汪绍楹校注：《搜神记》，中华书局 1979 年版。

（晋）葛洪撰，胡守为校释：《神仙传校释》，中华书局 2010 年版。

黄晖撰：《论衡校释（附刘盼遂集解）》，中华书局 1990 年版。

黄寿祺、张善文撰：《周易译注》，上海古籍出版社 2012 年版。

[高丽]金富轼：《三国史记》，孙文范等校勘，吉林文史出版社 2003 年版。

（后秦）鸠摩罗什译：《龙树菩萨传》，中华电子佛典协会 2011 年版。

（宋）李昉等编：《太平广记》（全十册），中华书局 1961 年版。

（宋）李昉等撰：《太平御览》（全四册），中华书局 1960 年版。

[越南]李济川著，朱凤玉校点，陈庆浩等编：《粤甸幽灵集录》，台北：台湾学生书局 1992 年版。

（汉）刘向撰，向宗鲁校证：《说苑校证》，中华书局 1987 年版。

（唐）孟献忠：《金刚般若经集验记》，中华电子佛典协会 2011 年版。

（宋）孟元老等：《东京梦华录 梦梁录 都城纪胜 西湖老人繁胜录 武林旧事》，中国商业出版社 1982 年版。

潘重规：《敦煌变文集新书》，台北：文津出版社 1994 年版。

[越南]阮屿著，陈益源校点：《传奇漫录》，台北：台湾学生书局 1987 年版。

（唐）僧详撰：《法华传记》，中华电子佛典协会 2011 年版。

[高丽]僧一然撰：《三国遗事》，中华电子佛典协会 2009 年版。

上海古籍出版社编：《全唐诗》，上海古籍出版社 2010 年版。

（南朝陈）释慧思：《南岳思大禅师立誓愿文》，大藏经刊行会编《大正藏》

第 46 册，财团法人佛陀教育基金会 1993 年版。

（汉）司马迁撰：《史记》（全十册），中华书局 1959 年版。

（清）苏舆撰：《春秋繁露义证》，中华书局 1992 年版。

（唐）唐临：《冥报记》，中华电子佛典协会 2011 年版。

（魏）王弼注，楼宇烈校释：《老子道德经注校释》，中华书局 2008 年版。

王国良：《冥祥记研究》，台北：文史哲出版社 1999 年版。

王国良：《颜之推冤魂志研究》，台北：文史哲出版社 1995 年版。

王三庆等编：《日本汉文小说丛刊》第一辑第一册，台北：台湾学生书局 2003 年版。

王叔岷撰：《列仙传校笺》，中华书局 2007 年版。

（清）王先谦撰：《庄子集解》，中华书局 2012 年版。

王勇主编：《东亚坐标中的书籍之路研究》，中国书籍出版社 2013 年版。

吴毓江撰：《墨子校注》，中华书局 1993 年版。

（南朝梁）萧统编，（唐）李善注：《文选》，上海古籍出版社 1986 年版。

（汉）许慎撰，（清）段玉裁注：《说文解字注》，上海古籍出版社 1981 年版。

许维遹撰：《吕氏春秋集释》（全二册），中华书局 2009 年版。

（北齐）颜之推著，罗国威校注：《〈冤魂志〉校注》，巴蜀书社 2001 年版。

杨伯峻撰：《列子集释》，中华书局 1979 年版。

杨伯峻编著：《春秋左传注》（全四册），中华书局 1981 年版。

（唐）杨倞注：《荀子》，上海古籍出版社 1989 年版。

［高丽］一然著，［韩］权锡焕、［中］陈蒲清注译：《三国遗事》，岳麓书社 2009 年版。

余嘉锡撰：《世说新语笺疏》，中华书局 1983 年版。

袁珂校注：《山海经校注》（修订本），上海古籍出版社 1992 年版。

袁行霈撰：《陶渊明集笺注》，中华书局 2011 年版。

张双棣撰：《淮南子校释》（全二册），北京大学出版社 1997 年版。

（唐）张文成撰，李时人、詹绪左校注：《游仙窟校注》，中华书局 2010 年版。

三 中文论文（按责任者姓氏拼音字母顺序排列）

李炳海：《〈左传〉梦象与恐惧心理》，《社会科学战线》2007年第5期。

李永斌：《不空的佛教护国思想与实践》，《五台山研究》2014年第1期。

陆薇薇：《小松和彦与日本"新妖怪学"》，《民族艺术》2021年第2期。

马骏：《〈日本霊異記〉"神力型"故事文本解读——以小子部、道场法师及其孙女传说为例》，《日语学习与研究》2007年第1期。

彭春凌：《章太炎与井上圆了——一种思想关联的发现》，《杭州师范大学学报》（社会科学版）2018年第2期。

司志武：《漢文佛典中兔本生故事研究》，《齐齐哈尔大学学报》（哲学社会科学版）2012年第3期。

司志武：《日本记纪"船"神话的原始宗教信仰探源》，《广东海洋大学学报》（社会科学版）2012年第2期。

［日］小松和彦：《日本文化中的妖怪文化》，王铁军译，《日本研究》2011年第4期。

杨华：《出土日书与楚地的疾病占卜》，《武汉大学学报》（人文科学版）2003年第5期。

四 中译著作（按责任者姓氏拼音字母顺序排列）

［日］坂本太郎：《日本史概说》，汪向荣、武寅、韩铁英译，商务印书馆1992年版。

［瑞士］C. G. 荣格等：《人及其表象》，张月译，中国国际广播出版社1989年版。

［奥］弗洛伊德：《释梦》，孙名之译，商务印书馆2002年版。

［日］荒见泰史：《敦煌讲唱文学写本研究》，中华书局2010年版。

［日］静慈圆：《日本密教与中国文化》，刘建英、韩昇译，文汇出版社2010年版。

［美］雷·韦勒克、奥·沃伦：《文学理论》，刘象愚等译，生活·读书·

新知三联书店 1984 年版。

［法］罗兰·巴特：《符号学美学》，董学文、王葵译，台北：商鼎文化出版社 1992 年版。

［日］坪内逍遥：《小说神髓》，刘振瀛译，人民文学出版社 1991 年版。

［英］约翰·H. 布鲁克：《科学与宗教》，苏贤贵译，复旦大学出版社 2000 年版。

［美］约翰·梅杰·詹金斯：《2012 玛雅宇宙的生成》，陈璐译，光明日报出版社 2010 年版。

［法］兹维坦·托多罗夫：《奇幻文学导论》，方芳译，四川大学出版社 2015 年版。

五　英文著作（按责任者姓氏英文字母顺序排列）

Campany, Robert Ford, *Strange Writing*：*Anomaly Accounts in Early Medieval China*, State University of New York Press, 1996.

Dodds, E. R., *The Greeks And The Irrational*, University of California Press, 1951.

Loewe, Michael, *Dong Zhongshu, a "Confucian" Heritage and the Chunqiu Fanlu*, Leiden：Brill, 2011.

六　日文著作（按责任者姓氏日语假名顺序排列）

赤坂憲雄：《柳田国男の読み方——もうひとつの民俗学は可能か》，筑摩書房 1994 年版。

東雅夫：《江戸東京怪談文学散歩》，角川学芸出版 2008 年版。

東雅夫編：《幻想文学入門》，筑摩書房 2012 年版。

安蘇谷正彦：《神道思想の形成》，ぺりかん社 1989 年版。

荒木浩：《夢見る日本文化のパラダイム》（共同研究報告書 No. 116），法藏館 2015 年版。

飯倉照平：《南方熊楠の説話学》，勉誠出版社 2013 年版。

参考文献

池見澄隆：《慚愧の精神史——"もうひとつの恥"の構造と展開》，思文閣出版社 2004 年版。

石田一良：《日本精神史》，ぺりかん社 1988 年版。

出雲路修：《説話集の世界》，岩波書店 1988 年版。

市古貞次：《中世物語の展開》，岩波書店 1959 年版。

井上円了：《妖怪学談義》，哲学書院 1895 年第三版。

荊木美行：《風土記逸文の文献学的研究》，皇学館 2002 年版。

今井卓爾：《物語文学史の研究》，早稲田大学出版部 1976 年版。

上野勝之：《夢とモノノケの精神史——平安貴族の信仰世界》，京都大学学術出版会 2013 年版。

梅田義彦：《神祇制度史の基礎的研究》，吉川弘文館 1964 年版。

江口孝夫：《日本古典文学：夢についての研究》，風間書房 1987 年版。

江口孝夫：《夢と日本古典文学》，笠間書院 1974 年版。

永藤靖：《古代仏教説話の方法——霊異記から験記へ》，三弥井書店 2003 年版。

太田晶二郎：《太田晶二郎著作集》第一冊，吉川弘文館 1991 年版。

大庭修：《漢籍輸入の文化史》，研文出版社 1997 年版。

岡一男：《平安朝文学研究〈作家と作品〉》，早稲田大学平安朝文学研究会編，有精堂 1971 年版。

岡田正之：《日本漢文学史》（増訂版），吉川弘文館 1954 年版。

岡田荘司：《平安時代の国家と祭祀》，続群書類従完成会 1994 年版。

長部和雄：《唐僧密教史論考》，神戸女子大学東西文化研究所 1982 年版。

押部佳周：《日本律令成立の研究》，塙書房 1981 年版。

折口信夫：《折口信夫全集》第 20 巻神道宗教篇，中央公論新社 1976 年版。

片寄正義：《今昔物語集の研究》，三省堂 1944 年版。

河合隼雄：《物語とふしぎ》，岩波書店 1996 年版。

河合隼雄：《物語と人間》，岩波書店 2003 年版。

川口久雄：《平安朝漢文学史の研究》（三訂），明治書院 1975 年版。

河東仁：《日本の夢信仰——宗教学から見た日本精神史》，玉川大学出版部 2002 年版。

菊地良一：《中世説話の研究》，桜楓社 1972 年版。

岸上慎二、伊奈恒一：《詳解竹取物語》，桜楓社 1969 年版。

国東文麿：《今昔物語集成立考》，早稲田大学出版部 1962 年版。

久保田淳：《口承文学》，岩波書店 1997 年版。

倉野憲司：《古事記評解》，有精堂 1960 年版。

呉哲男：《古代文学における思想的課題》，森話社 2016 年版。

小島憲之：《上代日本文学と中国文学：出典論を中心とする比較文学的考察》（三冊），塙書房 2016 年版。

古典遺産の会：《往生伝の研究》，新読書社 1968 年版。

小松和彦：《妖怪学新考》，講談社 2015 年版。

小松和彦：《妖怪学の基礎知識》，角川学芸出版 2011 年版。

小峯和明：《院政期文学論》，笠間書院 2006 年版。

小峯和明編：《漢文文化圏の説話世界》，竹林舎 2010 年版。

小峯和明：《今昔物語集索引》，岩波書店 2001 年版。

小峯和明：《今昔物語集の形成と構造》，笠間書院 1985 年版。

小峯和明：《今昔物語集の世界》，岩波書店 2002 年版。

小峯和明：《説話の言説》，森話社 2002 年版。

小峯和明：《説話の森〈天狗・盗賊・異形の道化〉》，大修館書店 1991 年版。

小峯和明：《中世説話の世界を読む》，岩波書店 1998 年版。

小峯和明：《〈野馬台詩〉の謎——歴史叙述としての未来記》，岩波書店 2003 年版。

今野達説話文学論集刊行会編：《今野達説話文学論集》，勉誠出版社 2008 年版。

今野達等編：《日本文学と仏教》第 4 巻無常，岩波書店 1994 年版。

西郷信綱：《神話と国家——古代論集》，平凡社 1977 年版。

西郷信綱：《古代人と夢》，平凡社 1993 年版。

参考文献

斎藤忠：《装飾古墳・図文からみた日本と大陸文化》，日本書籍1983年版。

酒井紀美：《夢から探る中世》，角川書店2005年版。

酒井紀美：《夢の日本史》，勉誠出版社2017年版。

阪下圭八：《日本神話入門：〈古事記〉をよむ》，岩波書店2003年版。

坂本勝：《古事記の読み方——八百万の神の物語》，岩波書店2003年版。

佐藤均：《革命・革命勘文と改元の研究》，佐藤均著作集刊行会1991年版。

志村有弘：《往生伝研究序説》，桜楓社1976年版。

鈴木一雄：《日本文学新史》古代Ⅱ，至文堂1990年版。

鈴木佐内：《中世仏教文学研究——今様と随筆》，おうふう2003年版。

諏訪春雄：《日本の幽霊》，岩波書店1988年版。

高田衛：《江戸幻想文学誌》，平凡社選書1987年版。

高田衛：《春雨物語論》，岩波書店2009年版。

高野瀬恵子：《令子内親王家の文芸活動——院政前期の内親王とその周辺》，総合研究大学院大学日本文学研究専攻博士卒業論文，総研大甲第1215号，2008年。

武光誠：《（増訂）律令太政官制の研究》，吉川弘文館2007年版。

田村圓澄：《古代国家と仏教経典》，岩波書店2002年版。

田村圓澄：《日本仏教史》第二巻，法蔵館1983年版。

千本英史：《験記文学の研究》，勉誠出版社1999年版。

ツヴェタン・トドロフ：《幻想文学——構造と機能》，三好郁朗・渡辺明正訳，朝日出版社1975年版。

ツヴェタン・トドロフ：《幻想文学論序説》，三好郁朗訳，東京創元社1999年版。

次田潤、武田祐吉：《古事記・日本書紀研究》，新潮社1936年版。

堤邦彦：《江戸の怪異譚：地下水脈の系譜》，ぺりかん社2004年版。

堤邦彦：《女人蛇体偏愛の江戸怪談史》，角川学芸出版2006年版。

暉峻康隆：《幽霊：冥土・いん・じゃぱん》，岩波書店1997年版。

徳田和夫：《一五・一六世紀の文学》，岩波書店1996年版。

長戸敦士：《日本古代護国法会の研究》，大阪大学，博士（文学）論文，2018年，甲第19728号。

中鉢雅量：《中国小説史研究》，汲古書院1996年版。

中村璋八：《日本の陰陽道書の研究》，汲古書院2000年版。

永積安明：《中世文学の成立》，岩波書店1959年版。

南波浩：《物語文学》古典とその時代Ⅲ，三一書房1958年版。

西尾光一：《中世説話文学》，岩波書店1959年版。

西尾実：《中世文学における美意識の展開》，岩波書店1959年版。

西田禎元：《日本文学と〈法華経〉》，論創社2000年版。

西宮秀紀：《律令国家と神祇祭祀制度の研究》，塙書房2004年版。

仁平道明：《物語論考》，武蔵野書院2009年版。

日本文学研究資料刊行会編：《今昔物語集》（日本文学研究資料叢書），有精堂1970年版。

日本文学研究資料刊行会：《神話》，有精堂1970年版。

日本文学研究資料刊行会：《説話文学》，有精堂1972年版。

日本文学研究資料刊行会：《日本の古典と口承文芸》，有精堂1983年版。

日本文学研究資料刊行会：《日本文学研究の方法》，有精堂1977年版。

蜂屋邦夫：《夢と人間》，東京大学出版社1986年版。

馬場あき子：《世捨て奇譚——発心往生論》，角川書店1979年版。

原槙子：《斎王物語の形成：斎宮と文学》，新典社2013年版。

林晃平：《浦島伝説の研究》，おうふう出版社2001年版。

東アジア怪異学会：《怪異学の可能性》，角川書店2009年版。

東アジア怪異学会：《怪異学の技法》，臨川書店2003年版。

平田俊春：《扶桑略記の研究》，立正大学文学部1956年版。

深沢徹：《中世神話の練丹術——大江匡房とその時代》，人文書院1994年版。

藤井俊博：《今昔物語集の表現形成》，和泉書院2003年版。

藤本勝義：《源氏物語の"物の怪"——平安朝文学と記録の狭間》，青山

学院女子短期大学学芸懇話会 1991 年版。

藤原克己：《菅原道真と平安朝漢文学》，東京大学出版会 2001 年版。

古川哲史：《夢——日本人の精神史》，有信堂 1967 年版。

古田紹欽：《仏教と文学》，講談社 1980 年版。

益田勝実：《説話文学と絵巻》，三一書房 1986 年新装第 1 版。

益田勝実：《古代説話文学》（岩波講座日本文学史），岩波書店 1958 年版。

増田早苗：《浦島伝説にみる古代日本人の信仰》，知泉書館 2006 年版。

前田雅之：《今昔物語集の世界構想》，笠間書院 1999 年版。

黛弘道編：《古代王権と祭儀》，吉川弘文館 1990 年版。

丸山徳顕：《日本霊異記説話の研究》，桜楓社 1992 年版。

三浦佑之：《浦島太郎の文学史》，五柳書院 1989 年版。

三谷栄一：《古典文学と民俗》，岩崎美術社 1973 年版。

三谷栄一：《日本文学の民俗学的研究》，有精堂 1960 年版。

三谷栄一編：《物語とは何か》Ⅰ，有精堂 1982 年版。

三井栄一編：《物語文学とは何か》Ⅱ，有精堂 1987 年版。

南方熊楠：《南方熊楠随筆集》，筑摩書房 1968 年版。

三橋正：《日本古代神祇制度の形成と展開》，法蔵館 2010 年版。

水野祐：《古代社会と浦島伝説》上、下，雄山閣 1975 年版。

宮田尚：《今昔物語集震旦部考》，勉誠出版社 1992 年版。

宮田登：《妖怪の民俗学——日本の見えない空間》，筑摩書房 2002 年版。

村山修一：《日本陰陽道総説》，塙書房 2010 年版。

森新之介：《摂関院政期思想史研究》，思文閣出版社 2013 年版。

森正人：《今昔物語集の生成》，和泉書院 1986 年版。

森正人：《古代説話の生成》，笠間書院 2014 年版。

八木毅：《日本霊異記の研究》，風間書房 1986 年版。

柳田国男：《海上の道》，筑摩書房 1961 年版。

柳田国男：《妖怪談義》，講談社学術文庫 1977 年版。

山折哲雄：《死の民俗学——日本人の生死観と葬送礼儀》，岩波書店 1990

年版。

山岸德平：《山岸德平著作集》1（日本漢文学研究），有精堂 1972 年版。

山口剛：《山口剛著作集Ⅰ》，中央公論社 1973 年版。

山下克明：《平安時代陰陽道史研究》，思文閣 2015 年版。

山下克明：《陰陽道の発見》，日本放送協会 2010 年版。

依田知百子：《朝鮮神話伝承の研究》，瑠璃書房 1991 年版。

李銘敬：《日本仏教説話集の源流》（研究篇），勉誠出版社 2007 年版。

和漢比較文学会，中日比較文学学会共編：《新世紀の日中文学関係：その回顧と展望》，勉誠出版社 2003 年版。

渡辺秀夫：《平安朝文学と漢文世界》，勉誠出版社 1991 年版。

七　日文文献（按责任者姓氏日语假名顺序排列）

秋本吉郎：《風土記》（日本古典文学大系），岩波書店 1958 年版。

池上洵一：《今昔物語集》第三冊（新日本古典文学大系），岩波書店 1993 年版。

出雲路修校注：《日本霊異記》（新日本古典文学大系），岩波書店 1996 年版。

井上光貞等校：《往生伝・法華験記》，岩波書店 1995 年版。

井上光貞等：《律令》（日本思想大系 3），岩波書店 1976 年版。

奥村恒哉：《古今和歌集》，新潮社 1978 年版。

川端善明校注：《古事談・続古事談》（新日本古典大系），岩波書店 2005 年版。

岸上慎二：《詳解竹取物語》，桜楓社 1969 年版。

窪美昌保：《大宝令新解》，南陽堂 1924 年版。

倉野憲司等校注：《古事記・祝詞》（日本古典文学大系），岩波書店 1969 年版。

経済新聞社編：《宇治拾遺物語・水鏡・大鏡・今鏡・増鏡》（国史大系 17），経済新聞社 1901 年版。

小泉弘等校注：《宝物集・閑居友・比良山古人霊託》，岩波書店 1990 年版。

参考文献

皇円著，黒板勝美編：《扶桑略記》（新訂増補国史大系 12），吉川弘文館 1965 年版。

国書刊行会編：《令集解》，国書刊行会 1926 年版。

後藤昭雄：《本朝漢詩文資料集》，勉誠出版社 2012 年版。

後藤昭雄、池上洵一等：《江談抄・中外抄・冨家語》（新日本古典文学大系），岩波書店 1997 年版。

後藤明生：《雨月物語・春雨物語》（現代語訳日本の古典 19），学習研究社 1980 年版。

小峯和明校：《今昔物語集》第四冊（新日本文学大系），岩波書店 1994 年版。

惟宗允亮著，黒板勝美編：《政事要略》（新訂増補国史大系 28），吉川弘文館 1964 年版。

榊原邦彦、藤掛和美、塚原清：《今鏡本文及び総索引》（笠間索引叢刊 85），笠間書院 1984 年版。

坂本太郎等校注：《日本書紀》（日本古典文学大系），岩波書店 1969 年版。

佐竹昭広、池上洵一、森正人、小峯和明等校：《今昔物語集》（新日本古典文学大系），岩波書店 1993—1999 年版。

佐竹昭広：《今昔物語集》第一冊（新日本古典文学大系），岩波書店 1999 年版。

沙門了智：《緇白往生傳》，宗書保存会編：《浄土宗全書》続 6，浄土教報社 1941 年版。

昌住：《新撰字鏡》上巻，《群書類従》第 497 巻上，国立国会図書館所蔵本 ［081.5-G95-H（s5）］。

説話研究会編：《冥報記の研究》第一巻，勉誠出版社 1999 年版。

宗性著，黒板勝美編：《日本高僧伝要文抄》（新訂増補国史大系 31），吉川弘文館 1965 年版。

竹内理三編：《平安遺文》巻九，東京堂出版社 1976 年版。

橘成季著，西尾光一校：《古今著聞集》（下）（新潮日本古典集成），新潮社1991年第二版。

筒井英俊校注：《東大寺要録》，国書刊行会1971年版。

洞院公賢：《校本歴代皇紀》，載近藤瓶城編《史籍集覧》，近藤出版部1926年版。

仁井田陞著，池田温編：《唐令拾遺補》，東京大学出版会1997年版。

塙保己一：《群書類従》第九輯　文筆部，続群書類従完成会1960年訂正三版。

塙保己一：《続群書類従》8下　伝部，続群書類従完成会1958年版。

藤原明衡、藤原敦光著，黒板勝美編：《本朝文粋・本朝続文粋》（新訂増補国史大系29下），吉川弘文館1965年版。

藤原師通著，東京大学史料編纂所編：《後二條師通記》第三冊（大日本古記録），岩波書店1958年版。

藤原実資著，東京大学史料編纂所編：《小右記》第一冊（大日本古記録），岩波書店1992年版。

藤原実資著，東京大学史料編纂所編：《小右記》第二冊（大日本古記録），岩波書店1992年版。

藤原実資著，東京大学史料編纂所編：《小右記》第三冊（大日本古記録），岩波書店1992年版。

藤原実資著，東京大学史料編纂所編：《小右記》第五冊（大日本古記録），岩波書店1992年版。

藤原実資著，東京大学史料編纂所編：《小右記》第六冊（大日本古記録），岩波書店1992年版。

藤原実資著，東京大学史料編纂所編：《小右記》第九冊（大日本古記録），岩波書店1992年版。

藤原宗忠著，東京大学史料編纂所編：《中右記》第一冊（大日本古記録），岩波書店1993年版。

藤原宗忠著，東京大学史料編纂所編：《中右記》第二冊（大日本古記録），岩波書店1993年版。

藤原宗忠著，東京大学史料編纂所編：《中右記》第三冊（大日本古記録），岩波書店1993年版。

藤原宗忠著，東京大学史料編纂所編：《中右記》第四冊（大日本古記録），岩波書店1993年版。

藤原宗忠著，東京大学史料編纂所編：《中右記》第五冊（大日本古記録），岩波書店1993年版。

藤原宗忠著，東京大学史料編纂所編：《中右記》第六冊（大日本古記録），岩波書店1993年版。

藤原宗忠著，東京大学史料編纂所編：《中右記》第七冊（大日本古記録），岩波書店1993年版。

藤原忠実著，東京大学史料編纂所編：《殿暦》第二冊（大日本古記録），岩波書店1960年版。

藤原忠実著，東京大学史料編纂所編：《殿暦》第四冊（大日本古記録），岩波書店1960年版。

藤原忠実著，東京大学史料編纂所編：《殿暦》第五冊（大日本古記録），岩波書店1960年版。

藤原忠平著，東京大学史料編纂所編：《貞信公記》（大日本古記録），岩波書店1956年版。

藤原継縄等編，青木和夫校注：《続日本紀》第三冊（新日本古典文学大系），東京：岩波書店1998年版。

藤原継縄等編，青木和夫校注：《続日本紀》第四冊（新日本古典文学大系），東京：岩波書店1998年版。

藤原継縄等編，青木和夫校注：《続日本紀》第五冊（新日本古典文学大系），東京：岩波書店1998年版。

藤原時平：《日本三代実録》（新訂増補国史大系4），吉川弘文館1971年版。

藤原冬嗣等撰，黒板勝美編：《類聚三代格》（新訂増補国史大系25），吉川弘文館1965年版。

松尾聰：《評注竹取物語全釈》，武蔵野書院1961年版。

松村博司、山中裕校注：《栄花物語》（日本古典文学大系 76），岩波書店 1965 年版。

馬淵和夫、国正文麿、今野達：《今昔物語集》第二冊（日本古典文学全集），小学館 1979 年版。

馬淵和夫、国東文麿、今野達等：《今昔物語集》第四冊（日本古典文学全集），小学館 1979 年版。

馬淵和夫等校：《三宝絵・注好選》（新日本古典文学大系），岩波書店 1997 年版。

三木紀人等：《宇治拾遺物語・古本説話集》（新日本古典大系），岩波書店 1990 年版。

源順：《和名抄》，尾張下臣稲葉通邦騰写本，早稲田大学藏 ho02-00256。

三善為康著，黒板勝美編：《朝野群載》（新訂増補国史大系第 29 巻上），吉川弘文館 1964 年版。

三善為康著，黒板勝美編：《朝野群載》（新訂増補国史大系第 29 巻下），吉川弘文館 1964 年版。

森正人：《今昔物語集》第五冊（新日本古典大系），岩波書店 1996 年版。

山岸徳平、家永三郎等校：《古代政治社会思想》，岩波書店 1994 年版。

山崎誠：《江都督納言願文集注解》，塙書房 2010 年版。

八　日文论文（按责任者姓氏日语假名顺序排列）

青木敦：《井上内親王とその周辺歴史物語における史話的・民俗的素材についての一考察》，《跡見学園短期大学紀要》1966 年第 4 号。

秋本宏徳：《〈水鏡〉試論——藤原百川をめぐって》，《物語研究》2004 年第 4 巻。

朝枝善照：《日本霊異記研究序説》，《印度学佛教学研究》1989 年第 38 巻第 1 号。

浅田徹：《書写と読誦：法華経の文字と声》，《比較日本学教育研究センター研究年報》2016 年第 12 巻。

参考文献

麻原美子：《第三部末法思想第二章平家物語》，載佐竹昭広ほか《日本文学と仏教第 4 巻無常》，岩波書店 1994 年版。

石井公成：《東アジアの仏典》，載小峯和明編《漢文文化圏の説話世界》，竹林舎 2010 年版。

石井大典：《恐怖の情動から考える大脳辺縁系の機能》，《脳科学とリハビリテーション》2011 年第 11 巻。

石橋義秀：《日本僧伝文学の研究史と課題》，《大谷大学真宗総合研究所研究所紀要》1989 年第 6 号。

伊藤信博：《御霊会に関する一考察（御霊信仰の関係において）》，《言語文化論集》2003 年第 24 巻第 2 期。

今成元昭：《"聖""聖人""上人"の称について——古代の仏教説話集から——》，《国士舘大学人文学会紀要》1973 年第 5 号。

内田敦士：《季御読経の成立と防災方針の変化》，《待兼山論叢》2016 年第 50 号。

海山宏之：《記紀萬葉の夢——占夢の位相》，《茨城県立医療大学紀要》2001 年第 6 号。

瓜生茂秋：《合戦噺之研究》，《国文学攷》1936 年第 3 期。

近江昌司：《井上皇后事件と魘魅について》，《天理大学学報》1962 年第 14 巻第 2 期。

大石慎三郎：《日本の遷都の系譜》，《学習院大学經濟論集》1991 年第 28 巻第 3 期。

大内山祥子：《神と妖怪：柳田國男〈妖怪談義〉の中で語られるお化け》，《大学院教育改革支援プログラム〈日本文化研究の国際的情報伝達スキルの育成〉活動報告書》，2009 年。

大曽根章介：《街談巷説と才学——三善清行》，《国文学解釈と教材の研究》1972 年第 17 巻第 11 期。

大曽根章介：《漢風の世界と国風の世界中古文学——法華験記をめぐって》，《中古文学》1978 年第 21 巻。

大曽根章介:《漢文学における伝記と巷説——紀長谷雄と三善清行》,《言語と文芸》1969 年第 11 巻第 5 期。

大野圭介:《劉歆〈上山海經表〉をめぐって》,《中国文学報》1995 年第 51 号。

大野実之助:《詩篇から観た菅原道真》,《国文学研究》1962 年第 25 巻。

岡本健一:《浦島伝説の真実——張騫の"乗槎伝説"と比較して》,《東アジアの古代文化》2009 年第 137 号。

勝山清次:《神社の災異と軒廊御卜:一一世紀における人と神の関係の変化》,《史林》2014 年第 97 巻第 6 号。

川口久雄:《三善清行の文学と意見封事》,《金沢大学法文学部論集文学篇》1958 年第 5 巻。

川島大輝、山崎和彦:《身近な恐怖心を楽しむためのデザイン体験の提案》,《日本デザイン学会研究発表大会概要集第 64 回春季研究発表大会》,2017 年。

金賢旭:《住吉明神と白楽天——中世における翁の形象化をめぐって》,《国際日本文学研究集会会議録》2003 年第 26 期。

金文京:《漢文文化圏の提唱》,載小峯和明編《漢文文化圏の説話世界》,竹林舎 2010 年版。

久保堅一:《〈竹取物語〉と仏伝》,《中古文学》2006 年第 77 巻。

厳紹璗:《日本古"伝奇"〈浦島子伝〉の研究——日中文化における神話から小説への軌跡についての研究(その一)》,《日本研究・国際日本文化研究センター紀要》1995 年第 12 巻。

小泉弘:《〈三宝絵〉の後代への影響》,載馬渕和夫《三宝絵・注好選》(新日本古典文学大系),岩波書店 1997 年版。

河野貴美子:《〈日本霊異記〉の予兆歌謡をめぐって——史書五行志・〈捜神記〉・〈法苑珠林〉との関係》,《説話文学研究》2002 年第 37 期。

河野貴美子:《鬼之董狐——干宝と三善清行を結ぶもの》,《比較文学年誌》2007 年第 43 巻。

小峯和明：《中世の未来記と注釈》，《中世文学》1999 年第 44 号。

小峯和明：《東アジアにおける日本文学——研究の動向と展望》，《日语学习与研究》2009 年第 2 期。

斎藤英喜：《天皇紀と神託崇神天皇の神祇祭祀譚をめぐって》，《日本文学》1991 年第 40 巻第 3 号。

榊原史子：《日本霊異記と夢》，載小峯和明等《日本霊異記を読む》，吉川弘文館 2004 年版。

坂本要：《怨霊・御霊と"鎮魂"語："鎮魂"語疑義考（その3)》，《比較民俗研究》2012 年第 27 号。

佐々木孝正：《往生傳にあらわれた聖について》，《印度学佛教学研究》1967 年第 15 巻第 2 号。

笹恵子：《律令国家の災異に対する宗教的対応について》，《高円史学》1998 年第 14 号。

佐藤誠実：《宇治拾遺物語考》，載日本文学研究資料刊行会編《今昔物語集》（日本文学研究資料叢書），有精堂 1970 年版。

佐藤繭子：《喋る文字と出会う——〈法華驗記〉下巻一一〇話に向けて——》，載永藤靖編《法華驗記の世界》，三弥井書店 2005 年版。

塩出貴美子：《吉備大臣入唐絵巻考——詞書と画面の関係》，《文化財学報》1986 年第 4 集。

重田香澄：《摂関期における政務と勘文—〈小右記〉にみる改元定を例として—》，《大学院教育改革支援プログラム〈日本文化研究の国際的情報伝達スキルの育成〉活動報告書》平成 20 年度海外教育派遣事業編，2009 年。

司志武：《〈今昔物語集〉の兎燒身説話と漢訳仏典の間——語り手の意図について》，載小峯和明編《東アジアの今昔物語集》，勉誠出版社 2012 年版。

司志武：《平安朝怪異文学における歴史叙述と"童謡"》，載王琢編《〈他者認識〉与日语教育・日本学：暨南大学国際研討会論文集》，世界図書出版社 2015 年版。

静永健：《白居易〈任氏行〉考》，九州大学《文学研究》2007 年第 104 期。

周以量：《日本における〈太平廣記〉の流布と受容——近世以前の資料を中心に》，《和漢比較文学》2001 年第 26 号。

白井泰子、高田利武：《恐怖喚起コミュニケーションの基礎的研究（Ⅰ）》，《実験社会心理学研究》1977 年第 17 巻第 1 期。

進藤浩司：《最澄における末法思想の受容と展開について》，《印度学佛教学研究》2003 年第 52 巻第 2 号。

末武恭子：《法華驗記の先蹤》，《国語と国文学》1976 年第 53 巻第 9 期。

孫猛：《〈日本国見在書目録〉集部に著録せる唐集十種考》，《中国文学研究》1999 年第 25 期。

高井恭子：《写経で用いる書体について》，《印度学佛教学研究》2003 年第 52 巻第 1 号。

高田衛：《怪談と文学との間——雨月物語論ノート》，《日本文学》1957 年第 6 巻第 3 期。

高津希和子：《〈狐媚記〉試論——大江匡房の"狐媚"受容》，《国語国文》2013 年第 82 巻第 4 号。

高橋貢：《日本霊異記と今昔物語集をつなぐ諸作品——漢詩文作者によって書かれた諸作品をめぐって》，載早稲田大学平安朝文学研究会編《平安朝文学研究・作家と作品》，有精堂 1967 年版。

田中嗣人：《〈遊女記〉について》，《華頂博物館学研究》1998 年第 5 巻。

谷口孝介：《"和習"の淵源——〈新撰万葉集〉巻上の漢詩を中心として》，《日本語と日本文学》2009 年第 49 号。

千原美沙子：《隠れ蓑の物語》，《古典と現代》1997 年第 65 号。

斗鬼正一：《都市というコスモス——平安京に見る人と自然，超自然》，《情報と社会》2010 年第 20 号。

所功：《菅原道真の菟罪管見》，《芸林》1969 年第 20 巻第 5 期。

中尾正己：《日本往生極楽記の撰述について》，《印度学佛教学研究》1976

年第 25 卷第 1 号。

永田真隆：《往生伝における紫雲と夢》,《印度学佛教学研究》2009 年第 57 卷第 2 号。

中田美絵：《唐朝政治史上の〈仁王経〉翻訳と法会——内廷勢力専権の過程と仏教》,《史学雑誌》2006 年第 115 卷第 3 期。

長野甞一：《宇治大納言をめぐる》,載日本文学研究資料刊行会編《今昔物語集》（日本文学研究資料叢書）,有精堂 1970 年版。

中村一晴：《院政期の"霊狐"像と大江匡房》,《御影史学論集》2012 年第 37 期。

西林昭一：《第四回国際書学研究大会基調講演》,《書学書道史研究》2001 年第 11 号。

西林眞紀子：《古代中国人の悪夢観》,《大東アジア学論集》2006 年第 6 卷。

西山けい子：《死なない身体の喜劇——Poeにおける笑いと無気味なもの》,《英米文学》2015 年第 59 卷第 1 号。

沼田健哉：《終末予言とマインド・コントロールと権威への服従——オウム真理教事件の社会心理学的分析》,《桃山学院大学社会学論集》1996 年第 30 卷第 1 期。

馬駿：《〈本朝法華験記〉の比較文学研究：表現の和化を中心に》,《比較日本学教育研究センター研究年報》2016 年第 12 号。

馬場淳子：《鬼と隠れ蓑》,《立教大学大学院日本文学論叢》2003 年第 3 号。

林陸朗：《桓武朝初世の政治情勢》,《国学院大学北海道短期大学部紀要》2013 年第 30 卷。

一柳廣孝：《怪異への視座》,《日本文学》2011 年第 60 卷第 12 期。

廣岡義隆：《説話の生成と展開——浦島説話を俎上に》,載説話と説話文学の会編《上代における伝承の形成》説話論集第十八集,清文堂 2010 年版。

広田哲通：《経文と説話——本朝法華験記を実例として》,《女子大文学・国文編》1982 年第 33 号。

藤井智海：《佛教文学の意義とその本質》,《印度学佛教学研究》1962 年第 10 巻第 1 号。

細田慈人：《陰陽家の参陣構成について——軒廊御卜にみる》,《奈良大学大学院研究年報》2013 年第 18 号。

前田雅之：《今昔物語集本朝仏法史の歴史意識——寺院建立話群をめぐって》,《日本文学》1985 年 7 月。

増尾伸一郎：《讖緯・童謡・熒惑：古代東アジアの予言的歌謡とその思惟》,《アジア遊学》2012 年第 159 期。

増尾伸一郎：《南方熊楠の比較説話研究と大蔵経——〈田辺抜書〉の黄檗版抄録の意義について》,《"エコ・フィロソフィ"研究》2014 年第 8 巻別冊。

増子和男：《六朝志怪〈宋定伯〉小考—その用語を中心として—》,《中国文学研究》2003 年第 29 号。

増田繁夫：《慶滋保胤伝攷》,京都大学文学部《国語国文》1964 年第 33 巻第 6 期。

松本隆信：《中世における本地物の研究（四）：本地物の成立と北野天神縁起》,《斯道文庫論集》1977 年第 14 巻。

三浦清宏、金井公平：《英米文学における超自然　吸血鬼小説の系譜》,《明治大学人文科学研究所紀要》1991 年第 31 巻。

三浦節夫：《井上円了の妖怪学》,《国際井上円了研究》2014 年第 2 期。

三浦佑之：《浦島子伝承における異次元——物語発生論への一試論》,《成城国文学論集》1976 年第 8 期。

美川圭：《公卿議定制から見る院政の成立》,《史林》1986 年第 69 巻第 4 期。

水上雅晴：《年号勘文資料が漢籍校勘に関して持つ価値と限界——経書の校勘を中心とする考察》,《中央大学文学部紀要：哲学》2017 年第 59 号。

三田明弘：《〈冥報記〉崔彦武説話と〈滑州明福寺新修浮図記〉》,《国文学研究》2016 年第 178 巻。

三橋正：《北野天神縁起と神仏習合思想》，載竹居明男編《北野天神縁起を読む》，吉川弘文館 2008 年版。

宮田尚：《冥報記の継承——厳恭譚から〈今昔物語集〉九 13 へ》，《梅光女学院大学日本文学研究》1979 年第 15 号。

村山芳昭：《"浦島説話"と易（陰陽）・五行、讖緯思想》，《東アジアの古代文化》2004 年第 119 号。

森正人：《〈もののけ〉考：現象と対処をめぐる言語表現》，《国語国文学研究》2013 年第 48 号。

森正人：《モノノケ・モノノサトシ・物恠・恠異—憑霊と怪異現象とにかかわる語誌》，《国語国文学研究》1991 年第 27 号。

八杉佳穂：《繰り返される時間と流れゆく時間——マヤの暦とその世界観》，《月刊言語》1991 年第 20 巻第 12 期。

柳田国男：《海神宮考》，《民族学研究》1950 年第 15 巻第 2 期。

柳町時敏：《斉明天皇に祟る"鬼"・〈書紀〉の方法についての覚書——〈扶桑略記〉研究余滴》，《文芸研究》1997 年第 77 巻。

山口昌男：《大江匡房》，《比較文化論叢・札幌大学文化学部紀要》2003 年第 11 期。

山口敦史：《〈日本霊異記〉における祖霊祭祀——枯骨報恩譚を中心に》，《日本文学研究》2006 年第 45 期。

山下有美：《写経所文書研究の展開と課題》，《国立歴史民俗博物館研究報告》2014 年第 192 巻。

山下洋平：《律令国家における臣下服喪儀礼の特質——唐制との比較を通して》，《史学雑誌》2012 年第 121 巻第 4 期。

山本真吾：《〈本朝文粋〉所収追善願文における人名語彙の象徴的意味について》，《三重大学日本語学文学》1996 年第 7 号。

山本真吾：《平安時代中後期追善願文の文章構成について——〈本朝文粋〉〈本朝続文粋〉所収願文を軸として——》，《三重大学日本語学文学》1993 年第 4 号。

山本大介：《末法の経典と説話——〈日本霊異記〉下巻第三十三縁の引用経典と三階教》，《古代学研究所紀要》2014 年第 20 期。

湯浅邦弘：《中国古代の夢と占夢》，《島根大学教育学部紀要 人文・社会科学》1988 年第 22 巻第 2 期。

吉田一彦：《〈日本書紀〉仏教伝来記事と末法思想（その五・完）》，《人間文化研究》2010 年第 13 期。

吉田一彦：《〈日本書紀〉仏教伝来記事と末法思想（その一）》，《人間文化研究》2007 年第 7 期。

吉原浩人：《北野天神縁起の世界》，載竹居明男編《北野天神縁起を読む》，吉川弘文館 2008 年版。

李弘稙：《〈三国史記〉に現われた讖緯的記事》，《朝鮮学報》1962 年第 25 輯。

后　记

　　这本书的诞生得益于太多善缘。2006年我在对外经济贸易大学遇见了硕士学位论文导师马骏教授，引发了我对中日比较文学研究的兴趣。因为我在马先生的课堂上提出的一点浅见，竟然获得邀请到家中聆听先生谈日本古代文学中的"和习"问题。畅谈的间隙，先生点燃香烟，吸了一口后陷入沉思，那一幕像极了鲁迅先生。后来，我在先生的指导下完成了《芥川龙之介对中国志怪传奇的重写问题研究》硕士学位论文。

　　2010年3月北京日本学研究中心举办了一场"东亚的今昔物语集"国际研讨会，我作为国内为数不多的青年学者参加，在会上遇到了日本说话文学研究领域的名家学者小峰和明、河野贵美子、千本英则、李铭敬、张龙妹等。在此后的研究活动中，这些先生对我的指导、帮助如涓涓细流，润物无声。

　　就在同一年，我考上了暨南大学文学院比较文艺学的博士，成为文艺理论研究大家饶芃子教授的关门弟子。在饶先生的指导下，一边学习文艺理论，一边认真研读日本古代文献。饶先生勉励我一定要寻找一条"拔地而起"的中日比较文学研究的方法。博士学位论文顺利答辩之后，饶先生几次让我抓紧时间修改，将来出版的时候给我写序！然而我却迟迟未能拿出修改稿，一晃饶先生已过米寿之年。这一部书终于要问世了，还望先生不要责怪！

　　本书能够出版还要特别感谢王晓平、金文京、陈捷、松居龙五、铃木彰等诸位先生，还有与我一起读书的同窗，与我一起共事的益友，一路陪伴的师兄师姐和我最爱的家人，推荐本书入选"暨南大学高峰文库"的程国赋先生等！